HELÉNE HOLMSTRÖM

Zimt, Schnee und Sterne

atb aufbau taschenbuch

Heléne Holmström, 1984 geboren, ist Juristin und arbeitet seit dem Erscheinen ihres Debütromans als freischaffende Autorin. Sie schreibt Romane über große Gefühle, komplizierte Beziehungen und verworrene Vergangenheiten. Sie lebt mit ihrer Familie in Stockholm.

Leena Flegler arbeitet als freie Übersetzerin aus dem Schwedischen und Englischen. Sie übertrug unter anderem Romane von Niklas Natt och Dag, Karin Smirnoff, Ragnar Jónasson und Denise Rudberg ins Deutsche.

Egal, wie Nora es dreht und wendet, ihre Bäckerei, in der einst schon ihre Großmutter arbeitete, ist kaum noch zu retten. Seitdem in Västervik ein weiteres neues Café aufgemacht hat, läuft es schlecht im »Nymans«. Da kommt die Chance, an der Fernsehsendung des berühmten Konditors Henrik Eklund teilzunehmen, geradezu wie gerufen – wenn Nora nur nicht solch große Vorbehalte gegenüber dem allzu gut aussehenden Fernsehstar hätte. Und tatsächlich gestalten sich die Aufnahmen des Weihnachtsspecials so, wie sie es befürchtet hat: Henrik will alles, wofür sie seit dem Tod ihrer Eltern hart gekämpft hat, auf den Kopf stellen. Kein Wunder also, dass die beiden bald mächtig aneinandergeraten. Dabei ahnt Nora nicht, was bei dem Dreh auch für Henrik auf dem Spiel steht, und dass sie mehr verbindet als nur die Liebe zu Zimtschnecken und Sauerteigbrot …

HELÉNE
HOLMSTRÖM

Zimt, Schnee und Sterne

ROMAN

Aus dem Schwedischen
von Leena Flegler

atb aufbau taschenbuch

Die Originalausgabe unter dem Titel
Eld, snö & stjärnor
erschien 2021 bei Lovereads, Stockholm.

MIX
Papier | Fördert
gute Waldnutzung
FSC® C083411

ISBN 978-3-7466-4234-5

Aufbau Taschenbuch ist eine Marke
der Aufbau Verlage GmbH & Co.KG

1. Auflage 2025
Vollständige Taschenbuchausgabe

www.aufbau-verlage.de
10969 Berlin, Prinzenstraße 85
Die deutsche Erstausgabe erschien 2023 bei Rütten & Loening,
einer Marke der Aufbau Verlage GmbH & Co.KG

Bei Fragen zur Sicherheit unserer Produkte wenden Sie sich bitte an
produktsicherheit@aufbau-verlage.de.
Umschlaggestaltung und Motive www.buerosued.de, München
Satz Greiner & Reichel, Köln
Druck und Binden CPI books GmbH, Leck, Germany

Printed in Germany

1. Kapitel

Noras beste Freundin hatte das schlechteste Pokerface in ganz Småland. Deshalb war Nora auch sofort alarmiert, als sie abwinkte, und Bea sie weiter ganz ohne den üblichen flackernden Blick oder zuckende Mundwinkel ansah.

»Es stimmt wirklich.« Bea schaute sie erwartungsvoll an.

»Aber … Jetzt mal ganz langsam!« Nora wischte sich die mehligen Hände an einem rot karierten Geschirrtuch ab und holte tief Luft. »Ein Fernsehteam? In *meiner* Konditorei?«

Das hatte sie doch hoffentlich falsch verstanden? Misstrauisch beäugte sie ihre Freundin, doch allmählich dämmerte ihr, dass sich Bea mitnichten einen schlechten Scherz erlaubt hatte.

»Du weißt selbst, dass das Nymans eine Verjüngungskur braucht – damit hier endlich etwas passiert, damit sich irgendetwas ändert.« Bea untermalte ihre Aussage mit einer Geste. »Und jetzt wollen sie dich treffen und mit dir die praktischen Details durchgehen.« Sie zuckte mit den Schultern, als wäre es das Normalste der Welt, und nicht, als hätte sie Nora – ohne sie einzuweihen! – bei einer landesweit ausgestrahlten Reality-TV-Sendung angemeldet, die noch dazu das halbe Internet beschäftigte.

Nora hasste die Sendung *Ärmel hoch*, ohne sie je selbst gesehen zu haben. Ihr hatte allein schon der Trailer gereicht, in dem ein hochnäsiger Promibäcker durch das ganze Land tingelte und in die Jahre gekommene Bäckereien und Konditoreien wieder aufmöbelte. Doch Noras Konditorei Nymans – die älteste und beliebteste in ganz Västervik – brauchte keine Modernisierungsmaßnahmen. Das Nymans war eine Institution, es war Kult und eine Sehenswürdigkeit – eindeutig zu gut für ein albernes Fernsehformat.

»Ich wüsste nicht, was dieser Henrik Eklund hier im Nymans verändern sollte. Die Kundschaft mag es exakt so, wie es ist – und ich im Übrigen auch. So wie jetzt war es immer, seit meine Oma die Konditorei übernommen hat, und es wird auch immer so bleiben.« Nora sah Bea nachdrücklich an.

»Deine Großmutter hat das hier in den Sechzigern übernommen. Wird es da nicht langsam Zeit für ein bisschen frischen Wind?«

Nora schüttelte den Kopf, auch wenn sie hier und da insgeheim den gleichen Gedanken gehabt hatte. Die Kundschaft blieb zusehends aus, und ihr war klar, dass sie etwas unternehmen musste, doch bisher hatte sie weder die Zeit noch das Geld für größere Veränderungen gehabt. »Meine Eltern haben hier in den Neunzigern renoviert. Du weißt selbst, wie manche Kunden darauf reagiert haben.«

Bea stieß einen tiefen Seufzer aus. »Ich finde doch nur, dass dein Laden ein kleines Facelift gebrauchen könnte – aber er hätte auch die Aufmerksamkeit verdient, die das *Ärmel-hoch*-Weihnachtsspecial mit sich bringt.« Sie berührte Nora am Arm. »So könntest du dir vielleicht auch endlich einen weiteren Bäcker leisten – oder jemanden, der sich in Vollzeit um das Café kümmert. Du arbeitest rund um die Uhr, machst hier alles allein, und das schon seit Jahren! Das schafft keiner auf Dauer.«

»Du weißt genau, wie sehr ich solche Sendungen hasse. Ein Promibäcker, der für kleine Hinterlandbäckereien nichts übrig hat – was weiß denn der schon, was es bedeutet, hier eine Konditorei zu betreiben?« Nora drehte sich zu ihrem riesigen Arbeitstisch um und nahm ein Blech mit fertig gegärten Brotlaiben hoch. Sie wandte sich dem riesigen Ofen zu, in den sie kürzlich erst investiert hatte – eine Ausgabe, die ihre Konditorei um ein Haar in den Ruin getrieben hatte. Aber der neue Ofen war nötig gewesen. Der alte war in Betrieb gewesen seit … Tja. Seit ihre Eltern in den Neunzigern hier renoviert hatten. Und als Nächstes wäre die Lüftung dran. Auch die war bereits Jahrzehnte alt, was sich auch sofort bemerkbar machte, sobald der Ofen zu lange lief und man in der aufgeheizten Backstube kaum mehr Luft bekam. Das Einzige, was da noch half, war ein weit aufgerissenes Fenster.

»Hast du die Sendung überhaupt je gesehen?«, hakte Bea nach.

Schweigend zog Nora die Ofenklappe auf und schob das Backblech hinein. Sie musste erneut an den Trailer denken, in dem arme Bäcker als unfähig dargestellt und von »Starbäcker« Henrik Eklund lächerlich gemacht wurden.

»Das letzte Weihnachtsspecial hatte knapp eine Million Zuschauer«, fuhr Bea fort, als Nora immer noch nichts sagte. »Hast du eine Ahnung, welchen Aufschwung die anderen Bäckereien nach der Ausstrahlung erlebt haben?« Bea ging ihr hinterher, als Nora sich einem beiseitegestellten Blech mit fertigen Roggenmischbrötchen zuwandte und ihr Brotmesser über den Schleifstein zog. Als das Messer durch die knackige Kruste des ersten Brötchens fuhr, war ein leises Prasseln zu hören.

Ihr war klar, dass Bea für sie nur das Beste wollte. Ihre geliebte Konditorei stand kurz vor dem Bankrott, aber indem sie in Noras Namen eine Bewerbung an die Produktionsgesellschaft von *Ärmel hoch* geschickt hatte, war sie zu weit gegangen. Bea kannte sie besser als irgendwer sonst und wusste nur zu gut, dass Nora in ihrer Konditorei nie und nimmer jemand anderen ans Ruder lassen würde.

Bea stellte sich neben sie. »Du kannst zu dem Treffen nicht Nein sagen.«

»Ich weiß schon, dass das eine Chance wäre … Trotzdem

geht das so nicht.« Nora drehte sich in Richtung Kühlkammer, zog die Tür auf, stellte den Fuß in den Spalt und streckte sich nach der Großpackung Butter und einem Päckchen Scheibenkäse. Dann kehrte sie an den Backtisch zurück und griff zum Buttermesser.

»Ich meine nur … Es könnte schwierig werden, Nein zu sagen, weil das Treffen nämlich schon heute ist.«

»Heute?!«

Bea lächelte betreten. »Ja. Sie kommen heute nach Västervik. Ich hab es dir nur bis zum letzten Moment nicht erzählen wollen.«

»Ich lasse es platzen.«

»Aber du hast doch heute Nachmittag diesen Termin bei der Bank«, wandte Bea ein.

»Und?« Nora blickte zu ihrer Freundin auf.

»Hast du nicht selbst gesagt, dass du drauf und dran bist, dein Kreditlimit zu überziehen? Bestimmt wollen die darüber mit dir reden.«

»Dann sage ich ihnen eben, wie es ist. Dass der Herbst schwierig war. Hier hat eine neue Espresso-House-Filiale aufgemacht, die Kundschaft abzieht – und dann diese hippe Bäckerei, die letztes Jahr eröffnet hat. Aber ich hab meine Stammgäste und einen treuen Kundenkreis.«

»Es war nicht nur ein schwieriger Herbst, Nora! Das halbe letzte Jahrzehnt war schwierig!«

Bea belegte die Brötchen mit Käse, ehe Nora Gurkenscheiben darauf platzierte – zwei pro Brötchenhälfte. Anschließend setzte sie die Hälften wieder zusammen, und Bea legte sie auf die Kunststofftabletts, die über dem Backtisch im Regal aufgereiht waren.

»Triff dich doch wenigstens mit diesen Leuten«, schlug Bea vor. »Es ist ja noch gar nicht sicher, ob sie das Nymans überhaupt dabeihaben wollen – aber so hättest du es zumindest versucht.«

Nora sagte dazu nichts.

»Bitte, Nora. Das hier könnte die Rettung für die Konditorei sein.« Bea nahm sie kurz in die Arme. »Ruf mich nach dem Treffen an, okay? Ich muss los, in zehn Minuten muss ich auf dem Revier sein. Aber ich leite dir gleich die E-Mail zu dem Treffen weiter. Um elf wollen sie hier sein.«

Nora musste einen bekümmerten Seufzer unterdrücken. Dass ihre beste Freundin Polizistin war und bei der Arbeit ihr Leben riskierte, war fast mehr, als sie ertragen konnte. Noch immer schweigend griff sie in den Mehlsack und bemehlte den Backtisch. Bea drückte Noras Schulter, ehe sich ihre Schritte in Richtung Hintertür entfernten, und die Tür letztlich ins Schloss fiel.

Nora ging zurück zur Kühlkammer und holte sich eine Portion des kalt gereiften Sauerteigs, den sie aus dem nunmehr hundertjährigen Anstellgut hergestellt hatte, das vor ihrer Mutter schon ihre Großmutter und deren Mutter benutzt hatten – eines von zahlreichen Dingen, die den Stolz ihrer Konditorei ausmachten. Sie kehrte an den Backtisch zurück und kippte den Teig auf die Arbeitsfläche, so dass das Mehl nur so stob, fuhr sich mit den mehligen Fingern durchs Haar. Ein Blick auf die Uhr – es war fünf vor fünf, gleich Zeit, den Laden aufzuschließen.

Sie hatte eine Bäckerin in Vollzeit angestellt, doch heute war Renées freier Tag, deshalb hatte Nora schon um vier Uhr früh in der Backstube gestanden und gearbeitet, bis um fünf Uhr der Cafébereich aufmachte. Danach backte sie weiter und bereitete alles vor, während sie nebenbei bis acht Uhr die Laufkundschaft bediente. Um acht kam eine Aushilfe, so dass sie sich bis mittags auf Kuchen, Gebäck und Süßigkeiten konzentrieren konnte. Dann machte sie Mittagspause. Um drei ging die Aushilfe wieder nach Hause, und Nora übernahm den Cafébereich bis Ladenschluss. Solche Tage waren in der Tat unerträglich anstrengend; wenn sie ihre Ladenöffnungszeiten beibehalten und gleichzeitig die Qualität der Backwaren aufrechterhalten wollte, bräuchte sie zwei zusätzliche Kräfte im Café sowie einen weiteren Bäcker.

So wie jetzt war es nicht immer gewesen. Erst ein paar Jahre zuvor hatte sie das Team verkleinern müssen und seither geschuftet wie eine Wahnsinnige. Mitunter fragte sie sich, wozu, wenn die Kundschaft trotz allem zusehends fernblieb …

Bald würden die ersten Handwerker zum Frühstücken kommen. Mit den belegten Brötchen eilte Nora nach vorn, schaltete die Kasse an, schloss die Ladentür auf und stellte das Schild vor die Tür: *Kaffee und Käsebrötchen 25 Kronen*. Ein und derselbe Text und Preis, seit ihre Großmutter hier Bäckerin gewesen war.

Draußen war es immer noch dunkel, und in der Kälte des herannahenden Winters hing leichter Nebel in der Luft. Sie erschauderte. Feine Schneeflocken, fast Eiskristalle, segelten auf sie herab und landeten auf ihren nackten Armen.

Sie kehrte in die Backstube zurück, wo sie hören konnte, wenn vorne das Glöckchen anschlug, und machte sich daran, den Sauerteig zu kneten. In den Rillen des alten Backtischs blieb Teig kleben. Sie formte drei Laibe, nahm das Blech mit den fertigen Broten aus dem Ofen und schob als Nächstes die Sauerteigbrote hinein. Unterdessen dachte sie darüber nach, was Bea gesagt hatte. War dies wirklich ihre letzte Chance? Wäre sie gezwungen, für eine Unterhaltungssendung zur besten Sendezeit ihre Seele zu verkaufen? Damit die Konditorei überlebte? Aber Bea hatte schon recht: Allein würde sie es nicht mehr lange schaffen.

Sie zog ihr Handy aus der Schürzentasche und googelte *Ärmel hoch* – was für ein bescheuerter Titel im Übrigen! Die jüngste Staffel war im Herbst gelaufen, die letzte Folge gerade erst ausgestrahlt worden, und in jeder Folge besuchten sie eine Bäckerei oder Konditorei, die Henrik Eklund wieder auf Vordermann brachte. Zusätzlich gab es Jahr für Jahr ein

Weihnachtsspecial mit vier Folgen direkt vor Heiligabend, die in ein und derselben Konditorei spielten.

Sie klickte einen Mitschnitt aus der Trefferliste an, der damit begann, dass Henrik Eklund mit hochgezogenen Augenbrauen einem Bäcker erklärte, wie man überprüfte, ob ein Teig hinreichend gegangen und elastisch genug war. Als wüsste man das als Bäcker nicht selbst! Doch der arme Tropf zog leicht die Stirn kraus, nickte und sah aus, als hätte er all das noch nie gehört. Scripted Reality, so viel war klar. Und genau das wollte Nora nicht: im Fernsehen als Dummchen dastehen. Oder überhaupt ins Fernsehen kommen.

Sie tippte *Ärmel hoch Weihnachtsspecial* in die Suchmaske. Stattdessen wurde ihr *Weihnachten mit Familie Eklund* angezeigt, eine Art Sondersendung, die von Henriks Familie handelte. Die Bäckerdynastie mit Henriks Vater Hans Eklund an der Spitze feierte Weihnachten in einer vornehmen Villa, die bestimmt mehr gekostet hatte als sämtliche Einnahmen des Nymans, seit Noras Oma die Konditorei übernommen hatte. In der Sendung ging es zunächst um die Weihnachtsvorbereitungen. Henrik backte mitsamt Vater und Bruder Gewürzbrote und Safranschnecken fürs Luciafest und schwelgte in alten Erinnerungen. »Ich kann am besten reden, wenn ich Teig knete«, sagte er, während er den goldgelben Teig auf dem Backtisch bearbeitete. Dann stellte er Weihnachtssüßigkeiten her, und Stiefmutter Anita bereitete den traditionellen Weihnachtsschinken vor, während diverse Nichten und Neffen – wie Nora annahm – im Haus auf und ab flitzten. Eine Szene zeigte Henrik und Anita, die sich bei einem Fläschchen rubinroten Wein darüber kabbelten, wie der Schinken am besten zubereitet werden sollte; im nächsten Moment stürmten zwei lachende Kinder in die Küche, Henrik schloss sie in eine herzliche Umarmung und zerzauste einem der Blondschopfe die Haare. Seine Schwester kam dazu, nahm ihm lächelnd den rotwangigen Jungen ab, und anschließend versammelten sie sich vor dem Kamin, neben dem sich ein Tisch unter Bergen von Süßigkeiten bog. Ein riesiger Weihnachtsbaum – mit haufenweisen Geschenken darunter – stand im Erker, und rote Weihnachtsbaumkugeln schimmerten im Schein der Flammen und unzähligen Lichterketten, die um die dicht benadelten Zweige geschlungen waren.

Unwillkürlich verspürte Nora ein Ziehen in der Brust. Sie liebte Weihnachten heiß und innig, es war immer ihre Lieblingszeit im Jahr gewesen. Auch ihre Familie hatte feste Traditionen gehabt. Doch inzwischen war nur mehr Nora übrig. Obwohl die Einsamkeit rund um die Feiertage immer besonders spürbar war, hatte sie im Lauf der Jahre weiter Weihnachten gefeiert, als wären ihre Eltern noch da. Dass wirklich schon acht Jahre vergangen waren, seit ihre Mutter gestorben war … nur ein Jahr nach der Diagnose! Und ihr Vater war schon seit siebzehn Jahren tot – eine gefühlte Ewigkeit!

Als sie schon glaubte, der Mitschnitt wäre zu Ende, wurde noch ein Take-out abgespielt, in dem die Familie sich über eine Schachtel Aladdin-Pralinen hermachte und alle lachten, als Henriks Stiefmutter großzügig erlaubte, auch die zweite Lage Pralinen anzubrechen. Und wieder ein Ziehen in Noras Brust … Dieser Henrik hatte alles, einfach alles: eine Karriere als Bäcker, eine große, hinreißende Familie, Erfolg, keinerlei Geldsorgen.

Sie klickte die E-Mail an, die Bea ihr weitergeleitet hatte. Sie stammte anscheinend von der Projektleitung. Und offenbar wollte die sich heute nicht bloß die Konditorei ansehen, sondern auch Einzelheiten zum Ablauf besprechen. Und Nora würde diesen Henrik treffen. Die Projektleiterin betonte ausdrücklich, wie wichtig es für ihn war, die Person kennenzulernen, mit der er zusammenarbeiten würde. Die ganze E-Mail strotzte nur so von Anspielungen, wie phantastisch er war – der Promibäcker, der sich dazu herabließ, normalsterbliche Nicht-Fernsehstars zu treffen.

Das Türglöckchen klingelte, und sie legte ihr Handy beiseite, um den ersten Kunden des Tages willkommen zu heißen: Ingemar Larsson samt zusammengelegter *Dagens-Nyheter*-Ausgabe unter dem Arm, ein Stammgast seit Großmutters Zeiten und seit mehreren Jahren Frührentner.

»Morgen! Einmal Kaffee und Käsebrötchen bitte.«

»Du bist aber früh dran, Ingemar!«

»Tja, ich war schon um vier Uhr wach und konnte nicht mehr einschlafen.«

Nora suchte das Roggenmischbrötchen mit besonders viel Butter heraus, das sie eigens für Ingemar vorbereitet hatte.

Er zückte seinen Geldbeutel und starrte in das Geldscheinfach. »Tut mir leid, aber kann ich noch mal anschreiben lassen?«

»Aber klar.« Sie notierte die fünfundzwanzig Kronen unter Ingemars Namen in einen Block. Sie war dankbar für Stammgäste wie ihn, auch wenn ihr insgeheim klar war, dass sie sich auf lange Sicht nur über Wasser halten konnte, wenn sie mehr Kunden hatte, die teurere Waren wie Kuchen, Gebäck und ganze Brote kauften. Doch wenn heutzutage Abiturfeiern oder runde Geburtstage ausgerichtet wurden, kauften immer mehr Leute Torten im Supermarkt – sogar traditionelle Butterbrottorten, die zu Zeiten ihrer Großeltern zu deren wichtigsten Einkommensquellen gehört hatten. Dies hatte sich schleichend verändert, und anfangs hatte Nora noch angenommen, es läge am langsamen Niedergang der Cafékultur, doch inzwischen schienen sich die Leute einfach andernorts auf Kaffee und Kuchen zu treffen – sprich: in anderen Cafés.

Zwei Bauarbeiter betraten die Konditorei und bestellten ebenfalls je einen Kaffee und Käsebrötchen. Als sie sich mit ihren Tabletts an einen Tisch setzten, klopfte es leise an der Glastür. Jonathan, der Lieferant. Oder Gemüsetyp, wie sie und ihre Freundinnen ihn nannten. Nora nickte ihm knapp zu und verschwand in der Backstube, um die rückwärtige Tür aufzumachen.

Unterwegs warf sie einen flüchtigen Blick in den Spiegel auf der Personaltoilette, zog sich den Pferdeschwanz zurecht und kniff sich ein paarmal in die Wangen; warum hatte sie sich heute denn nicht geschminkt? Auch wenn sie kein bisschen an Jonathan interessiert war, wollte sie nicht aussehen wie ein Wrack. Dann eilte sie zur Hintertür.

Jonathan führte den Großhandel mit seinem Vater, und abwechselnd lieferten sie ihre Waren aus. Mit Jonathan hatte Nora heute nicht gerechnet, er war schon beim letzten Mal dran gewesen. Womöglich kam er ja ihretwegen? Es war schon ein paar Monate her, seit sie nach einem Abend im Harrys zusammen nach Hause gegangen waren. Er hatte ihr anschließend ein paar SMS geschrieben, doch Nora hatte jedes Mal ausweichend geantwortet.

Lächelnd packte er sofort mit an, trug Waren herein – Kisten voller Tomaten, Salat, Gurken und Paprika sowie Mehl, Hefe, Butter, Sahne und abgepackten Scheibenkäse – und reihte Kartons und Schachteln auf dem Backtisch auf.

»Also dann … Danke!«, sagte sie, als sie den letzten Karton mit Sauerrahm und Trinkjoghurt entgegennahm. Doch Jonathan machte keinerlei Anstalten zu gehen, trat nur von einem Bein aufs andere und schien um Worte verlegen zu sein. Solange er nicht fragte, ob sie noch mal auf ein Date gehen könnten … Irgendwen ein zweites Mal zu treffen war einfach nicht ihr Ding.

Sie wollte dem Drucksen gerade ein Ende setzen, indem sie einfach Tschüss sagte, als er sich räusperte. »Also … Ich kümmere mich ja um unsere Buchhaltung und wollte dich nur daran erinnern, dass die zwei letzten Rechnungen noch offen sind.«

Nora spürte, wie ihr das Blut in die Wangen schoss.

Er räusperte sich erneut. »Aber du müsstest auch schon eine Mahnung gekriegt haben …«

»Oh. Also …« Für ein paar Sekunden wusste Nora nicht,

was sie sagen sollte. »Entschuldige bitte! Ich kümmere mich darum, natürlich!«

Mit einem knappen Nicken wandte er sich zum Gehen. »Und falls du noch mal was trinken gehen willst …«

»Dann melde ich mich. Danke!« Sie schlug die Tür hinter ihm zu. Gott, *den* konnte sie wirklich kein zweites Mal treffen!

Sie nahm ihr Handy zur Hand und lief wieder nach vorn. Keine weiteren Kunden. Sie war sich ganz sicher, dass sie die Rechnungen beglichen hatte, und loggte sich in ihr Bankkonto ein.

Minus dreizehn Kronen. Die Überweisungen waren zwar hinterlegt, aber nicht ausgeführt worden.

Im selben Moment trudelte eine Nachricht von Bea ein.

Hab den Gemüsetypen gesehen, als ich gefahren bin – hat das Espresso House beliefert. War er auch bei dir?

Japp. Und hat zwei Rechnungen angemahnt. Anscheinend sind die nicht durchgegangen, schrieb Nora zurück. *Nur gut, dass unser Techtelmechtel eine Weile zurückliegt, sonst hätte es sich angefühlt, als wollte ich in Naturalien bezahlen: zwei Kisten Gurken und einen Sack Mehl gegen Sex.*

Hahahahaha, ich lache mich tot!, antwortete Bea.

Und ich heule gleich, tippte Nora. Und tatsächlich war sie den Tränen nahe.

Ärmel hoch *könnte dich retten*, schrieb Bea zurück.

Nora atmete tief durch. Wenn sie nicht einmal mehr die Rechnungen ihres Lieferanten bezahlen konnte, war die Lage ernst. So richtig ernst. Etwas musste geschehen, da hatte Bea zweifelsohne recht.

Sie wischte die SMS weg und rief den Webbrowser wieder auf, wo ihr erneut Henrik Eklunds lächelndes Gesicht am Ende des *Ärmel-hoch*-Clips angezeigt wurde. Es sah aus wie das reinste Hohngrinsen.

2. Kapitel

Henrik Eklund hielt auf das Ladenschild zu, das zwischen den Holzhäusern über der Straße hing. *Nymans*, stand da in rot leuchtenden Buchstaben über dem austauschbaren Konditoreischnörkel. Er hatte gerade eine E-Mail seines Vaters gelesen, die ihm nicht mehr aus dem Kopf gehen wollte. Schon seit Jahren drehten sie *Weihnachten mit Familie Eklund* in der Woche nach Abschluss der Dreharbeiten für das *Ärmel-hoch*-Special, so dass sie sich zeitlich nicht ins Gehege kamen, doch aus unerfindlichen Gründen hatte sein Vater die Produktionsfirma genötigt, ihre Familiensendung vorzuziehen, und jetzt kollidierte sie mit seinem Weihnachtsspecial. Dabei wusste sein Vater genau, wie *Ärmel hoch* terminiert war, doch er hatte anscheinend noch ein weiteres Projekt in Planung, das er angeblich nicht verschieben konnte.

In der Produktionsfirma hatte sich wohl irgendein Frischling um die Terminpläne gekümmert und nicht bemerkt, dass Henriks Drehplan nicht aufging; vielleicht ließe sich das ja lösen, doch der Sender wäre nicht begeistert. Der neue Executive Producer der Sendung bei TV24 – ein Mittdreißiger namens Don, der schon für den Schwestersender ein gehyptes Format produziert hatte, in dem sportliche Singles auf einer karibischen Sonneninsel tagsüber Wettkämpfe und abends Dates austrugen – war ohnehin schon genervt, weil der Zeitplan so knapp war, was er zwei Monate zuvor bei einem Lunchtermin auch deutlich zum Ausdruck gebracht hatte. Don, der eigentlich Robert hieß, hatte überdies betont, wie wichtig die Einschaltquoten in diesem Jahr wären und dass die Macher der Sendung auf »mehr Reality« setzen müssten. Somit brauchten sie so viel Drehzeit wie nur irgend möglich – und echte Gefühle.

Soweit Henrik wusste, waren die Zuschauerzahlen im Herbst zwar immer noch gut gewesen. Doch Quoten wurden derzeit hoch gehandelt, die Konkurrenz durch Streamingdienste wurde immer erbarmungsloser, und TV24 hatte Gerüchten zufolge kein gutes Jahr gehabt.

Hoffentlich würden dies einfache Dreharbeiten, und vielleicht könnten sie ja ein wenig Gas geben, so dass er ohne Reibungsverluste mit *Weihnachten mit Familie Eklund* anschließen konnte.

Als Henrik über die Schwelle trat, schlug ihm der typische Geruch einer schwedischen Bäckerei entgegen: Zimtschnecken, Kaffee und frisches Brot. Darüber hinaus sah die älteste Konditorei in Västervik exakt so aus, wie er sie sich vorgestellt hatte: terrakottarote Bodenfliesen, vergilbte Textiltapeten, eine hohe Verkaufsvitrine mit Edelstahlablagen, die von Backwaren nur so überquollen – von besagten Zimtschnecken, Plunderteilchen, Biskuittörtchen, massenhaft Feingebäck und Plätzchen. Daneben einfache Käsebrötchen mit dünnen Gurkenscheiben, ein paar Schinken-Käse-Baguettes – und Plastikschalen mit Nudelsalat.

Dass die Backwaren mit Liebe hergestellt waren, war ihm auf den ersten Blick klar, und trotz der abgelebten Einrichtung war der frühere Glanz der Konditorei immer noch zu erahnen. *Ärmel hoch* arbeitete lediglich mit Bäckereien und Konditoreien, die Potenzial hatten, und hier schienen die Vorzeichen zu stimmen: Es lief nicht mehr gut, aber man blickte auf eine erfolgreiche Geschichte zurück. Dass die Konditorei zudem in Västervik lag, schadete ebenso wenig. Er wusste schließlich, dass die Produktionsfirma gern idyllische Umgebungsbilder einstreute. Noch lag draußen kein Schnee, aber es gab das tiefblaue, winterliche Meer, karge Klippen und schaukelnde Fischerboote an abgeschiedenen Bootsstegen … und obendrein ein echt gutes Hotel. Henrik war schon so oft in mittelprächtigen Kleinstadthotels abgestiegen, dass er sich auf einen kleinen Luxusaufenthalt freute.

Elnaz – seit einigen Staffeln die Line Producerin der Sendung – saß an einem Tisch einer ihm unbekannten Frau gegenüber, vermutlich der Inhaberin der Konditorei. Sie blickte auf, lächelte aber nicht, schien ihn nicht einmal zu erkennen. Die Teilnehmer ihrer Sendung waren sonst überfreundlich und, wenn er ehrlich war, meist regelrecht geblendet, doch diese Frau sah ihn nur mit zusammengekniffenen Augen an, als wäre er hier nicht willkommen. Zumindest der junge Mann mit dem dunklen Haarschopf und wachen braunen Augen, der hinter dem Verkaufstresen stand, blickte ihm fröhlich entgegen und grüßte. Henrik erwiderte den Gruß und steuerte auf Elnaz und die missmutige Frau zu.

Sie sah abermals flüchtig hoch. Vielleicht sollte sie darüber noch einmal nachdenken – also über den berühmten ersten Eindruck. Andererseits würde sich eine verdrießliche Konditorin und Cafébetreiberin – obendrein eine Frau in den Dreißigern – im Fernsehen sicher gut machen. Die wäre etwas anderes als ein zuckersüßes, ergebenes Kleinstadtfräulein, mit dem die meisten Zuschauer wohl rechneten. Und anscheinend kam das den Producern gut zupass, Dons Botschaft war offenbar angekommen. Überdies spürte Henrik schon bei ihrem ersten Blickwechsel, dass er und die Kandidatin Konfliktpotenzial hätten – was dem Sender bestimmt mehr als recht wäre.

Anfangs hatte Henrik sich geweigert, den gleichen barschen Ton anzuschlagen, mit dem so viele TV-Köche und Fernsehgesichter erfolgreich waren. Ein solcher Umgangston passte besser zu Männern, die mit härteren Sachen zu tun hatten:

mit Fleisch, Knochensägen und Küchenbeilen. Wenn man jemandem erklären wollte, wie italienisches Baiser auf eine Zitronencreme aufdressiert wurde, war Zorn schlicht und ergreifend fehl am Platz und passte ebenso wenig zueinander wie eiskaltes Eigelb und zimmerwarme Butter, wenn daraus eine Buttercreme werden sollte. Trotzdem hatte Henrik sich eine gewisse Schroffheit antrainiert, und die Zuschauer schienen den Kontrast seiner Härte zu all dem Süßen, Sahnigen, Luftigen sehr zu schätzen. Nichtsdestoweniger versuchte er, eher ehrlich und direkt als unhöflich zu sein. Unaufgefordert ehrlich, hatte seine Schwester und Managerin einmal dazu gesagt. Aber er konnte durchaus auch mal … unbequem werden.

Sein Vater fand das befremdlich. Sein Motto lautete: Hauptsache, man kam vor der Kamera sympathisch rüber, und das Publikum lag einem zu Füßen. Bei ihm hatte das stets funktioniert: Sein Publikum – ganz Schweden – vergötterte ihn, Hasse Eklund, den liebenswerten Bäcker, der stets ein Lachen auf den Lippen hatte und phantastische Backwaren kreierte. Er war in den siebziger Jahren zum Aushängeschild des Familienunternehmens geworden und hatte im Handumdrehen eine eigene Fernsehshow angeboten bekommen, in der er klassische Schwedenbrote und Hefegebäck herstellte und mit der er richtiggehend VIP-Status erlangt hatte.

Henrik blieb vor Elnaz und der Inhaberin der Konditorei stehen. »Hallo.« Er streckte die Hand aus, doch die Konditorin nickte bloß knapp. Elnaz hingegen sprang breit lächelnd auf, woraufhin die Konditorin sich ebenfalls erhob. Sie trug eine locker sitzende Jeans, eine fleckige Bäckerschürze über einem grauen T-Shirt mit geradem Schnitt sowie ausgetretene Nike-Sneakers. Die hellblonden Haare hatte sie sich zu einem Pferdeschwanz zusammengebunden.

»Perfektes Timing«, sagte Elnaz. »Wir sind gerade fertig geworden.«

Henrik streckte der Frau noch immer die Hand entgegen. »Henrik Eklund.«

Er erhielt ein forciertes Lächeln zur Antwort. Dann schien sie sich einen Ruck zu geben und schüttelte ihm fest die Hand. »Nora Jansson.«

Elnaz sah sie abwechselnd an. »Ich muss leider sofort weiter, wir wollen noch Drehorte sichten, aber gut, wenn ihr euch schon mal miteinander bekannt macht.« Sie drehte sich zu der Frau um. »Wir telefonieren einfach später, in Ordnung?« Elnaz schlüpfte in ihre riesige, fluffige Daunenjacke und schlenderte in klobigen Dr. Martens nach draußen.

»Da drüben gibt's Kaffee.« Nora, wie die Frau anscheinend hieß, nickte in Richtung der Kaffeemaschinen, die neben einem Rollwagen für Tabletts standen, und erst mit mehreren Sekunden Verzögerung dämmerte ihm, dass er gemeint war.

»Sprechen Sie mit mir?«

»Ja.« Sie verdrehte die Augen. »Wollen Sie auch etwas essen?« In einer leicht hilflosen Geste hob sie die Hände.

»Eine Zimtschnecke wäre nett.« Er nahm immer das Gleiche, wenn er vor den Aufnahmen zu *Ärmel hoch* erstmals eine Konditorei besuchte. Der Klassiker sagte viel über die Seele des Ortes aus. Einerseits waren Zimtschnecken der Stolz seiner eigenen Familie – mit dem Rezept von Henriks Großvater war die Firma Bakverk einst berühmt geworden. Andererseits gab es Zimtschnecken in schlichtweg jeder Bäckerei und Konditorei Schwedens, und selbst wenn es finanziell oder hinsichtlich neuer Ideen nicht sonderlich gut lief, konnte man immer noch gute Zimtschnecken backen.

Nora nickte dem jungen Mann am Verkaufstresen zu. »Hassan, könntest du unserem Gast bitte eine Zimtschnecke bringen?«

»Natürlich.« Vergnügt griff Hassan zu einer silbernen Gebäckzange. Als er die Zimtschnecke hochnahm, klimperte Hagelzucker in die Glasvitrine.

»Was haben Sie denn für Kaffee?«, fragte Henrik.

»Normalen Filterkaffee und Milchkaffee. Cappuccino geht auch«, antwortete Nora schmallippig.

»Ich meine, welche Bohnen verwenden Sie für Ihren Filterkaffee?«

»Normalen Gevalia-Kaffee in mittlerer Röstung. Drüben auf der anderen Straßenseite im Espresso House haben sie mehr Sorten: *golden estate fantastic* und einen echt tollen Arabica und eine *limited edition extended wholesome dark brew*, womöglich sogar *royal luxury brillant brazilian chestnut deluxe*, wenn Sie Glück haben. Gehen Sie nur rüber, wenn Sie eine größere Auswahl wollen.«

Henrik fehlten die Worte. Glaubte sie etwa, so etwas wäre lustig? Mit einem unterdrückten Seufzer wandte er sich zu den Kaffeemaschinen um, nahm die vollste Kanne zur Hand und befüllte eine blaue Steinguttasse bis zum Rand. Dann kehrte er an den Cafétisch zurück, und im selben Moment setzte Hassan ihm ein Tellerchen mit einer goldbraunen Zimtschnecke vor, auf der jede Menge Hagelzucker klebte.

Henrik setzte sich, pustete vorsichtig über den Kaffee und nippte daran. Er rechnete bereits mit dem typischen Gerbsäuregeschmack, doch der Kaffee war vollmundig und weich.

»Gut«, sagte er an Nora gewandt.

»Sie klingen überrascht. Die mittlere Röstung wird unterschätzt.«

»Sie ahnen gar nicht, wie oft einem schlechter Kaffee serviert wird.« Er biss in die Zimtschnecke, und auch die erwies sich als ausgezeichnet: Die buttrige Füllung wurde nach unten hin knackig, und der Teig war saftig und trotzdem luftig. Oft waren Zimtschnecken zu üppig, dabei wollte man nicht das Gefühl haben, gerade ein fettiges Butterbrot mit zu viel Belag zu essen. Allerdings war diese Schnecke riesig.

»Gut! Nur kleiner dürfte sie sein.«

Sie sah ihn beleidigt an. Dann wanderte ihr Blick zu einem

Punkt über seinem Kopf, sie reckte den Hals und schaute sich demonstrativ um.

Er war sichtlich verwirrt.

»Ich frage mich nur gerade, wo die Kameraleute sind.« Sie zuckte mit den Schultern. »Mir war nicht klar, dass die Dreharbeiten schon angefangen haben.«

Immer noch schweigend sah er sie an und ließ den Sarkasmus an sich abperlen.

»Ich meine ja nur – Sie kommen direkt mit zig Kommentaren und Ratschlägen, um die ich nicht gebeten habe.«

»Ich weiß ja nicht, ob Elnaz Ihnen schon erzählt hat, dass morgen Leute von der Produktion vorbeikommen, sich ein bisschen genauer umsehen und einmal durch Ihr Sortiment futtern, um etwas zu finden, wozu ich eine Meinung haben *sollte*. Genau davon handelt die Sendung nämlich: dass ich Verbesserungsvorschläge mache.«

»Mhm. Nur ist es nun mal so, dass meine Kundschaft große Zimtschnecken haben will …«

»Inzwischen sind kleinere gefragt. Bei Bakverk beispielsweise wird alles kleiner, weil die Kunden unserer Cafés riesige Muffins und tellergroße Schnecken zu mächtig finden.«

»Und der Preis bleibt der gleiche, was?«

Herr im Himmel, mit dieser Frau zu drehen, würde alles andere als einfach werden!

»Aber so arbeite ich nicht.« Sie verschränkte die Arme vor der Brust.

»Verstehe. Und wie arbeiten Sie dann? Wenn ich es richtig in Erinnerung habe, läuft Ihre Konditorei nicht mehr sonderlich gut. Also muss doch etwas in Schieflage geraten sein.«

»Es war in den letzten Jahren ein bisschen zäh, aber das wird schon wieder. Ich brauche keine Hilfe.«

Er legte die Zimtschnecke zurück auf den Teller. »Und warum haben Sie sich dann beworben, wenn Sie allein klarkommen?«

Sie verstummte, sah kurz aus dem Fenster und dann wieder zu ihm zurück. »Sie stellen mich hier nicht als unfähig dar. Das mag mit anderen Teilnehmern klappen, aber nicht mit mir.«

Er sah sie interessiert an. »Darf ich fragen, ob Sie überhaupt an der Sendung teilnehmen *wollen*?«

Sie wirkte irritiert, fast schon feindselig. Dann schien sie sich halbwegs zusammenzureißen. »Wenn ich ganz ehrlich sein soll: Nein. Wer will schon aus freien Stücken an Ihrer Sendung teilnehmen?«

»Tatsächlich so einige. Wir kriegen Hunderte Bewerbungen, und das Weihnachtsspecial ist besonders beliebt.«

Sie sah ihn lange schweigend an. »Ich will einfach nur nicht im landesweiten Fernsehen wie eine Idiotin dastehen.« Sie holte tief Luft. »Außerdem war es meine Freundin, die sich in meinem Namen beworben hat, obwohl …« Sie seufzte. »Die Aufmerksamkeit wäre natürlich eine Chance, hier wieder alles in Ordnung zu bringen.«

Er nickte. »Danke für die ehrliche Antwort. Aber wenn Sie nicht teilnehmen wollen, gibt es zig andere.« Er nahm noch einen Schluck Kaffee. »Und ich habe leider keine Zeit, hier zu sitzen und eine scheiternde Konditorin zur Teilnahme zu überreden. Da bleibt uns wohl nur, den Nächsten auf der Liste anzurufen.« Mit einem Knall stellte er die Tasse ab.

Ihr klappte die Kinnlade runter, doch schon im nächsten Moment hatte sie sich wieder im Griff.

»Melden Sie sich bei der Projektleitung, wenn Sie es sich überlegt haben. So verschwenden wir keine Zeit.« Dann wickelte er die Zimtschnecke in eine Serviette und nahm sie mit, als er die Konditorei verließ.

3. Kapitel

1945

Mit einem lauten Zischen kam der Zug stotternd zum Halten. Die Waggons schwankten noch, Tuula geriet kurz aus dem Gleichgewicht, richtete sich aber sofort wieder auf und hielt die zwei Kinder fest an den Händen. Die Türen gingen auf, und sie ließ den anderen Fahrgästen den Vortritt, obwohl sie und die Kinder aus Angst, den Ausstieg zu verpassen, schon seit dem vorigen Halt an der Tür gewartet hatten.

Mit je einem Kind an der Hand stieg sie vorsichtig die steilen Stufen hinab auf den Bahnsteig und eilte dann allein zurück, um den großen Reisekoffer nach draußen zu schleppen. Auch wenn sie einst nur das Allernötigste gepackt hatten, war der Koffer bleischwer. Inzwischen enthielt er alles, was sie noch besaßen.

Sie atmete tief ein, um ihre Lunge von der stickigen Luft des Waggons zu befreien. Draußen roch es verbrannt nach Zugbremsen und Staub.

Aus dem nächsten Waggon strömte ein gutes Dutzend Kinder. Ein Junge, der kaum älter sein konnte als Matias, rannte sofort über den Bahnsteig. Eine Frau mit einem akkuraten Dutt – vermutlich die Bedienstete eines Kinderheims – lief ihm hinterher, während der Junge in einem fort nach seiner Mutter rief. Tuula zerriss es beinahe das Herz. Während die Frau ein Stück weiter den Jungen einfing, verstärkte sie selbst instinktiv den Griff um Matias' und Ritvas kleine Hände.

»Au«, wimmerte Ritva, und Tuula lockerte den Griff wieder.

Sie hatte so viel verloren: ihren Mann, ihr Zuhause, ihr Heimatland. Aber sie hatte die Kinder, und die Kinder hatten sie. Sie waren zusammen, und Tuula tröstete sich mit der Vorstellung, dass all diese Kinder, die sich in diesem Moment auf dem Bahnsteig in eine Reihe stellten, ihre Eltern wiedersehen würden, sobald dieser elende Krieg vorbei wäre.

Zu dritt machten sie sich auf den Weg zur Ankunftshalle. Hier roch es genau wie zu Hause – nach Essen aus einem benachbarten Bahnhofslokal, nach dem Staub der davor verlaufenden Straße und nach dem festgetretenen Schmutz auf dem Steinboden. Gleichzeitig war alles anders: überall andere Schilder, andere Wörter, ringsum eine andere Sprache mit einer anderen Satzmelodie, die zu einem anderen Hintergrundrauschen beitrug.

Sie durchquerten die kleine Ankunftshalle. Der Essensgeruch wurde stärker. Roch es nicht nach Kartoffeln und Haxe? Ihr knurrte der Magen. Im Auffanglager, in dem sie zunächst gelandet waren, hatten sie zwar Essen bekommen, allerdings nicht solches. Nichts, was sie von zu Hause gewöhnt waren: richtiges Essen wie Schweinefleisch mit Zwiebelsoße und Kartoffeln, Weißkohlauflauf mit Wurst oder Fleischbällchen, die sie zuletzt, kurz bevor sie geflohen waren, mit Mohrrübenschnitzen versetzt hatte. Selbst als mehr rationiert werden musste, hatten sie sich mithilfe des eigenen Gartens und benachbarter Höfe einigermaßen versorgen können.

Quer über den geklinkerten Boden, auf dem ihre Schritte bis empor zum Deckengewölbe hallten, erreichten sie den Ausgang. Draußen auf dem Gehweg wartete Aino in der Frühlingssonne. Beim Anblick des krausen blonden Haares, nein, der ganzen Frau, die so viele Erinnerungen an zu Hause weckte, bekam Tuula vor Erleichterung ganz weiche Knie, doch dann atmete sie ein paarmal tief durch, und im selben Moment hatte Aino sie ebenfalls entdeckt. Die freundlichen grauen Augen leuchteten auf, und dann eilte sie auf sie zu und nahm Tuula fest in die Arme.

»Wie groß ihr geworden seid!« Warm lächelnd tätschelte Aino den Kindern die Wangen, bis sie nicht länger an sich halten konnte und auch sie in die Arme schloss. »Dich hab ich ja nicht mehr gesehen, seit du in den Windeln lagst!« Sie zerzauste Matias' Haare.

Aino und Heikki hatten keine eigenen Kinder bekommen, und solange sie zu Hause in Rovaniemi Nachbarn gewesen waren, hatten sie Tuula nach Kräften unterstützt. Als Ritva gerade zur Welt gekommen war, war Aino ihr eine unersetzliche Hilfe gewesen, weil Tuulas Mutter Dutzende Kilometer entfernt wohnte und die Schwester mit ihrer eigenen Familie vollauf beschäftigt war. Dann waren Aino und Heikki nach Schweden gezogen, und Tuula hatte sie schmerzlich vermisst; damals war ihr geliebter Juhani gerade einberufen worden, Matias war noch ein kleines Baby gewesen und Ritva jüngst zwei geworden. Allein mit zwei Kindern, ohne Eltern in der Nähe und ohne Aino hatte Tuula sich einsam gefühlt, sich aber stets damit getröstet, dass Juhani bald zurückkommen würde, dann wäre die Einsamkeit nicht mehr ganz so schlimm. Allerdings wusste sie da noch nicht, dass sie schon bald Witwe wäre; aus irgendeinem Grund hatte sie sich das nie vorstellen können, obwohl ständig Frauen im Zuge des fortschreitenden Weltkriegs ihre Männer verloren. Sie hätte niemals geglaubt, dass sie einmal eine von ihnen werden könnte; es hatte sich schlichtweg zu unwirklich angefühlt.

Aino nahm Tuulas Koffer hoch.

»Nicht, Aino!«, protestierte Tuula. »Ich schaffe das schon.«

»Kommt nicht infrage. Du hast eine weite Reise hinter dir und ihn bis hierher geschleppt. Halt du deine Kinder fest, ich nehme den Koffer.« Aino hievte ihn hoch. »Hat alles gut geklappt?«

»Ja.« Tuula ahnte, dass Aino die letzte Etappe vom Auffanglager in den Süden meinte. Trotzdem blitzten vor ihrem inneren Auge Erinnerungen an ihre Flucht aus Finnland auf, an die chaotischen Stunden, nachdem sie den Evakuierungsbefehl bekommen hatten, und daran, wie sie ihre persönlichen Habseligkeiten zusammengeklaubt und ihr Heim, ihr Leben hinter sich gelassen hatten.

»Bis zur Wohnung ist es nicht weit«, trällerte Aino. »Und ich habe gute Nachrichten: Du kannst schon morgen deinen Dienst in der Bäckerei antreten!«

»Wirklich?« Tuula sah ihre Freundin dankbar an. Sie hatte kaum noch Geld und brauchte so schnell wie nur möglich Arbeit, um wieder auf die Füße zu kommen. »Und die Kinder?«

»Auf Ritva wartet die Schule und auf Matias der Kindergarten. Sie können gleich morgen dort anfangen.«

Obwohl die letzte Zeit die reinste Hölle gewesen war, verspürte Tuula einen Anflug von Hoffnung. So hell hatte es für sie schon lange nicht mehr ausgesehen. Seit Juhani gestorben war, war das Leben düster gewesen.

Sie bogen auf die Hauptstraße ab, gingen an flachen, verputzten Steinhäusern, rot gestrichenen Holzhäusern und einem Lebensmittelgeschäft vorbei. Vor ihnen tauchte ein Café mit einem kleinen Außenbereich auf, in dem Leute bei Kaffee und Tellerchen mit Hefegebäck saßen. Tuula spürte die Blicke. Alle starrten sie an.

»Drecksfinnen«, hörte sie jemanden fauchen, der auf einem Fahrrad an ihnen vorüberfuhr.

Tuula zuckte zusammen und sah aus den Augenwinkeln, wie Aino hocherhobenen Hauptes und mit kerzengeradem Rücken weiterging, dem Anschein nach ohne den Mann auch nur bemerkt zu haben.

»Es sind nicht alle flüchtlingsfreundlich«, erklärte Aino und bog in eine Nebenstraße ein. »Am besten ignorierst du sie einfach.«

Tuula nickte stumm.

Ein paar Kinder traten einen Ball gegen eine gemauerte Hauswand, und Matias verrenkte sich schier den Hals, um ihnen zuzusehen.

Vor einem Bretterzaun zwischen zwei Holzhäusern blieb Aino stehen. Eine weiß gestrichene Tür hing dort schief in den Angeln, und über den Zaun wucherte eine Kletterrose. Aino zog den Riegel zurück, stieß die Tür auf, und gemeinsam betraten sie einen kleinen Hof, in dem eine große Eiche ihren Schatten über ein gelb getünchtes Wohnhaus warf. »Da gegenüber, im Hinterhaus, dort zieht ihr ein. Wir wohnen bloß ein Stockwerk tiefer – was bestimmt gut ist, wenn du Hilfe mit den Kindern brauchst.«

Sie überquerten den gekiesten Hof, wuchteten die schwere Holztür zum Hinterhaus auf und stiegen die knarzende Treppe hinauf. Vor Ainos und Heikkis Wohnungstür blieben sie kurz stehen. »Heikki arbeitet ja jetzt im Bergwerk.« In ihrer Stimme schwang Stolz mit. Aino und Heikki waren immer schon fleißig gewesen – wie die meisten, die Tuula von zu Hause kannte. Deshalb war sie auch so erschüttert gewesen, als sie nach ihrer Flucht zu hören bekam, was die Schweden gemeinhin über die Finnen sagten: dass sie bloß soffen und in Schlägereien gerieten.

Dann hatten sie die kleine Dachwohnung erreicht. Zu viert fanden sie kaum Platz im Flur, und Tuula schlüpfte hinter Aino her in die Küche.

»Die Toilette ist unten im Hof. Ich hab ganz vergessen, sie euch zu zeigen! Aber hier oben habt ihr fließendes Wasser und Strom.« An der Stirnseite stand ein solider Herd und in der Ecke zudem ein Kamin, der im Winter die Kosten für die Heizpatrone gering halten würde.

Tuula sah sich in der Küche um. Rissige hellblaue Tapeten und abblätternde Farbe an den Zierleisten; die Fenster sahen aus, als wären sie seit dem Ersten Weltkrieg nicht mehr geputzt worden. Doch sie hatten ein Dach über dem Kopf, und hier wären sie sicher – zumindest, solange sich Schweden aus dem Krieg heraushielt.

»Und dort ist das Schlafzimmer.« Aino nickte in Richtung des Nachbarraums. »Dann lasse ich euch jetzt mal auspacken.« Sie wandte sich zum Gehen.

Tuula ging hinter Aino her und nahm ihre Hände. »Danke, Aino. Danke für alles!«

»Ist doch selbstverständlich! Alten Freunden muss man doch helfen, oder etwa nicht? Kommt nachher um sechs Uhr zu uns zum Abendessen.«

Tuula schüttelte den Kopf. »Das ist zu viel des Guten!«

»Nichts da. Richtet euch ein, und dann sehen wir uns in ein paar Stunden.«

Nachdem Aino die Wohnung verlassen hatte, packte Tuula die wenigen Sachen aus, die sie mitgebracht hatte. Die Kleidung der Kinder legte sie in einen klapprigen Schrank, der an der Schlafzimmerwand stand. Sie überreichte den Kindern ihr Lieblingsspielzeug, das sie noch in aller Eile in den Koffer geworfen hatte, bevor sie das Haus in Rovaniemi hatten räumen müssen. Matias umklammerte seinen Fußball und wollte am liebsten sofort hinaus auf die Straße zu den anderen Kindern.

»Nicht auf die Straße, aber in den Innenhof kannst du.«

Matias ließ die Schultern hängen und nickte. In Wahrheit wollte Tuula ihn gar nicht gehen lassen. Am liebsten sollten die Kinder hier oben bei ihr bleiben. Doch allmählich mussten sie anfangen, wieder ein so normales Leben wie möglich zu führen, und aus dem Küchenfenster konnte sie immerhin den Innenhof einsehen.

Seufzend sah sie sich um. Sie verzehrte sich nach ihrem geräumigen Haus mit dem Küchengarten und all ihren Blumen, nach der Wiese, die sich vor dem Fenster erstreckt hatte … Nichtsdestotrotz hatte sie Glück gehabt: Immerhin hatten sie eine Wohnung bekommen, Tuula würde arbeiten können, und das war mehr, als viele andere, die sie im Lager kennengelernt hatte, von sich sagen konnten. Sie durfte sich nicht beklagen.

Während Matias die Wohnung verließ, packte sie ihre Kleider und zuletzt das kleine Bündel aus Wollstrumpfhosen und einem Hemd aus, das sie um ein Einmachglas mit Anstellgut für Sauerteig gewickelt hatte. Das Glas stellte sie auf die Anrichte.

Das Anstellgut würde sie bald auffrischen müssen. Für die Handvoll Kronen, die sie noch besaß, würde sie ein wenig Mehl kaufen. Der Sauerteig war noch von ihrer Mutter, er sah nach wie vor gut aus, und als sie hatten packen müssen, hatte sie ihn zuallererst in den Koffer gelegt. Vorsichtig öffnete sie den Deckel und inhalierte den fein säuerlichen Geruch, der sie abermals an zu Hause erinnerte.

Außer dass er eine Erinnerung war, würde der Sauerteig sie obendrein mit nahrhaftem, leckerem Brot versorgen. Dazu wären nur Wasser und Mehl nötig, ansonsten konnte sie improvisieren – mit Roggenschrot oder zerstoßenen Haferflocken, sofern sie welche bekam.

Sie drehte sich zu Ritva um. »Magst du mich begleiten und Mehl kaufen gehen?« Das Mädchen nickte, legte sein Holzpferd beiseite und stand auf.

Sie liefen nach unten in den Innenhof, und Tuula rief nach Matias, der seinen Ball gegen die rot gestrichene Hauswand kickte. Mit dem Ball unter dem Arm kam er auf sie zugerannt, und zu dritt machten sie sich auf den Weg zum Dorfkern. Tuula ertappte sich dabei, wie sie den Kopf gesenkt hielt und den neugierigen Blicken auswich.

Im Lebensmittelgeschäft kaufte sie nur das Notwendigste: Eier, Milch, Käse, Butter und natürlich Mehl. Und damit hatte sie all ihr Geld ausgegeben. Zurück in der Wohnung fütterte sie ihren Sauerteig und formte aus der Masse zwei Laibe, während die Kinder erneut in den Innenhof verschwanden. Sie ließ die Laibe gehen und trug dann einen davon hinunter zu

Aino und Heikki. Sie könnten ihn später aufbacken und hätten so tags darauf zum Frühstück frisches Brot.

Nach dem Abendessen brachte sie die Kinder ins Bett und schob den zweiten Laib in den Ofen. Kaum dass der Duft sich in der Küche ausbreitete, ließ sie zu, dass ihre Gedanken zurück in ihre Heimatstadt wanderten, in jene Stadt, die vom Krieg überrollt worden war, wie sie inzwischen gehört hatte. Vor Heimweh krampfte sich ihr die Brust zusammen. Gleichzeitig verspürte sie eine merkwürdige Ruhe am ganzen Leib und schloss die Augen, atmete den Duft des Brotes ein und sah ihr rotes Haus und Juhani vor sich, der mit einer dicken Brotscheibe in der Hand auf der Veranda stand.

4. Kapitel

Dieser verdammte Henrik Eklund! Er war wirklich genau so hochnäsig, wie sie befürchtet hatte. Okay, sie war vielleicht auch nicht gerade entgegenkommend gewesen, aber dass er sofort ihre Zimtschnecken kritisiert hatte, nur um im nächsten Moment das Weite zu suchen, war einfach nur überheblich. Nora saß im Besprechungsraum der Bank und wartete auf ihre Beraterin. Der Raum war mit hellem Holzmobiliar und großen Zimmerpflanzen eingerichtet, und durch die Glastüren konnte man eine komplett mit Pflanzen bedeckte Wand erahnen. Es fühlte sich an, als wäre sie im Amazonas-Regenwald gelandet.

Um sich die Wartezeit zu verkürzen, griff sie zu ihrem Handy. Sie überlegte kurz, ob sie Bea von ihrem Treffen berichten sollte, hatte aber keine Lust, sich über diesen Henrik Eklund auszulassen.

Hab gesehen, dass Maryam und Tess heute Abend nicht zum Floorball kommen, kannst du?, schrieb sie stattdessen in der Hoffnung, dass das Training stattfinden würde. Sie brauchte ein Ventil für ihren Frust.

Leider nein. Ahmat muss arbeiten, antwortete Bea postwendend. Nora war nicht überrascht. Sie war diejenige aus ihrer Clique, die am häufigsten zum Training erschien, obwohl sie so viel in der Konditorei arbeitete. Aber so hatten sie sich einst kennengelernt: Bea, Tess, Maryam und sie. Sie hatten in der Oberstufe im selben Verein angefangen und waren im Handumdrehen unzertrennlich gewesen. Nora war damals die Beste von ihnen gewesen, hatte auch am längsten weitertrainiert, war in der Damenmannschaft des Vereins gelandet und mit dieser sogar aufgestiegen, bis die Arbeit in der Konditorei für ihre Mutter zu anstrengend geworden war und Nora den Sport an den Nagel gehängt hatte. Doch einige Jahre zuvor hatten ihre Freundinnen und sie Anschluss an ein paar andere gefunden und spielten nun einmal die Woche vier gegen vier in einer Turnhalle, die sie günstig mieten konnten. Die anderen Frauen waren Kolleginnen von Bea bei der Polizei und allesamt mindestens fünf Jahre jünger, was sich konditionell bemerkbar machte – ihre Matches waren echt hartes Training.

Dann muss ich wohl auch absagen, wenn sonst niemand da ist und ein gemächlicheres Tempo anschlägt.;)

Sosehr Nora die körperliche Anstrengung brauchte und mochte, der Hauptgrund, warum sie zum Training erschien, waren ihre Freundinnen. Die Jüngeren waren nett, daran lag es nicht; sie erinnerten Nora an sich selbst in einem Alter, als noch alles darum gegangen war, unter der Woche hart zu arbeiten und an den Wochenenden ebenso kompromisslos zu feiern. Aber sie waren nun mal keine Freundinnen. Außerdem waren die anderen drei mittlerweile liiert, hatten eigene Familien gegründet, und die Floorball-Abende stellten für Nora ein Stück gemeinsame Vergangenheit dar, ein Stück Beständigkeit.

Im selben Moment, da sie die Nachricht abschickte, trat Anna ein – eine Frau in ihrem Alter, die bei der Bank für das Nymans zuständig war. Sie hatte sich einen Laptop unter den Arm geklemmt und balancierte zwei Kaffeebecher vor sich her, von denen sie einen vor Nora abstellte, den anderen an ihren eigenen Platz. Dann legte sie den Laptop daneben und quetschte ihren hochschwangeren Babybauch zwischen Stuhl und Tischkante.

»Danke, aber den hätten Sie doch nicht bringen müssen –

ich hätte ihn auch holen können!« Nora legte ihr Handy beiseite.

»Ach, ein bisschen extra Bewegung tut mir nur gut.« Lächelnd schob Anna ihren Stuhl ein Stück näher an den Tisch heran, klappte den Laptop auf und tippte drauflos. »Wenn ich es richtig verstanden habe, möchten Sie mit mir über die finanzielle Lage der Konditorei sprechen?«

Sie tastete nach ihrer Brille, die an einer Nylonkordel um ihren Hals hing. Dass Leute so etwas immer noch benutzten … Vielleicht wurde das ja sogar wieder modern?

Nora räusperte sich. »Genau. Es ist nämlich folgendermaßen: Ich bräuchte einen höheren Dispokredit. Im letzten Sommer habe ich in einen neuen Ofen investiert und bräuchte jetzt zusätzliches Geld – in der Vorweihnachtszeit sind die Ausgaben üblicherweise ziemlich hoch.«

Anna nickte ernst, während sie etwas in ihren Laptop eintippte, die Stirn runzelte und zu überlegen schien. Dann sah sie zu Nora. »Tut mir wirklich leid, aber den Kreditrahmen können wir nicht höher setzen. Sie haben keinerlei Sicherheiten, die Konditorei ist bereits beliehen – und das bis zum äußersten Limit. Ich sehe gerade, dass Sie das Grundstück samt Ladengeschäft und Wohnung besitzen …« Anna verstummte und studierte etwas auf ihrem Laptopbildschirm. »Aber mehr, als Sie bereits beliehen haben, geht wirklich nicht.«

»Und was heißt das?«

»Das heißt, dass Sie … alle Möglichkeiten ausgereizt haben.« Anna tippte erneut auf die Tastatur ein. »Und nachdem Ihr Geschäftskonto derzeit im Minus ist, heißt das auch, dass Sie keinen Spielraum mehr für Ihre Geschäftstätigkeit haben.«

»Dann hab ich wirklich kein Geld mehr?«

Anna schüttelte den Kopf. »Aber wie sieht es denn derzeit in der Kasse aus? Oder mit Ihren Einkünften im kommenden Monat?«

»Ich hoffe natürlich, dass ich wieder ins Plus komme.« Nora

seufzte schwer auf. »Das Problem ist nur, dass ich dringend Geld brauche. Mir stehen wie gesagt einige Ausgaben bevor, und …« Sie unterbrach sich. »Dann kann der Dispokredit wirklich nicht mehr erhöht werden?«

»Leider nicht.« Anna faltete die Hände. »Na ja, möglicherweise schon, wenn wir für die Zukunft Veränderungen erkennen könnten – größere Veränderungen, regelmäßige Bestellungen, etwa wenn Sie einen Vertrag mit einem Geschäftskunden schließen. Dann könnte ich vielleicht noch etwas für Sie tun.«

Nora dachte fieberhaft nach. Nichts dergleichen stand in Aussicht, und ihre Schultern sackten nach unten.

»Ich finde das ebenso unerfreulich wie Sie«, sagte Anna mitfühlend.

Nora war sich sicher, dass Anna es nicht annähernd so grässlich fand wie sie selbst.

»Es ist wirklich traurig, dass Kleinunternehmer auf diese Weise in die Knie gehen.« Anna stieß einen tiefen Seufzer aus. »Aber da kann ich leider nichts machen.«

Nichts machen? Das bedeutete, dass sie nichts mehr bezahlen könnte: weder die Warenlieferungen noch die Löhne. Was sollte sie denn jetzt tun? Die Konditorei dichtmachen? Ihr schnürte sich der Hals zusammen. Würde sie die Konditorei wirklich aufgeben müssen? Das Lebenswerk ihrer Großmutter, ein Familienunternehmen, das ihrer Mutter alles bedeutet hatte? Würde durch ihr Scheitern endgültig damit Schluss sein?

»Aber dann kann ich die Konditorei nicht mehr weiterbetreiben …« Allmählich fühlte sie sich zutiefst verzweifelt. »Wenn der Kredit nur ein klitzekleines bisschen erhöht und die Raten für ein paar Monate ausgesetzt würden, könnte ich das hier lösen – ich *kann* es lösen. Das hab ich auch früher schon gekonnt.« Damals, als sie im Zuge der Erkrankung ihrer Mutter die Konditorei übernommen hatte. Auch da hatte es schon geknirscht, allerdings hatte ihre Mutter nie etwas gesagt, und Nora hatte sich genötigt gesehen, alles umzukrempeln, Personal zu kündigen, den Wareneingang zu inventarisieren und neue Produkte einzuführen, für die es eine Nachfrage gab. Sie bewarb ihre Sauerteigbrote mehr denn je, weil Sauerteig zu jener Zeit der letzte Schrei war – oder vielleicht war der Trend da auch schon wieder vorüber, und das Nymans war zuallerletzt auf den Zug aufgesprungen. Trotzdem. Dies alles war ohne umwälzende Veränderungen passiert, sie hatte alles gegeben, um beizubehalten, was möglich war, so hatte es ihre Mutter gewollt, und so wollte Nora es auch. Seither war im Nymans alles glattgegangen – für ein paar Jahre. Bis dann diese hippe Bäckerei ganz in der Nähe eröffnete und ihnen diejenigen Kunden abspenstig machte, die Croissants und Kardamomschnecken wollten. Als der Ica-Supermarkt dann auch noch feine Torten und sogar Butterbrottorten ins Sortiment aufnahm, blieben noch mehr Kunden aus, und diejenigen, die nur einen schnellen Kaffee trinken wollten, gingen ins Espresso House. Sie hatte ganz einfach Pech gehabt. Unglückliche Umstände hatten dazu geführt, dass sie nun in dieser misslichen Lage war. Aber natürlich würde sie das Ruder herumreißen.

Anna seufzte erneut, und ihr Babybauch wackelte. »Ich weiß, dass Sie das schon einmal geschafft haben. Aber es fällt mir im Augenblick schwer, Veränderungspotenzial zu erkennen. Es läuft seit zwei Jahren nicht mehr rund, und wenn wir nicht alsbald eine deutliche Umkehr sehen, können wir Ihnen leider nicht mehr helfen.«

»Ich nehme an einer Fernsehsendung teil«, platzte es aus Nora heraus. »*Ärmel hoch* – vielleicht sagt Ihnen das etwas?« Sie begriff selbst nicht, warum sie das gerade gesagt hatte.

Anna war verblüfft. »Ach, *Ärmel hoch*?« Schlagartig sah sie interessiert aus.

»Ja, und laut Produktionsfirma haben frühere Konditoreien

und Bäckereien schon im ersten Monat nach Ausstrahlung ihre Umsätze verdoppelt.« Das hatte sie dem E-Mail-Wechsel zwischen Bea und der Produktionsfirma entnommen.

Anna nickte bedächtig.

»Es wird übrigens das Weihnachtsspecial – und das ist wahnsinnig aufwendig. Sie fangen demnächst an zu drehen, ausgestrahlt wird dann Mitte Dezember.«

Anna lehnte sich auf ihrem Stuhl zurück. »Das verändert alles.« Sie lächelte breit. »Die Sendung ist wirklich wahnsinnig beliebt.«

»Und sie wählen nur Bäckereien und Konditoreien aus, die einen gewissen Qualitätsstandard haben und sie alle sind hinterher besser gelaufen. Einige sind sogar richtige Touristenmagneten geworden!«

»Stimmt.« Anna nickte. »Die Bäckerei außerhalb von Göteborg habe ich selbst mal besucht, die mit diesem Typen mit dem Innenhof voller Beeren. Das war richtig toll. Wenn ich mich richtig erinnere, mussten wir sogar Schlange stehen, um reinzukommen.« Dann nickte sie abermals. »Ich kann Ihren Kreditrahmen um einhunderttausend erhöhen. Allerdings brauche ich dafür von der Produktionsfirma etwas Schriftliches.«

Eilig rechnete Nora nach. Damit würde die Konditorei noch ein paar Monate überleben. »Danke!« Aber Himmel, sie musste ja auch noch die Lüftung erneuern! Eigentlich hatte sie vorgehabt, dafür einen weiteren Kredit aufzunehmen, aber diese Option fühlte sich gerade unendlich weit entfernt an.

Hoppla, schoss es ihr dann durch den Kopf. Sie hatte der Bank mehr oder weniger versichert, dass sie an *Ärmel hoch* teilnehmen würde – sie, die sich nicht mal mehr sicher sein konnte, ob sie überhaupt noch teilnehmen *durfte*. Henrik hatte sie immerhin nicht wahnsinnig sympathisch gefunden.

Sie holte tief Luft und bedachte Anna mit einem Lächeln. Dann würde sie jetzt wohl die Produktionsleitung anrufen und alles klären müssen.

Nun würden also die Bank und ein bescheuertes Fernsehformat die Konditorei retten … Es fühlte sich an, als hätte sie ihre Seele gleich doppelt verkauft.

*

Nachdem Nora am Abend das Café abgesperrt hatte, knetete sie Teig für zehn Sauerteigbrote. Wann immer sie frustriert war oder einfach nur Trost brauchte, nahm sie ihren Sauerteigansatz zur Hand, und da war es sogar nebensächlich, ob Renée bereits genügend gebacken hatte. Sie stellte sich trotzdem in die Backstube und knetete – und wenn sie zu viel herstellte, beschenkte sie einen der Stammgäste mit einem Laib oder brachte ihn einer Freundin mit.

Den frisch-säuerlichen, angenehmen Duft einzuatmen und den kühlen, weichen Teig unter den Fingern zu spüren war für sie wie Therapie. Augenblicklich fühlte sie sich in jene Zeit zurückversetzt, in der sie zusammen mit ihrer Mutter gebacken hatte. Auch von ihr war aller Stress abgefallen, wenn sie Teig geknetet hatte. Der Sauerteig hatte ihrer Mutter unendlich viel bedeutet, und wie oft hatte sie davon gesprochen, dass er einer Verbindung zu ihren Wurzeln und zu ihrer Kindheit in der Konditorei gleichkam. Nora bedeutete er ebenso viel. Außerdem erinnerte er sie daran, was sie einst gehabt hatte: eine Familie, Eltern, die sie bedingungslos liebten, einen Zusammenhalt, der so selbstverständlich war, dass sie ihn niemals infrage gestellt hatte oder sich auch nur hätte vorstellen können, dass er eines Tages nicht mehr da sein könnte.

Umarmungen müssen weich und Küsse hart sein. Mamas Worte. Dass ihr das ausgerechnet jetzt wieder einfiel. Aber genau so war ihre Mutter gewesen: entweder weich oder hart. Entweder liebte oder verteufelte sie andere. Ungefähr wie Nora selbst – und womöglich waren sie deshalb auch so oft aneinandergeraten, weil sie einander so ähnlich gewesen waren: immer randvoll mit Gefühlen.

Nachdem ihr Vater, der als eine Art Katalysator gedient hatte, gestorben war, war Noras Verhältnis zu ihrer Mutter nur intensiver, die Streitereien mitunter schlimmer, doch ihr Zusammenhalt trotz allem stärker geworden, und was sie miteinander verbunden hatte, hatte umso mehr Gewicht bekommen – die Trauer um Papa, aber auch ihrer beider Liebe zum Backen und zu der Konditorei.

Nora musste oft daran denken, was ihre Mutter ausgemacht hatte. Was für sie gestanden hatte. Lautes Lachen und frühes Aufstehen. Blumenkleider und Sommer – sofern sie nicht gerade in der Backstube stand. Nora hatte ein paar ihrer Lieblingsblumenkleider aufbewahrt; sie erinnerten sie an die Sommerferien.

Nachdem ihre Mutter gestorben war, war Nora überwiegend zornig gewesen, so ungeheuer zornig. Irgendwann nahm dann die Trauer überhand, um schon bald wieder in Zorn umzuschlagen. Und so war es seither geblieben. Sie war eigentlich die meiste Zeit übel gelaunt – vor allem bei der Vorstellung, was sie alles verpasst hatte: ihre Eltern besser kennenzulernen, sie altern zu sehen, ihr Leben mit ihnen zu teilen.

Sie würde die Laibe über Nacht ruhen lassen. Sie schloss hinter sich ab und spazierte zum Supermarkt. Sie wollte sich zum Abendessen einen Brillat-Savarin kaufen, der auf der Käseplatte vor Cremigkeit schier zerfloss, dazu einen vollmundigen Rotwein trinken, sich eine Debatte der Parteivorsitzenden im Fernsehen ansehen und dann vielleicht noch eine Folge der Backsendung, die sie im Herbst oft verpasst hatte und in der die besten Konditoren des Landes sich einmal quer durch die beliebtesten schwedischen Torten backten … Hoffentlich war dieser Henrik nicht Teil der Jury! Aber selbst wenn: Sie würde bestimmt sowieso wieder vor dem Fernseher einschlafen. Sie hatte sich schon den ganzen Monat einen

Wurst- oder Käse-Wein-Backshow-Fernsehabend vorgenommen, und immer hatte es damit geendet, dass sie bis spätabends in der Konditorei zu tun gehabt hatte oder vor ihrer Käseplatte eingeschlafen war.

Draußen war es längst dunkel geworden. Die Geschäfte entlang der Hauptstraße waren geschlossen, doch in den Restaurants herrschte reger Betrieb, so dass von dort warmes Licht auf den Gehweg fiel. Natürlich hatte auch das Espresso House geöffnet. Die konnten sich ausgedehnte Geschäftszeiten leisten, genau wie die hippe Bäckerei. Damit konnte Nora leider nicht konkurrieren.

Sie war früher am Tag bei der Projektleitung von *Ärmel hoch* nicht durchgekommen und hatte es stattdessen bei Elnaz versucht, doch die hatte ihren Anruf weggedrückt und kurze Zeit später eine SMS geschickt und versprochen, dass sie zurückrufen würde.

Hatte Nora es bereits vermasselt? Wollte Henrik nicht mit ihr zusammenarbeiten? Mist, warum hatte sie sich auch so angestellt? Das Treffen mit Elnaz war doch gut gelaufen – die Line Producerin war in ihrem Alter und schien Verständnis für Noras Vorbehalte gehabt zu haben. Vielleicht war sie widerspenstige Konditoreibetreiber aber auch nur gewöhnt. Trotzdem hatte sie den Eindruck erweckt, als könnte sie gut mit Menschen umgehen, während Henrik hauptsächlich damit zu rechnen schien, dass ihm alle zu Füßen lagen, und es gar nicht fassen konnte, dass nicht jeder gern zur besten Sendezeit von Seiner Hoheit auseinandergenommen werden wollte.

Im Supermarkt steuerte sie ohne Umwege die Frischetheke an und suchte nach dem weichsten Brillat-Savarin in der Auslage.

»Hast du gesehen, dass der Käse im Angebot ist?« Maggan hinter der Theke sah fröhlich zu ihr rüber. »Und dieser spanische Schinken, den du so gern magst, ist gerade frisch reingekommen.« Die Kaltmamsell des Supermarkts nahm den riesigen Schinken hoch, drehte sich um und schnitt eine Scheibe ab, die sie Nora über den Tresen reichte. Nora legte ihn sich auf die Zunge, schloss die Augen und genoss den salzigen und herrlich weichen Umamigeschmack.

»Ich nehme einhundert Gramm.« Bedächtig zerkaute sie die Schinkenscheibe.

Maggan wandte sich wieder der Aufschnittmaschine zu, während Noras Gedanken zurück zu dem Treffen am Vormittag wanderten. Sie kam nicht darüber hinweg, dass Henrik Eklund einfach so hereinspaziert und aufgetreten war, als würde *ihm* die Konditorei gehören. Unfassbar, diese Überheblichkeit! Allerdings musste sie sich obendrein eingestehen, dass er auch unfassbar gut ausgesehen hatte … Besser als im Fernsehen. Lässig gekleidet in Karohemd und Jeans. Der Holzfällerlook stand ihm, auch wenn er als Großstädter bestimmt der schlechteste Holzfäller aller Zeiten wäre.

Sein fester Händedruck, als sie sich einander vorgestellt hatten, war erstaunlich angenehm gewesen. Und er hatte sich mit Vor- und Nachnamen vorgestellt, als wüsste sie nicht, wie er hieß, was vielleicht doch auf eine gewisse Bescheidenheit schließen ließ – eine Bescheidenheit, die sich jedoch verflüchtigte, kaum dass er den Mund aufgemacht hatte. Trotzdem hatte er ein nettes Lächeln, das ihr auch schon im Fernsehen aufgefallen war, in dieser Werbung für Mehl und auf Fotos von Jetset-Feiern, die sie in der Klatschzeitung beim Friseur gesehen hatte.

Aber jetzt, da sie darüber nachdachte … Vielleicht war sie ja selbst noch viel unerträglicher gewesen als er? Sie seufzte und angelte ihr Handy aus der Jackentasche. Ein verpasster Anruf. Elnaz.

Mit den Schinkenscheiben auf einem Hauch Plastikfolie kehrte Maggan an den Tresen zurück. Sie legte die Folie über den Scheiben zusammen und schob sie in eine steife Papiertüte.

»Und noch fünfzig Gramm von der Trüffelsalami«, sagte Nora. »Ich muss ganz kurz telefonieren …« Sie warf Maggan einen entschuldigenden Blick zu und verschwand zwischen den Supermarktregalen.

Elnaz ging sofort ran. »Hallo, Nora!« Im Hintergrund war Gemurmel zu hören. »Warten Sie kurz, ich muss hier raus, damit wir ungestört reden können … So, jetzt ist es besser.«

»Also, ich hatte vorhin angerufen, weil ich nur sagen wollte, dass das Treffen mit Henrik vielleicht nicht ganz … reibungslos verlaufen ist. Und dafür möchte ich mich entschuldigen. Wenn irgendwer daran zweifeln sollte, ob ich wirklich an der Sendung teilnehmen will, dann möchte ich Ihnen hiermit versichern, dass ich ernsthaftes Interesse habe.« Sie tat ihr Bestes, um begeistert zu klingen.

»Wie schön! Aber was ist denn während Ihres Treffens passiert? Ich hatte eben erst eine Besprechung mit Henrik, und er hat gar nichts erwähnt.«

Verdammt, hatte sie zu viel gesagt?

»Ah, okay … Ich dachte nur, er könnte vielleicht glauben, dass ich nicht mitmachen will.«

»Aber Sie wollen mitmachen?« Elnaz klang leicht verwirrt, was aber womöglich kein Wunder war. Immerhin hatte sich Bea in Noras Namen für die Sendung beworben, und jetzt stammelte die echte Nora vor sich hin, Henrik könnte vielleicht Zweifel haben.

»Natürlich will ich mitmachen. Henrik und ich haben uns lediglich missverstanden. Deshalb wollte ich unbedingt klarstellen, dass ich wirklich teilnehmen *will*.«

»Cool. Sehr schön. Und wo wir gerade dabei sind: Ich habe mit der Projektleitung gesprochen, und wir müssten wirklich schon sehr bald mit den Drehs anfangen – nächste Woche …«

»Schon nächste Woche?!«

»Ja, denn Henrik und ich sind in wenigen Wochen bereits für *Weihnachten mit Familie Eklund* verplant. Unterdessen legen wir hier eine Pause ein. Aber wir müssten quasi sofort anfangen, damit alles hinhaut.«

Schon nächste Woche! Alles in Nora sträubte sich dagegen. Sie wollte doch einfach nur Brot backen, Gebäck zaubern, Plätzchen backen und mit ihren Stammgästen plaudern. Dann rief sie sich in Erinnerung, wie viel auf dem Spiel stand. Die Zukunft der Konditorei.

»Nächste Woche passt.«

»Großartig! Dann machen wir schon mal die Verträge fertig: einen über unsere Zusammenarbeit, einen zur Geheimhaltung und einen bezüglich der Rechte. Wir organisieren ein Mittagessen, bei dem Sie alles unterschreiben können, in Ordnung?«

»Ja, natürlich. Klingt super.«

»Die Projektleitung schickt Ihnen den Terminplan – und ich freue mich sehr auf alles, was kommt, Nora. Sie werden sich im Fernsehen phantastisch machen! Dann noch einen schönen Abend!«

Nora schob ihr Handy in die Tasche und kehrte zur Theke zurück. Maggan wog gerade ein kleines Plastikschälchen mit dünnen Salamischeiben ab, klebte das Preisetikett über die Kante und überreichte ihr die Schale mit einem herzlichen Lächeln.

»Du, ich hab gehört, dass Henrik Eklund in der Stadt ist!« Sie senkte die Stimme. »Stimmt das, was alle munkeln? Dass du bei *Ärmel hoch* mitmachen willst?«

»Ja, das stimmt«, sagte Nora nur. Vielleicht hatte sie selbst damit ja schon gegen irgendeine Geheimhaltungsklausel verstoßen? Egal, sie hatte noch nichts unterschrieben. Sollten sie sie doch verklagen.

»Dann könnte man ja vielleicht ins Fernsehen kommen? Immerhin brauchst du doch Gäste in deinem Café, wenn das Fernsehteam da ist?«

»Ich gehe davon aus«, sagte Nora, die in Wahrheit keine

Ahnung hatte. »Ich weiß ehrlich gesagt noch nicht, wie es ablaufen wird.«

Maggan strahlte sie an, als wäre allein die Anwesenheit eines Kamerateams in der Stadt gleichbedeutend mit der lebenslangen Einladung zu sämtlichen Promipartys landauf, landab.

»Was für eine Riesensache! Freust du dich gar nicht? So etwas ist doch nicht bloß für die Konditorei gut, sondern für die ganze Stadt, möchte ich meinen. Und dass ausgerechnet du ausgewählt wurdest – bei den unzähligen Bewerbungen!« Maggan schüttelte den Kopf, um zu unterstreichen, dass sie völlig verdattert war, und natürlich war Nora klar, dass sie recht hatte: Es war tatsächlich eine einzigartige Chance.

»Stimmt, es ist wirklich unglaublich. Echt cool.« Und fast meinte sie es ehrlich.

*

Noras Wohnung lag im ersten Stock direkt über der Konditorei. Früher hatte dort ihre Großmutter gewohnt, und nach deren Tod hatten ihre Eltern die Wohnung zunächst vermietet. Nachdem ihre Mutter gestorben war, kündigte Nora ihre damalige Wohnung, verkaufte ihr Elternhaus, investierte die Verkaufssumme in die Konditorei, um zu retten, was zu retten war, und zog in die Wohnung darüber ein. Sie liebte sie von Herzen, hatte sie sich zu eigen gemacht, das eine oder andere verändert und modernisiert – nicht jedoch die schönen Jahrhundertwende-Details: Sie hatte die alten Sprossenfenster behalten, allerdings mit Isolierglas versehen. Die schmuddeligen alten Küchenfliesen waren durch rechteckige weiße ersetzt worden und die alte Küchenarbeitsplatte durch eine schwere sandfarbene Natursteinplatte, die ein Vermögen gekostet hatte und ihr als Backtisch diente, wann immer sie neue Rezepte ausprobierte und nicht runter in die Konditorei laufen wollte. Die dunklen Küchenfronten, die sie behalten hatte, waren inzwischen sogar wieder im Trend. Sie hatte den wunderschönen Holzboden lediglich frisch abgezogen und sämtliche Wände in einem feinen Kalksteingrau gestrichen.

Ein paar alte Möbel ihrer Großmutter – die halbmondförmige Flurkonsole und eine TV-Bank aus Teak – hatte sie ebenfalls behalten und überdies ausgewählte Stücke aus ihrem Elternhaus mitgenommen, darunter auch den Esstisch – ein zwar nicht wahnsinnig schönes Kiefernmöbel, doch daran hatten sie sich allabendlich zusammengesetzt, selbst wenn ihre Eltern in der Konditorei Überstunden gemacht hatten. Wenn ein Abendessen nicht hingehauen hatte, hatten sie zumindest noch gemeinsam Tee getrunken und das eine oder andere übrig gebliebene Brötchen aus der Konditorei gegessen. Der alte Tisch stand in vielfacher Hinsicht für Gemeinschaft und Familie, und ganz gleich, wie müde sie war, nahm sie bis heute jeden Abend wenigstens kurz an dem Tisch Platz und trank einen Tee.

Zu Hause zog sie ihre Jeans und das fleckige T-Shirt aus und schlüpfte in ein weites Sweatshirt und eine Yogahose (in der sie nie Yoga machte – sofern ausgestreckt auf dem Sofa mit einem Bein über der Lehne nicht als Yogaposition zählte). Dann legte sie den Käse auf einen Teller, tupfte einen Klecks Marmelade daneben – Johannisbeeren aus Beas Garten mit einem Hauch Kardamom – und nahm sich ein paar große Stücke Knäckebrot. Sie liebte ihr Knäckebrot, auch wenn es sich nicht verkaufte; den Kunden war es wohl schlichtweg zu teuer, deshalb hatte sie es aus dem Sortiment genommen und backte es nur noch für sich selbst und hier und da für Freunde.

Neben den Käse legte sie ein paar Scheiben Schinken und Salami und nahm sich ein Weinglas aus dem Schrank. Und erst in diesem Moment fragte sie sich, ob sie überhaupt noch Wein daheim hatte. Wie konnte sie das an ihrem kostbaren Weinabend vergessen haben? Sie zog die Tür zur Speisekammer auf – nirgends eine Weinflasche. Das konnte doch nicht wahr sein!

Eilig stellte sie die Dinge beiseite, die ringsum standen: eine Flasche Himbeersaft, eine geöffnete Schachtel Digestive-Kekse, Rosinen, diverse Backzutaten, unter anderem das spezielle Mehl, für das Henrik Eklund in jeder Reklamepause Werbung machte – ja, selbst sie hatte es sich gekauft. Kakao, Zucker, alles in Glasgefäßen, weil sie ihre Zutaten so am liebsten aufbewahrte. Und ganz zuhinterst fand sie die Flasche, die sie von ihren Freundinnen zu ihrem letzten Geburtstag gekriegt hatte – eigens von Tess ausgewählt, die auf einem schicken Gestüt außerhalb von Västervik wohnte, das auch über einen Weinkeller verfügte. Der Wein war teuer, und Nora hatte ihn sich für eine besondere Gelegenheit aufgehoben, auch wenn Tess der Ansicht war, dass man auch an einem ganz normalen Regentag einen guten Wein trinken sollte.

Wie es der Zufall wollte, war heute ein verregneter Dienstag, was Nora als gutes Omen deutete.

Sie entkorkte die Flasche, goss sich ein Glas ein und nahm Glas und Teller mit vor den Fernseher in ihrem kleinen Wohnzimmer. Als sie gerade die Debattensendung einschalten wollte, trudelte eine Nachricht von Beas Ehemann Ahmat ein.

Muss heute arbeiten, so dass ich die Debatte verpasse. Kannst du sie aufzeichnen und morgen vorbeikommen, damit wir sie uns zusammen ansehen können?

Sie schmunzelte. *Na klar! Ich hab schon lange nicht mehr mit jemandem gestritten und brauche ein Ventil für meine Aggressionen.*

Außer ihrer Zuneigung zu Bea teilten Nora und Ahmat ein brennendes Interesse für Politik und setzten sich darüber auch gern lautstark auseinander.

Ok, dann räume ich vorher alles weg, was kaputt gehen könnte! Luftpolsterfolie um die Vitrine und so!, antwortete er.

Haha, schrieb sie zurück. *Aber nur zur Erinnerung: Sie ist einfach vom Tisch gekippt!*

Während einer Debatte im vorigen Jahr hatte Nora versehentlich eine von Beas kitschigen Porzellankatzen zu Boden gefegt, als Ahmat und sie hitzig diskutiert hatten, was er ihr noch immer nur allzu gern unter die Nase rieb.

Gib zu, dass du froh warst!, legte sie nach.

Auf ewig dankbar! Die Katze war scheußlich!

Sie nahm einen Schluck Wein und klickte stattdessen die TV24-App an. Wow, was für ein Wein: Erdbeeren, Himbeeren, schwarzer Pfeffer, irgendwas Krautiges und … Zedernholz? Auf Tess war wirklich Verlass. Die verschiedenen Aromen breiteten sich in Noras Mund aus, und sie sank tiefer in die Sofakissen, während sie durch die Rubrik »Essen und Trinken« scrollte, um die Backsendung zu finden, die sie sich ansehen wollte. Als ihr stattdessen *Ärmel hoch* angezeigt wurde, hielt sie kurz inne. Dann drückte ihr Finger wie ferngesteuert auf Start. Sie musste schließlich gewappnet sein, wenn sie an der Sendung teilnehmen wollte. Abermals nippte sie an ihrem Wein.

Das Ganze fing sogar ganz nett an. Zu Beginn wurde melodramatisch über einen Witwer berichtet, der eine Bäckerei in der Region Österlen führte. Fünfzehn Jahre lang hatte er sie zusammen mit seiner Ehefrau betrieben, doch als die Frau krank geworden war, hatte er sich um alles allein kümmern müssen. Die Bäckerei war nach und nach in den Hintergrund gerückt, weil die Pflege seiner Frau immer mehr Zeit erfordert hatte, und nach ihrem Tod war er obendrein alleinerziehender Vater.

Nora drückte auf Pause. Ging in die Küche, goss sich mehr Wein nach, schnitt sich noch ein Stück von dem cremigen Käse ab und kehrte aufs Sofa zurück.

Schon bald übernahm Henrik die Regie in der Bäckerei. In einer langsamen Kamerafahrt sah man erst, wie seine Hände auf der riesigen Steinplatte in der Bäckerei Teig kneteten, dann eine Nahaufnahme seines Bizepses. Von den breiten Schultern ging es hinauf zu seinem konzentrierten Gesicht. Henrik Eklund, das musste sie zugeben, sah wirklich heiß aus:

Bartschatten, dunkler Typ, groß gewachsen. Sie war immer schon der Ansicht gewesen, dass er attraktiv war, doch nachdem sie einige Jahre zuvor mal versehentlich in *Ärmel hoch* reingeschaltet hatte, war sie schnell zu dem Schluss gekommen, dass er nicht ihr Typ wäre – einfach, weil er zu unfreundlich und überheblich war.

Wie erwartet behandelte er den Witwer wie einen kleinen Jungen, als er ihm erklärte, wie man eine Bäckerei gewinnbringend führte. Dann folgte die Kamera Henrik bei einem Rundgang durch die Räumlichkeiten und beim Inspizieren der großen Öfen. Auf wundersame Weise schien er zu ahnen, dass sich hinter den typisch schonischen Putzwänden ein alter Steinofen verbergen könnte. Der Witwer suchte alte Pläne und Fotos heraus, woraufhin Henrik dem Stadtarchiv einen Besuch abstattete und noch ältere Pläne fand und – siehe da – einen lange verschollenen Schatz.

Tags darauf rückte ein Bautrupp an, der eine Wand niederriss, den ursprünglichen Ofen freilegte, und Henrik erklärte dem Witwer, wie er sich ein Alleinstellungsmerkmal erarbeiten könnte, indem er Steinofenbrot backte und so zugleich das Erbe fortführte, das ihm seine Bäckerei samt Gebäude beschert hatte. Als wüsste ein Stockholmer wie Henrik besser über die Esskultur Österlens Bescheid als ein gebürtiger Schone!

Doch Henrik war ein Publikumsmagnet. Und es sah fast danach aus, als wäre er einer dieser Typen, die sich ihrer Beliebtheit überaus bewusst waren. Das Einzige, was ihn halbwegs menschlich erscheinen ließ, war die Trennung von Bente Hammar, einer bekannten TV-Sommelière. Die Zeitschriften waren voll damit gewesen. Die beiden waren eine Art Promipaar gewesen, doch dann hatte sie ihn anscheinend betrogen, was Henrik umso mehr Sympathien eingebracht hatte.

Nora stand auf und ging zurück in die Küche, um sich noch ein Glas Wein zu holen. Als ihr Blick an ihrem Handy auf der

Arbeitsplatte hängen blieb, nahm sie es spontan hoch und rief Tinder auf, wenn auch eher aus alter Gewohnheit, weil dort ja doch nichts Spannendes zu erwarten war. Sie hatte das Gefühl, als hätte sie bereits ganz Västervik abgegrast – mal abgesehen vom einen oder anderen frisch zugezogenen Medizinstudenten, der hier ein Praktikum machte.

Ihr wurde ein ganz netter Typ angezeigt, dreißig, ein paar Dutzend Kilometer entfernt, und sie swipte nach rechts. Ein Match! Anscheinend ging er auf die Abendschule außerhalb der Stadt. Sie war schon mal zu einem Typen dort rausgefahren. Als sie in seinem Wohnheimzimmer davon aufgewacht war, dass er mit seinen Kumpels auf einem durchgesessenen Sofa auf der Gitarre klampfte und große Reden zu Utilitarismus und der Bedeutung von Gnade schwang, hatte sie sich bloß gefragt, was zum Geier sie dort zu suchen hatte. Mittdreißiger auf dem Selbstfindungstrip – war sie etwa auch so geworden?

Im Sommer war es leichter. Da strömten die Leute nur so in die Stadt. Zumindest waren es ein paar mehr, aus denen man auswählen konnte, und niemand von ihnen blieb je auf Dauer, was ihr nur recht war.

Der Typ, den sie gematcht hatte, hatte ihr noch nicht geschrieben, und sie schrieb ihm ebenso wenig. Stattdessen kehrte sie aufs Sofa zurück und drückte wieder auf Start. Die Folge endete damit – natürlich! –, dass Henrik schier heiliggesprochen wurde. Das bisschen Optimismus, das sich zuvor in ihr breitgemacht hatte, war schlagartig zunichte. Würde ihr das Gleiche widerfahren? Sie kannte ihre Konditorei doch am besten und wollte im Fernsehen nicht dumm dastehen. Ob sie wohl noch einen Rückzieher machen konnte? Noch hatte sie schließlich nichts unterschrieben, noch wäre es ihr möglich, auf die Sache zu pfeifen. Sie musste daran denken, was Elnaz gesagt hatte – dass sie sich im Fernsehen gut machen würde. Sie hatte es als Kompliment aufgefasst, aber vielleicht war es eine verschleierte Beleidigung? Glaubte Elnaz etwa, dass Nora ein dankbares Opfer für Häme abgeben könnte?

Sie streckte sich auf dem Sofa aus und starrte hinaus in die Novemberdunkelheit. Der Wind peitschte den Regen waagerecht vor sich her, und die Tropfen schlugen hart gegen das Fenster. Ihr Körper und Geist hatten sich mithilfe des Rotweins entspannt. Die Straße draußen war verwaist, und der Leuchtschriftzug der Konditorei warf einen schwachen roten Schimmer über die gegenüberliegende Hauswand.

Der Schriftzug war seit Gründung der Konditorei immer derselbe geblieben, gehörte zum Stadtbild von Västervik und war auf zahlreichen Ansichtskarten zu sehen – samt dem Kringel, der über den Gehweg hinausragte.

Und in diesem Moment dämmerte ihr etwas Entscheidendes: Die ganze Sache stand und fiel nur mit ihr. Wenn sie die Konditorei nicht rettete und wieder aufs rechte Gleis brächte, wäre sie Geschichte. Nora wäre gezwungen, sie zu verkaufen. Irgendwer würde sie übernehmen, und erstmals, seit ihre Großmutter sie von Herrn Nyman persönlich übereignet bekommen hatte, wäre sie im Besitz eines Fremden.

Auch Nora hatte ihren Stolz. Aber was bitte schön wäre der wert, wenn sie keine Konditorei mehr hätte?

5. Kapitel

Die Kälte biss ihm in die Wangen, als Henrik auf den Vermieter wartete, der ihn einlassen wollte. Er hatte sich für diesen ungewöhnlich kalten Novemberabend nicht passend angezogen, allerdings lagen die Geschäftsräumlichkeiten lediglich ein paar wenige Minuten von seiner Wohnung entfernt – genau, wie er es sich für eine eigene Bäckerei ausgemalt hatte.

Er hatte die Immobilie, in der bislang ein Maklerbüro untergebracht war, schon eine Weile im Blick gehabt: mitten in Vasastan, an einer schmalen Nebenstraße, die zum Odenplan führte, und nur einen Katzensprung von der U-Bahn und vom dortigen hektischen Treiben entfernt. An ein Maklerbüro waren die Räumlichkeiten eindeutig verschwendet. Warum waren die schönsten Geschäftsräume in Stockholm eigentlich alle von Maklern und von Friseuren besetzt? Das trug doch nicht zu einem lebendigen Stadtbild bei. Die hohen Bogenfenster, die die Räume in phantastisches Licht tauchten, und die offene Raumgestaltung wären perfekt für eine Bäckerei, in der sich Gäste in einem größeren Bereich niederlassen, Kaffee trinken und ein belegtes Brötchen oder eine Zimtschnecke essen könnten.

Sobald er erfahren hatte, dass die Immobilie frei werden sollte, hatte er es als Zeichen gedeutet. Er musste augenblicklich zuschlagen. Der Vermieter hatte ihn in der vergangenen Woche herumgeführt, und es wäre sogar ohne allzu großen Aufwand möglich, dort eine Bäckerei einzurichten. Eigentlich hätten sein Vater, Camilla und Tom sich die Räumlichkeiten schon früher am Tag ansehen sollen, doch nur Camilla und Tom waren aufgetaucht. Sein Vater hatte im letzten Moment ohne jede Erklärung mitgeteilt, dass er seinen Besuch verschieben müsse. Typisch, sein Vater tat fast immer, was er gerade wollte, und erwartete vom Rest der Familie, dass der sich nach ihm richtete. Allerdings würde er jetzt am Abend vorbeikommen.

Henrik war der festen Überzeugung, dass die Bäckerei eine phantastische Ergänzung zum Familienunternehmen darstellen würde. Er selbst, seine beiden Geschwister und ihr Vater waren bei Bakverk sowohl als Anteilseigner als auch als Vorstandsmitglieder aktiv. Früher hatten ihr Vater und Henrik sogar operativ mitgewirkt, und zuvor hatte Ersterer hart dafür gearbeitet, den Betrieb zu der bekannten Großbäckerei zu machen, die sie heute war und deren Misch- und Weizenbrote in fast jedem Supermarkt Schwedens in der Vitrine lagen. Seither hatte er umso härter geackert, um ein beliebter Fernsehbäcker zu werden. Henrik war lange Chef der Produktentwicklung gewesen, ehe seine eigene Fernsehkarriere Fahrt aufgenommen hatte. Seine Schwester Camilla arbeitete als Managerin für sie beide. Tom war der Einzige, der im Unternehmen noch immer in geschäftsführender Funktion tätig war.

Bakverk produzierte Backwaren im großen Stil, doch Henrik dachte schon länger darüber nach, dass ihr Unternehmen auch eine »echte« Bäckerei eröffnen sollte. Davon träumte er – und diese Räumlichkeiten wären dafür schlichtweg perfekt. Zum Glück hatte der Vermieter Zeit gehabt, am Abend eine weitere Besichtigung zu ermöglichen, weil Henrik wollte, dass sich sein Vater dort persönlich umsah und sich von Henriks Plänen ein besseres Bild machte.

Der Vermieter, ein Mann in seinem Alter, kam mit wehenden Mantelschößen und einem Schlüsselbund in der Hand um die Ecke. »Hallo! Ich hoffe, Sie haben nicht lange gewartet?«

Er war nur wenige Minuten verspätet, doch in der Kälte zu stehen hatte Henrik zugesetzt. »Ach was, überhaupt nicht«, sagte er trotzdem und lächelte.

Der Vermieter schloss auf, und sie traten ein.

»Ich hab mir überlegt, dass ich Sie hier in Ruhe allein lasse und später wiederkomme. Ich müsste nämlich zurück ins Büro und noch etwas Dringendes erledigen, wenn das für Sie in Ordnung wäre?«

»Ist doch prima.« Henrik wollte ohnehin lieber ungestört mit seinem Vater reden, der jeden Moment eintreffen sollte.

Sie verabschiedeten sich voneinander, und Henrik schlenderte durch die Räume, hängte seine Jacke über einen Stuhl, drehte noch eine Runde, stellte sich vor, wie es hier aussehen könnte, wenn dies eine Bäckerei wäre – genau, wie er es skizziert hatte: gekachelte Wände, unbehandelte Eichenregale, die sich unter Brotlaiben und Brötchen nur so biegen würden, Holzstühle mit Sitzkissen in gedeckten Farben, bequeme Sitzbänke an den Wänden, so dass genügend Platz für dunkle, runde Holztische bliebe, Gardinenschals in warmen Farbtönen, üppige Pflanzen und an den Wänden moderne Kunst. Geschmackvoll, aber so viel lebhafter als der Industrial-Trend, der sich seit einigen Jahren breitmachte.

Er setzte sich auf einen harten Stuhl im Aufenthaltsbereich und wartete. Klappte seinen Laptop auf und ging erneut seine Kalkulation durch, um für alle Fragen seines Vaters gewappnet zu sein. Wo zum Henker blieb er nur? Allmählich lief ihm die Zeit davon. Die Dreharbeiten für das Weihnachtsspecial würden tags darauf beginnen, und bevor Henrik zum Hauptbahnhof und von dort mit dem Abendzug nach Västervik fuhr, musste er noch seinen Koffer holen – und so langsam wurde es knapp.

Er rief seinen Vater an, doch der drückte seinen Anruf weg und schickte eine SMS hinterher: *Tut mir leid, bin verspätet. Komme in einer halben Stunde.*

In einer halben Stunde? Würde Henrik den Zug überhaupt noch erreichen? Er sah auf die Uhr. Mist, das würde nicht hinhauen! Könnte er stattdessen früh am nächsten Morgen fahren? Eilig rief er die Bahn-App auf, zu seiner großen Erleichterung gab es noch ein paar freie Plätze, und er buchte ein Ticket für den nächsten Morgen. Er würde zu spät kommen, aber da war nichts zu machen. Er *musste* seinem Vater dieses Geschäftslokal zeigen und ihm seine Pläne vorlegen, das konnte keine Woche mehr warten, weil der Vermieter keinen Leerstand riskieren wollte.

Gewisse Leute hätten seinen Wunsch, eine eigene Bäckerei zu eröffnen, sicher für eine Torheit gehalten. Doch für Henrik ging es um so viel mehr. Schon als er noch im Familienunternehmen aktiv gewesen war, hatte er das Gefühl gehabt, viel zu weit weg zu sein vom Kern ihres Geschäfts – vom Handwerk. Brot aus der Großbäckerei stand in keinem Vergleich zu dem einer kleinen Handwerksbäckerei, und seit er Fernsehbäcker geworden war, hatte er sich nur noch mehr von alledem entfernt, was ihm am meisten am Herzen lag und womit er aufgewachsen war. In den Ferien im Sommerhaus am See gemeinsam mit seinem Großvater zu backen, während ihnen die Sonne durch die offene Verandatür den Rücken beschien, gehörte zu seinen liebsten und lebendigsten Kindheitserinnerungen. Brotlaibe und Brötchen, die geformt und zum Gehen beiseitegestellt wurden, Zimtgebäck und Kuchenteig, der angerührt und verarbeitet wurde … Von seinem Großvater hatte er die Liebe zum Backen geerbt. Alle glaubten, dass Henriks Vater der Auslöser gewesen wäre, doch in Wahrheit hatten sie in Henriks Kindheit nie miteinander gebacken. Sein Vater war stets mit der Arbeit oder mit irgendwelchen Promi-Events beschäftigt gewesen. Er hatte nie ein Interesse daran gehabt, sich mit seinen Kindern abzugeben.

Henriks Großvater hatte oft von jenem Café erzählt, das

Bakverk in den Anfangsjahren zusätzlich zu der großen Backstube betrieben hatte – damals, als der Familienbetrieb noch wesentlich kleiner gewesen war und Großvater noch selbst in der Backstube gestanden hatte. Seine Erzählungen waren von Nostalgie geprägt: wie er noch vor dem Morgengrauen zur Bäckerei geradelt war und die ersten Teige verarbeitet hatte, während draußen gerade erst die Sonne aufgegangen war, und wie er seinen Arbeitstag immer damit abgerundet hatte, dass er den Gästen im Dorfcafé Kaffee serviert und wenn nötig sogar den Boden geschrubbt hatte. Doch je größer Bakverk wurde, umso mehr setzte die Familie auf industrielle Produktion. Die Backstube behielten sie zwar, verkauften aber das Café in Almtorp in der Region Bergslagen, wo einst alles angefangen hatte. Damit war er vom Kerngeschäft abgeschnitten gewesen, wie er es einmal formuliert hatte. Und genau danach sehnte sich auch Henrik zusehends: nach dem Kerngeschäft. Er fand, dass eine Bäckerei mit Cafébetrieb, die daran erinnerte, was sein Großvater einst großgemacht hatte, dem Familienunternehmen mehr Charakter verleihen würde. Zudem würde er dort die Menschen vor sich sehen, die seine Brote kauften, er würde Teig kneten, echte Brote in den Ofen schieben und wieder selber backen können. Die Brote würden von echten Kunden gegessen und nicht nur, sobald die Kameras abgeschaltet waren, von einem Produktionsteam. Er könnte so viel mehr für ein solches Geschäft tun, als lediglich in Besprechungen zu effizienteren Verkaufsstrategien für industriell gefertigtes Brot zu sitzen.

Mit der starken Bakverk-Marke im Rücken hätte die Bäckerei einen enormen Wettbewerbsvorteil. Trotzdem war Henrik nervös; denn ausgerechnet mit Bakverk im Hintergrund würde er kein x-beliebiges Café eröffnen können. Die Leute hätten große Erwartungen. Gleichzeitig wollte er nichts allzu Spektakuläres und war der Ansicht, dass er einen guten

Mittelweg konzipiert hatte. Dass Camilla und Tom positiv gestimmt waren, war schon mal vielversprechend. Jetzt fehlte nur noch ihr Vater.

Er scrollte durch seine Kalkulationsunterlagen, die seine Mutter und ihre Partnerin Vanja bereits im Vorfeld durchgesehen hatten. Vanja war ein hohes Tier bei der Bank, und seine Mutter – die sich von ihrem alten Hausfrauenleben mit Henriks Vater abgewandt hatte und wieder in ihrem früheren Lehrberuf als Kauffrau tätig war – arbeitete für eine Investmentbank, insofern hatte er zwei fundierte Expertisen eingeholt. Beide waren der Ansicht, dass alles gut aussah, dass die Kalkulation belastbar und die Geschäftsidee zukunftsfähig war – und das Geschäftslokal ein Hauptgewinn. Henrik konnte sich einfach nicht vorstellen, dass sein Vater noch etwas einzuwenden hätte; andererseits war es in der Familie stets Hasse Eklund, der Vorschläge machte und dessen Ideen umgesetzt wurden. So war es bislang immer gewesen. Hasse hatte das Unternehmen dorthin gebracht, wo es heute stand. Nur dank ihm hatten die Geschäfte in den achtziger und neunziger Jahren derart Fahrt aufgenommen. Daher nahm er auch die alleinige Führung in Anspruch, und alle anderen hatten zu parieren. Jetzt hatte Henrik außer der Reihe eine Idee vorgelegt, was ihm so ausgelegt werden konnte, als wollte er seinen Vater und dessen Rolle untergraben. Genau deshalb war er bei der Planung so gründlich gewesen: So hätte sein Vater auch unter Garantie nichts dagegen einzuwenden.

Die Tür ging auf, und sein Vater fegte herein. Hinter dem grauen Bart war ein Schmunzeln zu erahnen. Er nahm die beschlagene Brille ab, wischte sie am Mantelaufschlag trocken und kam mit langen Schritten auf Henrik zu, setzte die Brille wieder auf und tätschelte Henrik die Schulter. »Was ist denn nun so wichtig? Schieß los.«

Sein beschwingter Auftritt war vielversprechend. Hatte

Henrik ihn falsch eingeschätzt? Er war schließlich nicht immer ungerecht.

Hasse hängte seinen Mantel auf, beide zogen sich einen Kaffee aus der Maklerbüro-Kaffeemaschine und setzten sich auf eine Couch. Henrik zückte seine Unterlagen und legte seinem Vater, der aufmerksam zuhörte und in Henriks Papieren blätterte, seine Pläne dar.

»Die Bäckerei könnte der Dreh- und Angelpunkt, eine Art Treffpunkt für unsere Familie und ein Aushängeschild für Bakverk werden.«

»Ein Aushängeschild für Bakverk? Und was ist Almtorp?« Sein Vater sah von den Unterlagen auf.

»Natürlich schlägt dort das Herz von Bakverk – aber wir sind nicht oft dort. Es ist überdies nur noch Geschäftssitz und kein Ort, an dem Kunden vorbeischauen könnten. Hier könnten wir uns jederzeit zusammenfinden, wir könnten reinkommen, neue Rezepte ausprobieren, mit der Kundschaft ins Gespräch kommen, Besprechungen abhalten und vielleicht sogar Lehrlinge ausbilden.«

Sein Vater nickte bedächtig. War er derselben Meinung? Vielleicht hatte Henrik ihn ja bereits am Haken? Hatte er sich ganz umsonst Sorgen gemacht?

Sein Vater nahm noch einen Schluck Kaffee und stellte vorsichtig die Tasse auf den Unterteller. Dann gönnte er sich eine sekundenlange Kunstpause. »Wenn ich ganz ehrlich sein soll … dann finde ich, dass dies hier ein Rückschritt um fünfzig Jahre wäre.«

Henrik wusste kurz nicht, was er sagen sollte, riss sich dann aber zusammen. »Wie meinst du das?«

»Genau so hat Bakverk angefangen – mit einem kleinen Café. Weshalb sollten wir dorthin zurückkehren, obwohl wir inzwischen ein Backimperium sind?«

»Es wäre kein Rückschritt, sondern die Erweiterung eines modernen Unternehmens. Etwas, was Bakverk Charakter verleihen und uns die Möglichkeit bescheren würde, uns mit unseren Kunden auszutauschen. Camilla und Tom finden die Idee gut.«

Sein Vater sah immer noch skeptisch aus.

»Ihr hättet auch keine Mehrarbeit damit«, fuhr Henrik eilig fort. »Ich habe vor, die Bäckerei allein zu leiten.«

Sein Vater musste lachen. »Du – allein? Ein eigenes Geschäft?«

Wie einem schlechten Hefeteig ging Henrik die Luft aus. Warum hatte er seinem Vater die Räumlichkeiten gezeigt? Warum versuchte er überhaupt, ihn ins Boot zu holen? Sein Vater hatte noch nie an etwas geglaubt, was Henrik unternahm.

Bevor er knapp sieben Jahre zuvor von seiner Produktionsgesellschaft kontaktiert worden war, war er Juror bei ein paar Backshows gewesen, war im Frühstücksfernsehen und in ein paar Abendsendungen aufgetreten und hatte sich als Bäckereiexperte einen Namen gemacht. Zu guter Letzt war ihm eine eigene Sendung angeboten worden. Gemeinsam mit der Produktionsfirma hatte er das Format entwickelt, und TV24 war Feuer und Flamme gewesen. Sein Vater hatte damals nur gefragt, ob er die Familie beschämen wolle, das Ganze sei zum Scheitern verurteilt – was bei Henrik prompt Zweifel geweckt hatte. Doch Camilla in ihrer Funktion als Henriks Manager stärkte ihm den Rücken, und zusammen mit seiner Schwester, den Produzenten und dem Sender ging er – trotz aller Bedenken des Vaters – das Risiko ein. Ein knappes Jahr später wurde die erste Staffel von *Ärmel hoch* ein Riesenerfolg. Sein Vater hatte Henrik jedoch nie Anerkennung dafür gezollt. In seinen Augen hatte Henrik noch immer nicht genug geleistet, im Gegenteil: Angeblich war ihm alles immer nur dank Hasses Erfolg in den Schoß gefallen.

Doch selbst wenn sich sein Vater jetzt nicht überzeugen ließe, hätte Henrik noch immer einen Ausweg. »Wenn du

Nein sagst, kann ich das Ganze auch einfach dem Vorstand vortragen, und wir stimmen darüber ab.«

Sein Vater sah ihn kühl an. Soeben hatte Henrik eine Grenze überschritten. Ausgerechnet die Stimmenverteilung im Vorstand wurmte Henriks Vater nämlich gewaltig. Hasse war fest überzeugt gewesen, dass er das Unternehmen seines Vaters zu einhundert Prozent übernehmen würde, doch der hatte testamentarisch verfügt, dass Sohn und Enkelkinder zu gleichen Teilen stimmberechtigt sein sollten. Dass Henrik den Vorstand und eine Abstimmung auch nur erwähnte, bedeutete zwischen den Zeilen, dass er, Camilla und Tom ihren Vater überstimmen könnten – was noch nie vorgekommen war. Bisher waren neue Ideen immer nur vage diskutiert worden, ehe ihr Vater sie wieder verworfen hatte. Doch diesmal wollte Henrik nicht klein beigeben.

»Schlag das nur vor.« Sein Vater funkelte ihn finster an. »Ich erinnere in diesem Zusammenhang gern an diese Kaffeeluke.«

Henrik enthielt sich einer Reaktion. Die Kaffeeluke war wirklich ein Flop gewesen: ein kleines Straßencafé, im Grunde nur ein Straßenverkauf von Zimtschnecken, Brötchen und Kaffee an gestresste Großstädter. Die Idee hatte nicht annähernd so gut gezündet wie gedacht. Henrik hatte die Sache ad acta gelegt, doch sein Vater erinnerte immer wieder gern daran – zum Beweis für Henriks mangelnden Geschäftssinn.

Sein Vater stand auf, warf sich den Mantel über und wandte sich zur Tür. »Ach, richtig – ich habe auch selbst noch einen Punkt für die Vorstandssitzung. Eigentlich wollte ich euch alle gleichzeitig in Kenntnis setzen, aber Camilla weiß ohnehin schon Bescheid, da kann ich es dir ja auch gleich erzählen.« Mit einem fast schon unheilvollen Schmunzeln sah er Henrik an, der bereits ahnte, dass es keine angenehmen Neuigkeiten wären. »Ich bin für eine neue Fernsehsendung vorgesehen.«

»Ach. Was denn für eine?«

»Ein Format mit mir in der Hauptrolle und Anita als Sidekick.«

Sein Vater hatte Anita Roslund kennengelernt, als ihm die Ehre zuteilgeworden war, zusammen mit ihr als legendärer Küchenchefin den Dessertgang für das offizielle Nobelpreis-Dinner auszurichten. Zwischen frischen Moltebeeren und golden verzierten Schokotörtchen hatte es zwischen den beiden gefunkt, und sie waren ein Paar geworden. Inzwischen waren sie seit fünfzehn Jahren verheiratet, anscheinend hielt sie es noch immer mit ihm aus, auch wenn ihre eigene Karriere im Sande verlaufen war, seit sie mit Hasse zusammen war. Hauptsächlich, weil sie ihn vorbehaltlos unterstützte und ihre eigenen Verpflichtungen selbstlos hintanstellte – auf dieselbe Weise, wie es auch Henriks Mutter getan hatte, bis sie eines schönen Tages die Nase voll davon gehabt hatte.

»Es soll darum gehen, dass ich die Zutatenliste unserer gängigsten Backwaren durchgehe und mir ansehe, was tatsächlich darin steckt. Dann entwickle ich ein neues Produkt – ein *echtes* Produkt, unter dem Label Bakverk, *Hasses Bakverk.*« Bei der Vorstellung lächelte er breit. »Produktionsfirma und Sender – übrigens TV24 – sind sich inzwischen handelseinig.«

»Toll! Gratuliere!«, sagte Henrik aufrichtig. Die Karriere seines Vaters als Promibäcker war zuletzt ein wenig ins Stocken geraten. Er war Juror bei ein paar Wettbewerben gewesen, aber die waren nicht im Fernsehen gelaufen, und das letzte Backbuch, das er herausgegeben und das sich ordentlich verkauft hatte, war ein paar Jährchen her. Wenn er jetzt wieder im Rampenlicht stünde, wäre das bestimmt gut für die Firma.

»Oh, und die Sendung soll zur besten Sendezeit kommen. Ab dem kommenden Herbst.«

Ab Herbst? Das war doch *Ärmel-hoch*-Saison? Würde der Sender wirklich gleich zwei Backsendungen im selben Zeitraum bringen?

»Hoffen wir nur, dass das Weihnachtsspecial gute Quoten hat«, fuhr sein Vater fort.

»*Ärmel hoch* hat immer gute Quoten gehabt …«

»Tja, das hängt wohl davon ab, wie man ›gut‹ definiert. Man munkelt, dass TV24 mit den Herbstzahlen nicht mehr zufrieden war und dass es an diesem Weihnachtsspecial hängen soll, ob sie überhaupt mit deinem geliebten Format weitermachen.« Er sah seinen Sohn hämisch an.

Henrik zuckte zusammen. Was sollte das heißen? Und von wem hatte er das gehört? Henrik kannte die Quoten. Sie waren auf ein und demselben Niveau wie im Vorjahr gewesen.

»Dein Format kommt langsam in die Jahre. Der Sender will etwas Neues, Frisches, deshalb habe ich dort meine Idee zu *Hasses Bakverk* vorgestellt.« Dann musste er lachen. »Hast du immer noch nicht kapiert, warum sie Don als Executive Producer eingesetzt haben? Sie versuchen, deine Sendung zu einer Dokusoap zu machen – als letzten Strohhalm sozusagen, um das Format noch zu retten.« Sein Vater seufzte theatralisch. »TV24 will, dass meine Sendung mittwochs um 20.00 Uhr läuft.« Er bedachte Henrik mit einem betont mitleidigen Blick, der alles andere als aufrichtig wirkte.

»Mittwochs um 20.00 Uhr, das ist der *Ärmel-hoch*-Sendeplatz.«

Sein Vater zuckte mit den Achseln. »Das haben sie so vorgeschlagen.«

Henrik erwiderte nichts darauf. Insgeheim fragte er sich nur, warum sein Vater so war. Was ihn zu dem Menschen gemacht hatte, der gegenüber dem eigenen Sohn derart abscheulich sein konnte. Doch ihm war klar, dass er auf diese Frage, die er sich schon oft gestellt hatte, nie eine Antwort bekäme.

Sein Vater sah sich ein letztes Mal flüchtig um. »Nettes Geschäftslokal übrigens.«

Dann schlug die Tür hinter ihm zu, und Henrik blieb allein zurück.

6. Kapitel

1945

Im Dorf war es immer noch dunkel, als Nils Eklund am Morgen zur Bäckerei radelte – wobei: Morgen war gar kein Ausdruck. Es war unchristlich früh, fast noch mitten in der Nacht, gerade mal halb vier. Aber er war gern vor Ort, ehe die anderen kamen, damit er den Tag in Ruhe planen konnte.

Nils leitete die Familienbäckerei, die inzwischen sechs Bäcker beschäftigte, zwei Packerinnen sowie zwei Fahrer, die ihr Brot auslieferten. Heute würde sogar eine weitere Packerin bei ihnen anfangen.

Er zeichnete auch für das Café am Ort verantwortlich – und für die kleinere Außenstelle im ein paar Dutzend Kilometer entfernten Sala. Der Familienbetrieb war berühmt für seine Zimtschnecken, allerdings konnten sie die Nachfrage derzeit kaum bedienen, weil ihnen aufgrund des Krieges die Zutaten ausgingen. Sie taten, was sie konnten, doch weil Zucker nun mal Mangelware war, backten sie hauptsächlich Brote und Brötchen.

Er schloss die schwere Holztür auf und ließ sie weit offen stehen, weil es sonst unerträglich heiß würde, sobald der Ofen brannte. Er machte Licht und blinzelte ein paarmal, damit sich seine Augen an die Helligkeit gewöhnten, ehe er über die Schwelle trat und direkt auf sein Büro zusteuerte. Dort schnappte er sich sein schwarzes Notizbuch und einen Stift und lief in die Backstube, um den Warenbestand durchzusehen. Wenn sie den Bestellungen dieser Woche nachkommen wollten, benötigten sie eindeutig mehr Zucker. Er würde mit seinem Vater sprechen müssen.

Nach der Inventur ging er die restliche Planung durch und schrieb auf eine Tafel an der Wand, was sie würden backen können, kehrte zurück ins Büro, sichtete die Bestellungen der darauffolgenden Woche und schrieb eine Einkaufsliste. Kurze Zeit später kamen die Bäcker, steckten den Kopf kurz zur Bürotür herein und grüßten, ehe sie weiter in den Umkleideraum gingen. Nur Minuten darauf war das dumpfe Geräusch der Mehlsäcke, die auf dem Backtisch landeten, und das Klopfen der Nudelhölzer zu hören. Der Arbeitstag in der Bäckerei hatte begonnen, und zu diesen Hintergrundgeräuschen konnte Nils immer wunderbar arbeiten.

Eine Stunde später, als der erste Duft frisch gebackenen Brotes ins Büro wehte, kamen die Packerinnen. Aino war wie immer die Erste, und heute hatte sie die Neue dabei. Durchs Fenster zum Büro erhaschte er einen flüchtigen Blick auf deren Hinterkopf. Aino hatte ihm vorab erzählt, dass Tuula Anttila unerhört fleißig sei und überdies Schwedisch spreche, was ihm die Entscheidung abgenommen hatte – denn Aino war eine der engagiertesten Kräfte, die Nils je gehabt hatte, und wenn sie jemanden empfahl, dann war auf ihr Urteil Verlass.

Nils stand auf und wollte der Neuen entgegengehen, blieb dann aber wie angewurzelt stehen, als er die Frau vor sich sah. Es war fast, als hätten ihm sämtliche Sinne auf einmal den Dienst quittiert, als würden seine Augen und Ohren nicht mehr funktionieren – nur, um im nächsten Moment mit gesteigerter Schärfe neu einzusetzen. Um ihn herum pulsierte und blitzte alles. Gott, war so ein Gefühl überhaupt echt? Nur aufgrund eines einzigen Blicks? Auf das Äußere einer Person? Doch sie war die schönste Frau, die er je gesehen hatte: hellblondes, dichtes Haar, das ihr in weichen Locken über die Schultern fiel. Die Tür zur Verladerampe stand offen, draußen ging langsam die Sonne auf, und im ersten Tageslicht sahen ihre Haare regelrecht golden aus. Und ihre Augen … Leuchtend blau strahlten sie Wärme und noch etwas anderes aus. Wehmut vielleicht?

Sie blickte zu ihm auf und streckte ihm die Hand entgegen. »Tuula Anttila.«

»Nils Eklund.« Er gab ihr die Hand und hatte das merkwürdige Gefühl, er wolle sie nie wieder loslassen. Er räusperte sich, eher um sich zu sammeln, nicht, weil er einen Frosch im Hals gehabt hätte. »Herzlich willkommen. Ich bin der Vorarbeiter hier in der Bäckerei. Aino hat mir schon erzählt, dass Sie sehr fleißig sind, daher freue ich mich sehr, dass Sie hier bei uns anfangen.« Er räusperte sich erneut, wollte gar nicht mehr in sein Büro zurückkehren. »Sollen wir zunächst einen kleinen Rundgang machen?«

Aino sah ihn verwundert an. Normalerweise überließ er so etwas den Packerinnen oder einem der Bäcker.

»Na ja, Aino hat heute ja einiges zu tun«, erklärte Nils eilig, »und die anderen auch. Wir müssen heute jede Menge Bestellungen bearbeiten, deshalb übernehme ich die Führung nur allzu gern.«

»Danke, das wäre sehr freundlich.« Tuula sprach langsam und betont, weil sie offenbar mit der melodiösen schwedischen Sprache noch nicht übermäßig vertraut war, doch er hatte noch nie jemanden so schön schwedisch sprechen hören.

»Soll ich Tuula erst noch die Umkleide zeigen?«, fragte Aino.

»Ja, natürlich, das wäre gut.« Nils nickte. Er konnte ja nicht einfach in die Damenumkleide spazieren.

Als die beiden sich auf den Weg machten, huschte er eilig in sein Büro. Die Umkleide lag direkt nebenan, und er hätte schlecht vor der Tür warten können, das hätte komisch ausgesehen.

Kurze Zeit später standen die beiden Frauen in weißen Arbeitskitteln und mit Hauben vor seiner Tür.

»Das steht Ihnen ganz wunderbar«, platzte es aus ihm heraus, und Tuula verzog leicht den Mund, während Aino aussah, als könnte sie sich kaum noch das Lachen verkneifen. Nervös lächelte er sie an. Was war nur mit ihm los? Er räusperte sich ein weiteres Mal. Nicht mehr lange, und die beiden würden glauben, dass er ein Lungenproblem hätte. »Sollen wir mit der Backstube anfangen?«

»Gern.« Tuula nickte, und er führte sie in den großen Raum. Ob es ihr hier wohl gefiel? War sie womöglich genauso beeindruckt wie er selbst, als er und sein Vater die Räumlichkeiten erstmals gesehen hatten? Die Wände der Backstube waren mit kleinen quadratischen Fliesen gekachelt, entlang der Längswand verlief ein riesiger hölzerner Backtisch, und aus Roslagen hatten sie damals eigens einen riesigen gemauerten Ofen für die Stirnseite des Raumes bestellt. »Wir backen hier sowohl Brot als auch alles andere. Unsere Zimtschnecken sind in der Gegend besonders beliebt. Dank des gemauerten Ofens und der Gluthitze werden die Schnecken von unten schön fest und knackig.«

Tuula machte ein paar Schritte auf den Ofen zu. »Der ist toll!«

Nils nickte. Der Ofen war sein ganzer Stolz – fast wie eine immense Trophäe überragte er den ganzen Raum.

»Und hier sind unsere Bäcker.« Er nickte den Männern zu, die in der Wärme Teig kneteten.

Die Bäcker schüttelten Tuula die Hand, dass das Mehl nur so stob.

Im selben Moment kam Lydia, die Packerin, durch die Tür und bedachte Tuula mit einem freundlichen Lächeln. »Ah, wie nett! Und wie schön, Herr Eklund, dass wir Verstärkung bekommen.«

»Ach, ich weiß schließlich, wie hart Sie hier arbeiten!«

Sie gingen weiter in den benachbarten Raum, in dem die Packerinnen zu Werke gingen. Durch die Bogenfenster und die offenen Türen fiel jede Menge Licht, das die winzigen Staubpartikel in der Luft zum Flirren brachte. Hier draußen war der Duft der frisch gebackenen Brote kaum noch zu vernehmen, stattdessen strömte kühle, neblige Morgenluft herein.

»Hier falten wir die Schachteln, in die Sie dann die Brote und übrigen Waren verpacken.« Nils betrachtete Tuula, die durch die offenen Türen spähte und für eine Sekunde nicht zuzuhören schien.

»Ich muss mich entschuldigen«, sagte sie schon im nächsten Moment und blickte zu ihm auf. »Meine Kinder sind allein zu Hause und gehen heute hier erstmals zur Schule und in den Kindergarten. Na ja, und ich kann ja nicht mit … Aber meine Tochter ist sieben, sie kümmert sich um ihren kleinen Bruder.« Sie klang fast entschuldigend, als wollte sie ihn mit alledem nicht belasten.

»Sie haben Kinder?«

»Ja, zwei.«

Also war sie verheiratet. Natürlich, eine so schöne Frau konnte gar nicht unverheiratet sein. Er warf einen verstohlenen Blick auf ihre Hand und entdeckte den Ring an ihrem Finger.

»Ich bin allein mit ihnen hergekommen. Mein Mann ist im Krieg gefallen«, erklärte sie.

»Oh. Ich … Das tut mir sehr leid.«

»Deshalb haben sie nur noch mich, und an so einem ersten Tag macht man sich natürlich ein bisschen Sorgen.«

Nils nickte knapp. »Das verstehe ich gut.«

Er selbst war Junggeselle, aber sein Vater hatte bereits große Pläne für ihn und eine zukünftige Frau. Bislang hatte Henrik gegen diese Pläne nichts einzuwenden gehabt, auch wenn ihn die Ehe an sich ein wenig schreckte.

Sie setzten ihren Rundgang fort. »Wir backen in großem Umfang und beliefern Cafés und Geschäfte«, erklärte er Tuula. »Ein paar Dutzend Kilometer weiter haben wir jüngst sogar eine zweite Bäckerei eröffnet. Derzeit tüftelt mein Vater eine Möglichkeit aus, Brote und Zimtschnecken einzufrieren, damit wir ein noch größeres Einzugsgebiet beliefern können. Angeblich gibt es bald sogar tiefgefrorene Beeren und Gemüse zu kaufen – und dann eben auch Zimtschnecken.«

Tuula sah ihn bewundernd an.

Das Vorhaben seines Vaters war gelinde gesagt hochfliegend. Er hatte einen Kühlraum geplant, für den er auch schon Zeichnungen in Auftrag gegeben hatte. Ein anderes Unternehmen, das Gemüse und Beeren auslieferte, hatte vor Kurzem mit dem Bau einer Art riesigen Tiefkühltruhe begonnen. Nils und sein Vater hatten bereits ein geeignetes Gebäude gefunden, allerdings brauchten sie für den Umbau noch die Freigabe durch den Gemeinderat. Und genau da kamen Nils und dessen Zukunftsplanung ins Spiel: Die Tochter des Gemeinderatsvorsitzenden war nämlich eine alte Schulfreundin. Auch sie war noch ledig, und Gerüchten zufolge hatte sie eine Schwäche für Nils, was der Vater für einen Volltreffer hielt. Denn wenn Nils die Tochter des Gemeinderatsvorsitzenden heiratete, würden sie unter Garantie sämtliche nötigen Genehmigungen bekommen, um ihre Expansionspläne voranzutreiben.

Nur war Nils sich wie gesagt hinsichtlich der Ehe nicht vollends sicher; außerdem war Birgit zwar nett, aber sie waren nicht ineinander verliebt. Er war in sie nicht verliebt. Er hatte eine Zeit lang versucht, sich gut zuzureden, dass man vielleicht mehr füreinander empfand, sobald man verheiratet war – schließlich hatte er keine Ahnung, wie sich die große Liebe anfühlen sollte. Er hatte sie nie selbst erlebt, allerdings hatte er sie schon gesehen: bei seinen Eltern beispielsweise. Wie die beiden einander ansahen! Und auch sein Bruder Stig und dessen Frau waren zweifelsohne ineinander verliebt. Mit solchen Vorbildern war Nils nun mal aufgewachsen, und er wollte, dass eines Tages auch seine Kinder mit Eltern aufwuchsen, die einander liebten – und dass er selbst an jemandes Seite alt wurde, der ihm dieses spezielle Gefühl bescherte.

»Wir haben kürzlich einen wichtigen Vertrag mit einem Händler aus Avesta geschlossen, der unser Brot verkaufen will. Deshalb müssen wir unsere Produktivität erhöhen. Es gibt also einiges für Sie und die anderen Packerinnen zu tun. Das Problem sind derzeit leider die Rohwaren«, fuhr Nils fort, um nicht weiter über Hochzeiten und Expansionen nachdenken zu müssen.

Durch das große Bogenportal gingen sie nach draußen.

»Hier ist die Laderampe.« Er machte eine ausholende Geste. »Wir haben zwei Laster, die Fahrer fangen in rund einer Stunde an, sobald die ersten Brote ausgekühlt und in Schachteln verpackt sind.« Tuula nickte aufmerksam, während er weitersprach: »Wir haben zudem ein Café im Dorf, in dem wir unser Brot verkaufen. Dort sollten Sie mal hingehen. Wir haben einen hervorragenden Kaffee!«

»Ich bin dort wohl gestern vorbeigekommen. Es sah sehr gemütlich aus.«

Er war gestern fast den ganzen Tag lang dort gewesen, und sie war vorbeigekommen? Von nun an würde er im Dorf jederzeit die Augen offen halten, für den Fall, dass ihm Tuula begegnete.

Er wandte sich wieder zum Packraum, wo Aino bereits Schachteln faltete. »Es ist wohl am einfachsten, wenn Aino Ihnen zeigt, wie das geht – also, das Packen an sich sozusagen.«

Sie nickte. »Danke, dass Sie mich herumgeführt haben.«

»Es war mir ein Vergnügen.«

Ein *großes* Vergnügen sogar. Nils kehrte in sein Büro zurück. Dumm nur, dass er für den Rest des Tages nichts Vernünftiges mehr zustande brachte, außer in einem fort durch das kleine Fenster in die Backstube zu spähen, weil er hoffte, einen Blick auf Tuula zu erhaschen. Was in aller Welt war nur in ihn gefahren?

7. Kapitel

Nora hatte Tag und Nacht gearbeitet, um vorbereitet zu sein, wenn das Filmteam am Montag käme. Dem Zeitplan zufolge, den sie bekommen hatte, würden sie den ersten Tag damit verbringen, die Konditorei kennenzulernen. Nora würde sie überall herumführen, und sie würden die Dreharbeiten in allen Einzelheiten besprechen.

Als sie – nach lediglich drei Stunden Schlaf – am Morgen aufstand, war sie fast zu müde, um auch nur nervös zu sein. Sie fing ihren Blick im Spiegel auf, und gemäß dem abgedroschenen Werbeslogan sagte sie sich: *Just do it.* Versuch gar nicht erst, irgendwas zu fühlen oder zu mögen. Ihre blauen Augen waren trübe, und sie hatte dunkle Schatten unter den Augen, insofern war es nur gut, dass sie nicht gleich filmen würden.

Renée war schon da und backte, und Hassan würde früh reinkommen und die Brötchen fürs Frühstück vorbereiten, den Kaffee anstellen und alles im Café herrichten, bevor das Produktionsteam um acht aufkreuzen wollte. Das Café würde heute ein wenig später öffnen, damit das Team zunächst ungestört arbeiten konnte.

Als sie die Tür zur Konditorei aufmachte, schlug ihr der Duft frisch gebackenen Brotes entgegen. Wie sehr sie diesen Duft liebte! Er stand für Geborgenheit, Kindheit, Mama und Papa. Renée kam ihr mit einem Blech ofenwarmer Roggenmischbrötchen entgegen und kippte sie in einen der Körbe, so dass das Mehl nur so aufflog und sich auf ihre roten Locken legte. Sie lächelte Nora an. »Heute geht es los! Wie spannend!«

Nora musste sich ein Lächeln abnötigen. *Just do it* … Dann hieß sie Hassan willkommen, nahm sich eine Tasse aus dem Regal, befüllte sie randvoll mit Kaffee und trank einen großen Schluck.

Sie half Hassan und Renée bei den letzten Vorbereitungen, und wenig später war die Konditorei voller Menschen, die Kameras und Strahler aufstellten – vermutlich um alles zu testen, bevor sie tags darauf richtig loslegen würden. Nora beobachtete eine der Frauen, die in den Sucher einer Kamera blinzelte und das Objektiv justierte.

Elnaz kam auf sie zu. »Nora, wie schön, dass Sie bereits da sind!« Im nächsten Moment zeichnete sich Entsetzen auf ihrem Gesicht ab. »Oh!« Sie musterte Nora von Kopf bis Fuß. »Wie gut, dass Sara auch schon gekommen ist – sie ist phantastisch darin, Augenringe verschwinden zu lassen. Sie müssen sofort in die Maske!« Dann zeigte sie auf einen Ecktisch, auf dem eine große Frau mit unbändiger Mähne an die vierhundert verschiedene Make-up-Artikel aufgereiht hatte.

»Maske? Aber wir filmen heute doch nicht?!«

»Doch. Ich dachte, das hätten wir klargemacht?«

»Nein, davon weiß ich nichts. Ich dachte, heute wäre die Vorbesprechung.«

»Die machen wir auch, aber im Anschluss geht es direkt los.«

Nora fuhr sich durch die Haare. Sie waren komplett zerzaust.

»Das macht doch nichts. Je verwirrter Sie aussehen, umso authentischer wirkt das Ganze.« Elnaz zwinkerte ihr zu, als hätte sie einen Witz gemacht, doch ganz sicher war Nora sich nicht.

Sie ging auf Sara zu – die Stylistin, wie sie sich vorstellte. Sie bat Nora, sich zu setzen, und fing sofort an, ihr die Haare zu bürsten. Nora hätte sich ohrfeigen können. Natürlich würden sie heute schon filmen! Was hatte sie denn gedacht? Sie hatten es schließlich eilig. Trotzdem hatte sie auf ein bisschen Galgenfrist gehofft.

Sie fangen heute an zu filmen!, schrieb sie an Bea, während Sara ihre Haare entzauste.

Wie bitte?, schrieb Bea zurück. *Aber ich bin doch bei der Arbeit! Ich wollte doch mit dabei sein – als die supercoole, leicht exzentrische Stammkundin!*

Na, davon gibt es ja noch ein paar mehr …, antwortete Nora.

Ach, ich hab gestern übrigens Oma getroffen, sie lässt grüßen und findet mal wieder, dass du allmählich jemanden kennenlernen solltest. Zitat: Sie hat doch diese schöne Wohnung, ist lustig und führt die beste Konditorei in der Stadt, wenn nicht in ganz Småland!, schrieb Bea zurück. *Ihre Worte – mir würde nie einfallen, solchen Druck auf dich auszuüben! Aber du weißt, wie sie ist, sie wird nur sauer, wenn ich nicht ausrichte, was sie gesagt hat, und zwar Wort für Wort.*

Danke an deine Oma, antwortete Nora. *Aber du kannst ihr gern sagen, dass Typen nicht auf lustige Frauen stehen. Die wollen doch nur, dass man lacht, wenn sie selbst Witze machen. PS: Du bist cool und Ahmat die Ausnahme von der Regel. Und in einem sind deine Oma und ich uns immerhin einig: dass du dir den einzig tollen Mann auf der ganzen Welt geangelt hast!*

Es dauerte ein bisschen, ehe Bea antwortete.

Es gibt auch für dich einen tollen Mann da draußen, der über all deine schlechten Witze lacht.

Beas Großmutter war sofort in die Rolle der Adoptivoma geschlüpft, kaum dass Nora und Bea sich kennengelernt hatten. Noras eine Oma war gestorben, als Nora noch klein gewesen war, die andere sogar noch vor ihrer Geburt. Nora und Bea waren nach der Schule oft zu Beas Großmutter geradelt, hatten Sirupbrot mit Käse und Orangenmarmelade gegessen und Tee getrunken. Beas Großmutter hatte Nora sogar zu den gemeinsamen Shoppingtrips mit ihrer Enkelin nach Stockholm mitgenommen. Im Nachhinein war Nora durch den

Kopf geschossen, dass die Oma sie zwar gewiss mochte, dass Nora aber auch eine willkommene Ablenkung für Bea gewesen war, wann immer die alte Dame sich ungestört mit ihrer Stockholmer Freundin hatte treffen wollen.

Obwohl sie gelinde gesagt beunruhigt war, weil Nora immer noch keinen Ehemann hatte, war Nora diesbezüglich die Ruhe selbst. Sie brauchte keine Beziehung. Nur hier und da bereitete ihr Kopfzerbrechen, dass sie sich manchmal fast schon … übrig geblieben fühlte. In Västervik war es nicht gerade normal, dass man mit Anfang dreißig nicht einmal einen Freund hatte – und einige fanden das ganz sicher verdächtig. Aber was andere Leute fanden und was nicht, war Nora meist nicht weiter wichtig. Außerdem arbeitete sie viel zu viel, um Zeit zum Daten zu haben; sie kam ja kaum je dazu, ein bisschen auf Tinder herumzuswipen. Trotzdem ertappte sie sich manchmal bei dem Gedanken, dass sie womöglich inzwischen eine eigene Familie hätte, wenn ihr zumindest ein Elternteil geblieben wäre; da wäre ihre Bindungs- und Verlustangst vielleicht nicht ganz so groß gewesen.

Ein Mann trat auf sie zu, noch während sie auf dem Stuhl in der Maske saß – ein paar Jährchen älter als sie, in Schwarz gekleidet, mit einer klobigen schwarzen Brille, Headset über der schwarzen Baseballkappe und Klemmbrett in der Hand.

»Hey, ich heiße Ted und bin der Producer der Sendung.« Sie gaben sich die Hand. »Ich arbeite schon seit ein paar Staffeln für *Ärmel hoch*. Wenn etwas unklar sein sollte, fragen Sie einfach mich.«

Elnaz hatte ihr erklärt, dass Ted der produktionsfirmenseitige Chef und somit verantwortlich war für die Programminhalte, das Personal und das Budget, während Elnaz selbst die Aufsicht über die Dreharbeiten führte.

»Ted, hast du schon etwas gehört?« Elnaz kam mit zielstrebigen Schritten auf sie zu.

Er schüttelte den Kopf.

Sie blickte finster drein. »Ich rufe ihn sofort noch mal an. Don kommt nämlich auch gleich …« Sie verschwand am Verkaufstresen vorbei in die Backstube. Ted wandte sich wieder den Unterlagen auf seinem Klemmbrett zu und machte sich eine Notiz.

»Stimmt etwas nicht?« Nora sah hoch zu Sara.

»Wir können Henrik nicht erreichen. Er hätte gestern Abend ankommen sollen, ist aber nicht aufgetaucht.«

Eine echte Diva. Hatte sie es nicht geahnt?

»Dabei kommt gleich der Executive Producer, Dan.«

»Executive Producer?«, hakte Nora nach. Elnaz hatte ihr zwar dargelegt, wer hier wofür zuständig war, aber sie konnte sich nicht mehr an alles erinnern.

»Er ist der Verantwortliche beim Sender, also derjenige, der bei Produktionsfirmen Formate in Auftrag gibt und bei allem das letzte Wort hat.«

Nora nickte. »Und Sie? Arbeiten Sie auch für die Produktionsfirma?«

Sara schüttelte den Kopf. »Ich bin selbstständig.«

Nora würde sich die ganzen Funktionen und Aufgaben nie merken können.

»Hey, Don!«, hörte sie im nächsten Augenblick Elnaz' leicht hysterische Stimme.

Ein Mann mit kahl rasiertem Schädel, Markenjeans, engem weißem Hemd und dunklem Mantel betrat die Konditorei. Er sah in Noras Richtung.

»Ah, da haben wir ja unsere Konditorin! Wie fühlt es sich an, dass heute erster Drehtag ist?«

»Na ja, ein bisschen … ungewohnt.« Sie wusste nicht recht, was sie sagen sollte, aber im nächsten Moment hatte er sich auch schon von ihr weggedreht und sah sich um. »Und wo ist Henrik?«

»Er ist unterwegs«, antwortete Elnaz hörbar gestresst.

Ted kam mit dem Handy in der Hand zurück in den Cafébereich. Dons Ankunft schien sie alle enorm unter Druck zu setzen. Und was war überhaupt mit Henrik los? Hatte er es sich anders überlegt?

»Tja, dann gehe ich mal rüber ins Espresso House und hole mir einen Kaffee«, sagte Don, und Nora hätte ihn am liebsten erschießen wollen. »Die dunkle Röstung dort lieben doch alle«, fügte er grinsend hinzu.

Während Sara Nora fertig schminkte, kamen weitere Teammitglieder und stellten sich ihr vor. Ein Tontechniker und vier Kameraleute – Letztere allesamt Frauen unterschiedlichen Alters.

Nora widerstand der Versuchung, in einer Zeitung, die einer der Gäste hatte liegen lassen, das Interview mit einem der Parteivorsitzenden zu lesen; stattdessen studierte sie abermals ihren Zeitplan. Sie wollte unter Beweis stellen, dass sie voll bei der Sache war. Sie würden vier Folgen drehen. Das *Ärmel-hoch*-Weihnachtsspecial wurde zweimal die Woche ausgestrahlt, und erster Sendetermin wäre der Mittwoch nach dem zweiten Advent. Elnaz hatte ihr zudem erzählt, dass eine Folge in etwa drei Drehtagen entsprach und dass die Dreharbeiten mehr oder weniger den ganzen November über stattfinden würden, weil es ein paar Unterbrechungen geben müsste, wenn Henrik und Elnaz *Weihnachten mit Familie Eklund* drehten und Henrik Besprechungen in Stockholm hätte.

Die Stimmung im Team war zusehends angespannt. Elnaz lief mit dem Handy am Ohr hektisch auf und ab, während Ted sich frenetisch Notizen machte. Was, wenn sie alles abblasen würden? Nora brauchte diese Sendung!

Elnaz kam auf sie zu. »Wie gut, dass Sie noch mal die Planung durchgehen. Haben Sie noch Fragen?«

»Wo steckt Henrik denn?«

»Wir wissen es nicht.« Sie lächelte steif. »Er taucht hoffentlich jede Sekunde hier auf. Aber unterdessen können wir uns ja über den weiteren Tagesablauf unterhalten. Wir haben nämlich ein paar Änderungen vorgenommen. Heute wollen wir, dass Henrik sich das Sortiment ansieht, die Backwaren an sich, und dass Sie uns ein bisschen von der Geschichte der Bäckerei erzählen. Morgen sehen wir uns den Wareneingang an – was Sie für Zutaten verwenden. Dann gehen Sie durch die Backstube – Öfen, Ausstattung und so weiter. Das wird die erste Folge. Dann kommen ein paar Tage, an denen wir hier ein bisschen was auf den Kopf stellen. Einfach kleinere Renovierungsarbeiten. Anschließend wird weihnachtlich dekoriert, und dann geht es ans Backen an sich. Oh, halt – wir hätten gern auch ein paar Szenen zu normalem Speisebrot, die würden wir gern Ende der Woche filmen.«

Dies alles wich deutlich von der ursprünglichen Planung ab.

»Und dann wäre da noch der krönende Abschluss mit einem Pfefferkuchenhaus-Wettbewerb auf dem Marktplatz. Das wird großartig«, sagte Elnaz im Brustton der Überzeugung.

Solange nur der Promibäcker auftauchte, dachte Nora.

Gegen einen Pfefferkuchenhaus-Wettbewerb hatte sie im Grunde nichts einzuwenden; ihre Eltern und sie hatten zu Hause auch einen ausgetragen, als Nora noch klein gewesen war. Ihre Eltern hatten sie immer gewinnen lassen – und sie hatte nicht schlecht Lust, auch gegen Henrik zu gewinnen.

Im selben Moment ging die Tür auf, und Henrik stürmte herein, in Jeans, Karohemd und Lammfelljacke. Ein kollektiver Seufzer ging durch das Team.

Elnaz eilte auf ihn zu. »Wo warst du denn?«

Statt zu antworten, sah Henrik sie nur flüchtig an, hängte seine Jacke über einen Stuhl und schnappte sich einen Kaffee. Elnaz verdrehte die Augen und presste die Lippen aufeinander. Nora konnte sie gut verstehen. Dieses Auftreten verstärkte den Eindruck, den sie von Henrik und seiner Divenhaftigkeit gehabt hatte. Dass er sich nicht einmal die Mühe machte zu antworten!

Mit dem Kaffee in der Hand kam er auf Nora zu. »Dann haben Sie sich also doch dazu entschieden mitzumachen?«

»Ja … oder … Eigentlich wollte ich das schon die ganze Zeit.«

Er sah sie wortlos an, wie um zu unterstreichen, dass sie zuvor das Gegenteil behauptet hatte.

Sara fuhr ein letztes Mal mit dem Puderpinsel über Noras Stirn. »So, fertig.« Dann nahm sie Henrik ins Visier. »Du bist dran.«

Als Nora aufstand, lächelte er verkniffen in ihre Richtung und nahm ihren Platz ein. Ted gesellte sich zu ihm und redete leise auf ihn ein. Der Producer schien ihm ein paar letzte Anweisungen zu geben.

Nora sah sich in ihrer Konditorei um. Mit einem Mal war dies hier ein Drehort: Es waren zwei starke Scheinwerfer aufgestellt worden, und im rückwärtigen Teil lagen überall Kabel. Zwei Studiokameras waren im Cafébereich platziert worden, und eine der Kamerafrauen würde mit einer Schulterkamera filmen. In den Zwischenraum hinter dem Verkaufstresen war ein riesiges Schaltpult geschoben worden, an dem ein Mann mit Kopfhörern stand und an zig Reglern herumhantierte; vermutlich war dies das Mischpult.

»Da draußen warten ziemlich viele Gäste«, stellte Henrik von seinem Stuhl aus fest.

Wovon redete er? Nora trat ans Fenster. Tatsächlich. Vor der Tür hatte sich eine Schlange gebildet. So viele Kunden hatte sie seit Jahren nicht mehr gesehen. Ach, dann war jetzt wohl der richtige Moment, um vorbeizukommen?, schoss es ihr leicht säuerlich durch den Kopf.

Elnaz kam auf sie zu. »Henrik ist jetzt so weit. Sie können aufmachen, und dann drehen wir, wie die Kunden sich Sachen aussuchen und an den Tischen Platz nehmen.«

»Dann filmen wir wirklich sofort los? Müssen wir das nicht vorab durchgehen?«

»Nein, wenn Sie keine weiteren Fragen haben …?«

In Wahrheit hatte Nora Hunderte Fragen, aber sie hielt den Mund.

»Wir machen es folgendermaßen: Sie schließen auf, und die Kundschaft kommt rein. Irgendwann fangen wir einfach an – wir geben Laut, wenn es so weit ist. Anschließend zeichnen wir auf, wie Sie und Henrik sich miteinander bekannt machen. Nach dem Cut gehen wir gemeinsam durch die Konditorei, er verkostet die Backwaren und so weiter. Wir geben Bescheid, wenn wir wegen der O-Töne unterbrechen.«

O-Töne … Die bedeuteten laut Elnaz, dass sich je ein Teil des Filmteams mit Nora und einer mit Henrik zusammensetzte und sie beide getrennt voneinander zur selben Situation befragte. So etwas sah man in jeder Realitysendung: wenn die Teilnehmer allein vor der Kamera saßen und ihre Eindrücke und Überlegungen schilderten, beispielsweise in *Die Dessertmeister*, wenn die Juryentscheidung kurz bevorstand. Sinn und Zweck solcher Szenen war, die Gefühle der Teilnehmer einzufangen, doch Nora hatte nicht die geringste Lust, über Gefühle zu reden.

»So viel zum heutigen Drehtag«, sagte Elnaz.

Nora nickte.

»Machen Sie sich keine Gedanken«, raunte Elnaz ihr zu, als hätte sie gespürt, dass Nora mit sich haderte. »Ted und ich geben die ganze Zeit Regieanweisungen. Sie müssen jetzt nur noch aufsperren.«

Nora tat wie geheißen, schloss auf und zog die Eingangstür auf. Ganz vorn in der Schlange stand Maggan von der Supermarkttheke, die Nora fröhlich zunickte. Als Nächstes kam Ingemar. Maggan nahm ihn bei der Hand. »Komm, wir setzen uns da hin.« Maggan kaperte den Tisch, der am nächsten zu den Kameras stand, indem sie ihren Leopardenmantel über die Stuhllehne hängte. Erst danach ging sie zum Tresen und gab bei Hassan ihre Bestellung auf.

In der Zwischenzeit hatte sich Henrik eine Schürze angelegt. Er musterte die Kundschaft, machte ein paar Schritte auf den Tresen zu und schien die Ohren zu spitzen, als Ingemar bestellte.

Nora sah Ted ratlos an. »Soll ich jetzt einfach arbeiten wie sonst auch?«

»Japp, am besten machen Sie, was Sie immer machen. In ein paar Minuten filmen wir kurz hier im Cafébereich, und anschließend machen wir mit Henrik den Rundgang durch die ganze Konditorei.«

Nora stellte sich neben Hassan an die Kasse.

»Na, das Übliche«, sagte Ingemar gerade, »Käsebrötchen und Kaffee.«

»Fünfundzwanzig Kronen bitte.« Hassan legte das Brötchen auf ein Tablett.

»Entschuldigung, was haben Sie gerade gesagt?« Henrik sah Hassan mit großen Augen von der Seite an.

»Äh … was?« Hassan drehte sich verunsichert zu Nora um. »Fünfundzwanzig Kronen.«

»Okay, fünfundzwanzig, gut.« Henrik verschränkte die Arme vor der Brust.

Nora verdrehte die Augen und wandte sich zu Maggan um, die ein Garnelenbrötchen und einen Kaffee bestellte.

Ingemar stand immer noch da, kramte in seiner Tasche, angelte seinen Geldbeutel hervor und ließ ihn wieder sinken. »Oje, ich muss schon wieder anschreiben lassen …« Er streifte Nora mit dem Blick. »Nora schreibt sich auf, was ich ihr schuldig bin, und dann bezahle ich, sobald ich wieder Geld habe.« Verunsichert sah er zu Hassan und dann zu Henrik.

»Komm, geht auf mich«, fuhr Maggan dazwischen, und Nora atmete aus. Bestimmt wäre Henrik sonst irgendwas Spöttisches eingefallen.

»Warten Sie«, sagte er stattdessen. »Könntet ihr das noch mal filmen?« Er sah zu Elnaz. »Das muss mit rein!«

Elnaz winkte der Kamerafrau, die neben ihn hinter den Kassentresen trat. Eine weitere Kamera wurde auf die Kasse ausgerichtet. Elnaz klatschte in die Hände, um allen zu signalisieren, dass es von vorn losging.

Henrik lächelte Ingemar an. »Was haben Sie gerade gesagt? Sie lassen im Nymans anschreiben?«

Eilig legte Nora Maggans Garnelenbrötchen auf einen Teller und versuchte, Ingemars Blick aufzufangen. »Ingemar, willst du wirklich, dass das gefilmt wird?«

»Wir haben die Erlaubnis der Kunden eingeholt«, mischte sich Ted ein. »Draußen steht einer von uns und lässt sich das unterschreiben.«

»Stimmt«, sagte Ingemar mit funkelndem Blick. »Und ich hab nichts dagegen, ins Fernsehen zu kommen.«

»Na also.« Henrik sah Nora triumphierend an. »Aber keine Bange, das hier wird super. Das trägt zu einem klareren Bild von Ihnen bei.«

»Gut, dann machen wir weiter«, verkündete Ted.

Ingemar sah Henrik an. »Also, ja, ich lasse im Nymans anschreiben. Manchmal bin ich ein bisschen klamm, wissen Sie, und da schreibt Nora sich auf, was ich ihr schuldig bin. Sie ist eine von den Guten und kennt uns hier in der Stadt.«

Die Kamera schwenkte zu Nora. Das unbarmherzige Scheinwerferlicht strahlte ihr frontal ins Gesicht, und langsam dämmerte ihr, warum Elnaz bei ihrem Anblick so schockiert gewesen war. Ein solches Licht entlarvte alles.

8. Kapitel

1945

Nach der ersten Arbeitswoche konnte Tuula ihren ersten freien Tagen rein gar nichts abgewinnen. Sie liebte ihre neue Arbeit, und obgleich sie sich natürlich freute, die Kinder wieder um sich zu haben, brachte der erste freie Tag auch eine gewisse Leere mit sich. Es war herrlich und regelrecht heilsam gewesen, wieder einer Beschäftigung nachgehen zu dürfen. Zu Hause in Rovaniemi hatte sie vor der Geburt der Kinder immer gearbeitet, in einer Pension, in der sie bedient, geputzt und mitunter gebacken hatte. Letzteres hatte ihr am meisten Spaß gemacht: Teige zu kneten und allein in der gemütlichen Küche zu stehen, die Wärme des Ofens zu spüren und den Duft des Brotes zu riechen. Es hatte ihr gefehlt, dabei ging es nicht mal allein darum, einer Verpflichtung nachzukommen, sondern auch um Zugehörigkeit – mit anderen Hand in Hand zu arbeiten – und um Normalität, eine Art eingespielten Alltag. Dass sie nun ausgerechnet in einer Bäckerei tätig war, war kaum zu fassen. Denn obwohl sie nicht mal in der Backstube stand, war eine Bäckerei der perfekte Ort: den leicht pilzigen Duft der Hefe zu riechen, das trockene Mehl, wenn die Bäcker die Mehlsäcke öffneten und das Mehl auskippten, so dass es nur so über den Arbeitstisch stob … Und dann natürlich der Duft des Brotes. Es gab schlichtweg nichts Schöneres!

Als sie und die Kinder fertig gefrühstückt und sich umgezogen hatten, machten sie einen kleinen Spaziergang am Fluss entlang. Sie wollten ins Café gehen. Vielleicht war Nils ja da? Sie wusste, dass er dort viel Zeit verbrachte, den anderen zur Hand ging, aber mitunter eben auch nur kurz vorbeischaute. Er schien seine Arbeit zu lieben, und wenn er nicht gerade im Büro saß, gesellte er sich oft zu den Bäckern und packte mit an. Ihn mit den Teigen arbeiten zu sehen, wenn sie hier und da in die Backstube musste, um Nachschub zum Verpacken zu holen, gefiel ihr ungemein.

Seit Juhani hatte sie für keinen Mann mehr Interesse gezeigt. Allerdings schien sie wohl nicht die Einzige zu sein, die gern einen Blick auf Nils riskierte. Laut Aino war er überaus begehrt. Er war noch Junggeselle und anscheinend nach wie vor nicht sesshaft geworden, obwohl er gewiss alle Möglichkeiten gehabt hätte. Doch ihre alberne Verliebtheit war einfach nur unschuldig. Nils Eklund, der Goldjunge der Stadt, würde sich nie für eine Kriegswitwe mit zwei Kindern interessieren, und erst recht nicht für eine Finnin. Ihr war nur zu bewusst, was hier über ihre Landsleute erzählt wurde. Seit sie nach Schweden gekommen war, hatte sie es allenthalben gehört. Es gab natürlich auch freundliche Menschen, und die meisten Schweden, die sie bislang kennengelernt hatte, waren wirklich nett und hilfsbereit, trotzdem hielten sich die Vorurteile hartnäckig: dass Finnen in einem fort betrunken waren und die Fäuste fliegen ließen, dass sie anders waren, nicht wie die Schweden – und das, obwohl sie doch Landesnachbarn waren und kaum enger verwandt hätten sein können. Nichtsdestoweniger betrachteten die Schweden die Finnen als eine andere Rasse, und Tuula hatte sogar von Männern gehört, die Flüchtlingslager besuchten, Schädel und Nasen vermaßen und den Körperbau der Flüchtlinge studierten. Dass ein Nils Eklund für sie infrage käme, war daher kein bisschen wahrscheinlich, und dass sie in seinen schokobraunen Augen versank und seine breiten Schultern, die gebräunte Haut und das dunkle Haar bestaunte, das sich im Nacken kräuselte, tat da nicht viel zur Sache.

Das milde Märzwetter, das sie am Bahnhof willkommen geheißen hatte, hielt sich nach wie vor. Als sie durchs Dorf spazierten, lag Frühling in der Luft. Sie schlenderten am Flussufer entlang, und Tuula ließ den Blick über die großen, bildschönen Häuser in verschiedenen Farben schweifen, die sich wie bunte Glasperlen auf einer Kette vor ihnen aufreihten. Tuula selbst hatte ihr über alles geliebtes Haus hinter sich lassen müssen, aber so schön wie diese hier war es nicht gewesen. Es hatte nicht die hübschen Schnitzereien gehabt, die hier die Häuser schmückten. Zu Hause war alles eher praktisch, aber so waren Juhani und sie nun mal gewesen. Sie hatten beide nicht gerade aus gehobenen Verhältnissen gestammt, obwohl sie von Juhanis Einkommen als Vorarbeiter in der Landwirtschaft gut über die Runden gekommen waren – bis der Krieg gekommen war. Doch auch zuvor hätten sie sich Schnickschnack oder Geschirr mit Goldrand niemals geleistet.

Aus dem Café wehte ihr herrlicher, würziger Kaffeeduft entgegen, und Tuula atmete tief ein. Da war noch etwas anderes – der leckere Duft warmen Brotes … ein süßer Duft … Hefebrot! Gott, das hatte sie seit Jahren nicht mehr gerochen.

Vor dem Café standen runde Tische und Stühle mit schmiedeeisernen Rückenlehnen aus romantischen Blumenranken, die brandneu aussahen, was darauf schließen ließ, dass Eklunds Geschäfte ordentlich liefen. Zudem waren sämtliche Tische besetzt. Sie betraten das Café, und Tuula sah sich um. Schachbrettboden, quadratische Tische und Stühle mit festen grünen Hussen, strahlend weiße Wände.

Sie erhaschte einen Blick auf einen freien Tisch in der Ecke – und im selben Moment entdeckte sie Nils. Er stand hinter der Verkaufsvitrine, und sein Blick hellte sich auf, als sie einander ansahen. Er hob die Hand zum Gruß, doch dann drehte er sich weg, als eine Angestellte eine Frage an ihn richtete. Tuula schob die Kinder auf den freien Tisch zu.

Zwei Paare saßen am Nachbartisch und benutzten den Ecktisch als Ablage für ihre Mäntel und die Handtaschen der beiden Damen. Eine von ihnen lächelte Tuula entschuldigend an und wollte gerade ihre Handtasche vom Stuhl nehmen, als Matias hörbar nach Luft schnappte. Er hatte die Backwaren in der Vitrine gesehen und wies seine Schwester aufgeregt darauf hin.

»Guck mal, Ritva, hier gibt es Zimtschnecken!«, rief er auf Finnisch, und die Frau am Tisch erstarrte sichtlich. Ihr Blick verdüsterte sich, und sie ließ ihre Handtasche stehen, während sie Tuula von Kopf bis Fuß musterte, nur, um sich im nächsten Moment naserümpfend abzuwenden.

»Entschuldigen Sie, ist dieser Tisch frei?«, fragte Tuula trotzdem. Sie würden es ihr doch nicht abschlagen können, wenn sie direkt nachfragte?

Die Gäste am Nachbartisch verstummten, doch niemand würdigte sie auch nur eines Blickes. Sie behandelten sie wie Luft. Fassungslos stand sie da, spürte die Blicke auf sich und wäre am liebsten im schachbrettgemusterten Boden versunken.

»Frau Anttila, was darf ich Ihnen bringen?« Als sie sich umdrehte, stand Nils direkt vor ihr. »Bitte, setzen Sie sich doch.« Er nickte auf den Ecktisch hinab. Die Nachbargesellschaft räusperte sich betreten und nahm eilig ihre Sachen an sich. Demonstrativ rückte Nils den Tisch ein paar Zentimeter weg und schob die Stühle für sie zurecht. »Bitte. In meinem Café sind alle willkommen, und wenn das jemanden stört, darf er gern woanders hingehen.«

Er hatte unüberhörbar in Richtung des Nachbartischs gesprochen. Keiner dort sah ihn an – im Gegensatz zu Tuula, die ihn am liebsten umarmt hätte, ihm applaudieren und zugleich hätte heulen wollen. Dass jemand für sie und ihre Kinder eintrat, war ein bemerkenswertes Gefühl nach all der Zeit, nach ihrer Flucht, nach der Odyssee durch dieses fremde Land.

Nils wandte sich zur Verkaufsvitrine um und winkte sie und die Kinder hinter sich her. In die Stille, die kurz im Café geherrscht hatte, mischten sich wieder Stimmen, und Tuula sah aus den Augenwinkeln, wie die Gesellschaft am Nachbartisch aufstand und in Richtung Ausgang ging.

»Wie heißt ihr beiden denn?« Nils ging in die Hocke, um mit den Kindern auf Augenhöhe zu sein.

»Matias.« Der Junge streckte den Rücken durch und gab ihm die Hand, während Ritva sich an Tuula klammerte und fast hinter ihr zu verschwinden drohte.

»Das hier ist Ritva«, sagte Tuula. »Kinder, das ist Herr Eklund, der Chef der Bäckerei, in der ich arbeite.« Sie sprach Finnisch mit den Kindern und sah dann Nils an. »Ihr Schwedisch ist noch nicht so gut …«

»Das glaube ich! Sie sind ja auch noch nicht lange hier?«

»Wir sind seit Anfang des Jahres in Schweden, haben aber schon vor der Einreise Schwedisch gelernt, ein klein wenig verstehen sie also.«

»Und wie kommt es, dass Sie selbst so gut Schwedisch sprechen?« Nils bedachte sie mit einem warmherzigen Blick. Tuula drohte zu zerfließen wie ein Stück Butter in der Sonne.

»Meine Mutter beherrschte die Sprache und hat in meiner Kindheit Schwedisch mit mir gesprochen.«

Nils lächelte. »Ganz wie bei der Arbeit! Sie sind wirklich ungeheuer fleißig.« Dann schlüpfte er hinter den Tresen. »Was darf es denn sein?«

»Für die Kinder zwei Zimtschnecken bitte und eine Limonade mit zwei Gläsern. Und einen Kaffee für mich.«

»Möchten Sie selbst keine Zimtschnecke probieren?«

»Danke, nein. Bestimmt bleibt von den Kindern was übrig«, erwiderte sie, was geflunkert war, denn die Kinder würden die Zimtschnecken nur so verschlingen, doch mehr als zwei konnte sie sich nicht leisten. Ihr erster Wochenlohn war für ein paar fehlende Sachen für die Wohnung draufgegangen.

»Aber natürlich probieren Sie eine eigene!« Nils legte drei Zimtschnecken auf kleine Teller. »Und selbstverständlich geht das hier aufs Haus.«

»Das ist doch nicht nötig …«

»Aber sicher doch. In einer Bäckerei zu arbeiten bringt gewisse Vorteile mit sich. Außerdem habe ich da einen gewissen Herrn gesehen, der den Blick nicht von den Plätzchen losreißen kann …« Er lächelte Matias an. »Welche magst du probieren? Ihr dürft euch aussuchen, was immer ihr wollt.«

Tuula sah zu ihren Kindern. »Jeder nur zwei«, sagte sie eilig auf Finnisch, und die Kinder traten brav an die Vitrine und deuteten auf je zwei Plätzchensorten. Nils legte für jeden von ihnen weitere zwei dazu – zwei Schokoschnitten und zwei Baisermürbchen. O Himmel, dachte Tuula, das würde Bauchschmerzen geben!

»Nehmen Sie doch schon mal Platz. Anna kommt gleich mit Ihrem Kaffee.« Er nickte in Richtung einer großen, dunkelhaarigen Frau mittleren Alters, die Tuula freundlich anlächelte.

Tuula nahm ihr Tablett und kehrte an ihren Tisch in der Ecke zurück, verteilte die Limonade für ihre Kinder auf deren zwei Gläser und sah zu, wie sie sich über die Leckereien hermachten. Dann kam Anna mit einer vollen Kanne, einer Tasse und goss frischen Kaffee ein. Tuula bedachte sie mit einem dankbaren Blick. Dann gab sie einen Schuss Milch hinein und nippte daran: fein, vollmundig und nicht im Geringsten bitter. Und erst die Zimtschnecke! Sie schloss die Augen. Himmlisch! Kross, süß und zugleich saftig und weich … und buttrig mit dem genau richtigen Maß Zimt.

»War es recht?«

Sie blickte auf und sah Nils direkt in die braunen Augen.

»Die Zimtschnecke war phantastisch.«

Er zog den Stuhl gegenüber unter dem Tisch hervor. »Ist es in Ordnung, wenn ich mich zu Ihnen setze?«

»Aber natürlich!«

»Wie ist es Ihnen bislang hier im Dorf ergangen, Frau Anttila?«

Ihr war klar, dass dies nicht der geeignete Moment war, um vollkommen aufrichtig zu sein. »Uns geht es gut. Wir haben alles, was wir benötigen, und ich bin wahnsinnig dankbar, arbeiten zu dürfen. Das hat uns das Leben gerettet.« Was tatsächlich der Fall war, allerdings ließ sie ein paar Dinge aus, die weniger erfreulich waren: die Feindseligkeit beispielsweise. Würde ein Ort, an dem man nicht willkommen war, sich je wie ein Zuhause anfühlen?

»Sie leisten phantastische Arbeit. Ich weiß es sehr zu schätzen, dass Sie in meiner Bäckerei arbeiten.«

Sie glaubte, einen warmen Unterton herauszuhören, der mehr auszudrücken schien, aber wahrscheinlich bildete sie sich das nur ein. Sie hatte schließlich mitbekommen, welche Autorität er hier war. Keiner aus der Tischgesellschaft hatte protestiert, und sie hatte auch von Aino einiges gehört. Doch letztlich war Tuula zu schlicht für ihn. Dass er noch etwas anderes andeuten wollte, war undenkbar.

»Danke.« Sie lächelte ihn an.

»Und diese Leute, die Sie so schlecht behandelt haben – kümmern Sie sich nicht um die!«

»Ich gebe mir Mühe.«

»Ich werde nie zulassen, dass jemand Sie und Ihre Kinder auf diese Weise behandelt.« Er hatte einen ernsten Tonfall angenommen, und sie glaubte ihm jedes einzelne Wort. Doch sie durfte sich nichts darauf einbilden. Trotzdem kam sie nicht umhin, ein wenig zu träumen …

9. Kapitel

Sobald die Schlange nicht mehr ganz so lang war, beobachtete Henrik, wie Nora anfing, die Brötchen in den Flechtkörben hinter dem Tresen umzuschichten. Hier und da unterbrach sie ihre Arbeit, um mit einem Kunden zu plaudern. Anfangs hatte sie wahnsinnig angespannt gewirkt – wie alle Teilnehmer der Sendung –, doch nach und nach schien sie die Kameras und das Filmteam, das um sie herumschwirrte, zu vergessen.

Dann ging die Tür auf, und Don kam mit einem großen Espresso-House-Pappbecher herein. Ach, Don war auch hier? Henrik war überrascht. Aber das ließ doch darauf schließen, dass der Sender die Produktion überaus ernst nahm? Natürlich nur, sofern Don keinen anderen Grund hatte, hier zu sein.

Henrik hatte eigentlich vergessen wollen, was sein Vater zum Thema Einschaltquoten gesagt hatte; er hatte auch so schon genug zu grübeln, jetzt, da seine Pläne für die kleine Bäckerei zu platzen drohten. Aber konnten vielleicht die Einschaltquoten der Grund sein, warum Don gleich am ersten Drehtag hier aufkreuzte? Als Henrik so darüber nachdachte, hatten die Leute von der Produktionsfirma schon während der ersten Besprechungen gestresster gewirkt als bei früheren Staffeln. Aber warum hatte dann niemand etwas zu ihm gesagt?

Don durchquerte das Café, huschte hinter den Kameras hindurch, hob die Hand zum Gruß in Henriks Richtung und gesellte sich zu Ted in die Ecke. Sie unterhielten sich leise, bestimmt über die Dreharbeiten. *Es muss etwas passieren* – so hatte Don sich ausgedrückt, als sie zuvor über das Weihnachtsspecial gesprochen hatten, und: *mehr Reality*.

Unterdessen fuhr Nora unter Henriks Inspektorenblick mit ihrer Arbeit fort.

»Ich glaube, wir sollten jetzt die Szene drehen, in der Henrik reinkommt und sich vorstellt«, sagte Elnaz nach einer Weile.

»In Ordnung.« Henrik nickte.

»Sich vorstellt?« Nora sah sie überrascht an.

»Ja, hauptsächlich den Zuschauern zuliebe. Henrik kommt herein und stellt sich namentlich vor, so, als wären Sie sich nie zuvor begegnet.«

»Was? Aber wir haben uns doch schon begrüßt? Dann sollen wir jetzt also schauspielern?«

Henrik verdrehte die Augen. »Ich hab keine Zeit für solche Diskussionen.«

»Zeit? Ich muss doch verstehen, was wir da aufzeichnen!«

»Wir liegen jetzt schon hinter dem Zeitplan«, murmelte er.

»Also, *ich* war pünktlich vor Ort.« Demonstrativ wandte Nora sich um und sortierte weiter Brötchen.

»Die Zuschauer müssen das Gefühl haben, von Anfang an mit dabei zu sein«, erklärte Elnaz, um die Situation zu entschärfen.

»Okay«, sagte Nora, »und was soll ich machen?«

»Eine Möglichkeit wäre, die Hand auszustrecken, und wenn ich dann meine ausstrecke, geben wir uns die Hand«, brummte Henrik. Gott, wie dämlich konnte man sein? »Und dann sagen Sie Ihren Namen und vielleicht noch: ›Schön, Sie kennenzulernen.‹«

Nora bedachte ihn mit einem finsteren Blick.

Henrik zog seine Jacke an und huschte hinaus auf die Straße, während Nora am Tresen stehen blieb.

Wie sollte er diesen Tag nur überstehen? Er hatte die ganze

Nacht wach gelegen und über das missglückte Treffen mit seinem Vater nachgedacht. Irgendwann hatte er aufgegeben und einen Sauerteig aus dem Anstellgut hergestellt, das er stets zu Hause hatte. Und weil er in aller Herrgottsfrühe hatte aufbrechen müssen, hatte er die fertig gegorenen Laibe seinen Nachbarn überlassen, einer netten Familie, deren Kinder Henriks Brote liebten. Sie würden die Laibe zum Frühstück fertig backen.

Das Backen, Teige zu bearbeiten, war für ihn immer schon das beste Ventil, um Frust abzulassen. Allerdings war die Wirkung diesmal nur vorübergehend gewesen; sobald er im Zug gesessen hatte, waren die Sorgen zurückgekehrt.

Zumindest hatte er sich entschieden, seine Idee nicht einfach ad acta zu legen. Er hatte den anderen Vorstandsmitgliedern geschrieben, dass er für ihre nächste Sitzung einen Punkt beizutragen hätte: die Eröffnung einer Bakverk-Bäckerei. Immerhin hatte er seine Geschwister auf seiner Seite, und ihr Vater würde die Sache nicht im Alleingang kippen können. Allerdings beschäftigten ihn jetzt obendrein auch noch die Einschaltquoten – ganz gleich, wie sehr er sie hatte verdrängen wollen. Er musste so schnell wie möglich mit Elnaz reden.

Eine kalte Ostseeböe fegte durch die Straße, und er erschauderte. Der Winter hier in Südschweden war eindeutig nasskalter als der in Stockholm.

Dann betrat er erneut die Bäckerei. Nora lächelte breit. »Da schau einer an!«, rief sie. »Ein ganz herzliches Willkommen!«

Elnaz runzelte die Stirn. »Cut! Sie müssen auch nicht übertreiben.«

»Aber Sie meinten doch, ich soll schauspielern?«

»Sagen Sie einfach Hallo, das sollten Sie doch hinkriegen«, brummte Henrik. »Und natürlich dürfen Sie versuchen, freundlich zu sein – nicht so wie bei unserer ersten Begegnung.«

Henrik ging wieder nach draußen, und er spürte ihren Blick im Nacken. Dann kam er abermals herein, und erst sah sie verbiestert aus, doch dann brachte sie ein Lächeln zustande. Gut gemacht.

»Hallo. Henrik Eklund.« Er hielt ihr die Hand hin, und sie schüttelte sie.

»Nora Jansson. Willkommen im Nymans.« Ihre Hand war unerwartet warm.

»Gut. Cut! Das war's, das nehmen wir.« Elnaz nahm ihr Notizbuch hoch und schien die Szene – eine von zahlreichen, die noch folgen würden – abzuhaken.

»Wir könnten tatsächlich genau hier weitermachen: mit Henrik, der sich ein paar Backwaren und einen Kaffee bestellt. Was immer du für richtig hältst, Henrik.«

Insgeheim rechnete er schon mit einem Protest und Einwänden von Noras Seite, doch die nickte bloß.

»Gut, dann machen wir weiter.«

Sobald die Kamera lief, musterte Henrik die Auslage – die Brote und belegten Brötchen, die in der Glasvitrine lagen. »Ich hätte gern ein Käsebrötchen.«

»Sehr gern.« Mit einer Zange nahm sie ein Brötchen hoch und legte es auf einen weißen Porzellanteller.

Weiß funktionierte immer, allerdings hätte er stattdessen Steingut genommen. Die Kaffeetassen waren ebenfalls in Ordnung, dürften aber grau sein statt dunkelblau. Dunkelblau war zuletzt Anfang der Nullerjahre in Mode gewesen. »Und eine Zimtschnecke bitte. Und dann hätte ich gern noch ein Biskuittörtchen und vielleicht ein paar Plätzchen. Welche empfehlen Sie? Oder nein, warten Sie, ich würde gern die Nussschleife probieren. Ich hätte nie gedacht, dass jemand unter dreiundneunzig so etwas überhaupt noch kennt!« Er schnaubte kurz, und Nora kniff die Augen zusammen. Dann holte er tief Luft – mit genau diesem Thema würde er weitermachen. »Wie viele Sorten Kleingebäck stellen Sie eigentlich her?«

»Dreizehn«, antwortete sie mit einem steifen Lächeln.

»Oh. Und verkaufen Sie die auch alle?«

Misstrauisch sah sie ihn an. »Das meiste, ja.«

»Wie viel Zeit investieren Sie in diese Backwaren?«

»Du liebe Güte! Das hier ist eine Konditorei – natürlich investiere ich Zeit ins Kleingebäck! Aber soll diese Sendung wirklich davon handeln, von Keksen und Plätzchen?«

Henrik sah resigniert zu Elnaz, die ihn schief anlächelte. »Schon in Ordnung. Ich glaube, wir haben genug Material.«

Henrik nahm sein Tablett mit den Backwaren, während Nora am Tresen stehen blieb. Die nächste Szene würde nur von Henrik handeln.

Er steuerte einen der Tische an. Einer der Produktionsassistenten lief mit der Kaffeetasse hinter ihm her und gab Milch hinein, so wie er es wollte, wenn er zum Kaffee etwas aß. Wenn er lediglich Kaffee trank, bevorzugte er ihn schwarz. Nora sah aus der Entfernung zu, wie er sich hinsetzte, um nun in Ruhe alles zu verkosten.

In der Zwischenzeit hatte Ted seine Unterredung mit Don beendet und gesellte sich wieder zu ihnen. Die Kameras liefen, und Henrik nahm sich das Käsebrötchen vor. Der Teig war vielleicht ein bisschen fest, aber völlig in Ordnung. Der Käse jedoch schmeckte nach nichts – und es war eindeutig zu wenig Butter darauf.

Dann biss er in seine Zimtschnecke, und die schmeckte, was er bereits wusste, doch sie war wie gesagt ungebührlich groß.

Er nahm einen Schluck Kaffee und hätte ihn fast wieder ausgespuckt. »Du liebe Güte!« Er sah in die Kamera. »Der ist ja schlimmer als jeder Automatenkaffee!«

»Perfekt!« Ted schob sich ein Beutelchen Snus-Tabak unter die Lippe. »Wenn du dir jetzt kurz überlegst, was du alles sagen willst, können wir als Nächstes Nora filmen.«

»Okay. Ich brauche sowieso eine Pause«, erwiderte Henrik.

»Wunderbar, dann können wir uns ja kurz unterhalten.«

Elnaz ließ sich auf den Stuhl neben Henrik sinken. »Warum warst du heute Morgen denn so spät dran?«, erkundigte sie sich, während die anderen sich den Kaffeemaschinen zuwandten.

»Mir ist gestern etwas dazwischengekommen … Aber ich habe dir doch gemailt.«

»Ich hab keine E-Mail gekriegt.« Elnaz sah ihn verdrießlich an. »Wir haben den ganzen Morgen versucht, dich zu erreichen, aber du bist nicht ans Handy gegangen.«

»Es sind gestern ein paar Dinge passiert. Ich muss die E-Mail wohl vergessen haben und … Tut mir leid, aber ich hatte das Handy abgestellt.« Der Vermieter des Ladenlokals hatte vormittags anrufen wollen, und Henrik hatte dem Problem aus dem Weg gehen wollen, indem er nicht erreichbar war.

»Du weißt, dass TV24 Stress macht, gerade jetzt, da uns *Weihnachten mit Familie Eklund* in die Quere kommt. Wir brauchen jede Minute, die wir kriegen können.«

Auch hier steckte sein Vater hinter den Unannehmlichkeiten. Wie konnte er ihnen dermaßen im Weg stehen?

»Über TV24 wollte ich sowieso mit dir sprechen …«, sagte Henrik, doch im selben Moment kehrte Ted an ihren Tisch zurück.

»Weiter geht's!«

»Wir reden später«, sagte Henrik zu Elnaz. Natürlich konnte sein Anliegen warten; er bräuchte Ruhe, um mit ihr über die Andeutungen seines Vaters zu reden.

»Japp. Dann mal los.« Ted winkte Nora, die hinter dem Tresen stand, Zettel durchsah, einen Block durchblätterte und sich etwas aufschrieb.

»Bereit?«, rief Henrik ihr zu.

»Gleich«, antwortete sie nur.

Henrik sah zum Produktionsassistenten, einem jungen Kerl, für den es die erste Staffel von *Ärmel hoch* war. »Kannst du sie holen gehen?«

Nora seufzte vernehmlich. »Ich kann wunderbar allein gehen, Sie müssen nicht erst einen Springer schicken.« Sie legte die Zettel in eine Schublade und kam hinter dem Tresen hervor.

»Also gut.« Elnaz sah auf ihre Aufzeichnungen hinab und dann zu Henrik. »Du könntest dich noch ein bisschen mehr über den Kaffee beklagen. Irgendwas von wegen Seele der Konditorei oder so.«

»Genau das hatte ich vor.«

»Super.« Elnaz reckte den Daumen hoch.

Vor laufenden Kameras an Bäckereien und Konditoreien herumzunörgeln war nicht wahnsinnig schön; mitunter fühlte Henrik sich dabei regelrecht taktlos, aber genau so etwas wollten die Zuschauer sehen: Er musste gemein werden, allerdings innerhalb gewisser Grenzen. *Ärmel hoch* war keine Sendung, in der Leute gedemütigt wurden, doch damit irgendetwas passierte, musste er sich ein bisschen aufspielen.

Nora setzte sich ihm gegenüber, und Elnaz gab Henrik das Startsignal. Don und Ted blieben daneben stehen und hörten aufmerksam zu.

Henrik nahm das Käsebrötchen hoch. »Der Käse ist schwitzig, und Butter kann ich keine erkennen.«

Nora sah ihn leicht defensiv an. »Der Käse hat seit fünf Uhr auf dem Brötchen gelegen. Wir müssen so früh damit anfangen, wenn alles rechtzeitig fertig sein soll. Und die Butter …«

»Jaja.« Henrik drehte das Brötchen hin und her. »Außerdem sind die zu klein. Der Teig an sich ist vollkommen nichtssagend und ziemlich trocken. Da *passiert* nichts im Mund. In jedem Supermarkt gibt es spannendere Brötchen im Plastikbeutel.«

Nora holte tief Luft. »Um hier alles zu schaffen, müssen wir wie gesagt frühmorgens anfangen – und normalerweise ist da ziemlich viel Butter drauf. Das da war womöglich ein Montagsexemplar.«

»Also, was ich gerade höre, sind lediglich Ausreden. Ich meine, Sie haben sechzehn Sorten Kleingebäck im Sortiment, dafür haben Sie anscheinend Zeit, und …«

»Dreizehn.«

»Wie bitte?«

»Dreizehn. Der Tradition meiner Großmutter zufolge soll man dreizehn Sorten zum Kaffee anbieten.«

»Und dann die Zimtschnecken.« Henrik nahm noch einen Bissen und ging über ihren Einwand nonchalant hinweg. »Die sind gut, aber grotesk groß. Gleichzeitig wird von dem Brötchen doch niemand satt! Was denken Sie sich dabei?«

»Ich weiß ja nicht, wie Sie in Stockholm Kaffee trinken. Da gibt es wahrscheinlich Dattelschnittchen und in Stevia getauchte rohe Bohnen zum Kaffee. Aber hier in Småland mögen wir echte Zimtschnecken. Die müssen groß sein.«

»Ach? Und essen die Leute sie immer ganz auf?«

Nora schwieg ein paar Sekunden. »Einige schon«, antwortete sie leise.

»Begreifen Sie überhaupt, wie viele Rohwaren Sie damit verschleudern?« Er beugte sich über den Tisch, damit sein nächster Kommentar umso mehr Gewicht hatte. »Das hier ist doch keine Franchise-Cafékette aus den Nullerjahren! So große Backwaren sind schon vor zwei Jahrzehnten aus der Mode gekommen.«

Sie machte den Mund auf, um sich zu verteidigen, überlegte es sich aber anders.

»Okay. Dann der Kaffee.« Er lehnte sich wieder zurück. »Der schmeckt, als wäre man auf einem Kleinstadt-Polizeirevier gelandet. Die reinste Gerbsäure!«

»Beim letzten Mal mochten Sie ihn.«

Statt etwas zu erwidern, sah Henrik zu Ted und Elnaz auf.

»Das schneiden wir raus«, sagte Ted. »Macht einfach weiter!«

»Wie bitte?« Nora sah den Producer irritiert an. »Was soll da rausgeschnitten werden?«

»Es gibt kein letztes Mal«, erklärte Elnaz. »Dies hier ist Henriks erster Besuch.«

Nora seufzte. »Okay …«

Himmel hilf!, dachte Henrik. Hier wurde jede einzelne Szene diskutiert. Das hier war weit davon entfernt, einfach und reibungslos zu verlaufen. Ihre Aussichten, im Zeitplan zu bleiben, wurden minütlich düsterer.

»Bevor es weitergeht«, fuhr Ted dazwischen und blickte leicht betreten zu Don, der ihn lediglich unverwandt anstarrte. Er räusperte sich und trat auf Nora zu. »Also … Könnten Sie vielleicht Ihr T-Shirt ein bisschen nach hinten ziehen, damit …« Er sah sich nervös um und winkte dann die Stylistin näher. »Sara, komm! Kannst du das T-Shirt feststecken?«

Mit weit aufgerissenen Augen schnappte Nora nach Luft. Sara stellte sich hinter sie und zupfte leicht ratlos Noras T-Shirt zurecht.

»So, genau!«, rief Ted, kaum dass sich Noras Brüste unter dem T-Shirt abzeichneten.

»Soll das ein Witz sein?«, platzte es aus Nora heraus.

»Ist das denn wirklich nötig?«, fragte Henrik. Klar, sie wollten mehr Reality, aber sie waren hier doch nicht bei *Paradise Hotel*?!

»Noch ein bisschen«, sagte Ted mit einem Blick zu Don, der aufmunternd nickte, doch Sara schüttelte den Kopf. Nora runzelte die Stirn und zog ihr T-Shirt wieder gerade, so dass es locker herabfiel.

Don seufzte, und Ted machte einen Schritt vor, als wollte er selbst Hand anlegen.

»Es reicht«, sagten Henrik und Elnaz gleichzeitig. Ted blieb stehen, sah erneut zu Don, und der hob resigniert beide Hände.

Ted ließ die Kamera weiterlaufen.

»Sie können hier doch keine Gerbsäure servieren! Da kriegt die Kundschaft ein Magengeschwür«, sagte Henrik aufgebracht und konzentrierte sich wieder ganz auf seine Kritik, statt auf den Zwischenfall einzugehen. Dons Vorschlag war nicht nur geschmacklos gewesen, er hatte auch eindeutig eine Grenze überschritten. Zum Glück hatte er am Ende klein beigegeben. Vielleicht hatte er ja selbst eingesehen, wie absurd seine Idee gewesen war.

»Ich bin hier Ihr Gast, und ich will qualitativ hochwertigen Kaffee«, fuhr Henrik fort und war erleichtert, dass die unangenehme Situation ausgeräumt war.

»Gewissen Gästen würde ich ein Magengeschwür sogar von Herzen wünschen.« Sie starrte ihn unverwandt an. »Eins, das richtig wehtut und lange anhält.«

Ted schmunzelte amüsiert. War die T-Shirt-Aktion lediglich eine Maßnahme gewesen, um Nora zu provozieren? Auch Don sah hochzufrieden aus. Henrik presste die Lippen zusammen, kratzte sich langsam am Kopf und wartete nur darauf, dass entweder Elnaz oder Ted dazwischengehen würde. Doch anscheinend waren sie mit Noras Replik glücklich – zumindest passierte endlich etwas.

»Könnten Sie mir vielleicht ein bisschen von der Konditorei erzählen?«, fragte Henrik. »Was macht sie so besonders?«

Erstmals veränderte sich etwas in Noras Gesicht. »Das Nymans ist seit mehreren Generationen ein Familienbetrieb. Meine Urgroßmutter hat hier schon gearbeitet. Dann fing meine Großmutter an und durfte die Konditorei vom vorigen Besitzer übernehmen, als der allmählich zu alt wurde. Mein Großvater war am Backen nicht interessiert, half aber hier und da aus und hielt sich gewissermaßen im Hintergrund.« Sie zeigte zur Wand, wo das Schwarz-Weiß-Foto einer älteren Dame hing, die zwischen zwei Bäckern stand. »Zu ihrer Zeit war es fast schon eine Sensation, dass eine Frau eine eigene Konditorei führte. Irgendwann ist dann meine Mutter in die Fußstapfen meiner Uroma und meiner Großmutter getreten. Als ich noch klein war, waren wir immer hier – die ganze Familie. Das hier war mein zweites Zuhause.« Sie sah regelrecht beseelt aus.

»Dann haben Ihre Eltern die Konditorei zusammen betrieben?«, hakte er nach.

»Genau. Zumindest bis mein Vater vor siebzehn Jahren starb.«

Siebzehn Jahre! Eilig überschlug er es im Kopf. Sie konnte noch nicht sehr alt gewesen sein, allenfalls fünfzehn, sechzehn. Ihre Stimme hatte traurig geklungen, und ihr Blick hatte sich kurz verdüstert. Er hatte das vage Gefühl, dass sie zu schnell hatte erwachsen werden müssen, ähnlich wie er, wenn auch aus anderen Gründen.

»Verstehe. Und jetzt leiten Sie die Konditorei?«

Er vermied es, nach ihrer Mutter zu fragen. Als er sich vorab eingelesen hatte, war er auf einen Artikel aus der Lokalzeitung gestoßen, in dem die Mutter erwähnt worden war: die Konditoreibesitzerin, die an Brustkrebs gestorben war. Vor acht Jahren. Seitdem hatte Nora hier also alles allein gestemmt.

»Das ist richtig«, antwortete sie. »Ich habe keine Geschwister, und seit Mamas Tod vor acht Jahren bin nur noch ich übrig.« Sie lächelte flüchtig, als wollte sie den Umstand beschönigen, straffte dann aber die Schultern, wie um zu signalisieren: Ich brauche kein Mitleid.

Er nickte. »War das immer schon der Plan gewesen? Dass Sie die Konditorei führen?«

Sie nickte nachdrücklich. »Ja, ich wollte diese Konditorei, seit ich denken kann. Meine Uroma hat für ihre Arbeit gelebt, meine Großmutter hat alles gegeben, um das hier zu übernehmen, und dann hat meine Mutter weitergekämpft. Dass das Nymans in der Familie blieb, war ihr ungeheuer wichtig.«

»Gut.« Er hatte den leisen Verdacht, dass noch einiges mehr dahintersteckte. Das Nymans war seit Jahrzehnten im Familienbesitz, und nun betrieb Nora es allein, ohne Partner, Geschwister oder andere Verwandte – das war sicher nicht leicht.

»Was an der Konditorei ist Ihr größter Stolz – mal abgesehen von der Tatsache, dass sie seit Generationen ein Familienbetrieb ist?«

»Unsere Kundschaft. Die Gemeinschaft. Einige Kunden kommen seit Jahrzehnten. Sie treffen sich hier, plaudern, kommen unter Leute und unterhalten sich auch mal mit mir.« Sie lächelte erneut, und ihn beschlich das Gefühl, dass diese Begegnungen für sie mindestens ebenso bedeutsam waren wie für die Kunden, was er nur zu gut verstehen konnte. Genau so etwas würde er ebenfalls schätzen, wenn er eine eigene Bäckerei hätte. Er vermisste dieses Gefühl.

»Wir machen hier eine Pause«, sagte Ted und stand auf.

Don räusperte sich. »Henrik, hast du kurz eine Minute?«

»Natürlich.« Er stand auf und ging hinter Don her.

»Du, dieses Mädel ist hitzköpfig, und das mögen wir«, sagte Don, noch während sie im hinteren Teil der Bäckerei verschwanden, der L-förmig angelegt war: Ganz zuhinterst befand sich ein abgetrennter Bereich mit einem Geschirrspüler und einem großen Spülbecken. Dort blieb Don stehen. »Außerdem blitzt da etwas zwischen euch. Das wird sich im Fernsehen richtig gut machen! Elnaz und Ted sollen noch ein paar mehr Perspektiven ausprobieren, aber nach allem, was ich bis jetzt gesehen habe, wird das richtig gut.«

Das klang doch positiv. Henrik hoffte inständig, dass Don recht hatte und es eine gute Staffel werden würde. Trotzdem fühlte sich irgendwas … leicht verkehrt an. Und dann dieser Zwischenfall mit Noras T-Shirt. Was genau hatte Don für die Sendung eigentlich geplant?

»Mehr Perspektiven, was soll das heißen? Ich meine, bisher haben wir uns doch immer an einer Geschichte entlanggehangelt, zum Beispiel wenn ein Teilnehmer krank war oder sich nicht mehr richtig bewegen konnte.«

»Richtig, und das hat auch immer gut funktioniert.« Don verschränkte die Arme. »Hat es wirklich. Trotzdem glaube ich, dass wir die Sendung auf ein ganz anderes Level heben könnten« – er untermalte das hohe Level durch eine entsprechende Geste –, »indem wir uns zunutze machen, was Nora mitbringt, und echte Emotionen zeigen.«

Auch wenn sein Bauchgefühl etwas anderes sagte, musste er sich auf Don verlassen, der immerhin Executive Producer und derjenige war, der am besten darüber Bescheid wusste, was gefragt war. Trotzdem hallten die Worte seines Vaters noch immer in seinem Hinterkopf wider – und Don hatte den Ruf, hier und da unkonventionelle Wege zu gehen. Andererseits hatte er einige der beliebtesten Dokusoaps des letzten Jahrzehnts produziert; Gerüchten zufolge wollte er sich nach und nach anderen Genres zuwenden, und da wäre es doch kaum logisch, wenn er *Ärmel hoch* in eine weitere banale Dokusoap verwandeln wollte.

»Klar, klingt gut. Aber so etwas wie mit dem T-Shirt und der Oberweite – das geht gar nicht«, wandte Henrik nachdrücklich ein.

Don musste laut lachen. »Ich hab doch gar nichts von Oberweite gesagt?! Ich fand nur, dass das T-Shirt komisch aussah.« Don grinste, und als Henrik nichts darauf erwiderte, lachte er abermals. »Ach, war doch auch irgendwie lustig, oder?«

Henrik sah ihn unverwandt an. »Nein, nicht besonders.«

»Jetzt komm schon, entspann dich mal.« Kopfschüttelnd drehte er sich um und machte sich auf den Rückweg nach vorn.

»Ihr seid wieder da, klasse«, rief Ted, als Henrik zurück war. »Ich dachte mir, wir könnten mit dir, Henrik, weitermachen und direkt den Rest des Sortiments sichten.«

»Was? Damit Henrik sich darüber auslassen kann, dass ich so etwas Altmodisches wie Plunder backe?« Nora verschränkte die Arme. »Ich springe nun mal nicht auf jeden Trend auf und produziere rohen Himbeerkuchen auf Bohnenbasis mit Quinoastreuseln.«

Henrik stieß einen vernehmlichen Seufzer aus. »Haben Sie eigentlich noch nichts gegessen?«

Nora runzelte die Stirn. »Wie bitte?«

»Sie wirken immer noch ziemlich störrisch.«

»Okay, okay.« Elnaz hob beschwichtigend die Hände. »Mal was ganz anderes – und zwar etwas Erfreuliches.« Betont fröhlich fuhr sie fort: »Unser Produktionsassistent könnte doch für heute Abend einen Tisch in einem netten Lokal buchen. Henrik, ich nehme an, du hast Zeit, aber was ist mit Ihnen, Nora? Wollen wir den Drehstart feiern?« Sie lächelte Nora an, die zurückstarrte, als hätte Elnaz soeben ein Insektenbüfett vorgeschlagen.

»Ich hab schon was vor«, sagte sie eilig. »Ich … muss babysitten. Eine Freundin von mir ist Polizistin und arbeitet im Schichtdienst.«

Insgeheim war Henrik erleichtert. So musste er nicht auch noch den Abend mit Nora verbringen.

10. Kapitel

Das Inselchen Slottsholmen war verwaist und das Meer an diesem Novemberabend nicht mehr als eine dunklere Kontur. Nora schlenderte auf das Hotel zu. Zu Fuß waren es bis dorthin nur wenige Minuten. Hinter den kahlen Bäumen zur Linken war das alte Badehaus zu sehen. Das ehrwürdige Gebäude war beleuchtet. Das Licht schimmerte auf dem Wasser in der Gamlebyviken und wurde von den Wellen verschluckt, nur um im nächsten Moment wieder aufzublitzen. Daneben waren am Ufer die riesigen hölzernen Sonnenliegen zu erahnen, die in sommerlichen Farben gestrichen waren. Ein Stück weiter funkelten jenseits des Wassers die Lichter der Stadt, und im Zentrum die Sankt-Gertrud-Kirche wie ein feudales Kronjuwel. Nora zog sich die Kopfhörer aus den Ohren. Sie hatte einen ihrer Lieblingspodcasts gehört – *Das politische Spiel* – und lauschte jetzt stattdessen dem Wind, der über die Skeppsbrofjärden peitschte.

Die alte Schlossruine Stegeholm war in der Ferne als Schattenriss zu erkennen. Dort wurde das alljährliche Gesangsfestival ausgerichtet. Västervik war im Sommer eine gänzlich andere Stadt – sonnig, mit einer nach Tang duftenden Meeresbrise, lodernden Sonnenuntergängen und einem endlosen Horizont.

Im vergangenen Sommer war sie mit Bea und den anderen aus ihrer Clique mit den Fahrrädern, Picknickkörben und -decken zu der Schlossruine gefahren. Für Nora war es die einzige schöne Sommerunternehmung gewesen; den Rest der Zeit hatte sie Tag und Nacht in der Konditorei geschuftet. Doch im Sommer war das unerlässlich: Da war Hauptsaison in der Stadt und in der Konditorei. Trotzdem war jener Abend am Wasser magisch gewesen – mit Gitarrenklängen und Gesang und der Abendsonne im Gesicht, einem Bier in der Hand und entspannten Gesprächen. Wenn jemand ihr ein Gefühl der Sorglosigkeit bescheren konnte, dann ihre Freundinnen. Sie gaben sich alle Mühe – vor allem Bea –, um für Nora da zu sein, und das hieß auch, dass sie ihre Familien und sämtliche Freunde und Bekannte nötigten, ins Nymans zu gehen statt in irgendeine seelenlose Cafékette.

Als Tess ein Glas Wein auf Slottsholmen vorgeschlagen hatte, hatte Nora deshalb augenblicklich Ja gesagt, und wie durch ein Wunder hatten alle anderen ebenfalls Zeit gehabt. Ein Glas Wein mit ihren Freundinnen war genau das, was sie jetzt brauchte. Sie war unter die Dusche gesprungen, hatte sich ihre schwarze Jeans und eine weiße Seidenbluse angezogen, Ohrringe angelegt, sich die Haare geföhnt, die Wimpern getuscht und Lippenstift aufgetragen. So fühlte sie sich wie ein neuer Mensch, nicht mehr wie die mehlstaubige, ausgelaugte Konditorin.

Eine Windböe zerrte an ihrem Halstuch, es wehte auf, Kälte zwickte ihr in die zarte Haut, doch dann bekam sie das Tuch wieder zu fassen und wickelte es sich mehrmals um den Hals. Schob die Hände in die Taschen und zog den Kopf gegen den Wind ein, während sie die letzten Meter auf den Hoteleingang zueilte. Am Meer zu wohnen war nicht immer toll, doch einer der Vorteile im Winter war, dass ihre Haare, die von Frühling bis Herbst in der feuchten Luft schier unbändig waren, derzeit schön glatt blieben.

Sie betrat das warme Foyer und ging weiter in den Restaurantbereich.

Die runden Lampenschirme aus gelbem Glas verbreiteten

einen warmen Schein, und ausgelassenes Gelächter wies ihr den Weg zu ihren Freundinnen. Sie saßen an einem Ecktisch, der sich unter gefüllten Weingläsern und Tellern bog. Nora selbst hatte noch schnell zu Hause gegessen – ein bisschen Suppe, die in der Konditorei übrig geblieben war, und ein paar Scheiben Sauerteigbrot. Sie hatte seit einer Ewigkeit nicht mehr auswärts gegessen, so etwas ließ ihr Kontostand einfach nicht zu.

Sie durchquerte das Lokal, umarmte reihum ihre Freundinnen und ließ sich auf den freien Stuhl sinken.

»Einen Chablis für dich.« Tess drückte ihr ein Weinglas in die Hand.

»Den brauche ich jetzt!« Nora nahm sofort einen großen Schluck. Eiskalt und knackig, Tess hatte für Weine wirklich ein Händchen.

»Wir haben viel zu viel Essen bestellt«, sagte Bea.

»Ich will nichts, ich habe zu Hause gegessen, und …«

»Jetzt iss schon!«, protestierte Maryam sofort und schob einen Teller mit einem Toast Skagen auf sie zu. »Geht auf unsere Rechnung.« Nora erhaschte einen Hauch von Maryams herrlichem Parfüm. Maryam war Direktorin einer Mittelschule, doch sobald sie die Schulflure hinter sich ließ, schwelgte sie in ihrer jeweils jüngsten Errungenschaft aus einer exklusiven Parfümerie. Ihre Sammlung war fast ebenso beeindruckend wie Tess' Weinkeller.

Als sie einander in der Oberstufe kennengelernt hatten und gemeinsam auf die erste richtige Party gegangen waren, hatte Maryam Jean Paul Gaultiers *Classique* benutzt. Noras Parfüm, *Tommy Girl*, das sie sich unterwegs zu einem Verwandtschaftsbesuch in Finnland taxfree auf der Ostseefähre gekauft hatte, war ihr im Vergleich mit dem schwereren, viel exklusiveren Duft fast schon kindisch vorgekommen. Maryam hatte den schönen Flakon in Gestalt eines Frauenkörpers für die Party dabeigehabt, und Nora hatte ein paar Sprühstöße auflegen dürfen.

Ein paar Monate später brach Nora zum ersten Shopping-Weekend ihres Lebens auf, mit Bea und deren Großmutter. In Stockholm steuerten sie das Kaufhaus Åhléns an, schnupperten sich durch die Parfümabteilung. Dort gab es sogar das neueste Escada. Sie gönnten sich Mille-feuilles im Vete-Katten, der größten Konditorei, die Nora je gesehen hatte, aßen in einem Asia-Restaurant drei Vorspeisen und als Nachspeise frittierte Banane und wohnten im Hotel. Nachdem Maryam sie in das Konzept partytauglicher Kleidung eingeweiht hatte, shoppten sie an der Drottninggatan entsprechende Oberteile, durchstöberten die große Intersport-Filiale und testeten Floorball-Schläger. Es wurde eins der besten Wochenenden, die Nora je erlebt hatte, und zum krönenden Abschluss kaufte auch sie sich Jean Paul Gaultiers *Classique* – von dem Geld, das sie in ihrem Wochenend-Nebenjob in der Konditorei verdient hatte. Den Flakon besaß sie heute noch; auch wenn er seit einer Ewigkeit leer war, erinnerte er sie an jene Zeit, in der sie ihre Freundinnen kennengelernt hatte.

»Die haben hier auch Austern«, verkündete Tess, die Lebefrau der Clique. Immer wenn Nora eine Auszeit brauchte, übernachtete sie auf Tess' Gestüt – samt Pool und Seeblick – und genoss Wein zu gutem Essen und die Ruhe in den geordneten Lebensverhältnissen ihrer Freundin. Sie hatte den leisen Verdacht, dass es bald wieder so weit wäre.

Im nächsten Moment kam die Bedienung mit einer Schale voller Austern auf Eis sowie einer Flasche Tabasco.

Nora konnte nicht widerstehen. Sie nahm sich eine Auster, träufelte Tabasco darauf, schloss die Augen und genoss die Salzigkeit und die Schärfe.

Als sie ein paar Jahre zuvor dreißig geworden war (Herr im Himmel, war das schon *drei* Jahre her?!), hatte die Clique sie mit einer Londonreise überrascht. Es war ein warmes Frühsommerwochenende gewesen, sie hatten in Gastropubs Bier getrunken, Marc-Jacobs-Taschen geshoppt, waren unter

Maryams Führung durch diverse Parfümerien gezogen und hatten in einer Bar an der Portobello Road in der Sonne Austern mit Tabasco gegessen. Sobald sie die Chance hatten, bestellten sie das Gleiche wieder, und obwohl das Gefühl vielleicht nicht ganz so war, wenn man im Winter zu Hause in Schweden Austern aß, versetzte der Geschmack Nora ein ums andere Mal zurück zu jenem wunderbaren Wochenende.

Sie nahm einen Bissen von dem Toast Skagen. Das krosse und gebutterte Brot mit dem sahnigen und doch frischen Skagen-Garnelensalat darauf schmeckte himmlisch. Dazu noch einen Schluck Chablis … Sie sah ihre Freundinnen an. »Danke, ihr Lieben. Das bezahle ich aber zurück!«

Prompt folgte lautstarker Protest.

»Darum geht es doch gar nicht«, sagte Bea. »Wir wissen alle, wie hart du in letzter Zeit gearbeitet hast – in den letzten *Jahren*. Du brauchst mal ein richtiges Festmahl.«

»Wenn irgendwer ein Festmahl für harte Arbeit verdient hat, dann du«, entgegnete Nora. »Du hast ja nun auch nicht gerade auf der faulen Haut gelegen.« Bea war erst kürzlich zur Einsatzleiterin befördert worden. »Allerdings behagt mir so gar nicht, dass du ständig solche Risiken eingehen musst.«

»Tja, aber ich arbeite nun mal bei der Polizei.«

»Dass du darauf so versessen bist …« Nora schüttelte den Kopf. »Es war so schön, als du mit Svea schwanger warst und Schreibtischdienst hattest!«

Bea musste lachen. »Da bin ich vor Langeweile fast gestorben! Der Schreibtisch war echt nicht mein Ding.« Sie lächelte Nora an, doch ihr Blick war ernst.

Bea wusste genau, was Nora mit sich herumschleppte. Sie war bei deren schmerzlichen Verlusten stets an ihrer Seite gewesen. Und es war sicher nicht leicht, mit einer paranoiden, überbeschützenden Frau befreundet zu sein. Trotzdem gab Nora sich alle Mühe, nicht allzu deutlich zu zeigen, welche Sorgen sie sich machte, sobald Bea bei der Arbeit war.

»Aber jetzt wollen wir alles hören, was bei den Dreharbeiten passiert.« Tess lehnte sich über den Tisch in Noras Richtung. »Wie ist dieser Henrik Eklund so?« Ihre grünen Augen funkelten, fast, als gefiele er ihr.

»Tja, wo soll ich anfangen?« Eine rhetorische Frage. Nora nahm ihr Weinglas zur Hand, das Tess soeben frisch befüllt hatte, schaute darauf hinab, als wäre die Antwort in dem eiskalten Chablis zu finden, was gewissermaßen auch der Fall war, und dann nahm sie einen großen Schluck. »Henrik Eklund ist fürchterlich. Genauso fies wie im Fernsehen.« Sie blickte auf und ließ den Blick durch die Runde schweifen. Komischerweise sah Tess mit einem Mal fast schockiert aus und starrte etwas in Noras Rücken an.

»Aber gut sieht er aus?«, hakte Maryam nach, die neben Nora saß.

Nora verdrehte die Augen. »Was meinst du denn mit ›aber‹? Das ist doch kein Gegensatz? Gut aussehende Männer sind doch oft selbstverliebte Mistkerle!«

Tess starrte immer noch über Noras Schulter und schüttelte dann vehement den Kopf, so dass ihre roten Locken herumwirbelten. Inzwischen sah sie fast panisch aus – was bitte war denn da los? Tess war die Nettigkeit in Person, sie konnte es nicht ausstehen, wenn man über andere herzog, aber über Henrik Eklund durfte man doch wohl lästern? Er war ein Promi, und deshalb zählte er nicht.

»Was denn? Henrik Eklund ist nun mal ein selbstverliebter Mistkerl«, wiederholte Nora.

Im selben Moment lächelte Bea einen Punkt hinter Nora an. Ihr Lächeln sah gekünstelt aus … und Tess schüttelte immer noch den Kopf. Was in aller Welt war in die beiden gefahren?

»Er ist grässlich, eine echte Diva«, fuhr Nora unbekümmert fort. »Die Dreharbeiten fingen schon mal damit an, dass er zu spät kam – so etwas Unsympathisches! Außerdem hat er keine Ahnung …«

»Nora«, ging Bea dazwischen.

»Was denn?« Nora riss die Hände hoch. »Ist doch wahr! Er hat sich über meine Brötchen beschwert und über die Größe meiner Zimtschnecken, nur weil er selbst so ein alberner Rawfood-Fan ist!« Sie schnaubte. »Ich wette, der hat noch nie richtiges Brot gegessen. Deshalb hat er auch keinen Geschmack.«

»Nora«, wiederholte Bea lauter als zuvor, lächelte steif, starrte vielsagend erst Nora und dann den Punkt hinter deren Schulter an.

Im selben Moment räusperte sich jemand – ein Mann, der genau hinter ihr stand.

Das konnte doch nicht … Nein! Oder … doch?

Nora wirbelte herum, und auch Maryam, die ebenfalls mit dem Rücken zum Speisesaal saß, drehte sich um.

O doch. Hinter ihnen stand Henrik Eklund persönlich.

Er nahm beide Hände hoch. »Ich wollte nur Hallo sagen aber Sie haben anscheinend wichtige Dinge zu erzählen. Entschuldigen Sie bitte die Störung.« Er klang angestrengt. Bestimmt war er stinksauer über das, was er mitangehört hatte. Natürlich – wer wäre das nicht?

»Äh«, stammelte Nora, »ich wollt nicht … Ich hab von …« Dann verstummte sie. »Also, ich habe von einem Bekannten erzählt, den wir …« Ihr Blick flackerte. Hallo, konnte irgendwer von den Mädels ihr bitte zur Seite springen?

»Alles gut.« Er lächelte ihre Freundinnen und dann wieder Nora an. »Wollen Sie uns nicht bekannt machen?«

»Natürlich. Klar.« Sie stand auf und sah ihre Freundinnen reihum an. »Das hier ist Henrik Eklund.« Sie gestikulierte in seine Richtung, als wäre sie die Moderatorin irgendeiner Gala. Superpeinlich. Dann stellte sie nacheinander ihre Freundinnen vor. Die Stimmung war immer noch angespannt. Sie konnte Bea ansehen, dass sie am liebsten im Boden versunken wäre, doch das war nichts im Vergleich zu dem, was in

Nora vorging. Andererseits hatte er es doch wohl verdient, die Wahrheit zu hören? Womöglich ging er durchs Leben und war der Ansicht, er wäre charmant? Ach, wem wollte sie eigentlich etwas vormachen? Es hätte gar nicht schlimmer kommen können.

»Wo sind denn die Kinder?«, fragte Henrik.

»Die Kinder?« Im selben Moment dämmerte ihr, worauf er anspielte. O ja, es konnte noch schlimmer kommen. »Äh … Die sind … Ich …« Alle möglichen Notlügen schossen ihr durch den Kopf. »Die Eltern haben es sich anders überlegt, und ich …«

»Kein Problem. Ich erzähle es auch nicht herum.« Er beugte sich zu ihr vor. »Und ich verstehe Sie sogar – es ist schön, auch mal freizuhaben.« Er war ihr so nahe gekommen, dass sie seinen Atem an ihrer Wange spürte und erschauderte … wohlig, *sehr* wohlig erschauderte.

Sie räusperte sich, und er richtete sich gerade auf.

»Wo sind denn die anderen?« Sie fragte sich, wie sie so dumm hatte sein können. Wie hatte sie auf ein Abendessen nach Slottsholmen kommen können, kaum dass sie dem Fernsehteam eine Lüge aufgetischt hatte? Natürlich wohnten sie alle hier im Hotel, und es war schlichtweg Glück, dass Henrik bisher als Einziger aus dem Team aufgekreuzt war.

»Die sind in ein anderes Restaurant gegangen. Wir haben an der Hotelbar etwas getrunken, und dummerweise hab ich meinen Geldbeutel liegen gelassen. Nur deshalb bin ich zurückgekommen.«

»O ja, das war dumm.« Dann lachte sie, zu laut und zu schrill.

»Schon okay.« Er beugte sich erneut zu ihr vor, kam ganz nah an ihr Ohr heran, und sie roch seinen Duft: Er roch nach Nadelwald im Sommer, frisch gebackenen Pfefferkuchen und nach noch etwas, was sie nicht hätte benennen können, was aber ungeheuer männlich war. Der Duft in Kombination mit dem Geschmack der Austern, der ihr noch auf der Zunge lag, sorgte dafür, dass sie ein merkwürdiges Kribbeln im Bauch verspürte. »Ich verrate den anderen nichts, Ehrenwort«, sagte er noch leise, und sein warmer Atem und die tiefe Stimme brachten in ihr alles zum Flirren.

Sie blickte zu ihm auf – und was immer sie eben verspürt hatte, war schlagartig verpufft, als sie seinen Gesichtsausdruck sah, der hart und nicht im Geringsten empfindsam war. Gott, er musste sie wirklich abgrundtief hassen.

»Dann gehe ich wohl mal.« Er sah ihre Freundinnen an. »War nett, Sie kennenzulernen.«

Du liebe Güte. Was für ein Debakel! Sie konnte es den Blicken der anderen ansehen.

»Eure Zusammenarbeit wird davon wahrscheinlich nicht besser«, stellte Bea zerknirscht fest.

Nora antwortete nicht, ließ sich nur auf ihren Stuhl fallen und nahm einen großen Schluck Wein.

Gerade noch war alles wie immer gewesen. Dann hatte ein Promibäcker samt Fernsehteam ihre Konditorei gekapert und wollte alles darin verändern – auf eine Art, die ihr nicht behagte. Obendrein hatte sie sich soeben besagten Promibäcker endgültig zum Feind gemacht. Einen Promibäcker, der in ihr widersprüchliche Gefühle weckte … und der sie seinerseits eindeutig verabscheute.

11. Kapitel

Die Luft war trocken und kalt und stach ihm in die Nase, als Henrik Slottsholmen überquerte. Drüben am anderen Ufer war die erleuchtete Silhouette von Västervik zu sehen. Henrik hatte es genossen, Nora derart vorzuführen – und natürlich war er von ihren Ausführungen amüsiert gewesen. Trotzdem. Dem Produktionsteam dreist ins Gesicht zu lügen, war unverschämt und verstärkte nur seinen Eindruck, dass sie undankbar war. Ausgerechnet die Abendessen mit dem Team waren bei Teilnehmern sonst sehr beliebt. Doch Nora führte sich auf, als sollten sie sie auch noch dafür *bezahlen*, dass sie teilnehmen durfte.

Vor ihm tauchte das Restaurant Smugglaren auf. Es war in einem roten Holzhaus untergebracht, das an ein altes Lagergebäude erinnerte. Das Team hatte eine lange Tafel in einem Nebenraum im ersten Stock reserviert.

Als Henrik den Raum betrat, wurde gerade das Essen serviert. Unterschiedliche Aromen und der Duft brennender Wachskerzen schlugen ihm entgegen. Aus den Drinks vorab waren anscheinend mehr geworden, der Geräuschpegel war bereits relativ hoch und die Stimmung wesentlich lockerer als zuvor, jetzt, da sie unter sich waren. Don war zurück nach Stockholm gefahren, und Henrik konnte endlich durchatmen. Jetzt waren nur noch die Kollegen da, mit denen er schon länger und gut zusammenarbeitete.

Er setzte sich neben Elnaz, mit der er vielleicht ein paar

Worte wechseln müsste; während des gesamten Drehtags hatten sie keine Gelegenheit mehr zu einem vertraulichen Gespräch gehabt.

Nachdem er die Vorspeise halb gegessen hatte, drehte er sich zu ihr um. »Mein Vater erzählt, dass TV24 für den kommenden Herbst ein neues Backformat für Mittwochabend plant. Sag mir bitte, dass ich mich verhört habe.«

Elnaz schwieg und sah ihn nicht einmal an.

»Er erzählt außerdem, dass TV24 mit den Herbstzahlen von *Ärmel hoch* unzufrieden war. Sei ehrlich – immerhin arbeiten wir schon eine Weile zusammen, und die Sendung ist unser gemeinsames Baby.«

»Das mit der Einschaltquote hab ich erst vor Kurzem erfahren«, sagte sie schließlich und sah ihn bedauernd an. »Hat Camilla mit dir gar nicht darüber gesprochen?«

Er schüttelte den Kopf. »Ich hab versucht, sie zu erreichen, aber sie ist gleichzeitig die Managerin unseres Vaters, sitzt zwischen allen Stühlen und geht mir wahrscheinlich gerade aus dem Weg.«

»Was? Die wollen *deinen Vater* für die neue Sendung?«

Er nickte.

»Das habe ich nicht gewusst!«

»Plant TV24, *Ärmel hoch* einzustellen?«

»Da ist noch nichts klar … Ich weiß nur, dass sie sich derzeit umsehen. Tut mir leid, dass du es so erfahren musstest.« Dann runzelte sie die Stirn. »Ich verstehe nur nicht, warum dein Vater in Konkurrenz mit dir treten will. Das ist doch völlig bescheuert – ihr seid schließlich dieselbe Firma, dieselbe Familie.«

Er zuckte mit den Schultern. Da gab es so einiges an seinem Vater und dessen Verhalten, was er sich nicht erklären konnte.

»Ist schon okay«, sagte er nur.

»Das Beste wäre wirklich, wenn das Weihnachtsspecial einen besonderen Twist bekäme«, fuhr Elnaz fort. »Wir brauchen irgendein Extra, so dass die Sendung in aller Munde ist.« Dann leuchtete etwas in ihrem Blick auf. »Vielleicht sind die Zuschauer das, was sie gewöhnt sind, allmählich leid? Und genau deshalb passt Nora Jansson so gut!« Irgendetwas schwang in ihrem Tonfall mit. Denselben Tonfall schlug sie sonst an, wenn sie nach den gemeinsamen Abendessen am Drehort erzählte, dass sie noch das hiesige Angebot ausloten wolle – und dabei mitnichten das Essen meinte, eher … nächtliche Aktivitäten.

»Worauf willst du hinaus?« Er nahm einen Löffel voll Topinambursuppe, die ungeheuer fein schmeckte. Noch ein Pluspunkt an Västervik: Hier gab es gute Restaurants, und das war doch etwas anderes, als wie sonst nur den jeweiligen Sibylla-Imbiss aufzusuchen. Hier hatte man eine Auswahl. Dann noch einen Schluck Wein dazu, einen trockenen Riesling mit perfekt ausgewogener Süße und Säure.

»Die Bäcker und Konditoren, die bisher an der Sendung teilgenommen haben, waren allesamt phantastisch – mit guten Hintergrundgeschichten, die lustig und sympathisch waren –, aber entweder waren es Männer, und ich weiß, dass du Frauen bevorzugst.« Elnaz legte eine kleine Kunstpause ein. »Oder es waren Frauen, die zu alt für dich waren. Aber Nora ist ungefähr in deinem Alter, sie ist süß und könnte durchaus charmant sein, wenn sie endlich den Schutzschild herunterlassen würde.«

»Soll ich jetzt etwa ein Techtelmechtel inszenieren?«, fragte Henrik, obwohl er ganz genau wusste, was Elnaz meinte. Er wollte nur, dass sie es geradeheraus sagte, damit sie selbst hörte, wie albern es klang.

»So eine kleine Romanze wäre doch nicht verkehrt! Also, es müsste ja nicht echt sein, nur die Zuschauer müssten sich einbilden, dass da zwischen euch etwas wäre. Das würde schon ausreichen.«

Henrik seufzte und griff erneut zu seinem Wein. Er dachte

kurz nach und sah Elnaz wieder an. »Aber wäre Nora denn mit im Boot? Bei so einer kleinen Romanze?«

»Nein, ich hab zu ihr nichts dergleichen gesagt und finde auch, es sollte nur zu erahnen sein. Du musst dich ja nicht gleich verlieben. Nur ein wenig flirten, damit die Zuschauer sich Hoffnungen machen.«

»Ich weiß nicht … Das fühlt sich komisch an.«

»Mach dir keine Gedanken. Du brauchst sie nur ein bisschen länger als nötig anzusehen – oder sag hier und da etwas Nettes, sobald der bissige Teil vorbei ist. *From enemies to lovers*, du weißt schon. Wir steuern den Rest – alles, um echte Emotionen zu bringen, ein bisschen mehr Reality.«

Henrik atmete tief durch. Da war es wieder, dieses Wort. Reality.

»Mir ist schon klar, was du jetzt denkst, Henrik. Aber genau das braucht die Sendung, um Aufwind zu bekommen. Der tief verletzte Promibäcker, der wieder auf die Beine kommt, nachdem es mit der schönen Sommelière nicht geklappt hat.«

Er zuckte zusammen. Niemand im Team hatte je die Trennung von seiner Ex-Freundin erwähnt.

Henrik war bereits eine Person des öffentlichen Interesses gewesen, noch bevor er und Bente ein Paar geworden waren. Bente war ihrerseits damals schon eine bekannte Sommelière gewesen, und sie hatten sich zur besten Sendezeit ineinander verliebt, als sie beide im Mittagsmagazin Gebäcke und Desserts mit Dessertweinen zusammenbringen und vorführen sollten, wie ein rustikales Landbrot mit einem Hauch Olivenöl und einer Prise Meersalz in Begleitung eines guten italienischen Weins zur besten Vorspeise überhaupt werden konnte. Die Kombination aus Henriks italienischem Brot und Bentes Lieblings-Barbaresco hatte samt ihrer beider Liebesgeschichte in den schwedischen Wohnzimmern für großes Hallo gesorgt. Die Presse hatte die beiden zusammen geliebt – doch die Trennung war noch viel besser gewesen. Als

Bente ihn betrogen hatte, waren sie beide das Nummer-eins-Klatschthema in den Boulevardblättern und Zeitungen gewesen. Was immer er seither unternommen und für welche Spekulationen er auch gesorgt hatte, es hatte ihn nur beliebter gemacht. *Ärmel hoch* hatte seine hohen Quoten beibehalten und sogar leicht verbessert.

Auch wenn ihm klar war, dass jeder im Team wusste, was damals vorgefallen war, hatte niemand in den vergangenen drei Jahren die Trennung auch nur beiläufig erwähnt. Sie kannten einander gut, aber nicht so gut, als dass sie je über Privates gesprochen hätten.

Er nickte knapp. Im selben Moment wurde die Hauptspeise gebracht, und Elnaz ließ sich in ein Gespräch mit einer der Kamerafrauen verwickeln. Henrik war sich nicht sicher, was er von alledem halten sollte. Erst Dons Andeutung zu den Perspektiven und jetzt Elnaz' Versuch, das Ganze zu einer Datingshow zu machen, was er von ihr nicht erwartet hätte. Sie hatte selbst eine Dokusoap-Vergangenheit, und Henrik wusste, wie sehr sie derlei Sachen satthatte. Bei Ted wäre er nicht überrascht gewesen, der war berüchtigt dafür, keine Skrupel und kein Gewissen zu haben. Das hatte er auch schon von jemandem gehört, der eng mit Ted zusammengearbeitet hatte. Bislang hatte es bei *Ärmel hoch* keine Veranlassung gegeben, bei der das Gewissen und der moralische Kompass der Producer auf die Probe gestellt worden wären, doch anscheinend änderte sich das derzeit.

*

Am darauffolgenden Morgen konnte Nora Henrik kaum ins Gesicht sehen, als sie die Konditorei betrat, und nach dem vorangegangenen Abend gönnte Henrik ihr das schlechte Gewissen von Herzen.

»Ich dachte, wir könnten zunächst mit den Einzel-O-Tönen

weitermachen, die ich gestern erwähnt habe, weil wir dazu ja gar nicht mehr gekommen sind«, schlug Ted vor, als alle vor Ort waren.

Nora wurde in die Backstube verwiesen, während Ted sich zu Henrik an einen Cafétisch setzte.

»Erzähl doch mal. Was hältst du von alledem hier?«

»Ich finde wirklich, die Konditorei hat Potenzial«, antwortete Henrik. Er musste in ganzen Sätzen sprechen, damit sie später einzelne Passagen einstreuen konnten und weil die Zuschauer die Fragen und Anweisungen des Producers dabei nicht zu hören bekämen. »Aber es stimmt durchaus, was ich zu Nora gesagt habe: Ihr Sortiment ist zu groß, sie backt zu viele Sorten, dabei sollte sie nur auf das setzen, wofür es auch garantiert eine Nachfrage gibt. Sie hat zu viele Eisen im Feuer und keine Brote im Ofen, sozusagen …«

»Hmm.« Ted sah unzufrieden aus – womöglich über den schiefen Vergleich? »Aber regt dich das nicht auf, dass sie es so weit hat kommen lassen?«

Henrik wusste genau, worauf Ted mit seiner Frage abzielte, und stieß ins gewünschte Horn. »Dass sie so eine tolle, altehrwürdige Institution übernehmen durfte, die ihr jetzt aus den Händen zu gleiten droht, macht einen natürlich sauer.« Er zog die Stirn in tiefe Falten und hob die Stimme. »Eine solche Perle vor die Hunde gehen zu lassen, macht mich richtiggehend wütend!«

»Super, großartig.« Ted nickte der Kamerafrau zu. »Dann kommt jetzt der Rundgang durch die Konditorei.«

Henrik folgte ihnen in die Backstube, wo Noras Einzelbefragung soeben abgeschlossen wurde. Sie hatte rosige Wangen und einen leicht glasigen Blick – bestimmt hatte sie sich hitzig über Henrik beklagt, der ihre Backwaren kritisiert hatte. Doch das waren immerhin echte Gefühle, genau wie die Produktionsfirma sie wollte.

Die Fernsehleute machten sich erneut ans Werk, und Henrik sah sich demonstrativ um. Die Backstube an sich sah leicht heruntergekommen aus, doch sämtliche Geräte und Öfen waren von ordentlicher Qualität. Er inspizierte die Maschinen: alles sauber und gut in Schuss. Da gab es tatsächlich nichts zu bemängeln. Er würde mit dem Kühlraum fortfahren und dort die Rohwaren sichten, doch dann entdeckte er dort ein Blech mit mehreren Brotlaiben. Den Geruch erkannte er sofort wieder: Sauerteig. Er war immer schon an Sauerteigprodukten interessiert gewesen und backte ihn zu Hause oft selbst. Sein Großvater hatte ihm eine Menge darüber beigebracht. Aus verschiedenen Gründen hatte sein Vater eine schwierige Beziehung zu Sauerteig, was merkwürdig klingen mochte, immerhin war sein Vater sowohl Bäcker als auch Bäckerssohn und nahm Teige ernst. Andererseits hatte sein Vater letztlich eine schwierige Beziehung zu den allermeisten Dingen.

Henrik wusste nicht viel über die Kindheit seines Vaters, nur dass er mehr oder weniger allein bei seiner Mutter aufgewachsen war. Henriks Großeltern waren – unüblich für die Zeit – schon früh getrennte Wege gegangen, nicht formell, sie hatten sich nie scheiden lassen, hatten aber nicht mehr zusammengewohnt, und der Junge war bei der Mutter geblieben. Er hatte nie erzählt, wie das für ihn gewesen war, doch Henriks Großmutter war keine sonderlich herzliche Person gewesen, und eine der älteren Frauen, die schon seit einer Ewigkeit für Bakverk arbeiteten, hatte einmal angedeutet, dass sein Vater als Kind wohl geschlagen worden war. Wenn Henrik daran dachte, empfand er fast so etwas wie Mitleid, doch dann dämmerte ihm jedes Mal, dass sein Vater selbst nicht allzu viel dafür tat, dass es den eigenen Kindern gut ging. Geschlagen hatte er sie nie, aber darüber hinaus gab er sich auch keine Mühe, Zuneigung zu zeigen. Stattdessen schien er zu glauben, es würde vollkommen ausreichen, dass er seinem Vater geholfen hatte, ein Backimperium aufzubauen, in dem sie nun alle in Lohn und Brot standen. In der Welt seines Vaters war das mehr wert als Liebe.

Henrik wandte sich den Zutaten im Kühlraum zu und fing mit den untersten Regalen an: ein ordentlicher Buttervorrat, Milch, Sahne, frisches Gemüse, Schnittkäse und andere Brotbeläge wie Leberwurst, Schinken, Pute, Brie und Salami, allesamt gute Qualität, nichts Bemerkenswertes. Doch dann sah er genauer hin. Zwischen und hinter den Vorräten entdeckte er weitere Waren, die Regale quollen regelrecht über, und je weiter er sich vorarbeitete, auf umso mehr merkwürdige Konserven und Verpackungen stieß er. Er nahm eine Dose Kondensmilch zur Hand und hielt sie Nora hin. »Wie oft brauchen Sie so was?« Und dann Ricotta. »Oder das hier? Das ist noch fast voll und nähert sich dem Mindesthaltbarkeitsdatum.« Kopfschüttelnd griff er zu einigen steinharten Tuben mit Lebensmittelfarbe. »Das sind viel zu viele Sachen! Hier drin ist es eindeutig zu voll. Sie geben zu viel Geld für unnötige Dinge aus.«

»Die Kondensmilch brauche ich für die Karamellkekse, und der Ricotta kommt in die Backwaren mit …«

»Sie hören mir nicht zu«, fiel Henrik ihr ins Wort.

Nora runzelte die Stirn. »Aber beides verkauft sich gut.«

Statt zu antworten, verließ Henrik den Kühlraum und ging in der Backstube auf eine alte Küchenmaschine zu. »Oh, so eine hab ich ja nicht mehr gesehen, seit ich mit meinem Großvater in seiner alten Bäckerei stand, die vor dreißig Jahren dichtgemacht hat.« Er musterte die Kochplatte. »Hier ist zwar alles sauber und ordentlich, trotzdem fühlt es sich an wie in der Sowjet-Ära – wie in einem verlassenen Geschäft in Tschernobyl, in dem die Zeit stehen geblieben ist.«

Sie verdrehte die Augen.

»Eine neuere Ausrüstung würde wirklich nicht schaden.«

Sie versuchte, die Backstube mit neutralem Blick zu betrachten. »Tja, aber dafür ist leider kein Geld da. Deshalb nehme ich ja an dieser Sendung teil. Ich will hier auch keine Luxusrenovierung, nur damit alles hübsch, neu und blitzblank aussieht. Wenn ich Geld investiere, dann in ordentliche Sachen – wie eine neue Lüftung. Diese hier ist uralt.«

Henrik presste die Lippen zusammen. Sie machte es ihm nicht gerade leicht. Das hier war er nicht gewöhnt, normalerweise waren die Bäcker zuvorkommend, hörten sich seine Kommentare und Ansichten aufmerksam an und *wollten* seine Hilfe, und vielleicht wollten sie auch einfach jammern, weil es bei ihnen so schlecht lief, woraufhin Henrik ein paar tröstliche Worte sagen konnte.

Auf drei Blechen auf dem Backtisch lagen fertige große Brotlaibe. Er ging darauf zu.

»Das ist unser Sauerteigbrot«, erklärte Nora.

Er nahm ein Messer, schnitt ein paar gleichmäßige Scheiben von dem knusprigen Laib ab und sah sich nach Butter um. Sie hielt sie ihm hin, und er bestrich eine Scheibe. Nahm einen Bissen. Richtig gut. Und irgendwie vertraut.

»Das Brot ist phantastisch«, sagte er, ohne nachzudenken. Womöglich hätte er nicht so positiv klingen sollen, so etwas machte sich im Fernsehen nicht sonderlich gut – andererseits musste er ja auch sympathisch rüberkommen und zumindest hier und da ein Lob aussprechen, sonst wäre all die Kritik nicht sehr glaubwürdig. Und wenn hier irgendetwas ein rares Lob verdient hatte, dann dieses Sauerteigbrot.

»Ist auch eins unserer beliebtesten Produkte.« Der Stolz war ihr deutlich anzusehen. »Und der Sauerteig hat sogar eine tolle Geschichte.« Sie leuchtete regelrecht auf und streckte sich nach einem großen Glasgefäß im Regal aus. Dann drehte sie den Deckel auf. »Dieses Anstellgut ist gut hundert Jahre alt. Wir haben seinen Hundertjährigen hier in der Konditorei sogar gefeiert. Ursprünglich stammt er aus …«

»So etwas wird ja gern mal erzählt«, fuhr Henrik dazwischen und verzog das Gesicht. »Also, ich habe nun wirklich nichts gegen Sauerteig einzuwenden, ich *liebe* Sauerteig und backe selbst gern damit. Aber ich habe schon so viele

Geschichten darüber gehört, wie Sauerteige über Generationen weitervererbt wurden, dass ich doch große Zweifel habe, ob die alle wirklich stimmen.« Tatsächlich hatte er selbst einen uralten Sauerteigansatz zu Hause, den er zum Backen hernahm. Er hatte ihn von seinem Großvater bekommen, allerdings hatte sein Vater ihm zu verstehen gegeben, dass er nicht annähernd so alt war, wie der Großvater stets behauptet hatte. Außerdem war sein Großvater ein unverbesserlicher Romantiker gewesen – insofern war es nicht ganz unwahrscheinlich, dass die Geschichte *nicht* stimmte und dass der Großvater eher daran hatte glauben *wollen*. Trotzdem hatte Henrik stets daran festgehalten: Der Sauerteig war seinem Großvater wichtig gewesen, und zwar aus Gründen, die Henrik nur über Umwege erfahren hatte; und mittlerweile gehörte das Kneten und Gärenlassen zweier großer Laibe zu Henriks Wochenendprogramm.

Das Leuchten in Noras Blick war erloschen, und sie zog die Augenbrauen kraus. Dann atmete sie tief ein, als wollte sie etwas sagen, ließ die Luft dann aber entweichen und hielt den Mund.

»Diese roten Plastiktabletts dort …« Henrik ging auf einen Stapel Tabletts in der Ecke zu und nahm eins davon hoch. »Legen Sie darauf die Backwaren?«

Sie sah ihn unverwandt an. »Ja?« Dann runzelte sie die Stirn. »Ich weiß schon, Sie glauben, das wäre altmodisch, aber die sind praktisch.«

»Praktisch ist nicht immer gut. Ist das hier die Konditorei Nymans in Västervik oder McDonald's an der Vasagatan?« Unterdessen fuchtelte er mit dem roten Tablett herum. Dann schnappte er sich ein paar Zimtschnecken von einem Backblech und legte sie auf ein hölzernes Schneidebrett. »So sieht es doch sehr viel netter aus!«

»Dass da erst ein Promibäcker kommen und mir erzählen muss, ich könnte Sachen auch auf ein Schneidebrett legen …

Dass mir das nicht selbst eingefallen ist!« Sie lächelte gekünstelt.

Henrik hatte nicht vor, ihren Sarkasmus unkommentiert zu lassen. »Wissen Sie was?« Er verschränkte die Arme. »Ich bin gekommen, um Ihnen zu helfen.« Er sah sie streng an – teils, weil die Kameras liefen, teils aber auch, weil es ihm ernst damit war. Er musste den Zuschauern – und Nora – klarmachen, wer hier gerade das Sagen hatte. »Wenn Sie meine Hilfe nicht wollen, kann ich auch wieder gehen.« Er zeigte in Richtung Ausgang.

Nora schwieg.

»Dann kommen jetzt wieder O-Töne«, verkündete Ted.

Henrik sowie Teds Kamerafrau verschwanden im Café, und vor der Kamera ließ Henrik sich minutenlang darüber aus, wie undankbar Nora sei und dass er ja wohl wichtigere Dinge zu tun habe, als sich schnippische Bemerkungen einer Konditorin anzuhören, die drauf und dran war, ihr Geschäft in den Sand zu setzen.

Kurz darauf kam Nora aus der Backstube und sah ihn nicht einmal an. Er vermutete, dass Elnaz sie aufgestachelt hatte und ein einziger Funke hatte für sie wohl genügt, um Feuer zu fangen, denn sie schien förmlich zu lodern. Er selbst war nicht annähernd so wütend, dies hier war immerhin nur ein Spiel. Doch als hätte er sich gerade die Finger verbrannt, zuckte er zusammen. Hier schien etwas aus dem Ruder zu laufen: Nora kochte vor Wut, für sie war alles *echt*, genau wie Don es sich gewünscht hatte, nur ging es hierbei um ihr Lebenswerk, während er selbst nur eine Rolle spielte und entsprechend dick auftrug. Eilig schob er den Gedanken beiseite. Sie kannte schließlich die Regeln und sollte das Spiel doch durchschauen, oder nicht?

*

Sie machten Mittagspause. Es gab Minestrone und Nudelsalat. Das Produktionsteam besetzte sämtliche Tische an der Längsseite der Konditorei. Nora saß ganz außen am Tisch und vermied es, in Henriks Richtung zu sehen. Während des Essens ging Elnaz mit ihm abermals den Zeitplan und die Änderungen durch, die sich im Lauf des Vormittags ergeben hatten. Es würden hektische Wochen werden.

»Was habt ihr euch in Sachen Renovierung gedacht? Schaffen wir das alles?« Flüchtig sah Henrik sich im Café um. Die Einrichtung war bestimmt einmal hübsch gewesen, doch inzwischen hatte sie etwas Düsteres an sich. An den Fenstern hingen ausgewaschene rote Vorhänge, die Bodenfliesen waren abgewetzt, und auch wenn Terrakotta wieder in Mode kam (sofern man Vanja, der trendsicheren Lebensgefährtin seiner Mutter, glauben wollte), war der hiesige Boden ein trauriger Anblick. Die hellen Holzmöbel waren über die Jahre vergilbt, und auf einigen Sitzbänken war das Polster mit Tape geflickt.

»Die Renovierung?«, fuhr Nora dazwischen, wich aber auch weiterhin seinem Blick aus.

»Ja, das hat Elnaz doch erzählt?« Er sah seine Kollegin an.

»Ich habe erwähnt, dass wir hier ein paar Aufhübscharbeiten vornehmen wollen«, erklärte Elnaz. »Wir dachten an ein paar Veränderungen hier im Café.«

»Und die sind auch bitter nötig«, sagte Henrik. »Im Grunde müsste man hier alles komplett neu aufziehen.«

Nora schnappte nach Luft. »Das Café ist völlig in Ordnung! Die Sachen sind alle von guter Qualität.«

Er sah sich abermals um. »Ich könnte nicht mal sagen, welche Farbe die Wände einst hatten. Waren die immer schon schmutzgelb? Und die Vorhänge – ich würde sogar verstehen, wenn die schon länger nicht mehr gewaschen worden wären. Die würden wahrscheinlich auseinanderfallen.«

Nora kniff die Augen zusammen. »Dieses Renovierungsfieber, an dem die Stockholmer leiden, ist einfach nicht mein

Ding. Dinge rauszureißen, die noch funktionieren, fühlt sich für mich ignorant an.«

»Frischere Farben würden im Fernsehen auch besser rüberkommen«, warf Elnaz ein. »Und es wären wirklich nur ein paar Kleinigkeiten. Ein bisschen Farbe an den Wänden, alles aus demselben Farbspektrum …«

»Und neue Vorhänge, die Decke wird gestrichen, das Mobiliar muss ausgetauscht werden, und der Boden braucht eine Generalüberholung«, fügte Henrik hinzu. »Außerdem müssen die alten Vitrinen raus – und die Holzregale für die Kaffeetassen.«

Nora sah ihn finster an. »Am Boden ist nichts verkehrt. Warum sollte hier alles ersetzt werden, wenn es doch noch gut funktioniert?«

»Weil …«, hob Henrik an.

»… es sich im Fernsehen besser macht«, platzte es aus Nora heraus. Sie schüttelte den Kopf. »Ich will nicht, dass Sie hier etwas verändern.«

Elnaz wechselte einen Blick mit Henrik und sah dann zu Nora. »Die Zuschauer lieben gerade die Renovierungsszenen, wenn wir den Cafébereich umgestalten – und Sie bekämen das Ganze frei Haus.«

Nora nahm eine Gabel voll Nudelsalat. Sie sah wenig überzeugt aus.

»Und dann kommt ja auch noch die Weihnachtsdeko«, sagte Elnaz.

»Weihnachten? Jetzt schon? Es ist gerade erst November!«

Henrik schloss die Augen. Er war drauf und dran zu hyperventilieren. Es fehlte nur noch die Tüte. War es denn die Möglichkeit, dass jemand sich wirklich gegen *alles* stemmte?

»Ja, wir müssen dekorieren«, sagte er matt. »Wir drehen das *Weihnachtsspecial*. Die Zuschauer müssen glauben, dass Weihnachten vor der Tür steht. Aber das Produktionsteam hilft Ihnen dabei, wir haben einen tollen Eventausstatter, den wir für solche Gelegenheiten mit ins Boot holen. Der kümmert sich um alles und hat die Konditorei im Handumdrehen weihnachtlich hergerichtet.«

»Ein Eventausstatter?« Natürlich sah Nora skeptisch aus. Und schüttelte den Kopf. »Nein. Die Weihnachtsdeko mache ich immer schon selbst.«

Ted sah sie abwechselnd an. »Warum laufen die Kameras eigentlich nicht?« Er winkte eine Kamerafrau herbei und sah Henrik und Nora an. »Können wir das wiederholen?«

Nora stand auf, bedachte ihn mit einem feindseligen Blick, schnappte sich den Rest ihres Nudelsalats und verschwand in der Backstube.

»Ich glaube, sie will es *nicht* wiederholen«, stellte Henrik fest.

12. Kapitel

1945

Nils fuhr mit dem Fahrrad die Hauptstraße mit der langen Reihe aus Holzhäusern hinunter, dann über die rot gestrichene Holzbrücke und weiter zum Fluss, der in der Nachmittagssonne glitzerte. Die Luft hatte zwar abgekühlt, aber die Sonne wärmte ihm noch immer den Rücken. Er war unerhört froh, dass Tuula heute ins Café gekommen war. Er hatte es genossen, sich ein bisschen länger mit ihr zu unterhalten und sogar ihre Kinder kennenzulernen.

Dass die Gesellschaft am Nachbartisch sie und die Kinder so herablassend behandelt hatte, schlug ihm aufs Gemüt. Er wusste natürlich, was die Leute hier über Finnen dachten und dass diese nicht sehr beliebt waren, aber sich derart zu verhalten war noch mal etwas ganz anderes. Er selbst hatte den Solidaritätsbekundungen immer beigepflichtet: Für ihn kam es einer Selbstverständlichkeit gleich, dass Schweden Finnland zur Seite stand und die Finnen hierzulande willkommen waren. Man musste den Flüchtlingen doch helfen! Immerhin handelte es sich um Schwedens Brüder und Schwestern, die in einen Krieg verwickelt worden waren – und da waren einige seiner eigenen Landsleute, deren Heimatland sich feige aus dem Krieg heraushielt, allen Ernstes der Ansicht, sie wären den Finninnen und Finnen überlegen? Das war doch völlig verrückt! Er empfand großes Mitgefühl für Tuula, die diesen Feindseligkeiten ausgesetzt war. Andererseits wusste er auch, dass die Leute hier im Dorf auf ihn hörten. Er würde seinerseits gut über sie reden und sein Bestes geben, damit Tuula und ihre Familie respektvoll behandelt wurden.

Ein Stück vor ihm tauchte das Ziegeldach seines Elternhauses auf. Er liebte das gelb gestrichene Haus mit den weißen Zierkanten, in dem er den Großteil seiner Kindheit verbracht hatte. Er schob das weiße Tor auf, stellte sein Fahrrad auf dem Kiesweg ab und ging an den Apfelbäumen, die seinen Neffen mittlerweile als Kletterbäume dienten, auf die Haustür zu. Er war hier gern Kind gewesen. In den Kronen der Bäume, die die vordere Veranda in Schatten tauchten, hörte er die Vögel zwitschern.

Normalerweise verspürte er immer eine tiefe Ruhe, sobald er dieses Haus besuchte, doch diesmal lag ihm etwas schwer im Magen. Sein Vater hatte in der Vorwoche anscheinend ein vielversprechendes Treffen mit dem Gemeinderat gehabt, woraufhin er den Vorsitzenden, Berglund, zu sich nach Hause eingeladen hatte. Berglund und seine Frau samt Tochter Birgit würden heute zum Abendessen kommen. Nils' Mutter liebte derlei Anlässe und hatte Fräulein Lindström, ihre Zugehfrau, bestimmt längst dazu angehalten, einen großen Empfang vorzubereiten, und als Vorzeige-Hausfrau wie immer auch selbst mit angepackt.

Er schob die Tür auf und rief einen Gruß.

Seine Mutter kam über den Flur auf ihn zugeeilt. »Wie gut, dass du da bist, Nils!«

Er gab seiner Mutter ein Küsschen auf die Wange.

»Stig und Marianne kommen auch gleich, sie haben eine Kinderfrau organisieren können.«

Im nächsten Moment kam auch Nils' Vater, der seinen Sohn stolz ansah, woraufhin Nils sich stets ein Stück gerader aufrichtete.

Sie beide hatten immer schon gut zusammengearbeitet. Sein Vater hatte den Familienbetrieb einst gegründet – erst das Café, dann die Bäckerei, und Nils hatte mitgeholfen, indem er Absprachen mit Einzelhändlern aus der Gegend eingefädelt hatte, so dass sie ihre Produktion hatten hochfahren können. Eines Tages dann würde Nils die Geschäftsführung übernehmen. Er hatte sich für die Firma krumm gemacht und war zugleich bestens als Chef geeignet, während sein Bruder Stig nie groß an ihrem Unternehmen interessiert gewesen war.

Auf der Verandatreppe waren Schritte zu hören. Dann schwang die Tür auf, und sein Bruder und seine Schwägerin traten ein. Der groß gewachsene Stig strahlte übers ganze Gesicht, als sein Blick an Nils hängen blieb.

»Lang ist's her!« Er klopfte ihm auf den Rücken. Sie waren beide viel beschäftigt, Nils in der Bäckerei und mit den Expansionsplänen, und Stig hatte lange Bürotage und eine Familie, um die er sich kümmern musste.

Fräulein Lindström kam in den Flur gehuscht und half Stig und Marianne aus ihren Mänteln.

Stig lächelte die Haushälterin dankbar an. Dann sah er zu seinem Vater. »Ich hab mich gefragt, ob ihr vielleicht Hilfe bei der Buchführung der Bäckerei braucht? Ich bin in meiner Firma ein gutes Stück weit gekommen, hab aber allmählich das Gefühl, ein Wechsel könnte mir guttun. Herr Franzén wird so bald nicht aufhören oder die Firma an einen Nachfolger übergeben, daher sind meine Aussichten dort beschränkt.«

Nils musste sich zusammenreißen, um nicht sichtlich zu erstarren. Was hatte sein Bruder da gerade gesagt? Obendrein auf eine Weise, als wäre es keine große Sache – dabei war es das: Er wollte allen Ernstes seine Anstellung kündigen und stattdessen in ihrem Familienbetrieb anfangen?

»Aber das wäre ja phantastisch« – ihre Mutter klatschte begeistert in die Hände –, »wenn Stig ebenfalls mit euch zusammenarbeiten würde!«

Ihr Vater schien kurz zu überlegen. Als sich ein Lächeln auf seinem Gesicht breitmachte, war Nils vollends alarmiert.

»Also, warum denn nicht? Wir expandieren schließlich und könnten jemanden gebrauchen, der sich mit Finanzen auskennt. Jemanden, dem wir vertrauen können. Komm morgen ins Kontor, dann reden wir ausführlich.«

Nils war selbst überrascht, dass er so merkwürdig reagierte; sollte er nicht froh sein, mit seinem geliebten Bruder zusammenzuarbeiten?

Die Brüder hatten nie miteinander in Konkurrenz gestanden, was größtenteils daran gelegen hatte, dass sie so unterschiedliche Interessen hatten. Stig war ein guter Schüler gewesen, ein hervorragender sogar, während Nils eher durchschnittliche Noten nach Hause gebracht hatte. Doch er hatte ein Näschen fürs Geschäftliche und liebte das Backhandwerk. Schon als Kind hatte er vor und nach der Schule ganze Tage im Café verbracht, dem Vater in der Backstube beiseitegestanden, und sein Engagement hatte dazu geführt, dass er die Bäckerei inzwischen allein leitete. Doch als er nun Stigs selbstzufriedenen Gesichtsausdruck sah, dämmerte ihm, was er gerade empfand. Er hatte sie beide nie in einem Konkurrenzverhältnis gesehen, Stig war schließlich nie am Betrieb interessiert und Nils stets als Nachfolger vorgesehen gewesen – doch dass sein Bruder jetzt ins Unternehmen einsteigen wollte, veränderte natürlich alles.

Es klingelte an der Tür. Ihre Mutter eilte hin, öffnete, und Folke Berglund trat ein. Trotz seiner geringen Körpergröße schien er den Türrahmen auszufüllen und alles zu dominieren. Nils' Vater – von Haus aus eher der scheue Typ, der sich für alles entschuldigte – buckelte beinahe, als er nach vorn trat, um seinen Gast willkommen zu heißen.

Als Nächstes kam Frau Berglund und zu guter Letzt Birgit. Sie galt weithin als Schönheit, hatte flachsblondes, dichtes Haar, ein niedliches Gesicht und eine phantastische Figur.

Und ja, sie war schön, doch für Nils war schon bei ihrem ersten Blickwechsel klar gewesen, dass da nichts war, nicht der geringste Funke. Er freute sich mitnichten darauf, am Abend mit ihr zu plaudern, weil sie sich nichts zu sagen hätten. Er hätte nicht den Finger darauf legen können, was genau ihn an ihr so sehr störte, aber sie bescherte ihm ein unbehagliches, mulmiges Gefühl.

Es wurde nicht besser, als er mitbekam, wie erwartungsvoll seine Eltern sie bei der Begrüßung musterten.

»Gehen wir in den Salon?«, schlug seine Mutter vor, kaum dass Fräulein Lindström den Gästen aus den Mänteln geholfen hatte. »Dort nehmen wir einen Aperitif ein.«

Sie schlossen sich seiner Mutter an. Im Salon schien die Sonne durch die Sprossenfenster der verglasten Veranda und warf lange, goldene Streifen über die gut gefüllten Bücherregale. Der Vater nahm ein Silbertablett vom runden Mahagonitisch hoch und servierte den Aperitif aus Sektschalen, die nur aus der Vitrine geholt wurden, wenn Gäste da waren.

»Noch mal herzlich willkommen – und auf einen gelungenen Abend«, sagte er, als alle ein Glas in der Hand hielten.

Birgit sah Nils über den Rand ihres Glases hinweg an und klimperte mit den langen Wimpern.

»Mein ältester Sohn hat soeben verkündet, dass er in unseren Familienbetrieb einsteigen will«, teilte der Vater den Gästen mit. »Es macht dir doch nichts aus«, wandte er sich an Stig, »dass ich darüber rede?«

»Natürlich nicht.« Stig lächelte breit.

»Dann sind wir womöglich bald alle, die wir hier versammelt sind, ein großes Familienunternehmen!« Der Vater ließ den Blick durch die Runde schweifen, lächelte Folke vielsagend an, während Birgit Nils mit einem ganz ähnlichen Lächeln bedachte. Prompt spürte Nils die Blicke der anderen auf sich, als würden Birgit und er sich schon im nächsten Moment das Jawort geben wollen.

Dabei war die Einzige, an die er denken konnte, Tuula. *Sie* wollte er heiraten. Wenn sie lächelte, musste er an Sonnenschein denken, und wenn sie lachte, hörte er liebliche Melodien. Zwischen ihnen hatte es eindeutig gefunkt.

✵

Das Essen verlief ganz nach Plan: Sein Vater und Herr Berglund unterhielten sich über Geschäftliches, und Nils nahm genau wie Stig an ihrer Unterhaltung teil. Er trug einige kluge Ideen bei, während Birgit mit Marianne, mit Nils' und ihrer eigenen Mutter plauderte. Nach Fräulein Lindströms berühmtem Apfelkompott wurden Kaffee und Likör serviert; anschließend wollten die Gäste aufbrechen. Auch Nils hatte vor, sich zurückzuziehen, er würde tags darauf wie immer früh in der Backstube stehen.

Als sie alle angekleidet im Flur standen, räusperte sich Nils' Vater. »Unsere Gäste müssen ohnehin in deine Richtung, Nils, nicht wahr? Sie wohnen doch an der Långgatan?« Er sah Folke Berglund an, dann Birgit und schließlich seinen Sohn – erwartungsvoll und mit dem Anflug eines listigen Lächelns.

»Das stimmt«, antwortete Birgit.

Und nun sollte Nils eindeutig anbieten, sie nach Hause zu begleiten und unterwegs mit der Familie umzugehen, alles andere wäre schlicht unhöflich gewesen. Aber er wollte nicht – er wollte nicht, dass Birgit sich Hoffnungen machte, und er wollte ebenso wenig, dass sein Vater und Folke Berglund glaubten, ihr Plan könne aufgehen. Wenn er ihren Kuppelversuchen jemals ein Ende setzen wollte, dann war jetzt der geeignete Zeitpunkt. Er hatte nicht vor, um Birgits Hand anzuhalten.

»Ich muss leider noch in der Bäckerei vorbei. Mir ist gerade eingefallen, dass ich dringend nachsehen sollte, wie viel Mehl noch da sind.«

»Aber das kannst du doch morgen genauso gut machen?« Sein Vater sah ihn fassungslos an.

»Schon, aber wenn etwas fehlt, kann ich es morgen früh gleich aus dem Cafélager holen. Das liegt auf dem Weg, und so spare ich wertvolle Zeit.«

Dann verfinsterte sich der Gesichtsausdruck seines Vaters. Doch es war einerlei, ob ihm allmählich dämmerte, dass sein Sohn seine Pläne durchkreuzen würde: Nils hatte beschlossen, Birgit nicht nach Hause zu begleiten.

Als Nils zehn Minuten später – nach ein paar unangenehm steifen Abschiedsfloskeln und Handschlägen – nach Hause radelte, war es stockdunkel. Vom Fluss wehte ein schwacher Duft herauf: derselbe Duft von Wasser und Böschung, der mit steigenden Temperaturen stärker wurde und ein Vorgeschmack auf den Frühsommer war.

Der Abend hatte viel zu viele unerwartete Wendungen bereitgehalten: erst Stig – und dann Nils' Beschluss und unmissverständliches Signal, dass er nicht gedachte, Birgit zu heiraten. Wie würde sich all das auf seine berufliche Zukunft auswirken? Wäre die Bäckerei künftig immer noch seine? Doch als er im nächsten Moment wieder an Tuula dachte, hatte er erstmals das Gefühl, dass der Betrieb und seine seit Langem vorherbestimmten Zukunftspläne keine allzu große Bedeutung mehr für ihn hatten.

13. Kapitel

Henrik goss sich einen großen Becher Kaffee ein, schloss die Augen und atmete den vollmundigen Duft ein. Geröstete Kaffeebohnen – gab es etwas Schöneres? Womöglich nur frisch gebackenes Brot. Er hätte nicht sagen können, was davon das schönere Aroma war. Er umrundete den Tresen aus dunklem Holz, auf dem das Hotelfrühstück dargeboten wurde, nahm sich eine Schüssel mit Joghurt und löffelte frische Beeren und ein Nussmüsli hinein. Dann steuerte er den Ecktisch an, an dem Ted saß: am Fenster, mit Blick übers Meer, das vor Sonnenaufgang nur als nachtschwarze, konturlose Fläche zu erahnen war. Eine Drehwoche lag bereits hinter ihnen, und trotz aller Schwierigkeiten war alles halbwegs gut gegangen. Dass Nora ständig Einwände erhob, führte zwar zu Diskussionen, die Ted jedoch zu mögen schien und auch genau dem entsprachen, was Don sich gewünscht hatte. Womöglich herrschte ein rauerer Umgangston als in vorigen Staffeln, aber nicht so rau, dass Henrik – seiner Ansicht nach – irgendwelche Grenzen überschritten hätte.

Er kehrte zum Büfett zurück, um sich Brot zu holen, als er eine Hand an seinem Ellenbogen spürte. Als er sich umdrehte, stand Elnaz mit einem großen Kaffeebecher lächelnd vor ihm. »Gute Arbeit bisher!«

»Danke. Schön, dass du zufrieden bist.« Er streckte sich nach einem knochenweißen Teller aus, legte ein frisch gebackenes Brötchen und ein knuspriges, noch ofenwarmes Croissant darauf, spürte immer noch Elnaz' Blick auf sich und sah sie an. »War noch etwas?«

»Wie gesagt, es läuft bisher gut. Ich wünschte mir nur, du könntest ein bisschen … zugewandter sein.« Sie grinste schief. »Zwischen euch könnte ein klein wenig mehr passieren.«

Henrik seufzte. »Warum hab ich bloß so eine Ahnung, dass ich mich schmutzig fühlen müsste?«

»Was? Du hast dich doch schon mal im Fernsehen verliebt!« Elnaz' Grinsen wurde breiter.

»Das mit Bente war echt, und es ist etwas anderes, nur den Kameras zuliebe mit jemandem zu flirten.«

»Wir haben doch schon darüber gesprochen. Wenn die Konditorin in *Ärmel hoch* schon mal eine Frau in deinem Alter ist – und Single obendrein! –, dann erwarten die Zuschauer irgendwas. Weihnachtszeit und so … du weißt schon. Eine Art Magie.«

»Magie«, murmelte Henrik.

»Denk an die Einschaltquoten.« Sie nahm einen Schluck Kaffee.

»Aber sieht das nicht komisch aus, wenn ich sie erst kritisiere und dann anfange, mit ihr zu flirten?«

»Ich glaube wirklich, dass die Zuschauer genau so etwas sehen wollen. *From enemies to lovers* – die Leute lieben das.«

Eine halbe Stunde später war er zurück in der Konditorei, und sobald Sara mit dem Make-up fertig war, gingen die Dreharbeiten los.

Henrik fing mit einer Übersicht des Kleingebäcks an. Biss von einem Schachbrettkeks ab, der perfekt war: mürbe und trotzdem kross. »Gar nicht schlecht, muss ich sagen. Und das Schachbrett ist ein Klassiker, den wirklich jeder mag.« Der Schachbrettkeks hatte – genau wie das Sauerteigbrot – aufrichtiges Lob verdient. Anschließend nahm er sich einen Marmeladenkeks. Die Marmelade war hart und ließ sich kaum kauen. Er spuckte sie in eine Serviette und sah Nora an. »Wie gut sind Sie versichert?«

»Versichert?« Wie erwartet verschränkte sie die Arme vor der Brust. Heute hatte sie ein schwarzes, gerade geschnittenes, ebenso schickes T-Shirt an wie am Vortag, dazu schwarze Jeans. Unwillkürlich schoss ihm durch den Kopf, dass die schwarze Kleidung ihr hellblondes Haar und die missmutig geschürzten roten Lippen vorteilhaft unterstrich.

»Deckt Ihre Versicherung die Zahnarztkosten, wenn ich mir hier dran einen Zahn ausbeiße? Wie lange liegen diese Kekse denn schon herum?«

Er erntete einen Seitenblick von Elnaz. Herr im Himmel, wie bitte schön sollte er mit dieser Frau flirten – in einem Fernsehformat, das darauf ausgelegt war, die Konditorei auseinanderzunehmen?

Nora blickte kurz überrascht drein, doch dann nahm sie jene spezielle Haltung ein, die ihre defensive Antwort vorwegnahm. »Was soll das denn heißen? Ich …« Sie verstummte und schüttelte den Kopf. »Da sind sonst nie alte Kekse. Das muss ich übersehen haben.« Kurzerhand nahm sie ihm den Keksrest aus der Hand, biss hinein, kaute, verzog das Gesicht und schluckte trocken. »Nicht so gut wie sonst. Wie gesagt, das muss ich übersehen haben.«

Der Gegenangriff blieb aus. Diese Schlacht hatte Henrik für sich entschieden.

Nora verschränkte die Arme. »Haben Sie noch weitere unnötige Spötteleien in petto?«

Na bitte, da war sie wieder!

»Ich bin nicht spöttisch, ich bin nur ehrlich.«

»Ich bin nur ehrlich«, äffte sie ihn nach und schnaubte. »Sie wissen, dass nur Unsympathen erklären müssen, was sie mit genau damit meinen.«

»Danke, das war super!« Ted sah fast schon unverschämt zufrieden aus. »Dann machen wir jetzt wieder O-Töne und anschließend Pause. Später reden wir kurz mit den Gästen.«

Während der getrennten Befragung ließ Henrik sich darüber aus, wie unnötig es sei, achtzehn verschiedene Kekssorten anzubieten – oder auch nur dreizehn –, und dass es eine Schande sei, dass Nora nicht bloß jene backe, die gut seien. Auch hier keinerlei Raum für einen Flirt … Henrik wusste einfach nicht, wie er es anstellen sollte. Es fühlte sich schlichtweg unnatürlich an.

Als sie fertig waren, sah er zu Ted. »Habt du und Elnaz euch über diese Perspektivensache verständigt?«

»Du meinst, dass sie ein bisschen mehr Flirt und Verliebtheit will?«

»Genau.«

Schulterzuckend griff Ted zu seinem Kaffee. »Sie findet die Idee echt gut … Trotzdem würde ich gern etwas anderes ausprobieren.« Ted trommelte mit den Fingern auf die Tischplatte. »Genau wie Don sagt, ist Nora ziemlich hitzköpfig, und das könnte im Fernsehen echt gut rüberkommen.«

Auch Henrik nahm einen Schluck Kaffee. Anscheinend waren Ted und Elnaz unterschiedlicher Meinung. Musste er sich Sorgen machen?

»Hallo, hallo!« Eine bekannte Stimme dröhnte durch das Café, und Henrik wirbelte herum. Don im dicken Wintermantel und mit einer Wollmütze auf dem kahl rasierten Kopf – was machte der denn schon wieder hier? Nach der Reaktion des Teams zu urteilen, hatte keiner hier erneut mit ihm gerechnet.

Henrik ging auf ihn zu, gab ihm die Hand und tätschelte ihm die Schulter. »Ich wusste nicht, dass du noch mal vorbeikommen wolltest.«

»Nur eine Stippvisite. Ich hatte keine Zeit mehr, euch vorzuwarnen. Hast du morgen zufällig Zeit für ein Abendessen?«

»Klar.« Henrik musste schlucken. Würde Don da die Bombe platzen lassen? In Sachen Einschaltquoten? Was, wenn er ihm mitteilte, dass seine Sendung eingestellt würde?

»Super. Hab auch schon einen Tisch reserviert. Im Guldkant, um sieben.« Dann sah er zu Elnaz und Ted. »Habt ihr gerade kurz Zeit? Könnten wir irgendwo ungestört sprechen? Henrik, du kannst gern mit dabei sein.«

Sie verschwanden in der Backstube. Don lehnte sich gegen den Arbeitstisch und verschränkte die Arme vor der Brust. Mantel und Mütze hatte er nicht mal abgelegt.

»Also, ich hab jetzt die ersten Mitschnitte von letzter Woche gesehen.« Seufzend zog er sich die Mütze vom Kopf. »Das war das Langweiligste, was mir je untergekommen ist! Wir haben doch über diese Gefühlssache gesprochen. Ihr habt mit ihr das große Los gezogen – sie ist der reinste Gefühlsmensch, um sie herum knistert es nur so. Sorgt für Situationen, in der sie alles rauslassen kann!«

Elnaz sah Don skeptisch an, enthielt sich aber einer Reaktion. Auch Henrik schwieg, obwohl sich dies alles nicht richtig anfühlte. Natürlich wollte er gutes Fernsehen machen, aber Emotionen heraufzubeschwören und Gefühlsausbrüche zu provozieren, wie Don es gerade vorschlug, ging für ihn zu weit.

»Ich hab mich mal intern umgehört. Wir geben euch noch ein paar Drehtage, die Sache war ohnehin knapp bemessen, aber ihr habt noch eine Chance, das Ruder herumzureißen.«

Sie kehrten ins Café zurück. Es war an der Zeit, die O-Töne der Gäste einzuholen. Ted und seine Kamerafrau hielten auf einen Tisch ganz hinten zu, an dem eine Frau und derselbe Mann saßen, der an Tag eins hatte anschreiben lassen. Don setzte sich an den Nachbartisch, so dass er alles bestens im Blick hatte. Henrik beobachtete, wie Elnaz verunsichert zu Don sah, während Ted sich nichts weiter anmerken ließ – aber so war er nun mal: abgebrüht. Vielleicht überlebte man nur so in dieser Branche, in der echte Gefühle eine harte Währung waren.

Mit zielstrebigen Schritten hielt Nora auf Ted und die beiden Gäste zu.

»Halt, die wollen in Ruhe filmen!«, rief Henrik, als sie an ihm vorbeipreschte.

»Ich will nur hören, was sie sagen.«

Henrik lief ihr hinterher. Hinter der Kamera, auf Armeslänge von den Gästen entfernt, blieb sie stehen.

Der Mann war ganz in Beige gekleidet und die Frau das glatte Gegenteil: Leopardenmantel und kirschrote Lippen, deren Farbton sich mit ihrer Haarfarbe biss. Ingemar und Maggan, wie sie sich vorstellten.

»Erzählen Sie doch mal, was Sie vom Café Nymans halten«, forderte Ted sie auf, und Nora schien die Ohren zu spitzen.

»Also, es ist wirklich nett hier, finde ich«, sagte Ingemar.

»Das Brot ist recht hart«, wandte Maggan ein. »Bestimmte Sachen kann Nora richtig gut. Die Croissants beispielsweise, die sind top. Aber einige Brote sind ein bisschen langweilig.« Sie bedachte Nora mit einem bedauernden Blick. »Tut mir leid, aber das ist die Wahrheit. Und dann hab ich hier auch schon Plätzchen gekauft, die ziemlich alt geschmeckt haben.«

Henrik musste sich zusammenreißen, um Nora nicht triumphierend anzusehen. Stattdessen bemerkte er, wie sie sich verspannte. Ihr Duft wehte ihm in die Nase. Sie roch unglaublich gut, das hatte er schon gedacht, als er ihr im Hotelrestaurant ins Ohr geflüstert hatte. Wie frisch geduscht mit einem Hauch Lavendel.

»Die Brötchen sind gut, und der Preis stimmt«, warf Ingemar ein. »Aber manchmal … ist der Kaffee ein bisschen bitter«, fuhr er zögerlich fort und sah dabei anders als Maggan nicht zu Nora, sondern verschämt auf die Tischplatte.

»Der Kaffee?«, platzte es aus Nora heraus. »Aber warum hast du denn nie etwas gesagt?«

»Entschuldigung, aber sollte sie wirklich hier sein, während du mit den Gästen sprichst?«, warf Henrik ein und nickte vage in Noras Richtung.

»Weil ich …«, hob Ingemar zu einer Antwort an. »Weil du immer so nett zu mir bist und ich mich nicht beschweren will.« Er schaffte es immer noch nicht, Nora anzusehen.

»Nein, sie sollte nicht hier sein.« Ted rieb sich die Augen. »Könnten Sie bitte woanders Pause machen, während wir uns hier unterhalten?«

Laut schnaubend marschierte Nora zurück in die Backstube.

Als sie fertig waren, zog auch das Kamerateam dorthin um. Nora indes schien sich nicht darum zu scheren, sondern kontrollierte lediglich den Ofen und zog ein Backblech heraus.

»Dann soll Henrik jetzt die Brote beurteilen – was und wie es gebacken wird«, sagte Ted in Richtung des Backtischs, auf dem der Produktionsassistent unterschiedliche Laibe auf rotweiß karierten Geschirrtüchern arrangiert hatte.

»Brot ist ja mein Spezialgebiet«, sagte Henrik. »Das könnte spannend für Sie werden, besonders wenn man bedenkt, was Ihre Kundin soeben gesagt hat. Da ist bestimmt noch Luft nach oben.«

Die Kamera liefen wieder, und im selben Moment nahm Henrik den würzigen, herzhaften Geruch wahr, der sich in der Backstube ausbreitete. Er stammte von einem Blech, das Nora soeben aus dem Ofen genommen hatte und das jetzt ein Stück weiter auf dem Backtisch lag. Entgegen Teds Anweisungen und ihrem Drehbuch ging er darauf zu.

Auf dem Blech lag ein dünnes, quadratisches Knäckebrot mit perfekt goldbrauner Backfarbe.

»Was ist das?«

»Mein Sauerteigknäcke«, antwortete sie wortkarg.

Er brach ein Stück ab und verkostete es. Es war so dünn, dass es im Nu abgekühlt war, zudem war es wunderbar kross. »Das schmeckt hervorragend!« Für einen Moment waren

Dons Worte und seine Forderung vergessen – weil das hier wirklich großartig war. Er war jedes Mal wieder gleichermaßen berauscht, wenn er in einer Bäckerei etwas Einzigartiges entdeckte – und dies hier war das beste Knäckebrot, das er je gegessen hatte. Nur konnte er das nicht rundheraus sagen, da würde sie bestimmt wieder überreagieren.

»Das verkaufe ich nicht, das backe ich nur privat.«

»Und warum verkaufen Sie es nicht?«

»Weil die Kunden an teurem Knäckebrot nicht interessiert sind. Zumindest nicht, solange es Wasa gibt.«

»Ich glaube, da unterschätzen Sie die Einwohner von Västervik. Nach dem bisschen zu urteilen, was ich von der Stadt bisher gesehen habe, wissen die Leute hier die schönen Dinge des Lebens durchaus wertzuschätzen und geben auch Geld dafür aus. Ich finde, Sie sollten es unbedingt verkaufen!«

»Knäckebrot …«, sagte sie langsam.

»Ja. Außerdem ist es ein Sauerteigknäcke, das hat etwas Rustikales, Ursprüngliches. Zielen Sie nicht genau auf dieses Gefühl ab?«

Sie sagte nichts. Nickte nur langsam.

»Moment … Probieren Sie mal was!« Er drehte sich zu der Bank im rückwärtigen Teil um, auf der sein Rucksack lag, und kam mit einem Marmeladenglas wieder, das er in einem Lädchen in der Stadt gekauft hatte. Er nahm sich ein weiteres Stück Knäckebrot, eine Scheibe Käse, legte sie aufs Brot und setzte einen Klecks Marmelade darauf. Und ganz ohne darüber nachzudenken, hielt er ihr das Brot vors Gesicht, als wollte er sie füttern. Verdattert biss sie ein Stück davon ab. Seine Finger streiften ihre Lippen, und er erschauderte: von den Fingern durch die Hand und weiter den Arm hinauf. Dass es so sinnlich und intim sein konnte, jemandem einen Bissen Brot anzubieten, hätte er niemals gedacht. Doch sie schien es nicht zu bemerken, kaute bloß und sah ihn an.

»Das war richtig gut …«

»Oder?« Er nickte nachdrücklich und nahm dann selbst einen Bissen. Der würzige Geschmack des Brotes passte perfekt zu der bittersüßen Marmelade und unterstrich die Sahnigkeit des schlichten Schnittkäses.

Er spürte Teds skeptischen Blick auf sich und hörte im nächsten Moment, wie Don sich räusperte. Ted war drauf und dran, »Cut!« zu rufen. Henrik musste schleunigst eine andere Richtung einschlagen.

»Genau so etwas will Västervik«, behauptete er im Brustton der Überzeugung. »Die Leute werden Ihr Knäckebrot entweder selbst essen oder es – zusammen mit einer feinen Marmelade – an Freunde verschenken wollen. Allemal eher als dieses zu feste, langweilige Brot!« Er nahm ein Roggenmischbrötchen hoch.

»Aber die Brötchen sind …«

»… langweilig. Nein, anders: Dieses Roggenmischbrötchen ist langweilig. Wenn Sie das aus Ihrem Sauerteig herstellen würden, wäre das etwas ganz anderes!« Mit verschränkten Armen lehnte er sich gegen den Backtisch. »Was glauben Sie eigentlich, was das Nymans vermittelt? Was sollen die Kunden Ihrer Ansicht nach über Ihre Konditorei denken?«

»Dass sie authentisch und klassisch ist.«

»Authentisch sagen Sie. Aber finden Sie wirklich, dass Roggenmischbrötchen aus Durchschnittsmehl *authentisch* sind?« Er meinte fast, Ted erleichtert aufseufzen zu hören, weil er wieder auf der richtigen Spur war.

Sie antwortete nicht.

»Was, wenn wir etwas Spezielleres ausprobieren würden? Etwas mit Körnern und Samen? Was, wenn Sie sich dafür der Produkte einiger Bauern hier aus der Region bedienen würden? Das wäre doch was!«

»O-Töne!«, rief Ted dazwischen und setzte der Aufzeichnung ein Ende.

Henrik war fest davon überzeugt, dass die Szene gut geworden war, wusste aber, dass sie noch meilenweit von dem entfernt waren, was TV24 und Don sich erhofften, was die düstere Miene des Executive Producers auch prompt bestätigte.

14. Kapitel

Als sie gerade mit Noras Einzelbefragung beginnen wollten, ging Don, der ihnen aus der Backstube gefolgt war, dazwischen. Dieser Don behagte Nora nicht. Den anderen war es ebenfalls anzumerken – vor allem Elnaz und Henrik. Dass dieser Typ hier war, stieß gelinde gesagt auf wenig Begeisterung.

Don inspizierte sie regelrecht. Dann wandte er sich zum Cafébereich um und rief: »Sara! Kannst du mal kommen?«

Nora seufzte vernehmlich. Was war denn jetzt wieder los?

»Können wir irgendwas gegen die Stirnfalten unternehmen?«

Nora blinzelte. Wovon redete er? Sollte das ein Witz sein?

Sara eilte wieder nach draußen und kam mit Puderdose und Pinsel zurück, mit dem sie ein paarmal über Noras Stirn strich.

Don musterte sie erneut. »Tja, besser wird es wahrscheinlich nicht …« Dann fing er Noras Blick auf. »Haben Sie schon mal über Botox nachgedacht?«

Nora klappte die Kinnlade runter.

»Don, Schluss jetzt!«, sagte Sara scharf.

»Was denn? War doch bloß eine Idee!«

Endlich hatte Nora sich wieder im Griff und sah Don zornig an. »Warum sagen Sie eigentlich nichts zu *Henriks* Stirnfalten?«

Don zuckte mit den Schultern. »Weil die männlich sind.«

»Dann sind Falten also unweiblich?«

Don sah sie beschwichtigend an.

Sowohl Elnaz als auch Sara schienen gespannt auf seine Antwort zu warten.

»Hier geht es doch nicht um irgendeine Art von Antifeminismus«, sagte er eilig. »Ich kann doch wohl finden, dass Botox und andere Eingriffe dem Feminismus sogar dienlich sind. Sie bügeln Ungleichheiten aus, so dass am Ende alle dieselben Voraussetzungen haben, ganz unabhängig vom Alter oder Aussehen.«

Nora verschlug es die Sprache.

»Das klingt jetzt vielleicht ein bisschen schief«, fügte er hinzu, »aber so sieht die Gesellschaft doch aus! Außerdem war es doch bloß ein wohlmeinender Tipp.« Beschwichtigend hob er die Hände.

»Dann machen wir jetzt weiter.« Elnaz warf Don einen finsteren Blick zu und gab dann der Kamerafrau ein Zeichen.

»Also, was halten Sie davon, wenn Henrik Ihre Mischbrötchen derart niedermacht?« Elnaz sah sie bedauernd an, auch wenn Nora nicht hätte sagen können, ob dies Don oder Henriks Kritik geschuldet und überhaupt aufrichtig war. »Und denken Sie daran: Antworten Sie in ganzen Sätzen, damit die Fernsehzuschauer den Zusammenhang begreifen.«

Elnaz' Fragen waren von Anfang an hart gewesen, und Nora hatte mit ihren Gefühlen nicht hinterm Berg halten können. Doch gerade eben war es zwischen Henrik und ihr sogar halbwegs freundlich zugegangen, deshalb würde sie diesmal nicht aus der Haut fahren müssen. Allerdings war sie fix und fertig: Am Vorabend waren die Dreharbeiten erst um Mitternacht zu Ende und in jeglicher Hinsicht anstrengend gewesen; dann hatte sie nach nur drei Stunden Schlaf erneut früh am Morgen in der Backstube gestanden. Von den ständigen Bewertungen und Kritteleien – ob an der Konditorei oder nun sogar an ihrem Äußeren – wurde es auch nicht viel besser.

»Klar ist es nicht toll, wenn er meine Arbeit kritisiert, und die Roggenmischbrötchen sind sogar sehr beliebt. Aber er hat schon recht. Sie könnten noch besser sein.«

»Aber wollen Ihre Gäste das wirklich? Hat Henrik nicht einfach nur eine falsche Sichtweise?«

Nora räusperte sich. »Na ja, es scheint wirklich so eine Stockholmer Marotte zu sein, dass alles unbedingt rustikal sein muss, dass alles einfacher und schlichter wirken soll – und gleichzeitig ganz viel Schnickschnack im Spiel ist.« Sie seufzte. »Und was bitte schön wäre einfacher und schlichter als ein Roggenmischbrötchen? Aber nein, da müssen ganz bestimmte Körner her und ein Holzofen und was weiß ich nicht alles.« Sie schnaubte. »Henrik hat doch wahrscheinlich selbst nie ein einfaches, ehrliches Brötchen gebacken. Und dann seine Kommentare, dass hier von allem zu viel wäre … Für einen Promibäcker sind ein *pain au levain* und ein paar Rohkostbrötchen auf einer Steinplatte genug – und das Ganze in einem Laden mit Sichtbeton am Boden und an den Wänden. Aber hier will die Kundschaft die klassischen Sachen und eine ordentliche Auswahl.« Sie musste an all das zurückdenken, was Henrik an diesem Drehtag bereits gesagt hatte: ein zu großes Sortiment, zu viele Zutaten, hässliches Café, zerschlissene Einrichtung, langweiliges Brot … »Wissen Sie, ich bin ehrlich gesagt ziemlich wütend. Er spaziert hier rein, verkündet sein Urteil, und übt dabei nicht mal konstruktive Kritik! Damit könnte ich nämlich umgehen. Nein, er ist einfach nur mäkelig und im Großen und Ganzen unfreundlich. Ich bin echt stinksauer.« Allmählich kam sie in Fahrt.

»Das alles scheint Ihnen aber wichtig zu sein – die Brötchen beispielsweise?« Elnaz sah sie mit ihren vertrauenerweckend braunen Augen unverwandt an.

Nora räusperte sich erneut. »Die waren …« Sie legte eine kurze Pause ein. »Die Roggenmischbrötchen waren die Lieblingsbrötchen meines Vaters.«

»Aber noch wichtiger scheint Ihnen der Sauerteig zu sein. Können Sie uns ein bisschen was darüber erzählen?«

»Na ja, wie ich Henrik ja schon erzählten wollte – der aber nicht zugehört hat –, hat der Sauerteig eine spezielle Geschichte. Er ist gut hundert Jahre alt und …«

»Nein, ich meinte eher, was er *Ihnen* bedeutet. Ich kann mich erinnern, dass Sie mal erwähnt haben, Sie hätten den Sauerteig immer zusammen mit Ihren Eltern gebacken. Und denken Sie daran: Sprechen Sie in ganzen Sätzen.«

»Das Sauerteigbrot bedeutet mir wahnsinnig viel. Das gab es bei uns immer schon, sowohl zu Hause als auch hier in der Bäckerei, in unterschiedlichster Form, als Knäckebrot, Brotlaib, aus Weizen oder Roggen – aber immer aus demselben Anstellgut. Dieser Duft …« Bei dem Gedanken schloss sie kurz die Augen. »Den konnte ich schon vom Marktplatz aus riechen, wenn ich auf dem Weg hierher war. Da wusste ich: Es gibt Sauerteigbrot. Das haben wir immer zum Frühstück gegessen. Der Duft und der Geschmack stehen für mich für mein Zuhause. Sie stehen für …« Sie unterbrach sich erneut. Vielleicht war es der Schlafmangel oder der emotionale Stress der vergangenen Tage, aber mit einem Mal brachen ihre Sorgen und die Trauer nur so über sie herein. Der Duft und der Geschmack standen für ihre Eltern, dachte sie. Sie schüttelte den Kopf, um den herannahenden Tränen Einhalt zu gebieten.

»Sie bedeuten …?«, hakte Elnaz nach.

»Das Sauerteigbrot steht für mein Zuhause. Es steht für Geborgenheit und *für* … bedingungslose Liebe.« Sie wusste selbst nicht, warum sie das ergänzt hatte, aber genau das vermisste sie am allermeisten: die Liebe, die Eltern für einen empfanden und die ihr selbst viel zu früh entrissen worden war.

»Danke«, sagte Elnaz. »Dann sind wir hier fertig. Ich glaube, Henrik hat noch etwas zu sagen. Drüben im Café.«

Auf dem Weg wurde sie von Hassan aufgehalten, der gerade unterwegs in die Pause war. »Hast du kurz Zeit?«

»Klar, ganz kurz.« Sie konnte ihm ansehen, dass es wichtig war, und nahm ihn beiseite, während die Fernsehleute in den Cafébereich umzogen.

»Also, ich hätte ja am Freitag meinen Lohn kriegen sollen … Aber da kam nichts.«

»Was?« Nora runzelte die Stirn. Nur gut, dass Don sie gerade nicht sehen konnte. Er hätte beim Anblick der tiefen Furchen auf ihrer Stirn Zustände gekriegt. »Das ist ja seltsam. Es war alles vorbereitet, die Überweisung ist raus, aber ich sehe natürlich noch mal nach.«

»Danke, das ist nett.« Hassan verschwand, und Nora angelte ihr Handy aus der Tasche und loggte sich in ihr Konto ein. Es war leer – und vom erhöhten Dispokredit keine Spur. Anna hatte doch versprochen, dass sie sich darum kümmern würde? Vor Noras Augen tanzten schwarze Punkte. Hatten sie es sich anders überlegt? Und wie viele Zahlungen waren in diesem Fall nicht ausgeführt worden?

Wie in Trance kehrte sie ins Café zurück. Ihr schwirrte der Kopf, und allmählich wurde sie panisch.

Elnaz wies ihr den Platz gegenüber Henrik zu. Sie setzte sich zwar, hörte aber nicht hin, konnte immer noch nicht verstehen, was mit ihrem Konto los war.

Sie fingen an zu filmen, und Henrik schob einen Stapel Unterlagen auf sie zu. »Was ist das?«

Sie blickte darauf hinab. Rechnungen ihres Hauptlieferanten: Jonathan samt Vater. Wo hatte Henrik die her? Aus den Ordnern, die sie unter der Kasse aufbewahrte? Nur dort lagerte sie Geschäftsunterlagen.

»Öh … Rechnungen?«

»Genau, Rechnungen. Und dann diese Einkaufsliste.« Er schüttelte den Kopf. »Ihre Ausgaben sind unfassbar! Und wenn ich mir die Einnahmen so anschaue …« Er zückte ein weiteres Blatt Papier. »Da ist es nicht sonderlich schwer zu verstehen, dass die Gleichung nicht aufgeht.«

Was sollte sie denn jetzt sagen? Sie wusste selbst nicht, was sie sich in der Zeit gedacht hatte, als es stetig bergab gegangen war. Es war einfach so gekommen, und monatelang hatte sie sich an die Hoffnung geklammert, es ließe sich irgendwie lösen. Sie hatte auf ein Wunder gehofft.

»Sind Sie sich im Klaren darüber, dass Sie Ihr Geschäft gegen die Wand gefahren haben?«

Sie sah ihn nur an. Erneut flammte Panik in ihr auf. Die Erinnerung an ihre Eltern, das Sauerteigbrot, die wunderbaren Zeiten, die sie hier verlebt hatten, und dann Henriks Worte … Stimmte es wirklich? Hatte sie alles zunichtegemacht?

Mit einem Mal war ihr, als würde sie alles klar vor sich sehen, als wäre ein Schleier weggezogen worden, als wäre ihr Scheitern gar nicht mehr zu übersehen. Hätte sie es verhindern können? Vielleicht hätte sie früher die Reißleine ziehen müssen? O Gott … Wie hatte das bloß passieren können? Warum hatte sie das Problem nicht schon viel früher erkannt?

Da war es wieder. *Gegen die Wand gefahren.* Sie wusste nicht, ob er es gesagt hatte oder ob die Worte ihr nur mehr im Kopf herumgingen.

»Sie haben weiter Geld ausgegeben, obwohl Ihre Einkünfte …«

Es war seine Stimme. Sie hörte nichts anderes mehr.

Weiter Geld ausgegeben. Gegen die Wand gefahren.

Von einem Moment auf den anderen blieb ihr die Luft weg. Und ihre Hände kribbelten. O nein, nicht schon wieder, nicht vor Henrik, vor dem Produktionsteam, nicht vor der Kamera. *Nicht jetzt! Doch nicht jetzt!* Auch wenn sie es nur ein einziges Mal zuvor erlebt hatte, kannte sie die Anzeichen. Konnte sie es noch abwenden?

Sie versuchte, tief durchzuatmen, doch irgendwas war in Bewegung geraten, das Herz raste in ihrer Brust, hämmerte, donnerte. Das Kribbeln in ihren Händen breitete sich über die Arme und bis in den Kopf hinauf aus. Ihr Hals schnürte sich zu.

»Ich krieg keine Luft mehr«, keuchte sie und beugte sich mit den Händen am Hals über den Tisch. »Keine Luft mehr … Kann nicht mehr atmen …« Sie japste. Versuchte, Luft zu schnappen, riss den Mund auf, hörte aber nur ein ersticktes Geräusch. Ihr dämmerte, dass sie das selbst gewesen war, sie versuchte erneut zu atmen, doch jetzt kribbelte es am ganzen Leib, und es tat nur mehr weh. Ihr ging die Luft aus, ihr wurde schwarz vor Augen, und sie fühlte sich, als würde sie ertrinken, als würde jemand ihr nach und nach den Hals zudrücken.

15. Kapitel

1945

Ritva lief hinter Tuula her, als die sich zum Gehen wandte. Erst jetzt entdeckte Tuula, dass dem Mädchen Tränen über die Wangen liefen.

»Ich kann doch mit dir zur Arbeit gehen? Ich kann doch dort auf dich warten?«

Tuula ging vor ihrer Tochter in die Hocke. »Es tut mir leid, mein Schatz, aber das geht nicht, du musst in die Schule.« Es tat ihr in der Seele weh, und alles in ihr krampfte sich zusammen, denn Ritva sollte nie wieder dorthin zurückkehren müssen.

Als Tuula tags zuvor von der Arbeit nach Hause gekommen war, hatte sie Ritva vollkommen aufgelöst auf der Küchenbank vorgefunden. Es hatte gedauert, ehe die Kleine berichtet hatte, dass sie in der Schule ausgelacht worden war, und noch länger, bis weitere Details zutage kamen: Ritva hatte Probleme, den Namen ihres Lehrers auszusprechen, und der hatte sie ein ums andere Mal genötigt, ihn zu wiederholen, doch Ritva hatte die Konsonanten nicht richtig hinbekommen. Es hatte darin geendet, dass der Lehrer sie an den Kleiderträgern gepackt und angeschrien hatte, sie hochgerissen und dann in der Luft hatte hängen lassen, während die anderen Kinder um sie herumgelaufen waren und erfundene, finnisch klingende Wörter gerufen hatten: *Ritvapekkäle! Ritvapekkäle!* Und der Lehrer hatte es zugelassen. Es war die reinste Erniedrigung. Ritva erzählte, wie die anderen Kinder schon an ihrem ersten Schultag fiese Sachen zu ihr gesagt hatten; sie hatte niemanden zum Spielen gefunden, war aus der Gruppe ausgestoßen worden, und der Lehrer hatte es mitnichten besser gemacht, indem er sie wegen ihrer mangelhaften Schwedischkenntnisse verhöhnt hatte.

Ihr kleines Mädchen … Solche Gemeinheiten hätte Tuula sich im Traum nicht vorstellen können! Wie hatte es nur dazu kommen können? Tuula argwöhnte, dass es damit zu tun hatte, was die Kinder zu Hause von den Eltern zu hören bekamen. Und Tuula hatte selbst erlebt, was viele Erwachsene in der Stadt von Finnen hielten.

Es zerriss ihr das Herz, als sie sich Ritva in der Schulbank vorstellte, wie sie versuchte, die Fragen des Lehrers zu beantworten, und während der Pausen allein dastand – und dann obendrein die Hänseleien!

Sie fühlte sich unendlich hilflos. Was sollte sie denn tun? Angesichts der Einstellung dieses Lehrers würde es wohl nicht viel nützen, wenn sie mit ihm redete. Womöglich würde es die Sache für Ritva sogar nur noch viel schlimmer machen. Sie konnte ihre Tochter lediglich mit Liebe überschütten und ihr zu verstehen geben, dass an ihr rein gar nichts verkehrt war. Und sie würde sie weiter aufmuntern, weil das Mädchen nun mal zur Schule musste. Auch wenn sie im Auffanglager Unterricht gehabt hatten, hatte Ritva viel Stoff verpasst.

Tuula nahm ihre Tochter in die Arme. Dann legte sie ihr beide Hände an die rot geweinten Wangen. »Wir sehen uns am Nachmittag. Du fehlst mir jetzt schon!« Sie umarmte Ritva von Neuem, nahm auch Matias in den Arm, ehe sie die Wohnung verließ. Sie wünschte sich, sie könnte Ritva zur Schule begleiten, ihr Sicherheit bieten, doch das war zeitlich nicht möglich. Dass Ritva ihren eigenen Schlüssel gekriegt hatte, damit sie ihren Bruder zum Kindergarten bringen und anschließend allein zur Schule gehen konnte, war ein großer Schritt und die Kleine war so unendlich stolz gewesen. Tuula warf ihrer Tochter noch einen letzten Blick zu, ehe sie die Tür hinter sich zuzog. Der Stolz war verflogen, und von der Freude, die ihre Tochter sonst ausstrahlte, war nichts mehr zu sehen.

Bei der Arbeit musste sie die ganze Zeit an Ritva denken. Sie machte sich große Sorgen. Aino warf ihr nachdenkliche Blicke zu, fragte aber erst in der Kaffeepause nach, als sie bei Hefestückchen und einer Tasse Kaffee an einem der runden Blechtische auf dem gekiesten Platz vor der Packhalle saßen.

»Was ist los, Tuula?«, fragte Aino. »Ist etwas passiert?«

Es strömte nur so aus ihr heraus. Einer der Bäcker bedachte sie mit einem missbilligenden Blick – vermutlich, weil sie Finnisch sprachen –, doch das war Tuula egal, sie musste darüber reden, auch wenn sie sich bemühte, so leise wie möglich zu sprechen. Aino legte ihr die Hand auf die Schulter. Und auch Lydia, die eine Zigarettenpause eingelegt hatte, gesellte sich zu ihnen und setzte sich mit bekümmerter Miene neben sie.

»Aber was ist denn passiert?« Sie nahm Tuulas Hand.

Und plötzlich war auch Nils' Stimme zu hören. »Ist etwas vorgefallen?«

Überrascht blickten Aino und Lydia auf, während Tuula panisch zu ihm hochsah.

»Entschuldigen Sie, das geht mich vermutlich gar nichts an«, sagte er eilig.

Tuula schüttelte den Kopf. »Es ist nichts – nichts, worüber Sie sich Gedanken machen müssten.« Sie wollte die anderen nicht mit ihrem Kummer belasten. Mit Aino lagen die Dinge anders. Aino war ihre Freundin, doch Tuula konnte hier doch nicht bei der Arbeit sitzen und allen etwas vorjammern.

Trotzdem sahen sowohl Nils als auch Lydia sie weiter beunruhigt an.

»Frau Anttilas Tochter hat es in der Schule derzeit nicht leicht«, sagte Aino schließlich.

»Ach so?«, fragte Nils.

»Erzählen Sie es uns, liebe Tuula! Wir wollen es hören, weil Sie uns wichtig sind«, forderte Lydia sie bekümmert auf.

»Es geht um die Schule, ja. Die anderen Kinder benehmen sich gegenüber meiner armen Ritva fürchterlich. Und der Lehrer …« Tuula versagte die Stimme, so dass Aino erneut einsprang und kurz gefasst wiederholte, was sie eben erst selbst gehört hatte.

Inzwischen strömten die Tränen nur so über Tuulas Wangen. Ihr war, als würde alles über ihr zusammenschlagen. Als Juhani gestorben war, war sie untröstlich gewesen, hatte sich dann aber der Kinder zuliebe zusammengerissen und seitdem kaum je eine Träne verdrückt – nicht mal, als ihre Mutter bald darauf an den Folgen einer Lungenentzündung gestorben war und ihre Schwester, die letzte Verwandte, die ihr neben den Kindern geblieben war, mit der eigenen Familie Rovaniemi verließ, um als Krankenschwester im Kriegslazarett zu arbeiten.

»Das ist doch barbarisch!« Lydia schnaubte. »Behandelt man so etwa Flüchtlinge? Kinder, die ihren Vater verloren haben und gezwungen waren, ihr ganzes Leben hinter sich zu lassen?«

»Ich bitte um Verzeihung, dass ich gerade so aufgelöst bin«, presste Tuula hervor. »Es wirkt sich auch sicher nicht auf meine Arbeit aus, Ehrenwort!«

»Daran habe ich nicht den geringsten Zweifel«, sagte Nils mit nachdenklichem Blick. Dann legte er ihr die Hand auf die Schulter, zog sie aber sofort zurück, als hätte er sich verbrannt. Und fast fühlte es sich so an – als hätte die leichte Berührung sich in ihrer beider Haut eingeätzt. Aus den Augenwinkeln sah Tuula, wie Aino und Lydia einen Blick wechselten.

Nils räusperte sich. »Und der Lehrer lässt dies alles zu?«

Tuula nickte.

»Handelt es sich zufällig um Magister Nilsson?«

Sie nickte erneut.

Nils atmete tief durch und straffte die Schultern. Dann verschwand er im Büro und kehrte bereits im nächsten Moment mit Sakko und Mütze zurück.

»Herr Eklund, warten Sie!« Tuula sprang auf. Er schien sich

dafür verantwortlich zu fühlen, die Situation zu bereinigen, und sie hatte ihm keinen Kummer bereiten wollen – so fühlte es sich verkehrt an.

Doch Lydia griff nach Tuulas Hand und stand ebenfalls auf. »Lassen Sie ihn. Wenn jemand Ihrer Tochter helfen kann, dann Herr Eklund.«

Er stieg auf sein Fahrrad und fuhr so schnell davon, dass der Kies aufstob. Als er um die nächste Ecke verschwand, hinterließ er eine Staubwolke.

»Er kennt alle hier im Dorf«, erklärte Lydia, während der Staub sich legte.

Die drei Frauen kehrten in die Bäckerei zurück und verpackten weiter Brote, bis Nils nach einer Weile wieder auftauchte. Er hielt direkt auf die Packerinnen zu.

»Ich gehe davon aus, dass Magister Nilsson Ritva von nun an in Ruhe lässt. Wenn dies nicht der Fall sein sollte oder wenn die Kinder weiter gemein zu ihr sind, geben Sie mir Bescheid.«

Tuula nickte zaudernd.

»Ich kenne diesen Nilsson seit unserer Kindheit. Er ist ein Feigling, der seine eigenen Unzulänglichkeiten an ausgewählten Kindern auslässt.« Er schüttelte den Kopf. »Ich hoffe sehr, er lässt Ihr Mädchen jetzt in Frieden.« Dann nickte er knapp, und sie brachte kein Wort hervor, ehe er auch schon im Büro verschwunden war. Na großartig. Sie hatte sich nicht einmal mehr bei ihm bedankt!

*

An den folgenden Tagen war es ein wenig leichter für Ritva: Sie hatte zwar noch immer keine Freunde gefunden, doch dann sollte es eben so sein. Solange die anderen ihr nicht zusetzten, solange die Schule halbwegs erträglich war …

Tuula wollte sich unbedingt bei Nils bedanken, hatte dazu

aber keine Gelegenheit. Er hielt sich überwiegend in seinem Büro auf, Tuula wollte dort nicht einfach hineinstiefeln und stören, und wenn er mal in der Backstube war, wollte sie die Aufmerksamkeit der Kollegen nicht auf sich ziehen.

Dann eines Tages nahm sie all ihren Mut zusammen. Sie musste endlich etwas zu ihm sagen. Als Nils gerade aus seiner Mittagspause zurück war, ergriff sie die Gelegenheit, weil er sich hoffentlich nicht sofort wieder der Arbeit gewidmet hatte, und klopfte nur einen Augenblick nach seiner Rückkehr an seine Bürotür.

»Ja?«, hörte sie von drinnen.

Sie zog sich die Haube vom Kopf und trat ein. »Bitte entschuldigen Sie die Störung …«

»Sie stören nicht.« Nils lächelte sie breit an. Gott, dieses Lächeln – als würde sich sein ganzes Gesicht aufhellen. Es brachte sie vollkommen aus der Fassung.

Sie riss sich zusammen. »Ich wollte mich endlich dafür bedanken, dass Sie mit Ritvas Lehrer gesprochen haben und meiner Tochter geholfen haben.«

»Läuft es denn inzwischen besser?«

Tuula nickte. »Sie hat immer noch keine Freunde, aber zumindest lassen die anderen Kinder sie in Ruhe.«

Nils' Lächeln verblasste. »Tut mir wirklich leid, dass sie das erleben musste. Aber wie gut, dass es ein wenig besser läuft! Ich bin nur froh, dass ich helfen konnte. Hoffen wir, dass sie bald Freunde findet.«

»Ja. Danke sehr!« Tuula wandte sich zum Gehen.

»Ach … Mir ist übrigens zu Ohren gekommen, dass Sie sich für unsere Öfen interessiert haben? Anscheinend war die Rede von einem Rezept, das Sie ausprobieren wollten?«

Tuula blieb wie angewurzelt stehen. Dann drehte sie sich wieder um. »Ich bitte um Verzeihung, Herr Eklund! Ich hatte bloß mit Aino und Lydia geplaudert, ich … Sie müssen wissen …« Oh, wie unangenehm! Sie hatte nicht damit gerechnet, dass jemand sie kürzlich belauscht hatte. Erst recht nicht Herr Eklund.

»Entschuldigen Sie, wenn ich so unverblümt bin«, fuhr Nils fort, »aber einer der Bäcker erwähnte Ihren Sauerteig. Dass Sie Anstellgut zu Hause aufbewahren und irgendein spezielles Rezept dafür hätten?«

Sie war wohl besser ehrlich. »Ja, das stimmt, ich habe mich nach den Öfen erkundigt und nebenbei wohl erwähnt, dass es spannend wäre zu sehen, wie mein Brot aussehen würde, gerade angesichts der großen Hitze, die Sie eingangs erwähnt haben.«

»Möchten Sie es denn einmal ausprobieren?«

Obwohl sie dazu erzogen worden war, derlei Angebote abzulehnen – *niemandem zur Last zu fallen* –, konnte sie einfach nicht widerstehen.

»Gern. Wissen Sie, zu Hause in Rovaniemi habe ich in einer Pensionsküche gearbeitet, aber so phantastische Öfen hab ich noch nie ausprobiert. Und seit Sie mich herumgeführt haben, gingen sie mir nicht mehr aus dem Kopf.« Es sprudelte nur so aus ihr heraus. Sie machte sich nicht einmal mehr Gedanken über ihren finnischen Akzent, obwohl sie sich sonst alle Mühe gab, Hochschwedisch zu sprechen.

»Schön zu sehen, dass Sie so neugierig sind!«, erwiderte Nils. Dann machte sich Stille zwischen ihnen breit. Sie sahen einander an – und sofort wandte Tuula verlegen den Blick ab. Dieser Mann sah sie auf eine Weise an, bei der ihr die Knie weich wurden.

»Dann bringe ich morgen Sauerteig mit«, murmelte sie noch.

Sobald sie sein Büro verlassen hatte, musste sie sich an die Tür anlehnen, schloss die Augen, kam nur langsam wieder zu Atem und wartete darauf, dass sich ihr Puls endlich wieder beruhigte.

Nach dem Abendessen bereitete Tuula einen Teig vor, der über Nacht gehen sollte. Sie hoffte, dass er nicht zu sehr in sich zusammenfallen würde, wenn sie ihn tags darauf zur Bäckerei mitnähme.

Am Morgen legte sie ihn vorsichtig in eine Schüssel, breitete ein Geschirrtuch darüber aus, und als sie in der Bäckerei ankam, formte sie aus dem Teig einen Laib, der auf einem Blech, das die Bäcker nicht brauchten, noch ein wenig ruhen durfte. Sie würde den Ofen benutzen, sobald die Schicht beendet wäre und wenn die Bäcker nach Hause gegangen wären. Sie hatte den Kindern aufgetragen, nach der Schule und dem Kindergarten zu Aino zu gehen, damit sie selbst nicht in einem fort auf die Uhr sehen musste.

Kaum dass die Bäcker gegangen waren und Aino, Lydia und Tuula die letzten Brote verpackt hatten, machten sich die beiden anderen auf den Heimweg, und nur Tuula und Nils blieben zurück. Die Öfen waren immer noch heiß, als Tuula die Backstube betrat und Nils im selben Moment aus seinem Büro kam.

»Danke, dass ich den Ofen benutzen darf.«

»Ich dachte mir, ich könnte Ihnen kurz zeigen, wie er funktioniert.« Er lächelte, und sie versuchte, das merkwürdige Gefühl in ihrer Brust zu ignorieren. Nils war lediglich ein freundlicher Mann, der ihr einen Hauch von Glück bescherte. Sie hatte so viel Elend mitangesehen, und es hatte sich in den Gesichtern ihrer Landsleute im Lager so deutlich abgezeichnet – sogar in den Gesichtern von Aino und Heikki –, während Nils immer ein aufrichtiges Lächeln auflegte … das hinreißend anzusehen war, wie sie sich insgeheim eingestand.

Der Ofen glühte noch, als Nils ihn justierte.

»Ich kann auch in der Nachwärme backen«, bot sie an.

»Aber das wäre doch nicht das Gleiche, wie den heißen Ofen auszuprobieren – und so war es doch gedacht?«

»Ja … danke!« Tuula lächelte ihn dankbar an und zog das Blech mit ihrem Brotlaib näher.

Anerkennend sah er darauf hinab. »Das ist also das berühmte Rezept. Was wird es denn für ein Brot?«

»Ein Roggenbrot. Auf Basis des Sauerteigansatzes meiner Mutter.«

»Den haben Sie aus Finnland mit hierhergebracht?!«

Sie nickte.

»Wie spannend!«

Im Handumdrehen hatte der Ofen die richtige Hitze, er zog die Klappe auf und schob das Blech hinein.

»Es wird nicht lange dauern. Das ist das Tolle an solchen Öfen.« Er schob die Klappe wieder zu. »Sind die Kinder bei Aino, oder müssen sie gerade allein klarkommen?«

»Sie sind bei Aino. Sie und ihr Mann Heikki haben mir schon in Rovaniemi mit Ritva geholfen. Da waren wir Nachbarn, und Aino kann ganz wunderbar mit Kindern umgehen.«

Nils nickte. »Ich mag sie sehr. Sie ist klug, freundlich und die treuste Angestellte, die man sich nur vorstellen kann.«

Tuula nickte beifällig. »Und eine treue Freundin.«

»Gut. So etwas ist wichtig.«

Sie spähte durch den Glaseinsatz in den Ofen.

Er räusperte sich. »Und ich will nur sagen … Wenn Sie je wieder Hilfe benötigen, etwa wenn jemand gemein zu Ihren Kindern oder zu Ihnen ist, dann erzählen Sie es mir. Was immer es ist.«

»Danke«, sagte sie, auch wenn ihr klar war, dass sie ihn niemals um Hilfe bitten könnte. Genau wie Aino war auch Tuula eher zurückhaltend.

»Was ist los?«, fragte er nach einer Weile und sah sie aufmerksam an. Sie hatte gar nicht bemerkt, dass sie derart in sich versunken war; anscheinend hatte sie wieder diesen geistesabwesenden Gesichtsausdruck gehabt, für den Juhani sie so oft geneckt hatte.

»Oh, nichts«, antwortete sie. »Ich war bloß in Gedanken.« Dann spähte sie erneut durchs Ofenfenster. »Ich glaube, das Brot ist jetzt fertig. Die Farbe sieht gut aus.« Sie zog die Ofenklappe auf. Nils reichte ihr Ofenhandschuhe, und sie nahm das Blech heraus. Herrlicher Duft wehte ihnen entgegen, und der Laib sah kross und nahrhaft aus. Genau dies liebte sie so sehr an Roggenbrot: dass es so reichhaltig war. Und am besten schmeckte es frisch aus dem Ofen – mit ordentlich Butter darauf. Seit Ausbruch des Krieges hatten sie kaum noch Butter bekommen, und es wäre großartig, ihr Brot jetzt mit Butter bestreichen zu können.

»Sie müssen es frisch probieren«, forderte sie ihn auf, während sie die Kruste überprüfte. Genau richtig.

»Darf ich Ihnen noch etwas zeigen, während wir das Brot kurz ausdampfen lassen?«

»Aber ja.« Sie sah ihn verwundert an.

»Ich habe selbst mit einem neuen Weizenteig für die Zimtschnecken experimentiert. Ich habe gestern erst damit angefangen. Und die Füllung habe ich auch verändert.« Vorfreudig hielt er auf die Regale zu, in denen die Schnecken für den nächsten Tag ruhten, und nahm ein Blech mit großen, ungebackenen Zimtschnecken zur Hand. »Was halten Sie davon?«

»Die sehen fabelhaft aus!«

Er nickte. »Ich hoffe, sie schmecken auch so! Ich will luftigere Zimtschnecken backen.« Er schob das Blech zurück ins Regal. »Und ich dachte mir, ich lasse sie bis morgen gehen und backe sie erst dann.« Er warf einen Blick auf ihr Brot. »Was meinen Sie, sollen wir eine Scheibe verkosten?«

»Ja, jetzt dürfte es perfekt sein.«

Nils griff sich ein Brotmesser und schnitt zwei Scheiben ab. Dann holte er Butter aus der Kühlkammer, schnitt ein ordentliches Stück davon ab und bestrich die beiden Scheiben.

Sie biss hinein. Himmlisch! Eine knusprige, knackige Kruste und weicher, milder Teig – der Ofen war einfach phänomenal.

»Das schmeckt phantastisch!« Nils sah Tuula an. »Absolut phantastisch!«

Sie nickte. »Die Hitze war genau richtig.«

»Also, dieses Brot … Das sollten wir ins Sortiment aufnehmen!«

Sie lächelte schüchtern. War es ihm tatsächlich ernst damit?

»Verzeihung. Ich hoffe, Sie nehmen es mir nicht übel, ich meine natürlich nicht, dass wir Ihr Rezept stehlen sollten oder … Aber dieses Brot könnte ein richtiger Erfolg werden! Finnisches Roggenbrot!«

Ihr Lächeln wurde breiter. »Glauben Sie wirklich?«

»Ganz ohne jeden Zweifel!«

»Meine Landsleute würden es lieben.«

Er sah sie lange an. »Wenn ich meinen Vater dazu bekäme, dies hier ins Sortiment aufzunehmen, würden Sie es dann weiter für uns backen?«

»Natürlich.«

»Als Bäckerin?«

»Sie meinen, dass ich als Bäckerin arbeiten sollte? Hier?« Sie sah ihn fassungslos an.

Er nickte. »Natürlich bekämen Sie auch einen höheren Lohn – so wie die anderen Bäcker auch.«

Es verschlug ihr die Sprache. »Aber … das wäre zu viel des Guten!«

»Nichts da. Wenn Sie dieses Brot für uns backen, wäre das wirklich ein Gewinn.« Er legte ihr die Hand auf die Schulter und diesmal ließ er sie liegen. Sie standen dicht beieinander, und weil der Ofen nachglühte, war es in der Backstube immer noch warm, trotzdem war ihr, als würde es schlagartig umso heißer. Sie sehnte sich nach der Frühlingskühle draußen vor der Tür, obgleich sie sich keinen Fingerbreit vom Fleck rühren wollte. Sie wünschte sich inständig, dass er sie weiter berührte.

Nach einer Weile zog er die Hand zurück und streckte sich

nach seiner Brotscheibe aus. »Ich rede mit meinem Vater.« Dann sah er sie an. »Ich nehme an, Sie möchten allmählich nach Hause? Darf ich Sie denn noch ein Stückchen begleiten?«

Tuulas Herz schlug wie wild. »Sehr gern.«

Als Tuula sich umgezogen hatte, traten sie hinaus in den kühlen Abend. Nils schloss hinter ihnen ab, nahm sein Fahrrad und schob es neben ihr her auf den Weg. Es war immer noch hell – ein Vorgeschmack auf den bevorstehenden Frühsommer.

»Dann stammen Sie also aus Rovaniemi?«

»Das ist richtig.«

»Vermissen Sie Ihre Heimatstadt?«

Sie nickte. »Ja, obwohl ich mir durchaus bewusst bin, dass unser neues Leben sich jetzt hier abspielt, weil dort leider nichts mehr steht. Sie haben vermutlich davon gehört, dass die Deutschen alles niedergebrannt haben?«

Er nickte. »Ja, habe ich. Und bitte, können wir uns nicht duzen? Sagen Sie Nils.«

Sie lächelte. »Nils …«

»Ganz genau.«

»Es ist schon ein komisches Gefühl. Ich trauere um all das, was wir zurücklassen mussten, trotzdem sehne ich mich nicht dorthin zurück.« Kaum dass sie erfahren hatte, was ihrer Heimatstadt widerfahren war, hatte sich die Sehnsucht nach und nach verflüchtigt, und sie hatte sich damit abgefunden, dass sie sich ein neues Leben würde aufbauen müssen.

»Ich finde nicht, dass das komisch klingt. Es ist schwer, sich nach etwas zu sehnen, was nicht mehr da ist.«

»Stimmt.«

Nils stellte Fragen zum Brot, das sie in Finnland gebacken hatte. Sie ergingen sich in Details zu Körnern, zur Gärung, und viel zu schnell waren sie auf ihrer Straße angelangt.

»Hier wohne ich.«

»Und ich wohne drüben am Marktplatz.«

»Danke, Herr …« Eilig unterbrach sie sich. »Danke, dass du mich begleitet hast, Nils.«

Nils lächelte sie an. »Ich habe für die nette Gesellschaft zu danken! Es war wirklich schön, sich ein wenig länger mit dir zu unterhalten.«

16. Kapitel

Konnte ein Sauerteigansatz wirklich etwas sein, was einer Familie am nächsten kam? War es verrückt, so zu denken? Ungerecht gegenüber Bea, ihrer besten Freundin, war es allemal … Nora schwirrte der Kopf, als sie ihr geliebtes Anstellgut mit Mehl und Wasser anreicherte. Sie hielt kurz inne, inhalierte das Aroma und gönnte sich einen Augenblick der Ruhe. Einfach nur *sein.*

Es war der Morgen nach ihrer grässlichen Panikattacke. Sie verspürte eine merkwürdige Erschöpfung in sich – wie die Ruhe nach einem heftigen Gewitter, das immer noch nicht ganz ausgestanden war. Trotzdem konnte sie sich noch nicht vollends entspannen, weil sie nicht wusste, was noch auf sie wartete.

Die Fernsehleute hatten ihr durch die Attacke geholfen. Als sie wieder zu sich gekommen war, hatte sie mit dem Kopf auf Henriks Schoß gelegen, und Elnaz hatte sich über sie gebeugt. Es war demütigend gewesen. Zum Glück war Hassan herbeigeeilt, hatte neben ihr gekauert und ihre Hand gehalten. Er war die dritte Person, die sie gesehen hatte – und es war schön, ein bekanntes Gesicht vor sich zu haben. Anschließend hatten sie sie durch die Backstube geführt; in der Umkleide war sie auf die Sitzbank gesunken. Später hatten Elnaz und Hassan sie hoch in die Wohnung gebracht und versucht, sie davon zu überzeugen, jemanden anzurufen, doch Nora hatte allein sein wollen.

Beim ersten Mal war Bea dabei gewesen. Vor fremden Leuten eine Panikattacke zu erleiden, war einfach fürchterlich, auch wenn sie währenddessen natürlich nicht imstande gewesen war, auch nur darüber nachzudenken. Selbst jetzt im Nachhinein war es ihr kaum möglich.

In der Nacht hatte Nora tief und fest geschlafen, intensiv geträumt und war von einer SMS von Elnaz aufgewacht, die sich erkundigte, wie es ihr ging, und ihr mitteilte, sie könne – sofern sie es überhaupt schaffte – auch erst mittags zu den Dreharbeiten dazustoßen. Sie würden vormittags Stimmungsaufnahmen von Västervik machen und ein paar Szenen mit Henrik drehen, so dass Nora fürs Erste von Fernsehleuten verschont bliebe.

Sogar Henrik hatte eine Nachricht geschickt. *Hoffe, es geht Ihnen besser! Henrik.*

Ging es ihr besser? Sie war sich nicht sicher. Sie war wie betäubt, völlig benebelt.

Nach einem stillen Morgen in den eigenen vier Wänden stand sie nun also da und hielt das Glas mit dem Anstellgut in Händen. Allein das Gefühl war beruhigend. Doch dann stellte sie das Glas wieder zurück. Sie hatte zu viel anderes um die Ohren. Sie musste bei ihrer Bank anrufen und sich wegen des Dispositionskredits erkundigen, sie schuldete Hassan schließlich Geld – aber das schaffte sie gerade nicht. Stattdessen loggte sie sich in ihr Onlinebanking ein, überwies ihm den Lohn von ihrem privaten Sparkonto, auf dem gerade noch genug Geld lag. Dann schrieb sie ihm eine Nachricht, dass sein Lohn jetzt angewiesen war.

Die Dreharbeiten am Nachmittag entpuppten sich als weniger dramatisch als zuvor. Sie gingen die Renovierungspläne durch, und Henrik und sie backten ein paar Plätzchen, redeten jedoch nicht viel. Es handelte sich hauptsächlich um Szenen, die später hier und da eingeklinkt werden sollten. Zum Glück hielt Ted sich bedeckt, und Don war gar nicht erst aufgekreuzt, sondern saß angeblich in einer Videokonferenz im Hotel.

Nach den Dreharbeiten nahm Elnaz mit ihr einen Snack ein, fragte, wie es ihr gehe, und bot an, einen Psychologen hinzuzuziehen, sofern sie jemanden zum Reden brauchte, doch Nora ging darüber hinweg. Sie konnte nicht offen reden, dies hier waren nicht ihre Freunde. Für Elnaz und die anderen kam allein die Fernsehsendung an erster Stelle.

Sie würden ein paar Tage mit den Dreharbeiten aussetzen, während die Konditorei renoviert und Henrik und Elnaz *Weihnachten mit Familie Eklund* drehen würden. Allein beim Gedanken an eine Pause wurde Nora ein bisschen leichter ums Herz. Trotzdem beschlich sie bei der Vorstellung, die Konditorei zwecks Renovierung für ihre Kunden zu schließen, abermals die Panik. Dies war wirklich das Letzte, was sie gerade brauchte, aber sie hatte nun mal keine Wahl.

Gegen Abend war Nora immer noch völlig ausgelaugt. Trotzdem ging sie nur kurz nach Hause, um zu duschen. Anschließend zog sie sich etwas anderes an als ihre mehlfleckigen Klamotten, die zudem nach abgestandenem Kaffee rochen, packte Käse, Marmelade und Knäckebrot in ihren Fahrradkorb und radelte zu Bea. Sie war zum Abendessen eingeladen und würde überdies die Weihnachtsdeko abholen, die sie seit einem Wasserschaden auf dem Speicher – dessen Beseitigung sie ein Vermögen gekostet hatte, weil die Versicherung nicht alles übernommen hatte – bei Bea eingelagert hatte.

Sie fuhr die Storgatan entlang bis zum Stadsparken. Inzwischen war es dunkel geworden, und im Park brannten die Straßenlaternen. Sie kam an der Minigolfanlage vorbei, die schon Winterschlaf hielt, und an der verwaisten Skateboard-Rampe, ließ den Park hinter sich und nahm den Fahrradweg entlang der Straßen, die nur der kalte Schein der Straßenlaternen und ein paar weiße und rote Autoleuchten erhellten, die sich im nassen Asphalt spiegelten. Dann endlich stand sie vor dem wunderschönen alten, mit Steinputz verkleideten Haus.

Nora schob die Haustür auf, betrat den Flur und zog sich die Schuhe aus. Unter ihren Socken knirschte es, als sie den engen Vorraum durchquerte, der überquoll mit schlammigen Stiefeln, Winterschuhen, Mützen, Handschuhen und Overalls. Beas Familie saß schon am Abendbrottisch. Der Geräuschpegel überstieg sogar den des samstags voll besetzten Cafés. Der Vierjährige, Max, rannte auf Nora zu und fiel ihr um den Hals. Svea, die Jüngste, saß in ihrem Kinderstuhl, und Nora wuschelte ihr durch die dunklen Locken, ehe sie sich mit an den Tisch setzte.

Ahmat setzte Nora in einem großen weißen Teller einen Linseneintopf vor. Svea löffelte den Eintopf mit so großem Appetit in sich hinein, dass es nur so in alle Richtungen spritzte, während Max von den Tulpen berichtete, die er tags zuvor im Kindergarten gemalt hatte.

Nora aß üblicherweise mindestens einmal die Woche mit Beas Familie. Dass sie ein Teil davon sein durfte und hier immer willkommen war, war ein großes Glück. Und natürlich kam dies hier einer eigenen Familie am nächsten. Sie vergötterte die Kinder und hatte Ahmat vom ersten Moment an gemocht, als sie sich kennengelernt hatten, auch wenn sie sich über Politik mitunter uneins waren. Ihre Diskussionen waren oft hitzig, wie sie jedoch nur sein konnten, wenn man einander nahestand.

Doch manchmal – und es war nicht ganz leicht, sich das einzugestehen – hatte sie die ewige Dankbarkeit satt, kein natürlicher Teil der Gemeinschaft zu sein – auch wenn ihr klar war, dass Bea das Gegenteil behaupten würde. Trotzdem hatte sie nicht vor, eine eigene Familie zu gründen. Insofern war sie tatsächlich meist froh, dass sie auf eine Leihfamilie zurückgreifen konnte.

Nach dem Essen zauberte Nora den Käse, die Marmelade

und ihr Knäckebrot hervor. Bea kochte unterdessen Tee, und dann stellten sie alles auf ein Tablett, zogen sich ihre Jacken an und gingen hinüber in den Schuppen, um die Weihnachtsdeko hervorzukramen.

»Es fühlt sich eigenartig an, schon im November zu dekorieren«, sagte Nora. »Ich meine, was sollen die Leute denken?«

»Hör auf, zu klingen wie meine verängstigte Oma«, entgegnete Bea. »Darüber macht sich doch keiner Gedanken. Es weiß doch jeder, dass das nur für die Sendung so ist.«

»Aber … die Blätter hängen doch noch an den Bäumen!«

Bea sah sie vorwurfsvoll an. »Es ist fürs Fernsehen, Himmel noch mal. Jetzt hör schon auf!« Sie klang tadelnd, sah aber eher bekümmert aus, als sie die Tür zum Schuppen aufschloss. Nora stellte das Tablett mit den Leckereien auf Beas alten, mit Stickern übersäten Jugendzimmer-Schreibtisch, der inzwischen als Werkbank diente. Dann wühlten sie sich durch die Kartons.

»Wir könnten die Schachteln, die in meine Wohnung kommen, da drüben hinstellen und diejenigen für die Konditorei hierher.« Nora nickte in Richtung der entsprechenden Ecken und stellte mit einem lauten Ächzer die erste Kiste ab.

»Wie geht es dir eigentlich?«, fragte Bea. »Du siehst … ein wenig blass aus.«

»Keine Sorge. Die Sendung zu drehen und gleichzeitig den laufenden Betrieb aufrechtzuerhalten, war zwischenzeitlich nur ein bisschen viel.«

»Du bist im Moment nicht du selbst. Normalerweise ist dir egal, was die Leute denken.«

»Es ist nicht ganz leicht, man selbst zu sein, wenn man ständig eine Kamera vor der Nase hat.« Sie brachte es nicht fertig, ihr von der Panikattacke zu erzählen. Stattdessen kleckste sie ein bisschen Marmelade auf das Knäckebrot und nahm einen Bissen.

»Wie läuft's überhaupt bei den Dreharbeiten?«

Nora schüttelte leicht den Kopf. »Dieser Henrik Eklund ist ein eingebildetes Ekel. Es war schon ein bisschen peinlich, was da im Hotel passiert ist, aber was ich gesagt habe, war die Wahrheit. Jedes Mal, wenn er mit seiner Krittelei loslegt, will ich mir am liebsten ein Brotmesser schnappen und meinem Elend ein Ende setzen.«

»So schlimm kann es doch nicht sein?« Bea lächelte sie schief an.

»Besonders nett ist er nicht … Außerdem überschreitet er ständig Grenzen. Er scheint alles zu geben, um mich als inkompetent darzustellen.« Nora nahm einen Schluck Tee, ehe sie die erste Kiste aufzog und darin ein paar alte Messingkerzenleuchter entdeckte. Die kamen in die Ecke für die Konditorei.

»Inwiefern?«, hakte Bea nach und brach sich ebenfalls ein Stück Knäckebrot ab, das sie mit Marmelade bestrich.

»Da …« Sie holte tief Luft. Sie wusste genau, dass Bea nicht lockerlassen würde, bis sie alles erfahren hätte, und ihr war selbst klar, dass sie erzählen musste, was ihr widerfahren war. Sie konnte es Bea einfach nicht verheimlichen. »Da ist gestern etwas passiert. Diese Producerin ist so verdammt gut darin, mir Sachen über Mama und Papa zu entlocken … Mir kamen ein paar alte Erinnerungen, ich hatte kaum geschlafen, und dann fing Henrik Eklund auch noch von der finanziellen Lage der Konditorei an und dass ich sie gegen die Wand gefahren hätte … und da … bin ich irgendwie … zusammengeklappt.«

»Wie bitte?«

Nora sah Bea stumm an.

»Ach, Nora!« Bea nahm sie in den Arm und zog sie fest an sich. »Und was haben sie gemacht? Hast du Hilfe bekommen?«

»Ja, schon …« Sie wollte nicht näher darauf eingehen, wie traumatisch es für sie gewesen war, in einem Augenblick, in dem sie sich unendlich verletzlich und allein gefühlt hatte, vor wildfremden Leuten in die Knie zu gehen.

»Und was jetzt?« Bea ließ sie wieder los.

Nora zuckte mit den Schultern. »Der Plan ist, dass wir einfach weitermachen. Sie haben mir psychologische Hilfe angeboten, aber ich habe ja eine längere Therapie hinter mir, deshalb habe ich abgewinkt.«

»Aber dann lag es an ihnen, dass du so reagiert hast?«

»Ja. Und noch an etwas anderem. Am finanziellen Druck, an zu wenig Schlaf, an zu viel Arbeit …«

»Bitte verzeih mir, dass ich dich dort angemeldet habe«, sagte Bea leise. »Mir war nicht klar …« Sie hielt kurz inne. »Mir war nicht klar, dass es so kommen würde.«

»Das ist doch nicht deine Schuld!« Nora legte ihrer Freundin die Hand auf den Arm. »Gerade haben wir Drehpause, und hoffentlich fühlt es sich danach wieder besser an.«

Sie brauchte *Ärmel hoch.* Ihre Einnahmen am Tag nach dem Drehstart waren rekordverdächtig gewesen, und wenn es nur ein klein wenig so weiterginge, könnte sie die Konditorei vielleicht retten. Sie schob den Gedanken an ihren Kredit beiseite. Sie würde morgen bei der Bank anrufen, bestimmt handelte es sich nur um einen technischen Fehler.

»Können wir über etwas anderes sprechen? Etwas Lustigeres? Zum Beispiel über die Person, die an Geschmacksverirrung leidet und diese Weihnachtskugel in Extra-XXL-Größe gekauft hat?« Sie hielt eine gigantische Weihnachtsbaumkugel in Neongrün mit einer aufgedruckten Bikini-Weihnachtsfrau hoch.

Bea brach in Gelächter aus. »Jetzt hör aber auf. Die war schweineteuer! Was kann ich sonst noch zu meiner Verteidigung vorbringen?« Bea hob die Hände. »Ich war jung und verliebt und erstmals mit Ahmat verreist – nach London –, und ich wollte ihm beweisen, wie unkonventionell und cool ich bin und trotzdem eine gute Freundin. Diese kitschige, schweineteure Weihnachtsbaumkugel hast du von mir zu Weihnachten gekriegt …«

Ahmat und Bea hatten sich auf der Polizeihochschule kennengelernt. Erst waren sie nur Freunde gewesen – bis zur Examensfeier. Als die sich dem Ende zugeneigt hatte, war Ahmat mit Bea nach Hause gegangen.

Lachend legte Nora die Kugel zurück. Die würde zwar nicht in der Konditorei landen, aber einen Ehrenplatz an Noras eigenem Weihnachtsbaum bekommen.

Bea nahm einen Schluck Tee und zog die nächste Kiste auf. »Apropos Weihnachten und Deko: Wir feiern in diesem Jahr bei meiner Schwester.«

»Sicher, dass ihr mich dabeihaben wollt?« Seit Noras Mutter gestorben war, stellte sie Bea alljährlich dieselbe Frage, und Bea sagte jedes Mal Ja. Trotzdem musste sie fragen und da war sie wieder, die Dankbarkeit …

Bea sah ihr ins Gesicht. »Jetzt sei nicht albern! Du gehörst zu Weihnachten dazu wie die Weihnachtsserien im Fernsehen.«

Nora lächelte. Sie hoffte, dass Bea es ehrlich meinte. Für sie war all das vielleicht selbstverständlich, aber das half nicht, solange Nora sich wie das fünfte Rad am Wagen fühlte.

Bea drückte Nora die Kiste in die Hand und sah sie aufmerksam an. »Könnte das vielleicht auch zu dem beigetragen haben, was gestern passiert ist?«

»Was meinst du?«

»Na, dass das Thema der Sendung Weihnachten ist? Und dass Weihnachten kurz bevorsteht?«, hakte Bea nach und versuchte, eine Lichterkette zu entwirren.

»Ich habe keine Ahnung, wovon du redest. Du weißt doch, dass ich Weihnachten liebe.« Nora stellte die Kiste beiseite und schnitt sich ein Eckchen Brie ab, legte es auf ein Stück Knäckebrot und schob es sich in den Mund.

Bea sah sie von der Seite an. »Ich weiß, dass du den *Grund-*

gedanken von Weihnachten liebst. Aber nicht die Feiertage an sich.« Sie kämpfte weiter mit ihrem Kabelgewirr.

»Den *Grundgedanken* von Weihnachten? Was? Meinst du die Geburt Jesu? Die liegt dem Ganzen schließlich zugrunde.«

»Sei nicht albern. Du weißt genau, was ich meine.« Bea zog die nächste Kiste auf, und Glitter und Lametta quollen heraus. Sie reichte sie an Nora weiter, die sie auf den Wohnungsstapel stellte. »Es war dumm von mir, dich ausgerechnet zum Weihnachtsspecial anzumelden.«

»War es nicht. Das Weihnachtsspecial hat die meisten Zuschauer. Außerdem habe ich – egal, was du glaubst – wirklich kein Problem mit Weihnachten.«

Weihnachten war immer ihre liebste Zeit im Jahr gewesen. Schon im November hatten sie und ihre Eltern Pfefferkuchenteig vorbereitet, Schokokekse, Rosenküchlein und Waffeln gebacken und selbst Süßigkeiten hergestellt. Sahnekaramellen, Eisschokoladen, Mintküsse und Marzipankugeln, und dies alles zusätzlich zum Bäckereisortiment. In den letzten Tagen vor dem ersten Advent hatten ihre Eltern dann Tag und Nacht Pfefferkuchen gebacken. Am ersten Advent musste es die schließlich geben – und die Pfefferkuchen im Nymans waren die besten in der ganzen Stadt. Am ersten Adventssamstag holten sie die Weihnachtsdeko vom Speicher und spielten Weihnachtsmusik auf der alten Stereoanlage, die mit den Boxen in sämtlichen Caféecken verkabelt war. Auf den Tischen rollten sie die roten Weihnachtsbordüren aus, die Noras Großmutter bestickt hatte, hängten Mobiles mit Engeln auf und stellten Kerzenhalter in die Fenster. Neben den Eingang hängten sie einen riesigen Weihnachtsstern und arrangierten die Tüten mit Pfefferkuchen so, dass sie von der Straße aus zu sehen waren.

Tags darauf, am ersten Adventssonntag, dekorierten sie immer zu Hause. Am zweiten Advent fand ihr Pfefferkuchenhaus-Wettbewerb statt, und im Anschluss daran legten sie eine

Pause vom Trubel in der Konditorei ein und gingen im wunderschönen Schloss Gränsö zu Abend essen. Am dritten Advent füllten sie Glögg in Thermosflaschen, gingen sich vor dem großen Ica-Supermarkt zwei Weihnachtsbäume aussuchen – einen für die Konditorei, einen für zu Hause –, und am Abend wurden Marzipanschweinchen geformt, die sie in Schokolade tauchten.

Zusammen mit ihrer Mutter hielt Nora es auch weiterhin so, nachdem ihr Vater gestorben war. Heiligabend feierten sie so traditionell wie nur möglich: mit Weihnachtsschinken, in die Schinkenbrühe wurde Brot gestippt, und im Fernsehen liefen Weihnachtsserien. Manchmal luden sie dazu Freunde der Mutter ein, die allein lebten, und Nora fragte sich manchmal, was nach dem Tod ihrer Mutter aus ihnen allen geworden war.

Mamas letztes Weihnachtsfest war eine Qual gewesen. Sie war schon seit Monaten in palliativer Behandlung gewesen, hatte schmerzlindernde Medikamente bekommen, doch die Krankheit war so weit fortgeschritten, dass sie darüber hinaus nichts mehr tun konnten. Die letzten zwei Wochen lag ihre Mutter in einem Hospiz. Weihnachten feierten sie trotzdem.

Wann immer Nora gerade nicht bei ihr war, stand sie in der Konditorei. In jener Zeit konnte sie sich noch mehr Personal leisten und verbrachte mit ihrer Mutter so viel Zeit wie nur möglich, und sie brachte ihr Kostproben aus der Backstube mit, auch wenn ihre Mutter nicht mehr schlucken konnte. Einen Weihnachtsbaum durfte sie nicht aufstellen, also blieb er in Noras Mietwohnung stehen und sah kahl und dürr aus, als Nora – ein paar Stunden nachdem ihre Mutter eingeschlafen war – in ihr verwaistes Zuhause kam.

Inzwischen kümmerte sie sich um all die Vorbereitungen allein – mit Ausnahme des ersten Advents, an dem sie traditionell ihre Freundinnen zu Glögg und zum gemeinsamen Dekorieren der Konditorei einlud. In diesem Jahr würde sie

sie einfach ein paar Wochen früher einladen. Diesmal war eben alles anders.

Seit ihre Mutter gestorben war, hatte sie sich nicht mehr annähernd so sehr auf Weihnachten gefreut wie früher. Stattdessen machte sich in der Vorweihnachtszeit in ihr eher ein Gefühl der Angst breit. Womöglich hatte Bea also recht. Sie liebte all das, wofür Weihnachten stand: die Lichter, die das Winterdunkel erhellten, die Musik, den Glitter, den Glögg, die Gemeinschaft. Allerdings rief sich auch die Beklemmung in Erinnerung, die sie beim Tod ihrer Mutter verspürt hatte, und zu allem Überdruss stand ihr vor Augen, was ihr unendlich fehlte: eine eigene Familie. Oder zumindest ein naher Angehöriger.

Nora sah ihre Freundin an. »Ich liebe Weihnachten«, sagte sie nachdrücklich.

17. Kapitel

Noras Panikattacke hatte Henrik aus der Fassung gebracht. Er glaubte zwar, dass er sich der Situation entsprechend halbwegs richtig verhalten hatte, und wusste, dass Elnaz mit Nora sprechen und ihr Hilfe anbieten würde, aber vielleicht sollte er selbst etwas tun? Am Ende schrieb er ihr eine Nachricht. Doch sollte er sich nicht auch entschuldigen?

Als sie tags darauf ohne Nora drehten, bestand Ted darauf, dass sie ein Einzelinterview mit ihm führten und ihn zu den Ereignissen des Vortags befragten. Henrik brachte seine Zweifel zum Ausdruck, doch Ted versicherte ihm, dass sie lediglich das Gespräch zeigen würden, das der Panikattacke vorangegangen war, nicht die Attacke selbst.

Trotzdem schämte sich Henrik, als er klein beigab. Er spekulierte darüber, dass Nora sich zu viel Druck und Stress machte, weil sie anscheinend keine Grenzen setzen konnte. »Und vielleicht«, fügte er hinzu, »sollte man keine Konditorei leiten, wenn man in so labiler Verfassung ist.«

Im Nachhinein konnte er selbst nicht glauben, dass er das gesagt hatte. War er damit zu weit gegangen? Doch Ted war zufrieden, und schließlich ging es darum, Don und TV24 glücklich zu machen. Aber wohin würde sich Henriks Sendung nur entwickeln, wenn sie weiterhin Teilnehmer in eine Lage brächten, in der sie Panikattacken erlitten?

Nach Drehschluss schlenderte das Team geschlossen zurück ins Hotel. Elnaz nahm Henrik zur Seite.

»Fandest du das, was da gestern passiert ist, okay?«

Henrik ließ den Blick über die Bucht und hinüber zum Steg mit der kreisrunden Plattform schweifen, die unter dem Namen Myntbryggan bekannt war. Die Sonne war untergegangen und hatte nur einen pinken Streifen am Himmel hinterlassen, doch noch schimmerte goldenes Licht auf dem Wasser. Feiner Nebel stieg von der Oberfläche auf.

Er drehte sich zu Elnaz um. »Was meinst du denn selbst?«

Elnaz schwieg ein paar Sekunden. »Was ist eigentlich aus dem Flirt mit Nora geworden? Du ahnst wahrscheinlich, dass Don auf diese Hysterie-Nummer mit manipulierten Gefühlen setzen wird, wenn du ihm nichts anderes bietest?«

»Dann hat Flirten mit manipulierten Gefühlen wohl gar nichts zu tun?« Henrik schob die Hände in die Taschen seiner Lammfelljacke.

»Hier geht es doch nicht um Manipulation oder Täuschung, sondern nur darum, einer attraktiven Frau ein wenig zu schmeicheln. Das kann doch nicht so schwer sein?«

Natürlich war Nora attraktiv, das wollte er auch gar nicht verhehlen. An ihren unfassbar langen Beinen war sein Blick schon mehrmals hängen geblieben. Und dann diese fast schon unheimlich tiefblauen Augen, die immerzu wütend blitzten … Er schüttelte den Kopf. »Ist das nicht sowieso egal? Ted hat mich vorhin gebeten, über Noras gestrige Reaktion zu sprechen. Was wollt ihr eigentlich von mir? Ted kommt mit diesen und du mit jenen Anweisungen. Außerdem ist Nora so verdammt wütend, dass ich ohnehin nicht wüsste, wie ich mit ihr auch nur halbwegs glaubwürdig schäkern sollte.«

Elnaz schüttelte kurz den Kopf, dann seufzte sie auf und sah ihn an. »Ihr solltet euch vielleicht mal unter vier Augen treffen, damit das zwischen euch sich ein bisschen entspannt. Lade sie meinetwegen auf ein Glas Wein ein. Versuch, dich mit ihr auszusöhnen.«

»Ich weiß wirklich nicht, ob ein Glas Wein da hilft, wenn

allein schon mein Anblick sie zur Weißglut bringt. Sie scheint zu glauben, dass es *meine* Schuld ist, dass ihr Geschäft ruiniert ist.«

»Genau so was solltest du aber nicht sagen. Und ich weiß natürlich, was Ted denkt, aber wir haben schon zu viele fiese Mitschnitte, und ich fürchte, wenn wir so weitermachen, kommst *du* unsympathisch rüber. Und das wollen wir doch nicht? Alle lieben Henrik Eklund – und ich möchte gern, dass das so bleibt. Eine kleine Romanze würde dich menschlicher machen. Die Leute wollen keine Übermenschen mehr.« Sie hatten das Hotel erreicht, und das letzte Tageslicht war vom schwarzblauen Himmel verschluckt worden.

Was Elnaz da sagte, war durchaus einleuchtend.

»Lade sie morgen auf ein Glas Wein ein, und redet zur Abwechslung mal über etwas anderes. Versuch, sie dazu zu bringen, dass sie dich besser leiden kann, damit wir das hier fertig drehen können. In Ordnung?«

✷

Um vor dem Abendessen mit Don den Kopf freizukriegen, machte Henrik einen Spaziergang durch die Stadt. Am Schaufenster der Buchhandlung blieb er stehen und beschloss kurzerhand, sich darin umzusehen. Der Geschäftsraum war groß, hell, mit Bücherregalen entlang der Wände, die vom Boden bis zur Decke reichten. Henriks jüngstes Backbuch, *Ärmel hoch, ausrollen und backen!*, stand auf der Bestsellerliste, natürlich dank seines Fernseherfolgs – aber anscheinend war der nicht beständig. Der Termin mit Don machte ihn zusehends nervös.

Sein Handy vermeldete eine Nachricht. Ein Freund aus seiner Stockholmer Clique, der fragte, ob er auf ein Bier mitgehen wolle. Henrik antwortete knapp, dass er in Västervik sei und leider passen müsse. Es war nicht leicht, den Kontakt zu

Kumpels aufrechtzuerhalten, wenn man ein Leben führte, wie er es tat. Er wusste zu schätzen, dass sie ihn immer noch fragten, obwohl er ohnehin die meiste Zeit auf Achse war. Stattdessen sollte er jetzt mit Don zu Abend essen … Dabei sehnte er sich nur von hier weg.

Er ging weiter am Regal entlang, fand zwar das neueste Buch seines Vaters nicht, dafür einen alten Klassiker: *Von der Ähre bis zum Brot.* Es war schon mehrmals nachgedruckt worden, im vergangenen Jahr sogar in einer überarbeiteten Neuauflage. Henrik zog das Buch aus dem Regal und blätterte darin herum. Es war ein klassisches Backbuch mit gängigen Rezepten und Fotos von herzhaften und süßen Broten, dazu vereinzelte Bilder seines Vaters in der großen Landhausküche in seiner Villa.

Das Rezept der Zimtschnecken von Bakverk war eines der ersten im Buch. Die Zimtschnecken waren ihr ganzer Stolz und einst der Grundstein für den Unternehmenserfolg gewesen.

Alles hatte mit seinem Urgroßvater angefangen. Dessen kleine Bäckerei war stetig gewachsen. Henriks Großvater hatte direkt nach dem Schulabschluss im Familienbetrieb angeheuert und zusammen mit dem Urgroßvater expandiert, bis sie Brot und Gebäck in ganz Västmanland, Uppland und Dalarna verkauft hatten. Gegen Ende der siebziger Jahre war das Unternehmen so erfolgreich gewesen, dass die Bakverk-Zimtschnecken aus dem Supermarkt die beliebtesten im ganzen Land gewesen waren. Dank veränderter Backtechniken mit heißeren Öfen und dank neuer Gefriermöglichkeiten schmeckten sie wie frisch gebacken, wenn die Kunden sie beim Einkaufen aus der Gebäckauslage nahmen.

Die Liebe zum Backen hatten die beiden an Henriks Vater und schließlich an Henrik und Tom vererbt. Doch obwohl sie so vieles gemein hatten, verliefen seit jeher Gräben durch die Familie. Sein Vater fand, dass seine Kinder sich den Platz im

Unternehmen verdienen sollten, weil dies auch bei ihm der Fall gewesen war: Er selbst hatte sich auf eigene Faust einen Namen in der Öffentlichkeit gemacht, und als er dann auch noch die Unternehmensführung übernahm, gingen ihre industriell gefertigten, weithin verkauften Backwaren – Zimtschnecken und Brote – regelrecht durch die Decke. Genau deshalb war er jedoch auch der Ansicht, dass seine Kinder bisher alles geschenkt bekommen hatten. Dabei hatte er selbst von Anfang an damit rechnen können, dass er als Einzelkind eines Tages die Firma übernehmen würde. Als das Erbe dann plötzlich in vier gleiche Teile aufgeteilt wurde und ihm, Henrik, Tom und Camilla je ein Viertel der Anteile zufielen, hatte ihr auch zuvor bereits angespanntes Verhältnis eine ganz neue Qualität angenommen.

Henrik war immer schon besser mit seinem Großvater ausgekommen, der seine Enkelkinder vergöttert hatte. Einmal hatte sein Großvater ihn mit zum Angeln genommen – da war Henrik noch im Teenageralter gewesen. Bei einem Abendessen in ihrem Sommerhaus in Bergslagen hatte sein Vater ihn vor allen anderen zur Schnecke gemacht; seine Spezialität war immer schon gewesen, Erniedrigungen vor Publikum auszusprechen. Als Henrik und sein Großvater später in ihrem kleinen Kahn auf dem stillen See saßen – umschwirrt von Aberhundert Mücken –, hatte der Großvater erzählt, dass auch er immer schon Probleme mit seinem Sohn gehabt hatte. Der Konflikt war irgendwann eskaliert, und als der Urgroßvater starb, waren sie beide statt Vater und Sohn nur mehr Kollegen gewesen, hatten Geschäftliches besprochen, was funktioniert hatte, aber außerhalb der Arbeit hatten sie nie wieder etwas miteinander zu tun gehabt. Henrik hätte nicht sagen können, was dem Konflikt zugrunde lag, und eigentlich war es auch nicht wichtig, allerdings versuchte er zu verinnerlichen, dass man mit seinem Vater anscheinend nicht befreundet sein und dass Familienbeziehungen durchaus schwierig sein konnten.

Dass so etwas in Ordnung war. Und jetzt gerade fühlte es sich an, als würden sich all seine Träume, alles, wofür er gekämpft hatte, nach und nach in Luft auflösen, weil sein Vater es nun mal so entschieden hatte.

Henrik hatte schlussendlich doch mit dem Vermieter gesprochen, der ihm wiederum mitgeteilt hatte, dass es noch einen weiteren Interessenten gebe, der sich die Geschäftsräume ansehen wolle, allerdings erst in vier Wochen. Ungefähr zeitgleich sollte die nächste Bakverk-Vorstandssitzung stattfinden, insofern gab es noch eine Möglichkeit, die Räumlichkeiten anzumieten und eine eigene Bäckerei zu eröffnen, sofern der andere nicht überstürzt zuschlug.

»Sie sind doch Henrik Eklund?«

Eine Stimme riss ihn aus den Gedanken, und er drehte sich um. Die Buchhändlerin stand vor ihm.

»Ja, das ist richtig.« Er gab ihr die Hand.

»Malin«, stellte sie sich lächelnd vor. »Ich wollte nur kurz Hallo sagen. Ich hab schon gehört, dass Sie in der Stadt sind und Ihre Sendung hier filmen, nicht wahr?«

»Stimmt, wir sind schon ein paar Tage hier.«

»Wir verkaufen Ihr Buch richtig gut. Es ist wahnsinnig begehrt. Und ich liebe Ihren Apfelkuchen. Meine Kinder sind ganz verrückt danach.«

Henrik lächelte. »Wie schön, dass Sie ihn mögen. So etwas hört man doch gern.« Und er meinte es ehrlich: Er freute sich wirklich, wenn jemand sein Brot, sein Gebäck und seine Rezepte mochte.

»Wären Sie vielleicht an einem Autorenabend interessiert? Die sind bei uns immer gut besucht.«

Henrik dachte kurz nach. Er war sich nicht sicher, ob er dafür Zeit hätte, die Drehtage waren schließlich randvoll gepackt, außerdem würde er schon in zwei Tagen nach Hause fahren, um bei seinem Vater und Anita *Weihnachten mit Familie Eklund* zu drehen – inmitten des übrigen Trubels. Doch ihm gefiel die Vorstellung, Zuschauer und Leser zu treffen, und vielleicht wäre das Fernsehteam ja daran interessiert, so etwas mit in die Sendung aufzunehmen?

»Ich verstehe natürlich, wenn es nicht geht«, sagte Malin, »aber ich wollte zumindest gefragt haben.«

Irgendwas an dem fröhlichen Ausdruck der Frau und dem offenen Lächeln erschwerte es ihm, Nein zu sagen.

»Warum eigentlich nicht? Das klingt wirklich nett. Wäre es denn möglich, dabei auch ein paar Fernsehaufnahmen zu machen?«

»Natürlich, das wäre doch toll! Warum richten wir nicht einen Glögg-Abend aus? Und wir kaufen Backwaren aus dem Nymans. Vielleicht könnten Sie dort Ihre phantastischen Pfefferkuchen backen?«

»Bestimmt.«

»Normalerweise haben wir unsere Autorenabende am Mittwoch, würde das passen?«

»Wegen des Zeitplans muss ich erst Rücksprache mit der Produktion halten, aber die sollen sich bei Ihnen melden.«

»Hervorragend.« Übers ganze Gesicht strahlend klatschte Malin in die Hände.

Henrik kaufte sich ein französisches Kochbuch und verließ die Buchhandlung. Wenn seine Ex-Freundin ihm etwas beigebracht hatte, dann die Liebe zu französischen Weinen und zur französischen Küche.

Draußen hatte es angefangen zu schneien: Dicke, schwere Flocken schwebten zu Boden, und die Welt glich einer Schneekugel, die eben erst geschüttelt worden war. Im Restaurant Guldkant flackerte ein Kaminfeuer. Don wartete schon an einem Ecktisch, hatte ein Longdrink-Glas vor sich und stand auf, als Henrik auf ihn zuging.

»Ich habe mir einen Old Fashioned bestellt. Was möchtest du trinken?«

Henrik begrüßte ihn per Handschlag und wandte sich an

die Bedienung, die auf ihren Tisch zugehuscht kam und jedem von ihnen eine Speisekarte überreichte. »Ich nehme das Gleiche, bitte.«

»Sehr wohl.« Die Bedienung verschwand wieder, und Henrik nahm Platz.

»Schön, dass du Zeit hattest«, sagte Don und fuhr sich über den Schädel, der frisch geschoren aussah – vermutlich nur, um damit über eine beginnende Glatze hinwegzutäuschen.

»Um gleich zur Sache zu kommen, will ich vorwegschicken, dass *Ärmel hoch* ein gutes Format ist. Wir hatten ein paar tolle Staffeln. Aber wie schon erwähnt, brauchen wir diesmal mehr Emotionen. Wir wollen, dass etwas *passiert*. Deshalb glaube ich, dass wir Nora Jansson bestmöglich nutzen sollten.«

»Aber ist das denn richtig? Ich weiß nicht … *Ärmel hoch* läuft seit Jahren, und das Konzept ist bisher immer gut angekommen.«

»Tja, was soll ich sagen? Die Konkurrenz ist bretthart, und wir wollen die Zuschauermassen. Allerdings ist dafür heutzutage mehr nötig, um aufzufallen. Wir brauchen etwas, wobei die Zuschauer *mitfühlen* können. Und diese Konditorin, die hat Charakter! Die ist heißblütig wie nur was! Davon könnten wir profitieren.«

»Gibt es einen speziellen Grund, warum ihr gerade so sehr über Zuschauerzahlen nachdenkt?«, hakte er spontan nach.

»Die Zuschauerzahlen sind doch immer wichtig.«

»Ich hab über Umwege erfahren, dass der Sender mit unserer Quote nicht zufrieden ist.«

Don stellte sein Glas vor sich ab. »Okay … dann will ich ganz ehrlich sein. Die Quoten der Herbststaffel waren nicht mehr ganz das, was TV24 sich erhofft hat.«

Auch wenn er es schon von seinem Vater gehört und Elnaz es letztlich bestätigt hatte, war es nicht leicht, dies aus Dons Mund zu hören, der immerhin den Sender vertrat.

»Und warum erzählt mir das keiner?«

»Wir wollten das Problem nicht aufbauschen, stattdessen haben wir überlegt, die Sendung auf eine andere Ebene zu heben. Und klar wollten wir dir das auch irgendwann erzählen. Ich hab darüber nachgedacht, mit Camilla zu reden, aber jetzt, da wir hier zusammensitzen, kann ich es dir genauso gut direkt sagen.«

Henrik nickte, musterte den jungen Executive Producer, der mit seinem rasierten Schädel und in seinem Outfit älter aussah, als er tatsächlich war. Don hatte Biss und wollte weit kommen, und in ein paar Jahren wäre er unter Garantie einer der wichtigsten Producer des Senders, gleichzeitig konnte seine streitbare Seite ein Problem für ihn werden – besonders, wenn er nicht bald von seiner Vorliebe für Reality abließ.

»Jetzt, da du schon mal ehrlich bist: Überlegt ihr außerdem, im Herbst eine neue Sendung ins Programm zu nehmen?«, hakte Henrik nach.

Dons Zaudern und tiefes Durchatmen bestätigte nur, was Henrik bereits befürchtet hatte.

»Wir sind im Gespräch mit einer konkurrierenden Produktionsfirma, ja. Es geht um ein neues Backformat. Aber da ist noch nichts entschieden.« Don beugte sich über den Tisch. »Und was soll ich sagen? Die Quoten des Weihnachtsspecials könnten entscheidend sein. Wir wollen dasselbe, was unsere Zuschauer wollen.« Dann lehnte er sich zurück und kippte den Rest seines Longdrinks hinunter. »Deshalb sollte ich wohl betonen, dass es in unser beider Interesse ist, wenn das Weihnachtsspecial von *Ärmel hoch* in diesem Jahr so verdammt gut wird wie nur irgend möglich.« Er grinste breit und nahm die Speisekarte zur Hand. »Sind wir uns da einig?«

Henrik nickte bedächtig, obwohl er nicht wusste, wobei sie sich einig sein sollten. Hatte er soeben sein Einverständnis erteilt, dass *Ärmel hoch* zu einer Realitysoap werden sollte?

Ahmat bot Nora an, sie samt den Weihnachtskisten nach Hause zu fahren, doch sie lehnte ab. Sie brauchte jetzt die kalte Novemberluft, um den Kopf frei zu bekommen. Bea versprach, ihr die Sachen später in der Woche mit dem Auto vorbeizubringen. Es musste ja nicht gleich heute Abend sein.

Der Himmel war sternenklar, und sie fuhr so schnell, dass sie außer Atem geriet und die kalte Luft bis hinunter in die Lunge spürte.

Als sie am Kiosk an der letzten Straßenecke vor der Konditorei vorbeikam, wurde sie langsamer. *Promibäcker in Västervik*, stand auf den Schlagzeilenplakaten der Abendzeitungen. Hatten die allen Ernstes speziell für Västervik Aushänge hergestellt? Ihre Teilnahme an der Sendung war anscheinend nachrichtenwürdig.

Sie wollte gerade ihr Fahrrad abstellen, als sie einen Mann vor der Konditorei entdeckte, der zu ihrem Fenster im ersten Stock hochstarrte. Den kannte sie doch … Du liebe Güte! Mange Lund, ein Typ, mit dem sie mal ausgegangen war und der mehr von ihr gewollt hatte, woraufhin sie dem Ganzen ein Ende gesetzt hatte. Sie bremste scharf ab und bog in die nächstbeste Nebenstraße ein, wo aus heiterem Himmel jemand auf die Straße trat. Sie bremste erneut, verlor die Kontrolle über ihr Rad und geriet ins Schleudern.

»Oh!« Eine tiefe Stimme. Sie gehörte zu dem Mann, den sie gerade um ein Haar angefahren hätte, der sie dann aber festgehalten hatte, damit sie nicht stürzte.

Henrik Eklund.

Wie groß er war, und wie kräftig sein Oberkörper gebaut war! Er hielt sie immer noch fest. Nicht mal ihr Fahrrad war umgekippt.

»Entschuldigung«, flüsterte sie, machte sich von ihm los und stieg zitternd vom Fahrrad.

»Alles gut gegangen?«

»Psst!« Sie legte den Zeigefinger an die Lippen.

»Was ist? Warum flüstern Sie?«

Sie schüttelte hektisch den Kopf. »Da steht jemand hinter der Ecke, mit dem ich nicht reden will.« Sie stellte sich an die Hauswand, wo das Licht der Straßenlaterne nicht hinreichte.

Henrik ging ihr hinterher und sah sie verunsichert an. »Und was macht dieser Jemand da?«

»Ich glaube, er sieht nach, ob ich zu Hause bin.«

Henrik riss die Augen auf. »Klingt ein bisschen gruselig!«

»Nein, das klang jetzt schlimmer, als es ist … Er hat womöglich einen Grund, dort zu sein. Es ist nur so, dass ich mich nicht mehr bei ihm gemeldet habe, und ich bin auch nicht ans Telefon gegangen, als …«

Henrik lächelte. »Verstehe. Das wiederum klingt nicht sonderlich nett.«

Sie zuckte mit den Schultern. Und kam sich dumm vor. Was sollte sie denn sagen? Dass sie nicht mutig genug gewesen war, Mange die Wahrheit ins Gesicht zu sagen?

»Und was machen Sie hier?«, fragte sie leise.

»Ich habe gerade mit Don zu Abend gegessen und wollte noch ein bisschen spazieren gehen.«

»So spät und in dieser Jahreszeit ist hier nicht mehr viel los.«

»Nein, aber das ist schon in Ordnung. Ich mag das – die Stille.«

Sie nickte. »Genau das mag ich auch so sehr an dieser Stadt. Die Ruhe, die Stille – und trotzdem hat man Leute um sich herum. Eine unschlagbare Kombination.« Sie verstummten, und Nora fürchtete schon, dass er auf die Ereignisse des Vortags zu sprechen kommen könnte. »Ich muss mich dafür entschuldigen, dass ich neulich gelogen habe«, sagte sie eilig.

»Gelogen?«

Sie räusperte sich. »Wegen des Abendessens … und dass ich babysitten sollte, als Sie essen gehen wollten.« Sie schüttelte den Kopf. »Mit Ihnen und dem ganzen Team ins Restaurant zu gehen, hätte sich angefühlt, wie mit dem eigenen Kidnapper essen zu gehen. Darauf hatte ich einfach keine Lust.«

»Dann haben Sie das Gefühl, wir hätten Sie gefangen genommen? Sie und die Konditorei?«

»Ja, so was in der Art.«

»Mit uns zu Abend zu essen, hätte sich da wohl nach einer Art Stockholmsyndrom angefühlt ...«

Sie musste kichern, und plötzlich dämmerte ihr: Sie und Henrik Eklund – ausgerechnet jener Mann, den sie als Feind angesehen hatte – lachten gerade über ein und dieselbe Sache.

Henrik wurde wieder ernst. »Also, was da gestern passiert ist ... Entschuldigen Sie bitte, wenn wir Sie zu sehr unter Druck gesetzt haben. Mir war nicht klar, worauf das alles zulaufen würde.«

»Ich wusste auch nicht, dass so was passieren würde«, erwiderte sie. »Sie bringen das hoffentlich nicht im Fernsehen?!«

Er zögerte ein paar Sekunden lang. »Natürlich nicht. Dafür werde ich sorgen. Das ist aber auch heftig, wenn man es nicht gewöhnt ist: lange Tage, ständig die Kamera vor der Nase, anstrengende Produzenten und dann noch ein verbissener Executive Producer ...«

Ein Handy klingelte, und sie atmete erleichtert aus. Mit ihm über ihre Panikattacke zu reden, war nun wirklich das Letzte, was sie gerade tun wollte. Henrik zog sein Handy aus der Tasche, starrte aufs Display und runzelte die Stirn.

»Ist alles in Ordnung?«, fragte sie.

»Ja, alles bestens.« Er packte das Handy wieder weg. »War nur etwas, worauf ich nicht sonderlich versessen bin.«

Sie nickte, doch die Neugier war übermächtig. So ein Promibäckertag konnte doch wohl nur aus lauter herrlichen, vergnüglichen Sachen bestehen?

»Irgendeine anstrengende Fernsehsache?«

Er lächelte schief. »Eine anstrengende Fernsehsache mit der Familie.«

»Oh«, sagte sie verblüfft.

Er zuckte die Achseln. »Wir drehen doch *Weihnachten mit Familie Eklund*. Nur geht da gerade ein bisschen was durcheinander.«

Was sie umso mehr verblüffte. In einer Familie, bei der nach außen hin alles so perfekt wirkte?

»Ich kann mir schon vorstellen, dass es manchmal schwierig ist, wenn man so viel Zeit zusammen mit Arbeit verbringt.«

Er nickte bedächtig. Dann sah er sie an. »Wollen Sie das hier eigentlich wirklich?«

»Die Dreharbeiten?« Sie verzog das Gesicht. Er wusste doch, dass sie nicht an seiner Sendung hatte teilnehmen wollen, aber keine andere Wahl gehabt hatte.

»Nein, ich meine die Konditorei«, sagte er. »Ist das wirklich Ihr Traum?«

»Wie meinen Sie das?«

»Na ja, war es das immer schon? Haben Sie sich vor zehn Jahren auch dort gesehen? Oder tun Sie dies alles nur, weil jemand anderes es so wollte?« Die Frage klang ehrlich und gänzlich frei von Sarkasmus. »Manchmal habe ich nämlich fast den Eindruck, als würden Sie vieles hier nur aus Pflichtgefühl tun. Sie backen Dinge für jemand anderen. Ist das mit der Konditorei ebenfalls so?«

»Die will ich, absolut«, antwortete sie fast schon ein wenig zu schnell. »Und wollen Sie das alles? Vor laufenden Kameras backen?« Hoffentlich hörte er selbst, wie albern seine Frage geklungen hatte. Selbstverständlich wollte er Promi sein. Und genauso selbstverständlich wollte sie die Konditorei betreiben.

»Ich weiß es nicht«, antwortete er zu ihrem großen Erstaunen. Dann schwieg er einen Augenblick lang. »Ich will backen, aber ob ich das wirklich im Fernsehen machen will?« Er sah empor zum sternenklaren Himmel. »Zumindest nicht *aus*-

schließlich im Fernsehen.« Er zögerte ein paar Sekunden, dann sah er sie wieder an. »Eigentlich möchte ich etwas ganz Ähnliches machen wie Sie: eine Bäckerei betreiben, eine eigene Bäckerei. So hat unser Familienunternehmen mal angefangen, und mir fehlt das ein bisschen: auf diese traditionelle Weise zu backen und zu verkaufen, was ich selbst hergestellt habe. Die Kunden zu treffen. Wieder zurück zu den Wurzeln zu gehen.«

Sie nickte. »Sein eigenes Ding zu machen ist toll, gleichzeitig macht man sich damit … verletzlich. Es ist immerhin kein Zufall, dass ich bei Ihrer Sendung mitmache. Und eine Konditorei zu betreiben, kann unendlich anstrengend sein. Aber Sie hätten doch alle Möglichkeiten, eine eigene zu eröffnen? Warum tun Sie es denn nicht?« Er hatte ja wohl Geld auf der Bank, einen bekannten Namen, und die Kundschaft würde ihm die Türen einrennen. Da musste er doch nur noch loslegen?

»Ich hab da was geplant. Ich hätte gern, dass Bakverk eine kleine Bäckerei eröffnet, und habe sogar schon einen Businessplan geschrieben.«

»Spannend!« Sie lächelte. »Also, was hindert Sie noch daran?«

»Formalitäten. Ein Vorstandsbeschluss und andere Dinge.«

Sie verstand immer noch nicht, warum er seinen Plan nicht in die Tat umsetzte. »Warum machen Sie es denn nicht auf eigene Faust – ohne die Firma im Rücken?«

Er sah sie wortlos an, als wäre ihm der Gedanke selbst nie gekommen. »Tja … Ich dachte wahrscheinlich, es wäre gut, so was unter dem Dach von Bakverk zu machen. Weil doch so schließlich alles angefangen hat.« Ein Lächeln huschte über sein Gesicht. »Aber … Gibt es gar nichts, was Sie stattdessen tun wollen oder womit sie sonst gern arbeiten würden?«

Sie hatte das Gefühl, dass er nur fragte, um von sich abzulenken. Kurz musste sie nachdenken. »Ich war immer schon an Politik interessiert.«

»An Politik?« Er sah sie überrascht an.

Sie nickte. »Die Konditorei bedeutet mir alles, und ich will auch gar nichts anderes machen, aber wenn ich dort nicht gelandet wäre, hätte ich vielleicht etwas mit Politik gemacht, irgendwie …«

Er sah sie von der Seite an. »Für die Zentrumspartei?«

»Ich habe nicht vor, meine politische Einstellung kundzutun.« Sie musste lachen. »Aber wie kommen Sie bitte schön darauf?«

»Als Unternehmerin aus dem Hinterland …«

Sie verzog das Gesicht. »Also, Hinterland sind wir nun nicht gerade. Außerdem würde ich auch gar nicht Parteipolitik machen wollen. Eher vielleicht in die Verwaltung gehen? Ich hätte vielleicht Politikwissenschaft studiert. Ich denke da an diesen Hermansson von TV24 – der muss doch einen Traumjob haben! Politische Entscheidungen zu analysieren und zu kommentieren, Beschlüsse aus dem In- und Ausland! Also, nicht dass ich im Fernsehstudio sitzen wollte«, fügte sie eilig hinzu.

»Nein, das hätte ich auch nicht gedacht.« Er schmunzelte in sich hinein. »Ich hab schon verstanden, dass Bekanntheit bei Ihnen nicht allzu hoch im Kurs steht.« Dann sah er die Straße entlang. »Was meinen Sie – ist Ihr Verehrer verschwunden?«

»Ich denke schon.«

Sie lehnte das Fahrrad an die Hauswand und spähte um die Ecke. Die Straße war verwaist. Vom Meer wehte eisiger Wind herauf, der Regen schimmerte auf der Straße, war aber noch nicht gefroren. Im selben Moment dämmerte ihr, wie kalt ihr war. Sie drehte sich zu Henrik um, nickte und griff nach ihrem Fahrrad.

Er folgte ihr noch bis zur Tür. Die Luft war kalt, aber klar, und es roch nach Holzfeuer. Irgendwer im Viertel hatte den Kamin angeheizt.

»Ach ja … Könnte ich Sie morgen nach Drehschluss vielleicht zu einem Glas Wein einladen?«, fragte er dann. »Wäre doch nett, mal über andere Dinge zu sprechen.«

Warum wollte er sie auf ein Glas Wein einladen? Er schien sie doch ebenso nervtötend zu finden wie sie ihn?

»Das hat Elnaz vorgeschlagen«, fügte er hinzu. »Sie meinte, es wäre eventuell hilfreich, wenn wir uns ein bisschen unterhalten würden, und ich finde, sie hat recht. Es ist immer leichter bei Drehs, wenn man sich auch hinter der Kamera besser kennt.«

Sie nickte. Jetzt Nein zu sagen, nachdem sie bereits in Sachen Team-Essen gelogen und nur gemeine Dinge über ihn gesagt hatte, kam nicht infrage.

»Schön, freut mich.« Er klang, als meinte er es ernst. »Hätten Sie denn eine Empfehlung?«

»Das Harrys vielleicht?«

»Klingt gut.«

Als er gegangen war und sie ihr Fahrrad weggeschlossen hatte, versank sie in Grübeleien. Jetzt würde sie also mit Henrik Eklund einen Wein trinken gehen … Aus irgendeinem Grund war die Vorstellung nicht annähernd so schlimm, wie sie es noch vor wenigen Tagen gewesen wäre.

18. Kapitel

1945

Nils saß seinem Vater gegenüber, und zwischen ihnen auf dem riesigen Schreibtisch lag Tuulas ofenfrisches Roggenbrot. Der üppig grüne Wipfel der großen Weide vor dem Fenster warf jedes Mal flackernde Schatten über den Tisch, wenn der Wind draußen auffrischte. Die Zweige kratzten über die Fensterscheibe, Sonnenlicht sickerte durch das dichte Laub und leuchtete das dunkle Büro seines Vaters aus. Der warme, würzige, vollmundige Duft des Brotes hatte sich im ganzen Raum ausgebreitet. Sein Vater nahm die Scheibe zur Hand, die Nils für ihn abgeschnitten hatte. Tuula hatte das Brot gerade erst gebacken, und Nils hatte es in ein Geschirrtuch gewickelt, damit er es seinem Vater so frisch wie nur irgend möglich vorsetzen konnte. Mit dem Brotbündel unter dem Arm hatte er sein Fahrrad einhändig zum Kontor gesteuert, das an der Hauptstraße ein Stück von der Bäckerei entfernt lag.

Die Butter schmolz bereits leicht auf der Brotscheibe, als sein Vater sie zum Mund führte. Er nahm einen Bissen und schloss die Augen. Nahm noch einen Bissen, schluckte und sah Nils an. »Ich habe immer gedacht, finnisches Roggenbrot würde hauptsächlich nach Borke schmecken, aber das hier …« Er hielt inne und biss erneut hinein. »Das ist richtig gut«, sagte er mit vollem Mund. »Stell dir darauf einen reifen Käse vor!« Er schüttelte überwältigt den Kopf. »Und du sagst, das war diese Finnin, die kürzlich als Packerin bei uns angefangen hat?«

Nils nickte. »Wenn wir das Brot verkaufen wollen, würde ich sie gern zur Bäckerin befördern. Sie hat in Finnland in einer Pension gearbeitet und dort schon viel gebacken. Obendrein kann sie dieses Brot herstellen.«

Sein Vater runzelte die Stirn, faltete die Hände und lehnte sich zurück. »Ich finde wirklich, wir sollten es ins Sortiment aufnehmen. Aber deshalb gleich jemanden befördern? Und auch noch eine Frau? Eine Finnin im Übrigen?«

»Es wäre nicht richtig, nur ihr Rezept zu verwenden und das Brot ohne ihr Zutun zu backen. Außerdem weiß sie am besten, wie es geht.«

Sein Vater räusperte sich. Schnitt sich noch eine Scheibe ab und bestrich sie mit Butter. »Wenn du mich fragst, gehören Frauen nicht in die Backstube, und eine Finnin …« Er schüttelte den Kopf. »Du weißt selbst, was sie hier in der Gegend von den Finnen halten. Malmsten zum Beispiel, aus dem Sägewerk, der hat große Probleme: Die saufen und prügeln sich in einem fort. Die Polizei musste schon mehrmals zu den Unterkünften ausrücken. Sie kommen betrunken zur Arbeit – so etwas ist ein enormes Problem.«

Nils richtete sich gerade auf und holte tief Luft. »Ich weiß, was sie hier über die Finnen erzählen, aber ich habe auch andere Geschichten gehört. Außerdem glaube ich, dass die Version, die du gerade erzählst, heillos übertrieben ist.«

»Ach? Ich übertreibe also?« Er sah seinen Sohn irritiert an. Dass Nils Widerworte gab, war er nicht gewöhnt.

»Nein, nicht *du* übertreibst, aber derjenige, der so was erzählt hat. Überdies ist Frau Anttila wahnsinnig fleißig, genau wie ihre Freundin, die sie für den Posten empfohlen hat. Und ich kenne ein paar Vorarbeiter im Bergwerk – auch dort beschäftigen sie Finnen, die ungeheuer gut arbeiten. Was du da aufgeschnappt hast, ist garantiert aufgebauscht … Aber wie auch immer kann ich dieses Brot nicht verkaufen, wenn ich sie nicht befördere. Das käme einem Diebstahl ihres Rezeptes gleich.«

»Mein Sohn.« Er beugte sich über den Schreibtisch. »Im Geschäftlichen *muss* man hier und da Ideen klauen. Und eine Finnin hätte dem nicht allzu viel entgegenzusetzen. Da riskierst du rein gar nichts.«

Doch da lag sein Vater falsch. Er riskierte so einiges. Das würde er Tuula nie antun können. Er schüttelte den Kopf. »Ich werde dieses Brot nicht selbst backen, und ich werde sie auch nicht um ihr Rezept bitten, solange sie bei uns nicht Bäckerin wird.«

Sein Vater sah ihn reglos an. Dann biss er abermals von seiner Brotscheibe ab. Butter schimmerte in seinem Mundwinkel. Eilig wischte er sie mit dem Taschentuch ab. So war er, Henriks Vater, stets ordentlich. »Dann gibt es kein finnisches Roggenbrot, sofern wir sie nicht zur Bäckerin befördern? Habe ich dich richtig verstanden?«

Nils hielt den Atem an. Er war es selbst nicht gewöhnt, sich seinem Vater zu widersetzen. Er hatte oft Vorschläge gemacht und sie mit ihm diskutiert, doch jedes Mal hatte sein Vater das letzte Wort gehabt und Dinge entschieden. »Ja, du hast mich richtig verstanden.«

Sein Vater seufzte tief auf. »Nun … Es wird gemunkelt, dass der Krieg sich dem Ende zuneigt. Da wird die Nachfrage wohl wieder steigen, wir müssen mehr produzieren und brauchen ohnehin weitere Bäcker. Obwohl ich immer noch der Ansicht bin, dass Frauen nicht in eine Backstube gehören … meinetwegen.«

»Danke, Vater! Das weiß ich zu schätzen!« Nils stand auf. »Ich muss zurück in die Bäckerei.«

»Das hier behalte ich.« Er griff nach dem Brotlaib.

»Mach das.« Beschwingt wandte er sich zur Tür. Er wollte schleunigst in die Bäckerei zurückkehren und Tuula die gute Nachricht überbringen.

»Nils, bevor du gehst …«

Nils drehte sich zu seinem Vater um.

»Diese Gefriermöglichkeit, die könnte klappen! Ich hab ja schon von einem meiner Kontakte gehört, dass darüber nachgedacht wird, tiefgefrorene Beeren und Gemüse zu verkaufen – und ich glaube daran! Deshalb bräuchte ich alsbald diese Baugenehmigung. Stell dir vor: die Fläche einer ganzen Fabrik nur für die Kühlung unserer Waren!«

Nils wand sich innerlich. Und prompt kam die Frage, die er gefürchtet hatte.

»Hast du Birgit inzwischen ausgeführt?«

Nils zögerte kurz, dann schüttelte er den Kopf.

Sein Vater seufzte. »Ich will dich wirklich zu nichts zwingen, aber könntest du mir bitte den Grund darlegen? Birgit ist doch ein nettes Mädchen aus einer guten Familie. Kannst du sie nicht zumindest mal zum Essen einladen?«

Nils hatte die Geduld seines Vaters schon hinreichend strapaziert und wollte nicht abermals diskutieren. Trotzdem konnte er sich nicht einfach geschlagen geben. »Ich … Ich denke darüber nach.«

Sein Vater nickte langsam, doch als Nils die Tür hinter sich zuzog, sah er noch, wie sein Vater missmutig den Kopf schüttelte.

Er *wollte* nicht mit Birgit zu Abend essen. Er wollte keine Zeit mit ihr verbringen, sie hatten sich nichts zu sagen. Außerdem gab es eine andere Person, um die seine Gedanken kreisten. Und zu der wollte er jetzt fahren. Er musste ihr sofort erzählen, welch großartige Neuigkeiten er hatte.

Er schnappte sich sein Fahrrad und raste durchs Dorf. Aus einem Fenster war ein lauter Ruf zu hören, und fast wäre er ins Schlingern geraten. Dann noch ein Ruf, ein entfernteres »Hurra«, und bald war ringsum nur mehr Jubel zu vernehmen. Erst einer, dann immer mehr Leute rannten heraus auf die Straße.

»Der Krieg ist vorbei!«, rief Wilhelmsson, der mit emporgerissenen Armen aus seinem Lebensmittelladen stürzte.

»Wie bitte?« Nils sprang vom Fahrrad ab. »Wir haben Frieden?«

»Ja! Ja! Deutschland hat kapituliert!«

Nils lachte befreit auf und fiel Wilhelmsson um den Hals. Bald war die ganze Straße voll feiernder Leute. Schier schwindlig vor Freude stieg Nils wieder auf und radelte in Richtung Bäckerei. Die Steigung war ihm einerlei, er trat nur mehr kraftvoll in die Pedale. Erst jetzt dämmerte ihm, wie sehr der Krieg, der wie eine düstere Wolke über allem gedräut hatte, auch ihn selbst in Atem gehalten hatte. Und mit einem Mal fühlte sich alles so leicht an. Als hätte sich eine existenzielle Angst in Wohlgefallen aufgelöst.

Die Nachricht hatte sich bereits bis zur Bäckerei herumgesprochen. Er hörte die Jubelrufe, als er um die Ecke bog, und dann sah er sie alle vor dem Ziegelgebäude auf der Verladerampe stehen.

Nils sprang vom Fahrrad, rannte auf sie zu und umarmte Fritiofsson, der am längsten von allen als Bäcker bei ihnen arbeitete. Einer der Fahrer machte ein Freudentänzchen, Lydia weinte vor Glück, und dann fing er Tuulas Blick auf, ehe sie alle gemeinsam in Jubel ausbrachen.

»Sie dürfen für heute nach Hause gehen«, verkündete er.

»Aber da sind noch Brote im Ofen«, wandte Wingård, ein weiterer Bäcker, ein.

»Dann machen Sie die noch fertig, aber anschließend ist Feierabend! Wer immer heute auf Brot wartet, kann auch noch bis morgen warten.« Er sah zu den Fahrern. »Sie auch. Das Brot fahren wir morgen aus. Also, rein mit Ihnen, ziehen Sie sich um und gehen Sie mit Ihren Familien feiern!«

Erneut brach Jubel aus.

»Tuula, hast du eine Sekunde?«, fragte er leise, und Tuula nickte. Alle anderen verschwanden in der Bäckerei, so dass sie einen Moment unter sich waren. »Kannst du es fassen? Wir haben Frieden!«, sagte er mit einem Lächeln.

Sie schüttelte leicht den Kopf, lächelte aber beseelt, und dann traten ihr Tränen in die Augen. Sie richtete ihre Haube, und er konnte ihr ansehen, dass sie sich alle Mühe gab, sich zu beherrschen. Dachte sie über all das nach, was geschehen war? Waren alte Erinnerungen wieder zum Leben erwacht? Vielleicht Erinnerungen an ihren Mann und die zerstörte Heimat? Sie lachte zwar leise, doch die Tränen flossen weiter. Er machte einen Schritt auf sie zu, hob die Hände, um ihr sanft über die nassen Wangen zu streichen, wusste nicht einmal, wie ihm geschah, doch im nächsten Moment gab er ihr einen Kuss. Sie schmeckte nach salzigen Tränen und nach Kaffee. Sie schmeckte himmlisch.

Dann wich er jäh von ihr zurück. »Entschuldige! Ich bitte um Verzeihung!« Sie blickte verwundert zu ihm hoch, und es platzte aus ihm heraus: »Aber es ist *Frieden*!« Dann ging ihm auf, was gerade geschehen war. Gott, wie konnte das passieren? Er war immerhin ihr Chef! »Ich … Ich muss um Verzeihung bitten. Entschuldige, ich wollte dich nicht … küssen.« Er wich abermals ein paar Schritte zurück, damit sie sich nicht bedrängt fühlte.

Sie lächelte matt. »Das macht doch nichts.«

Nils räusperte sich und versuchte, sich zusammenzureißen. »Also … Der Grund, warum ich mit dir reden wollte, ist, dass ich gute Neuigkeiten habe. Mein Vater will dein Brot ins Sortiment aufnehmen, und du wirst es selbst backen. Du wirst bei uns Bäckerin!«

»Ist das wahr?« Sie schlug beide Hände vor den Mund.

Er nickte. »Du wirst Bäckerin und bekommst auch den entsprechenden Lohn.«

Im nächsten Moment fiel sie ihm um den Hals, und diesmal war *sie* es, die *ihn* küsste. Er hielt sie lange fest an sich gedrückt und wollte, dass der Kuss ewig andauerte. Er atmete ihren Duft ein – den der Hefebrote, die sie gerade erst verpackt hatte, von Butter, von Kardamom und von etwas anderem, was er nicht hätte benennen können, was aber nach Frühling roch, wie früher, wenn seine Mutter in der Küche Holunderblütensaft eingekocht hatte.

Hinter ihnen räusperte sich jemand. Hektisch ließen sie voneinander ab, und Tuula drehte sich panisch um. Lydia kam auf sie zu – mit einer Kiste Brot in den Händen. »Ich dachte, ich könnte die hier mit zum Krämer nehmen, damit er sie verkauft, wenn sie schon nicht ausgeliefert werden, wenn das in Ordnung wäre, Herr Eklund?« Sie schmunzelte in sich hinein.

»Ja, natürlich. Gute Idee.«

Lydias Lächeln wurde breiter, und dann zwinkerte sie ihnen zu. »Ich hab nichts gesehen!« Dann verabschiedete sie sich und ging.

Tuula starrte Nils an, und im nächsten Moment brachen beide in Gelächter aus.

Er sah sie zaudernd an. »Ich spiele doch Fußball …«

»Aha?« Sie kniff leicht die Augen zusammen.

»Willst du nicht mal vorbeikommen und zusehen? Wir haben heute Abend ein Spiel. Bring die Kinder mit!«

Sie lächelte ihn an. »Gern, warum nicht?«

»Großartig.« Zum dritten Mal an diesem Tag fühlte er sich wie auf Wolke sieben. »Unten am Bredåsen, um sieben.«

✷

Tuula schlenderte durch den Frühlingsabend. Die Stimmung im Dorf war ausgelassen, überall wurde gefeiert. Leute saßen draußen vor dem Café, das immer noch geöffnet hatte, und vor dem örtlichen Hotel wurde getanzt und gesungen. Die Traubenkirschen hatten jüngst ausgeschlagen und verbreiteten einen berauschenden Duft.

Sie hielt an jeder Hand ein Kind. Matias hatte sich seinen Fußball unter den freien Arm geklemmt und ließ seine Mutter hier und da los, um den Ball vor sich her zu kicken.

An diesem Abend blieben sie von Beschimpfungen und Seitenblicken verschont. Es war ein Freudentag für alle.

Tuula hatte sich ein leichtes hellgraues Kleid mit dezenten blauen Streifen angezogen, das sie sich vom ersten Lohn gekauft hatte, und war mit ihrer Garderobe samt dem Mantel, den sie sich von Aino geborgt hatte, überaus glücklich. Ihr dicker Wintermantel wurde allmählich zu warm, und sie hatte sich bislang keinen eigenen Übergangsmantel leisten können, doch bald würde sie ihre Frühjahrsgarderobe vervollständigen können. Ihr nächster Lohn wäre der einer Bäckerin – und für ein paar wenige Minuten erlaubte sie sich, davon zu träumen, was sie sich alles würde kaufen können.

Dann holten die Ereignisse des Tages sie wieder ein. Herr im Himmel, was war nur in sie gefahren? Sie hatte ihren Chef geküsst! Den Sohn des Firmeninhabers – das war doch verrückt! Andererseits hatte er sie zuerst geküsst, und obendrein zu seinem Fußballspiel eingeladen. Zu allem Überdruss hatte Lydia sie gesehen. O Gott, was dachte sie nur? Andererseits war Lydia einer der freundlichsten Menschen, denen sie je begegnet war. Die junge Frau würde weder Tuula noch Nils je am Zeug flicken.

Das Spiel war bereits angepfiffen worden. Gut zwanzig Zuschauer saßen auf schmalen Holzbänken, feuerten die Spieler an und applaudierten. Tuula und die Kinder nahmen auf der hintersten Bank ganz außen Platz. Von den anderen nahm sie kaum jemand zur Kenntnis, niemand schien sich an ihrer Anwesenheit zu stören. Was, wenn jetzt, da der Krieg vorbei war, alles anders würde? Während des Krieges hatten sie sicher alle unter Druck gestanden, und Schweden hatte zahlreiche Flüchtlinge aufgenommen, vielleicht war es da gar nicht verwunderlich, dass die Leute Vorbehalte gegenüber Fremden hatten? Möglicherweise würde sich die Einstellung jetzt ändern, die man hier zu Neuankömmlingen hatte. Durfte sie wirklich darauf hoffen?

Dann krampfte sich ihr der Magen zusammen, als sie einen von Nils' Mannschaftskameraden wiedererkannte: Es war derselbe Mann, der an ihrem ersten Tag hier im Dorf auf dem Fahrrad an ihr vorbeigefahren war. Sie hatte ihn seither mehrmals gesehen, und jedes Mal hatte er ihr »Drecksfinnen!« hinterhergezischt. Als er zu ihnen hochsah, drehte sie sich sofort weg; sie wollte nichts provozieren.

Doch im selben Moment hatte Nils sie entdeckt. Sein Gesicht leuchtete auf, und er winkte. Dann sprintete er quer über den Platz, zielte aufs Tor, doch der Schuss ging daneben.

»Neeeeein!«, rief Matias neben Tuula. Lächelnd legte sie ihm den Arm um die Schultern.

In der Halbzeitpause gesellte Nils sich zu ihnen. Ritva war wie immer schüchtern, presste sich dicht an ihre Mutter und begrüßte Nils, ohne ihn dabei anzusehen, während Matias sofort anfing, in gebrochenem Schwedisch über Fußball zu reden.

»Du magst Fußball, was?«, stellte Nils amüsiert fest.

Matias nickte nachdrücklich.

»Willst du runterkommen und mitspielen?«

Ohne Tuula auch nur zu fragen, sprang Matias auf und folgte Nils nach unten aufs Spielfeld.

Sie bewunderte ihren Sohn für seine Unbekümmertheit. Er erinnerte sich nicht mehr an seinen Vater und war zu klein, um die Tragweite all dessen zu begreifen, was ihnen widerfahren war.

Matias und Nils kickten den Ball hin und her, und Nils ließ sich ausdribbeln, als Matias an ihm vorbei auf das Tor zuflitzte. Dann pfiff der Schiedsrichter in seine Trillerpfeife; die zweite Halbzeit würde gleich beginnen. Matias kam zurück auf die Tribüne gerannt, während die Spieler ihre Positionen einnahmen. Tuulas Sohn keuchte und hatte vor Anstrengung ein tiefrotes Gesicht, doch seine Augen funkelten, und sein Grinsen reichte von einem Ohr zum anderen.

Das Spiel ging unentschieden aus – eins zu eins –, trotzdem verhielten sich beide Mannschaften so, als hätten sie gewonnen. Heute waren sie alle Gewinner, und vielleicht war es ja tatsächlich so: Das Kriegsende war ein Glücksfall für sie alle.

Matias rannte zurück auf den Platz, und Tuula schlenderte mit Ritva hinterher. Nils und Matias nahmen ihr Spiel wieder auf, und einige von Nils' Mannschaftskameraden schlossen sich an – selbst der blonde Mann mit dem Fahrrad. Er spielte Matias freundschaftlich den Ball zu und scherzte mit ihm, genau wie die anderen. Tuula beobachtete ihn misstrauisch, sie traute dem Braten nicht, sondern rechnete insgeheim damit, dass er jeden Moment etwas Niederträchtiges sagen würde, doch nichts dergleichen passierte.

Vielleicht würden sie ja doch akzeptiert werden? Das kleine Flämmchen Hoffnung bescherte ihr eine angenehme, befreiende Wärme in der Brust.

Irgendwann sah sie auf die Uhr. Die Kinder mussten allmählich ins Bett, und auch sie würde wieder früh aufstehen müssen. Sie betrat das Fußballfeld und winkte Matias zu. »Matias, komm, wie müssen nach Hause!«

Erst hörte der Junge sie nicht, und sie rief lauter, bis er verschwitzt und rotwangig auf sie zugerannt kam.

Auch Nils gesellte sich zu ihnen. »Schön, dass ihr vorbeigekommen seid.«

»Danke, dass wir kommen durften!«

»Aber klar!« Nils schluckte und sah kurz zu Boden. Dann hob er den Blick – diesen Blick aus seinen glitzernd braunen Augen, der ihr weiche Knie bescherte. Vielleicht war es der Duft der Traubenkirschen oder all die guten Nachrichten des ausklingenden Tages? Oder womöglich einfach nur dieser bezaubernde Nils Eklund? »Ich wollte dich fragen, was du am Samstagabend machst.«

»Was ich am Samstagabend mache?«

»Ob du schon etwas vorhast …«

Sie schüttelte den Kopf. »Nein. Ich bin mit den Kindern zu Hause, wie immer.«

»Könnte Aino vielleicht auf sie aufpassen? Ich habe mich nämlich gefragt, ob du … ob du mit mir im Hotelrestaurant essen gehen magst.«

Ohne nachzudenken, sagte sie Ja. Der Abend und die lodernde Sonne, die den Himmel pfirsichfarben einfärbte, der Frühlingsduft, die Stimmung – dies alles war so berauschend – und obendrein auch noch Nils, sein dunkles Haar, das nach dem Spiel feucht war, sein Duft … Er roch wie die Luft ringsum, nur intensiver. Und ein bisschen nach Schweiß, allerdings nicht unangenehm, sondern salzig und nach einer Nuance, die sie an dunstigen Wald erinnerte.

Seit Juhani im Krieg gefallen war, war sie mit keinem Mann mehr zusammen gewesen. Sie war überhaupt keinem Menschen mehr nähergekommen – außer ihren Kindern. Doch jetzt stand ihr Nils gegenüber, der sie allein durch seine Anwesenheit wonnetrunken machte. Ihr schwirrte der Kopf, als hätte sie von jenem Selbstgebrannten gekostet, den ihr die Nachbarn im vergangenen Sommer angeboten hatten. Und da fiel ihr eben auch keine bessere Antwort ein als Ja. Sie hätte nichts lieber tun wollen.

Nils strahlte sie an. »Wie schön! Halb acht im Stadshotellet? Ich hole dich um Viertel nach sieben ab, und wir spazieren zusammen dorthin.«

Sie nickte. »Dann sehen wir uns morgen.«

Er lachte auf. »Stimmt, wir sehen uns ja morgen auch! Bei der Arbeit!« Er sah die Kinder an. »Schön, euch zwei wiederzusehen.« Dann tätschelte er Matias' Schulter. »Gut gespielt!«

19. Kapitel

Am darauffolgenden Morgen, noch bevor Nora in die Konditorei und zu den Dreharbeiten zurückkehrte, rief sie bei ihrer Bank an. Es war schon acht Uhr, dort sollte also jemand ans Telefon gehen. Als ihr Anruf ins Leere lief und nur eine Bandansage kam, war sie trotzdem merkwürdig erleichtert. So konnte sie das Gespräch fürs Erste aufschieben.

Auch an diesem Tag erwiesen sich die Dreharbeiten als wenig dramatisch: Sie sprachen weiter über Brote und unterschiedliche Sandwiches, Henrik war wie üblich kritisch, aber für seine Verhältnisse ungewohnt sanft. Trotzdem hatte sie das Gefühl, als verhielten die anderen sich alle so, als wäre Nora eine tickende Zeitbombe.

Kaum dass das Team am Abend die Konditorei verließ, senkte sich die gleiche Ruhe und Erleichterung auf sie herab wie am vorangegangenen Abend. Endlich Drehpause – eine ganze Woche lang. Zwar würden in zwei Tagen die Renovierungsarbeiten beginnen, doch an diesem Abend und tags darauf würde sie normal arbeiten können – ohne Fernsehkameras.

Sie schickte Hassan und Emil, die zweite Aushilfe, in den Feierabend, kümmerte sich selbst um die Kaffeemaschinen, brachte die Vitrine in Ordnung und bediente noch ein paar letzte Spätnachmittagsgäste, ganz ohne eine Kamera vor der Nase – und ohne Henrik, der jeden ihrer Handgriffe skeptisch beäugte.

Irgendwann war nur noch ein Tisch im Café besetzt, niemand stand mehr an, Nora nahm sich einen Kaffee und ließ sich am Durchgang zur Backstube auf einem Stuhl nieder, von wo aus sie den Eingang im Blick behalten konnte.

Sie nahm einen Schluck. Gerbsäure? Der Kaffee schmeckte hervorragend! Henrik musste schlicht und ergreifend die Ausnahme von der Regel erwischt haben, und auch Ingemar hatte wohl Pech gehabt.

Dann fiel ihr ein, dass sie immer noch bei ihrer Bank anrufen musste. Es war schon nach fünf, aber so hätte sie es zumindest versucht.

Es klingelte eine Weile, und als sie schon drauf und dran war aufzuatmen, ging doch noch jemand ran.

»Göran Fredriksson?«

»Ja, hallo. Ich heiße Nora Jansson und wollte eigentlich mit Anna Bäckström sprechen. Hab ich nicht Annas Nummer gewählt?«

»Doch, aber Anna hat ihr Kind bekommen. Ich bin ihre Vertretung, deshalb werden Annas Anrufe zu mir durchgestellt.«

»Richtig, sie hat eine Vertretung erwähnt. Also, es ist folgendermaßen … Mit meinem Dispokredit stimmt etwas nicht. Irgendwas muss da schiefgegangen sein.«

»Verstehe. Haben Sie Ihre Bank-ID parat? Dann schaue ich gleich mal nach.«

»Super.«

Göran leitete sie durch den Identifizierungsprozess, und sie hörte durchs Telefon, wie er etwas eintippte.

»Ah, da ist es ja schon. Richtig …« Am anderen Ende wurde es still, beunruhigend still. »Das sind Sie, ja … Nora Jansson, Betreiberin des Nymans. Ich wollte Sie schon anrufen, damit wir uns mal zusammensetzen.«

»Ach ja?«

»Ja, ich mache so etwas ungern am Telefon, aber ich habe mir mal Ihre Kredithistorie angesehen. Sie sind allem Anschein nach weit davon entfernt, das Soll wieder auszugleichen, und haben Ihr Limit in den vergangenen Monaten ganz ordentlich ausgereizt. Es sieht also nicht sonderlich gut aus, und genau deshalb ist der Rahmen auch nicht noch höher gesetzt worden.«

»Aber … Als Anna und ich uns neulich getroffen haben, hat sie eingewilligt, ihn hochzusetzen, weil ich bei einer Fernsehsendung mitmache, die den Umsatz befeuern wird.«

»Bei einer Fernsehsendung?«

Sie räusperte sich. »Ja, bei *Ärmel hoch*. Und es geht auch bereits aufwärts, es kommen jetzt schon mehr Kunden.«

»Ah, dann hat Anna Ihnen aufgrund dieser … Fernsehsendung einen Aufschub eingeräumt?«

»Genau.«

»Aha. Tja, sie war wie gesagt hochschwanger und bestimmt nicht ganz bei der Sache. Denn was hier hinterlegt ist, reicht leider nicht. Sie hätte dazu die Einwilligung des Filialleiters gebraucht, aber ich wüsste nicht, wie wir das kalkulieren sollten. Ich muss Ihren Verfügungsrahmen leider absenken … oder genauer gesagt: stornieren.«

»Sie meinen, ich hab dann gar keinen mehr? Aber das können Sie doch nicht machen! Ich … Ich muss Gehälter bezahlen und Rechnungen, den Wareneinkauf vor Weihnachten. *Sämtliche* Einnahmen gehen derzeit in den Wareneinkauf, so wäre ja gar nichts mehr da!«

»Wenn Sie sich den Wareneinkauf nicht mehr leisten können, dann sollten Sie vielleicht auch nicht weitermachen. Da würde ich empfehlen, die Konditorei zu schließen, ehe Sie noch mehr Schulden anhäufen.«

Nora hätte schwören können, dass er dabei grinste.

»Es geht wieder aufwärts, das kann ich Ihnen versichern, ich sehe den Unterschied ja bereits jetzt!«

»Der Dispositionskredit ist gestrichen, da kann ich leider nichts weiter für Sie tun. Nicht bevor Sie mit einem Finanzierungsplan kommen oder fünfundsiebzig Prozent des derzeitigen Solls einbezahlen.«

»Fünfundsiebzig Prozent? Das ist unmöglich! Wo soll ich die denn hernehmen?«

Göran seufzte theatralisch. »Tut mir leid, das müssten Sie bitte mit Ihrer Buchhaltung klären.« Dann verstummte er kurz und seufzte abermals. »Es ist schon nach fünf. Ich müsste jetzt los, aber melden Sie sich, wenn Sie eine Lösung gefunden haben.«

Mit zitternden Händen griff Nora zum Schrubber und fing an, den Boden der Backstube zu putzen. Dann machte sie sich an die Vorbereitungen für den nächsten Tag: ohne etwas zu fühlen, ohne nachzudenken – alles nur, um nicht in Panik zu geraten. Sie setzte Teige an, während sie mit einem Ohr auf das Glöckchen über der Tür und späte Kunden lauschte, und als tatsächlich noch welche kamen, ging sie nach vorn und bediente sie. Als die Letzten um halb sieben gegangen waren, putzte sie den Cafébereich. Dann schloss sie ab. Wischte Bänke und Arbeitsflächen trocken. Arbeitete mechanisch vor sich hin, hielt den Blick auf den Putzlappen gerichtet, mit dem sie die Tische wischte, weil ihr sonst schwindlig geworden wäre. Ihr Puls raste, und sie musste ein paarmal tief durchatmen, nahm sich dann den Boden vor, machte die Gästetoiletten sauber und versuchte, an rein gar nichts zu denken.

Sie löschte das Licht, trat vor die Tür, schloss hinter sich ab und eilte hinauf in die Wohnung. Stieg unter die Dusche, und erst da – während das Wasser über ihren Körper strömte – kam vollends bei ihr an, was der Bänker zu ihr gesagt hatte. Trotzdem war sie nicht imstande, die Tragweite zu begreifen, und konzentrierte sich stattdessen auf die Fernsehsendung. Sie sollte den Abend mit Henrik absagen, die Projektleitung anrufen und allen erzählen, wie es sich verhielt: dass sie gezwungen wäre, die Konditorei dichtzumachen, und dass es keine Sendung geben würde. Bei dem Gedanken fing sie am ganzen Leib an zu zittern. Dann würde es also so kommen? Sie würde wirklich schließen müssen?

Sie holte tief Luft, drehte das Warmwasser stärker auf und schrie kurz auf, als es zu heiß wurde. Doch das Gefühl tat gut – der leichte Schmerz, der in Behaglichkeit umschlug und dafür sorgte, dass sie wieder klar denken konnte. Sie würde mit ihrer Buchhalterin sprechen und nachfragen, wie die Einkünfte in diesem Monat bislang aussahen. Vielleicht fand sich ja eine Lösung. Andererseits hatte sie täglich die Einnahmen gezählt, und obwohl es in der letzten Woche eindeutig besser gelaufen war, wäre sie nicht annähernd imstande, fünfundsiebzig Prozent ihres Solls auszugleichen.

Auf weichen Knien kam sie aus der Dusche, wickelte sich in ihr Handtuch, tapste über den zugigen Boden und ließ sich im Schlafzimmer auf ihr Bett sinken. Dort frottierte sie sich die Haare. Sie würde einen Schritt nach dem anderen angehen, erst Henrik treffen und ihm alles erzählen, und anschließend würde sie Elnaz anrufen.

Während sie sich schminkte – sie wollte schließlich nicht so schlimm aussehen, wie sie sich fühlte –, stopfte sie sich den Rest Nudelsalat in den Mund, den sie sich aus der Konditorei mitgenommen hatte. Dann betrachtete sie sich im Spiegel. Sie sah erschöpft aus, und ihre Stirnfalten, auf die Don sie hingewiesen hatte, waren tiefer denn je.

Als sie kürzlich abends eine politische Talkshow gesehen hatte, hatte sie tatsächlich selbst kurz darüber nachgedacht, dass die Stirnfalten der Männer wesentlich deutlicher hervortraten als die der Frauen. Letztere waren quasi nicht existent. Durften nur Männer Falten haben? In der Werbepause lief die Mehlwerbung mit Henrik, und seine Falten – die sie im

Übrigen äußerst attraktiv fand – waren ebenfalls deutlich zu erkennen.

Aber hatte sie überhaupt so viele Falten? Sie beugte sich zum Spiegel vor. Tja, womöglich … Die langen Abende in der Konditorei und ihre Geldsorgen forderten anscheinend ihren Tribut; außerdem hatte sie keine Zeit für irgendeine koreanische Pflegeroutine in zwanzig Schritten, die vier verschiedene Seren, drei Gesichtswasser und zehn unterschiedliche Nachtcremes umfassten, die eingeschrubbt und einmassiert werden mussten. Sie griff vor dem Zubettgehen einfach zur erstbesten Creme, die sie finden konnte – ob es sich nun um eine Handcreme, eine Bodylotion oder mitunter sogar tatsächlich eine Gesichtscreme handelte –, nur damit sie am nächsten Morgen beim Aufwachen nicht rau wie Sandpapier war.

Vielleicht hatte sie auch einfach nur schlechte Gene. Oder alle Frauen über dreißig sahen in Wahrheit so aus – nur war die Welt mittlerweile so Botox- und Filler-geschädigt, dass niemand es mehr als normal betrachtete. Sie wusste es nicht. Doch es war auf alle Fälle nicht fair, dass ihre Haut deshalb bemängelt wurde. Sie seufzte tief auf. Vielleicht wäre ihre finanzielle Lage ja sogar ein Ausweg? So würde sie sich die Demütigung im Fernsehen ersparen.

Sie schlüpfte in ihre dunkelblaue Jeans und die weiße Baumwollbluse, die sie liebte und seit Jahren besaß: ein bequemes Kleidungsstück, in dem sie sich rundum wohlfühlte. Band sich die Haare zu einem losen Knoten, zog sich die Lippen dezent nach, als würde die Farbe ihr neue Kraft verleihen, und warf sich ihre Daunenjacke über. Dann spazierte sie das kurze Wegstück bis zum Harrys.

Am entlegenen Ende des Fiskaretorget schimmerte das Wasser im Schein der Kaibeleuchtung, und die Reflexion sah auf der dunkel wogenden Wasseroberfläche golden aus. Sie blieb kurz stehen, um die frische Meeresluft einzuatmen. Die unendliche Schwärze des Meeres beruhigte all das, was in ihr getobt hatte.

Henrik wartete bereits in einer Ecke des Harrys. Er stand vor einem der bequemen Ledersofas und legte den Arm um eine ältere Dame, streckte ein Handy vor sich aus und schien ein Selfie von ihnen beiden zu schießen. Die Frau lächelte breit, umarmte ihn, und im selben Moment entdeckte er Nora. Sie nickte ihm zum Gruß zu, und er gab der Frau das Handy zurück, machte ein paar Schritte auf Nora zu, streckte die Hand aus, während sie sich gleichzeitig vorbeugte, um ihn zu umarmen. Sie kamen einander ins Gehege – und sie landete in seinen Armen, so dass er ihr unbeholfen den Rücken tätschelte, fast wie zur Antwort auf ihren Versuch, ihm um den Hals zu fallen. Es fühlte sich eher wie ein tröstliches Tätscheln an.

»Was möchten Sie trinken?«, fragte er dann.

»Ein Glas Rotwein wäre toll, aber ich kann auch selbst an die Bar gehen.«

»Nein, nein, lassen Sie mich das machen. Setzen Sie sich doch.«

Sie tat wie geheißen und zog ihre Jacke aus, während er auf den Bartresen zuhielt. Sie sah ihm nach. Bluejeans und Karohemd, das eher nach Baumwolle denn nach Flanell aussah. Lederschuhe. Sein Kleidungsstil und der Umstand, dass er so groß und bärtig war und Brot backte … Eigentlich war er genau ihr Typ, zumindest äußerlich. Nur dumm, dass er so ein arroganter Schnösel war.

»Hey, Nora!« Eine Männerstimme riss sie aus den Gedanken. Hoffentlich war das nicht Mange Lund! Sie blickte auf. Nein, es war Jonathan, der Gemüsetyp. Wollte er jetzt die offenen Rechnungen abkassieren?

»Hallo, wie geht's?« Sie stand auf und umarmte ihn flüchtig.

»Ganz gut. Ich hab gehört, dass du bei *Ärmel hoch* mitmachst.« Er lächelte.

»Stimmt. Die Dreharbeiten haben sogar schon angefangen.«

»Toll.«

»Tut mir leid, dass ich die letzten Rechnungen noch nicht beglichen habe, aber …« Sie überlegte kurz, was sie sagen sollte. Sie würde sie vielleicht nie bezahlen können. Hoffentlich würde noch irgendetwas übrig bleiben, wenn sie ihr Geschäft abwickelte. Sie hoffte es inständig. Sowohl Jonathan als auch sein Vater waren ihr gegenüber immer zuvorkommend gewesen und hatten ihr oft Zahlungsaufschub gewährt. »Aber das Geld kommt«, sagte sie dann und lächelte gekünstelt.

»Ach, kein Problem.« Er erwiderte ihr Lächeln. »Wenn du bei *Ärmel hoch* mitmachst, dürften die Geschäfte ja bald durch die Decke gehen.«

Sie nickte knapp. »Hoffentlich.«

Dann machte sich Stille breit, und Jonathan sah aus, als wollte er noch etwas sagen, doch im selben Moment kam Henrik mit ihren Weingläsern zurück.

»Ach, du bist mit Henrik Eklund hier?« Jonathan sah sie beeindruckt an. Dann streckte er die Hand aus. »Hi, ich bin Jonathan und ein großer Fan!«

Henrik stellte die Gläser ab und gab ihm die Hand. »Schön zu hören.«

»Tja, dann will ich mal nicht weiter stören. War cool, Sie zu treffen!« Jonathan räusperte sich und sah zu Nora. »Bis dann!«

»War das der nächste Verehrer?«, fragte Henrik schmunzelnd, als Jonathan gegangen war.

Sie schüttelte den Kopf. »Wohl kaum.«

»Er hat Sie auf diese spezielle Art angesehen …«

»Er will nur, dass ich ihn bezahle … und Sex mit ihm habe. Mehr nicht.« Sie grinste schief, ehe ihr dämmerte, wie das geklungen hatte.

»Er will, dass Sie für Sex bezahlen?«

»Nein, so war das nicht gemeint!« Sie lachte. »Ich meinte nur, dass er zu Sex womöglich nicht Nein sagen würde – ganz ohne Bezahlung. Aber mehr ist da nicht zwischen uns.«

Henrik grinste. »Na dann, Prost!« Er stieß mit ihr an. »Darauf, dass Sie Sex haben. Gratuliere!«

Sie kniff die Augen zusammen und musste erneut lachen. »Cheers!«

»Und auf gute Zusammenarbeit«, fuhr er fort.

Ihr Lächeln verrutschte leicht.

»Okay, vielleicht sind wir noch nicht so weit«, gestand Henrik ein. »Aber es ist tatsächlich so, dass ich gut mit Ihnen zusammenarbeiten will. Deshalb wollte ich Sie heute Abend auch einladen.« Er nippte an seinem Wein. »Tut mir leid, was neulich passiert ist. Und entschuldigen Sie, wenn ich zu weit gegangen bin. Der Rest der Dreharbeiten wird netter, Ehrenwort!«

»Kein Problem. Ich war wahrscheinlich auch nicht ganz unkompliziert.« Sie räusperte sich und nahm einen großen Schluck Wein. Er fühlte sich pelzig auf der Zunge an, und sie nahm den Geschmack kaum wahr. Sie hätte einen Sekt nehmen sollen. »Ich … Ich muss Ihnen etwas sagen. Ich fürchte, dass aus der Sendung nichts wird.« Sie schluckte trocken. »Ich spreche auch noch mit der Aufnahmeleitung.«

»Wie bitte?« Er sah sie verdutzt an. »Was denn? Haben Sie es sich wieder anders überlegt? Ein bisschen spät, um jetzt noch einen Rückzieher zu machen! Aber wenn es daran liegt, was da kürzlich passiert ist, dann …«

»Nein, das ist es nicht. Ich hatte heute ein Gespräch mit meiner Bank.« Sie nahm noch einen Schluck Wein. »Sie haben meinen Dispokredit gestrichen, was bedeutet, dass ich keinerlei Ausgaben mehr tätigen kann. Ich kann mir die Konditorei keine Woche mehr leisten. Und wenn ich jetzt auch noch schließen muss, um zu renovieren, dann habe ich gar keine Einkünfte mehr.« All dies auszusprechen, erleichterte sie enorm, gleichzeitig schämte sie sich zutiefst. Dass sie ihm gegenüber gerade einen Offenbarungseid leistete … Aber schlimmer konnte es ohnehin nicht mehr kommen.

Henrik nickte langsam, während er nachdenklich dreinblickte, als müsste er dies alles erst sacken lassen. Würde er jetzt wütend werden? Ihr einen Vortrag halten, wie nutzlos sie war, weil sie die Konditorei ruiniert hatte?

»Das muss sich doch irgendwie lösen lassen«, murmelte er dann, und sie wollte ihren Ohren nicht trauen.

»Aber wie? Ich habe kein Geld mehr. Ich nehme einfach nicht genug ein.«

Er sah sie an. »Geben Sie mir eine Woche. Die Produktion kostet uns ein Vermögen – von der verlorenen Zeit ganz zu schweigen, wenn wir jetzt alles einstellen müssten. Das können wir nicht machen, nicht, nachdem wir schon so weit gekommen sind. Ich bespreche das mit den anderen, und dann sehen wir weiter.«

»Das ist wirklich sehr nett, aber ich weiß wirklich nicht, ob ich noch eine Woche Zeit habe. Ich bin jetzt schon im Rückstand, was Rechnungen angeht. Um die Katastrophe abzuwenden, sollte ich wohl noch vor Ablauf der kommenden Woche schließen.«

»Hat Elnaz von unserem Autorenabend in der nächsten Woche erzählt?«

Nora nickte.

»Die Veranstaltung war anscheinend binnen eines Tages ausverkauft. Es war angedacht, dass Sie für das Catering sorgen. Ich könnte vielleicht darauf hinwirken, dass Sie im Vorhinein bezahlt werden. Unterdessen rede ich mit den Producern, okay? Damit wir diese Sache auch auf längere Sicht bereinigen.«

»Das klingt phantastisch.« Sie stieß einen leisen Seufzer aus. »Danke. Aber die Renovierung … und wenn ich schließen muss … Ich weiß nicht, ob …«

»Wir entschädigen Sie für die Tage, an denen die Konditorei geschlossen bleibt. Ich bin mir fast sicher, dass das im Vertrag steht. Und ich sorge dafür, dass Sie das Geld schon vorab kriegen, dann haben Sie noch ein paar Tage Luft.«

»Danke«, brachte sie zaudernd hervor.

»Sie müssen sich nicht bedanken. Ich will ja selbst, dass wir fertig drehen. Hier geht es wirklich nicht um ein Almosen.«

»Ich weiß schon, dass Sie das nicht für mich tun«, beeilte sie sich zu sagen. »Trotzdem: danke! Das ist vielleicht meine Rettung.« Sie schüttelte den Kopf. »Ich verstehe selbst nicht, wie es so weit kommen konnte.«

»Ich verstehe das durchaus«, entgegnete er und sah sie offen an.

»Ach? Liegt es vielleicht an meinem schlechten Kaffee?«, konterte sie halb im Scherz, schüttelte dann aber erneut den Kopf.

Er verzog das Gesicht. »Nein, ganz sicher nicht. Und das mit dem Kaffee … Ich muss gestehen, das hatte Ted so vorgegeben.«

»Etwa auch das, was Ingemar gesagt hat?«

»Auch das, was Ingemar gesagt hat. Ihr Kaffee ist ausgezeichnet.«

Sie seufzte erleichtert auf. Sie hatte sich schon Gedanken gemacht. Trotzdem war es gemein von ihnen gewesen, sie derart hinters Licht zu führen.

»Nein, der Grund ist eher Ihr Sortiment.« Henrik sah sie ernst an. »Dass es zu groß ist, habe ich nicht nur so dahingesagt, um Sie zu ärgern. Es stimmt wirklich.«

Sie schwieg eine Weile. »Nicht *nur*, um mich zu ärgern? Aber *auch*?«

»Ja, teilweise wollte ich Sie auch provozieren.« Ein Lächeln huschte über sein Gesicht, dann wurde er wieder ernst. »Auch wenn ich damit wohl zugegebenermaßen ein bisschen zu weit gegangen bin.«

Sie nickte. Dann sah sie ihm in die Augen. »Sie sind zu weit gegangen. Ich weiß ja nicht, was genau Ihre Produktionsleute sehen wollen, aber es war alles in allem ein schreckliches Erlebnis. Und selbst wenn die Schließung der Konditorei das

Letzte ist, was ich will, muss ich gestehen, dass sich das Gespräch mit der Bank wie ein Ausweg angefühlt hat.«

»Ich verspreche Ihnen, dass es von nun an netter wird«, wiederholte er. »Ich will, dass die Aufnahmen besser werden. Darauf gebe ich Ihnen mein Wort.« Er nahm noch einen Schluck Wein und beugte sich ein Stück zu ihr vor.

Ihr stieg sein Duft in die Nase, und sie erschauderte. Das lag einzig an seinem attraktiven Äußeren, redete sie sich ein – und daran, dass sie seit dem Gemüsetypen mit niemandem mehr Sex gehabt hatte und nicht mal in die Nähe eines Mannes gekommen war. Ihre Instinkte hatten diesem großen, bärtigen Mann, der ihr hier gegenübersaß und der überdies so gut roch, einfach nichts entgegenzusetzen. Dabei wusste ihr Gehirn doch eigentlich, dass er unerträglich war …

»Und ich weise das Produktionsteam an, dass Ihnen geholfen wird, Ausgaben und Einnahmen in Einklang zu bringen. Aber dann müssen Sie mir auch versprechen, dass Sie beherzigen, was die zu Ihnen sagen. Sie haben zu hohe Kosten, und Ihre Einkaufsliste ist definitiv zu lang, ganz ehrlich.«

Sie schwieg. Dass er recht hatte, widerstrebte ihr.

»Darf ich Sie mal was fragen?«, fuhr er nach einer Weile fort. »Wenn ich Sie richtig verstanden habe, wollen Sie Konditorin sein – wenn schon nicht bekannte politische Fernsehkommentatorin.« Er schmunzelte spitzbübisch, wurde dann aber wieder ernst. »Wenn Sie selbst das Nymans eröffnet hätten – ohne jede Tradition, auf die Sie Rücksicht nehmen müssten –, würde es dann ebenfalls so aussehen? Hätten Sie da auch Mandelboote, dreizehn Sorten Plätzchen, Marzipantörtchen und weitere zig Kleingebäcksorten im Angebot?«

Sie zögerte ein paar Sekunden. »Wahrscheinlich nicht«, antwortete sie und war selbst überrascht.

»Warum machen Sie es dann nicht so, wie Sie es wollen? Dass Ihre Eltern und Ihre Großmutter die Konditorei anders geführt haben, sollte Sie doch nicht daran hindern?«

Nachdenklich nahm sie noch einen Schluck Wein und versuchte, ihre Überlegungen in Worte zu fassen. »Sie wissen vielleicht, wie das ist, wenn manche Menschen gewisse Sachen nicht wegwerfen können, nachdem ein Angehöriger gestorben ist, oder das Haus nicht verkaufen können?« Sie starrte in die Kerzenflamme vor ihr auf dem Tisch. »So fühlt es sich für mich an. Mit jedem Gebäck sind Erinnerungen verknüpft. Ich weiß noch, wie ich die Glasur auf die Marzipantörtchen auftragen durfte, als ich an den Wochenenden mit meiner Oma in der Backstube stand. Ich weiß noch, wie Papa immer die Teigreste von den Butterkeksen aß, wenn er glaubte, es würde niemand sehen. Mamas Lieblingsgebäck war die Makronentorte, und auch wenn die immer schon im Sortiment war und tagtäglich gebacken wurde, wollte sie dennoch immer eine zu ihrem Geburtstag haben. Es tut gut, auf diese Weise an sie alle zu denken und mich an sie zu erinnern.«

»Aber nur weil Sie etwas verändern – und zwar zum Guten! –, heißt das doch nicht, dass Sie sie vergessen oder dass die Erinnerungen nicht mehr da sind?«

»Ich weiß … Aber es geht hier um meine Familie. Und die Konditorei ist alles, was mir von ihr geblieben ist.« Ihr schnürte sich die Kehle zu, und Tränen stiegen ihr in die Augen. Sie drehte sich weg, tat so, als würde sie aus dem Fenster sehen, und nippte dann eilig an ihrem Wein, bevor sie Henrik wieder ansehen konnte.

»Auch wenn Sie glauben, ich wäre inkompetent: Ich bin nicht so dumm, dass mir der Gedanke, die Dinge einfacher zu halten und zu verschlanken, nicht längst selbst gekommen wäre.«

»Und warum haben Sie es nie gemacht?«

Sie schüttelte den Kopf. »Ich hab das einmal versucht, aber … da ist alles schiefgegangen.« Sie wollte nicht daran zurückdenken, wollte es sich nicht in Erinnerung rufen, hatte aber das Gefühl, dass sie etwas sagen musste, einfach damit er es begriff. »Meine Mutter war immer sehr darauf bedacht, dass alles so blieb wie früher. Als ich immer mehr Verantwortung übernahm und sah, wie viel Geld wir monatlich ausgaben, schlug ich irgendwann vor, alles auf links zu drehen. Das war kurz bevor sie krank wurde.« Sie verstummte.

»Und ihr gefiel die Vorstellung nicht?«

Nora schüttelte den Kopf. »Ich hatte mich in diesen rustikalen Industrial-Stil verknallt. Ein paar wenige, aufsehenerregende Brote, einen Steinofen … Aber das war nicht das Nymans. Das Nymans ist eine Konditorei, und meine Mutter hat sich ganz fürchterlich darüber aufgeregt. Ich glaube, sie hatte das Gefühl, dass ich trotz der Tatsache, dass sie dort so viele Jahre geschuftet hatte, dass die Konditorei ihr großer Traum gewesen und dass ich doch dort aufgewachsen war, all das nicht zu schätzen wusste. Dann wurde sie wie gesagt krank. Als sie die Krebsdiagnose erhielt, waren wir immer noch zerstritten, wir hatten wochenlang kein Wort mehr gewechselt. Die Diagnose hat uns wieder zusammengeschweißt, aber über meinen Vorschlag haben wir nie wieder geredet. Dann starb sie, ich blieb mit der Konditorei zurück, und irgendwie fühlte es sich an, als wäre es wichtig, sie so beizubehalten, wie sie zu ihren Lebzeiten gewesen war.« Nora schüttelte langsam den Kopf. »Ich kann nicht fassen, dass es jetzt womöglich zu spät ist …«

Er sah sie lange an, und dann nahm er ihre Hand. Sie reagierte am ganzen Leib auf die Berührung, trotzdem schaffte sie es irgendwie, nicht zusammenzuzucken.

»Das wird schon.« Er drückte ihre Hand und sah sie mit seinen dunkelbraunen Augen unverwandt an. Seine Hand fühlte sich riesig an, warm, stark und sanft zugleich.

Nach einer Weile nahm er die Hand zaudernd weg.

Sie räusperte sich. Von der unverhofften Berührung schwirrte ihr der Kopf.

»Die Buchhandlung wünscht sich übrigens, dass Sie etwas zu essen servieren.«

War er gerade ebenso nervös, oder bildete sie sich das nur ein?

»Vielleicht Ihr Knäckebrot? Oder das Sauerteigbrot? Sie möchten Glögg, also, es soll ein Glögg-Abend werden, und dazu soll es meine Pfefferkuchen geben.« Er lächelte schief.

Gott, er war wirklich nervös! Sie hatte Henrik Eklund nervös gemacht! Es war fast schon niedlich, den großen Promibäcker auf diese Weise vor sich zu sehen.

Er nahm noch einen Schluck Wein und richtete sich wieder gerade auf. »Sie wollen meine Pfefferkuchen, und die mache ich mit brauner Butter.«

Er hatte seine Selbstsicherheit wiedererlangt. Womöglich hatte sie es sich nur eingebildet.

»Das Wichtigste beim Pfefferkuchenbacken ist aber doch, die klassischen Zutaten zu verwenden – Piment, all das – und die Gewürze zunächst anzurösten.« Zum Glück klang ihre Stimme stabil; sie wollte ihm nicht zu verstehen geben, wie sehr seine Berührung sie aus der Fassung gebracht hatte.

Er sah sie ein paar Sekunden lang an. »Sie machen Ihr Knäcke und das Sauerteigbrot. Aber sie wollen *meine* Pfefferkuchen.« Dann zückte er sein Handy. »Ich schicke Ihnen das Rezept.«

Statt zu antworten, verdrehte sie die Augen. Das alte Machtgefälle war wiederhergestellt.

20. Kapitel

Tags darauf war der Zug zurück nach Stockholm aufgrund des Wetters verspätet. Als Henrik dort ankam, lag die Stadt unter einer Schneedecke, und dicke Flocken segelten vom dunkelgrauen Himmel. Die Dreharbeiten würden bereits am Nachmittag beginnen. Die Geschwister sollten gefilmt werden, wie sie im Haus von Hasse und Anita für ein langes, wunderbares Weihnachtswochenende ankommen würden – da würde sich Schnee auf alle Fälle gut machen.

Als Henrik ein Taxi nach Saltsjöbaden nahm, war es bereits dunkel geworden. Das Taxi hielt vor der großen, dreistöckigen Villa an der stillen Bucht. Der Schnee erhellte die Dunkelheit. An der Eingangstür im Erdgeschoss hing ein riesiger Weihnachtsstern und brachte den Garten zum Glitzern.

Henriks Geschwister und deren Familien waren bereits da, und ihre Ankunft war schon aufgezeichnet worden, es fehlte nur noch Henrik. In der Diele puderte die Stylistin flüchtig sein Gesicht, doch er behielt seine Wintersachen an und hatte immer noch die Reisetasche geschultert. Es sollte schließlich echt aussehen. Dann ging Henrik wieder nach draußen, die Treppe hinunter und wieder herauf – mit einem alles andere als natürlichen Lächeln auf den Lippen, doch das würden die Zuschauer nicht merken. Der Schnee knarzte unter seinen Füßen, und mit einer Kamera im Rücken und einer neben sich klopfte er an, die Tür ging auf, und sowie die Kinder ihm entgegenhüpften, war sein künstliches Lächeln für einen Moment aufrichtig. Mit Kindern zu filmen, war wirklich leicht, und es wäre schier unmöglich gewesen, sich nicht zu freuen, als Theodor, Alma und William – in aufsteigender Größe – auf ihn zustürzten. Hinter ihnen standen Henriks Vater und Anita, die freudig überrascht »Hey!« riefen. Sein Vater nahm ihn in die Arme und strahlte übers ganze Gesicht.

»Henrik, wie schön, dich zu sehen!«

Henrik betrat die Diele und umarmte Anita. Klopfte sich den Schnee von den Schultern. Dann kamen Camilla, ihr Mann Antonio und zu guter Letzt Tom hinzu. Nacheinander nahmen sie Henrik in die Arme und feuerten ein warmherziges Lächeln in die Fernsehkameras. Dann der Cut – die Szene war im Kasten.

Henrik zog sich Jacke und Schuhe aus und betrat das Haus. Dort drehte er sich zu Tom um. »Wo ist denn Ellen?«

»Sie musste arbeiten, ließ sich nicht verschieben«, brummte sein Bruder nur.

»Sie weiß seit einem halben Jahr von den Dreharbeiten«, rief ihr Vater aus der Küche.

Tom zuckte mit den Schultern. »Ja, und dann wurden die Aufnahmen vorverlegt. So ist es eben.«

Henrik ging weiter in den breiten Flur. Dann schlüpfte er in eins der Gästezimmer, um sich umzuziehen, und ließ sich für einen Augenblick auf das akkurat bezogene Einzelbett sinken. Das Haus fühlte sich verändert an; kaum vorstellbar, dass er hier aufgewachsen war. Alles sah so vertraut aus – und doch fremd. Die Wohnung am Mariatorget, in der seine Mutter und Vanja wohnten, fühlte sich wesentlich mehr nach zu Hause an, obgleich Henrik dort nie gelebt hatte. Doch dort war er willkommen, dort fühlte er sich wohl. Dort konnte er zur Ruhe kommen. Er blieb ein paar Minuten sitzen und redete sich ein, dass alles glattlaufen würde, die Drehtage würden im Nu vergehen, er würde seine Rolle spielen, wie jedes Mal. Dann holte er tief Luft, stand auf und gesellte sich wieder zu den anderen.

Während sein Vater und Anita weiter die Küche vorbereiteten, wurde Henrik ins Arbeitszimmer seines Vaters gebeten, wo er richtig geschminkt werden sollte. Anschließend nahmen alle im Salon Platz, dem großen Wohnzimmer mit Blick über die Bucht. An der Längsseite flackerte ein Kaminfeuer, und auf dem großen Esstisch stand ein riesiges Silbertablett mit Sektgläsern und Häppchen bereit, Hasselback-Kartoffeln mit Maränenrogen und Schmand, asiatischer Garnelensalat auf Salatblättern sowie Ziegenkäseröllchen mit Grünkohl. Daneben flackerten hohe Wachskerzen.

Die Szene sollte zwei Tage vor Weihnachten spielen. Traditionell versammelte sich da (zumindest im Fernsehen) die Familie, um am Tag vor Heiligabend gemeinsam in turbulente Vorbereitungen abzutauchen – und an Heiligabend fand dann das große Familienfest statt.

Henriks Vater und Anita nahmen ihre Position am Esstisch ein, Tom setzte sich in einen Sessel, zog zwei der Kinder auf seinen Schoß, und Camilla mit Familie nahm das große Sofa. Der Produktionsassistent wies Henrik an, er möge sich auf die Armlehne setzen – und zwar *schön lässig*.

»Nur gut, dass Ellen morgen dazustößt ... und dass wenigstens zwei von euch Partner und Familie haben.« Sein Vater sah Henrik lange an. »Ich hab ein bisschen Angst, dass es traurig aussieht, wenn du allein hier bist.«

»Traurig?«

»Ja, immerhin wirst du bald vierzig und hast immer noch keine Kinder und mittlerweile nicht einmal mehr eine Frau.«

Seine Trennung kam in den Augen seines Vaters einem Scheitern gleich. Als Henrik die Fotos von Bente und diesem Frederic von den Dreharbeiten in Südfrankreich gesehen hatte, hatte das Urteil seines Vaters lange in ihm nachgehallt und war schließlich zu seinem geworden: *Das war ja zu erwarten ...* Die Fotos hatten bei Henrik verstärkt, was er sich immer schon hatte anhören müssen: dass er nicht gut genug war.

Und auch wenn Bente vehement bestritten hatte, ihm untreu gewesen zu sein, hatte er keine Sekunde daran gezweifelt, denn warum sollte jemand wie sie einem wie ihm treu geblieben sein? Zudem hätten die Fotos jeden vom Gegenteil überzeugt. Auf den Bildern sah Bente Frederic an, wie sie Henrik nie angesehen hatte. Das hatte wehgetan.

»Da muss ich wohl richtig viel lächeln, damit es weniger traurig aussieht«, erwiderte Henrik säuerlich.

Sein Vater erwiderte darauf nichts. Im selben Moment platzte Elnaz herein, die auch für *Weihnachten mit Familie Eklund* verantwortlich zeichnete. Die Kameramänner und Tonleute nahmen ihre Plätze ein, und Elnaz bat Henriks Vater, alle gemeinsam zu begrüßen.

Dann filmten sie, wie Anita den Sekt servierte. Es duftete nach Birkenfeuer und nach den Mandarinen, die einer der Assistenten für die Kinder geschält hatte.

»Hiermit möchte ich all meine wunderbaren Kinder und Enkelkinder willkommen heißen.« Mit einem Lächeln auf den Lippen breitete Henriks Vater die Arme aus. Dann stießen sie miteinander an und plauderten, lachten, lächelten einander an. Henrik hatte dies alles schon so oft gemacht, dass er einfach so tun konnte, als fühlte er sich wohl. In Unterschied zu dem, was der Producer von *Ärmel hoch* gefordert hatte, handelte *Weihnachten mit Familie Eklund* von allem – nur nicht von echten Gefühlen.

»Ich habe eine Überraschung für euch Kinder«, sagte sein Vater eine Weile später, und alle verstummten. »An Heiligabend kommen wie immer Anitas Sohn Niklas mit seiner Familie, aber darüber hinaus kommen noch weitere Gäste.« Er legte eine Kunstpause ein, und kurz war nur das Prasseln des Feuers zu hören. »Eure Mutter kommt auch – mit Vanja.«

Wie in aller Welt hatte seine Mutter dazu Ja sagen können? Doch weil es von ihnen erwartet wurde, verliehen sie ihrer Freude Ausdruck und sahen einander begeistert an.

»Und es gibt noch eine weitere kleine Überraschung«, fügte Anita hinzu. »Wir wollen den Weihnachtsschinken diesmal grillen.«

Es folgte lautstarker Protest, genau wie es verabredet gewesen war, als sie drei Wochen zuvor das Drehbuch bekommen hatten.

»Das wird lecker, das verspreche ich euch«, sagte Anita beschwichtigend.

Sobald die Kameras abgeschaltet wurden, verschwanden Henriks Vater und Anita abermals in der Küche, während Antonio den Kindern nachlief, die den Schaukelstuhl im ersten Stock für sich entdeckt hatten. Die Geschwister blieben unter sich und wechselten skeptische Blicke.

»Dann kommt Mama echt auch?«, fragte Camilla mit zweifelndem Gesichtsausdruck.

Henrik schüttelte bloß den Kopf. Ihre Mutter ging Hasse sonst wenn irgend möglich lieber aus dem Weg.

»Dann sind es also zusätzlich Mama, Vanja sowie Niklas samt Familie«, fasste Tom zusammen.

»Als wären wir eine dieser großen, glücklichen Influencer-Promifamilien.« Henrik presste die Lippen zusammen.

»Oder der Cast für ein Psychodrama«, bemerkte Camilla, woraufhin Henrik und Tom laut loslachten. Henrik vergaß mitunter, wie gut sie sich verstanden, sobald die Geschwister unter sich waren: Die Machtverhältnisse und die Dynamik waren komplett anders, kaum dass ihr Vater nicht mehr dabei war, um dessen Gunst sie in einem fort wetteiferten. Wenn das nicht der Fall war, hatten sie manchmal sogar richtig Spaß miteinander.

Vor der nächsten Szene verdrückten sie alle den Krabbensalat, den die Produktionsfirma mitgebracht hatte; anschließend kam das Pfefferkuchenbacken mit den Kindern dran – was ein Leichtes war, weil sie da allen Groll einfach beiseiteschieben konnten und die Aufnahmen authentischer wurden. Sich mit den Kindern zu beschäftigen, bedeutete, dass sie sich alle auf etwas Positives konzentrieren konnten und nicht ständig um ihren Vater herumschleichen mussten. Während es draußen vor den Fenstern schneite, kneteten sie den Teig, stachen Herzen und Sterne aus und tranken Glögg. Traditionell bauten sie obendrein ein großes Pfefferkuchenhaus, das ihr großes Elternhaus darstellen sollte – samt Weihnachtsstern an der Tür.

Als die Szene abgedreht war, lehnte Henrik ab, noch auf einen Drink zu bleiben. Er und sein Vater hatten sich seit der Besichtigung der Geschäftsräume nicht mehr gesprochen, und Henrik konnte die Anspannung keine Sekunde länger ertragen. Tom, Camilla und Antonio mussten allmählich die Kinder ins Bett bringen, daher zogen sie sich allesamt verhältnismäßig früh zurück.

Im Taxi ertappte sich Henrik dabei, wie er dem Fahrer breit zulächelte. Er hatte immer noch jenes gekünstelte Lächeln im Gesicht, als könnte er seine Rolle nicht ablegen. Nachdenklich lehnte er sich zurück, ließ das Fenster herunter, woraufhin der Fahrer ihm im Rückspiegel einen irritierten Blick zuwarf; doch er brauchte jetzt Sauerstoff, und wenn es nur für ein paar Sekunden war. Kühle Winterluft wirbelte durch das Taxi, und Henrik versuchte, die Ereignisse des Tages hinter sich zu lassen. Dann schloss er das Fenster wieder und sank erschöpft tiefer in seinen Autositz.

Zu Hause duschte er erst einmal heiß. Dann nahm er den Sauerteigansatz seines Großvaters zur Hand, knetete Mehl hinein, bis er die Arme kaum noch spüren konnte, knetete und knetete, als könnte er so all die aufgestauten Gefühle rauslassen, und spürte nicht mal, wie hart er die Handwurzel auf die Granitplatte hämmerte. Anschließend waren seine Hände ganz rot. Er hatte den Teig in Rekordzeit fertiggestellt. Er legte ihn in eine Schüssel, warf ein Geschirrtuch darüber, stellte ihn zum Gären beiseite und setzte sich vor den Computer. Er musste noch ein Versprechen einlösen.

Als er Nora zugesichert hatte, ihr zu helfen, hatte er eine Ausfallzahlung der Produktionsfirma erwähnt, auch wenn er wusste, dass er die nie würde durchboxen können. Also nahm er sein Handy zur Hand und loggte sich in das Geschäftskonto von Bakverk ein. Henrik war schwer beeindruckt von allem, was Nora bisher erreicht hatte. Auch wenn er während der Dreharbeiten wiederholt das Gegenteil behauptet hatte, kannte er niemanden, der mehr Unternehmergeist und Tatkraft hatte als sie – und die Verletzlichkeit, die sie zuletzt an den Tag gelegt hatte, hatte ihm den Blick geöffnet. Als er im Harrys ihre Hand genommen hatte, war er ein Risiko eingegangen, er hatte insgeheim fast schon damit gerechnet, dass sie ihn dafür schroff angehen würde, doch dann war es ein richtig schöner Moment gewesen. Überdies hatte ihn das Gefühl ihrer Haut unter seinen Fingern auf unerwartete Weise berührt; am liebsten hätte er sich zu ihr vorgebeugt, nur um ihren Duft einatmen zu können. All das verwirrte ihn zutiefst.

Dass sie ihm ihre verletzliche Seite gezeigt hatte, hatte sie menschlicher gemacht. Das hatte ihm gefallen. Nach allem, was sie durchgemacht hatte, hatte sie jede Hilfe verdient, die ihr ermöglichte, ihren Traum zu leben – die Konditorei bedeutete ihr schließlich alles. Seine eigenen Träume hatte nie jemand unterstützt, und falls er nun jemandem zu seinem Traum verhelfen konnte, dann wollte er dies auch tun. Noch während er die Summe eintippte, schoss ihm durch den Kopf, dass er dies niemals für einen anderen Teilnehmer der Sendung getan hätte, obwohl viele von ihnen es benötigt hätten. Aber irgendetwas an Nora war anders.

21. Kapitel

1945

Tuula betrat die Fleischerei. Ein metallischer Geruch schlug ihr entgegen. Es war kühl im Verkaufsraum – ein starker Kontrast zu der Frühsommerwärme, die seit dem Vortag im Dorf herrschte.

Drei Personen standen bereits an, und Tuula stellte sich in die Schlange. Sie wollte Aino und Heikki zum Dank für deren Hilfe einen Braten kaufen und zubereiten. Die beiden hatten sofort zugesichert, am Abend auf die Kinder aufzupassen, während Tuula mit Nils zum Essen verabredet wäre. Das Mindeste, was Tuula tun konnte, war ein schönes Abendessen für die beiden und ihre Kinder, damit ihre Freunde nicht auch noch über eine Mahlzeit nachdenken mussten.

Sie hatte Matias im Hof zurückgelassen, wo er mit anderen Jungs Murmeln spielen konnte. Er kam mit den anderen Kindern aus ihrer Straße wunderbar zurecht, während es sich bei Ritva nach wie vor anders verhielt. Erst am Vorabend hatte Tuula sie zusammengesunken auf der Küchenbank vorgefunden, wo sie sich die Lesefibel vors Gesicht gehalten hatte. Ihre Mitschüler hatten sie erneut schikaniert, und der Lehrer hatte tatenlos zugesehen. Immerhin hatte er sich diesmal nicht selbst an den Bösartigkeiten beteiligt. Ihre Tochter so untröstlich vor sich zu sehen, tat Tuula schier körperlich weh, und die leise Hoffnung, die sie zuvor geschöpft hatte, war schlagartig wieder verflogen. Stattdessen versank sie in der Schlange beim Fleischer in Sorgen. Sie hatte Ritva geraten, sich unauffällig zu verhalten und den anderen aus dem Weg zu gehen, doch würde das jetzt für immer so bleiben? Nicht, dass sie in Rovaniemi eine Anführerin gewesen wäre, aber dort war sie immerhin *zu Hause* gewesen, war respektiert und nicht wie ein Mensch zweiter Klasse behandelt worden.

Als Tuula an der Reihe war, sah der Gehilfe hinter dem Tresen auffordernd den Mann im hellen Anzug an, der hinter ihr in der Schlange stand. »Ja, der Herr?«

Der Mann sah Tuula verwirrt an. »Das Fräulein war vor mir dran.«

Der Gehilfe sah nicht einmal in Tuulas Richtung, sondern starrte nur weiter den Mann an. Tuula war wie vor den Kopf geschlagen. Anscheinend wusste der Gehilfe, wer sie war und woher sie stammte. Sie wich aus, um den Mann vorzulassen, und blieb dann ganz hinten im Verkaufsraum stehen, während der Gehilfe direkt den Nächsten bediente – und dann den Übernächsten.

Die Beschimpfungen, die sie mitunter zu hören bekam, wenn sie durchs Dorf ging, waren nichts im Vergleich zu dieser Demütigung. Am liebsten hätte sie lautstark protestiert. *Das hier ist doch verrückt! Ich bin genau wie ihr, und ich will wie alle anderen behandelt werden!* Doch sie wollte sich nicht zusätzlich in Misskredit bringen. Gleichzeitig schämte sie sich für ihr Verhalten: Wie konnte sie zulassen, dass man so mit ihr umsprang?

Als geschlagene vierzig Minuten später kein weiterer Kunde mehr da war, trat Tuula abermals an den Tresen. Sie räusperte sich, um die Aufmerksamkeit des Gehilfen zu wecken. »Ich hätte gern ein halbes Kilo Schweinebraten.«

Der Gehilfe sah nach wie vor nicht zu ihr hoch, sondern fing an, mit einem alten Lappen den Tresen sauber zu wischen.

»Entschuldigung?«

Doch der Gehilfe ignorierte sie weiter. Wut und Erniedrigung kämpften in ihrer Brust und wollten sich Luft machen, wollten aus ihr herausplatzen, doch Tuula riss sich zusammen.

»Entschuldigung?«, sagte sie erneut mit zitternder Stimme.

Zu guter Letzt wandte sich der Gehilfe zur Auslage um, schnitt ein Stück mit jeder Menge Knochen und wenig Fleisch herunter, wickelte es in Papier und warf es auf die Waage. Es waren 450 Gramm, doch Tuula verkniff sich jeglichen Kommentar.

Der Gehilfe schob das Fleisch auf den Verkaufstresen, ohne Tuula anzusehen, und nickte dann in Richtung des Preisschilds, als sollte Tuula jetzt selbst ausrechnen, was sie bezahlen müsste – und das konnte sie. Sie zählte die Münzen ab, hätte eigentlich ein paar Öre Wechselgeld bekommen müssen, doch sie ertrug es keine Sekunde länger, sondern stürmte mit dem Fleisch in der Hand und Tränen in den Augen hinaus auf die Straße.

Am liebsten hätte sie sich geohrfeigt, weil sie geglaubt hatte, dass sie und die Kinder hier je ein normales Leben führen könnten. Sie würden immer Menschen zweiter Klasse bleiben. Sie waren hier nicht erwünscht. Drecksfinnen.

Und am Abend sollte sie mit Nils Eklund essen gehen, dem hiesigen Goldjungen. Was glaubte sie eigentlich, wer sie war?

Sie drehte das Gesicht in Richtung der warmen Sonne, damit sie ihr die Tränen aus dem Gesicht brannte. Sie *konnte* nicht mit ihm ausgehen.

Als sie wenig später in ihre Straße einbog, spielte Matias noch immer mit den Nachbarsjungen. Ritva saß mit ihrem Schwedischbuch in einer Ecke des Hofes und lernte. Tuula eilte hinauf in die Wohnung und stellte den Ofen an. Ihr Ausflug zum Fleischer hatte ewig gedauert, und nun war sie spät dran. Sie legte das Fleisch in eine Bratenform, würzte es mit allem, was da war, schnitt Zwiebeln, schob sie neben das Fleisch, bestrich es mit Butter und stellte die Form ins Rohr. Nicht das beste Stück Fleisch, aber vielleicht würde es trotzdem für alle reichen.

Dann ließ sie sich auf einen Küchenstuhl sinken. Sie sollte

sich allmählich fertig machen. Aino war mit einem Paar Stöckelschuhen vorbeigekommen, die Tuula sich hatte leihen wollen und die jetzt in der Küchenecke standen wie ein Mahnmal des Hohns. Was nützten schon schicke Schuhe, wenn alle Welt glaubte, dass man das Schlimmste, das Hässlichste war, was es auf Erden gab?

Eigentlich hatte sie ihr dünnes Baumwollkleid zu den Stöckelschuhen und Ainos Übergangsmantel tragen wollen, und sie hatte sich sogar Lockenwickler geliehen, die Aino von Lydia geschenkt bekommen hatte. Sie hatte zwar keine Dauerwellenflüssigkeit zur Hand, aber zumindest eine Weile hätten die Locken auch so halten dürfen. Inzwischen wäre es höchste Eisenbahn, die Haare auszukämmen, sich umzuziehen, die Augenbrauen nachzuziehen und die Wimpern zu tuschen, Rouge auf die Wangen und einen Hauch Lippenstift aufzutragen. Der Lippenstift war mit das Letzte gewesen, was sie in ihren Koffer geworfen hatte, bevor sie ihr Zuhause in Rovaniemi verlassen hatte. Sie war sich unendlich eitel vorgekommen – inmitten eines tobenden Krieges und obendrein als Witwe mit zwei kleinen Kindern –, überhaupt an so etwas wie Lippenstift zu denken. Gleichzeitig hatte er für die Hoffnung auf Normalität gestanden: Möglicherweise würde sie irgendwann wieder ein Leben führen können, in dem sie an derlei banale Sachen wie einen Lippenstift denken durfte.

Doch dieser Traum war in weite Ferne gerückt.

Ein Klopfen an der Wohnungstür riss sie aus ihren düsteren Gedanken. Als sie die Tür aufmachte, stand Aino vor ihr und strahlte übers ganze Gesicht.

»Oh, wie gut es hier riecht!« Sie trat über die Schwelle.

»Ich habe einen Braten vorbereitet, den du gern mitnehmen kannst, wenn ihr bei euch essen wollt.«

»Danke! Und? Freust du dich schon? Ich bin so gespannt …« Im selben Moment verblasste ihr Lächeln. »Aber Liebes, hast du dich noch gar nicht umgezogen? Und deine Haare … Natürlich bist du auch so bildschön, aber ich dachte … Du musst dich beeilen! Er kommt doch schon bald, um dich abzuholen!«

Tuula schluckte trocken. »Ich muss ihm absagen.«

»Ihm absagen? Was soll das heißen?«

»Ich muss wohl zu ihm gehen … oder wenn du das tun könntest?«

»Aber weshalb willst du ihm denn absagen? Herzchen, er ist in einer halben Stunde hier! Ihm jetzt abzusagen, das schaffen wir nicht mehr.«

»Ich glaube einfach nicht, dass es eine gute Idee ist.«

Aino nahm ihre Hände. »Liegt es an Juhani?« Sie sah Tuula in die Augen. »Glaubst du nicht, er hätte gewollt, dass du wieder glücklich wirst? Und dass es an der Zeit ist, den nächsten Schritt zu gehen?«

»Daran liegt es nicht, es ist … Ich gehöre nicht hierher. Was sollen die Leute denken, wenn sie mich mit Nils sehen? Es will mich niemand hierhaben. Kann ich das Nils wirklich zumuten?«

»Meine Liebe, Nils ist ein erwachsener Mann und kann das durchaus selbst entscheiden. Er mag dich, und dich sollte wirklich nicht kümmern, was die anderen im Dorf davon halten. Das sind doch nur Bauerntrampel, wenn du mich fragst!« Aino verzog den Mund. »Wenn die kein anderes Thema haben als dich und Herrn Eklund … Tja. Dann lass sie doch reden!« Aino schob Tuula zurück in die Küche, drückte sie auf einen Stuhl und ging Tuulas Haarbürste holen. »So. Und jetzt ziehst du dich um, damit ich dir die Haare hochstecken kann, während du dich ein bisschen schminkst.«

Gesagt, getan. Tuula huschte ins Schlafzimmer und zog sich eilig das dünne Baumwollkleid an. Sie war dankbar für die Uniform, die sie bei der Arbeit trug; so wurden die wenigen Kleidungsstücke, die sie besaß, nicht zusätzlich beansprucht. Sie warf sich ein Baumwolljäckchen über, ging zurück in die Küche und schlüpfte in Ainos Stöckelschuhe. Im selben Moment kamen die Kinder nach oben, und Aino, die unterdessen Kartoffeln aufgesetzt hatte, bat Matias, Heikki Bescheid zu geben, dass sie in Tuulas Wohnung essen würden. Dann steckte sie vor dem Schlafzimmerspiegel Tuulas Haare hoch, während Tuula sich schminkte, in Ainos Mantel schlüpfte, den Kindern Gute Nacht sagte und um Punkt Viertel nach sieben hinaus auf die Straße trat.

In einem grauen Anzug, einem dunkelblauen Schlips und mit Hut kam Nils auf sie zu. Er sah wie immer unfassbar gut aus. Unter dem Hut war das dunkle, lockige Haar zu erahnen, und er lächelte sie warmherzig, fast bewundernd an. Nebeneinanderher spazierten sie in Richtung Hauptstraße. Tuula spürte die Blicke auf sich, doch Nils tat so, als wäre nichts, und grüßte die anderen Passanten. Sie bogen in Richtung Fluss ab und überquerten die Brücke, die zum Marktplatz hinüberführte. Es roch nach See, und Tuula glaubte sogar ein paar erste Blüten zu riechen, als sie an einigen Gärten vorbeigingen. Was blühte da denn bereits? Die Traubenkirsche, der frühe Flieder. Aber auch die Gold-Johannisbeere und bestimmt die Pflaume.

Vor ihnen tauchte das örtliche Hotel auf. Nils zog die schwere Eingangstür auf, und Tuula versank mit ihren Absätzen regelrecht in dem roten Teppich, der sich hinter dem Eingang erstreckte. An einem kleinen Pult wartete der Restaurantleiter, und als sie auf ihn zutraten, war Tuula von Kopf bis Fuß angespannt. Sie rechnete damit, dass sie jeden Moment des Hauses verwiesen würde oder dass sie auf einen Tisch warten müssten, doch sie wurden umgehend willkommen geheißen.

Der Restaurantleiter wies ihnen einen Tisch im Speisesaal zu. An den deckenhohen Fenstern hingen schwere grüne Vorhänge aus Samt, mitten im Saal ein Kristallleuchter, und von überallher waren das Klimpern von Silberbesteck auf dünnem Porzellan und das Klirren von Gläsern zu vernehmen. Es war ungeheuer fein hier – das feinste Lokal, das sie je betreten hatte.

Nils zog ihren Stuhl unter dem Tisch hervor, und sie setzte sich auf das weiche Lederpolster. Er nahm ihr gegenüber Platz und bestellte für sie beide je ein Glas Sherry. Tuula nahm vom Restaurantleiter die Speisekarte entgegen, legte sie vor sich auf die blitzblanke Tischplatte und schlug sie auf. Sie bestellten Garnelensalat auf Knäckebrot als Vorspeise und auf Nils' Empfehlung hin als Hauptspeise das Rinderfilet.

Während sie den Sherry aus filigranen Kristallgläsern tranken, stellte Nils ihr interessierte Fragen zu Finnland und zu ihrer Heimatstadt. Tuula verlor sich regelrecht in ihren Erzählungen über das dortige Leben, über Rovaniemi und die magischen Winter, in denen man Polarlichter erleben konnte. Hier und da nippte sie an ihrem Aperitif, der sie wohlig wärmte. Es war lange her, dass sie zuletzt Alkohol getrunken hatte – das letzte Mal war bei ihrem Schwiegervater gewesen, kurz bevor Juhani in den Krieg gezogen war.

»Danke, dass wir bei deinem Fußballspiel vorbeikommen und zuschauen durften. Matias spricht seither von nichts anderem mehr.«

»Das hat Spaß gemacht!« Er lächelte. »Was ist denn deine liebste Freizeitbeschäftigung?«

Freizeitbeschäftigung? Ihr schoss durch den Kopf, dass nur Leute mit viel Zeit Freizeitbeschäftigungen hatten. In Rovaniemi war sie rund um die Uhr mit der Arbeit in der Pension und dann mit den Kindern beschäftigt gewesen – und mit Hausarbeit, mit Putzen, mit ihrem Garten und den Beeten, in denen sie Gemüse angebaut hatte. Bevor Juhani eingezogen worden war, hatte sie hier und da noch für Dinge Zeit gehabt, die Spaß gemacht hatten, doch das war so lange her, dass sie sich kaum noch daran erinnern konnte. Spaß – was hatte ihr Spaß gemacht? Oh, die Gartenarbeit, damals, als sie noch nicht überlebenswichtig gewesen war. Sie hatte ihre Blumen geliebt – die Duftwicken, die sich um den Zaun gewunden hatten, die Klematis, die an der Hauswand emporgerankt war, den Rittersporn, die Margeriten, Fingerhut und Akelei, die überall im Garten standen. Und sie hatte gelesen, besonders im Herbst und im Winter, wenn es draußen stockfinster war und der Garten im Winterschlaf lag. Leider war sie nie eine gute Näherin gewesen, was ihrer Mutter zufolge an ihren ungeschickten Fingern lag.

Sie sah ihn an. »Na ja, seit Kriegsausbruch hatte ich kaum noch die Möglichkeit dafür … also, für Freizeitbeschäftigungen.«

»Nein, das verstehe ich.« Nils nahm einen Schluck Sherry. »Entschuldige, das war gedankenlos von mir.«

»Ach nein, nicht doch. Vor dem Krieg war das anders … vor dem Tod meines Mannes. Ich habe immer gern im Garten gewerkelt. Und ich habe gern gelesen.«

»Ach. Und warst du schon in der örtlichen Bibliothek?«

»Noch nicht.«

»Da *musst* du hingehen! Sie ist nicht groß, aber man findet so einiges. Außerdem gibt es an der Hauptstraße eine Buchhandlung.«

Dort war sie bereits gewesen und hatte sich umgesehen, dann aber nichts gekauft. Sie hatte sich stattdessen von Lydia ein Buch von Selma Lagerlöf geliehen, weil sie gern etwas auf Schwedisch lesen wollte und glaubte, dass sie auch auf diese Weise einiges über ihr neues Heimatland lernen würde.

Die Vorspeise wurde serviert – und war phantastisch. Tuula brachte kaum ein Wort heraus, während sie aßen. Sie musste sich zusammenreißen, um sich das Knäckebrot und den schmackhaften Garnelensalat nicht in einem Happs einzuverleiben. Stattdessen achtete sie darauf, das Besteck beiseitezulegen, während sie kaute, und zwischen den Bissen zu reden, um das Geschmackserlebnis so lange wie möglich auszukosten – teils, weil sie so etwas Gutes seit Jahren nicht mehr gegessen, wenn überhaupt, teils aber auch, um nicht gierig zu erscheinen.

Dann war die Hauptspeise an der Reihe. Der Kellner kam mit einem Rollwagen, lüpfte die Glocke vom Silbertablett, und darunter kam ein großes Rinderfilet zum Vorschein. Er schnitt ein paar Scheiben davon ab und legte die hellrosa Stücke auf einen warmen Teller, den er Tuula vorsetzte. Anschließend war Nils an der Reihe. Zum Fleisch gab es gekochte Kartoffeln und Soße aus einer Sauciere.

Das Filet war mürbe und zart, und die Kartoffeln waren perfekt gekocht – es schmeckte einfach himmlisch. Nils hatte zum Hauptgang einen Rotwein bestellt, und allmählich spürte Tuula den Alkohol und nippte nur mehr vorsichtig an ihrem Glas.

Zur Nachspeise entschieden sie sich für in Zimt marinierte Birne mit Sahne und einen Kaffee. Als sie fertig waren, war Tuula so satt, dass sie schon fürchtete, sie würde nie von ihrem Stuhl hochkommen.

Nils bat um die Rechnung, bezahlte, und dann sah er sie an. »Ich ahne schon, dass du nach Hause zu deinen Kindern musst, aber wollen wir nicht noch kurz spazieren gehen?«

»Gern. Das tut nach dem Essen sicherlich gut.«

Draußen hatte die Dämmerung eingesetzt, doch noch war der Himmel hell. Als sie den Marktplatz überquerten, nahm Nils ihre Hand. Sie gingen nebeneinanderher, immer wieder streifte sie mit der Schulter seinen Oberarm, und es fühlte sich nach Geborgenheit an.

Nils erzählte ein wenig über die Orte, an denen sie vorbeikamen, und zeigte ihr die Wohnung, in der er und sein Bruder zur Welt gekommen waren. Wo sie Verstecken gespielt hatten, wenn ihre Mutter beim Einkaufen gewesen war, wo er Rad fahren gelernt und wo sie sich im Sommer immer Eis gekauft hatten. Wo man am besten runter ans Wasser kam, wenn man baden gehen wollte. Sie genoss es, das Dorf aus seiner Sicht kennenzulernen. So fühlte es sich gleich ein klein wenig heimischer an.

Vor dem rot gestrichenen Zaun zu Tuulas Innenhof blieben sie stehen.

Nils sah sie an. »Danke für den wunderbaren Abend, Tuula.«

»Nein, ich habe zu danken – dank dir für die Einladung! Ich habe mich wahnsinnig wohlgefühlt.«

»Ich mich auch. Es war …« Nils sprach nicht weiter, sondern blickte empor in den Himmel und zu den Sternen, als könnte er dort die passenden Worte finden. »Es ist so leicht, sich mit dir zu unterhalten und mit dir zusammen zu sein. Du gibst einem ein gutes Gefühl.«

Sie lächelte. Das Gleiche empfand sie in seiner Gegenwart. Seine sorglose Art bescherte ihr das Gefühl, wieder lebendig zu sein.

Er beugte sich vor. Und dann küsste er sie, mit seinen weichen Lippen und seiner sanften Zunge. Ja, er gab ihr das Gefühl, wieder lebendig zu sein.

22. Kapitel

Tags darauf brachte Henrik seine beiden Sauerteigbrote mit, doch sein Vater sah wenig begeistert aus.

»Benutzt du immer noch das alte Anstellgut?« Mit leicht angewidertem Gesichtsausdruck nahm er die Laibe entgegen.

»O ja. Es ist das Beste auf der Welt.«

»Ah, ich liebe Sauerteig!«, sagte Anita und sah ihren Mann an. »Ich hab nie begriffen, was du dagegen hast.«

Henrik ging in die Küche, schnitt eine Scheibe ab und gab sie Anita.

Sein Vater zuckte mit den Schultern. »Ich finde einfach, er wird überschätzt.« Dann drehte er sich weg. »Dieser Sauerteig und die Geschichte drum herum haben eurem Großvater fast die Existenz gekostet.«

»Oh, wie gut das riecht! Darf ich?« Elnaz hatte die Küche betreten, stibitzte sich eine Scheibe und bestrich sie mit Butter. »Ich *liebe* dein Sauerteigbrot!«

Sein Vater sah sie missbilligend an.

»So, dann wäre jetzt der Weihnachtsbaum dran!«, verkündete Elnaz mit vollem Mund.

Abermals wurden sie im Arbeitszimmer von Henriks Vater geschminkt. Dann kam Ellen – gerade rechtzeitig zum Drehstart – und quittierte Toms flüchtiges Wangenküsschen mit einem steifen Lächeln, was der sonst so herzlichen Frau gar nicht ähnlichsah. Rund um den Weihnachtsbaum gingen sie inmitten von Schachteln mit Lametta, Lichterketten, Weihnachtsbaumkugeln und Knallbonbons in Position. Der Baum wurde dekoriert, im Hintergrund lief Weihnachtsmusik, und sie aßen Plätzchen. Die Kinder waren ausgelassen, und Henrik konnte sich halbwegs entspannen, während er ganz in seiner Rolle als Hasse Eklunds glücklicher Sohn aufging.

Anschließend sollten er und sein Vater Safranschnecken backen. Jahr für Jahr wechselten Tom und er sich damit ab. Vor laufenden Kameras herrschte Harmonie zwischen Henrik und Hasse. Sie waren sich einig, dass der Teig genau so elastisch war, wie er sein sollte, dass die Safranmenge stimmte und die Milch gar nicht notwendigerweise zimmerwarm sein musste, dass sie dem Teig aber noch ein bisschen mehr Gärzeit geben wollten. Sein Vater erwähnte, dass Henrik als kleiner Junge nie die Geduld aufgebracht hatte, den Teig lange genug gehen zu lassen. Henrik hörte nur mit halbem Ohr zu. Das meiste, was sein Vater erzählte, war ohnehin nie so passiert. Sein Vater hatte keine schönen Erinnerungen an seine Kinder, weil er nie Zeit mit ihnen verbracht hatte.

Doch jetzt plauderte er über Henrik, gab Anekdötchen zum Besten und sah ihn an, als wäre sein Sohn etwas ganz Besonderes. Als wäre er ihm unschätzbar wichtig. Dass seine väterliche Liebe vor laufenden Kameras derart bedingungslos sein konnte … Das Schlimmste war, dass Henrik jene Momente, in denen sein Vater so war, immer gierig in sich aufgesaugt hatte; und auch diesmal war es fast wieder so – ehe er sich ins Gedächtnis rief, wie sein Vater ihn in Wahrheit behandelte.

Als die Szene halb geschafft war, legten sie eine Kaffeepause ein. Während sie sich am Kaffee- und Sandwich-Büfett der Produktionsfirma bedienten, sprach Hasse seinen Sohn an. »Und, hast du schon eine Alternative gefunden?«

»Wovon redest du?«

»Na, für nächsten Herbst.« Der liebevolle Blick von zuvor war erloschen.

»Niemand plant, *Ärmel hoch* aus dem Programm zu nehmen.«

Henrik setzte sich an den großen Esstisch und nahm einen Schluck Kaffee. Er schmeckte bitter. Er hoffte, dass sein Vater sich so weit weg wie nur möglich auf seinen Lieblingssessel im Erker setzen würde.

»Nicht?« Er kniff die Augen zusammen, während er einen Stuhl neben Henrik rückte.

Tom setzte sich zu ihnen, was seinem Vater egal zu sein schien. Womöglich wollte er sogar, dass Henriks Bruder alles mitanhörte.

»Genau das habe ich befürchtet«, fuhr ihr Vater fort. »Dass du nicht genug Rückgrat haben würdest.«

Henrik sah ihn müde an. »Was soll das denn schon wieder heißen?«

»Dir ist immer schon alles in den Schoß gefallen – durch mich. Dein Job, die Firma, dein Bekanntheitsgrad. Von meinen Kindern habe ich mir immer nur gewünscht, dass ihr ein wenig mehr Biss hättet, und es macht mich wütend, dass du nie etwas Eigenes zustande gebracht hast.« Er stand auf, nahm seinen leeren Teller und verließ das Zimmer.

Henrik wich Toms Blick aus. Er schaffte es nicht, seinen Bruder anzusehen, stattdessen starrte er das Sandwich mit Fleischbällchen an. Ihm war der Appetit vergangen.

Nach einer Weile setzten sie die Dreharbeiten fort. Jetzt waren die Teige dran, die sie tags zuvor vorbereitet hatten. Sie prüften die Elastizität, indem sie ein Stück davon abzupften und auseinanderzogen.

»Perfekt!« Sein Vater lachte herzlich. »Keiner macht so guten Safranteig wie du, Henrik!« Er lächelte breit und beugte sich vor zu ihm. »Nur darfst du das Tom nicht verraten!«, flüsterte er gerade laut genug, dass es über die Mikrofone zu hören war. Henrik grinste schief. Ihm war übel. Wie lange würde er dieses Doppelspiel noch mitmachen können?

Sie verbrachten den Tag mit Backen, Kochen und weiterem Dekorieren. Zuletzt wurde gefilmt, wie Camilla die Blumen auf dem Esstisch arrangierte, und endlich konnte Henrik den Drehort und das Haus seines Vaters verlassen und in seine eigene Wohnung zurückkehren.

Eigentlich hätte er noch seine Kumpels treffen wollen. Sie waren seit der Schulzeit eine Clique und trafen sich regelmäßig zum Essen, auch wenn Henrik öfter aussetzen musste; doch jetzt schickte er den Jungs eine SMS und sagte ab. Er konnte einfach nicht mehr. Stattdessen ging er nach draußen und joggte eine Runde durch die Kälte, duschte anschließend ausgiebig, goss sich einen Whisky ein und schlief vor einer alten *Seinfeld*-Folge mit dem halb leeren Glas vor sich ein.

Am folgenden Tag ging es weiter, alle waren früh da, und zuallererst zogen sie sich Schlafanzüge an, damit es aussah, als hätten sie alle dort übernachtet. Die erste Szene spielte sich am Frühstückstisch ab: Anita servierte den traditionellen Milchreis, und sie aßen Weihnachtsschinken auf Würzbrot. Alle lobten Anitas neue Art der Zubereitung, und sie bedachte sie reihum mit einem dankbaren Lächeln.

Pünktlich zum Mittagessen und zur nächsten Szene kamen Anitas Sohn Niklas und seine Familie. Die Produktionsfirma hatte das meiste schon vorbereitet, doch Henrik, Camilla und Tom wurden gefilmt, wie sie mehr Schinken aufschnitten, Würste bereitlegten und Fleischbällchen und Kartoffeln in große weiße Schüsseln mit Goldrand füllten, die aus dem Elternhaus ihres Großvaters stammten. Henrik schnitt auch ein paar dicke Scheiben vom gestrigen Sauerteigbrot ab. Er war drauf und dran, den Fernsehleuten von den Kommentaren seines Vaters zu erzählen, und wusste, das würde Wellen schlagen, doch dann hielt er brav den Mund.

Anschließend kamen seine Mutter und Vanja – und sofort breitete sich im Zimmer die übliche Eiseskälte aus, die zwischen Henriks Mutter und seinem Vater herrschte. Sie begrüßten einander mit einem förmlichen Handschlag und steifen Wangenküsschen. Vanja tat es Henriks Mutter gleich –

und wenn es jemanden gab, den Henriks Vater noch mehr verabscheute als seine Ex-Frau, dann war es Vanja. Henrik verstand einfach nicht, warum die beiden bei den diesjährigen Aufnahmen dabei waren. Sie hatten einen großen Sack voller Geschenke dabei, die unter dem Weihnachtsbaum arrangiert wurden, wo ohnehin schon haufenweise Pakete in Rot, Weiß und Weihnachtsmannmuster lagen. Einige Päckchen waren echt, damit das eine oder andere geöffnet werden konnte, doch bei den meisten handelte es sich lediglich um leere, wenn auch schmucke Kartons.

Alle ließen sich im Salon nieder, und die Aufnahmen mit der ganzen Großfamilie starteten, sowie Kaffee und Kuchen serviert wurden, während sie sich den Weihnachtsklassiker im Fernsehen – oder vielmehr vom Band – ansahen: Walt Disneys *From All of Us to All of You*. Anschließend machten sie einen gemeinsamen Winterspaziergang, ehe das Abendessen vorbereitet würde.

Draußen lag immer noch Schnee und sorgte für eine märchenhafte Atmosphäre. Es war dämmrig geworden, die Luft war klirrend kalt und die Feuchtigkeit zu kleinen, im Dunkeln blitzenden Eiskristallen gefroren.

Henrik gesellte sich zu seiner Mutter, doch weil die Kameras sie begleiteten, konnten sie nicht offen reden. Er beobachtete seinen Vater, der zwischen Camilla und Niklas vorwegging, redete und lachte wie der wohlmeinende Patriarch. Sie würden draußen nur ein paar kurze Sequenzen drehen, trotzdem war es schön und befreiend, zwischendurch aus dem beengten Haus an die frische Luft zu kommen.

»Habt ihr eigentlich schon über die Vorstandssitzung gesprochen?«, fragte seine Mutter, kaum dass die Kameras und Mikrofone weit genug weg waren. Ihr Atem bildete kleine Wölkchen in der kalten Luft. Henrik hatte ihr von dem missglückten Treffen mit seinem Vater erzählt, und sie hatte ihm Mut zugesprochen: Vanja und sie glaubten fest an seine Pläne.

Er schüttelte den Kopf. »Wenn ich es richtig verstanden habe, sind Camilla und Tom noch immer dafür, aber mit Papa habe ich nicht mehr darüber gesprochen.«

Seine Mutter sah ihn mitfühlend an. »Es ist sicher richtig, dass du ein bisschen abwartest. Wenn er mal eine Entscheidung getroffen hat, ist er schwer vom Gegenteil zu überzeugen.«

Irgendwann kehrten sie wieder um. Der Abend klang mit einem Fischgericht aus – natürlich nach einem Hasse-Eklund-Rezept. Die Szene, in der er den Lutfisk vorbereitet hatte, war bereits am frühen Morgen gefilmt worden, doch jetzt sollten Henrik und Tom die Sahnesoße dazu kochen. Sie drehten alles in allem nur eine halbe Stunde, trotzdem fiel es Henrik zusehends schwer, die Fassade aufrechtzuerhalten und neben seinem Bruder gute Miene zu machen. Zum Glück waren sie mit Gesprächsthemen versorgt worden, an die Henrik sich klammerte. *Spiel einfach*. Doch die Schauspielerei zehrte an seinen Kräften. Er sah seinen Bruder an, der Muskat rieb und erzählte, wie Henrik sich als Kind mal die Fingerspitze an einer Muskatreibe aufgeschlitzt hatte und das Blut nur so gespritzt war, woraufhin Tom in Ohnmacht gefallen war. Henrik nötigte sich zu lachen, auch wenn sich in ihm alles zusammenzog. Wie viel in seinem Leben war eigentlich geschauspielert gewesen?

Als sie fertig waren, nahm Elnaz ihn beiseite.

»Don hat sich die letzten Szenen von *Ärmel hoch* angesehen und will mit uns und Ted reden. Hast du kurz Zeit?«

Er ging hinter ihr her in den ersten Stock, wo sein früheres Kinderzimmer als Bibliothek diente. Dort setzten sie sich auf eine rote Samt-Chaiselongue. Elnaz rief Ted und Don an und schaltete den Lautsprecher ein.

»So, jetzt sind wir alle dran, Don.«

»Ich komme wohl besser sofort zur Sache«, sagte er. »Das war das Langweiligste, was ich je gesehen habe. Ich kann *nichts* fühlen! Da ist jede Lottoziehung spannender! Ich will *Gefühle*, begreift ihr das nicht?«

»Ich glaube ja an diesen Flirt«, warf Elnaz ein und wirkte gestresst. »Henrik und Nora haben sich auf ein Glas Wein getroffen – und das lief doch gut, oder nicht?«

»Na ja, ich …«, hob Henrik an.

»Also«, fiel Don ihm ins Wort, »wenn ihr unbedingt diese Flirt- und Romantikschiene fahren wollt, dann muss irgendwas *fucking* passieren! Feuerwerk, die Atombombe – *irgendwas*, ist das klar?«

»Natürlich«, hörte Henrik sich selbst sagen.

»Ich würde gern noch ein paar Szenen sehen, in denen ihr sie aus der Reserve lockt«, fuhr Don fort. »Einfach nur, um einzuschätzen, was noch aus ihr herauskommt. Ich habe den Eindruck, dass ihr da auf etwas richtig Großem sitzt und es nicht merkt. So heißblütige Frauen machen sich im Fernsehen immer gut!«

Henrik behagte nicht, wie Don hinter Noras Rücken über sie redete.

»Japp. Verstanden«, sagte Ted.

Sie legten auf, und Elnaz sah Henrik ermattet an. »Wie schon gesagt, ich will diese Richtung eigentlich lieber nicht einschlagen, das fühlt sich nicht richtig an. Ich bin Erniedrigungsfernsehen wirklich leid. Aber an einen Flirt, an ein bisschen Verliebtheit glaube ich tatsächlich.«

Henrik indes hatte all die Falschheit in seinem Leben satt. Vor laufenden Kameras vorgetäuschtes Familienglück – er wollte nicht auch noch Verliebtheit spielen.

»Ich weiß nicht. Kann das wirklich funktionieren?«, entgegnete er skeptisch.

»Seid ihr so weit?« Der Produktionsassistent war in der Tür aufgetaucht. »Wir müssen weitermachen. Deine Szene, Henrik – Digestif und Weihnachtssüßigkeiten.«

Er war erleichtert, dass er nicht weiter mit Elnaz diskutieren musste, stand auf und verließ das Zimmer, noch bevor Elnaz etwas erwidert hatte. Er musste jetzt an etwas anderes denken.

Die Kinder hatten sich vor dem Fernseher versammelt und sahen sich eine Sendung an, während die Erwachsenen Dessertwein aus becherförmigen Kristallgläsern tranken, die ebenfalls aus dem Erbe von Henriks Großvaters stammten. Es knisterte im Kamin, draußen fiel weiter Schnee und erhellte den dunklen Nachmittag.

»Wie laufen denn die Geschäfte, Vanja?«, fragte Henriks Vater und schwenkte seinen Kognak. Dessertwein war nicht sein Ding.

»Oh, ganz ordentlich.«

»Wie mir zu Ohren gekommen ist, habt ihr euch Henriks Pläne für diese Bäckerei angesehen.«

»Das stimmt«, sagte Vanja. »Oder … Das hat ein Kollege von mir übernommen. Der Businessplan war lupenrein.«

Henriks Vater schnaubte. »Dass die Bank so einen Businessplan durchgewinkt hat, kann doch nur mit Vetternwirtschaft zu tun haben.«

»Wie gesagt, einer meiner Kollegen hat ihn sich angesehen«, erwiderte Vanja beherrscht.

»Henrik kann einen guten Saffranteig herstellen, aber ein Unternehmer ist er nicht.«

Ringsum wurde es still, wie jedes Mal, wenn sein Vater zu seinen Tiraden anhob. Niklas saß schweigend in der Ecke und musste sie alle für total verrückt halten. Henrik fragte sich oft, was Niklas davon hielt, dass seine Mutter Hasse geheiratet hatte. So jemanden wünschte man der eigenen Mutter doch nicht, wie er aus eigener Erfahrung sagen konnte.

Henrik starrte in die Flammen im Kamin.

»Hör auf damit, Hans«, sagte seine Mutter.

»Sag du mir nicht, was ich in meinem eigenen Haus sagen darf und was nicht«, donnerte sein Vater.

»Aber so, wie du über deine Kinder sprichst …«, hob Vanja an, doch Henriks Mutter legte ihr die Hand an den Arm, brachte sie zum Schweigen und sah zu ihrem Ex-Mann.

»Vanja hat recht. Wie du über *meine* Kinder sprichst – das will ich wirklich nicht mehr hören.«

»Ach, und was machst du dann hier? In meinem Haus?«

Seine Mutter antwortete nicht, sondern starrte ihn nur finster an.

»Und Henrik muss die Wahrheit doch hören. Ich bin nur deshalb so hart zu ihnen, weil sie sich nie etwas selbst erarbeitet haben. Weil sie in all das hier – die Bekanntheit, das Geld – hineingeboren wurden. Aber wenn man jede Schnapsidee umsetzen will, dann geht das Unternehmen den Bach runter. In dieser Hinsicht ist er genau wie sein Großvater. Und wenn Henrik je etwas unter Beweis gestellt hat – mit diesem Take-away-Kaffee-Fiasko –, dann, dass er kein Unternehmertyp ist. Backen kann er, und er macht sich gut im Fernsehen, aber er wird *niemals* ein eigenes Geschäft führen.«

Henrik zuckte zusammen, als hätte er eine Ohrfeige verpasst bekommen, und sah wider Willen zu seinem Vater, der demonstrativ woanders hinblickte. Er hätte an sich nicht schockiert sein dürfen, sein Vater hatte nie an ihn geglaubt, trotzdem schmerzten seine Worte ungemein.

Im nächsten Moment kam Elnaz mit einem fröhlichen Gesichtsausdruck auf sie zu. »Bereit, alle miteinander?«

»Klar.« Henrik gab sich alle Mühe, über die Demütigung hinwegzugehen. Herrgott, so etwas war er doch mittlerweile gewöhnt – so schwer konnte das doch nicht sein? Er nahm einen großen Schluck Wein, der so süß war, dass sein Mund kribbelte. Dann stand er auf, holte tief Luft, und der Geruch des Holzfeuers kitzelte ihn in der Nase.

Er nahm die Position ein, in der er gefilmt werden sollte, und kaum dass er anfing, über den französischen Dessertwein zu reden, dämmerte ihm mit einem Mal, dass er einen Beschluss gefasst hatte: Er würde nicht mehr klein beigeben, sein Vater würde den Sendeplatz im Herbst nicht bekommen, und das Weihnachtsspecial von *Ärmel hoch* würde das beste aller

Zeiten werden. Ihre Stammzuschauer wären überrascht, neue Zuschauer würden hinzukommen, und alle Welt würde darüber reden.

Er hatte sein Lebtag Dinge vorgetäuscht, und er würde auch eine Romanze vortäuschen. Und wenn die Produktionsfirma und der Sender an echte Gefühle glaubten, dann würden sie die bekommen. Reality war gefragt, und er würde ihnen *Paradise Hotel* liefern.

23. Kapitel

Während Henrik zu Hause in Stockholm war, bereitete Nora in Västervik unter Hochdruck den Autorenabend vor. Auch wenn die Konditorei wegen der Renovierungsarbeiten geschlossen war, konnte sie schließlich in der Backstube stehen. Am Abend vor der Veranstaltung nahm sie Henriks Pfefferkuchenrezept mit nach unten. Er hatte darin kein Piment vorgesehen; allerdings hatte sie bereits Piment eingekauft und war der Ansicht, dass es nicht schaden würde, ein bisschen davon unterzurühren. Sie gab das Gewürz zusammen mit den anderen in die Pfanne. Die Butter würde sie bräunen, so wie es in Henriks Rezept angegeben war, und sie war gespannt, wie das Ergebnis aussehen würde.

Mit den herrlichen Röstaromen von Nelke, Ingwer, Piment, Kardamom und Zimt in der Nase gab sie ein großes Stück Butter in einen Topf, rührte um, damit nichts anbrannte, und der herbe, leicht nussige Duft vermischte sich mit dem der Gewürze. Es würde göttlich werden. Sie stellte eine Riesenportion Teig her und rief sich ins Gedächtnis, dass auch sie bald mit dem Verkauf von Pfefferkuchen loslegen müsste. Ihre Kundschaft rechnete ab Ende November damit, und das wäre bereits kommende Woche.

Nach einer Weile roch die ganze Backstube nach Pfefferkuchen, und Nora drehte die Weihnachtsmusik lauter, die sie der Stimmung halber aufgelegt hatte. Sie biss in ein Sauerteigbrötchen, das sie zuvor gebacken hatte, und setzte sich, um ihr

Sortiment durchzugehen. Sie wollte sich zu Herzen nehmen, was Henrik gesagt hatte, und ihn mit einer stark reduzierten Liste überraschen, wenn er zurück wäre. Außerdem hatte sie von Jonathan, dem Gemüsetypen, von regionalem Getreide gehört, das sie zu einem neuen, spannenden Sauerteigbrot verarbeiten wollte. Die Sendung würde zu dem werden, was sie selbst daraus machte – und wenn sie Henrik mit einem reduzierten Warenangebot zuvorkäme, hätte sie dabei halbwegs die Kontrolle. An den drehfreien Tagen hatte ihr nämlich gedämmert, dass ihr genau das am meisten zugesetzt hatte: dass sie nicht mehr selbst darüber zu bestimmen schien, was um sie herum vor sich ging. Seit dem Tod ihrer Mutter war alles, was mit der Konditorei zu tun hatte, immer einfach nur passiert. Und was Henrik an jenem Abend im Harrys gesagt hatte – dass sie gewisse Dinge womöglich nur aus Pflichtgefühl backte –, war ihr nicht mehr aus dem Kopf gegangen. Und nach und nach hatte ihr eingeleuchtet, dass keine der Veränderungen, die sie vor Augen hatte, irgendetwas an ihren Erinnerungen an ihre Mutter, an ihre Eltern und die Großmutter verändern würde.

Sie sah hinaus in die Dunkelheit. Der Abend war sternenklar, und sie meinte, kurz einen besonders hell leuchtenden Stern zu sehen. In derlei Momenten war ihr immer sonnenklar, warum sie weiter für ihre Konditorei kämpfte. Sie liebte es hier: die Ruhe, den Frieden, wenn sie allein in der Backstube war und ihre unzähligen Brote und süßes Gebäck vorbereitete.

Sie backte Safranzöpfe, mehrere Sauerteigbrote und schließlich ihr Knäckebrot, das sie beim Autorenabend servieren würde, ehe sie in ihre Wohnung zurückkehrte und sich ins Bett legte.

Tags darauf war sie früh wieder in der Backstube und arbeitete zum Lärmen der Handwerker im angrenzenden Café weiter. Sie hatten einen Sichtschutz aufgestellt, damit sie nicht sah, was dort drinnen vor sich ging, und Nora musste sich zusammenreißen, um nicht durch einen Spalt zu spähen. Für den Autorenabend legte sie dicke Scheiben Weihnachtsschinken und Feigenspalten auf ihr Knäckebrot. Sie schnitt das Sauerteigbrot auf, kleckste eine Apfel-Edelschimmelkäse-Crème-fraîche darauf und dekorierte das Ganze mit angerösteten Mandelsplittern. Dann bereitete sie so viel wie nur möglich für die Wiedereröffnung der Konditorei vor: Hefeteige, Kleingebäck – all dies würde sie schon heute machen können, bevor Renée in aller Herrgottsfrühe übernehmen würde; allerdings würde es nur die Hälfte ihres üblichen Sortiments werden. Weniger Sorten, aber davon jeweils mehr – das wäre von nun an ihre Herangehensweise.

Die Veränderungen würden sich nach und nach niederschlagen, und auch der Autorenabend wäre ein willkommenes Extra, doch sie bewegte sich immer noch auf dünnem Eis. Ihr graute vor dem, was sie an diesem Abend noch würde tun müssen: mit Henrik über das reden, was er ihr im Harrys versprochen hatte. Aber sie benötigte nun mal seine Hilfe.

✷

Am Nachmittag betrat Nora die Buchhandlung Erik Hultgren. Genau wie das Nymans war sie in Västervik eine Institution. Nora hatte große Kisten gepackt, das Produktionsteam hatte ihr beim Transport geholfen, und nun richtete sie alles an, schnitt den Safranzopf auf und arrangierte die Leckereien auf einem großen Tisch. Den Glögg hatte sie bereits aufgewärmt und stellte Thermosflaschen und Becher bereit. Überall standen Amaryllis und Christrosen, und in den Schaufenstern der Buchhandlung hingen Weihnachtssterne. Angesichts des Duftes der Pfefferkuchen, des Safrangebäcks und des Glögg hätte man glatt glauben können, es wäre schon Dezember, obwohl es bis dahin noch ein paar Tage waren.

Die ersten Besucher trudelten ein, wurden mit Glögg und Schnittchen begrüßt, und einige konnten gar nicht genug davon kriegen. Das Kamerateam filmte die Gäste, aber auch Nora, die sich um die Bewirtung kümmerte, leere Tabletts beiseiteräumte und Servietten bereitlegte.

Dann kam der Fernsehstar. Für einen kurzen Moment verstummte das Gemurmel, und alle starrten ihn an – sogar Nora. Gott, wie hatte sie nur vergessen können, wie unverschämt gut er aussah! Henrik streifte sich die Mütze vom Kopf. Sein Haar hatte sich von der Feuchtigkeit draußen gelockt, und in seinem Bart hingen Tröpfchen. Er musste zu Fuß gekommen sein. Er fing ihren Blick auf und lächelte. Sie hätte nicht sagen können, was genau, doch irgendwas an ihm hatte sich verändert. Er sah … angespannt aus.

Im nächsten Moment sprach ihn eine Dame an, und schlagartig schien er sich wieder zu entspannen. Nora hatte so eine Ahnung, warum auch er von einer eigenen Bäckerei träumte: Er schien es zu genießen, mit Menschen umzugehen. Fürs Fernsehen zu backen, war einfach nicht das Gleiche wie echtes Handwerk, und ganz gleich, was sie zuvor von ihm gehalten hatte: Allem Anschein nach liebte Henrik seinen Beruf.

Er hielt auf die Bühne zu, hängte seine Jacke über einen freien Stuhl, und sie sah, wie sich darunter eine kleine Schmelzwasserpfütze bildete. Dann betrat er das kleine Podest und ließ den Blick durchs Publikum schweifen, das nach und nach vor ihm Platz nahm. Malin, die Buchhändlerin, stellte ihn vor, und als er anfing, von sich, vom Backen und von seinem neuesten Buch zu erzählen, war von Anspannung keine Rede mehr. Obwohl er im Grunde doch »nur« Bäcker war, kam Nora nicht umhin festzustellen, dass er für all das hier wie geschaffen war: die Aufmerksamkeit, im Mittelpunkt zu stehen. Er lieferte die perfekte Vorstellung ab, und jetzt, da es zur Abwechslung nicht um ihre eigene Konditorei ging, dämmerte ihr auch, was seinen Charme ausmachte und wie er andere begeisterte. Er schlug sein Publikum regelrecht in einen Bann, brachte es zum Lachen, flirtete mit den Damen in den vorderen Reihen, und Nora ertappte sich dabei, wie sie ihm lächelnd lauschte. Er hatte dieses gewisse Etwas: eine Ausstrahlung, wie sie nur echte Fernsehgrößen hatten.

»Ich liebe Västervik und fühle mich hier sehr wohl«, sagte er gerade und erzählte ein bisschen von den Dreharbeiten. Dann warf er Nora einen langen Blick zu. »Fast schon ein wenig *zu* sehr …«

Schlagartig zog sich ihr der Magen zusammen. Das Publikum drehte sich zu ihr um, und anscheinend hatte die Anspielung einen Nerv getroffen, weil sie alle vergnügt gluckten. Hatte sie irgendetwas verpasst? Bislang hatte er nicht unbedingt damit hinterm Berg gehalten, dass sie ihm sowohl die Dreharbeiten als auch den Aufenthalt in Västervik gründlich vermieste, auch wenn sie in den letzten Tagen ein klein wenig besser miteinander ausgekommen waren. Es hatte sogar die eine oder andere Berührung gegeben, den einen oder anderen Blick – aber nichts in der Richtung, die er gerade andeutete. War das etwas, was er für die Kameras tat?

»Und morgen wird die Konditorei Nymans wiedereröffnet«, fuhr er fort. »Frisch renoviert und natürlich mit jeder Menge phantastischem Brot. Kommen Sie gern vorbei!«

Im Anschluss an seinen Auftritt bildete sich eine lange Schlange vor dem Tisch, an dem Henrik seine Bücher signierte. Sobald der erste Andrang vorbei war, kaufte auch Nora der netten Buchhändlerin ein Exemplar ab und stellte sich an. Als sie an der Reihe war, blickte Henrik verwundert zu ihr auf. »Sie haben hoffentlich nicht dafür bezahlt?«

»Ich hab meine letzten Münzen dafür zusammengekratzt.« Lächelnd hielt sie ihm das Buch hin.

Henrik schrieb seine Widmung, und als sie das Buch entgegennahm, stand da: *Liebe Nora, viele schöne Stunden mit diesem Buch und hoffentlich auch mit mir. Henrik.*

Sie sah ihn mit großen Augen an, er schmunzelte, und ihr Herz fing an zu rasen. Was bitte schön hatte das zu bedeuten? Und warum reagierte sie gerade so heftig?

Es standen noch andere Leute an, und sie wich zur Seite aus. Überflog abermals Henriks Widmung. *Hoffentlich auch mit mir.* Er konnte sie doch gar nicht leiden? Was im Übrigen auf Gegenseitigkeit beruhte, diesbezüglich waren sie sich also einig. Dass sie ihn attraktiv fand, konnte sie sich selbst nicht erklären.

Als die Signierstunde vorbei war, stand Henrik auf und mischte sich unter die Gäste. Er nahm sich Schnittchen vom Büfett, und sie beobachtete ihn, wie er in einen Pfefferkuchen biss. Langsam kaute er darauf herum, dann schien er zu stutzen und nahm noch einen Bissen.

Grinsend ging sie auf ihn zu. »Na, was sagen Sie dazu?«

»Die schmecken wie meine Pfefferkuchen … und doch wieder nicht.«

»Einen Hauch besser womöglich?«

Er nahm noch einen Bissen. Und lächelte. »Okay, zugegeben, einen Hauch besser.« Schlagartig fiel ihr auf, dass sie ihn noch nie so hatte lächeln sehen. Erneut verspürte sie ein Ziehen in der Brust und musste tief durchatmen.

»Was haben Sie an dem Rezept verändert?«, fragte er, als er den Pfefferkuchen verputzt hatte.

»Ich hab die Gewürze angeröstet und noch einen Hauch Piment hinzugefügt.«

»Ganz phantastisch, das muss ich eingestehen.« Wieder schmunzelte er. »Haben Sie mich vermisst?«

»Ich weiß ja nicht, ob man eine nervige Mücke vermissen kann …«

Er musste lachen. »Ach, so sehen Sie mich also?«

Sie lächelte schief. »Vielleicht eher wie eine fiese Wespe. Auf jeden Fall aggressiver als eine Mücke. Aber mal ehrlich: Sie können ja sogar nett sein, wenn Sie sich ein bisschen Mühe geben!«

»Oh, danke, gleichfalls!«

War es wirklich möglich, dass sie freundlich miteinander umgehen konnten?

»Also …« Sie räusperte sich. Es widerstrebte ihr, dies hier zur Sprache zu bringen. Sie fühlte sich wie eine Bettlerin und warf einen flüchtigen Blick in Richtung der Kameras, doch die waren auf ein paar Frauen gerichtet, die in Henriks Buch blätterten und Elnaz' Fragen beantworteten. Sie sah zu Henrik hoch. »Dieser Abend beschert mir einige Einnahmen, und dafür bin ich auch wirklich sehr dankbar, aber ich weiß nicht, wie ich die übrige Zeit überstehen soll, bis …«

»Machen Sie sich keine Sorgen. Es sind ja noch ein paar Tage, in denen ich alles organisieren kann, oder?«

Leise seufzend nickte sie. »Trotzdem, ich weiß nicht. Vielleicht sollte ich mit Elnaz reden. Es fühlt sich nicht richtig an, es ihr zu verschweigen.«

»Keine Bange, ich rede mit ihr. Ich hab auch schon einen Plan, muss nur noch ein paar Sachen klären, bevor ich mit der Produktionsfirma spreche, aber dann gebe ich Ihnen Bescheid.«

»Im Augenblick weiß ich nicht mal, ob ich Geld für die nächste Bestellung habe.« Sie ging ein Stück näher auf ihn zu. »Ich habe mit meiner Buchhalterin gesprochen, und die hat ebenfalls dazu geraten, dass ich die Konditorei schließe, bevor noch mehr Schaden entsteht.«

»Schließen Sie nicht. Machen Sie mit der Sendung weiter, vertrauen Sie mir, in Ordnung?« Er sah sie ernst an.

»Aber ich …«

Im selben Moment beugte er sich vor und gab ihr einen Kuss – vor aller Augen, vor dem Publikum und den Fernsehkameras. Es war ein langer Kuss, er hatte sie an sich gezogen, und sie machte sich auch mitnichten von ihm los – und zwar, weil sie auf ihren weichen Knien nicht mehr hätte stehen können. Alles in ihr pulsierte, und sie wollte nichts lieber, als dass der Kuss bis in alle Unendlichkeit andauerte.

Doch irgendwann ließ er sie wieder los. Sie schlug die Augen auf und sah ihn atemlos an.

»Das war die einzige Möglichkeit, Sie zum Schweigen zu bringen«, sagte er leise und wandte sich im nächsten Moment einem älteren Paar zu, um sich beschwingt mit den beiden zu unterhalten. Nora sah sich verwirrt um. O nein! Die Kameras waren auf sie gerichtet!

Mit zittrigen Beinen stand sie da. Was bitte schön war in Henrik Eklund gefahren?

✷

»Draußen ist gerade tolles Licht – legen wir los!« Mit einem Nicken signalisierte Elnaz der Kamerafrau, dass sie beginnen konnten.

Es war der nächste Morgen, und sie standen vor der Konditorei. Gleich würde Nora erstmals mit eigenen Augen sehen, was bei der Renovierung herausgekommen war.

Henrik stand direkt hinter ihr. Sie konnte seine Nähe wie einen warmen Schutzschild spüren. Sie traute sich kaum, ihn anzusehen, und ärgerte sich darüber. Dieser Kuss … Sie hatte etwas gespürt. Wie konnte er da nur so tun, als wäre rein gar nichts passiert? Sie selbst war komplett durch den Wind gewesen, und als sie sich später am Abend hingelegt hatte, war ihr eins nicht mehr aus dem Kopf gegangen: Was, wenn es gar nichts mit der Sendung zu tun gehabt hatte? Was, wenn er sie geküsst hatte, weil er es hatte tun wollen? Umso ärgerlicher, dass sie sich überhaupt den Kopf zerbrach. Über so banale Dinge wie einen Kuss grübelte sie doch sonst nicht nach – so etwas perlte normalerweise von ihr ab. Andererseits hatte sie nie jemanden geküsst, mit dem sie zusammenarbeitete … mal abgesehen vom Gemüsetypen. Aber den hatte sie auch nicht tagtäglich vor Augen.

Sie schlossen die Tür auf, und angespannt trat Nora über

die Schwelle. Das Erste, was sie bemerkte, war der Geruch von frischer Farbe und Sägespänen. Sie ließ den Blick durch die Konditorei schweifen, und die Kameras waren schlagartig vergessen. Unwillkürlich schnappte sie nach Luft, und alle Beklemmung fiel von ihr ab.

Genau so hatte die Konditorei, als sie einst neu eröffnet worden war, auf alten Fotos ausgesehen – und gleichzeitig war da etwas Frisches, Modernes. Die Textiltapeten an den Wänden waren immer noch da, doch das Vanilleweiß, das mit der Zeit immer gelblicher geworden war, war frisch übermalt und die Wand hinter der Verkaufsvitrine mit kleinen weißen Kacheln gefliest worden. Darüber waren schwarze Regale angebracht, auf denen die Brote liegen würden, und davor stand ein langer Arbeitstisch aus hellem Holz. Die wuchtige Auslage war durch drei Glaswürfel mit Rahmen aus dem gleichen hellen Holz ersetzt worden, und darin hingen Glaseinsätze mit Holztabletts, auf denen die Backwaren und belegten Brötchen angerichtet waren.

Renée stand lächelnd hinter dem Tresen. Sie hatte die halbe Nacht und den frühen Morgen durchgearbeitet.

»Hübsch, nicht wahr?« Sie lächelte Nora an, die selbst nur ein Nicken zustande brachte.

Der Cafébereich war mit neuen, rustikalen Holzmöbeln eingerichtet. Die Sitzbänke an den Wänden waren zwar noch da, aber abgeschliffen und die roten Lederpolster gegen neue aus erdbeerrotem, festem Stoff ausgetauscht worden.

Nora war hin und weg und drehte sich zu Henrik um. »Es sieht ganz wunderbar aus!«

Er zog sich die Mütze vom Kopf. Wieder lockten sich seine Haare ob der Feuchtigkeit. Unwillkürlich hatte sie das Bedürfnis, ihm über den Kopf zu streichen, und sie erinnerte sich daran, wie sich sein Bart bei seinem Kuss an ihrem Kinn angefühlt hatte. Es prickelte am ganzen Körper.

Er sah sich um. »Ist toll geworden, oder?«

Sie räusperte sich und schob den Gedanken an Henriks Bart beiseite, den *sie* toll fand … und die Erinnerung an den Kuss, der noch toller gewesen war.

»Ich bin hingerissen«, sagte sie aufrichtig.

Henrik setzte sich an einen Tisch, und sie nahm ihm gegenüber Platz. Jemand hatte Kaffee gekocht, und der Produktionsassistent setzte ihnen je eine Tasse vor.

»Wir haben Bilder von der Eröffnung 1940 gefunden«, erklärte Henrik. »Damals war die Konditorei gekachelt und mit solchen schwarzen Regalen eingerichtet.«

Nora nickte. »In der Zwischenzeit ist hier immer mal renoviert worden – nur hat es das nicht unbedingt besser gemacht.«

»Wir dachten, es sollte sich neu und zugleich durchdacht und klassisch anfühlen. So entsteht ein ganz anderer Gesamteindruck, jetzt, da alles neu und aufpoliert ist.«

Elnaz trat auf sie zu und schlug vor, ein Einzelinterview mit Nora zu machen. Leichtfüßig folgte sie ihr in die Backstube. Das Ergebnis der Renovierung war unfassbar – viel besser, als sie es sich vorgestellt hatte.

Sie setzten sich auf zwei Stühle vor eine Kamera, und Elnaz grinste sie an. »Was war das eigentlich gestern – möchten Sie nicht Licht ins Dunkel bringen?«

Nora sah sie kurz sprachlos an. Na klar, natürlich musste sich Elnaz nach dem Kuss erkundigen! Sie räusperte sich. »Also, Henrik hat mich gestern geküsst … Aber ich nehme an, das war nur den Kameras geschuldet.«

Elnaz verzog das Gesicht. »Das können Sie doch so nicht sagen!«

»Aber es ist doch wahr?«

Elnaz schüttelte den Kopf. »Davon weiß ich nichts. Aber dass es zwischen Ihnen beiden knistert, ist ja nicht zu übersehen. Also – wie war der Kuss?«

»Der Kuss war …« Sie starrte zu Boden. Warum sollte sie lügen? Es wäre völlig unnötig, und mit der Wahrheit schwor sie Henrik schließlich nicht ewige Liebe und Treue. »Der Kuss war schön, so richtig schön. Aber verraten Sie mich nicht!« Sie zwinkerte Elnaz zu, die erneut breit lächelte.

»Das reicht auch schon, alles andere heben wir uns für morgen auf.« Die Producerin sah hochzufrieden aus.

Sie kehrten in den Cafébereich zurück, und Nora setzte sich wieder zu Henrik.

»Und heute Abend wird dekoriert.« Mit einer Tasse Kaffee ließ Elnaz sich neben Nora nieder.

Renée setzte ihnen ein Tablett mit Käsebrötchen nach Noras Rezept vor: Sauerteigbrötchen aus Dinkelmehl von einem Bauern nördlich von Västervik.

Nora nahm einen Bissen – lecker! »Eigentlich wollte ich das gegen Ende der Woche machen. So war es doch auch geplant?« Nora hatte ihren Freundinnen schon Bescheid gesagt. Sie würden die Konditorei wie immer gemeinsam bei Glögg, Wein und Weihnachtsmusik dekorieren.

»Leider muss es schon heute sein, damit wir im Zeitplan bleiben«, erwiderte Elnaz.

Schon heute? Es war zwar gerade erst neun Uhr morgens, aber so kurzfristig würde sie ihre Freundinnen unmöglich herbeiordern können – sie hatten schließlich Familie und ihre Jobs.

»In welchen Farben soll denn dekoriert werden?« Auch Henrik biss in ein Brötchen.

Nora sah ihn irritiert an. Was war das bitte schön für eine Frage? Sie wollte gerade etwas Spitzzüngiges antworten, als Henrik sie anlächelte.

»Und was ist das?« Er hielt das Brötchen hoch.

»Mein neuer Sauerteig. Aus regionalem Getreide. Dinkel.«

Er nickte. »Das schmeckt richtig gut!«

»Ich dekoriere natürlich in Weihnachtsfarben – in Rot, Grün und Gold. Haben Sie vielleicht Angst, dass ich an Geschmacksverirrung leide oder …?«

»Nein, nein. Das wird sicher toll.« Henrik blickte leicht unterkühlt drein.

Unterkühlt. Wie konnte er nur – nachdem er sie am Vortag geküsst hatte? Sie ärgerte sich maßlos darüber, was sie vor laufenden Kameras, potenziell vor dem kompletten schwedischen Fernsehpublikum, zu Elnaz gesagt hatte. Doch dann dämmerte ihr, dass nicht sein, sondern *ihr* Verhalten verkehrt war. Sie sollte den Kuss schlichtweg vergessen. Er hatte nur für die Kameras stattgefunden, das war ihr doch klar, und da durfte sie sich jetzt nicht einbilden, dass es um irgendwas anderes gegangen wäre als bloß um Einschaltquoten. Sie sollte das Spiel einfach mitspielen. Aber warum hatte er sie in seine Pläne nicht eingeweiht? Hoffte er, dass sie ihm auf den Leim gehen würde? Und warum hatte er sich für so eine Maßnahme entschieden – das hier war doch wohl nicht *Bauer sucht Frau*?

»Sagen Sie jetzt nicht, dass Sie in Sachen Weihnachten eine Melania Trump sind«, fauchte sie ihn an.

»Melania Trump?« Er sah sie verwirrt an.

»Na, jemand, der es kühl und frostig mag – alles in Weiß, Weiß, Weiß.« Sie sah ihn aus zusammengekniffenen Augen an. »Sie wissen schon, diese Gruselwalddeko, mit der das Weiße Haus aussah wie das Eisschloss der Weißen Hexe aus Narnia. Was sie da gemacht hat, war ein Verbrechen an Weihnachten – und das Gleiche gilt für jeden, der findet, Weihnachten muss kalt und eisig sein. Weihnachten ist pompös, warm und einladend!« Sie hatte nicht ein einziges Mal Luft geholt.

»Verstehe.« Henrik sah sie seelenruhig an, wechselte dann aber einen Blick mit Elnaz, was Nora nur umso mehr verärgerte. Sollten sie doch so tun, als wäre sie durchgeknallt, und sollten sie ihr doch weismachen, dass Henrik an ihr interessiert wäre, aber so dumm war sie nicht. Trotzdem dämmerte ihr, dass sie unterm Strich enttäuscht war, nachdem sie im Harrys doch alles ausgeräumt hatten, und dann fiel ihnen wirklich nichts Besseres ein, als zu versuchen, sie zu manipulieren? Indem er mit ihr flirtete und ihr vor laufenden Kameras einen Kuss gab?!

»Dekorieren Sie einfach, wie Sie wollen«, sagte er desinteressiert.

Sie fühlte sich vorgeführt, entblößt und hätte sich ohrfeigen können, dass sie ihm aus ihrem Privatleben erzählt und obendrein ihre finanziellen Schwierigkeiten offenbart hatte.

Unterdessen lächelte Elnaz beschwichtigend. »Haben Sie beide schon das Drehbuch für die Weihnachtsbäckerei-Szene lesen können?«

»Ja, sah alles gut aus«, antwortete Henrik. »Die Sachen, die ich dabeihaben wollte, habt ihr mit aufgenommen. Ansonsten habe ich nichts weiter hinzuzufügen.«

Nora atmete tief durch. »Ich hätte noch etwas hinzuzufügen.«

»War ja klar«, murmelte Henrik.

»Mir gefällt nicht, dass mir der Safranteig nicht gelingen und Henrik mir aus der Patsche helfen soll. Ich meine, ich habe mein Leben lang Safran- und Hefeteige zubereitet. Weshalb sollte ich diesmal patzen?«

»So etwas passiert in der Sendung immer, das gehört zum Konzept. Irgendwer backt zu hartes Knäckebrot, ein anderer macht einen zu feuchten Pfefferkuchenteig, die Zuschauer wollen das«, erklärte Elnaz. »So kann Henrik sowohl den Zuschauern als auch dem jeweiligen Bäcker erklären, wie es richtig geht.«

Doch Nora war nicht überzeugt.

Elnaz beugte sich näher zu ihr herüber. »Sie dürfen in der Sendung nicht die Superkonditorin sein, selbst wenn alle wissen, dass Sie es sind – so funktioniert das im Fernsehen nicht.«

»Aber ich kann doch nicht einfach so tun, als würde ich an etwas scheitern, was ich *kann*. Ich will im Fernsehen nicht blöd dastehen.« Sie spürte, wie ihre Wangen sich vor Wut erhitzten.

»Keine Bange, wir sorgen dafür, dass Sie nicht nur so tun müssen«, warf Henrik ein.

»Was soll das denn schon wieder heißen?« Sie sah ihn gekränkt an.

»Ich meine, wir könnten auch einfach irgendwas finden, bei dem ich Ihnen helfen kann, damit Sie nicht *so tun* müssen.«

»Nein danke.«

»Okay. Was glauben Sie wohl, wovon diese Sendung handelt?« Henrik nahm sie ins Visier. »Davon, wie großartig Ihre Konditorei ist? Könnten Sie mir in dem Fall erklären, warum Sie überhaupt an der Sendung teilnehmen, wenn Sie so gar nichts mehr von mir lernen können?«

Sie schwieg ein paar Sekunden lang. »Ich will im Fernsehen einfach nicht dumm dastehen.«

Am allertraurigsten machte sie, dass Henrik sein Versprechen nicht hielt. Sie war enttäuscht, weil er versprochen hatte, dass die Dreharbeiten fortan netter würden, und gleichzeitig alles daranzusetzen schien, sie vor der Kamera vorzuführen. Sie stand auf, nahm ihre Daunenjacke und ließ die beiden sitzen.

24. Kapitel

An diesem Tag kehrte Nora nicht mehr in die Konditorei zurück. Zum Glück hatten sowohl Hassan als auch Emil Dienst, so dass sie sich guten Gewissens fernhalten konnte. Die Buchhalterin hatte bei ihrem Gespräch erwähnt, dass bei einer Insolvenz Löhne bevorzugt behandelt würden, deshalb hatte sie kurzerhand beide einbestellt. Wenn es den Bach hinunterginge, würden sie von dem bisschen Geld, das noch übrig wäre, ausbezahlt werden. Sie hatte Elnaz geschrieben und erklärt, dass sie dringend eine Pause vom Drehtrubel benötige, was mit Sicherheit nicht gut ankam, aber vielleicht konnten sie ja unterdessen ein paar Henrik-Szenen filmen. Es war schließlich seine Sendung, außerdem sollte sie am Abend alles weihnachtlich dekorieren, insofern trug sie für heute wohl genügend bei.

Den Rest des Tages verbrachte sie mit Wohnungsputz und fuhr dann zum Systembolaget, wo sie die Regalreihen entlangstreifte, eine Flasche normalen weißen Glögg und dann noch den Glögg des Jahres mit Kiefernnadel- und Birkenaroma in ihren Einkaufskorb legte. Das klang doch mal vielversprechend! Sie ging weiter zum Weinregal, suchte sich eine Flasche Rotwein aus, der bestimmt gut ankäme, wenn der Glögg zu süß würde. Sie hatte ihrer Clique eine Nachricht geschickt, dass sie ihre Pläne über den Haufen werfen müsse, und zu ihrer großen Verwunderung hatten Bea und Maryam umplanen können.

Anschließend ging sie einkaufen, suchte sich zwei Sorten Schimmelkäse zum Pfefferkuchen aus und legte noch eine Flasche alkoholfreien Glögg dazu. Ihre Freundinnen waren zwar keine Kostverächterinnen, aber eine von ihnen konnte vielleicht wieder schwanger sein – was wusste sie denn schon?

Als sie nach Hause kam, standen auf ihrer Straße zwei Männer auf einer Hebebühne, und unwillkürlich musste sie lächeln: Die beiden brachten Weihnachtsdekoration an, ein Stück weiter die Straße entlang leuchtete sie bereits. In diesem Jahr handelte es sich um dicke Nadelzweiggirlanden mit winzigen Lämpchen und roten Bordüren, die zwischen den Häuserzeilen hingen. In der Mitte baumelten goldene Glocken. Sie stellte ihre Einkaufstüten vor dem Hauseingang ab. Dann spähte sie in die Konditorei. Das Fernsehteam schien sich verzogen zu haben, doch Emil und Hassan hatten nach wie vor alle Hände voll damit zu tun, Kunden zu bedienen. Beide gingen auf das Abitur zu, und Nora ahnte, dass sie schon bald aus Västervik wegziehen würden, um andernorts zu studieren oder eine Arbeitsstelle anzutreten. Sie hoffte nur, dass sie die beiden als Aushilfen bis zum Ende des Sommers behalten durfte … sofern es das Nymans denn noch so lange gab.

Kaum dass sie vor ihrer Wohnungstür stand, ging eine Nachricht in ihrem Cliquen-Chat ein. Sie stellte die Einkaufstüten ab und zückte ihr Handy.

Tut mir leid, aber ich muss heute bei der Arbeit einspringen – so ärgerlich! Kannst du das Dekorieren nicht verschieben? Ist doch schließlich Tradition!, schrieb Bea.

In der darauffolgenden Sekunde ging die nächste Nachricht ein, diesmal von Maryam: *Arvid hat sich den Magen verdorben, und Stefan liegt bereits auf der Nase … Tut mir irre leid, dass ich absagen muss!* Es folgten drei Kotzsmileys. *Bitte, bitte, kannst du nicht verschieben?*

Schlagartig fühlte Nora sich, als wäre alle Luft aus ihr entwichen. Sie hatte schon Schlimmeres erlebt; natürlich würde es den ganzen Abend dauern, wenn sie keine Hilfe beim Dekorieren hätte, aber vor allem wäre es traurig, dabei allein zu sein und von ihrer Tradition abzuweichen.

Ist doch kein Drama! Würde liebend gern verschieben, aber in der Welt des Fernsehens ist morgen schon Weihnachten. Ich trinke ein paar Gläschen auf euch, dann geht das Dekorieren in Rekordgeschwindigkeit!

Nimm den Wein, den du von mir bekommen hast!, antwortete Tess.

Den hab ich schon vor Wochen getrunken, schrieb Nora zurück und fügte noch ein Tänzerin-Emoji hinzu.

Sie nahm den Käse, eine Glögg- und die Weinflasche (wie sonst sollte sie den Abend durchstehen?) mit nach unten in die Konditorei. Dann schleppte sie die Schachteln mit Deko, die Bea ihr in der vergangenen Woche an die Hintertür gestellt hatte, nach vorn in den Cafébereich.

Emils Gesicht hellte sich auf, als sie auftauchte. »Das war ein Spitzentag heute – womöglich Rekord! Und wie schön das hier alles geworden ist!«

»Die Renovierung ist wirklich toll geworden«, sagte auch Hassan, während er unter den Tischen und Stühlen feucht durchwischte.

»Ja, nicht wahr?« Sie konnte ihnen nur beipflichten.

Hassan nickte nachdrücklich. »Und die neuen Brötchen sind sensationell! Die waren im Handumdrehen ausverkauft.«

Mithilfe der beiden Jungs stellte sie die Deko im Café ab. Dann zählte sie die Tageseinnahmen.

»Jahresrekord!« Sie konnte es kaum fassen. »Spitzenarbeit, ihr beiden!«

»Hat Spaß gemacht – und ich brauche sowieso Sonderschichten«, sagte Emil.

Vielleicht sollte sie die beiden fragen, ob sie mit ihr dekorieren wollten? Ihnen einen Glögg anbieten und sie für die

Überstunden bezahlen? Sie wollte gerade fragen, als Hassan erneut das Wort ergriff.

»Wäre es okay, wenn wir jetzt schon gehen? Wir wollen noch ins Kino.«

»Na klar«, antwortete sie eilig. »Wir sind hier schließlich fertig. Ich will auch nur noch für den Drehtag morgen dekorieren.«

Emil und Hassan holten ihre Jacken und verabschiedeten sich. Nebeneinanderher schlenderten sie in Richtung Kino. Die Weihnachtsbeleuchtung draußen auf der Straße tauchte sie in warmes Licht. Nora konnte den Blick nicht von den beiden abwenden, die einander lachend mit den Schultern anstießen, und dann legte Emil dezent die Hand auf Hassans Rücken. Sie lächelte in sich hinein. Auch wenn ihr selbst derzeit nicht der Sinn nach einer Beziehung stand, war es trotz allem schön zu sehen, wenn andere sich zu verlieben schienen. Dieses anfängliche Gefühl der Unsicherheit und des Zauderns – sie konnte sich kaum noch daran erinnern, wann sie es zuletzt verspürt hatte. Womöglich, als sie selbst noch zur Schule gegangen war.

Sie schloss die Cafétür ab und stellte die Dekoschachteln in eine Reihe, damit sie einen Überblick über den Inhalt hatte. Dann nahm sie die Glögg-Flasche zur Hand, verschwand in der Backstube und goss das Getränk in einen Topf, den sie auf den Herd stellte. Sie legte ein paar Pfefferkuchen auf ein Tellerchen, den Käse auf ein zweites und trug alles zurück ins Café.

Dort rief sie ihre Lieblings-Weihnachts-Playlist auf, nahm als Erstes die Kerzenleuchter aus der Kiste, stellte sie in die Fenster und suchte dann nach einem Verlängerungskabel – und stieß auf ein ganzes Knäuel, das sie beidhändig aus der Kiste heben musste. Doch noch ehe sie sich an das Entwirren machte, holte sie sich einen Glögg aus der Backstube, aß einen Pfefferkuchen dazu, und erst dann machte sie sich ans Werk.

Das Kiefernnadelaroma schmeckte süßlich und zugleich herb. Die Birke konnte sie nicht herausschmecken, andererseits wusste sie auch nicht genau, wonach sie hätte schmecken sollen.

Sie nahm einen Bissen Pfefferkuchen mit Weißschimmelkäse und schloss die Augen. Unwillkürlich musste sie an ihre Mutter und ihr letztes gemeinsames Weihnachtsfest denken. Nora hatte ihr Pfefferkuchen mit Weißschimmelkäse mitgebracht. Eine Chemo hatte ihre Mutter da schon nicht mehr bekommen, die Zellgifte hätten nichts mehr bewirkt, doch zumindest der Geschmacksinn war halbwegs wiedergekehrt. Und ihre Mutter liebte den Geschmack von Pfefferkuchen mit Käse. Nora lag neben ihr im Bett; an den letzten Tagen war sie Tag und Nacht bei ihr. Wann immer sie zuzuhören schien, erzählte Nora von alten Erinnerungen, von früheren Weihnachtsfesten, als ihr Vater noch lebte. Eines Abends, als ihre Mutter eingeschlafen und das Zimmer in Dunkelheit getaucht war, flammte überraschend Wut in Nora auf. Sie war wütend auf ihre Mutter, weil die nicht mehr lange bei ihr wäre, und wütend auf beide Eltern, weil sie einander bald wiederhätten, während Nora allein zurückbliebe. Das gleiche Gefühl hatte sie auch jetzt, da sie im frisch renovierten Café saß, in dem sie früher zu dritt gewesen waren, Zeit miteinander verbracht hatten, und doch waren ihr nur mehr Sorgen geblieben.

»Verdammt, ist das leer hier, Mama«, sagte sie laut.

Ihr schnürte sich die Kehle zu, und Tränen stiegen ihr in die Augen. Aus den Boxen erklang »Julen är här« von Tommy Körberg und Sissel Kyrkjebø, und sie ließ ihren Tränen freien Lauf. Ausgerechnet sie, die Weihnachten so sehr liebte, saß da und heulte wie ein Schlosshund. Sie wischte sich die Tränen weg, doch es kamen immer neue. Das Lied hatte sie als Kind oft gehört und liebte es heiß und innig. Es erinnerte sie an früher, an all das, worauf sie in der Vorweihnachtszeit gehofft hatte, an die kindliche Geborgenheit, die Sicherheit, dass ihr nichts etwas anhaben könnte, dass sie ihre Eltern immer bei sich hätte, und an die feste Überzeugung, dass ihnen niemals etwas passieren würde, dass sie unsterblich wären. Weshalb war ihr das alles entrissen worden?

25. Kapitel

1945

In der Region Bergslagen war es Hochsommer geworden. Obwohl es immer noch früh am Morgen war und die Sonne die Wände noch nicht aufgeheizt hatte, war es in der Bäckerei unerträglich warm. Nils nahm ein Blech aus dem Ofen, pustete gegen die Hitze an, die ihm entgegenschlug, atmete dann aber den Duft des goldfarbenen, frisch gebackenen Brotes ein. Im vergangenen Monat hatte er viel mit Tuulas Sauerteig experimentiert. Das finnische Roggenbrot fand reißenden Absatz, und Nils maß dem Sauerteig großes Potenzial bei. Er hatte zuvor nie viel mit Sauerteig gebacken, doch Tuula hatte einen Teil ihres Anstellguts von daheim mitgebracht und in der Backstube deponiert, damit Nils sich daran bedienen und neue Rezepte ausprobieren konnte. Er hatte überdies darüber nachgedacht, was sein Vater zu Kühlmöglichkeiten gesagt hatte, und ausgetüftelt, dass ein flacher Laib sich besser tiefkühlen ließe. Sie würden das Brot frisch aus dem Ofen einfrieren, tiefgekühlt ausliefern, und sobald es auftaute, würde es annähernd wie ofenfrisches Brot schmecken.

Er betrachtete den flachen Laib auf dem Blech. Diesmal war er perfekt geworden. Abgesehen von Tuulas Anstellgut hatte er mit einem Teil Roggen und einem Teil Weizen gearbeitet und auf diese Weise ein Brot kreiert, das eine Mischung aus Tuulas und seinem eigenen Lieblingsbrot war.

Die ersten Sonnenstrahlen fielen in die Backstube, in der immer noch der feuchte Dunst der Ofenwärme hing. Er schob ein Blech fertig gegorener Laibe und Brötchen in den Ofen und freute sich, dass er den jeden Moment eintreffenden Bäckern gleich frische Brötchen würde anbieten können.

Als die Brotlaibe, die er einfrieren wollte, ausgedampft hatten, zupfte er ein Stück davon ab und verkostete es. Perfekt! Es schmeckte füllig nach Roggen, trotzdem war auch die leichte Süße und Sanftheit des Sirups zu schmecken, den er hinzugefügt hatte.

Dann machte er seine tägliche Inventur, ehe er in die Backstube zurückkehrte und die Brote von zuvor in Handtücher wickelte, sie mitsamt einem Stück Butter und einem Buttermesser in eine Kiste legte, diese auf seinem Fahrrad verzurrte und zum Kontor seines Vaters radelte.

Sein Vater war gern schon um acht vor Ort und hatte bereits angefangen zu arbeiten, als Nils bei ihm anklopfte.

»Ja? Herein!« Als sein Vater Nils im Türspalt entdeckte, breitete sich ein Lächeln auf seinem Gesicht aus. »Rieche ich etwa frisches Brot?«

»Ganz richtig. Ich habe ein bisschen mit Frau Anttilas Sauerteig experimentiert.«

»Ach.« Sein Blick verdüsterte sich. Nils wusste und konnte es ihm ansehen, dass sein Vater Gerüchte über ihn und Tuula gehört hatte, doch er hatte keinen Ton dazu gesagt … *bislang.*

Nils stellte die Kiste auf den Schreibtisch und wickelte das Handtuch ab, nahm einen der Laibe heraus, bestrich ein Stück mit Butter und reichte es seinem Vater.

Im selben Moment hörte er hinter sich Schritte.

»Vater, ich bin gerade die Pläne für die neuen Geschäftsräume durchgegangen.« Mit der Nase im Aktenordner und ohne aufzublicken, kam Stig herein. »Wenn wir die Fläche nutzen könnten, die derzeit als Lager dient, hätten wir Platz für einen weiteren Kühlraum, was hieße, dass wir sogar Nord-Uppland und Süd-Dalarna beliefern könnten. Ich hab dort mit ein paar Handelsexperten gesprochen, und …« Erst jetzt blickte er auf und entdeckte Nils. »Ach, hallo! Ich wusste nicht, dass du auch da bist.« Dann blieb sein Blick am Brot auf dem Schreibtisch hängen. »Oh, gibt es frisch Gebackenes?«

»Ganz richtig. Ich habe ein neues Rezept ausprobiert – für ein Brot, das wir einführen könnten.«

Stig nahm sich ein Stück. Und nach und nach dämmerte es Nils, was sein Bruder gerade gesagt hatte.

»Ihr plant, nach Dalarna und Uppland zu expandieren?« Er sah seinen Vater und Stig abwechselnd an. Derlei Dinge hatten bisher immer er und sein Vater besprochen. Warum hatten sie ihn nicht mit ins Boot geholt?

»Ja, das hat Stig vorgeschlagen. Es wäre für die Fahrer nicht sehr viel weiter, und in den Lastern ist auch noch genügend Platz. Was die Kühlflächen angeht, die sich Stig gerade ansieht, sind wir uns allerdings unsicher.«

Nils schluckte trocken. Sein Bruder plante gerade umwälzende Veränderungen und schien dabei das Heft in der Hand zu haben, während er selbst immer noch in der Backstube stand und schuftete. War er, ohne es zu merken, degradiert worden?

Stig kaute auf seinem Stück Brot. »Oh, das schmeckt phantastisch!«

»Finde ich auch.« Nils holte tief Luft. »Und ich glaube, es wäre fürs Einfrieren und für die Tiefkühl-Auslieferung optimal geeignet. Es gefriert im Handumdrehen, weil es so flach ist, und taut ebenso schnell wieder auf. Wenn man es direkt nach dem Backen einfriert, entspricht die Qualität annähernd frisch gebackenem Brot.«

Auch sein Vater nahm noch einen Bissen. »Mhm. Wirklich nicht schlecht! Alles andere als schlecht! Und du hast die Sache durchdacht, das gefällt mir.«

»Die einzige Unsicherheit wäre der Transport von der Backstube hin zu den Kühlräumen. Ich meine, wenn es so frisch wie möglich sein soll«, wandte Stig ein.

Nils unterdrückte einen Seufzer. »Von der Backstube zu den

Kühlräumen dauert es doch nur ein paar Minuten. Sie würden tiefgekühlt, wenn sie quasi noch dampfend warm wären.« Dass Stig Einwände hatte, verärgerte ihn. Sollte er jetzt auch noch seinen Bruder von allem überzeugen, was er in Angriff nahm? »Ich habe sogar schon einen Namen für das Brot«, fuhr Nils fort, ohne auf Stigs Reaktion zu warten. »Ich dachte mir, wir könnten es Tuula-Laib nennen.«

Sein Vater verschluckte sich fast an seinem Brotbissen. »Ich soll ein Brot nach einer *Drecksfinnin* benennen?«

Nils sah seinen Vater erschüttert an. So hatte er ihn noch nie reden hören. Und selbst wenn man vom guten Ton absah, war dies eine ungewohnt heftige Reaktion vonseiten seines Vaters. Vielleicht lag es daran, dass Nils involviert war – und an der Sache mit Birgit Berglund? Sie hatten Birgit nie wieder erwähnt, doch sein Vater hatte Nils deutlich zu verstehen gegeben, wie maßlos enttäuscht er von ihm war.

Er legte das Brot beiseite. »Die Leute reden, wenn sie euch zwei im Dorf sehen, ist dir das eigentlich klar?«

Nils antwortete nicht.

Stig, der die ganze Zeit stumm neben dem Schreibtisch gestanden hatte, zog sich diskret zurück.

»Jetzt, da der Krieg vorbei ist, ist es an der Zeit für uns, den nächsten Schritt zu gehen«, fuhr der Vater fort. »Die Rationierungen haben ein Ende. Endlich können wir wieder etwas wagen!« Er stand von seinem Schreibtischstuhl auf. »Kapierst du das, Nils? Wir können endlich groß denken! Wir können das ganze Land beliefern und Brot und Gebäck verkaufen. Die Logistik steht, die Pläne sind fertig, es fehlt nur noch die Baugenehmigung. Und dafür brauche ich Berglund.«

Sein Vater tigerte auf und ab, blieb dann am Fenster stehen und ließ den Blick über die Straße und über den Fluss schweifen. Nils sah ebenfalls aus dem Fenster. Ein Gewitter zog auf. Im Zimmer war die Luft jetzt schon drückend und schwül. Das Wasser im Fluss sah düster aus.

Sein Vater drehte sich wieder zu Nils um. »Und was wird Berglund wohl dazu sagen, dass du dich mit einer finnischen Witwe herumtreibst? Unter Leute gehst! Ins Stadshotellet! Und ins Café!«

Nils nahm all seinen Mut zusammen. »Wenn ich ehrlich bin, dann verstehe ich nicht, was Berglund damit zu tun haben soll.«

Sein Vater zuckte zusammen. »Wie bitte?«

»Ich sage doch nur, ich finde, dass es allein meine Sache ist, wie ich meine Abende und Wochenenden verbringe und mit wem.«

Sein Vater machte drei lange Schritte auf Nils zu. »Ich habe für dieses Unternehmen gekämpft – auch um deinetwillen! Und um Stigs willen! Ich tue dies alles nur für die Familie. Ich dachte, wir wären uns einig darin, dass jeder von uns alles dafür tun würde. Und alles zu tun bedeutet auch, keinen anderen Frauen hinterherzulaufen! Ich verstehe das nicht. Birgit ist doch die viel bessere Partie als eine Finnin mit zwei kleinen Kindern. Die Leute zerreißen sich schon das Maul!« Sein Vater donnerte die Faust auf den Schreibtisch.

Nils sah ihn unverwandt an. »Ich habe nicht vor, Birgit zu heiraten.«

»Aber eine Finnin?! Willst du etwa auch noch ihre Finnenbälger großziehen?« Er schnaubte. Dann schüttelte er den Kopf. »Ich hatte gehofft, dass du zur Vernunft kommen würdest, dass ich nicht erst mit dir darüber streiten müsste.« Er sah ihn fast flehentlich an. »Wir dürfen keine Zeit mehr verlieren. Die Anträge sind geschrieben, es fehlt nur noch die formale Zusage.«

»Aber ich verstehe das nicht. Du und Folke Berglund, ihr habt den Abschluss doch schon gefeiert? Und der Gemeinderat war in die Planungen ebenfalls involviert. Was haben Birgit und ich da noch für eine Bedeutung?«

Sein Vater starrte matt ins Leere. »Sie ist in dich verschossen, und Herr Berglund tut alles für seine Tochter. Er hat damit gerechnet, dass du ihr den Hof machen würdest, und seither ist nichts passiert. Der Gemeinderat hat den Umbau bewilligt, aber inzwischen geht es darum, eine ganz neue Art von Betrieb dort aufzuziehen.« Er schüttelte den Kopf. »Wenn wir die Genehmigung nicht bekommen, geht das auf deine Rechnung!«

»Auf meine Rechnung?«

»Ja. Du weigerst dich, mit uns an einem Strang zu ziehen, und willst stattdessen … *diese Frau heiraten*!«

»Ich weiß doch gar nicht, ob ich Tuula heiraten will! Ich weiß überhaupt nicht, wen ich heiraten will! Das Einzige, was ich mit Sicherheit weiß, ist, dass ich diese Entscheidung allein treffe.« Er nahm seinen Mantel vom Haken. »Übrigens sind ihre Kinder hinreißend. Ich hätte rein gar nichts dagegen, sie großzuziehen.«

Damit verließ er das Büro seines Vaters und schmetterte die Tür hinter sich zu.

*

Als die anderen Bäcker Feierabend machten, blieb Tuula allein in der Backstube zurück. Durchs Fenster sah Nils, wie sie um die Arbeitstische herumging, Mehl aufwischte – und wiederholt in Richtung Büro blickte. Dort hatte er sich schon den ganzen Tag verschanzt und in Arbeit begraben.

Er gab sich einen Ruck, ging zu ihr hinüber und gab ihr einen flüchtigen Kuss – immerhin waren die Packerinnen und Fahrer noch da. Auch wenn sie in der Stadt miteinander gesehen wurden, wollten sie bei der Arbeit nicht unnötig Aufheben machen und redeten kaum miteinander, wenn die anderen anwesend waren.

»Ich hab dich den ganzen Tag nicht gesehen«, sagte sie mit einem Lächeln.

»Ich hatte viel um die Ohren.« Er versuchte, frohgemut dreinzublicken. »Ich muss dir übrigens etwas zeigen – ist nur so eine Idee. Wir werden sehen, ob daraus etwas wird.«

Er nahm die zweite Portion Teig zur Hand, die er tags zuvor hergestellt hatte.

»Die Basis ist dein Sauerteig.« Er knetete ihn gut durch und formte ein paar flache Laibe, die er in den Ofen schob. »Ich versuche gerade, meinen Vater davon zu überzeugen, dieses Brot zu produzieren.«

Sie nickte aufmunternd. »Und normalerweise hört er ja auf dich.«

Ihr Gesicht war rosig von der Wärme, und am Haaransatz bildeten sich kleine Schweißperlen. Am liebsten hätte er sie ihr aus der Stirn gestrichen. Er hätte sie gern mit zum See genommen, wäre mit ihr baden gegangen – vielleicht hätte sie dafür später noch Zeit?

»Im Augenblick sind wir … leicht zerstritten.« Er betrachtete die Brote durch die Ofenluke.

Tuula sah ihn aufmerksam an. »Was ist los? Ist etwas vorgefallen?« Sie legte ihm die Hand an die Schulter.

»Ach, nichts. Nur eine kleine Unstimmigkeit.«

»Ihr habt hoffentlich nicht meinetwegen gestritten?«

Woher wusste sie das? Aber klar, sie war schließlich nicht dumm. Sie wusste, dass die Leute im Dorf redeten. Doch Nils wollte sie wegen des Streits mit seinem Vater nicht beunruhigen, und er hatte ihr auch nie von Birgit erzählt. Hauptsächlich weil er fand, dass es da nichts zu erzählen gab, und auch jetzt wollte er das Thema nicht aufbringen, das wäre zu kompliziert.

»Ach was. Wir waren uns nur uneins, was gewisse Geschäftspraktiken betrifft. Mach dir keine Gedanken. Auf alle Fälle habe ich ihm das Brot gebracht, und er mochte es. Wäre doch toll, wenn wir es ins Sortiment aufnehmen könnten?« Das Brot war im Handumdrehen fertig, und er nahm es aus dem Ofen. »Ich möchte es Tuula-Laib nennen.«

Sie sah ihn kurz an – und dann fiel sie ihm in die Arme und gab ihm einen langen Kuss.

Wie jedes Mal, wenn sie ihn küsste, geriet der Boden unter ihm ins Wanken. Er war so unendlich glücklich mit ihr, so befreit. Ganz gleich, was mit seinem Vater und mit ihrem Betrieb passierte: Dies hier war alle Widerstände wert. Genau hiervon war schließlich immer die Rede, genau so sollte Liebe sich anfühlen, und wenn man es erst einmal erlebt hatte, wollte man auf dieses Gefühl nie wieder verzichten.

26. Kapitel

Henrik machte einen seiner Abendspaziergänge durch Västervik. Er hatte sich angewöhnt, nach den Dreharbeiten noch an die frische Luft zu gehen. Es war kühl draußen, auch wenn der Schnee, der tagsüber gefallen war, wieder geschmolzen war. Die Winter in Südschweden waren verschrien, doch wenn er ehrlich war, mochte er sie: Schneefrei und karg hatten sie etwas Wehmütiges an sich. Hier in Südschweden rechnete man gar nicht erst mit starkem Schneefall, so dass man auch nicht enttäuscht sein konnte, wenn es mal keinen »echten Winter« gab. Zur Abwechslung nicht enttäuscht sein zu müssen, tat mitunter richtig gut.

Er schlenderte die Hamngatan entlang, durch die Stadt, die regennassen Straßen. Hinter den Fenstern konnte er Menschen sehen, ein paar wenige Gassigeher waren noch draußen und dann ein paar Freunde, die gemeinsam ein Restaurant verließen. Es war also nicht völlig verwaist, allerdings konnte von Trubel nun wirklich keine Rede sein, von Hektik, von anhaltendem Verkehrslärm.

Aus heiterem Himmel landete er vor dem Nymans und blieb jäh stehen. Die Konditorei war hell erleuchtet. Natürlich – Nora sollte heute Abend schließlich dekorieren. Nach allem, was sie angedeutet hatte, würde es unter Garantie eine Disney-Weihnachtswerkstatt werden. Durchs Fenster entdeckte er sie mit einem Becher in der Hand an einem der Tische. Sie wirkte, als wäre sie in Gedanken meilenweit weg.

Dann wischte sie sich mit der Hand über die Wange, als würde sie … weinen? Ganz hinten im Café, dort, wo die Kaffeemaschinen standen, waren mehrere Schachteln am Boden aufgereiht. Überhaupt schien Nora weit davon entfernt zu sein, fertig zu werden.

Henrik war das Gefühl nach dem gestrigen Kuss noch immer nicht vollends losgeworden. Auch wenn er sich natürlich vorgenommen hatte, für die Kameras mit ihr zu flirten, war es dann doch einfach über ihn gekommen, als sie vor ihm gestanden und er ihren betörenden Duft wahrgenommen hatte. Ja, und auf diese Weise hatte er sie zudem zum Schweigen gebracht. Dass er jedoch diese unverhoffte, unwiderstehliche Anziehung verspürt hatte, verwirrte ihn zutiefst. Und dass der Kuss toll gewesen war, machte die Sache nicht besser.

Eigentlich hatte er am heutigen Drehtag weiter mit ihr flirten wollen, doch ihre Einwände hinsichtlich des Safranteigs hatten es ihm nicht leicht gemacht. Andererseits konnte er sie sogar verstehen: An einem Tag beschwor er einen Wutausbruch herauf, und am nächsten küsste er sie, nur um tags darauf ihren Teig madig zu machen.

Im selben Moment rührte sich Nora, stellte ihren Becher ab und ging auf eine der Schachteln zu. Und auch Henrik setzte sich in Bewegung und trat an die Tür. Von drinnen war leise Weihnachtsmusik zu hören. Das wunderbare »Julen är här« ging gerade zu Ende, es folgte »Fairytale of New York«.

Die Weihnachtsdeko hatte oberste Priorität, wenn sie tags darauf weiterdrehen wollten. Er musste ihr unter die Arme greifen.

Vorsichtig klopfte er gegen die Scheibe, und mit einer Lamettagirlande in der Hand blickte sie auf. Erst schien sie ihn nicht zu erkennen, weil es draußen vor dem Eingang dunkel war, doch dann machte sich Verblüffung auf ihrem Gesicht breit, sie ließ die Girlande zurück in die Schachtel fallen und eilte auf die Tür zu, um aufzuschließen.

»Hallo?« Sie sah ihn fragend an.

»Hey. Kann ich vielleicht helfen?« Er nickte in Richtung der Dekokartons.

Erst legte sie ihren üblichen defensiv-skeptischen Gesichtsausdruck auf, doch dann entspannte sie sich sichtlich. Ihm fiel abermals auf, wie unglaublich hübsch ihr Lächeln war: Sie strahlte übers ganze Gesicht, und ihm wurde auf angenehme Weise warm.

»Warum nicht?«, entgegnete sie, blieb aber stehen.

»Dann … darf ich reinkommen?«

»Verzeihung!« Sie schüttelte den Kopf, schob die Tür für ihn auf, er übernahm und streifte dabei leicht ihre Hand, die augenblicklich zurückzuckte – doch die flüchtige Berührung hatte sich bereits wie ein Stromschlag durch seinen ganzen Körper fortgesetzt. Sie machte kehrt, und er schloss sich ihr an, während hinter ihnen die Tür zufiel.

»Möchten Sie einen Glögg?« Sie nickte in Richtung einer Flasche auf dem Holztisch. Daneben standen ein Tellerchen mit Pfefferkuchen und eins mit Käse. »Ich habe auch Rotwein da – und normalen weißen Glögg, allerdings steht der oben in der Wohnung. Wir hätten eigentlich eine ganze Gruppe sein sollen, aber die anderen hatten so kurzfristig keine Zeit. Normalerweise mache ich immer einen Glögg-Abend mit meinen Freundinnen, und wir dekorieren die Konditorei gemeinsam. Die Planung war diesmal einfach schlecht.«

Sofort hatte Henrik ein schlechtes Gewissen, was ihm nicht behagte. Sie war schließlich Teilnehmerin seiner Sendung – und das aus freien Stücken –, da sollte sie von ihren Routinen abweichen können.

Sie hielt die Glögg-Flasche hoch. »Der Glögg des Jahres. Schmeckt nach Nadelhölzern und Birke.«

»Klingt überraschend verlockend. Die früheren Glögg-Experimente fand ich nicht wahnsinnig gelungen.«

»Die tropischen Früchte?«

»Zum Beispiel. Die waren irgendwie kein bisschen weihnachtlich. Man hätte meinen können, dass es sich dabei um irgendeine schicke, neuartige Sommerlimonade handelt.«

Sie nickte. »Fand ich auch.« Dann sah sie ihn beinahe schockiert an und schien das Gleiche zu denken wie er – dass sie sich bei etwas tatsächlich einig waren! Mit der Flasche in der Hand huschte sie in die Backstube.

Er wickelte die Verlängerungskabel auseinander, die auf dem Tisch lagen, sah sich nach einer Steckdose um und verkabelte die Leuchter. Sofort waren die Fenster in jenes warme, weiche Licht getaucht, das zu Weihnachten einfach dazugehörte. Es war ein ganz anderes Licht als jenes des riesigen Weihnachtssterns, der an der Tür seines Vaters gehangen hatte.

»Schön, oder?«, fragte sie, als sie zurück war, und nickte in Richtung der Leuchter. »Die stehen seit der ersten Weihnachtssaison im Fenster, in der meine Oma die Konditorei übernommen hatte. Sie wurden hier in der Stadt hergestellt, von einer Firma, die es schon lange nicht mehr gibt, und ich habe die Elektrik schon zigmal reparieren lassen müssen, aber sie sehen einfach wunderbar aus.«

Er betrachtete die Messingleuchter – abgerundete siebenarmige Leuchter mit feinen Kränzen rund um jeden Lampeneinsatz, die mit winzigen goldenen Zapfen dekoriert waren. Um den Ständer herum verliefen drei breite Ringe. »Sie sind wirklich bildschön.«

Sie drückte ihm einen dampfenden Becher in die Hand. Er atmete den Duft ein, und das Aroma von Kiefernnadeln und Birke erinnerte ihn sofort an eine holzbefeuerte Sauna. Er nippte an seinem Glögg, und neben der Würze der Kiefer und der Süße der Birke waren auch die klassischen Glögg-Gewürze zu schmecken.

Sie kramte die restliche Deko aus den Kisten: Weihnachtssterne, eine Krippe aus Porzellan, eine kleine Holzkirche, jede Menge Wichtel, Lamettagirlanden, Lampions und Kerzenständer. Gemeinsam machten sie sich an die Arbeit, und er folgte ihren Anweisungen, ohne sie infrage zu stellen. Es war schön, das Kriegsbeil vorübergehend zu begraben, denn er war sich fast sicher, dass sie bereits tags darauf abermals aneinandergeraten würden.

Sie zauberte einen Stapel wunderschöner, frisch gebügelter roter Tischläufer mit Stickereien hervor, die er auf den Tischen auslegte. Als Nächstes kamen kleine Kerzenhalter aus rot gestrichenem Holz. Henrik verteilte sie auf den Tischen und steckte Kerzen hinein. Er hatte schon schönere Kerzenhalter gesehen, trotzdem hatten sie Charme. Nora stieg auf einen Tritthocker und wollte gerade einen der Weihnachtssterne ins Fenster zur Querstraße hängen, als sie leise in sich hineinfluchte. »Die Haken ... Die sind bei der Renovierung entfernt worden.« Sie sah zu Henrik hinunter. »Wir müssen erst neue Haken anbringen.« Sie verschwand in der Backstube und kam mit einer Werkzeugkiste zurück. Sie schlugen neue Haken in die Wände, hängten die Sterne auf und verkabelten sie. Zu guter Letzt kramte sie einen großen Weihnachtsstern aus festem Papier hervor und faltete ihn auseinander. »Der kommt ins Schaufenster.« Erneut stieg sie auf den Tritthocker, kam jedoch nicht hoch genug, streckte sich ein Stückchen zu weit nach vorn und verlor kurz das Gleichgewicht. Er fing sie auf, doch sie machte sich sofort von ihm los und straffte die Schultern.

»Entschuldigung«, murmelte sie und wich vor ihm zurück. Die Wärme und das Gefühl ihres Körpers an seinem hielten trotzdem an. Er atmete tief durch.

Sie bedachte ihn noch mit einem flüchtigen Blick und hängte den Stern auf. Dann stieg sie vom Hocker und nahm ihren Glögg-Becher zur Hand. »Ich brauche mehr Glögg. Sie auch?« Ihre Wangen waren flammend rot – von der Wärme, vom Glögg und möglicherweise auch von dem, was gerade passiert war. Ihre Atmung ging schneller; er konnte sehen, wie ihre Brust sich angestrengt hob und senkte.

»Gern.« Er folgte ihr in die Backstube und sie wärmten den übrigen Glögg auf. Als Dampf aus dem Topf aufstieg, wandte sie sich zu ihm um.

»Wollen Sie sich gar nicht für neulich entschuldigen?«

»Für gestern? Als Sie einfach rausgestürmt sind?«

»Nein, für den Autorenabend.« Sie räusperte sich. »Als Sie mich geküsst haben.«

Er sah sie unverwandt an. »Warum sollte ich mich dafür entschuldigen? Es war doch ein schöner Kuss.« Eine ziemlich unverblümte Aussage, aber warum sollte er sie belügen? Erneut musste er daran denken, wie weich und warm ihre Lippen gewesen waren. Im selben Moment dämmerte ihm, wie nah er auch jetzt vor ihr stand und dass er sie einfach noch einmal küssen könnte. Dann war ein Zischen zu hören, und Nora zuckte zusammen – der Glögg brodelte, ein paar Spritzer waren auf der Herdplatte gelandet. Er zog rasch den Topf von der Herdplatte, während Nora sich Küchenpapier schnappte und den Herd sauber wischte. Gemeinsam befüllten sie eine Thermosflasche und kehrten schweigend ins Café zurück, wo sie ihre Becher auffüllten und sich an einen Tisch setzten.

»Ich hab schon verstanden, dass der Kuss mit der Sendung zu tun hatte«, sagte sie langsam und pustete über ihren Glögg. »Also, dass Sie mit mir flirten und mich dann küssen sollten. Trotzdem …«

»Ich habe mir Folgendes gedacht«, fiel er ihr ins Wort. »Wäre das nicht zu unser beider Vorteil? Ein Kuss, vielleicht noch ein zweiter, ein kleiner Flirt … Die Zuschauer würden so etwas super finden. Und wie gesagt – der Kuss war doch schön, oder nicht?«

»Nicht der schlechteste, den ich je bekommen habe«, gestand sie ein, dabei wusste er längst, dass sie ihn ebenso sehr genossen hatte wie er, das hatte er ihr angemerkt. »Es ist nur so«, fuhr sie fort, »dass Sie ziemlich viel von mir wissen, von meiner Lage, meinem Scheitern, und mit diesem Kuss ist das alles so … so intim geworden.«

Er nahm sich einen Pfefferkuchen und bestrich ihn mit Käse, obwohl er eigentlich satt war. Ihm war bewusst, dass er ihren Einwand ernst nehmen sollte, auch wenn ihm nicht einleuchten wollte, was genau ihr an Intimität unangenehm war.

»Ich bitte wirklich um Entschuldigung, so habe ich das nicht gesehen. Tut mir leid, wenn ich in Ihren Augen eine Grenze überschritten habe.«

Sie schüttelte den Kopf. »Schon in Ordnung. Ich fühle mich auch nicht vorgeführt oder so. Und ich gebe offen zu, dass es ein toller Kuss war.« In ihren Augen war ein schwaches Glimmen zu sehen, und einen Moment lang sahen sie einander schweigend an.

Er konnte sich in ihren blauen Augen schier verlieren. Sie strahlten eine Wärme aus, die ihn an ein angenehmes und zugleich erfrischendes Bad im Meer erinnerten. Er rang kurz nach Luft, als hätte er vergessen zu atmen.

»Im Grunde war ich hauptsächlich verwirrt«, sagte sie dann, »aber so langsam ist mir klar, was Sie damit beabsichtigt haben. Es war einfach alles so verwirrend, die ganze Situation … Ich habe nicht mehr unterscheiden können, was echt war und was nicht. Aber Sie haben das für die Kameras gemacht, und das ist vollkommen okay.«

Er nickte bedächtig. Hatte aus unerfindlichen Gründen das Gefühl, dass er das Thema wechseln sollte. »Ich habe übrigens von der Produktionsfirma grünes Licht für den Vorschuss bekommen.« Er hatte bislang nichts gesagt, weil er nicht gewusst hatte, ob die Überweisung durchgehen würde, doch der Posten war heute abgebucht worden. »Sie haben eine Summe erhalten, die für die übrige Drehzeit und für Dezember die Personalkosten decken sollte.«

Sie sah ihn schockiert an. »Aber das geht doch nicht!«

»Natürlich geht das. Und die Produktion übernimmt auch

die übrigen Kosten: den Wareneinkauf, die Stromrechnungen – was immer Sie brauchen.«

Sie sah nachdenklich zu Boden. »Ich weiß wirklich nicht, ob sich das gut anfühlt …«

»Wir tun das nur, um Ihnen zu helfen, und damit die Dreharbeiten abgeschlossen werden können. Sehen Sie es als Teilnahmehonorar.«

»Machen Sie das bei allen Teilnehmern so?«

»Nein.« Er zögerte kurz. »Aber wir hatten zuvor auch nie jemanden mit solchen Problemen … mit einer drohenden Insolvenz noch während der Dreharbeiten.« Dann lächelte er. »Und dass diese Staffel funktioniert, ist wichtig … und für mich ganz entscheidend.« Ihm war nur zu klar, dass auch er ehrlich sein musste, so wie sie es ihm gegenüber gewesen war. »TV24 ist mit den Einschaltquoten unzufrieden. Wenn die Sendung nicht ausgestrahlt wird, ist mit *Ärmel hoch* Schluss.« Er hielt inne, und sie sah ihn aufmerksam an, als er fortfuhr: »Um die Einschaltquoten in die Höhe zu treiben, hat die Produktionsfirma über ein, zwei neue Blickwinkel nachgedacht. Diese Romanze zwischen uns war bloß der jüngste Vorschlag.«

Nachdenklich nippte sie an ihrem Glögg. »Das mit den Einschaltquoten tut mir leid.« Sie holte tief Luft. »Ich bin wirklich wahnsinnig dankbar für alles, was Sie für mich tun. Und obwohl dies alles sehr verwirrend für mich ist, kann ich bei dieser Flirtgeschichte natürlich mitspielen. Ich nehme an … Ja, es käme uns beiden zugute.«

»Sehr gut.« Henrik hob seinen Glögg-Becher. »Darauf trinken wir.« So hätten sie also einen Vorwand, um sich erneut zu küssen.

»*Skål*. Wie läuft es eigentlich mit den Plänen für Ihre eigene Bäckerei?«

»Es geht vorwärts. Bei der Vorstandssitzung am Montag wird der Beschluss gefasst.«

»Wirklich?« Ihr Gesicht hellte sich auf. »Wie spannend – und dann geht es so richtig los?«

Wahnsinnig beschwingt fühlte er sich nicht. »Ja. Das heißt, sofern ich die Freigabe von den anderen bekomme.«

»Und wenn nicht?«

»Dann wird nichts daraus.«

»Warum machen Sie es dann nicht auf eigene Faust?«

Er sah sie verwundert an.

»Brauchen Sie wirklich einen Vorstandsbeschluss?«

»Na ja, es ist nun mal so, dass alles, was ich tue, auch für die restliche Familie stimmen muss, und ich hätte Bakverk wirklich gern mit im Boot. Ich habe schon einmal ein Projekt in den Sand gesetzt, das ich in Eigenregie geplant hatte, und ich glaube einfach, dass es besser wäre, wenn …«

»… wenn Sie ein Großunternehmen im Rücken hätten?« Sie runzelte die Stirn. »Sie wissen aber schon, dass das ziemlich ironisch ist? Dass Sie im ganzen Land kleine Bäckereien und Konditoreien auf links drehen und gleichzeitig selbst zu …« Sie sprach den Satz nicht zu Ende.

»… zu feige bin, um eine eigene Bäckerei zu eröffnen?« Er wusste genau, was sie gemeint hatte.

Sie räusperte sich. »Ich wollte eher sagen: dass Sie bei den Fehlern anderer Leute mit Ihrer Kritik nicht hinter dem Berg halten.«

Er nickte langsam. »Stimmt, das ist in gewisser Weise ironisch.«

Auch wenn er sich oft über ihre Kommentare und Ansichten aufgeregt hatte, wusste er diese Seite an ihr zu schätzen: ihre direkte Art, die kein bisschen fies oder überheblich war. So etwas war er nicht gewöhnt. Die Art, wie sie sich unterhielten – sowohl im Harrys als auch hier und jetzt –, die war anders. Sie war aufrichtig, und das genoss er sehr.

Zu wissen, was sie durchgemacht hatte, und eine Ahnung von ihrer Verletzlichkeit zu haben vertiefte dieses Gefühl. Er konnte sich nicht vorstellen, wie es sein musste, keine Angehörigen mehr zu haben. Obwohl seine Geschwister und er eine eher schwierige Beziehung hatten, waren sie trotz allem immer noch da – genau wie seine Mutter, die ihm alles bedeutete. Das Leben war wirklich ungerecht, und er hoffte inständig, dass er ihr irgendwie helfen konnte.

Sie nahmen die letzten Dekogegenstände zur Hand, ein paar größere Weihnachtsmänner und kleinere Wichtel sowie einen Weihnachtsmann auf einem Rentierschlitten, die allesamt ins Schaufenster kommen würden, an ganz bestimmte Stellen, und er befolgte ihre Anweisungen. Dann hängten sie noch zwei große Kränze an roten Seidenbändern zu beiden Seiten des großen Weihnachtssterns auf. Als er sich anschließend in der Konditorei umsah, gefiel ihm, was er vor sich sah. Es war weihnachtlich und gemütlich und würde im Fernsehen richtig gut aussehen.

Sie falteten die leeren Schachteln zusammen. »Das Einzige, was jetzt noch fehlt, ist ein Weihnachtsbaum. Aber Weihnachtsbäume werden noch nicht verkauft.«

»Das lässt sich bestimmt organisieren«, sagte er. »Was hätten Sie denn gern? Oder lassen Sie mich raten: eine Rotfichte?«

»Tatsächlich fand ich Nordmanntannen immer toll.«

»Ausnahmen bestätigen also die Regel?«

»Ich mag Nordmanntannen sehr. Trotzdem würde ich eine Rotfichte kaufen – die ist klassisch und duftet ganz wunderbar.«

»Dann hatte ich also recht?«

Sie grinste schief. »Ich persönlich würde die Nordmanntanne besser finden, aber es wird eine Rotfichte.«

»Und was hindert Sie daran, die Nordmanntanne zu nehmen?«

Sie schwieg ein paar Sekunden und zuckte dann mit den Schultern. »Es war eben immer schon so. Wir hatten hier stets eine Rotfichte.«

Er musste sich auf die Zunge beißen, um sie nicht darauf hinzuweisen, dass so vieles *immer schon so* gewesen war. Jetzt gerade war nicht der Zeitpunkt für Zurechtweisungen.

»Aber Sie selbst scheinen ja auch einige Traditionen zu haben.« Sie lächelte. »Die Märchenweihnacht der Familie Eklund …«

Ihr tatsächliches Weihnachtsfest sah mitnichten aus wie die Feiertage, die sie im November vor der Kamera inszenierten, aber das konnte er ihr wohl kaum erzählen.

»Pfefferkuchen, Marzipanfiguren, Weihnachtsschinken und selbst gebastelte Weihnachtsdeko wie Weihnachtskränze und große Blumenarrangements«, fuhr sie völlig ironiefrei fort und klang dabei fast träumerisch.

Er zuckte die Achseln. »Wie ich neulich schon einmal gesagt habe, ist meine Familie ein bisschen anstrengend. Es ist … nicht ganz so, wie es im Fernsehen aussieht.«

»Nicht? Ich war immer neidisch auf Ihre Weihnachtsfeste. Diese herrlich bunte Familie, in der sich alle lieb haben!«

Er schnaubte. »Wohl eher eine bunte Familie, in der sich alle hassen und eifersüchtig aufeinander sind und …« Er verstummte. Was hatte er da gerade gesagt? Doch dann sprudelte es nur mehr aus ihm heraus. »Unsere Weihnachtsfeste waren immer grässlich. Die letzten habe ich mit meiner Mutter und ihrer Lebensgefährtin gefeiert – und das war okay. Wir haben die Traditionen ein bisschen eingedampft. Ich habe so viele schlechte Erinnerungen an Weihnachten, dass ich das Fest nicht mehr besonders toll finde.«

Sie sah ihn lange an. »Wie traurig, dass Sie Weihnachten mit schlechten Erlebnissen verknüpfen.«

»So ist es eben, wenn man einen Hasse Eklund zum Vater hat.«

»Und … wie ist das genau, ihn zum Vater zu haben?«, hakte sie vorsichtig nach.

Er schüttelte leicht den Kopf. »Als ich neun war, ging unser

Weihnachtsfest den Bach runter, weil ich beim Mittagessen ein Glas Wasser umwarf. So war es immer schon: Was immer ich tat, war verkehrt. Das Glas kippte um, Wasser lief über den Tisch, an sich eine blöde Nebensächlichkeit. Aber mein Vater hörte gar nicht mehr auf damit, wie verdammt ungeschickt ich wäre.«

»Und wie haben Sie reagiert, als Ihr Vater das sagte?«

»Ich war traurig, was er umso schlimmer fand. *Du bist ein Weichei, Henrik!*« Er äffte die tiefe Stimme seines Vaters nach. Wie oft hatte er das gesagt? »Ich hatte immer das Gefühl, dass alles, was ich anfasste, in die Binsen ging. Deshalb ist Fernsehen auch so leicht für mich: Da kann ich jemanden spielen und mache keine Fehler – zumindest nicht auf dieselbe Art.«

Er räusperte sich. Er hatte so viel nicht erzählen und auch nicht so viel für sie empfinden wollen. Andererseits war das hier, die Art und Weise, wie sie miteinander redeten, so echt. Es war so ehrlich. Und das war unglaublich schön.

Sie nickte bedächtig. »Klingt nur verständlich, dass man da lieber jemand anders sein will.«

»Danke«, sagte er leise. »Und ich frage mal bei der Produktion nach, ob wir eine Tanne bekommen. Vielleicht können wir die ja in einer Folge gemeinsam dekorieren«, schlug er vor, um das Thema zu wechseln. Er musste die Empfindsamkeit und das Gefühl dieses intimen Moments von sich wegschieben, dies alles wurde ihm langsam zu viel.

»Klar, das könnte doch funktionieren, nur …« Sie blickte skeptisch drein. »Es ist nur, dass …«

»Lassen Sie mich raten: Auch dafür gibt es eine Tradition?« Er lachte leise auf.

Sie seufzte. »Es ist nur so, dass ich den Baum immer selbst ausgesucht habe. Mitten am Tag, damit man ihn besser begutachten kann. Und mit Glögg in einer Thermoskanne.« Sie sah zu der grünen Thermosflasche auf dem Tisch. »In genau dieser Thermosflasche dort. Inzwischen kommen auch meine

Freundin Bea und ihre Familie mit, die sich gleichzeitig ihren Baum aussuchen.«

»Dann sorgen wir dafür, dass Sie Ihren Baum selbst auswählen können. Das gibt bestimmt schöne Aufnahmen für die Sendung.«

Sie nickte. »Danke. Danke für all Ihre Hilfe.« Sie sah ihn lange an, und bei dem Blick aus ihren hellblauen Augen schoss ihm unwillkürlich durch den Kopf, dass die Aufrichtigkeit und die Intimität zwischen ihnen ja vielleicht zu mehr führen könnten.

27. Kapitel

Die Dreharbeiten des folgenden Tages erwiesen sich als angenehmer denn je: Als Nora ihr reduziertes Sortiment vorstellte, das Henrik in Abwesenheit der Kameras bereits gelobt hatte, hatte er natürlich erneut eine Meinung dazu, und sie kabbelten wie üblich ein bisschen, doch es gab auch richtig nette Momente. Und sie hatte auch nichts gegen das Flirten einzuwenden: ein Lächeln, das ein wenig zu lange anhielt, ein kleines freundliches Sticheln – sie musste sich tatsächlich ein ums andere Mal daran erinnern, dass dies alles nur der Produktion diente und nichts weiter zu bedeuten hatte. Trotzdem fühlte sie sich in Henriks Nähe zusehends wohl – und zwar so richtig. Oder … Nein, halt. Es war ja gerade *nicht* richtig, *nicht* echt.

Für den Samstag hatte die Produktionsfirma alles dafür vorbereitet, dass sie einen Weihnachtsbaum kaufen gehen konnten. Anschließend wäre Drehpause, weil Henrik zur Vorstandssitzung nach Stockholm fahren müsste. Den Weihnachtsbaum würden sie auf dem Fiskaretorget kaufen. Dort gab es sonst nie Weihnachtsbäume, doch die Produktionsfirma hatte es so arrangiert. »Es ist ein so schöner Platz«, erklärte Elnaz und ergänzte wie üblich: »Das wird sich im Fernsehen toll machen!«

Als Nora am Samstagmorgen zum Team dazustieß, stand Henrik schon mit geschultertem dunkelblauem Rucksack bereit. »Ich habe Glögg organisiert.« Er angelte die grüne Thermosflasche heraus, aus der sie beim Dekorieren getrunken hatten. »Und Pfefferkuchen.« Er hielt eine Keksdose in die Höhe. »Dann sind wir jetzt so weit?«

»Eindeutig.« Ihr wurde ganz warm ums Herz, weil er sich an diese Einzelheiten erinnert hatte. Solche Aufmerksamkeit war sie gar nicht mehr gewöhnt.

Sie traten hinaus auf die Straße. Es war windig, und sie war froh, dass sie sich für ihre dicke, leuchtend blaue Daunenjacke entschieden hatte. Die hielt alles ab – Wind, Schnee und Regen. Sie hatte sich sogar eine Strickmütze aufgesetzt, dicke Wollsocken in ihre Winterschuhe sowie Fäustlinge angezogen. Sie hatte sich bei der Auswahl Mühe gegeben und sich dem Anlass entsprechend kleiden wollen.

Henrik hatte eine graue Daunenjacke, Jeans und eine rote Mütze an und trug dazu schwere Winterschuhe. Der Holzfällerstil stand ihm wirklich gut, und erstmals überhaupt vor einem Drehtag war Nora voller freudiger Erwartungen: Dies würde etwas anderes werden als die üblichen Szenen in der Konditorei. Endlich würde es nicht mehr nur um sie und ihre Unzulänglichkeiten gehen. Sie würden einfach nur einen Weihnachtsbaum kaufen, dabei konnte sie wohl kaum kritisiert werden.

»Bereit?« Ted sah sie erwartungsvoll an. »Ich dachte mir, wir fangen hier draußen an, sie haben ja die Weihnachtsbeleuchtung schon aufgehängt, und dann gehen wir die Hauptstraße runter. Wir filmen ein paar Szenen, in denen Sie sich im Gehen unterhalten, bis wir unten am Platz ankommen.« Die Kamerafrauen nahmen ihre Position ein: zwei vorneweg und eine als Nachhut. »Bereit?« Ted gab ihnen ein Zeichen, und Nora machte ein paar Schritte auf Henrik zu. »Gehen Sie einfach los und reden über irgendwas. Den Ton zeichnen wir nicht auf, es geht nur um die Bilder.« Dann klatschte er in die Hände, und die Kameras liefen.

Sie schlenderten los und bogen in die Hauptstraße ein, die von einer diesigen Wintersonne ausgeleuchtet wurde. Hier hing eine andere Weihnachtsbeleuchtung als in Noras Straße: breite weiße Banderolen und riesige silberne Schneeflocken.

»Was für ein schöner Tag.« Henrik kniff die Augen gegen die tief stehende Sonne zusammen.

»Finde ich auch.«

Kurz herrschte Schweigen.

»Schon Pläne fürs Wochenende?«, erkundigte sich Henrik.

Sie lächelte scheu. »Ja, oder … Nein, nicht direkt.« Dann sah sie ihn misstrauisch an. »Fragen Sie das gerade wirklich, oder tun Sie nur so, weil die Kameras laufen?«

Er musste lachen. »Ich frage das wirklich.«

Sie musste ebenfalls lachen und schüttelte angesichts der absurden Unterhaltung und ihrer beider Reaktion den Kopf. »Ich stehe wahrscheinlich wie immer in der Konditorei.«

»Sind Sie das eigentlich jemals leid?«

»Die Konditorei? Niemals. Trotzdem ist die Arbeit natürlich anstrengend. Und die Unsicherheit, ob ich diesen Monat überstehe, zehrt ungeheuer an meinen Kräften. Aber ich kämpfe darum, weil ich sie liebe.«

Nachdenklich nickte er.

Sie waren auf dem Platz angelangt. Eine junge Frau kreischte auf, als sie die beiden sah, und die Kamerafrauen setzten die Kameras ab, woraufhin die Frau auf sie zurannte und Henrik um ein gemeinsames Selfie bat. Unterdessen sah Nora sich auf dem Platz um. Sie war sprachlos, als sie dieses Weihnachtswunderland vor sich sah.

Elnaz kam auf sie zu. »Unsere Eventfirma hat ein bisschen dekoriert«, verkündete sie vergnügt.

Sie hatten einen richtigen Weihnachtsmarkt errichtet, mit roten Buden, in denen handgestrickte Fäustlinge, gedrechselte Kerzenleuchter und anderes Kunsthandwerk verkauft wurden – und Weihnachtsbäume. Zwischen den Verkaufsbuden hingen Lichterketten, und der Duft von gebrannten Mandeln hing in der Luft.

Sie setzten die Dreharbeiten fort. Aus der Thermosflasche goss Henrik ihnen beiden Glögg ein, und sie drehten eine Runde über den Platz, ehe Nora die aufgereihten Bäume vor der rot gestrichenen Wand der Fiskeboden begutachtete.

Nora und ihre Freundinnen gingen im Hochsommer gern in der Fiskeboden essen, bestellten eine Portion Garnelen mit Knoblauchbrot, extra Aioli und einen gekühlten Weißwein, an dem sie draußen in der Sonne nippten, während sie den Touristen und anderen Urlaubern nachsahen, die am Strandvägen entlangflanierten. Kaum zu glauben, dass dies derselbe Platz sein sollte, auch wenn er im bleichen Licht der Wintersonne und vor der bleigrauen Meereskulisse nicht minder schön aussah.

»Was halten Sie von diesem hier?«, fragte Henrik und zeigte auf eine Fichte.

»Nein, sie muss dichter sein. Die hier ist mir unten zu dürr.«

»Verstehe.«

Sie gingen weiter die Reihen ab. Der Nadelduft, die trockene Luft und der Geschmack von Glögg gaben ihr das Gefühl, als wäre es wirklich bereits der erste Advent. Henrik hatte einen klassischen Glögg mitgenommen, was wunderbar zu diesem Anlass passte.

»Und der hier?«

Nora nahm noch einen Schluck und inspizierte den Baum, den er nach vorn hielt. Sie seufzte. »Ein bisschen zu kopflastig.«

Nach dem siebten Baum seufzte auch Henrik. »Wenn das noch länger so weitergeht, brauche ich etwas zu essen.«

Elnaz lächelte breit. Sie sah aus, als würde sie sich darüber amüsieren, dass die beiden klangen wie ein altes Ehepaar. Sogar Ted wirkte, als hätte er Spaß. Und Nora fühlte sich pudelwohl – überraschenderweise richtig pudelwohl – und musste sich abermals in Erinnerung rufen, dass das alles nicht echt war. Nicht einmal die Anziehungskraft, die sich zwischen ihnen immer wieder bemerkbar machte, war echt. Sie waren sich schließlich einig gewesen, dass sie all dies nur für die Kameras machten. Trotzdem war rein gar nichts daran verkehrt, dass sie bei den Dreharbeiten Spaß hatten, so war es eindeutig angenehmer, als andauernd frustriert und wütend zu sein.

Henrik hielt auf einen Verkaufsstand mit gebrannten Mandeln zu. Eine Frau in einem dicken Pelzmantel gab zwei Schaufeln voll in eine braune Papiertüte und drückte sie Henrik in die Hand. Er hielt Nora die warme Tüte hin, die sich daraus bediente und dann unversehens auf die nächste Reihe mit Weihnachtsbäumen zuging. Sie musterte die Nordmanntannen. Die Nadeln schimmerten silbern im Sonnenlicht. Dann ging sie weiter zu den Rotfichten und blieb dort jäh stehen.

»Das ist er!«

Sie war auf den perfekten Baum zumarschiert: von unten bis hoch zur Spitze schön dicht, kein einziger Zweig, der aus der Reihe tanzte. Sie zog ihn nach vorn, damit auch Henrik den Baum in all seiner Pracht begutachten konnte.

»Der ist wirklich schön«, sagte er. »Wie aus einem Jenny-Nyström-Gemälde.«

Sie war ganz seiner Meinung. Es fehlten wirklich nur noch die traute Familie, die sich um den Baum scharte, und brennende Wachskerzen.

Der Verkäufer wickelte den Baum in ein Netz und warf ihn Henrik in die Arme. Die Kameras zeichneten auf, wie er den Baum schulterte und sie dann nebeneinanderher über den Platz schlenderten. Die Fichte glitt ihm aus der Hand, Nora sprang ihm zu Hilfe, Nadeln wischten ihr übers Gesicht, und sie quietschte auf, woraufhin Henrik laut lachen musste. Er nahm ihr den Baum wieder ab, doch ein Zweig war in ihren Haaren hängen geblieben. Glucksend zog er ihn heraus. Im selben Moment spürte sie Nässe auf ihrer Wange. Regnete es etwa? Sie sah zu Henrik. Auf seinem dichten Bart waren ein paar Schneeflocken gelandet. Sie blickten beide nach oben.

Der Himmel, der eben noch klar blau gewesen war, war jetzt milchweiß, und langsam segelten Schneeflocken aus den dichten Wolken.

»Fast zu gut, um wahr zu sein!« Für einen kurzen Moment waren die Kameras vergessen, und sie sah nur sein Lächeln vor sich, verlor sich in seinen braunen Augen und wachte aus der Tagträumerei erst wieder auf, als Ted ihnen winkte und zu verstehen gab, dass sie weitergehen sollten. Gemeinsam trugen sie die Fichte in Richtung Konditorei.

»Das hier ist einfach nur perfekt«, stellte Henrik fest. »Elnaz und Ted sind überglücklich. Wir werden im Fernsehen großartig aussehen«, fügte er flüsternd hinzu.

Sie musste erneut lachen. Im selben Moment dämmerte ihr, dass sie an keinem der vorigen Drehtage so viel gelacht hatte – oder überhaupt in letzter Zeit.

Sie schlenderten über die Hauptstraße zurück, und als Henrik erzählte, wie er einmal mit seiner Mutter und ihrer Partnerin Vanja im Wald illegal einen Baum geschlagen hatte und erwischt worden war, vergaß sie die Kameras wieder. Vor der Konditorei angekommen, lehnten sie den Baum gegen die Fassade des Cafés. Henrik sah Nora flüchtig an, und in ihr stieg dasselbe Gefühl auf, das sie während des Autorenabends bei seinem Kuss verspürt hatte. Der Kuss war himmlisch gewesen, allerdings hatte sie ihm das tags zuvor nicht sagen wollen. Sein Ego war auch so schon groß genug.

Die Kameras wurden abgeschaltet, das Team verschwand nach drinnen, um sich aufzuwärmen, und Henrik und Nora blieben allein draußen stehen. Als Elnaz bibbernd in die Konditorei huschte, konnte sich Nora ein Grinsen nicht mehr verkneifen.

»Was ist denn so lustig?« Henrik sah sie neugierig an.

»Sie scheinen den Winter in Småland allesamt zu unterschätzen. Wenn die Kälte sich hier erst festsetzt, kann es richtig eisig werden.«

Er sah an sich hinab. »Ich glaube trotzdem, dass ich mich richtig angezogen habe.«

»Bestimmt. Die Daunenjacke ist sicher schön dicht und hält warm.« Sie berührte ihn am Oberarm – eine fast schon intime Geste, trotzdem ließ sie die Hand einen Moment lang verharren und lächelte ihn zaudernd an. Gott, sie flirtete mit ihm – und das, obwohl die Kameras nicht einmal liefen!

»Ich habe übrigens noch eine Überraschung für Sie.« Er machte einen kleinen Schritt auf sie zu. »Eigentlich wollte ich damit warten, bis wir in der kommenden Woche weiterdrehen, aber …« Er schien kurz mit sich zu hadern. »Ich kann es einfach nicht für mich behalten. Es sind nämlich gute Nachrichten. Gunnebo hat für den ersten Advent Luciagebäck von Ihnen bestellt.«

Nora schlug sich die Hände vors Gesicht. Gunnebo war der größte Arbeitgeber der Stadt, und sie wusste nicht, ob sie panisch oder überglücklich sein sollte. »Ist das wirklich wahr? Das dürfte eine Riesenbestellung sein!«

Henrik nickte beifällig. »Eindeutig. Anscheinend war jemand aus der Veranstaltungsabteilung bei unserem Autorenabend. Die Dame mochte Ihre Schnittchen und will sowohl belegte Brötchen als auch die traditionellen Safranschnecken fürs Lucia-Fest haben. Und das ist noch nicht alles: Die Bestellung gilt für jeden Montag im Dezember.«

Überglücklich fiel sie ihm um den Hals, streifte mit der Schläfe seinen warmen Hals und spürte seinen Bart an ihrer Wange. Das Gefühl dabei war etwas völlig anderes als bei dem Gemüsetypen oder Mange Lund, die ihr im Vergleich beide eher wie Jungs erschienen waren. Zu ihrer eigenen Überraschung und obwohl sie draußen unter Leuten waren, gab sie ihm einen Kuss. Seine Lippen waren warm – ein scharfer Kontrast zu der Kälte, die sie umgab.

Er erwiderte den Kuss. Gierig. Zog sie um die Ecke in die Seitenstraße und drückte sie gegen die Hauswand. Ihre Strickmütze blieb an einem Splitter in der Holzfassade hängen, und sie zog ihn enger an sich, während er sich gleichzeitig an sie presste. Er küsste sie weiter, und sie schlang ihm die Arme um den Hals, genoss das Gefühl seiner Zunge und seiner weichen, wunderbaren Lippen. Schneeflocken wirbelten um sie herum.

Als sie sich nach einer Weile voneinander lösten, sah er sie unverwandt an und rang kurz um Atem. »Damit habe ich nicht gerechnet …«

Sie räusperte sich. »Na ja.« Sie lächelte. »Trotzdem habe ich nicht vor, mich dafür zu entschuldigen. War immerhin ein echt toller Kuss!«

Er lachte. »Das fand ich auch.« Dann strich er ihr eine Haarsträhne aus dem Gesicht. »Du hast morgen in der Konditorei einiges zu tun – und nächste Woche wird mitsamt Dreharbeiten und Bestellungen ziemlich hektisch. Deshalb rate ich heute zu einem ruhigen Abend. Mit den Aufnahmen sind für heute ohnehin fertig.«

*

Mit weichen Knien ging sie nach oben in ihre Wohnung. Sie hatte Henrik Eklund geküsst. *Sie* hatte Henrik Eklund geküsst! So was hätte sie nie für möglich gehalten, niemals.

Henrik hatte recht. Sie brauchte jetzt einen ruhigen Abend. Und sie dachte auch besser keine Sekunde länger darüber nach, was sie soeben getan hatte. Wenn sie bei etwas gut war, dann darin, derlei Dinge zu verdrängen, und über Küsse, fand sie seit jeher, sollte man ohnehin nicht nachgrübeln.

Kurz vor Ladenschluss schaute sie in der Konditorei vorbei, um Emil und Hassan zu verabschieden und Kassensturz zu machen. Sie hatten erneut einen richtig guten Tag gehabt. Wenn die Tageseinnahmen weiter auf so hohem Niveau blieben, würde sich das Blatt für sie wenden.

Sobald sie das Licht ausgemacht und abgeschlossen hatte,

ging Nora einkaufen, legte eine Packung Vanilleeis und frische Teigtaschen in ihren Einkaufskorb und kehrte damit in ihre Wohnung zurück. Dort wärmte sie die Teigtaschen auf und nahm die Schale und eine Flasche Mineralwasser mit aufs Sofa, wo sie durch die Weihnachtsfilme ihres Streaming-Diensts zappte. Sie entschied sich für *Liebe braucht keine Ferien*, ging zurück in die Küche, stellte das Vanilleeis bereit, damit es gleich weich genug wäre, und bröselte rohen Pfefferkuchenteig in ein Schüsselchen. Dann startete sie den Film. Genoss die warmen Teigtaschen und das Gefühl, nicht weiter über Aberhundert Aufgaben nachdenken zu müssen, einfach den Kopf abzuschalten und in eine andere Welt abzutauchen.

Als sie fertig gegessen hatte, drückte sie auf Pause, ging zurück in die Küche, löffelte Eis in das Schüsselchen und vermengte es mit den Teigbröseln. Dass kein Eishersteller bislang auf diese Idee gekommen war – Eis mit Pfefferkuchenteig! Es gab Cookie-Dough-Eis in allen möglichen Varianten, dabei war Pfefferkuchen die leckerste von allen. Nora hatte immer ein bisschen Teig im Kühlschrank, damit sie jederzeit so viel davon essen konnte, wie sie wollte, und manchmal verputzte sie den halben Teig binnen weniger Tage. Sie schob den Löffel ins Eis mit den weichen Teigbröseln. Oh, wow, fast so gut wie Henriks Kuss … Halt, was zur Hölle machte sie denn da? Sie schob den Gedanken wieder beiseite, ehe sie ihn fertig denken konnte.

Der Teig, den sie benutzt hatte, war derselbe, den sie für die Pfefferkuchen zum Glögg-Abend zubereitet hatte, und sie musste sich eingestehen, dass sich ihr Rezept und das von Henrik ganz wunderbar ergänzten: Die braune Butter verlieh dem Teig einen frischeren Geschmack und unterstrich die Würze der gerösteten Gewürze. Zurück vor dem Fernseher nahm sie noch einen Löffel voll Eis. Gott, würde es komisch werden, wenn sie sich kommende Woche wiedersähen? Aber sie *wollte* doch jetzt nicht darüber nachdenken! Bei ihrem Wiedersehen würde es ganz einfach kommen, wie es nun mal käme … Zum Glück waren es bis dahin noch ein paar Tage, an denen sie sich wieder einkriegen konnte.

Aber war es dumm von ihr gewesen? War sie damit zu weit gegangen? Obwohl auch er den Kuss sichtlich genossen hatte?

Laut seufzend streckte sie sich auf dem Sofa aus. Warum konnte sie nicht einfach aufhören, daran zu denken? Warum konnte sie nicht aufhören, an *ihn* zu denken? Vielleicht weil sie schon lange keinen ruhigen Abend vor dem Fernseher mehr gehabt hatte und vergessen zu haben schien, wie Entspannung funktionierte? Und vielleicht weil sie sich gerade einen der romantischsten Filme überhaupt ansah.

Weshalb hatte sie ihn überhaupt geküsst? Sie arbeiteten doch zusammen, da war so etwas wirklich unangebracht. Aber welche normale Frau hätte sich heute zurückhalten können? Keine. Er hatte in seiner grauen Daunenjacke einfach unverschämt gut ausgesehen – mit der Tanne auf der Schulter und der roten Mütze, die seine braunen Augen betonte. Und dieser dichte Bart, der sein Lächeln so überaus einnehmend machte, dieses leicht widerstrebende, raubeinige Lächeln …

Sie seufzte erneut tief auf. Rief sich ins Gedächtnis, dass *all das nicht echt war.* Auch wenn sie sich diesmal nicht vor laufenden Kameras geküsst hatten, war das Ganze für ihn bestimmt trotzdem nur Teil der Sendung gewesen, ein Kniff, um den Flirt, das Knistern zwischen ihnen aufrechtzuerhalten, bis die Kameras wieder liefen.

Sie spulte zurück zu der Stelle im Film, an der ihre Gedanken auf Wanderschaft gegangen waren. An die Stelle, an der Kates hübsches, eingeschneites Häuschen zu sehen war. Genau so könnte auch Henrik wohnen, dachte Nora. Er machte tatsächlich eher den Eindruck eines Land- als den eines Stadtbewohners. Sie sah regelrecht vor sich, wie er abends vor einem knisternden Kamin saß, mit dem frisch geschlagenen Weihnachtsbaum daneben – den er natürlich selbst gefällt und nicht auf einem Markt gekauft hatte, der seinerseits bloß fingiert gewesen war. Und sie selbst würde sich wahnsinnig gut neben ihm vor dem Kamin machen.

28. Kapitel

1945

Tuula traf Nils in diesem Sommer mehrmals in der Woche. Sie wollte die Kinder nicht öfter als nötig allein lassen, deshalb kam er meist zu ihnen zu Besuch, aber hier und da waren die Kinder auch bei Aino und Heikki, dann gingen sie spazieren, irgendwo Kaffee trinken oder aßen bei ihm zu Hause zu Abend. Und er lud sie in sein Sommerhaus ein. Die Bäckerei wäre Mitte Juli für eine Woche geschlossen, sämtliche Angestellten wären in den Ferien, zum ersten Mal im Leben hätte Tuula bezahlten Urlaub – und Nils wünschte sich, dass sie und die Kinder ihn in sein Sommerhaus begleiteten.

»Sobald wir da sind, will ich angeln gehen«, verkündete Matias, ehe Nils auch nur aus dem Auto gestiegen war. Er lachte, zerzauste dem Jungen das Haar, gab Tuula einen Kuss auf die Wange und tätschelte Ritva die Schulter. Matias war außer sich vor Vorfreude gewesen, als Tuula von dem Sommerhaus erzählt hatte, während Ritva zunächst zurückhaltend reagiert hatte, jetzt aber ebenso vorfreudig war.

Tuula empfand bei der Vorstellung eine eigenartige Ruhe. Es war das erste Mal, dass ihre kleine Familie einen längeren Aufenthalt andernorts plante – oder genauer: einen *schönen* Aufenthalt. Ihre ersten Ferien überhaupt.

Nils verlud ihren Koffer ins Auto – denselben Koffer, mit dem sie von Finnland nach Schweden gekommen waren. Dann stiegen sie ein, und Nils nahm die Straße, die aus dem Dorf hinausführte.

Tuula hatte sich lange darüber den Kopf zerbrochen, wie die Kinder wohl darauf reagieren würden, dass sie mit Nils ausging. Nicht dass sie sich Sorgen gemacht hätte, dass die Kinder glauben könnten, sie wollte ihren Vater ersetzen. Matias hatte seinen Vater schließlich kaum noch erlebt, und auch Ritva hatte kaum mehr Erinnerungen an ihn. Tuula war sich sogar halbwegs sicher, dass es gut für die Kinder wäre, wenn Nils in ihr Leben träte. Ihre Sorgen handelten vielmehr davon, welche Veränderungen dies alles nach sich ziehen könnte. Sie hatten so viel durchgemacht, und endlich verlief ihr Leben wieder in geordneten Bahnen – und insgeheim hoffte sie, dass Nils zu umso mehr Stabilität beitragen könnte. Für Tuula stand er für Geborgenheit und für die Kinder könnte er ein hervorragendes männliches Vorbild abgeben. Gott, aber vielleicht griff sie den Ereignissen auch vor … Trotzdem glaubte sie an Nils, mit ihm fühlte es sich einfach richtig an. Andernfalls hätte sie ihn den Kindern auch niemals vorgestellt. Jemand, der eine solche Selbstsicherheit ausstrahlte wie Nils, würde nie eine Kehrtwende hinlegen und sich von ihr abwenden. Und mit einem Mal war sie fest überzeugt, dass sie beide zusammenbleiben würden.

Der einzige Wermutstropfen war und blieb das Gerede im Dorf, und nach einem Vorfall in der Vorwoche war das nicht besser geworden: Einer der finnischen Bergmänner war in eine Schlägerei mit einem Schweden geraten, der schwer verletzt ins Krankenhaus gekommen war. Aino hatte die Leute erzählen hören, dass dies die wahre Natur der Finnen sei – dass sie sich niemals wie Schweden benehmen könnten, es sei ihnen einfach nicht möglich. Dass der Schwede den Finnen vor der Schlägerei einen stinkenden finnischen Bastard genannt hatte, spielte in diesem Zusammenhang offenbar keine Rolle. Tuula hatte das Gefühl, dass die Blicke der Dorfbewohner seit jenem Vorfall noch misstrauischer und feindseliger geworden waren.

Würde Nils mit so etwas klarkommen? Sie sah ihn von der Seite an. Aber wenn nicht, hätte er ihr doch längst den Laufpass gegeben?

Sie fuhren durch eine hügelige Landschaft, an Weizenfeldern und weitläufigen Weiden vorbei, durch Nadel- und Laubwälder. Es roch nach Benzin und nach Ledersitzen. Kurz bevor sie das Sommerhaus erreichten, hielt Nils bei einem Tante-Emma-Laden, um noch Lebensmittel einzukaufen. Tuula hoffte nur, dass die Kinder im Laden still wären. Zwar redeten sie inzwischen meist Schwedisch, doch ihr finnischer Akzent war nach wie vor nicht zu überhören. Hier kannte sie ja niemand, und vielleicht würden die Leute sogar annehmen, dass sie eine ganz normale Familie wären?

Als die Kinder im Laden dann doch anfingen zu reden, schien es zum Glück niemand zu bemerken, und Tuula schämte sich für ihre Befürchtungen, denn wenn Tuula nicht selbst für ihre Kinder einstand, wer würde sie dann je akzeptieren?

Nils verwöhnte die beiden mit je einer Tüte Bonbons. Sie kauften so viel ein, dass es die ganze Woche über fürs Backen und für gutes Essen reichen würde. Die Einkäufe passten kaum noch in den Wagen.

Das Sommerhaus lag an einem See inmitten von dichtem Wald und weit entfernt vom nächsten Nachbarn, was Tuula sehr zu schätzen wusste: Auch hier würden ihnen keine bösen Blicke und Vorurteile drohen, hier konnten sie einfach sie selbst sein. Die Kinder liefen sofort ans Seeufer, um baden zu gehen. Tuula eilte ihnen mit ihren Handtüchern nach, und kaum dass Nils ihr Gepäck und die Einkäufe ausgeladen hatte, kam auch er mit einem Korb voller Kuchen, Kaffee und Saft, den Tuula zu Hause eingekocht hatte, hinunter an den Strand. Nachdem sie gebadet hatten, setzten sich die Kinder in ihre Handtücher gewickelt zu ihnen, machten sich über den Kuchen her und kicherten, als ein paar hungrige Waldameisen mehrere Krümel davontrugen.

Tuula genoss den Kaffee. Sie hatte ihn zu Hause gekocht, hier im Wald unter den hohen Fichtenkronen, mit dem glitzernden See vor sich und der Sonne, die ihr die Beine wärmte, schmeckte er aber noch viel besser.

Nach ihrem Picknick machten sie einen Waldspaziergang. Sie pflückten Heidelbeeren und Walderdbeeren und kehrten nach einer Weile zum Haus zurück, wo sie ein schlichtes Abendessen vorbereiteten: gebratenen Hering, den sie unterwegs gekauft hatten, und gekochte Kartoffeln. Zum Nachtisch gab es Beeren mit dicker Milch und ein weiteres Bad im See, um den Abend zu beschließen.

Nachdem die Kinder sich schlafen gelegt hatten, setzten sich Tuula und Nils auf die Veranda, um dem Sonnenuntergang zuzusehen. Am gegenüberliegenden Seeufer stand die Sonne bereits tief zwischen den Baumwipfeln. Tuulas Haut war gerötet – sie und die Kinder würden sich tags darauf ein wenig aus der Sonne heraushalten müssen. Auch wenn sie im Sommer durchaus braun wurden, war die Mittagssonne gefährlich.

Nils schenkte ihnen zwei Kognaks ein, und sie aßen die letzten Stücke Kuchen und die übrigen Beeren mit Schlagsahne.

»Wissen deine Eltern eigentlich, dass wir zusammen hier sind?«, fragte sie ihn. Die Frage hatte ihr auf den Nägeln gebrannt, denn nicht nur die Leute im Dorf redeten. Auch Nils' Eltern schienen sie nicht akzeptieren zu wollen.

Nils antwortete nicht gleich, doch dann sah er sie offen an. »Ich hab kurz überlegt, ob ich ihnen erzählen sollte, dass ich mit Freunden hier bin. Aber ich wollte nicht lügen, nicht, wenn es um dich geht.«

»Und was haben sie gesagt?«

»Meine Mutter hat gar nichts gesagt, dafür hat mein Vater hinreichend für zwei geschimpft. Doch dies hier ist das Haus meines Großvaters, der es Stig und mir vererbt hat. Meine Eltern haben sich in der Zwischenzeit zwar darum gekümmert, aber sie haben ihr eigenes Sommerhaus. Sie haben hierüber nicht zu entscheiden, deshalb können sie mir auch nicht verbieten, mit dir hierherzukommen.«

Tuula nickte. Sie war froh, dass er ehrlich war, auch wenn die Antwort sie traurig stimmte. »Du und dein Vater … Kommt ihr ansonsten gut miteinander aus?«

Er nickte. »Wir hatten nie größere Auseinandersetzungen, und was den Betrieb angeht, sind wir uns in den meisten Fällen einig.«

Es hatte anscheinend nie Grund zu Meinungsverschiedenheiten gegeben, wie ihr jetzt dämmerte – bis *sie* aufgetaucht war. In die Niedergeschlagenheit mischte sich ein Anflug von Verbitterung und überschattete den bisher so unbeschwerten Sommerabend. Sie war also der Grund dafür, dass er mit seinem Vater stritt.

Als hätte er ihre Gedanken gelesen, legte Nils seinen Zeigefinger unter ihr Kinn. »*Du* bist nicht das Problem. Das Problem sind mein Vater und seine Erwartungen an mich.«

»Erwartungen? Was erwartet er denn von dir?« Sie wollte es lediglich verstehen.

Die untergehende Sonne tauchte die Veranda in einen goldenen Schein, und sie sah ihn im Gegenlicht an. An diesem Abend trug er ein kurzärmeliges weißes Tennishemd, das seine muskulösen Oberarme betonte. Er hatte die Arme eines Bäckers, breite Schultern, gleichzeitig einen drahtigen Körper, vermutlich lag das am Fußball. Natürlich hatte sie ihn nie richtig mustern können, sondern nur bekleidet gesehen – und seinen Oberkörper gespürt, wenn sie allein gewesen waren. Weiter waren sie nie gegangen.

»Meine Eltern hatten eine Braut für mich vorgesehen. Die Tochter eines Geschäftspartners meines Vaters.«

»Dann … bist du verlobt?«

Ihr schwirrte der Kopf. Er konnte doch keine andere haben? Er gehörte doch ihr. Hatte noch jemand anders diesen durchtrainierten Oberkörper gespürt? Die weiche Haut im Nacken?

»Nein, nein, ganz und gar nicht!« Er sah sie unverwandt an. Die dunkelbraunen Augen leuchteten fast golden im Abendlicht. »Mein Vater hatte sich das so vorgestellt – dass ich ihr den Hof machen sollte. Und er will immer noch, dass ich sie heirate. Das würde seine Geschäfte enorm erleichtern.«

»Ich will dabei nicht im Weg stehen«, erwiderte sie leise. Die Tochter eines Geschäftspartners seines Vaters, natürlich wäre sie für Nils die bessere Partie.

Tuula streckte die Beine auf der Veranda aus. Sie hatte sich von ihm ein leichtes Baumwollhemd geliehen, das ihre sonnengeküssten Schultern bedeckte, und trug dazu einen Leinenrock. Es war warm, auch wenn die Sonne inzwischen fast untergegangen war.

Er berührte ihren Oberschenkel und streichelte langsam darüber. »Du stehst nicht im Weg. Ich habe diese Frau nie heiraten wollen. Und als du in mein Leben getreten bist, hat mir das die Entscheidung nur umso leichter gemacht. Sie ist nichts für mich.«

Er lehnte sich in ihre Richtung, und ihr stieg der Geruch seines Rasierwassers in die Nase, in das sich der Duft seiner sonnenverwöhnten Haut und die Süße des Seewassers mischte. Dann gab er ihr vorsichtig, zaudernd einen Kuss, und sie erwiderte ihn auf die gleiche Weise.

Doch was sollte sie mit seiner Aussage anfangen? Es fühlte sich alles so endgültig an – dass sie und die Kinder niemals akzeptiert würden. Er küsste sie nachdrücklicher, selbstsicherer, als wollte er sie vom Gegenteil überzeugen. Sie entspannte sich zusehends und näherte sich ihm, während er sie immer gieriger küsste.

Sie hatten bereits früher, zu Hause bei ihm, solche Küsse ausgetauscht, doch jedes Mal hatte sie ihnen ein Ende gesetzt, ehe sie zu weit gegangen wären. Doch hier – mit dem See und dem Wald als einzigen Zeugen und dem Kognak, der alles abmilderte und weicher machte –, erlaubte sie sich, dem Kribbeln in ihrer Brust nachzugeben. Das behagliche Gefühl wanderte weiter in ihren Bauch und tiefer. Hungrig tastete sie seine Schultern und Oberarme entlang, schob ihre Hand unter sein Hemd, über den muskulösen Bauch. Seine Küsse wanderten über ihren Hals, während er weiter ihren Schenkel streichelte.

Irgendwann zog er sie von ihrem Stuhl hoch, und sie küssten sich weiter, während sie ins Haus taumelten, auf sein Schlafzimmer zuhielten, er ihr sein Hemd ein paar Knöpfe weit aufknöpfte, die Hände darunterschob und mit seinen warmen Händen über ihre Schultern strich.

Sie wollte das hier – sie wollte mit ihm schlafen. Doch sie musste auch an die Kinder denken, die aufwachen könnten. Er musste ihr Zaudern gespürt haben, weil er innehielt und sie ansah.

»Verzeih, wenn ich zu schnell bin«, flüsterte er. »Ich will das hier schon so lange, aber ich verstehe schon, wenn du nicht …«

»Das ist es nicht. Es sind die Kinder, ich …« Sie drehte sich nach dem Schlafzimmer am Ende des Flurs um. Ritva und Matias hatten ein Zimmer mit einem Stockbett bezogen, von dem sie ganz begeistert waren, und zum ersten Mal seit Langem hätte Tuula ein eigenes Zimmer haben sollen, dabei wollte sie gerade nichts lieber, als die Nacht mit Nils zu verbringen.

»Ich verstehe das«, unterbrach er sie. »Du brauchst mir nichts zu erklären.« Er ließ sie los, gab ihr einen Kuss auf den Mund und strich ihr die Haare hinter die Ohren. »Es ist schon spät, und ich nehme an, dass Matias mich morgen früh zu einem Angelausflug nötigen wird.« Er lächelte sie an, und Tuula nickte bedächtig, während sie ihr Hemd wieder zuknöpfte.

Schweigend räumten sie Veranda und Küche auf, sagten einander Gute Nacht und verschwanden in ihren jeweiligen

Zimmern. Tuula schlüpfte ins Bett, doch die Stille ringsum machte sie rastlos, sie schien einfach nicht mehr zur Ruhe zu kommen – und immer noch pulsierte die Lust in ihr. Sie *konnte* einfach nicht liegen bleiben, es ging einfach nicht.

Was sollte sie denn jetzt tun? In den See springen, um sich abzukühlen? Mit einem tiefen Seufzer setzte sie sich auf. Sie wollte nur eines tun.

Vorsichtig stand sie auf, öffnete die Tür, schlich den Flur entlang und spähte ins Zimmer der Kinder, um sich zu vergewissern, dass beide tief und fest schliefen. Herr im Himmel – die erste Nacht an einem neuen Ort, und das ohne sie. Was, wenn sie wieder aufwachten?

Dann würde sie sie hören, redete sie sich gut zu und ging weiter auf Nils' Schlafzimmer zu.

Als sie seine Zimmertür aufschob, stand er bereits dahinter und wartete auf sie. Sie machte die Tür hinter sich zu, und dann fielen sie sich in die Arme und sanken endlich auf sein Bett.

Sie zog ihm den Schlafanzug aus und schob sich auf ihn, atmete seinen Duft ein und küsste seinen Hals. Er zog ihr das Nachthemd über den Kopf, legte die Hände auf ihre Brüste – vorsichtig, als müsste er sich langsam vortasten –, ehe er anfing, sie zärtlich zu streicheln. Irgendwann legte sie sich auf den Rücken. Sie wollte nichts sehnlicher, als ihn in sich zu spüren.

Er legte sich neben sie und streichelte sie weiter.

Und jetzt?, schoss es ihr durch den Kopf. Sollte er sich nicht auf sie legen? Doch er liebkoste sie weiter, jeden Zentimeter ihrer Haut, und ihre Begierde wuchs ins Unermessliche. Langsam kreiselten seine Finger um ihre Brustwarzen, und sie erschauderte, bis sie vor Lust beinahe überzukochen drohte.

»Ich will deinen ganzen Körper spüren«, flüsterte er, »und ich will, dass du es einfach nur genießt.«

Seine Hand wanderte über ihren Bauch und weiter nach unten. Behutsam schob er einen Finger in sie hinein und tastete sich vorsichtig weiter vor. Sie keuchte laut auf. So etwas war sie nicht gewöhnt. Auch Juhani war mit ihr zärtlich gewesen, doch das war meist schnell vorbei gewesen. Er hatte sich nie so viel Zeit genommen. Und sie hatte es nie so sehr genossen.

Dann fand er schließlich die entscheidende Stelle, den Punkt, den bislang nur sie gefunden und ein paar wenige Male berührt hatte. Nils nahm sich Zeit, liebkoste sie zärtlich und langsam, und sie spürte, wie die Lust, die sich in ihr aufgestaut hatte, nur mehr anwuchs, bis sie nicht mehr an sich halten konnte. Sie presste sich an ihn, küsste ihn und erstickte an seinem Hals einen Schrei, als die Lust überhandnahm. Sie zitterte am ganzen Leib.

Keuchend sank sie neben ihm in die Laken.

»Das …«, stieß sie hervor, brachte den Satz dann aber nicht zu Ende. Musste erst wieder zu Atem kommen, ehe sie spürte, dass sie mehr wollte – mehr von *ihm*.

Sie fingen erneut an, sich zu küssen. Oh, seine Küsse! Sie tastete über seine breite Brust, über die weiche, sonnengebräunte Haut. Liebkoste seinen Nacken, strich ihm über das lockige Haar. Wollte alles von ihm spüren.

Langsam tastete sie sich zu seinem Geschlecht vor. Sie wollte ihn, wollte ihn in sich spüren. »Bitte, komm«, flüsterte sie ihm zu.

Trotz der Dunkelheit sah sie seine Augen blitzen, und an der Kontur seiner üppigen, weichen Lippen sah sie ihm an, dass er lächelte. »In Ordnung.« Er legte sich auf sie und küsste sie, während er in sie eindrang und begann, sich rhythmisch zu bewegen. Sie stöhnte bei jedem seiner Stöße auf, presste sich an seine Hüften, wollte ihn tiefer in sich spüren, und wieder berührte er diesen Punkt, bewegte sich immer schneller, während sie sich ihm entgegenwölbte. Dann stöhnte er, keuchte laut auf, und sie spürte, wie er in ihr noch größer wurde. Im selben Moment nahm auch ihre Lust abermals überhand, während er noch zweimal hart in sie hineinstieß und dann über ihr zusammensackte.

Sie würde nie wieder einen anderen Mann lieben können. Nicht, solange es Nils Eklund gab.

*

Die Tage im Sommerhaus fühlten sich an wie ein langer, lichter Traum. Die Sonne hörte gar nicht mehr auf zu scheinen, vormittags gingen sie schwimmen, mittags aßen sie draußen auf der Veranda, nachmittags streiften sie durch den Wald, oder Nils ging mit den Kindern angeln. Sie kochten und backten zusammen, experimentierten mit neuen Rezepten sowohl für Brote als auch für süßes Gebäck. Sie aßen Tuula-Laib mit Butter und dicken Käsescheiben zum Frühstück und nahmen ihn nachmittags im Picknickkorb mit, und Tuula hoffte inständig, dass sie wirklich anfangen würden, das Brot zu verkaufen. Es war unwiderstehlich gut, das hatte Nils wirklich fabelhaft hingekriegt.

Am liebsten wäre sie nie wieder nach Almtorp zurückgekehrt. Sobald sie an das Dorf dachte, hatte sie schlimme Vorahnungen. Vielleicht hatte es mit der Schlägerei zu tun – mit der Angst, dass der Hass heftiger entflammen könnte.

An ihrem letzten Nachmittag hatte Tuula gerade Brötchen in den Ofen geschoben und stand auf der Veranda. Sie sah Nils und die Kinder unten am Steg, wo sie Plötzen fingen. Hörte das Klopfen eines Spechts, roch den Duft ihrer Backwaren im Ofen. Sie würden Brötchen mit Garnelen essen, die Nils mit dem Fahrrad im Tante-Emma-Laden gekauft hatte – sofern die Kinder Garnelen mochten. Sie schmunzelte in sich hinein, als sie sich vorstellte, wie Matias reagieren würde, wenn er sie in der Schüssel vor sich sähe. Und sie verspürte eine seltsame Ruhe. War das vielleicht Glück? Vielleicht würde sie ja doch irgendwann alles Elend hinter sich lassen? Mit Nils und den

Kindern hier in diesem Sommerhaus war ihr fast, als wäre sie zu einer anderen Tuula geworden und nicht länger diejenige, die ständig an den Krieg denken musste, die nachts wach lag und an Rovaniemi zurückdachte, an das Haus, das sie verlassen hatte, an ihre Freunde. An ihre Eltern. Und an Juhani im Schützengraben.

Hier war sie eine Tuula, die sich einen Stapel Romane mit in die Ferien genommen hatte, die als Bäckerin arbeitete, im See baden ging und sich in ihrer Freizeit neue Rezepte für Plätzchen, Süßgebäck und Brote ausdachte. Tuula, die Unkraut in den Beeten vor dem Haus zupfte und Picknickkörbe für Angelausflüge packte. Tuula, die verliebt war.

Ja, so war es. Sie war in Nils verliebt. Mit ihm war alles so sorglos – und wenn es nicht ausgerechnet er wäre, hätte sie diesen unbekümmerten Zug an ihm fast schon nervtötend gefunden, fast ignorant. Er selbst war nie im Krieg gewesen, hatte niemals erlebt, wie ihm alles entrissen worden war. Er genoss schöne Sonnenuntergänge, ein gutes Essen im Stadshotellet und ein fröhliches Fußballspiel mit seinen Kumpels. Mit ihm war alles so ungemein befreiend, weil er sie dazu brachte, all das zu vergessen, was vorher gewesen war. Und Nils' oberstes Ziel schien zu sein, sie glücklich zu machen: Er schleppte keine Traumata mit sich herum, sie fühlte sich bei ihm geborgen und zum ersten Mal seit vielen Jahren zutiefst beglückt.

29. Kapitel

Henrik wachte auf, als sein Handy pingte. Er hatte eben noch von Nora geträumt, und in seinem Traum hatten sie sich nicht nur geküsst. Verschlafen sah er sich um und griff dann zu seinem Handy auf dem Nachttisch. Die Vorstandssitzung sollte verschoben werden? Das würde er sich später genauer ansehen. Er legte das Handy wieder weg, sank zurück in die Laken und verlor sich abermals in Gedanken an Nora. Der Kuss tags zuvor war unerwartet gewesen. Im Grunde hatte er gar nichts dagegen, dass all jenes, was sie vor den Kameras vorgaben … tja. Was eigentlich? Dass es *echt* wurde?

Er hatte den Gedanken kaum zu Ende gedacht, als ihm dämmerte, was er gerade auf dem Handy gelesen hatte. Die Vorstandssitzung sollte verschoben werden? Erneut nahm er sein Handy zur Hand. Sie war vom kommenden Montag auf den morgigen Tag vorverlegt worden. Schon morgen? Oder genauer gesagt: heute?! Es war schließlich bereits nach Mitternacht.

Er rief seinen Kalender auf und dann das E-Mail-Postfach. Worum ging es überhaupt? Und weshalb musste die Sitzung vorverlegt werden? Normalerweise kamen derlei E-Mails von der Assistentin des Vorstandsvorsitzenden, doch aus unerfindlichen Gründen hatte diesmal sein Vater die Änderungs-E-Mail persönlich geschickt.

Was soll das?, schrieb er zurück. Dann reservierte er sich ein Zugticket für den ersten Zug des Tages.

Sein Vater antwortete Stunden später, als Henrik bereits im verschneiten Bahnhof stand. Er schrieb, dass die Terminänderung schon Anfang der Woche kommuniziert worden sei, ob Henrik das nicht mitbekommen habe?

Schlagartig war er alarmiert. Irgendetwas stimmte da doch nicht. Er holte tief Luft. Vielleicht war er bloß paranoid? Doch so, wie sein Vater ihn in letzter Zeit behandelt hatte, fühlte es sich nur wahrscheinlich an, dass Hasse ihn ganz bewusst erst zu diesem späten Zeitpunkt von der Terminänderung in Kenntnis gesetzt hatte – einfach um ihm die Laune zu verhageln.

Und natürlich war sein Zug aufgrund des Schnees verspätet. Als er zu guter Letzt einstieg, flackerte leise Hoffnung in ihm auf. Vielleicht würde er es gerade noch schaffen, pünktlich zu sein, mit allen zu reden und sicherzustellen, dass die anderen seine Pläne nach wie vor unterstützten.

Auf Höhe von Nyköping bremste der Zug ab und schlich nur mehr durch die verschneite sörmländische Landschaft. Warum in aller Welt ging das denn nicht schneller? Nervös sah Henrik auf die Uhr. Er würde mindestens eine halbe Stunde zu spät zur Sitzung kommen.

Ein Jahr, *ein ganzes Jahr* hatte er mit den Plänen für die Bäckerei zugebracht, kalkuliert, Businesspläne geschrieben, das Sortiment durchdacht. Er hatte Geschäftsräume gesucht, und als er jenes großartige Ladenlokal gefunden hatte, hatte er Pläne zeichnen lassen, wie es dort aussehen könnte, Stoffproben bestellt, Moodboards anlegen lassen – und jetzt würde all das durchkreuzt werden? Ihm war klar, dass sie nicht auf ihn warten würden. Wenn er nicht pünktlich wäre, würden sie überhaupt keinen Beschluss fassen, sondern bloß festhalten, dass er nicht da gewesen war, und zum nächsten Tagesordnungspunkt übergehen.

Er seufzte, als der Zug abermals stehen blieb. Dann schickte er Anders, ihrem Vorstandsvorsitzenden, eine Nachricht und teilte ihm mit, wie es sich verhielt: dass er im Zug aus Västervik feststecke und sich verspäten würde. Sie sollten seinen Antrag bitte ans Ende der Sitzung verschieben.

Im Schneckentempo fuhr der Zug weiter, und vor einem Tunnel bremste er von Neuem ab. »Wir müssen erst noch den X2000 durchlassen«, verkündete der Zugführer, und Henrik seufzte. Die Sitzung begann in diesen Minuten, und ganz gleich, was er jetzt täte: Er würde es nicht mehr schaffen. Er würde sich telefonisch dazuschalten müssen. Er angelte sein Handy hervor und rief die Nummer seines Vaters auf.

Kein Netz.

Was zum Henker … Allmählich wurde er panisch. Er würde die Sitzung verpassen. Er würde *alles* verpassen. Er stand auf, marschierte mit starr auf sein Handy gerichtetem Blick quer durch den Abteilwagen, um zu sehen, ob er irgendwo anders Empfang hätte. Ein einzelner Strich tauchte am rechten Rand seines Displays auf, und er rief erneut die Nummer seines Vaters auf. Ein brüchiges Tuten, dann die Mailbox-Ansage. Diesmal fluchte er laut in sich hinein. Er versuchte es bei Camilla. Beim zweiten Klingeln ging seine Schwester ran.

»Hallo? Hallo, Henrik, bist du da?«

»Hallo, hörst du mich?«

»Hallo?«

»Hörst du mich?«

»Ich kann dich nicht hören. Es sind alle da, und wir …« Camillas Stimme war weg. »Ohne …« Und wieder nur Rauschen.

»Hallo? Camilla? Ich bin noch dran! Hallo?« Er schrie fast ins Handy, auch wenn er wusste, dass sie ihn so auch nicht besser verstehen konnte. Stattdessen erntete er von den anderen Fahrgästen verärgerte Blicke.

Die Verbindung unterbrach erneut. Ihm stiegen Tränen in die Augen. Er kehrte an seinen Platz zurück, rief abermals ihre Nummer auf, doch diesmal kam nur das Besetztzeichen. Camilla hatte seinen Anruf weggedrückt.

Im nächsten Moment trudelte eine SMS ein. *Wir müssen anfangen, viel auf der Tagesordnung, für technische Debakel keine Zeit!*

Die Worte seines Vaters. Henrik konnte richtiggehend hören, wie sein Vater Camilla angefaucht hatte.

Als der Zug zu guter Letzt in den Stockholmer Hauptbahnhof einfuhr, rannte Henrik hinaus auf die Vasagatan und erwischte sofort ein Taxi, das ihn zum Restaurant Nalen fuhr, wo sie in einem Nebenraum ihre Vorstandssitzungen abhielten. Der Verkehr war mäßig, und binnen weniger Minuten war er am Ziel. Er eilte hinauf in den ersten Stock und hoffte, dass die übrigen Punkte auf der Tagesordnung sich hingezogen hätten.

Als er die Tür zum Besprechungsraum aufstieß, brannten auf dem Tisch Kerzen, und die dunklen Wände und der Kachelofen sorgten für eine behagliche Stimmung. Dies hier war wirklich ein schöner Ort für ein winterliches Mittagessen, trotzdem wirkte er auf Henrik im Augenblick eher wie eine Folterkammer.

»Ach, trudeln wir auch noch ein?« Sein Vater sah ihn mit seinen hellbraunen, fast gelblichen Augen über den Rand seiner Brille hinweg an. Er saß am Kopfende des Tisches. Camilla blickte flüchtig zu ihm auf und starrte dann wieder nach unten. Tom saß zur anderen Seite seines Vaters. »Aber du hast Glück«, fuhr sein Vater fort.

»Wir hatten einiges zu besprechen, und die Sitzung hat sich ein wenig gezogen«, erklärte Anders. »Wir hatten deinen Antrag nach hinten verschoben und wollten ihn gerade besprechen.«

Henrik atmete tief aus und setzte sich, zog seinen Rechner aus der Tasche, tippte mit zitternden Fingern das Passwort ein und klickte seine Präsentation an. Doch aus irgendeinem Grund streikte das Programm. Frenetisch hämmerte er auf das Icon ein, aber nichts half. Er sah die anderen an. Sein Vater starrte ihn übellaunig an, während Anders geduldiger dreinblickte. Seine Geschwister hielten den Blick weiter auf die ausgedruckte Präsentation gerichtet.

Er war exakt die Null, für die sein Vater ihn hielt – immerhin diesbezüglich erfüllte er dessen Erwartungen.

Henrik streckte sich über den Tisch aus und nahm sich den überzähligen Ausdruck. Seine Stichpunkte waren darin zwar nicht verzeichnet, aber die konnte er inzwischen fast auswendig.

Trotzdem verhedderte er sich mehrmals, und es lief bei Weitem nicht so glatt, wie er es sich gedacht hatte – und als er die letzte Seite umschlug, dämmerte ihm auch, warum: Die anderen hatten sich längst entschieden. Er spürte es, und er sah es seinem Vater an. Henriks Präsentation hatte nur noch der Form halber stattgefunden.

Er musste an Nora denken und daran, wie entschlossen und engagiert sie war. Wie selbstverständlich es für sie war, einen Betrieb allein zu führen, während er nicht einmal eine simple Präsentation hinbekam. Stimmte es wirklich, was sein Vater behauptete? Dass ihm bisher alles auf dem Silbertablett serviert worden war? War er deshalb so inkompetent?

»Tja, dann ist jetzt wohl der Moment der Abstimmung gekommen«, sagte Anders. »Wer ist für Henriks Antrag?« Anders selbst hob die Hand, Henrik ebenso, auch wenn die ganze Prozedur hauptsächlich erniedrigend war. Er sah seine Geschwister an. Tom lehnte sich auf seinem Stuhl zurück, sah flüchtig zu Henrik und dann zur Seite. Camilla starrte noch immer auf die Präsentation hinab. Der Einzige, der ihm länger und unverwandt ins Gesicht sah, auch wenn er nichts sagte, war sein Vater.

Keine weiteren Hände gingen nach oben. Henrik konnte dies alles keine Sekunde länger ertragen.

Anders schien das Ergebnis nicht zu überraschen. Sie hatten die Sache eindeutig besprochen, bevor Henrik dazugestoßen war. Es war zumindest ein Trost, wenn auch nur ein kleiner, dass der Vorstandsvorsitzende – der Einzige von ihnen, der nicht der Familie angehörte –, nicht ebenfalls von Henriks Vater beschwatzt worden war. Nur half das Henrik auch nicht weiter.

»Wir haben in den Pausen schon ein bisschen über dein Vorhaben geplaudert«, erklärte sein Vater. »Wir wissen alle, dass du fürs Geschäftliche kein Näschen hast, das hast du schon früher unter Beweis gestellt. Wir wollen das Risiko einfach nicht eingehen.«

Eine Bedienung kam mit einem Teller *biff Rydberg* und stellte das Pfannengericht vor Henrik ab. Er hatte das Frühstück im Zug kaum angerührt, doch allein beim Geruch des gebratenen Rinds drehte sich ihm der Magen um.

Und wieder musste er an Nora denken, an ihre Aufmunterungen und daran, wie tatkräftig sie war. Er sollte die Worte seines Vaters einfach ignorieren. Reihum sah er die anderen an. »Kapiert ihr nicht, dass das hier unsere Chance gewesen wäre? Wir hätten das Geschäftslokal zu einem Bombenpreis anmieten können. Etwas Vergleichbares finden wir nie wieder.«

»Wie gesagt, das klingt alles zu unsicher«, bemerkte sein Vater.

Ein paar Sekunden lang herrschte Stille.

»Ich muss die Kinder abholen«, murmelte Tom zu guter Letzt.

»In Ordnung. Dann ist unsere Sitzung hiermit beendet.« Anders sah Henrik mitfühlend an.

Henrik stand auf, ließ Essen und Wein stehen und ging, ohne seine Geschwister und seinen Vater noch einmal anzusehen.

Sein Vater marschierte ihm hinterher und holte ihn auf der Treppe ein. »Warum warst du überhaupt zu spät?«

»Ich war in Västervik zu den Dreharbeiten für das Weihnachtsspecial.«

»Du und deine Kleinstädte!« Er gluckste in sich hinein, und Henrik sah ihn bloß finster an. »Über die Sendung wird geredet, wenn ich es richtig mitbekommen habe«, fuhr sein Vater fort. »Schon jetzt vor der Ausstrahlung.«

Statt zu antworten, nickte Henrik nur.

»Kluger Schachzug, mit der Konditorin anzubandeln.« Er grinste breit.

»Was tut man nicht alles fürs Fernsehen. Wird gut aussehen«, kommentierte Henrik trocken. »Genau wie wir alle für *Weihnachten mit Familie Eklund* so tun, als würden wir uns innig lieben.«

»Richtig, vollkommen richtig.« Sein Vater grinste noch immer. »Trotzdem muss ich dir meinen Respekt zollen. So weit wären nicht viele gegangen, um ihre Sendung zu retten.«

»Aber wer, wenn nicht du, der schon sein Leben lang so getan hat, als würde er seine Kinder lieben und schätzen – nur um das Fernsehpublikum zufriedenzustellen.« Henrik war inzwischen egal, was er sagte. Er war all dies hier so unendlich leid, die Machtspielchen seines Vaters. Und abhängig von ihm zu sein.

Sie hatten den unteren Treppenabsatz erreicht, und sein Vater tätschelte Henrik die Schulter. »Glaub, was du willst, aber ich habe für euch Kinder alles gegeben.« Er sah seinen Sohn von der Seite an. »Und vergiss bloß nicht, dass ich Bakverk bin. Ihr braucht mich. Ich habe das Unternehmen dort hingebracht, wo es heute steht, und ich bestimme, was damit passiert.«

Ohne ein weiteres Wort ließ Henrik seinen Vater stehen und winkte ein Taxi heran. Und als hätte dieser Tag kaum noch schlimmer werden können, entdeckte er einen verpassten Anruf von Don, der ihm obendrein eine Nachricht geschickt hatte. Eine lange Nachricht.

Ich hab mir das Material für die Sendung noch mal angeschaut und noch nie etwas Langweiligeres gesehen. Was ist denn da los? Als ich am Drehort war und das Mädel zusammengebrochen ist, dachte ich, ihr wärt endlich auf der richtigen Spur, aber bei dieser Romantiksache schlafen mir die Füße ein! Hab schon mit Elnaz und Ted gesprochen, ruf mich an, ihr müsst das lösen!

30. Kapitel

Der Dienstag war ein strahlender Wintertag, und der Schnee, der am Wochenende gefallen war, war in der klirrenden Kälte liegen geblieben und glitzerte in der Sonne.

Nora hatte augenblicklich das Gefühl, dass die Stimmung gedrückt war. Ted und Elnaz unterhielten sich leise, und als Henrik dazukam, schien er ihr aus dem Weg zu gehen, streifte sie lediglich mit dem Blick und lächelte zwar flüchtig, doch sein Lächeln reichte nicht bis zu den Augen.

Sie sah ihn warmherzig an. »Hey!«

»Hey«, sagte er nur knapp.

Was war denn los?

»Wie lief die Sitzung?«, fragte sie ihn, als sie in der Maske den Platz tauschten.

»Leider nicht gerade sensationell gut.«

»Schade.«

Er zuckte bloß mit den Schultern, und in der nächsten Sekunde kam auch schon Elnaz und zog ihn hinter sich her in die Backstube, wo sie leise miteinander sprachen. Noras Magen krampfte sich zusammen. Das hier gefiel ihr ganz und gar nicht. Kaum, dass sie endlich das Gefühl gehabt hatte, ins Spiel gekommen zu sein, wurde anscheinend alles auf den Kopf gestellt.

Henrik und Elnaz kamen zurück in den Cafébereich, und Ted ging mit ihnen das Tagesprogramm durch. Sie würden Noras Weihnachtssortiment durchleuchten. Als sie mit der

Vorbesprechung fertig waren, nahmen Henrik und sie ihre Position bei den Glasvitrinen ein.

»Heute wollen wir uns dein Angebot für die Vorweihnachtszeit ansehen«, verkündete Henrik, sobald die Kameras liefen. Auch wenn die Stimmung zwischen ihnen zuletzt besser gewesen war, wusste sie natürlich, dass er einiges zu bemängeln hätte. »Und dann ist da ja auch noch die Großbestellung Lucia-Gebäck, die bis Sonntag fertig sein muss. Wir haben also eine Menge zu tun.«

»Richtig. Am Wochenende ist schließlich erster Advent, aber die Leute werden schon in den nächsten Tagen *lussekatter* wollen. Da muss ich vorbereiten, was ich nur kann.«

»Na dann.« Henrik trat auf einen der Tische zu, und Nora ging ihm hinterher. »Was backst du üblicherweise vor Weihnachten?« Er zog einen Stuhl heran. »Wie sieht dein Dezembersortiment aus?«

Nora setzte sich ihm gegenüber, zückte ihr großes schwarzes Rezeptbuch, in dem sie all ihre Rezepte notierte, und blätterte in den vergilbten und von Karamell, Butter und Teig fleckigen Seiten. Ihre Großmutter hatte das Buch einst angefangen zu führen, als sie im Nymans ihre Stelle angetreten hatte, und über die Jahre hatten sie nach und nach neue Rezepte hinzugefügt. »Der erste Advent ist einer der besten Tage für die Konditorei, und da backe ich normalerweise ziemlich viele Sachen: Waffeln, Schifferknoten, Rosenküchlein, Mandelmuscheln, Schokokekse, natürlich Pfefferkuchen, Mandelkekse, Karamellschnitten …«

»Noch mehr Kleingebäck?« Er sah sie verkniffen an, doch sie lächelte nur. Wenn es um Weihnachtsbäckerei ging, konnte ihr nichts die Laune verderben.

»Klar, noch eine ganze Menge mehr.«

»So, und nun weiß ich ja schon, wie viele Sorten du üblicherweise im Angebot hast. Ich nehme an, das wird hier die reinste Explosion – und du willst immer noch mehr backen?«

Ihr gefiel sein Tonfall nicht, ebenso wenig wie der Umstand, dass er irgendwie unpersönlich und unterkühlt wirkte. Die Herzlichkeit, die zwischen ihnen entstanden war, war wie weggefegt.

Sie sah ihn ernst an. »Ja. Genau so ist es. Aber ich habe diese Sorten immer gemacht – und vor mir meine Mutter und meine Großmutter.«

»Kapierst du immer noch nicht, dass es nur deshalb so um deine Konditorei bestellt ist, weil du an deiner Vorstellung von Tradition festhältst?« Henrik hatte einen gekünstelt mitleidigen Tonfall angenommen – als würde er sich tatsächlich um ihr Wohlergehen sorgen –, was noch viel schlimmer war, als wenn er sie einfach ausgeschimpft hätte.

Sie atmete tief durch, um ihrer brodelnden Wut Einhalt zu gebieten. Offenbar gab es doch etwas, was ihr in Sachen Weihnachtsbäckerei die Laune verhageln konnte. Und das war ein dünkelhafter Henrik Eklund.

»Es darf einfach nicht so bleiben, wie es immer gewesen ist«, fuhr Henrik fort. »Nicht, wenn es zulasten der Existenz deiner Konditorei geht. Was bitte schön hätte deine Mutter dazu gesagt?«

»Wozu?«

»Dass du zulässt, dass es hier den Bach runtergeht!«

Sie musste sich regelrecht an der Tischkante festhalten, um nicht laut zu schreien. Sie hatte ihm doch erklärt, wie es sich für sie verhielt: dass jedes Gebäck für jene Personen stand, die sie geliebt hatte und vermisste; dass es wichtig für sie war, all das zu backen, als eine Art Ritual, weil sie sich damit irgendwie weniger einsam fühlte. Wie konnte er das, was sie ihm anvertraut hatte, auf diese Weise gegen sie verwenden?

»Das ist nun mal meine Art, mich an sie zu erinnern«, entgegnete sie schmallippig.

»Ach, das alles tust du also, um sie zu ehren?« Henrik lachte fast schon hämisch auf. »Wir haben über dein Problem bereits zigmal gesprochen. Und das hier, Nora – dass du ernsthaft glaubst, du tätest deiner Mutter einen Gefallen, indem du den Laden zu einem Mausoleum machst, nur weil du glaubst, so hätte sie es gewollt, weil du so *ihr* die Schuld zuschieben kannst –, das ist doch in Wahrheit *entwürdigend* gegenüber deiner Mutter! Du zerstörst diese Konditorei, treibst sie in den Ruin und weigerst dich auch noch, darauf zu hören, was andere dir raten!«

Sie sah ihn stumm an. *Entwürdigend*? Sie konnte es nicht fassen, dass er ihr die Dinge, die sie ihm im Vertrauen erzählt hatte, jetzt auch noch entgegenschleuderte. Den Konflikt zwischen ihr und ihrer Mutter und *Mausoleum*?! Sie schnaubte. Anscheinend glaubte er, er könnte sich in ihrem Leben und Unglück suhlen und vorgeben, ihr zuzuhören und sie zu verstehen – nur um ihr Vertrauen im nächsten Moment auszunutzen und fürs Fernsehen auszuschlachten. Zu allem Übel war sie von seiner finanziellen Hilfe abhängig, wenn die Konditorei nur eine weitere Woche überleben sollte.

Sie stand auf und knotete die Schürze auf. »Jetzt reicht's. Ich hab die Schnauze voll.« Sie schleuderte Henrik die Schürze ins Gesicht. »Das hier wird sich im Fernsehen ganz bestimmt gut machen!« Sie schrie fast – und noch während sie mit den Kameras im Rücken auf die Tür zumarschierte, sah sie aus den Augenwinkeln, wie zufrieden Ted und wie erschüttert Elnaz wirkte.

*

Dons Forderungen und Erwartungen hallten immer noch in Henriks Kopf wider: Was Don am liebsten sehen wollte, war eine weitere Panikattacke. Dass Nora aus der Konditorei stürmte, war sicher Platz zwei auf seiner Erniedrigungsskala. Es waren Dons Worte gewesen, die Henrik sich soeben abgerungen hatte. Und es fühlte sich verdammt verkehrt an. Als er mit dem Executive Producer gesprochen hatte, war er aufgewühlt gewesen, und seit dem Aufeinandertreffen mit seinem Vater hatte Henrik sich eigentlich fest vorgenommen, alles in seiner Macht Stehende zu tun, um seinen Vater auszustechen. Natürlich war es wichtig, die Sendung zu retten, aber wollte er wirklich mit *Ärmel hoch* weitermachen, wenn der hauptsächliche Zweck der Sendung darin bestünde, die Teilnehmer zu demütigen und zu manipulieren? Nach ihrem vertraulichen Gespräch, bei dem Nora so mutig gewesen war und sich ihm gegenüber geöffnet hatte, verhielt er sich selbst gerade nur noch herzlos und unwürdig.

Er holte tief Luft. Dann sprang er auf und lief ihr nach. »Nora, bleib stehen! Ich … Ich muss mich entschuldigen!«

Noch in der Tür hielt sie inne. Langsam drehte sie sich zu ihm um.

Henrik sah demonstrativ zu Ted. »Ich mache das nicht mehr, ich will keine Sendung, in der wir irgendwelche Gefühlsausbrüche provozieren. Damit ist hier und jetzt Schluss.«

»Aber Henrik, bitte, Don und TV24 wollen …«

»Ich scheiß auf Don«, entgegnete er. »Ich mache nicht mehr mit, verstanden? Die Dreharbeiten gehen dem Ende entgegen, und diese Marschrichtung lassen wir ab jetzt bleiben. Wir drehen die Szene noch mal, und zwar ohne dass ich ihre Familie mit hineinziehe.«

Alle im Team waren abrupt verstummt.

»TV24 wird das nicht gefallen. Sie haben ausdrücklich um etwas anderes gebeten«, wandte Ted nach kurzem Zögern ein.

Henrik verstand sehr wohl, in welchem Dilemma Ted und Elnaz steckten. Was sie in der vergangenen Woche gedreht hatten, war offenbar mittelmäßig gewesen, so hatte Don es ihm auch freiheraus gesagt. Aber dies hier – Reaktionen zu provozieren – war wohl selbst für die Produzenten unangemessen.

»Ich will die Szene anders«, wiederholte Henrik.

»Anders?« Als Nora das Wort ergriff, sah sie ihn unverwandt an. »Was soll das heißen? Vielleicht eine Szene, in der du mich *nicht* erniedrigst und Dinge über meine Familie erfindest? Wäre das denn die Möglichkeit?«

Er konnte ihr anhören, wie sehr er sie verletzt hatte.

»Ich verstehe deinen Groll, aber ich möchte, dass wir dem Ganzen noch eine Chance geben. Bitte bleib.«

»Und was stellst du dir vor?«

»Wir könnten deine Liste durchgehen und ein paar Gebäcksorten streichen – und nichts weiter. Keine weitere Kritik.«

Ted seufzte laut, doch Henrik ging darüber hinweg. Was sollte Ted denn auch machen? Ohne Henrik gäbe es keine Sendung.

Zu guter Letzt nickte Nora bedächtig, kehrte an ihren Tisch zurück, klaubte die Schürze auf, die dort in einem Haufen gelandet war, und setzte sich. Dann drehten sie weiter.

»Die Liste deiner Gebäcke ist einfach zu lang«, hob Henrik diesmal an.

Mit angespannt hochgezogenen Schultern sah Nora ihn defensiv an, und er bedachte sie mit einem beruhigenden Blick. Dies hier würde eine Gratwanderung werden: Er musste Noras Vertrauen zurückgewinnen und gleichzeitig einen spannenden Blickwinkel für die Sendung finden.

»Streich die Rosenküchlein.« Vorsichtig zog er den Zettel zu sich, auf dem Nora alles notiert hatte, was sie hätte backen wollen. »Und die Mandelkekse, die Schifferknoten und die Eisschokolade.« Er strich einen Posten nach dem anderen von der Liste: Zuckerstangen – wer bitte schön hatte heutzutage noch Zeit, Zuckerstangen selbst herzustellen? –, Marzipankartoffeln und sicher zehn weitere Leckereien. Dann blickte er zu ihr auf. »Du weißt, worüber wir geredet haben: Du darfst nicht zu viele Dinge anbieten.« Und ehe sie auch nur aufseufzen konnte, fuhr er fort: »Und diesen Rat gebe ich dir in aller Freundschaft. Ich sage das nur, weil ...«

Du mir wichtig bist, hätte er fast gesagt, aber eigentlich stimmte das nicht. Oder etwa doch?

»Weil du mir wichtig bist«, sagte er dann trotz alledem. Ihre kleine Romanze konnten sie schließlich weiter faken, dann durfte er so etwas doch bestimmt behaupten. Doch kaum hatte er die Worte ausgesprochen, dämmerte ihm, dass er sie tatsächlich ernst meinte: Nora *war* ihm wichtig. Er wollte wirklich, dass es ihr gut ging und dass es besser für sie lief. Weil sie ihm etwas bedeutete.

Diese Erkenntnis weckte in ihm ein überaus merkwürdiges Gefühl.

Als sie fertig gedreht hatten, sah Ted ihn ermattet an. »Don wird durchdrehen.«

»Soll er doch«, erwiderte Henrik.

31. Kapitel

Als sie für den Tag fertig waren, sah Nora hoch zur Uhr. Es war bereits halb acht.

Sie hatten mehrere Safranteige zubereitet, und Henrik hatte sie kein einziges Mal bemängelt. Stattdessen hatten sie Hand in Hand gearbeitet und sogar Spaß dabei gehabt. Hassan und Emil hatten die Konditorei abgeschlossen und waren nach Hause gegangen. Später würde sie noch Kassensturz machen und Lucia-Schnecken backen. Es würde eine lange Nacht werden.

»Wir haben noch einiges vor uns«, sagte Henrik, als hätte er ihre Gedanken gelesen. »Ich bleibe natürlich und helfe dir.«

Elnaz warf ihnen einen vielsagenden Blick zu und schlüpfte in ihre Jacke.

Als das Fernsehteam verschwunden war, senkte sich eine angespannte Stille herab. Als sie zuletzt nur mehr zu zweit gewesen waren, hatten sie sich geküsst, doch Nora hatte nicht vergessen können, was während der Dreharbeiten vorgefallen war. Wie hatte er so etwas nur sagen können?

»Ich muss mich noch einmal dafür entschuldigen, dass ich deine Mutter in diese Sache mit hineingezogen habe«, sagte Henrik nach einer Weile.

Sie sah ihn misstrauisch an. »Woher der Sinneswandel?«

»Ich wollte einfach nicht länger der Mistkerl sein.«

»War auch höchste Eisenbahn.«

»Ich will Dinge tun und mich mit Sachen beschäftigen, die

echt sind.« Er sah sie lange an. Sie erschauderte, hatte aber nicht vor, ihn so schnell vom Haken zu lassen.

»Dann bist du jetzt also fertig mit den Demütigungen und Verleumdungen?«

Er antwortete nicht. Stattdessen wuchtete er einen Mehlsack auf den Arbeitstisch und kippte dann einen der goldgelben Safranteige daneben aus. Er pfiff auf die Knetmaschine und begann, den Teig mit den Händen zu kneten, während Nora sich mit einer eigenen Teigportion an die Arbeit machte.

»Ich verstehe schon, dass es dir schwerfällt, meine Beurteilungen nachzuvollziehen, und ich bitte dich aufrichtig um Verzeihung für alles, was ich dir zugemutet habe«, sagte er, während er weiterknetete. Sie konnte den Blick kaum von seinen muskulösen Unterarmen losreißen. »Aber …« Er hielt inne und sah zur Decke empor. »Wie soll ich das erklären, ohne komplett wahnsinnig zu klingen?«, murmelte er in sich hinein. Dann sah er sie an, und der Blick aus seinen dunkelbraunen Augen war aufrichtig. »So hat mein ganzes Erwachsenenleben ausgesehen. Alles war immer Fassade – etwas, was vor laufenden Kameras passierte, während es hinter der Fassade ganz anders aussah. Für *Ärmel hoch* spiele ich eine Rolle, und als solche wecken wir Emotionen, auch wenn wir nie jemanden so hart angegangen sind wie dich, das muss ich zugeben.« Er seufzte tief auf.

»Und warum hast du dieses Spielchen mitgespielt?«

Er schüttelte den Kopf. »Ich weiß es nicht. Ich verstehe es selbst nicht mehr …«

»Trotzdem hast du immer alles umgesetzt, was Don von dir gewollt hat. Hat das wirklich nur mit der Einschaltquote zu tun?« Sie war aufrichtig interessiert und wollte seine Beweggründe verstehen.

Er schüttelte den Kopf. »Nicht nur. Einer der Gründe, warum ich auf Dons Anweisungen eingegangen bin, ist auch, dass mein Vater derzeit versucht, meine Sendung aus dem Programm zu drängen. Er hat eine eigene Show an TV24 verkauft, und die soll im nächsten Herbst zur selben Sendezeit wie *Ärmel hoch* laufen – zur selben Zeit, die *wir* jetzt fast fünf Jahre hatten. Das ist zwar keine Entschuldigung für mein Verhalten, aber es ist die Wahrheit.«

Sie nickte bedächtig. Irgendwie hatte sie schon geahnt, dass noch mehr dahintersteckte. Und natürlich musste sie respektieren, dass Henrik seine Sendung retten wollte. Sie griff schließlich selbst zu verzweifelten Mitteln, um ihre Konditorei vor dem Ruin zu bewahren.

»Aber brauchst du deinen Vater denn? Brauchst du die Firma im Rücken?«, fragte sie dann. »Das Ganze klingt mir doch eher nach einer toxischen Verbindung, aus der du dich besser befreien solltest.«

Er zuckte mit den Schultern. Dann nahm er die Arbeit am Teig wieder auf. »Das Backen und meine Arbeit waren immer meine Leidenschaft. Und das Familienunternehmen ist immer schon ein Teil davon gewesen. Dafür brenne und lebe ich.« Er dachte kurz nach. »Ohne Bakverk und meine Familie wäre ich jetzt nicht hier. Immerhin hat der Background meines Vaters meine Karriere ermöglicht und mich zu dem gemacht, der ich heute bin.«

»Da bin ich anderer Meinung. Du bist dank deiner eigenen Sendung und nicht dank Bakverk zu demjenigen geworden, der du heute bist.«

Eine Zeit lang schien er darüber nachzudenken.

»Was geht dir gerade durch den Kopf?«, fragte sie nach einer Weile.

Er sah sie an. »Danke, dass du mir zuhörst. Es ist wirklich schön, mit jemandem zusammenzustehen, zu backen und zu *reden*.«

»Redest du nicht am besten, wenn du Teig knetest? Ich hab dich das ein paarmal sagen hören.« Sie grinste ihn schelmisch an, denn natürlich wusste sie, dass er auch dies nur für die Kameras gesagt hatte.

»Stimmt, das ist so etwas wie das Familie-Eklund-Mantra fürs Fernsehen. *Wir reden, während das Bœuf bourguignon vor sich hin köchelt.* Und: *Bei unseren Familienessen, wenn wir uns alle in der Küche drängen, wird ach so viel geredet!* Und auch: *Einen Teig zu kneten, löst alle Probleme*«, äffte er nach.

»Du weißt aber schon, dass euch alle so sehen? Genau das habe ich die ganze Zeit geglaubt – dass ihr die Wochenenden zusammen verbringt und neue Rezepte ausprobiert, Vanille- und Rhabarberschnecken backt, die ihr mit selbst gekochtem Himbeersaft in Hasses und Anitas lauschiger Fliederlaube esst.«

»Manchmal ist das sogar der Fall.« Er grinste schief. »Aber nur, solange die Kameras laufen.«

Ein derart öffentliches Leben zu führen wie Henrik musste unfassbar anstrengend sein. Ihr schoss seine Ex-Freundin durch den Kopf, wie über die Trennung der beiden hergefallen und geschrieben worden war. Im selben Moment spürte sie, wie unangenehm ihr der Gedanke an seine Ex war, auch wenn sie es sich nicht erklären konnte. Ihr Flirt war schließlich ein Fake gewesen, nichts weiter, deshalb sollte seine hübsche Ex sie kein bisschen verunsichern … Trotzdem wollte ihr nicht aus dem Kopf gehen, dass Bente Hammar ihn betrogen hatte und er ihr womöglich immer noch nachtrauerte. War er je über sie hinweggekommen? Anscheinend nicht. Aber nun war es bestimmt auch nicht leicht, die schöne, entspannte, bezaubernde Bente zu vergessen.

Sie formten den Hefeteig zu S-förmigen Kringeln und reihten sie auf den Backblechen auf, arbeiteten methodisch und fanden in den perfekten gemeinsamen Rhythmus.

»Ich habe noch nie so viel Spaß mit einem der Teilnehmer von *Ärmel hoch* gehabt«, sagte er nach einer Weile. Sie nahm eine Handvoll Rosinen, setzte je zwei in die Heferohlinge auf dem Blech, machte mit dem nächsten Blech weiter, dann mit dem übernächsten. Nach und nach rückte sie näher auf ihn zu. Als er nicht zur Seite auswich, sah sie zu ihm hoch. Sie stand mittlerweile direkt neben ihm, und er blickte sie unverwandt an. Am liebsten hätte sie ihn geküsst, den Bart an ihrer Wange gespürt … Himmel, wie sehr sie ihn küssen wollte! Doch stattdessen wandte sie sich um, nahm das erste Blech mit fertigen *lussekatter*, griff sich die Schüssel mit dem verquirlten Ei und tauchte den Backpinsel ein, bestrich die Safranschnecken und schob dann das Blech in den Ofen.

Henrik tat es ihr gleich, und im Handumdrehen standen sämtliche Bleche im Ofen.

Sie machten mit der nächsten Teigportion weiter und werkelten schweigend vor sich hin. In der Ofenhitze, die in der Backstube herrschte, wurde Nora allmählich warm, und sie spürte, wie ihre Wangen glühten. Die Kälte draußen vor den Fenstern sorgte für beschlagene Scheiben, und auf dem Glas bildeten sich Tröpfchen.

»Was hättest du eigentlich heute Abend gemacht, wenn du nicht hättest arbeiten müssen?«, fragte Henrik nach einer Weile.

»Ich hätte mir wohl einen Film angeguckt oder meine Freundinnen getroffen. Oder ich wäre einfach mit einem Glas Wein zu Hause geblieben.«

»Ein Glas Wein wäre jetzt nicht verkehrt.«

Sie lächelte ihn scheu an. »Ich hätte Wein oben in der Wohnung … Möchtest du einen?«

»Klar, warum nicht? Lucia-Bäckerei mit Wein!«

Sie lief nach oben, nutzte die Gelegenheit, bürstete sich die Haare und frischte ihre Wimperntusche auf. Dann nahm sie die Flasche, die sie vom Dekoabend übrig hatte – und in letzter Sekunde stürzte sie noch ins Bad und kramte in ihrem Kulturbeutel nach Kondomen. Hoffentlich verschrie sie es gerade nicht.

Dann kehrte sie ins Café zurück und schnappte sich zwei normale Trinkgläser – warum hatte sie nicht an Weingläser gedacht?

Sie stießen miteinander an und nippten an ihren Gläsern, ehe sie weiterarbeiteten. Es herrschte eine angespannte Stille, es war fast, als warteten sie beide darauf, dass der jeweils andere den ersten Schritt machte. Nach dem zweiten Glas Wein und nachdem er zum dritten Mal Bleche in den Ofen geschoben und wieder herausgenommen hatte, drehte Henrik sich zu ihr um.

»Du …« Er sah sie aus seinen dunklen Augen an, und ihr stockte der Atem.

»Ja?«, hauchte sie, konnte gerade noch denken: *Jetzt passiert es!*, und im nächsten Moment lag sie auch schon in seinen Armen, und sie küssten sich.

Er drückte sie gegen den Arbeitstisch und fing an, an ihrem Shirt zu nesteln. Eilig knotete sie ihre Schürze auf, warf sie beiseite, machte sich ihrerseits an seiner Schürze zu schaffen und schob die Hände unter sein T-Shirt. Obwohl ihr bereits warm war, schien seine Haut unter ihren Fingern regelrecht zu glühen. Sein Oberkörper war weich und hart gleichermaßen, und sie strich ihm über die breiten Schultern. Dann zog sie ihm das T-Shirt über den Kopf. Sie küssten sich weiter, sein Bart rieb über ihre Haut, und seine Hände, die über ihren Körper wanderten, fühlten sich unendlich weich an. Sie küsste seinen Hals, atmete seinen Duft ein, von dem ihr ganz schwindlig wurde, sodass sie sich wieder auf das Gefühl seiner Hände auf ihrer Haut konzentrieren musste, wie er ihre Brüste unter dem BH streichelte und sich dann weiter nach unten vorarbeitete. Er packte ihr T-Shirt und zog es ihr über den Kopf. In der Wärme der Backstube war es die reinste Erleichterung, und seine Küsse auf ihrer heißen Haut fühlten sich beinahe kühl an.

Ihr Rücken rieb über die Kante des Arbeitstischs, und sie wollte gerade die Position verändern, als er sie hochhob, ihr in ein und derselben Bewegung die Jeans abstreifte und sie nur mehr in Unterwäsche vor ihm saß. Er richtete sich gerade auf. »Verdammt, bist du schön …«

Sie sah ihn an, wie er dort in Jeans und mit nacktem Oberkörper vor ihr stand. Er war breitschultrig, muskulös, ohne übertrieben trainiert auszusehen, einfach nur stark – *und so unfassbar attraktiv.* Sie wollte ihn spüren, überall, zog ihn an sich, strich ihm über die haarige Brust, über den breiten Rücken. Er schob die Hände in ihren BH, liebkoste ihre Brüste, während sie ihm gleichzeitig die Hose aufknöpfte und mitsamt Unterhose nach unten schob. Seine Hände waren in Richtung ihres Slips gewandert, tasteten sich langsam am Spitzensaum entlang, dann darunter, und sie wimmerte auf, wollte endlich seine Finger in sich spüren, an Stellen, die auf Berührung am empfindsamsten reagierten.

Sie nahm sein Geschlecht in die Hand, ließ beide Hände auf der weichen, dünnen Haut langsam auf- und niederfahren, packte zu, und er wimmerte, gleichzeitig waren seine Finger wieder in ihrem Slip, strichen ihr über die Schamlippen, dann tiefer hinein, und sie gluckste erst auf, als er über ihre Klitoris strich, doch im nächsten Moment bebte sie auch schon am ganzen Leib.

Er zog sie an sich und streifte ihr den Slip ab.

Dann sah er sie an. »Ich hab kein …«

Sie brauchte ein paar Sekunden, um wieder zu Atem zu kommen. »Da.« Sie nickte in Richtung Boden, und lächelnd sah er zu ihr hoch, als er ihre Jeans aufhob und sie ihr reichte. Sie nahm ein Kondom aus der Tasche, öffnete langsam die Verpackung, während sein Lächeln immer breiter wurde.

Er beugte sich über sie. Flüsterte ihr ins Ohr: »Dann hast du das hier geplant?«

»Na ja, ich hab gehofft …«

Behutsam zog sie das Kondom aus der Verpackung, rollte es über seiner Erektion aus, und er stöhnte auf.

Dann drang er in sie ein. Bewegte sich erst langsam, dann heftiger, streichelte unterdessen ihren Lustpunkt.

Es ging schnell für beide. Keiner von ihnen wartete auf den jeweils anderen, sie kamen einfach. Er stöhnte über ihr, und sie sank zurück auf den Arbeitstisch – mit dem Mehlsack im Rücken und Henrik vor ihr. Er keuchte schwer an ihrer Schulter, kam wieder zu Atem, küsste sie dann zart auf den Hals und hob sie vom Arbeitstisch.

Sie sanken auf den Boden. Zum Glück hatte Emil zuvor hier gewischt.

»Ist das die schlechte Lüftung, der Alkohol oder ist es hier drinnen wirklich wahnsinnig heiß?«, flüsterte er.

Sie lachte. »Jedenfalls ist es nicht dein Sinn für Humor, der dich so sexy macht.« Sie gab ihm einen Kuss.

»Dann findest du, dass ich sexy bin?«, fragte er lächelnd.

»Gibt es irgendeine Frau in diesem Land, die das nicht findet?«

Sie verdrehte die Augen. Alle Welt fand, dass er gut aussah, und dass er jetzt um Komplimente buhlte, war … ehrlicherweise ganz niedlich. Sie gab ihm erneut einen Kuss. Sie konnte gar nicht genug von seinen Lippen und von seinem stoppeligen Bart an ihrem Kinn kriegen.

»Ich hatte wohl nur nie den richtigen Eindruck von dir. Ich fand eher, dass du die verabscheuungswürdigste Person auf Erden wärst …«

»Man kann gleichzeitig verabscheuungswürdig *und* sexy sein.«

✷

Sie backten eine letzte Runde *lussekatter*, und dann waren sie fertig. Nora schwirrte der Kopf von der körperlichen Anstrengung, die der Sex und das Backen mit sich gebracht hatten, von der stickigen Luft in der Backstube, aber auch von den Gefühlen, die in ihr brodelten. Henrik schlug einen Spaziergang vor, und sie sagte sofort Ja.

Västervik war dunkel und menschenleer. Um drei Uhr nachts mitten in der Woche war keiner mehr draußen. Sie wanderten über das Kopfsteinpflaster die Hauptstraße hinunter, die immer noch schneebedeckt war. Der Schnee lag schwer auf den Seidengirlanden und den Nadelzweigen, die zwischen den Straßenlaternen hingen. Sie gingen weiter in Richtung Meer und hinüber nach Slottsholmen. Es war eine klare Nacht.

Je näher sie dem Hotel kamen, umso heftiger hämmerte ihr Herz. Sie wollte nichts lieber, als die Nacht mit ihm zu verbringen. Sie wollte ihn – wieder und immer wieder.

Dass dieser Fake-Flirt in etwas Echtes umgeschlagen war, noch dazu in so etwas Phantastisches! Daran war doch wohl nichts verkehrt?

Irgendetwas fühlte sich mit Henrik anders an als mit den Männern, die sie zuvor getroffen hatte. Trotzdem konnte dies hier niemals ernst sein. Die Dreharbeiten neigten sich dem Ende entgegen, und bald würde er zurück nach Stockholm fahren. Sie selbst hatte nie eine feste Beziehung gehabt, und er war sicher noch nicht über Bente hinweg. Vielleicht war Nora einfach eine willkommene Abwechslung für ihn? Überraschenderweise fühlte sich diese Vorstellung alles andere als gut an. Um das Gefühl zu betäuben und von sich wegzuhalten, blieb sie stehen und küsste ihn – draußen, im Dunkeln, bei Minusgraden. Und prompt erwachte die Lust von Neuem und verdrängte alle Zweifel und Ängste.

32. Kapitel

Nora blieb über Nacht im Hotel. Irgendwann wachte sie von ihrem vibrierenden Handy auf. Bea hatte ihr eine Nachricht geschickt und schrieb, dass sie zu Hause war. Erleichtert atmete Nora aus.

Henrik zog sie an sich. »Was war das? Es ist mitten in der Nacht.«

»Das war Bea. Ich bitte sie immer, mir eine SMS zu schreiben, wenn sie von der Nachtschicht heimkommt, damit ich Bescheid weiß.«

»Damit du Bescheid weißt?«

»Dass sie in Sicherheit ist. Sie ist Polizistin, und ich finde es fürchterlich, wenn sie nachts arbeiten muss.« Sie erschauderte an der kühlen Luft in seinem Hotelzimmer, kuschelte sich an ihn und zog sich die Decke bis unters Kinn.

»Ist es so gefährlich hier in Västervik?«

»Eigentlich habe ich keinen Grund, mir Sorgen zu machen. Wahrscheinlich spielen da mehrere Dinge mit rein. All die schlechten Nachrichten, die ich über die Jahre bekommen habe …« Sie seufzte. »Es ist nun mal nicht leicht, wenn man jemanden gernhat. Ich habe eine Heidenangst, dass ich noch einmal so eine schreckliche Nachricht bekommen könnte wie damals, als mein Vater verunglückt ist.«

Er zog sie eng an sich. »Darf ich fragen, wie er gestorben ist?«

Sie schluckte trocken und holte tief Luft. Die Gefühle des Vorabends – alles, was mit Henrik so anders war – riefen sich ihr wieder in Erinnerung. Sie *wollte* es ihm erzählen, allerdings nahm jedes Mal, wenn sie über den Tod ihrer Eltern nachdachte, die Trauer überhand.

»Es war ein Autounfall«, sagte sie dann. Und es tat weh – gleichzeitig war ihr, als verspürte sie eine gewisse Erleichterung. »Eine richtig dumme Sache. Er war unterwegs nach Kalmar, wo er sich eine neue Teigmaschine ansehen wollte.« Sie legte eine Pause ein. Henrik nahm ihre Hand, und sie konnte die Konturen seines Gesichts im Dunkeln ausmachen. »Ein Sattelschlepper geriet auf die Gegenfahrbahn. Mama bekam den Anruf, während ich beim Floorball-Training war, und eine Freundin von ihr kam, um mich von dort abzuholen. Mama selbst hätte nicht mehr fahren können, sie konnte sich kaum noch auf den Beinen halten. Papa war anscheinend sofort tot.« Sie schüttelte langsam den Kopf. »Was ich damals durchgemacht habe, ist kaum zu beschreiben. Es war einfach grässlich, tat fast körperlich weh, und eigentlich dachte ich, so einen Schmerz würde ich nie wieder fühlen können, so eine Trauer … Aber damit lag ich falsch.«

Henrik küsste sie auf den Kopf und strich ihr über die Schultern.

»Als Mama starb, war der Schmerz ebenso fürchterlich und zog sich in die Länge. Jede schlimme Diagnose, die wir bekamen, war fast, als würde ich erneut von Papas Tod erfahren. Zwischen den Diagnosen gab es immer wieder Anlass zur Hoffnung, doch jedes Mal zerschlug sie sich wieder. Deshalb bin ich wahrscheinlich ständig aufs Schlimmste gefasst.«

»Es tut mir leid, dass du all das erleben musstest. Das ist …« Er sprach den Satz nicht zu Ende. »Ich weiß gar nicht, was ich sagen soll. Aber das ist furchtbar ungerecht.«

Sie nickte stumm. Dann lagen sie eine Weile in der Dunkelheit, sie in seinen Armen und mit dem Kopf an seiner Brust.

»Ich habe über etwas nachgedacht«, sagte Henrik dann. »Du

hast doch eine Geschichte zu deinem Sauerteig, die ich dich nie habe erzählen lassen.«

Sie reckte den Hals und sah ihn verwundert an.

»Du hast jetzt ja wohl nicht wochenlang über meinen Sauerteig nachgedacht?«

Er zuckte die Achseln. »Ich bin immerhin Bäcker, da denkt man über so etwas wie einen alten Sauerteig durchaus nach.«

Sie musste lächeln. »Er stammt noch von meiner Urgroßmutter.« Sie lehnte den Kopf wieder an seine Brust und erzählte ihm die Geschichte, die sie so oft von ihrer Großmutter gehört hatte: wie der Sauerteig stets an die nächste Generation weitergegeben worden war und so vieles miterlebt hatte.

»Spannende Geschichte.« Sie meinte, ein leichtes Zittern in seiner Stimme zu vernehmen, dann räusperte er sich. »Ich frage mal nach, ob wir diese Story nicht doch bringen wollen. Ich glaube, das könnte toll werden.«

Mit Nora vor der Kamera zu stehen, nachdem sie die Nacht miteinander verbracht hatten, war eigenartig, aber auf angenehme Weise, stellte Henrik fest. Alles, was sie am Abend und in der Nacht miteinander geteilt hatten, hatte zu einer brennenden, intimen Anziehungskraft geführt, die er nie zuvor erlebt hatte.

Sie schlossen die Drehwoche mit einem unaufgeregten *hej då* ab, und er kehrte in sein Hotel zurück, während Nora in der Konditorei blieb, um abzuschließen. Er fühlte sich leer, aber was hatte er sich denn vorgestellt? Vielleicht dass sie sich für den Abend verabredeten? Dabei war es doch eindeutig besser, erst einmal alles sacken zu lassen, besonders nachdem Nora immer noch Teilnehmerin seiner Sendung war und ihnen nach wie vor einige Drehtage bevorstanden.

Wie immer aß das Produktionsteam im Hotel zu Abend.

Sie hatten den Sonntag frei, und alle freuten sich auf die Pause, daher war die Stimmung entspannter als sonst. Elnaz schlug vor, dass sie nach dem Essen andernorts noch etwas trinken gehen sollten, und zu seiner eigenen Überraschung sagte Henrik zu – aus dem einfachen (und zugleich überaus komplizierten) Grund, dass er den Abend ansonsten auf seinem Zimmer zugebracht und an Nora gedacht und sich vielleicht sogar bei ihr gemeldet hätte.

Sie gingen ins Guldkant. Als sie ihre Jacken abgelegt hatten, folgte er Elnaz zur Bar, um für die ganze Truppe Getränke zu bestellen.

»Wie fandest du die erste Szene? Ganz ehrlich?«, fragte Elnaz, während sie auf ihre Getränke warteten. Er hatte kurz vor dem Abendessen einen ersten Zusammenschnitt gesehen.

»Ich fand sie klasse, genau wie das Material für den Presse-Event«, antwortete Henrik.

»Oh, der Presse-Event, den kann ich kaum erwarten!« Elnaz strahlte ihn an.

Auf den Presserummel für das Weihnachtsspecial freuten sich immer alle besonders. Der Sender ließ ihn sich stets etwas kosten, weil es sich schließlich um Weihnachten handelte, und der Event war oftmals das letzte größere Ereignis, zu dem ausnahmslos alle zusammenkamen, ehe sie in die Weihnachtsfeiertage verschwanden. Für das Produktionsteam kam der Event dem Abschluss der Saison gleich, und üblicherweise gingen sie später noch als Kollegen aus und feierten zusammen.

»Trotzdem freue ich mich auch auf ein paar freie Tage«, fuhr Elnaz fort.

»Die hast du dir auch verdient. Du hast für diese Staffel echt hart gearbeitet. Es war verdammt noch mal nicht leicht. Trotzdem finde ich, dass wir nach diversen Umwegen etwas Schönes hingekriegt haben.« Der erste Zusammenschnitt hatte wirklich phantastisch ausgesehen. Wie frühere *Ärmelhoch*-Specials, aber mit etwas mehr Prickeln, mehr Kribbeln und Gefühl. Man konnte den Flirt zwischen Nora und ihm tatsächlich erahnen. Doch hauptsächlich war alles würdevoll geblieben. Nora wurde in kein schlechtes Licht gerückt, im Gegenteil, sie kam wie eine seriöse und talentierte Konditorin rüber, die über eine ordentliche Prise Berufsehre verfügte.

Elnaz lächelte beifällig. »Das finde ich auch. Fehlen zum krönenden Abschluss nur noch der Pfefferkuchenhaus-Wettbewerb und Küsse vor laufenden Kameras auf dem Marktplatz!« Sie zwinkerte ihm zu. »Hab ich es nicht schon die ganze Zeit gesagt, dass der Flirt die bessere Idee wäre als diese Hysterische-Frauen-Nummer?«

Henrik lächelte in sich hinein. Das Thema Romantik war eindeutig das bessere gewesen.

»Gott, das dauert hier ewig!« Elnaz sah sich nach dem Barkeeper um. »Ich verschwinde mal kurz zu den Damen.«

Henrik griff nach einer Speisekarte und studierte die Weinliste. Dann sah er sich in der Bar um – alles, um sich von Nora abzulenken.

Am Ende zückte er doch sein Handy. *Was machst du gerade?*, schrieb er und schickte die Nachricht ab, bevor er es sich anders überlegen konnte.

»Hallihallo!« Elnaz war zurück. »Was hältst du von der da drüben?« Sie nickte in Richtung einer jungen Frau, die ein Stück entfernt an der Bar saß. Die Frau lächelte in ihre Richtung.

»Sie sieht aus, als wäre sie gerade mal halb so alt wie du.« Henrik verzog den Mund.

»Und ist das wichtig?«

»Wahrscheinlich nicht, solange sie volljährig ist.«

Breit grinsend blickte Elnaz auf die Karte hinab, die er in der Hand hielt. »Willst du noch Wein bestellen?«

»Ach was. Dass ich überall nach Weinen schaue, ist seit Bente bloß so eine Gewohnheit.«

»Habt ihr eigentlich noch Kontakt?«

Henrik schüttelte den Kopf. »Sie hat mich betrogen. Wer bitte schön hat noch Kontakt zur untreuen Ex, die einen vor der gesamten schwedischen Öffentlichkeit lächerlich gemacht hat?«

»Untreu? Aber … Dann glaubst du wirklich, dass …« Elnaz sah ihn verwirrt an. »Hat Bente nie erzählt, wie es in Wahrheit war?«

»Was soll das heißen?«

»Sie war dir nicht untreu.«

»Ich weiß nicht, was du meinst. Sie hat abgestritten, dass sie fremdgegangen ist, aber die Fotos waren doch eindeutig.« Fotos vor einem südfranzösischen Schlösschen, wo Bente ihrer verflossenen Liebe Frederic auf einem rustikalen Bistrostuhl an einem runden Marmortisch gegenübersaß. Im Hintergrund war der Weinberg zu erahnen, der sich über die Hügel erstreckte. Auf den Bildern hatte Bente vor Verliebtheit nur so gestrahlt.

»Sie hat die Wahrheit gesagt.« Elnaz verdrehte die Augen. »Mit Frederic ist rein gar nichts passiert.«

»Und wie kannst du dir da so sicher sein?« Henrik spürte, wie er ins Wanken geriet. Elnaz war als Line Producerin bei den dortigen Dreharbeiten dabei gewesen und musste es schließlich wissen.

»Ich war im Prinzip die ganze Zeit anwesend. Sie sind sich überhaupt nur in diesem einen kurzen Moment begegnet, ich war in der Nähe, und sie haben sich nicht mal geküsst – nichts! Natürlich hab ich auch gesehen, wie sie ihn angeguckt hat, aber da war nichts, weshalb du dir hättest Sorgen machen müssen.« Sie sah ihn aufmerksam an. »Also, ich meine nicht, dass du nicht das Recht hättest, sauer auf sie zu sein, weil sie auf den Fotos verliebt aussah. Aber betrogen hat sie dich nicht. Dieser Verrückte aus dem Team hat die Fotos geleakt und sie komplett aus dem Zusammenhang gerissen.« Als Henrik nicht gleich etwas erwiderte, fuhr sie kurzerhand fort: »Sie haben sich auf diesem Weingut wirklich nur ganz kurz getroffen, und sie haben ausschließlich über die Dreharbeiten gesprochen. Er hat ihr ein paar Weine präsentiert, und nach den Aufnahmen haben sie noch ein paar Worte gewechselt – allenfalls eine Viertelstunde, und auch da stand ich die ganze Zeit daneben. Anschließend ist er wieder gefahren. Und wir im Übrigen auch. Bente und ich haben uns ein Hotelzimmer geteilt, weil wir doch auf die Kosten achten müssen, sobald Reisen im Spiel sind. Sie hatte gar nicht die Möglichkeit fremdzugehen.«

»Aber die Fotos …«

»Du hast schon recht: Sie sah darauf schwer verliebt aus, und natürlich haben wir entsprechend reagiert. Aber sie war dir nicht untreu. Ich fand immer, dass die Presse zu hart mit ihr umgesprungen ist, dass das unfair war und dass du dich …«

»… nie dazu geäußert habe.«

»Genau. Und ich hab nie richtig begriffen, warum.«

Dann war also alles, was Bente gesagt hatte, wahr gewesen? Er hatte nie auch nur einen Gedanken darauf verschwendet, dass er ihren Seitensprung hätte infrage stellen müssen. Nicht nachdem er die Fotos gesehen hatte. Zudem hatte er Bentes und Frederics Vorgeschichte gekannt: Sie hatte sich in ihn verliebt, als sie als Sommelière in Paris gearbeitet hatte, allerdings war nie etwas Ernstes daraus geworden. Doch Frederic war immer ihre große Liebe gewesen, und als Bente erzählt hatte, wie er sehr er sie einst verletzt hatte, hatte Henrik zwischen den Zeilen herausgehört, dass die Sache für Bente nie abgeschlossen gewesen war. Sie hatte auch später noch Gefühle für Frederic gehabt, daher waren die Fotos für Henrik Beweis genug gewesen. Er hatte nie mit irgendwem darüber gesprochen, auch nicht mit Elnaz, eben weil sie Bente ebenfalls kannte, was sie in eine unangenehme Lage versetzt hätte. Außerdem behielt er derlei Dinge grundsätzlich lieber für sich.

Doch jetzt fühlte er sich wie ein Idiot. Ihm dämmerte, dass

Elnaz recht hatte. Und sie hätte auch gar keinen Grund, ihn diesbezüglich zu belügen. Die Tragweite dieses Missverständnisses war kaum zu begreifen: nicht weil er glaubte, dass Bente und er heute noch ein Paar wären – ihre Beziehung hatte damals bereits an Fahrt verloren –, doch wenn er daran dachte, was anschließend passiert war … Bente hatte so viel Häme abbekommen, und Henrik hatte sich nie dazu geäußert, er hatte ihr nie den Rücken gestärkt, sondern lediglich seine Wunden geleckt. Und es insgeheim womöglich genossen, dass sie in der Presse unter Beschuss geraten war – was keine sonderlich angenehme Einsicht war.

*

Nora lehnte sich auf ihrem Stuhl zurück. Sie würde kein einziges Stück Trüffelsalami mehr schaffen. Sie hatte zu einem Delikatessen- und Weinabend eingeladen, und zu ihrer Überraschung war ihre Clique vollzählig erschienen.

Als Dank für das Abendessen, zu dem die anderen Nora kürzlich eingeladen hatten, hatte sie selbst (auf Tess' Empfehlung) einen Rotwein, Pata-Negra-Schinken, Bresaola, Trüffelsalami und verschiedene Käsesorten gekauft. Sie nahm einen Schluck des vollmundigen und fast schon süßen Weines, der perfekt zu den Leckereien passte.

Sie unterhielten sich über ihre jeweiligen Weihnachtspläne, kamen aber schon bald auf lustige Erinnerungen zu sprechen – wie etwa Tess und Maryam als Teenager Nachbarinnen gewesen waren, sich mit fünfzehn vor einer Weihnachtsfeier an einem Saft-Glögg hatten betrinken wollen, was lediglich dazu geführt hatte, dass sie sich in einem Wäldchen die Seele aus dem Leib gekotzt hatten.

Nora war froh, sie alle zu sich nach Hause eingeladen zu haben, vor allem natürlich um der herzlichen Gesellschaft willen, aber auch, weil sie so ein paar Stunden lang nicht über

Henrik Eklund nachdenken musste. Trotzdem wurde sie diese eigenartige Wärme im Körper seit dem Morgen nicht mehr los. Es war fast, als hielten die himmlischen Orgasmen, die sie in der Nacht und frühmorgens erlebt hatte, weiter an. Oder war es ihr Körper, der sie auf mehr vorbereitete?

»Darf ich meine Playlist anstellen?«, fragte Maryam, als Noras Spotify-Liste zu Ende war. »Wir wollen doch ein bisschen feiern?«

»Na klar! Mein Handy hängt dort am Ladegerät.« Nora griff zur Weinflasche und goss sich Wein nach, nahm einen Schluck, spürte sofort, wie sich die warmen, würzigen Aromen in ihrem Mund ausbreiteten, und sah zu Tess. »Verdammt gute Empfehlung!«

»Du hast eine Nachricht gekriegt«, teilte Maryam ihr mit und wedelte mit Noras Handy.

»Von wem denn? Ihr seid doch alle hier?«

»Irgendwer, der fragt, was du machst …«

Maryam drückte ihr das Handy in die Hand.

Was machst du gerade? Mehr stand da nicht.

Dann entdeckte sie, dass Henrik die Nachricht geschrieben hatte. Schlagartig fing ihr Herz an zu rasen.

Sie las die Nachricht wieder und wieder. *Was machst du gerade?* Dass vier banale Wörter in ihrem Bauch einen mittelschweren Tornado auslösen konnten …

Esse mit meinen Freundinnen zu Abend. Und selbst?, schrieb sie zurück.

Elnaz hat das Team und mich überredet, die hiesige Kneipenszene auszukundschaften. Magst du dich nicht anschließen?

»Wer ist das?« Bea sah sie an. Himmel, konnte irgendwer neugieriger sein als Bea?

»Henrik. Das Team zieht hier in Västervik durch die Kneipen. Er fragt, ob ich nachkomme.«

»Dann kennt ihr euch inzwischen gut genug, um euch Nachrichten zu schreiben?«

»Anscheinend …«

»Hallo? Ist da irgendetwas vorgefallen?« Bea riss die Augen weit auf.

Nora antwortete nicht. Sie wusste selbst nicht, warum sie bislang nichts erzählt hatte, immerhin war Bea ihre beste Freundin. Doch irgendwie war Henrik nie zur Sprache gekommen, und aus unerfindlichen Gründen wollte sie das Thema noch ein wenig länger für sich behalten.

Bea stupste sie an. »Hallo? Raus mit der Sprache!«

»Na ja, also … Okay. Wir haben gestern Abend *lussekatter* gebacken. Und anschließend miteinander geschlafen.«

»Also das Übliche. Ist ja auch weithin bekannt, dass ein *lussekatter*-Abend mit Sex aufhört.« Bea blickte für einen Augenblick fassungslos drein. Dann machte sich ein Grinsen auf ihrem Gesicht breit. »Hallo?! Wir wollen Einzelheiten! Wie ist es dazu gekommen? Vor Kurzem hast ihn doch noch gehasst?«

»Tja, ich weiß, aber … Es ist einfach passiert. Oder … In letzter Zeit lief es besser. Wir haben viel geredet, uns persönliche Dinge erzählt und uns tatsächlich auf eine neue Art kennengelernt. Deshalb waren die Dreharbeiten in den letzten Tagen auch wirklich okay. Sobald er seine überhebliche Fernsehpersönlichkeit abschaltet, läuft es unendlich viel besser.«

»Und wo steckt er jetzt gerade?«, wollte Maryam wissen.

»Ich kann ja mal fragen.« Sie schrieb zurück und bekam binnen weniger Sekunden eine Antwort. »Im Guldkant.«

»Dann ziehen wir dorthin um«, schlug Tess sofort vor.

»Au ja, ich gehe gern noch irgendwohin. Das letzte Mal ist eine Ewigkeit her!« Maryam klatschte begeistert in die Hände.

»In Ordnung.« Nora gab sich alle Mühe, gelassen zu wirken. Sie wollte ihren Freundinnen keine falschen Hoffnungen machen. Wann immer Nora ein und denselben Mann zwei-, dreimal getroffen hatte, hatten ihre Freundinnen sofort geschlussfolgert, es könnte etwas daraus werden. Doch sogar sie mussten inzwischen begriffen haben, dass eine Beziehung mit Henrik Eklund zum Scheitern verurteilt war.

»Ich muss mich nur umziehen.« Sie sah auf ihre Jeans hinab, auf der ein Weinspritzer gelandet war.

Sie verschwand im Schlafzimmer, machte den Kleiderschrank auf und suchte die Jeans heraus, in der sie, wie sie selbst fand, den knackigsten Hintern hatte: schwarz mit hoher Taille. Die weinrote Bluse behielt sie an, die hatte zum Glück keine Spritzer abbekommen und sah halbwegs weihnachtlich aus.

»Ah, deine Aufreißer-Jeans!«, stellte Bea fest, als Nora wieder ins Wohnzimmer kam. »Da hofft jemand auf eine heiße Nacht!«

»Jetzt mal halblang …«

»Haha! Wem willst du etwas vormachen? Diese Jeans ziehst du jedes Mal an, wenn du jemanden abschleppen willst«, kommentierte Maryam, die DJane der Clique, die Noras Handy wieder an sich genommen hatte.

Im nächsten Moment erklangen die ersten Takte von Robyns »Dancing On My Own«, das sie früher immer gehört hatten, als sie noch richtig feiern gegangen waren.

Nora schlüpfte ins Bad, blieb kurz vor dem Spiegel stehen und betrachtete die feinen Linien auf ihrer Stirn und zwischen den Augenbrauen. Doch dann pfiff sie darauf, schminkte sich die Lippen dunkelrot und band sich die Haare zu einem Pferdeschwanz zusammen, überlegte es sich anders, ließ die Haare offen über die Schultern fallen, besprühte sich eilig mit ihrem schwersten, sinnlichsten Parfüm. Es war kein Parfüm, das den Raum dominierte, aber wenn man ihr näher kam, nahm man es wahr. Nicht, dass sie erwartete, dass Henrik ihr näher käme oder mit zu ihr nach Hause gehen würde – immerhin spielten sie für die Kameras, und sie musste sich erneut in Erinnerung rufen, dass ihr Flirt gefakt war. Was am Vorabend geschehen war, war ein einmaliger Ausrutscher gewesen.

»He, wir haben den Glögg vergessen!«, rief Bea, als Nora zurück ins Wohnzimmer kam. Bea trank in dieser Jahreszeit mehr oder weniger täglich Glögg und hatte eine Flasche mitgebracht, die sie jetzt aufwärmte.

Nora verzog das Gesicht. »Nach drei Gläsern Wein und einem halben Kilo Käse bin ich nicht gerade versessen auf Glögg.«

»Aber wir haben in diesem Jahr noch keinen Glögg zusammen getrunken! Das machen wir sonst schon im November, aber da hast du ja durchgearbeitet.« Bea legte den Arm um Noras Schultern und drückte ihr dann einen dampfend heißen Becher in die Hand, die anderen wurden ebenfalls bedacht, und sie stießen miteinander an. Nora nahm einen Schluck, und wie sie bald feststellte, trug der Glögg zu noch besserer Stimmung bei.

Mit Glögg-Geschmack auf der Zunge und Nelkenaroma in der Nase machten sich die Freundinnen auf den Weg in die Innenstadt. Es war kalt draußen, trotzdem war einiges los, entweder waren die Leute auf dem Weg von einem Restaurant nach Hause oder gerade unterwegs in eine Bar.

Als sie im Guldkant ankamen, schlugen ihnen der typische Kneipengeruch, Gelächter und laute Musik entgegen. Sie hängten ihre Jacken an die Garderobe und sahen sich im Schummerlicht um. Ein paar Leute tanzten bereits, doch die meisten tummelten sich rund um den Bartresen. Nora ließ den Blick schweifen, versuchte, nicht allzu erwartungsvoll dreinzublicken, auch wenn ihr Kopf sich gerade anfühlte, als wäre ein Zielflugkörper auf einen Promibäcker ausgerichtet worden.

Und da stand er. An der Bar. Er hatte sie bereits entdeckt, sah ihr erwartungsvoll entgegen, und für eine halbe Sekunde schien die Welt ringsum ins Wanken zu geraten – nur von seinem Blick. Wenn sie es nicht besser gewusst hätte, hätte sie angenommen, dass dieser Blick echt war, aber das war er nicht … oder etwa doch? Eine Art Verlängerung ihres Flirts vor der Kamera. Und etwas, was sie nur zu gern fortsetzte, einfach eine nette Sache. Aber weshalb reagierte sie dann so heftig darauf? Das hier war für ihr Wein- und Glögg-berauschtes Gehirn schlichtweg zu kompliziert, entschied sie und marschierte kurzerhand auf ihn zu.

Sie umarmte ihn flüchtig, während er sie seinerseits kurz an sich zog. Dann begrüßte er ihre Freundinnen, bestellte eine Flasche Prosecco und schenkte reihum ein.

Nora nahm ihr Glas entgegen und stellte sich dicht neben ihn. Vernahm seinen Duft, in den sie vergangene Nacht eingetaucht war. Für einen kurzen Moment wurden ihre Knie weich, und allmählich dämmerte ihr, dass sie sich etwas eingeredet hatte: Selbstverständlich wollte sie die kommende Nacht mit ihm verbringen. Sie *musste* einfach wieder mit ihm Sex haben.

Ihre Freundinnen stürmten die Tanzfläche, Nora ebenfalls, und Henrik schloss sich ihnen an. Sie tanzten zur Musik, Nora nippte an ihrem Glas und konnte den Blick kaum mehr von ihm losreißen, von dieser groß gewachsenen Gestalt, den breiten Schultern und dem dichten Haar, das ihm hier und da in die Stirn fiel, so dass er es sich aus dem Gesicht streichen musste. Und dann dieser Bart … Sie streckte die Hand aus und strich ihm am Kinn entlang, einfach nur, um ihn unter ihren Fingern zu spüren, und er packte ihr Handgelenk, zog sie an sich, und sie tanzten so eng, dass sich ihre Hüften berührten.

Es lief Ace of Base, eine alte Eighties-Band, und ihr Blick hellte sich auf. Als er dann auch noch mitsang und sich im Takt bewegte, musste sie laut lachen, woraufhin er sie erneut an sich zog – so nah, wie es nur ging. Sie schlang ihm die Arme um den Hals, fühlte seinen Atem an ihrem Gesicht. Herr im Himmel …

Die anderen waren nicht mehr zu sehen. Doch dann kam

Robyns »Dancing On My Own«, und kaum dass die ersten Töne des Intros erklangen, stürmten ihre Freundinnen abermals die Tanzfläche. Nora ließ von Henrik ab, und die Mädels tanzten zusammen.

Elnaz kam mit einem Tablett voller Shot-Gläser auf sie zu, in denen ein grellgrüner Drink schwappte. Richtig, das ganze Team war ja da! Sie verteilte die Shots, alle kippten ihre Gläser, und Henrik zog Nora von Neuem an sich.

»Wo waren wir stehen geblieben?«, murmelte er ihr ins Ohr, und seine tiefe Stimme drang ihr bis ins Mark.

Sie sah sich um. Ihre Freundinnen samt Elnaz standen erneut am Bartresen, und sie sah zu Henrik hoch, verlor sich in diesen unfassbaren dunkelbraunen Augen, und sie tanzten wieder eng miteinander. Er schob die Hände in ihr Haar, und sie war sich nur allzu bewusst, dass sie lediglich ein dünnes Oberteil anhatte. Durch die Seidenbluse spürte sie seine Körperwärme und fühlte seine harte Brust. Er war ihr so nah … Sie küssten sich nicht, sie waren einander nur nah und das warme Gefühl, das in ihr geschlummert hatte und zu einer flirrenden Hitze angewachsen war, fegte wie ein Orkan durch ihren Körper. Kurzerhand reckte sie den Hals und küsste ihn. Erst spielte seine Zunge langsam mit ihrer, dann ging er zum Gegenangriff über. Sie küssten sich weiter, es kam ein neues Lied, doch mittlerweile tanzten sie nicht mehr, sondern knutschten nur noch. Wie wunderbar Knutschen war, schoss es ihr durch den Kopf, völlig unterschätzt!

»Hallo! Nehmt euch ein Zimmer! Oder geht einfach in Henriks Hotel.« Elnaz' Stimme holte sie wieder zurück ins Hier und Jetzt, und als Nora sich umsah, musste sie feststellen, dass sie aus allen Richtungen angestarrt wurde. Erschrocken sah sie zu Henrik, der lediglich grinste, und dann brachen beide in Gelächter aus.

Sie konnten gar nicht mehr aufhören zu lachen, während sie sich ihre Jacken holten und die Bar verließen. Draußen auf der Straße schlug ihnen der böige Meereswind, der durch die Straße wehte, eiskalt entgegen.

»Da sind wir womöglich zu weit gegangen«, sagte Henrik. »Ich bin immerhin fast vierzig und keine sechzehn mehr.« Er sah sie an. »Aber ich konnte nicht anders!«

Sie erwiderte seinen Blick. »Fast vierzig … Ich bin so froh, dass heute Abend noch jemand tanzen war, der älter ist als ich!«

Er gab ihr einen spielerischen Klaps auf die Schulter und nahm sie anschließend in den Arm.

Eng umschlungen schlenderten sie durch die trockene Winterkälte zurück in sein Hotel. Sie hatten kaum das Zimmer betreten, als sie einander auch schon die Kleider vom Leib rissen und auf dem akkurat bezogenen Bett übereinander herfielen.

33. Kapitel

1945

Die Woche im Sommerhaus war phantastisch gewesen. Nils wollte gar nicht mehr in die Realität zurückkehren. Doch am Sonntagnachmittag packten sie schließlich ihre Sachen.

Im Dorf blieb er vor dem Haus stehen, in dem Tuula und die Kinder wohnten, alle stiegen aus, und er lud den Koffer und die Lebensmittel aus, die sie unterwegs eingekauft hatten. Er half ihnen in die Wohnung und gab Tuula, als die Kinder gerade nicht hinsahen, einen langen Kuss. Seit jenem ersten Abend im Sommerhaus hatte Tuula sich jede Nacht in sein Zimmer geschlichen, sobald sie sich vergewissert hatte, dass die Kinder schliefen. Dann hatten sie sich geliebt, ehe sie wieder zurück in ihr Zimmer gehuscht war.

Vergnügt fuhr er heim und trug sein Gepäck nach drinnen, ehe er sich auf sein Fahrrad schwang und zum Sonntagsessen zu seinen Eltern fuhr.

Seine Mutter hieß ihn an der Tür willkommen. Stig, Marianne und die Kinder waren schon da und saßen im Garten, wo die Erwachsenen Sherry tranken und die Kinder Limonade. Sein Vater sah ihn kaum an, als er zwischen den Apfelbäumen hervortrat, die Kinder hingegen stürzten auf ihn zu. Er spielte eine Weile mit ihnen, während er nebenbei an seinem Sherry nippte. Als zu Tisch gerufen wurde, nahm sein Vater ihn beiseite. »Auf ein Wort.«

Nils nickte, und sein Vater nahm Kurs auf die Apfelbäume, wo sie ungestört reden konnten. Er schwenkte den Sherry in seinem Glas, die Sonne fing sich darin und warf Lichtblitze übers lange Gras. »Der Gemeinderat hat in der vergangenen Woche unseren Antrag geprüft und abgelehnt.«

»Oh, das ist ärgerlich«, erwiderte Nils aufrichtig.

»Ja. Sie haben es nicht geradeheraus gesagt, aber es gibt gewisse Vorbehalte gegen …« Er fuchtelte vage durch die Luft und rang nach den richtigen Worten. »Gegen dieses *Verhältnis*. So haben sie es genannt. Dass all das eigenartig sei und sie sich nicht sicher seien, ob man sich auf mich verlassen könne, wenn man bedenke, welche Verbindungen die Familie habe.«

»Verbindungen? Aber daran ist doch nichts gefährlich! Tuula ist eine ganz normale, anständige Frau, keine Kriminelle!«

»Tja, das waren nicht meine Worte. Außerdem sitzt Karlsson im Vorstand, und vergangenes Wochenende hat er uns obendrein den Vertrag gekündigt.«

Karlsson betrieb den Lebensmittelgroßhandel außerhalb des Dorfes und lieferte seit Jahren ihr Brot aus. Nils hatte ihn nie gemocht.

Sein Vater sah ihn an, als würde er eine Reaktion von ihm erwarten, möglicherweise sogar eine Entschuldigung? Doch Nils hatte nicht vor, zu Kreuze zu kriechen, und statt etwas zu erwidern, wandte er sich nur in Richtung des Spazierwegs, der am Fluss entlangführte. Dort waren an diesem schönen Abend mehrere Gruppen unterwegs – unbekümmerte Leute. Unbekümmert war auch er gewesen, solange er mit Tuula zusammen im Sommerhaus gewesen war.

Von der Verandatreppe waren Schritte zu hören. »Kommt ihr?«, rief seine Mutter über die dicht belaubten Apfelbäume hinweg.

Sein Vater sah Nils lediglich ernst an, ehe er sich wortlos umdrehte und im Haus verschwand.

Schweigend aßen sie zu Abend. Nils konnte die Enttäuschung seines Vaters und die Verärgerung angesichts der geschäftlichen Entwicklung verstehen. Gleichzeitig wollte er nicht einfach hinnehmen, dass Tuula die Ursache sein sollte: Es waren die anderen, die sich verkehrt verhielten, all die Leute, die glaubten, sich ein Urteil über Nils' Privatleben bilden zu dürfen. Aber was hatte das eine mit dem anderen zu tun? Das Abendessen war mühselig, und er verabschiedete sich bei der erstbesten Gelegenheit.

Auf dem Heimweg fuhr er bei Tuula vorbei.

»Die Kinder sind gerade eingeschlafen«, sagte sie, als er eintrat.

Das Küchenfenster stand offen, und die dünnen Gardinen flatterten in der Abendbrise. Der Duft der blühenden Rosen im Innenhof wehte herein. Auf dem Tisch unter dem Fenster stand ein Becher Tee, und auf dem bestickten Tischläufer lag ein aufgeschlagenes Buch. Kornblumen und Gänseblümchen, vermutlich aus dem Blumenbeet im Hof, standen in einer Vase. Die Wohnung und die Möbel sahen abgenutzt aus, aber es war immer sauber und ordentlich und viel gemütlicher als in seiner eigenen Wohnung. Hier fühlte es sich nach einem richtigen Zuhause an.

»Ich habe übrigens den Vermieter im Treppenhaus getroffen, und er hat mir von einer freien Wohnung im Nachbarhaus erzählt«, berichtete Tuula, während sie sich zur Spüle drehte. »Eine größere Wohnung – sogar mit Wohnzimmer, hörst du? Und ich glaube, ich könnte sie mir sogar leisten! Die Kinder bekämen ein eigenes Zimmer, und außerdem gibt es ein Wasserklosett.« Mit einem Glitzern in den Augen wandte sie sich zu ihm um.

»Klingt doch perfekt für euch.« Vielleicht sogar für sie alle zusammen? Oder könnten sie und die Kinder bei ihm einziehen? Er wollte es gerade vorschlagen, als Tuula weitersprach.

»Das habe ich dir zu verdanken. Dir, der sich getraut hat, auf mich und mein Brot zu setzen. Ohne den Bäckerinnenlohn würde das nie funktionieren.«

Nils schüttelte den Kopf. »Das hast du dir selbst zu verdanken, so engagiert, wie du bist – und talentiert!«

Sie nahm eine Wasserflasche von der Arbeitsplatte und zog den Korken heraus. »Angeblich hat das Wasser hier zuletzt komisch gerochen, deshalb traue ich mich nicht, es zu verwenden. Aino hat mir einen Zettel dagelassen und mehrere Flaschen Wasser, die sie am Brunnen im Nachbarhof befüllt hat. Die beiden sind ja nach Småland gefahren …« Sie gab Wasser in einen Topf und kochte es auf. »Leider hatte Matias sich schon ein Glas genommen, bevor ich einschreiten konnte, aber noch geht es ihm gut.« Sie setzte Nils einen dampfenden Becher Tee vor und setzte sich zu ihm an den Küchentisch.

»Ich kann ja mal runtergehen und nachsehen«, bot Nils an.

»Ach was, es ist doch schon dunkel. Der Vermieter musste eilig weg, aber er will sich unseren Brunnen gleich morgen Nachmittag ansehen.« Sie rückte näher an Nils heran. »Wie war das Abendessen bei deinen Eltern?«

Er schwieg ein paar Sekunden und überlegte, wie viel er ihr erzählen sollte. Er konnte unmöglich wiedergeben, was sein Vater gesagt hatte. »Es war … nett.«

Sie sah ihn lange an. »Hör mal, dass du mir gegenüber ehrlich bist und mir Sachen erzählst, schätze ich ungemein an dir. Und ich kenne dich inzwischen gut genug, um dir anzusehen, dass irgendetwas vorgefallen ist. Mach dir keine Sorgen, ich kann alles ertragen – ganz gleich, was bei eurem Essen passiert ist.«

»Ich …« Er seufzte und rührte in seinem Tee, von dem er bislang keinen Schluck genommen hatte. Am liebsten hätte er Tuula davor bewahrt, doch ihre Beziehung war ihm wichtig, und er musste ehrlich zu ihr sein, wenn sie ihn so geradeheraus fragte. »Du weißt doch, dass mein Vater einen Antrag für den Bau eines Kühlhauses gestellt hat. Der ist nun leider abschlägig beschieden worden, und dafür gibt er uns die Schuld – unserer Verbindung. Und ein Geschäftspartner hat uns die Zusammenarbeit aufgekündigt. Aber das sind alles bloß engstirnige Mistkerle!« Letzteres murmelte er in sich hinein.

Sie starrte auf die Tischplatte hinab. Dann hob sie den Blick. »Das tut mir leid. Es macht mich wirklich traurig, das zu hören.«

»Wenn wir heiraten würden, könnten die Leute nichts mehr sagen.« Es war einfach aus ihm herausgeplatzt.

Wie vom Donner gerührt sah sie ihn an. »War das etwa ein Heiratsantrag?«

Nils nickte. Er war selbst überrascht. »Ich glaube schon …«

Sie blinzelte ein paarmal. Dann schüttelte sie den Kopf. »Nein, ich will nicht, dass du die Frage auf diese Art stellst. Und deine Familie ist dagegen, das hast du doch selbst gesagt.«

»Mama?« Aus dem Schlafzimmer drang ein schwaches Wimmern, und Tuula sprang sofort auf. Im nächsten Moment war zu hören, wie sich jemand erbrach. Nils kam ebenfalls auf die Beine, schnappte sich eine Schüssel von der Küchenbank und eilte ins Schlafzimmer.

Tuula saß mit Matias auf dem Schoß auf dem Bett. Der Kleine würgte, und Nils hielt ihm die Schüssel hin. Der Junge hörte gar nicht mehr auf, sich zu erbrechen. Im schwachen Schein der Nachttischlampe war er regelrecht grün im Gesicht. Als sich die Übelkeit allmählich legte, sank er erschöpft zurück aufs Bett. Nils half Tuula, ihn auszuziehen und das Bettzeug zu wechseln. Tuula wusch ihren Sohn und zog ihm einen neuen Schlafanzug an.

In der Küche drehte Nils den Wasserhahn auf, um das Schlimmste aus den Kleidern des Jungen zu waschen. Augenblicklich stieg ihm ein fauliger Geruch, ja, fast schon Verwesungsgeruch in die Nase. Kurzerhand klaubte Nils Kleidung und Laken zusammen, die er mit heimnehmen und bei sich zu Hause waschen würde.

»Da liegt eindeutig irgendwas im Argen«, sagte Nils, als Tuula aus dem Schlafzimmer kam.

»Du meinst das Wasser?«

Nils nickte. »Ich nehme das hier mit zu mir nach Hause und versuche, es auszuwaschen.« Er nickte auf den Haufen hinab, der am Boden lag.

»Das musst du nicht machen, ich …«

»Doch, doch. Spar du dir das Wasser aus den Flaschen auf.«

»Tausend Dank!«

»Und gleich morgen früh, sobald es hell wird, sehe ich mir euren Brunnen an.«

»Danke! Vielleicht sollte ich jetzt schlafen. Es könnte eine unruhige Nacht werden.«

*

Früh am nächsten Morgen war Nils zurück bei Tuula, und sie zeigte ihm, in welcher Ecke im Hof sich der Brunnen befand. Matias schlief immer noch, und sie würden zum Arzt gehen, sobald die Praxis öffnete. Nils zog den Deckel vom Brunnenschacht und musste sich sofort abwenden. Er zog sein Hemd vor Mund und Nase und blickte in den Schacht hinab. Was er dort unten sah, schlug ihm heftig auf den Magen, und er musste sich abermals abwenden. Der Würgereiz setzte sich durch seinen ganzen Körper fort, aber es kam nichts.

Ein Kadaver. Was genau es war, konnte er nicht sehen. Die Hochsommerwärme und das Wasser hatten das Tier unkenntlich gemacht. Vielleicht ein Reh? Das war dort nicht auf natürlichem Wege gelandet, das hatte jemand dort hineingeworfen, daran bestand kein Zweifel.

»Was ist das?« Tuula versuchte, über seine Schulter zu spähen, musste sich dann aber ebenfalls abwenden.

»Ein totes Tier.« Er sah sie an. »Mach dir keine Sorgen, ich kenne ein paar Leute, die es für günstig Geld beseitigen können. Und dann rufen wir jemanden, der den Brunnen reinigt.«

»Ein totes Tier? Wie soll das denn …« Dann dämmerte ihr, was er gerade gesagt hat, und die Erkenntnis zerriss ihr das Herz.

»Ihr könnt bei mir wohnen, bis der Brunnen wieder benutzbar ist.«

Sie sagte nichts, sondern starrte nur ins Leere. Dann schluckte sie trocken. »Ich muss Matias zum Arzt bringen, auf der Stelle.«

34. Kapitel

Nach dem Sex lag Nora ausgestreckt auf dem Rücken, drehte sich dann aber zu Henrik um und schmiegte sich an ihn. Sie keuchte noch immer heftig, und ihr schweißüberströmter Brustkorb hob und senkte sich. »Du hast bestimmt eine Bäckerin in jeder Kleinstadt«, sagte sie, während sie mit dem Kopf auf seiner Brust langsam wieder zu Atem kam.

Er zog sie eng an sich, wollte ihr nah sein. »Nein, nur in jeder mittleren Großstadt. Du bist die rühmliche Ausnahme.«

Sie musste lachen und gab ihm einen Klaps auf den Oberarm. »Danke, da fühle ich mich aber geschmeichelt!«

Bei dem Gedanken, dass die Dreharbeiten bald abgeschlossen wären und er nach Hause fahren und nicht mehr nach Västervik zurückkehren würde, verspürte er eine merkwürdige Leere in der Brust. Das zwischen ihnen, das war so anders und eindeutig nichts, was sie nur für die Kameras spielten. Er hätte nicht sagen können, was genau es war, aber es fühlte sich an, als wäre es zu früh, das Ganze hier und jetzt zu beenden. Er hob ihr Kinn an, damit sie ihm ins Gesicht sah. »Du … Ich mag dich.«

Sie lächelte breit. »Und ich mag dich.«

»Ich verstehe schon, dass das hier schwierig werden dürfte, weil wir doch zusammenarbeiten …«

»Aber das hast du doch schon zigmal erlebt«, erwiderte sie scherzhaft und zugleich leicht provokant.

Sofort war er auf der Hut. »Was soll das heißen?«

Sie räusperte sich. »Ach, ich hab nur an Bente gedacht.«

»Aha.« Seine Ex-Freundin war die Letzte, an die er gerade denken wollte.

»Wie bist du eigentlich damals damit umgegangen? Mit ihrem Seitensprung? War es schwer, darüber hinwegzukommen?«

Er schwieg eine Weile. Was Elnaz ihm eröffnet hatte, hatte er sogleich wieder beiseitegeschoben, weil Nora aufgetaucht und er abgelenkt gewesen war.

»Entschuldige.« Sie schüttelte den Kopf. »Die Frage war vielleicht zu persönlich. Das geht mich nichts an.«

»Nein, nein, das ist es nicht, es ist nur …« Er setzte sich im Bett auf und sah sie an. Was zum Henker sollte er sagen, wo er doch keine Ahnung hatte, wie er zu dem stand, was er jüngst erst gehört hatte? »Ich habe gerade erst erfahren, dass Bente mir nie untreu war.«

Sie setzte sich ebenfalls auf. »Das hast du gerade erfahren? Aber warum denn erst jetzt?«

»Sie hat es immer beteuert – damals, als es durch die Presse ging –, aber ich wollte ihr nicht glauben.«

»O Gott … Und jetzt?«

»Ich weiß nicht, wie viel du von alledem weißt, aber es sind damals Fotos von ihr und diesem Mann geschossen worden. Elnaz war bei den Dreharbeiten dabei, bei denen die Bilder entstanden sind. Sie hat das Hotelzimmer mit ihr geteilt und behauptet steif und fest, es sei in jener Zeit rein gar nichts passiert.«

»Überleg mal, was Bente hat durchmachen müssen …«

Henrik nickte. Er wollte lieber nicht darüber nachdenken. Es war einfach beschämend – und wie hart die Presse mit Bente ins Gericht gegangen war! »Ich muss etwas unternehmen und ihr sagen, was Sache ist.«

»Eindeutig«, murmelte Nora.

Als die Nachricht von Bentes Seitensprung gerade herausgekommen war, war die Einschaltquote von *Ärmel hoch* durch die Decke gegangen. In der Folge hatte er zahlreiche Anfragen für weitere Sendungen bekommen: Er sollte Jurymitglied bei Backwettbewerben werden und im Frühstücksfernsehen auftreten, während Bente in Ungnade fiel und ihre Fernsehverträge verlor. Und er hatte dazu geschwiegen und alles einfach geschehen lassen.

»Warum hast du ihr eigentlich nicht geglaubt?« Nora sah ihn forschend an.

»Ich ... Ich weiß nicht recht. Oder ...« Er rang um die richtigen Worte und sah aus dem Fenster ins unendliche Dunkel. Irgendwo in der Ferne schimmerte ein Licht, womöglich die Signallampe eines Leuchtturms. »Ich nehme an, die Gerüchte haben nur all das bestätigt, was ich von mir selbst dachte. All das, was mein Vater immer schon behauptet hatte, hatte sich in dem Moment als richtig erwiesen. Es war, als hätte ich nur darauf gewartet. Zu meiner Verteidigung muss ich allerdings sagen, dass sie auf den Fotos schwer verliebt aussah und schon zuvor mit dem Mann von den Fotos zusammen gewesen war. Deshalb *wollte* ich wohl, dass sie fremdgegangen war. So war es für mich einfacher, all das bestätigt zu sehen, was ich immer insgeheim geglaubt hatte.«

»Und was hast du die ganze Zeit geglaubt?«

»Ich weiß es nicht recht, aber ich hatte wohl insgeheim erwartet, dass sie mich nicht wollen würde.«

Sie sah ihn lange an. »Warum denn das? Hat das auch mit deinem Vater zu tun?«

Er schlug den Blick nieder. Sie kannte ihn inzwischen gut genug und schien mehr von ihm zu wissen als jede andere zuvor.

»Es haben viele Ereignisse dazu geführt, dass ich zu der Person geworden bin, die ich heute bin. Jahrelang hatte ich mir angehört, dass ich nichts fertigbrächte. Sobald eine Sache für mich gut lief, hat mein Vater kein gutes Haar mehr daran gelassen und mir den Erfolg vermiest. So war es auch mit meiner Beziehung zu Bente. Mein Vater meinte, dass meine Fernsehkarriere nur aufgrund dieser Beziehung Aufwind bekommen hätte, und unkte sofort, dass es nicht halten würde und dass ich bloß nicht davon ausgehen sollte, es würde immer so weitergehen. Sobald ich auch nur einen einzigen eigenen Gedanken gedacht hatte, hat er ihn unterminiert.«

»Auf welche Weise?«

»Er … Er hat immer eine Möglichkeit gefunden, uns als Kinder zu demütigen. Sobald wir versuchten, unseren eigenen Weg zu gehen, den er nicht gutgeheißen hat, oder nicht seinem Rat gefolgt sind – wie damals bei dieser kranken Hundesache.« Er verstummte. Verstand selbst nicht, dass ihm das herausgerutscht war.

»Was denn für eine Hundesache?« Sie sah ihn unverwandt an.

Er hatte das nie jemandem erzählt, sich nur ein einziges Mal mit seiner Mutter darüber unterhalten, die damals dabei gewesen war. Er sah Nora lange an. Wie würde sie darauf reagieren? Würde es aussehen, als wollte er sich ihre Sympathie erschleichen? Gleichzeitig sagte die Geschichte einiges über seinen Vater und über Henrik selbst aus. Irgendwie war die Hundesache, wie er den Vorfall für sich selbst nannte, zu einem Sinnbild für all die Erniedrigung und Demütigungen geworden, denen sein Vater ihn und seine Geschwister im Lauf der Jahre ausgesetzt hatte. Vielleicht würde Nora ihn auf tiefere Weise verstehen, wenn er ihr alles erzählte?

Die Erinnerung an jenen Frühsommerabend in der großen Villa in Saltsjöbaden war heute noch genauso lebendig wie an jenem Tag, an dem es passierte: Sie aßen draußen in der Sonne zwischen blühendem Flieder an dem großen weißen Grythyttan-Holztisch zu Abend. Henrik war vierzehn, Tom zwölf, Camilla würde in der folgenden Woche neun werden. Henrik, der am selben Tag in der Schule ein Referat zum Thema politische Ideologien gehalten hatte, erzählte während des Abendessens davon, erwähnte, dass er zusehends zu dem Schluss gekommen sei, dass Geld zu viel Wert beigemessen werde, und dass er mit seinem Großvater telefoniert und mit ihm spannend und aufschlussreich diskutiert habe. Henrik hatte wohl irgendetwas in der Art erwähnt, dass Geld nicht wichtig sei – er wusste selbst nicht mehr genau, wie er es formuliert hatte, doch woran er sich nur zu gut erinnerte, war das Wolfsgrinsen seines Vaters.

»Ach, dann ist Geld also nicht alles?« Sein Vater sah Henrik starr an, dann Tom und zu guter Letzt Camilla. Beide Geschwister saßen stumm am Tisch. »Du kapierst hoffentlich selbst, dass du das nur sagen kannst, weil du im Überfluss aufgewachsen bist?«

Henrik erwiderte nichts darauf.

»Kinder, wie wäre es mit einem Wettbewerb?«, schlug der Vater vor.

Henrik sagte zu Herausforderungen normalerweise nicht Nein, doch diesmal hatte er das Gefühl, dass es nicht angenehm werden würde, und nach der Stimmung am Tisch zu urteilen, schienen seine Geschwister eine ganz ähnliche Vorahnung zu haben.

»Hans, bitte!« Seine Mutter blickte von ihrem gekochten Kabeljau auf.

Doch der Vater ging über ihre Ermahnung hinweg. »Der Gewinner bekommt zehntausend Kronen.«

»Was?«, platzte es aus Tom heraus, dem die Kinnlade fast in die Hollandaise-Soße auf seinem Teller fiel. Neben ihm keuchte Camilla auf, und auch Henrik spitzte die Ohren.

»Ihr lauft auf allen vieren quer durch den Garten und kläfft wie ein Hund. Wer am schnellsten am anderen Ende ankommt, hat gewonnen.«

Tom lachte auf.

»Ich meine es ernst.« Der Vater legte sein Besteck auf den Teller, und das Klappern war für den Moment das Einzige, was an jenem windstillen Abend zu hören war. Der Vater wischte sich mit der Serviette über den Mund, legte auch diese beiseite und sah sie reihum an. »Ich werfe ein Stöckchen, ihr bellt und lauft dem Stock auf allen vieren hinterher. Gewonnen hat, wer den Stock zuerst erreicht und ihn mit dem Mund hochnimmt.«

»Hans, ist das wirklich nötig?« Die Mutter sah ihren Mann vorwurfsvoll an.

»Sie machen das freiwillig.« Erneut wischte er ihren Einwand beiseite, stand auf, hielt auf einen Flieder zu und brach einen grauen Ast ab, der weder Laub noch Blüten trug. »Also, wer macht mit?«

Mit einem lauten Klirren legte die Mutter ihr Besteck ab, stand auf und verschwand im Haus.

Die Geschwister sahen einander lachend an, als wäre dies alles ein Spiel – als wären sie überzeugt davon, dass dies hier ein lustiger Wettstreit würde.

Henrik hatte so eine Ahnung, dass seine Behauptung, Geld sei nicht wichtig, schlagartig null und nichtig wäre, wenn er an diesem Wettstreit teilnähme. Doch zehntausend Kronen waren eine enorme Summe: Er würde im Sommer nicht jobben müssen, er würde das gesamte restliche Jahr nicht mehr jobben müssen, und es war doch nur ein kleines Spielchen?

»Ich mache mit«, sagte Tom.

»Ich auch«, verkündigte Camilla mit fester Stimme.

»Ich auch.« Im selben Moment spürte Henrik, wie seine Moralvorstellungen und Werte regelrecht verpufften.

»Gut.« Ihr Vater stellte sich an den Rand der gepflasterten Terrasse, ging in Position, verdrehte den Oberkörper auf die gleiche Art, wie er es auch beim Golfspielen machte, und warf den Stock bis ans andere Ende des Gartens. Als der Stock im Gras landete, war ein dumpfer Aufprall zu hören.

Keiner der drei rührte sich.

Ihr Vater sah sie an. »Worauf wartet ihr noch? Auf alle viere und los!«

Die Geschwister wechselten skeptische Blicke, doch dann ging Tom auf alle viere und bellte leise.

»Lauter«, sagte ihr Vater, »sonst zählt es nicht.«

Auch Henrik ging auf alle viere. Und dann Camilla. Tom hatte bereits fünf Meter Vorsprung, doch dann krabbelte Henrik kläffend hinter ihm her. »Wuff, wuff!« Mit seinen längeren Armen und Beinen hatte er seinen Bruder bereits halb eingeholt.

Camilla hingegen lag von vornherein ein gutes Stück zurück. Er hörte sie nur mehr hinter sich japsen.

Der Duft des frisch gemähten Grases stieg ihm in die Nase, als er quer über die Wiese krabbelte.

Inzwischen hatten sie den Kiesweg erreicht, und Henrik lag nur noch einen halben Meter hinter Tom.

»Kläfft lauter!«, rief ihr Vater von hinten.

Die Sonne brannte auf Henriks Rücken und Nacken, der Schweiß floss in Strömen, und der Kies zerkratzte ihm die Knie. Es tat weh, trotzdem machte er weiter – und wofür? Für Geld? Oder weil sein Vater es befohlen hatte? Er hätte es nicht sagen können.

Inzwischen war von Camilla nichts mehr zu hören. Sie hatte aufgegeben, weil ihre Brüder so viel Vorsprung hatten.

Henrik streckte die Arme aus, bewegte die Beine schneller, seine Knie waren aufgeschrammt, doch dann war er wieder auf der Wiese, und das kurz gemähte Gras fühlte sich watteweich unter seinen wunden Knien an.

Er hatte inzwischen zu Tom aufgeschlossen, und der Stock lag nur noch wenige Meter entfernt vor ihnen. Henrik warf sich das letzte Stück vorwärts, packte den Stock mit den Zähnen, knurrte Tom an, der nun ebenfalls angekommen war, und drehte sich von ihm weg, damit Tom ihm den Stock nicht mehr wegnehmen konnte.

Keuchend ließ er sich ins Gras fallen.

Der Wettlauf war vorbei.

»Glückwunsch, Henrik!« Sein Vater kam auf sie zu und baute sich vor ihnen auf. »Und vergiss nie, dass Menschen für Geld einfach alles tun würden.«

✷

Nora hatte seiner Erzählung mit ernster Miene gelauscht. Als er fertig war, zog sie ihn an sich und legte den Kopf an seine Brust. Sie kommentierte nichts, aber nachdem er etwas so Erniedrigendes erzählt hatte, war es schön, sie einfach bei sich zu haben.

»Was ich damit sagen will, ist wohl, dass mein Vater immer schon dafür gesorgt hat, dass ich geglaubt habe, was er sagt. Er hätte mich im Prinzip zu allem bringen können. Wenn er sagt, dass ein Projekt dem Untergang geweiht ist, dann glaube ich es, und dann scheitere ich auch. Wenn er behauptet, dass eine Beziehung nicht hält, dann glaube ich das. Das nichtigste Erlebnis bestätigt doch nur, dass ich zu nichts, woran ich selbst glaube, imstande bin.«

Sie sah ihn an. »Und jetzt will er *Ärmel hoch* aus dem Programm drängen?«

Er nickte.

»Was sagt denn deine Schwester dazu? Ist sie nicht auch deine Managerin?«

»Ja. Aber sie sagt bloß, dass unser Vater sämtliche Kontakte zur Produktionsfirma und zu TV24 selbst initiiert und sie damit nichts zu tun hat. Ich nehme an, dass sie in unseren Konflikt nicht mit hineingezogen werden will.«

»Trotzdem hast du nicht einfach klein beigegeben, sondern gekämpft. Ich finde, du bist auf einem guten Weg, dich von deinem Vater zu emanzipieren.«

Er nickte langsam. Vielleicht hatte sie recht. Und dann

dämmerte ihm, dass Nora einen großen Anteil daran hatte. Er hatte einiges von ihr gelernt: Wie verdammt stark sie war, und wozu sie alles fähig war! Und auch hinsichtlich seines Vaters hatte sie recht: Ihr Verhältnis war dermaßen toxisch, dass Henrik sich daraus verabschieden sollte.

Und dann Nora selbst … Was an ihr führte dazu, dass er sich ihr auf diese Weise öffnete? Allmählich beschlich ihn das Gefühl, dass er Västervik in der kommenden Woche nicht verlassen wollte – nicht schon so bald. Er wollte nicht, dass das mit ihnen beiden vorbei wäre. Es hatte doch gerade erst begonnen.

35. Kapitel

An den darauffolgenden Tagen drehten sie weiter die Weihnachtsvorbereitungen, während draußen der Schnee wieder schmolz. Nora widersetzte sich vor der Kamera nach wie vor der Hälfte von Henriks Ideen, trotzdem war die Chemie zwischen ihnen mittlerweile eine andere: Es knisterte gewaltig, und gleichzeitig war alles lustiger. Henrik streute hier und da einen Tadel ein, woraufhin Nora üblicherweise säuerlich reagierte; dann verschwanden beide im Umkleideraum, wo sie sich heimlich küssten und herummachten.

In der Vorwoche waren die Bestellungen nur so hereingeströmt, und er konnte ihr ansehen, wie glücklich sie war. Außer dem Dauerauftrag von Gunnebo hatten mehrere Firmen bei ihr Caterings angefordert. Sie hatte begonnen, ihr Knäckebrot zu verkaufen, und mehrere Lebensmittelhändler aus der Stadt hatten es kistenweise gekauft, so dass sie und Renée alle Hände voll damit zu tun hatten, weitere Bleche zu backen, und Nora kaum noch Zeit fand, sich mit Henrik zu treffen – oder mit ihm zu besprechen, was eigentlich passieren würde, wenn die Dreharbeiten abgeschlossen wären. Das große Finale mit dem Pfefferkuchenhaus-Wettbewerb stand kurz bevor, und Henrik spürte, dass er sich minütlich mehr in Nora verliebte.

An einem Abend gelang es ihm, sie zum Abendessen auszuführen. Anschließend landeten sie in seinem Hotelzimmer – wie auch am vorletzten Drehtag, allerdings schafften sie es da nicht einmal mehr ins Restaurant, sondern bestellten sich Essen aufs Zimmer, weil Nora erst gegen Mitternacht aufkreuzte und von all den Vorbereitungen und Bestellungen für den kommenden Tag fix und fertig war. Tags darauf würden sie schon am Vormittag den Pfefferkuchenhaus-Wettbewerb auf dem Marktplatz filmen. Trotzdem schaffte er es, dass sie sich ein wenig entspannte, und für den Rest der Nacht schlief sie wie ein Stein.

Am Morgen bestellte er Frühstück aufs Zimmer. Sie setzten sich ans Fenster mit Blick übers Meer, das abgrundtief dunkel war – so dunkel, wie es nur an schneefreien Wintertagen sein konnte. Während sie frühstückten, spähte langsam die Sonne über den Horizont. Sie hatten lediglich Unterwäsche an. Er hätte am liebsten für den Rest seines Lebens so mit ihr dagesessen, Rührei und frisch gebackenes Brot gegessen und starken schwarzen Kaffee getrunken. Er atmete tief ein. War es wirklich das, was er fühlte? Er nahm noch einen Schluck Kaffee, sah sie im goldenen Dämmerlicht an, und … Ja. Es fühlte sich einfach so richtig an.

»Ich hab über den Presse-Event nächste Woche nachgedacht«, sagte er. »Vielleicht könnten wir anschließend noch essen gehen? Normalerweise geht das Team zusammen aus, dann würden wir uns ihnen anschließen, aber vielleicht magst du ja im Anschluss noch ein paar Tage in Stockholm bleiben?«

Schlagartig schien sich ihre Körperhaltung zu verändern, als würde sie für einen Augenblick in Gedanken versinken, ehe sie zu ihm aufblickte. »Das dürfte schwierig werden. Ich muss nun mal an die Konditorei denken. Ich kann doch nicht einfach wegbleiben.«

»Verstehe.« Er beugte sich vor und nahm ihre Hand. Ihm war spontan etwas durch den Kopf geschossen, was er ihr einfach mitteilen musste. »Am liebsten würde ich jeden Tag so mit dir frühstücken.«

Alarmiert sah sie ihn an. Irgendetwas hatte sich verändert,

das bemerkte er augenblicklich. Dann lächelte sie steif, und er bereute sofort, was er gesagt hatte, auch wenn er es wirklich so gemeint hatte. Nora war besonders, und er wollte sich weiterhin mit ihr treffen. Vielleicht reagierte sie nur so, weil sie sich nicht sicher war, wo sie beide standen?

»Du«, sagte er, »ich meine das ernst. Ich will wirklich weiterhin mit dir frühstücken. Und zwar nicht wie hier, in einem Hotelzimmer …«

Sie lachte heiser auf. »Und wie soll das gehen? Ich wohne hier in Västervik, und du wohnst in Stockholm.«

»Vielleicht ließe sich daran ja etwas ändern?«

Ein schiefes Lächeln huschte über ihr Gesicht. »Apropos. Was treibt eigentlich Elnaz, hat sie hier jemanden kennengelernt?«

Er runzelte die Stirn. »Ich will jetzt nicht über Elnaz reden. Ich will über uns reden.«

»Über uns?« Sie klang, als hätte er die Besiedelung des Pluto als Gesprächsthema vorgeschlagen.

»Ja. Ich weiß, dass es ein bisschen früh ist, aber ich will dich gern weiterhin treffen.«

»Du hast recht, es ist ein bisschen früh, um über so etwas nachzudenken«, entgegnete sie unterkühlt und nahm einen großen Schluck Kaffee.

Er nickte knapp. Er sollte sie zu nichts drängen und keinen Druck auf sie ausüben. Trotzdem war ihre Reaktion denkbar unerwartet. Vielleicht war er zu deutlich gewesen, zu forsch? Die entspannte, offene Stimmung zwischen ihnen war jedenfalls wie weggefegt.

»Ich sollte allmählich nach Hause gehen«, sagte sie nach einer Weile. »Ich muss mir vor den Dreharbeiten noch etwas Frisches anziehen.«

Er nickte abermals, sie nahm einen letzten Schluck Kaffee, ging zum Bett, zog sich an, und plötzlich schien sie es eilig zu haben, von hier wegzukommen.

Ihm schwirrte der Kopf. Warum reagierte sie auf diese Weise?

Als sie schon fast aus der Tür war, eilte er ihr nach. Er musste sich doch wenigstens ordentlich von ihr verabschieden dürfen, ohne dass sie glaubte, er wolle sie zu etwas nötigen? Sie drehte sich zu ihm um und gab ihm einen flüchtigen Kuss.

»Wir sehen uns dann auf dem Marktplatz«, sagte er noch.

»Ja«, erwiderte sie nur, hatte sich aber bereits umgedreht und verschwand über den Flur.

36. Kapitel

Als Henrik auf dem Marktplatz ankam, war es dort voller Leute. Einige hatten sogar Weihnachtsmannkostüme an. Stimmt, heute war ja auch Weihnachtsmannparade! Von dieser Tradition hatte Nora ihm erzählt. Auf einer Seite des Platzes war eine große Bühne errichtet worden, überall hingen blinkende Lichterketten, und am gegenüberliegenden Ende befand sich eine beleuchtete Eisbahn, auf der Schlittschuhläufer ihre Runden drehten. Es wurden Glögg und Pfefferkuchen verkauft, *lussekatter* und warme Würstchen, und der auflandige Wind fühlte sich wahrlich nach Dezember an.

Henrik hatte auf dem Weg über Nora nachgedacht. Nicht mal seine frühe Laufrunde am Wasser entlang hatte ihm einen klaren Kopf beschert. Sie verwirrte ihn. Sie kannten sich noch nicht lange, aber was zwischen ihnen geschehen war, war besonders, und er wollte weiterhin mit ihr Kontakt haben. Nach dem heutigen letzten Drehtag konnten sie doch nicht einfach getrennte Wege gehen – was sie jedoch zu glauben schien.

Der Transporter der Produktionsfirma stand am Rand des Platzes. Das Team lud gerade die Bauteile der Pfefferkuchenhäuser aus. Henrik gesellte sich zu ihnen und packte mit an. Nora schien noch nicht aufgetaucht zu sein. Nachdem sie sich so merkwürdig verhalten hatte, war das fürs Erste sogar eine Erleichterung.

Doch dann sah er sie auf den Platz zukommen. Sie trug eine Strickmütze, das hellblonde Haar fiel ihr über die blauen Daunenjackenschultern, und an den Füßen trug sie dicke Winterstiefel. Die kurze Strecke zum Marktplatz hatte ihr leuchtende Wangen beschert. Sie sah exakt so aus wie an jenem Tag, an dem sie den Weihnachtsbaum gekauft hatten und als sie ihn geküsst hatte. Zaudernd lächelte sie in seine Richtung, ehe sie auf Ted und Elnaz an der Bühne zuging.

»Okay, in zehn Minuten legen wir los«, verkündete Ted, sobald Henrik ebenfalls neben ihn getreten war. »Ihr wisst, was ihr zu tun habt, aber ich erzähle es auch noch mal den Leuten hier. Dann geht es los.«

Sie warteten vor der Bühne, während ringsum die letzten Vorbereitungen getroffen wurden. Als Ted einen Moment später die Bühne betrat, folgten Nora und Henrik ihm. Das Publikum auf dem Platz applaudierte.

»Herzlich willkommen zu unserem Pfefferkuchenhaus-Wettbewerb, bei dem die beste Konditorin Västerviks, Nora Jansson, gegen unseren Lieblingsbäcker Henrik Eklund antritt.« Ted hob den Arm in ihrer beider Richtung, und abermals waren Applaus und Pfiffe zu hören. Henrik ließ den Blick schweifen, sah die Kameras und konnte Nora neben sich erahnen. »Henrik und Nora werden gleich je einen Teil der schönen Stadtsilhouette von Västervik bauen. Die Regeln sind kinderleicht: Wer zuerst fertig wird, hat gewonnen. Aber die Häuser sollen natürlich auch schön werden!« Ted drehte sich zu ihnen um. »Seid ihr bereit?«

Henrik nickte und hörte, wie Nora neben ihm »Ja« sagte.

»Dann auf die Plätze, fertig … *los*.«

Henrik beugte sich über die Teile, die auf einem Tisch für ihn bereitlagen, trug Kleber aus einer kleinen Tube auf und fing mit Sankt Gertrud an. Aus irgendeinem Grund fühlte es sich wichtig an, Nora zu schlagen. Vielleicht weil sie am Morgen sein Ego verletzt hatte? Als könnte er ihr das heimzahlen, wenn er den Wettbewerb gewann …

Er machte mit dem Kirchturm weiter. Himmel, wie viele

Teile das waren! Er hatte bereits minutenlang Bauteile zusammengesetzt und nicht einmal das erste Gebäude errichtet. Mit reichlich Kleber befestigte er den Kirchturm am Kirchenschiff.

Unter den aufmunternden Rufen des Publikums und vor einer Reihe aus Weihnachtsmännern, die ganz vorn standen und besonders laut johlten, machte er mit dem Rathaus weiter, das mit seinen geraden Linien ein wenig leichter war, auch wenn das Dach sich als kniffelig erwies. Unterdessen sah er Nora nicht an, wollte sich nicht ablenken lassen. Er machte mit dem nächsten Gebäude weiter, noch eine Wand. Himmel, der Kleber machte Schwierigkeiten und verstopfte die Tülle! Erstmals blickte er auf und sah, dass Nora nur noch ein paar wenige Fassaden fehlten, bis sie ihren Teil der Stadtansicht fertiggestellt hätte. Er drückte fester, bis der klumpige Kleber herauskam, zog eine lange, gerade Linie über die Hauswand, befestigte sie, warf die Tube beiseite und riss unter dem Jubel des Publikums die Arme hoch – was sich angesichts der Weihnachtsmänner vor ihm leicht surreal anfühlte. Nora blickte auf, gestand mit einem Lächeln ihre Niederlage ein und stellte dann in aller Ruhe das letzte Gebäude fertig, während Ted dem Gewinner bereits gratulierte.

Vorsichtig trugen sie ihre beiden Hälften der Stadtansicht zu einem langen Tisch ganz vorn auf der Bühne. Dort setzten sie die Teile auf einem Holzbrett zusammen, dekorierten alles mit Zuckerguss und platzierten zu guter Letzt Wattebäusche ringsum, die den Schnee darstellen sollten. Das Ensemble würde das Schaufenster der Konditorei zieren. Nora legte noch ein paar batteriebetriebene Lichterketten in die Watte, schaltete sie an – und das Ergebnis war regelrecht magisch: eine kleine Winterstadt mit winzigen Lichtern, die in der weichen Watte glitzerten.

An Noras Hand fiel Henrik ein großes Pflaster auf. Sobald sie seinen Blick darauf spürte, nahm sie die Hand hoch. »Ich hab mich verletzt, bestimmt hab ich deshalb verloren«, murmelte sie.

»Noch mal lauter«, forderte Ted sie auf und hielt ihr das Mikrofon hin.

»Was ist denn passiert?«

»Ich habe mich an heißem Öl verbrannt, kurz bevor ich herkommen sollte.«

»Öl?« Henrik sah sie kurz verwirrt an. Als sie nichts weiter sagte, sondern nur in sich hineinschmunzelte, lachte er auf. »Sag jetzt nicht, dass du noch Rosenküchlein hergestellt hast!«

Sie nickte. »Ich fand, es sah in den Vitrinen so leer aus.«

Er lachte immer noch, und Ted sah ihn perplex an.

»Herr im Himmel!« Henrik blickte ins Publikum. »Ihr müsst wissen, dass ich sie eigentlich davon abgebracht habe, in diesem Jahr Rosenküchlein zu machen.« Dann drehte er sich zu Nora um. »Du hast in dieser Woche Tag und Nacht durchgearbeitet, um sämtliche Bestellungen fertigzustellen, und in der kurzen Pause zwischen den Konditoreiaufnahmen und diesem Wettbewerb hast du dich ernsthaft noch hingestellt und Rosenküchlein frittiert …«

Aus dem Publikum war hier und da verwirrtes Glucksen zu hören. Henrik selbst lachte immer noch, Nora verzog den Mund und schüttelte langsam den Kopf.

Für einen kurzen Moment versuchte er, den Impuls, sie zu küssen, zu unterdrücken, doch im nächsten Augenblick pfiff er darauf. Er *wollte* sie küssen. Vor aller Augen. Und so zog er sie an sich und gab ihr einen langen Kuss.

Der Jubel, der daraufhin aufbrandete, brachte fast seine Trommelfelle zum Bersten. Er hielt sie fest und küsste sie nachdrücklicher. Verdammt, er war tatsächlich drauf und dran, sich in diese Frau zu verlieben.

Nora war überrumpelt, trotzdem erwiderte sie den Kuss. Sie liebte seine Küsse, sie waren ein klein wenig *zu* gut – und genau das machte ihr Angst.

Als sie sich zu guter Letzt von ihm losmachte, flüsterte er ihr ins Ohr: »Ich will allen zeigen, was ich für dich empfinde.«

Das Publikum jubelte immer noch. Peinlich berührt sah sie zu Henrik hoch, doch dann musste sie unwillkürlich lächeln. Nach diesem phantastischen Kuss *nicht* zu lächeln wäre unmöglich gewesen.

Trotzdem mussten sie dies hier besprechen. Ihr hatte nicht behagt, wie der Morgen begonnen hatte. Sie hatte wirklich nicht einfach abhauen wollen, hatte aber für sich allein sein müssen. Sie war nicht auf das vorbereitet gewesen, was Henrik gesagt hatte. All die Zeit war sie fest überzeugt gewesen, dass ihm der Sinn nur nach etwas Zerstreuung stand, nach ein bisschen Spaß. Genau dafür schien er der Typ zu sein. Klar hatte er eine längere Beziehung mit Bente Hammar gehabt, aber auch sie war ein Promi, eine Stockholmer Jetset-Größe, und mit so jemandem gehörte er zusammen. Nora hatte damit gerechnet, dass er sie nur als Fling betrachtete. Warum hatte er es nicht so halten können? Dass sie beide sich weiterhin sehen sollten, fühlte sich schlichtweg undenkbar und völlig unrealistisch an.

Sie sah ihm erneut in die funkelnden dunkelbraunen Augen. »Hast du kurz Zeit zu reden?«

Er sah sie lange an, ehe er antwortete. »Natürlich.«

Sie verließen die Bühne und den Platz, gingen die Storgatan entlang, am Espresso House vorbei, und auch wenn sie die Kette sonst boykottierte, hatte sie das Gefühl, dass sie jetzt etwas brauchte, um hellwach zu sein, um sich nicht in irgendeine romantische Verwicklung hineinziehen zu lassen. Sie huschte hinein, kaufte sich einen großen Kaffee, und widerwillig stellte sie fest, dass Filterkaffee gar nicht so schlecht war.

Sie gingen weiter die Storgatan entlang, schlenderten stumm und ziellos hierhin und dorthin und bogen schließlich in die Västra Kyrkogatan ein, wo sie über das Kopfsteinpflaster an niedrigen Holzhäusern und einigen gemauerten Häusern vorbeigingen. Dampf stieg aus Noras großem Kaffeebecher auf, und sie nahm in der Hoffnung, dass das Koffein ihr die richtigen Dinge einflüstern würde, ein paar große Schlucke.

»Tut mir leid, dass ich heute Morgen einfach abgehauen bin, aber ich …« Sie rang um die richtigen Worte. »Warum muss das mit uns so schnell gehen?«

Er schüttelte leicht den Kopf. »Es muss doch nichts Ernstes sein, zumindest fürs Erste nicht.« Er sah ihr unverwandt in die Augen. »Was ich heute Morgen gesagt habe … Ich …« Er hielt inne und betrachtete die Kirche, die er eben erst in Rekordzeit nachgebaut hatte. »Ich meinte auch nicht, dass wir von jetzt auf gleich ein Paar sein müssten. Ich wollte nur sagen, dass ich dich gern weiterhin treffen würde – auch nach den Dreharbeiten.«

Sie sah zu ihm hoch. Auch sie wollte ihn weiterhin treffen, nur war ihr all dies *zu viel.* Sie war so lange allein gewesen, was nicht immer einfach gewesen war, gleichzeitig hatte sie sich daran gewöhnt. Wenn sie jetzt jemanden in ihr Leben ließe, was würde das für Folgen haben?

Gleichzeitig hatte sie nie jemanden so nah an sich herangelassen wie Henrik, sie hatte sich nie jemandem gegenüber so sehr geöffnet und so viel erzählt, und auch das musste doch etwas bedeuten.

Trotzdem. Das hier war zu übermächtig, zu beängstigend.

»Ich weiß nicht …« Sie hatten die Skolgatan erreicht, jene Gasse, in der im Sommer üppiges Grün über die bunt gestrichenen Fassaden wucherte, die jetzt jedoch kahl war. Nur eine Handvoll Sträucher war mit Lichterketten geschmückt, deren schwacher Schein bei Tageslicht kaum zu erkennen war.

»Was weißt du nicht?«

»Ich meine, vielleicht war das mit uns ja nur ein One-Night-Stand, der ausgeufert ist?«

»Ein One-Night-Stand, der ausgeufert ist?« Er sah sie ungläubig an.

»Ich wohne hier in Västervik, habe meine Konditorei, für die ich alles gebe, während du in Stockholm wohnst und ein ganzes Backimperium im Rücken hast – und außerdem bist du ein Promi.« Sie schüttelte den Kopf. »Ich glaube, du bildest dir nur ein, dass das mit uns irgendwas werden könnte. Vielleicht ist es ja auch nur deine Art, über Bente hinwegzukommen.«

Sein Blick verdüsterte sich. »Das hier handelt nur von uns beiden, von niemand anderem.«

»Ich hab einfach nur das Gefühl, dass du dich von der Kleinstadt und dem Leben hier verführen lässt. Sobald du zurück in Stockholm bist, hast du mich und all das hier vergessen.«

Er sah sie ein paar Sekunden lang unverwandt an. »Du redest so oft darüber, was echt und authentisch ist. Dass alles, was mit dir selbst und der Konditorei zu tun hat, echt ist, während ich anscheinend für alles Oberflächliche stehe. Doch für mich ist das zwischen uns ebenfalls echt, und es wäre wahnsinnig traurig zu hören, wenn es für dich anders wäre.« Er hielt ein paar Sekunden lang inne. Dann drehte er sich um und ging. Sie blieb allein zurück.

Nach einer Weile setzte sie ihren Weg hinunter zum Meer fort. Warf den leeren Pappbecher in einen Abfalleimer, holte tief Luft und ging runter ans Wasser, das sich bis in alle Unendlichkeit vor ihr erstreckte. An diesem klaren Tag war es eisblau, der Wind war abgeflaut, und federleichte Wolken am Himmel spiegelten sich in der blanken Wasseroberfläche.

Sie ging ein Stück am Ufer entlang, wandte sich dann wieder in Richtung Stadt und wanderte ziellos durch die Straßen, während sie nachdachte. Sie erreichte die roten Båtmans-Häuser an der Båtmansgränd. Im Sommer wucherten dort Hortensienblüten über den roten Zaun.

Sie hatte ehrlich gemeint, was sie gesagt hatte: Sie war wirklich davon überzeugt, dass sie beide eine Gleichung waren, die nicht aufgehen konnte. Doch im selben Moment dämmerte ihr, dass sie gleichsam eine Heidenangst davor hatte, ihre Begegnung nicht einfach vergessen zu können, weil das, was Henrik gesagt hatte, stimmte: Was zwischen ihnen passiert war, *war* echt gewesen.

Ein unbehaglich pochender Schmerz machte sich in ihrer Brust bemerkbar – ein Echo jenes Schmerzes, den sie von früher kannte, als ihre Eltern gestorben waren. Sie schüttelte den Kopf, doch ihre Gedanken und Gefühle wollten nicht aufklaren. Ihr Verhalten war ihr nicht mal fremd. So reagierte sie immer, wenn es um zwischenmenschliche Beziehungen ging. Die meisten Männer, die sie im Lauf der Jahre getroffen hatte, waren auf nichts Ernstes aus gewesen, und diejenigen, die anders gewesen waren, hatte sie von sich weggehalten. Nicht dass sie jemals darüber nachgedacht hätte – so war sie nun mal, und sie hatte auch nie sonderlich viel für einen dieser Männer empfunden, andererseits war auch keiner von ihnen so offen und ehrlich zu ihr gewesen wie Henrik und sie ihrerseits ebenso wenig.

Mit Henrik war überdies alles überraschend, nicht nur seine Gefühle für sie, sondern auch, was sie für ihn empfand. Sie würde ihn vermissen, wenn er abreiste, und natürlich wollte auch sie ihn wiedersehen. Deshalb war es wohl besser, ihren Gefühlen auf der Stelle ein Ende zu setzen, bevor sie übermächtig wurden, bevor echte Liebe daraus entstehen konnte. Auf diese Weise bliebe ihr die Enttäuschung erspart, wenn er sie bei seiner Ankunft in Stockholm wieder vergessen würde. Und so würde sie ihn auch nicht verlieren können, würde keinen Schmerz riskieren. Denn wenn man nicht liebte, konnte es auch nicht wehtun.

37. Kapitel

1945

Tuula und die Kinder blieben bis zum Wochenende bei Nils. Matias ging es mit viel Flüssigkeitszufuhr und Ruhe langsam besser, doch Nils hatte ihn das kurze Stück zum Arzt mit dem Auto fahren müssen, weil er sich kaum noch auf den Beinen hatte halten können. Tuula konnte noch immer nicht fassen, dass jemand ihnen derart schaden wollte – so sehr, dass die Kinder leiden mussten, ihr geliebter Junge!

Aino und Heikki kamen am Wochenende wieder nach Hause, sie hatten Freunde in Småland besucht. Als Tuula Aino am Sonntag im Innenhof erzählte, was vorgefallen war, war Aino schlagartig fahl im Gesicht.

»Wie lange können wir da noch bleiben?«, flüsterte sie. »Bestimmt war das eine Reaktion auf die Schlägerei, aber müssen wir das wirklich aushalten?« Sie setzten sich im Schatten der großen Eiche auf zwei wacklige Klappstühle, die Heikki billig erstanden hatte. Der Brunnen war mittlerweile gereinigt worden, und draußen im Garten, in dem der warme Duft der Rosen in der Luft hing, war von dem, was im Brunnenschacht gelegen hatte, nichts mehr zu erahnen.

»Was meinst du damit?«, hakte Tuula nach.

»Bei unseren Freunden in Småland ist es anders als hier. Sie wohnen in einer größeren Gemeinde, in der man anonymer ist. Auch sie werden mitunter beleidigt, aber nicht derart attackiert. An das hier kommt es nicht heran.« Aino atmete tief durch. »Dort herrscht nicht der blanke Hass.«

Von der Straße war ein lautes Krachen zu hören. Jemand schrie, die Tür im Zaun schlug auf, und Ritva stürzte in den Hof. Sie schluchzte herzzerreißend und fing an zu heulen. Tuula sprang auf und rannte ihr entgegen.

»Mein Schätzchen! Was ist passiert?« Sie tastete über den Leib ihrer Tochter. War sie verletzt? Ihre Haare waren zerzaust, die Bluse aufgerissen und ein Ärmel zerfetzt. Dann sah sie es – eine Schnittwunde quer über den Brustkorb. Blut sickerte daraus hervor, und Tuula streifte sich die eigene Bluse über den Kopf und verknotete sie über der Brust ihrer Tochter.

»Ritva, was ist passiert?«

Doch statt zu antworten, heulte das Mädchen nur weiter.

»Ritva, wer war das?« Sie schrie sie an, dämmerte ihr. Angst und Panik hatten von ihr Besitz ergriffen.

Aino versuchte, Ritva zu beruhigen. Vorsichtig zog sie sie an sich und nahm sie in die Arme. Ritva weinte an Ainos Schulter, und nach einer Weile hatte sie sich wieder hinreichend beruhigt, um Bericht zu erstatten.

Sie hatte einkaufen gehen wollen, als ihr plötzlich ein paar Jungen hinterhergelaufen waren. Sie hatten sie zu Boden gestoßen, ihr die Bluse zerrissen und sie angebrüllt, dass sie stinken würde. Einer der Jungen hatte ein Taschenmesser dabeigehabt und es ihr über den Brustkorb gezogen. Dann hatten sie sie einfach liegen gelassen.

»Aber sie haben nichts weiter getan?« Tuula fühlte sich genötigt nachzufragen.

Ritva schüttelte den Kopf.

Ihr wurde regelrecht schwarz vor Augen. Was alles hätte passieren können! Sie und Aino wechselten vielsagende Blicke. Sie hoffte nur, dass Ritva nicht verstand, was diese Blicke bedeuteten. Gemeinsam geleiteten sie das Mädchen hinauf in die Wohnung. Sie hatte sich zwar wieder halbwegs beruhigt, saß aber nur mehr mit leerem Blick da. Aino inspizierte die Wunde, während Tuula saubere Tücher und Wasser holte.

»Er sieht sauber aus und ist nicht wahnsinnig tief«, stellte Aino fest. »Hast du Verbandszeug da?«

Tuula schüttelte den Kopf.

»Ich laufe runter und hole welches.«

Kaum dass Aino verschwunden war, klopfte es an der Tür.

Natürlich, das musste Nils sein. Sie hätte ihn im Café treffen sollen. Sie riss die Tür auf.

»Entschuldige, ich … Es ist etwas passiert.«

»Was?« Nils war sofort beunruhigt.

»Ein paar Jungs haben Ritva überfallen. Ich hab total vergessen, dass wir verabredet waren, und …«

»Was sagst du da? Wie geht es ihr?« Er trat über die Schwelle.

»Den Umständen entsprechend gut.« Tuula schloss die Tür hinter ihm. »Ich glaube, sie will im Moment einfach nur in Ruhe gelassen werden«, sagte sie leise.

Er blieb stehen und drehte sich zu ihr um. »Was haben sie ihr angetan?«

»Sie hat eine Schnittwunde quer über der Brust. Zum Glück ist sie nicht tief.«

Nils wurde schlagartig kreidebleich. »Sie haben sie mit einem Messer attackiert? Wir müssen zur Polizei gehen!«

Tuula nickte. »Ja.« Doch im Augenblick wollte sie nur bei ihrer Tochter sein.

Nils zog Tuula an sich und hielt sie lange fest. Ein wenig lockerte sich die Anspannung, und für einen Moment erlaubte sie sich, schwach zu sein. Sie hatte nicht vor Ritva zusammenbrechen wollen, auch wenn sie ihre Panik nicht vollständig hatte verbergen können. Doch jetzt kamen die Tränen.

»Ich kann nicht mehr hierbleiben«, schluchzte sie. »Meine Kinder …«

Sie brachte den Satz nicht zu Ende, und Nils ließ sie weinen, hielt sie fest und tröstete sie, ohne einen Ton zu sagen.

Für Tuula war all dies zu weit gegangen. Es war eine Sache, dass die Leute schlecht über sie redeten und sie verabscheuten, doch viel schlimmer war, was allen um sie herum widerfuhr – all denjenigen, die sie am meisten liebte, vor allem die Kinder, aber auch Nils. Auch seine Firma und seine Karriere waren betroffen, und das konnte sie nicht länger zulassen.

»Ich muss von hier weg.« Sie wischte sich die Tränen aus dem Gesicht und sah zu ihm hoch.

»Ich gehe mit«, erwiderte er.

»Aber die Bäckerei?«

Nils seufzte tief. »Ich wollte dich bei all dem Trubel nicht zusätzlich beunruhigen, aber mein Vater hat mir ein Ultimatum gestellt. Ich soll mich zwischen dir und unserem Betrieb entscheiden, ansonsten übernimmt mein Bruder die Geschäftsleitung.«

»Und wie hast du dich entschieden?«, fragte sie atemlos.

»Natürlich für dich.« Ihm traten Tränen in die Augen. »Ich entscheide mich für dich und die Kinder.«

Sie schluckte trocken. Ihr wollte nicht aus dem Sinn gehen, was er zuvor mal gesagt hatte: dass er und sein Vater nie uneins gewesen waren – nicht ehe sie in sein Leben getreten war. Bis dahin hatte er stets ein gutes Verhältnis zu seiner Familie gehabt.

»Wir könnten noch heute Abend fahren«, fuhr er fort. »Und wenn ihr wollt, komme ich mit. Wir können jederzeit aufbrechen und irgendwo anders als Familie neu beginnen.«

Es zog warm in ihrer Brust. Sie wollte nichts lieber, als mit Nils und den Kindern zusammen zu sein. Matias und Ritva waren ihm wichtig, das wusste sie, und sie vertrauten ihm. Doch er müsste dafür alle Brücken abbrechen. Wenn er ihr nachfolgte, würde er *seine* Familie hinter sich lassen. Was, wenn er das eines Tages bereute? Sobald die erste Verliebtheit abklang, der Alltag einsetzte und Nils nicht mehr dieselben Gefühle für sie hatte, hätte er nur noch sie und keinen Kontakt mehr zu seinen eigenen Angehörigen. Konnte sie ihm das wirklich antun?

»Tuula, ich meine es ernst. Ich will mit dir zusammenleben. Der Betrieb ist mir nicht wichtig.«

»Aber du liebst die Bäckerei!«

»Ich gründe eine neue, sobald wir wieder auf die Füße gekommen sind.«

»Aber du kannst keine neuen Eltern haben …«

Etwas flammte in seinem Blick auf. Schmerz. »Nein. Aber stattdessen bekomme ich eine neue Familie.« Er lächelte sie unter Tränen an und lehnte seine Stirn gegen ihre. So blieben sie stehen, weinten zusammen und hielten einander fest in den Armen.

*

Tags darauf war es Tuula unmöglich, Ritva in die Schule zu schicken. Auch wenn sie an sich ihre Prinzipien hatte – und Schule war nun mal Pflicht –, brachte sie es nicht fertig, ihre Tochter dazu zu zwingen. Ritva durfte zu Hause bleiben, musste aber lernen.

Während seine Schwester zu Hause blieb, kam Matias mit Tuula in die Bäckerei, und pünktlich zur ersten Kaffeepause brachte sie ihn in den Kindergarten.

Noch ehe die Kaffeepause zu Ende war, war Tuula wieder zurück in der Bäckerei. Doch komischerweise waren die anderen nicht draußen und tranken Kaffee. War irgendetwas passiert?

Sie betrat den Packraum, der ebenfalls verwaist war, und ging weiter in die Backstube. Dort waren alle versammelt und standen schweigend beieinander. Und in der Mitte des Raumes stand Karl Eklund, Nils' Vater, und sah ihr grußlos entgegen.

Tuula huschte stumm in den Raum. Nils stand hinter dem Arbeitstisch, und sie konnte ihm ansehen, dass er versuchte, Ruhe zu bewahren, doch er hatte die Arme verschränkt, ließ sie im nächsten Augenblick hängen und veränderte kurz darauf erneut die Position.

»Ich komme mit schlechten Nachrichten«, erhob Karl Eklund das Wort. »Wir müssen uns von zwei Personen trennen, und zwar mit sofortiger Wirkung.« Ein leises Raunen ging durch die Backstube. Dann fügte er eine Erklärung hinzu: »Aus dem Lager ist Essiggeist verschwunden.«

»Vater, das stimmt nicht«, fuhr Nils prompt dazwischen. »Ich hab Inventur gemacht, und es fehlt nichts.«

»Natürlich fehlt etwas«, fauchte Karl Eklund ihn an. »Ich habe selbst alles durchgesehen. Entweder hast du gepfuscht, oder du willst jemanden decken.« Er sah die Angestellten reihum an. »Und ich kann die Schuldigen sogar benennen.« Er legte eine Pause ein, damit seine Aussage auch garantiert ankam – oder um sie alle nervös zu machen. »Tja, tut mir natürlich sehr leid, aber ich habe keine andere Wahl.« Karl sah zu Tuula. »Eine der Schuldigen ist Tuula Anttila.«

Tuula hätte angesichts der absurden Beschuldigung am liebsten aufgelacht. Wut und zugleich Erleichterung flammten in ihr auf. Sie hatte das Dorf ohnehin verlassen wollen, und jetzt gäbe es keine Alternative mehr. Sie würde es keinen Tag länger aufschieben.

»Und die Zweite ist Aino Lahti.«

Diesmal keuchte Tuula auf und starrte ihre Freundin an. Das war nicht fair.

»Haben Sie dafür Beweise?« Lydia hatte das Wort ergriffen.

»Beweise?« Karl Eklund schnaubte.

»Ja, das frage ich mich auch. Wie in aller Welt kommst du darauf?« Abermals verschränkte Nils die Arme.

»Muss ich das wirklich laut sagen? Wir wissen doch wohl alle, wie sich die Finnen hier vor Ort verhalten. Sie können mit Alkohol nicht umgehen. Es war ein Fehler, Nils, zwei Finninnen einzustellen und dann so etwas wie Essiggeist offen herumstehen zu lassen. Diese Leute tun alles, wenn das Geld knapp ist.«

Tuula musste sich zusammenreißen, um nicht laut zu lachen – dass Aino und sie sich an Essiggeist hätten betrinken wollen?! Etwas Alberneres hatte sie noch nie gehört. Dennoch riss sie sich zusammen. Wenn sie jetzt lachte, erweckte sie womöglich den falschen Eindruck.

»Das sind doch bloß Vorurteile! Oder hat etwa irgendjemand hier Tuula und Aino bei einem Diebstahl beobachtet?« Lydia sah ihre Kollegen reihum an.

»Es reicht«, donnerte Karl. »Ich hab das so beschlossen, und ich dulde nicht, dass mir jemand widerspricht!«

»Ich frage doch nur. Hat jemand sie bei dem Diebstahl beobachtet?« Lydia sah die Bäcker und Fahrer der Reihe nach an. Niemand sagte etwas.

»Lydia, du musst nicht …«, flüsterte Tuula.

»Schluss jetzt!«, brüllte Karl. Sein Gesicht war flammend rot. »Sonst beschließe ich, dass noch mehr Leute gehen müssen!«

Aino holte tief Luft. »Wissen Sie was, Herr Eklund? Es muss sonst niemand gehen.« Sie streifte sich die Haube vom Kopf und wandte sich zum Umkleideraum. »Wir sind hier fertig. Tuula und ich holen unsere Sachen, und dann verlassen wir die Bäckerei.«

Tuula eilte ihrer Freundin nach.

»Wartet! Bitte, Aino! Tuula!« Nils setzte ihnen nach, doch Tuula blieb weder stehen noch drehte sie sich zu ihm um. Nils zuliebe wollte sie jetzt keine Szene machen.

Als sie nach einer Weile aus der Umkleide kamen, war Herr Eklund wieder gegangen. Die anderen widmeten sich ihren Aufgaben und arbeiteten schweigend vor sich hin, während Tuula und Aino die Backstube und den Packraum durchquerten und auf die Rampe zuhielten.

Dort verpackte Lydia unter lautem Fluchen und mit wütenden Gesten Brote. »Damit kommt er nicht durch!«, grollte sie und wuchtete die Kiste beiseite, als sie ihre zwei Kolleginnen kommen sah.

Dann hörte Tuula Schritte über dem Steinboden – Nils. Sie drehte sich zu ihm um.

»Tuula, Aino … Ich rede mit ihm. So etwas werde ich nicht zulassen.«

Tuula schüttelte den Kopf. »Wir reden später. Geh rein zu den anderen. Sie sind bestimmt beunruhigt nach dem, was passiert ist. Kümmere dich um sie. Aino und ich kommen schon klar.«

Nils sah sie erschüttert an. »Ich hatte keine Ahnung, dass er so etwas vorhatte!«

»Ich weiß.« Tuula bedachte ihn mit einem beschwichtigenden Lächeln.

Nils sah sich flüchtig um. Dann marschierte er auf sie zu und legte seine Hände auf ihre Schultern. »Ich weiß genau, was du vorhast – und ich gehe mit. Ich kann die Tyrannei meines Vaters nicht länger hinnehmen.«

Sie holte tief Luft. Sah zu Aino, die am Ausgang wartete.

»Komm heute Abend zu uns«, sagte sie leise.

38. Kapitel

»*Auf Ärmel hoch*!« Elnaz hob ihr Glas Cava in Noras Richtung, die sich auf dem tiefen Friseurstuhl vorbeugte und mit Elnaz anstieß. Dann fuhr sie sich mit der Hand übers Haar, das noch immer föhnwarm war.

»Nein, nein, nicht anfassen! Dann ist die Frisur hin! Ich muss erst noch Haarspray auftragen.« Die junge Frau, die Nora frisiert hatte, eilte mit einer Flasche herbei und hüllte Nora in eine Wolke aus wohlriechendem Spray. Nora musste husten. Es war Elnaz' Vorschlag gewesen, dass sie sich trotz aller Hektik vor dem Presse-Event noch die Haare machen ließ, damit sie festlicher aussah. Nora vertraute ihr und zweifelte keine Sekunde daran, dass sie sich hinterher hübsch und für alles gerüstet fühlen würde.

»Nachschlag?« Die Friseurin hielt die Cava-Flasche hoch und lächelte mit ihren akkurat geschminkten Lippen.

»Für mich nicht«, sagte Nora, die angesichts des bevorstehenden Presse-Events lieber nichts mehr riskieren wollte. Was sie bislang getrunken hatte, reichte aus, um ihre Nerven zu beruhigen, auch wenn sie vor ihrer Aussprache mit Henrik eher eine ganze Flasche benötigt hätte.

Bis zuletzt hatte sie mit sich gehadert, ob sie überhaupt mit ihm reden sollte. Seit ihrem Spaziergang durch Västervik hatten sie nichts mehr voneinander gehört, doch er war ihr nicht mehr aus dem Kopf gegangen. Die Männer, die sie früher kennengelernt hatte und die sie ihrerseits hatten wiedersehen wollen, waren ihr gegenüber nie auch nur annähernd so offen gewesen wie er. Und das mit Henrik hatte sich ungeheuer schön angefühlt. Und sexy. Genau wie auch Henrik selbst war.

Zudem war sie ihm eine Erklärung schuldig, denn was sie gesagt hatte, stimmte nicht. Hier ging es mitnichten um einen One-Night-Stand.

Und so saß sie nun im Stockholmer Stadtteil Östermalm mit einem gekühlten trockenen Cava vor sich, mit für den Presse-Event frisch geföhnten Haaren und hoffte auf einen Augenblick mit Henrik unter vier Augen, weil sie ihn um eine zweite Chance bitten wollte.

»Es wird eine großartige Veranstaltung, da bin ich mir ganz sicher.« Abrupt stellte Elnaz ihr Glas ab. »Was ist das denn?« Sie griff zu der Zeitungsbeilage, die auf Noras Friseurtisch lag, dabei hatte Nora gehofft, dass Elnaz sie übersehen würde.

Elnaz hielt Nora die Zeitung hin.

Henrik Eklund liebt Kleinstadtkonditorin!

Elnaz grinste breit. »Haben Sie das schon gelesen?«

Nora nickte. Die Beilage war eine Woche alt. Sie hatte den Artikel bestimmt zwanzigmal gelesen, trotzdem fand sie es immer noch merkwürdig, ihr eigenes Gesicht auf der Titelseite zu sehen: in Henriks Armen und in einen Kuss vertieft – auf der Bühne auf dem Marktplatz von Västervik.

»Ich nehme an, dass sowohl TV24 als auch Sie von der Produktionsfirma sich jetzt High Fives geben, bis die Handflächen brennen«, brummte Nora.

»So was in der Art, ja«, gab Elnaz freimütig zu. »Das ist die beste PR, die unsere Sendung bekommen konnte!« Sie lächelte breit. »Wir sind schon sehr auf die Ausstrahlung nächste Woche gespannt.«

Nora nickte. Unwillkürlich musste sie ebenfalls lächeln. Nach all dem Hin und Her und den Diskussionen, die sie während der Dreharbeiten mit Henrik geführt hatte, war sie insgeheim voller Vorfreude. Sie glaubte wirklich, dass die

Sendung gut werden würde. »Und Henrik hat ja auch eine Sternstunde in der Presse gehabt.« Eigentlich wollte sie nicht klatschen und tratschen, womöglich war es der Cava. Oder vielleicht wollte sie einfach nur in Erfahrung bringen, was Elnaz zu Henriks spontaner Handlung zu Anfang der Woche zu berichten wusste.

»Stimmt«, sagte Elnaz, »diesen offenen Brief zu schreiben war wirklich eine große Geste von ihm.«

Henrik hatte in den sozialen Netzwerken seine Rolle im Fall Bente seziert und eingestanden, dass er falsch gehandelt hatte, indem er nicht für sie Partei ergriffen hatte, als die Presse auf sie Jagd machte. *Ich war verletzt und habe beschlossen zu schweigen. Dass meine Karriere von ihrem Fall Auftrieb erhalten hat, beschämt mich am meisten und zeigt nur, wie verquer die Fernsehwelt ist. Ich möchte Bente um Verzeihung bitten, weil ich nicht versucht habe, ihr zur Seite zu stehen.*

Es war das erste Mal überhaupt, dass er sich zu der Trennung öffentlich geäußert hatte. Es hatte einige Aufmerksamkeit erregt. Nora kam nicht umhin, sich zu fragen, wie Bente darauf reagiert hatte. Was, wenn die zwei sich daraufhin versöhnt hatten? Vielleicht wieder miteinander anbandelten? Was, wenn es für Nora zu spät wäre?

Sie nahm einen letzten Schluck und verließ den Friseursalon. In der Stadt lag Schnee, so dass sämtliche Geräusche merkwürdig gedämpft waren. Pompöse Deko in Gestalt dicker grüner Girlanden, Nadelzweigen und großer, rot schimmernder Weihnachtsbaumkugeln hing über der Biblioteksgatan, als sie in Richtung der Geschäftsräume am Berzelii-Park schlenderten, wo der Presse-Event stattfinden sollte.

Dort wurde Nora in einen kleineren Konferenzraum verwiesen, wo sie geschminkt und eingekleidet werden sollte. Auf dem Weg dorthin hielt sie nach Henrik Ausschau. Es war, als hielte sie die Luft an. Was würde sie ihm sagen, wenn sie ihm gegenüberstünde? Wollte er überhaupt noch mit ihr reden?

Sara wartete bereits vor einem großen Spiegel an der Wand und hatte Make-up und Kleidung vorbereitet.

»Gut, dass Sie kommen. Henrik ist gerade fertig geworden, also perfektes Timing.«

Noras Herz setzte für einen Schlag aus. Dann war er schon hier?

»Wow, Ihre Frisur ist großartig!« Sara sah sie bewundernd an. Nora setzte sich, Sara schminkte sie und zog sie anschließend zu einem Tisch am rückwärtigen Ende des Raumes. »Hier sind die Sachen, die ich für Sie vorgesehen habe. Was halten Sie davon?« Es handelte sich um ein atemberaubendes dunkelblaues Samtoutfit aus einem Wickeloberteil und einer Hose, die sich weihnachtlich, feierlich und zugleich todschick anfühlte. »Ich finde es genau die richtige Mischung aus festlich und glamourös«, fügte Sara hinzu.

Nora zog sich um und schlüpfte in ein Paar hochhackige Pumps, die Sara für sie bereitgestellt hatte. Als sie sich im Spiegel sah, blieb ihr die Spucke weg. Angesichts ihrer hellen Haut stand ihr das Dunkelblau phantastisch. Sara war wirklich eine Meisterin – und Nora fühlte sich wie ein Star. Im selben Moment kam Elnaz mit einem Mann in Noras Alter herein. »Das hier ist Adrian, der die Presse für unsere Sendung macht. Er kümmert sich um den Event.«

»In einer Viertelstunde legen wir los. Bis dahin können Sie noch kurz etwas essen und sich unter die Leute mischen«, teilte er Nora mit.

Sie folgte den beiden hinaus in den Saal, in dem bereits einiges los war: überall Journalisten, Fotografen und Leute von der Produktion. Der Raum bot eine großartige Aussicht über das Wasser in der Nybroviken und das verschneite Dramaten-Theater. Nora sah sich aufmerksam um. Die Decke war hoch und mit Stuck verziert. Alles war mit glänzenden, goldfarbenen Weihnachtsbaumkugeln geschmückt, um die hohen Säulen waren Tannenzweige gebunden worden, und in den

Fenstern hingen Weihnachtssterne, die ein stimmungsvolles Licht verbreiteten. Am Eingang stand eine lange Tafel mit dampfendem Glögg und flaschenweise Weihnachtsmost, und aus den Lautsprechern erklang Weihnachtsmusik.

Elnaz begrüßte sofort jemanden, den sie kannte, gab einem anderen Wangenküsschen und zog Nora zu sich heran, um sie vorzustellen. Sie hatte Nora erklärt, dass außer Pressevertretern und Kollegen von der Produktionsfirma auch Leute vom Sender anwesend wären.

»Das ist Nora, die diesjährige Teilnehmerin des *Ärmel-hoch*-Weihnachtsspecials, eine phantastische Konditorin und ein tolles Fernsehgesicht!«

Die Beschreibung entlockte Nora ein Lächeln. Sie war sich nicht sicher, ob das alles so stimmte, aber es klang zumindest nett.

Nach und nach arbeiteten sie sich durch den Raum. Die ganze Zeit hielt Nora nach Henrik Ausschau. Als sie ihn schließlich entdeckte, blieb sie jäh stehen. Sein Anblick allein versetzte ihr einen Stich. Die Ungewissheit und die Erinnerungen an all das, was sie geteilt hatten, riefen sich ihr schmerzhaft ins Gedächtnis. Er trug ein weißes Hemd, das seinen warmen, olivfarbenen Teint unterstrich, und dunkelblaue Jeans. Das dichte, dunkle Haar war betont nachlässig zurückgekämmt. Wie sie dieses dichte, raue Haar liebte und das Gefühl, es zwischen ihren Fingern zu spüren! Er stand neben einem anderen Mann und unterhielt sich. Lachte, dass sein ganzes Gesicht strahlte. Dann entdeckte er sie, hörte auf zu lachen, lächelte aber.

Von der Seite kam Ted auf Nora und Elnaz zu, grüßte flüchtig und verschwand wieder in Richtung wichtigerer Leute. Und mit einem Mal standen sie Henrik gegenüber. Elnaz umarmte ihn zur Begrüßung, und dann sahen er und Nora sich schweigend an.

Bing Crosbys Stimme strömte aus den unsichtbaren Boxen.

Es duftete nach Glögg und brennenden Kerzen. Ringsum waren Gemurmel und Gelächter zu hören. Die Stimmung im Raum war ausgelassen.

Elnaz fing an, mit dem Mann neben Henrik zu plaudern, der sich als Vorstandsvorsitzender der Produktionsfirma vorstellte. Unterdessen machte Nora einen Schritt auf Henrik zu. Sie musste dringend mit ihm reden.

»Tut mir leid, was ich neulich gesagt habe«, sagte sie leise. »Hast du nachher kurz Zeit zu reden?«

Er nickte. »Natürlich.« Dann legte er ihr die Hand an die Schulter und zog sie langsam in eine Umarmung. Sie schmiegte den Kopf an seine Brust, hörte den Takt seines Herzens und atmete langsam aus. Es würde schon irgendwie gut gehen.

Eine polternde Stimme unterbrach sie. Nora entzog sich Henriks Umarmung und drehte sich um. Hasse Eklund.

»Hey, Henrik.« Er lächelte breit, während Henrik ihn verunsichert anlächelte. »Wusstest du gar nicht, dass ich auch kommen würde? Ach. Dabei haben sie mich ausdrücklich eingeladen. Anscheinend haben sie ein paar Szenen von den Dreharbeiten von *Weihnachten mit Familie Eklund* eingearbeitet, die sich in der Sendung gut machen, und dachten wohl, da wäre es nur gut, wenn ich ebenfalls anwesend bin.«

Nora konnte Henrik ansehen, wie angespannt er war. Seine ganze Körperhaltung veränderte sich. Nach allem, was sie über Henriks Vater gehört hatte, ahnte sie, dass Hasse Eklund nichts Gutes im Schilde führte. Schließlich ging es hier um Henriks Sendung.

Im nächsten Moment nahm Hasse sie ins Visier. »Ach, und Sie sind die Frau, mit der mein Sohn sich inzwischen abgibt? Wenn man der Presse Glauben schenken will.«

Sie wusste nicht, was sie darauf erwidern sollte, doch Hasse redete auch schon weiter.

»Schön, Sie kennenzulernen. Hasse.« Er streckte ihr die Hand entgegen.

»Nora. Gleichfalls.« Sein Händedruck war fest.

»Gerüchten zufolge waren die Dreharbeiten dank Nora ein voller Erfolg.« Er sah erst Henrik und dann wieder sie an. »Und dank dem kleinen Techtelmechtel. Dann hoffen wir mal, dass die Sendung einschlägt.«

Der Pressemann – Adrian – kam auf sie zu. »Kommen Sie mit nach vorn? Wir sind jetzt so weit.«

Alle drei taten wie geheißen und folgten ihm quer durch den Saal zu drei Stehtischen. Adrian wies sie an, wie sie sich hinstellen sollten. Dann wandte er sich an die Gäste.

»Herzlich willkommen. Ich dachte, wir fangen mit einem kurzen Zusammenschnitt der Sendung an. Anschließend dürfen Sie Ihre Fragen stellen.« Er drehte sich von den Journalisten weg in Richtung der großen Leinwand, die hinter ihnen ausgerollt worden war.

Elnaz hatte Nora erklärt, dass sie einen längeren Trailer zeigen würden, und Nora holte tief Luft, als sie die erste Szene vor sich sah: sie und Henrik, die in irgendeine Kabbelei vertieft waren. Unwillkürlich musste sie lächeln. Im nächsten Moment lachten sie auf der Leinwand miteinander und wechselten einen verliebten Blick. Ein paar Szenen handelten ausschließlich von Henrik, der am Kai entlangspazierte und im Hotel zu Abend aß, doch dann waren wieder sie beide zu sehen, wie sie *lussekatter* backten. Der nächste Clip zeigte Henrik, wie er mit verschränkten Armen in die Kamera lachte. Von seinem Lachen wurde ihr innerlich ganz warm.

In der darauffolgenden Szene saßen sie einander mit je einem Becher Kaffee gegenüber, und sie erzählte, was in der Konditorei zuletzt schiefgegangen war. Bis jetzt war es wirklich nicht schlecht … Sie kam halbwegs ausgeglichen und sympathisch rüber. Anschließend gingen sie ihr Sortiment durch, und sie war nicht überrascht, als sie da auf der Leinwand ein wenig säuerlich dreinblickte.

»Wie wird es für unsere wütende Konditorin weitergehen?«,

fragte die Erzählerstimme beschwingt, und augenblicklich zog sich ihr der Magen zusammen.

Es folgte ein Ausschnitt, in dem sie stinkwütend auf einen von Henriks Vorschlägen reagierte, woraufhin getrennt aufgezeichnete O-Töne folgten, in denen Nora vor laufender Kamera in allen Einzelheiten erzählte, was sie an Henrik und seinen Verbesserungsvorschlägen störte. Sie war rot im Gesicht, so, als würde sie jeden Moment explodieren. Vereinzelt waren Lacher im Saal zu hören. In einem weiteren Einzelinterview machte sich Henrik über ihre Plätzchen und die ungenügende Planung lustig, woraufhin Nora Henrik einen »Stevia-lutschenden Stockholmer« nannte, »der noch nie eine echte Zimtschnecke gebacken hat«. Sie kam leicht verbittert und biestig rüber, und was immer sie in diesem Abschnitt von sich gab, erweckte den Eindruck von Inkompetenz und Kritikunfähigkeit.

Das leichte Ziehen im Bauch ging in heftiges Unwohlsein über. Das hier war grässlich. Sie traute sich gar nicht, in Richtung der Journalisten zu blicken. Es war die reinste bittere Demütigung. Prompt folgte der nächste Clip, in dem Henrik sie nur leicht tadelte, woraufhin sie ihrerseits mit Tränen in den Augen aufsprang und aus der Konditorei stürmte. Die Nora Jansson, die in diesem Abschnitt zu sehen war, konnte man nur als hysterisch, labil und unfähig beschreiben … und die zehn Minuten Zusammenschnitt kamen ihr wie zehn Stunden vor.

Es folgte ein Interview mit Henrik, bei dem er direkt in die Kamera sprach: »Also, es ist schon recht deutlich zu spüren, dass sie hier nicht alles im Griff hat. Aber so emotional, wie Nora ist – und so, wie sie sich bei der Führung ihrer Konditorei nur von Gefühlen leiten lässt –, ist klar, dass es zu Problemen kommen musste.«

Ihr Herz hämmerte, und ihr Puls raste. Sie war zwar nicht wahnsinnig überrascht darüber, was Henrik da sagte, schließlich war ihr Umgangston gerade zu Anfang der Dreharbeiten ein anderer gewesen, trotzdem traf seine Aussage sie hart.

Das Ganze endete damit, dass sie sich halb über den Cafétisch krümmte und nach Luft rang. Als sie die Szene vor sich sah, war es, als durchlebte sie es von Neuem. Diesmal blickte sie auf, sah die Menschen vor ihr und rang nach Luft. Das konnte doch nicht wahr sein! Ihr schwirrte der Kopf, sie versuchte, langsam ein- und auszuatmen, und spürte Henriks Blicke auf sich.

Und in der nächsten Szene: Henrik beim Einzelinterview, allem Anschein nach unmittelbar nach ihrer Panikattacke: »Sie macht sich zu viel Druck und Stress, weil sie nicht begreift, was wirklich wichtig ist, und vielleicht sollte man keine Konditorei leiten, wenn man in so labiler Verfassung ist.«

»Wird Henrik mit der hysterischen Konditorin fertig?«, fragte die Erzählerstimme mit belustigtem Unterton, ehe ein kurzer Abspann lief.

Er hatte es versprochen, schoss ihr durch den Kopf. Er hatte ihr versprochen, dass das nicht gesendet würde. Er hatte ihr zugesichert, dass ihre Panikattacke nicht in der Sendung gezeigt würde!

Im nächsten Moment drängten sich auch schon Journalisten um ihre Tische. Der Pressemann hatte es Fragerunde genannt, doch ihr kam es wie ein Gladiatorenkampf vor. Zu ihrer Verwunderung schaffte sie es, auf die Fragen der Reporter zu reagieren, ohne auch nur ansatzweise über ihre Antworten nachzudenken. Sie lief nur mehr auf Autopilot.

Dann plötzlich hörte sie Hasse Eklunds donnernde Stimme, die alles zu übertönen schien. Er redete absichtlich so laut, damit ihn auch wirklich alle hörten.

»Jaaa«, gackerte er, »in den Zeitungen stand ja schon, dass die zwei sich verlieben würden, aber nach allem, was wir gerade gesehen haben, weiß ich nicht recht … Ich wette, das war bloß ein kleiner PR-Trick.« Und schlagartig dämmerte es ihr.

Natürlich war alles ein PR-Trick gewesen. »Wie Henrik zuletzt sogar selbst gesagt hat, als wir uns gesehen haben: Was tut man nicht alles für seine Sendung!«

»Nur war es nicht nur für die Sendung«, fiel Henrik ihm ins Wort, drehte sich zu seinem Vater und den Journalisten um, doch Nora hörte nicht mehr, was er darüber hinaus sagte. Hasses Worte hallten in ihrem Kopf wider. Hatte Henrik das wirklich gesagt? Kaum verwunderlich – nicht, nachdem sie diese Ausschnitte gesehen hatte. Henrik hatte sein Wort nicht gehalten, man hatte sie als inkompetente, labile Frau dargestellt. Warum sollte da alles andere, was er zu ihr gesagt hatte – wie er für sie fühlte, was er wollte –, wahr gewesen sein?

Der Journalist, der als Nächstes an der Reihe war, sah Nora auffordernd an. »Was sagen Sie dazu? War *irgendetwas* echt zwischen Ihnen und Henrik?« Doch sie hatte genug von alledem. Holte tief Luft, umrundete den Tisch und ließ die Journalisten kurzerhand stehen. Sie war vernichtet worden – und als hätte das nicht schon gereicht, stolperte sie auf ihren hohen Absätzen auch noch über eine Teppichkante. Elnaz, die direkt danebenstand, fing sie auf. Nora sah sie erschüttert an, glaubte schon, Elnaz würde sie zurück an den Tisch zwingen und sie nötigen durchzuhalten, doch stattdessen zog Elnaz sie hinter sich her nach draußen.

39. Kapitel

Henrik wollte Nora schon hinterherlaufen, doch dann überlegte er es sich anders und ließ den Blick über die Reportermeute schweifen.

»Ganz gleich, was mein Vater gerade behauptet hat und was in dem Mitschnitt zu sehen war: Was zwischen Nora und mir passiert ist, war echt.« Er musste es einfach sagen. Und dann eilte er Nora hinterher, verließ den Raum und holte sie im Treppenhaus ein.

Elnaz war stehen geblieben, als Nora die Treppe genommen hatte, und jetzt packte sie Henrik am Arm. »Lass sie in Frieden!«

Doch Henrik lief weiter. »Können wir reden?«, rief er Nora nach.

Erst draußen auf der Straße holte er sie schließlich ein. Sie hatte sich ihren Wintermantel über die Schulter geworfen und hielt ihre Handtasche umklammert, hatte immer noch die hohen Pumps an und sah aus, als würde sie erbärmlich frieren. Mit Tränen in den Augen und hochroten Wangen sah sie zu ihm hoch.

»Ich schwöre dir, ich hatte keine Ahnung! Die Produktionsfirma hatte mir vorab etwas anderes gezeigt«, sagte er. »Und was mein Vater behauptet hat, stimmt ebenso wenig.«

»Ich weiß einfach nicht, was ich noch glauben soll.« Sie wich von ihm zurück. »Ich … Das war zu viel für mich. Ich muss jetzt allein sein.«

»Nora, bitte, können wir reden? Dann …« Er machte einen Schritt auf sie zu, doch sie hob die Hände, als wolle sie sich gegen ihn zur Wehr setzen.

»Nein. Ich will in Ruhe gelassen werden.«

Sie riss den Arm hoch, und ein Taxi bremste am Straßenrand. Als sie darauf zulief, hinterließen ihre Absätze kleine Löcher im Schneematsch. Sie stieg ein, und der Wagen entfernte sich.

Henrik blieb am Straßenrand stehen. In der vergangenen Woche hatte er jede Minute an sie gedacht, hatte gedreht und gewendet, was sie zueinander gesagt hatten, und sosehr er es auch versuchte, er konnte ihr einfach nicht böse sein, weil er sie sogar verstehen konnte. Das mit ihnen war einfach zu schnell gegangen, und nur weil er sich seiner Gefühle sicher war, hieß das noch lange nicht, dass es für sie ähnlich leicht sein musste.

Als er sie kurz vor dem Event im Festsaal entdeckt hatte, war er überglücklich gewesen. Er hatte ihr angesehen, dass auch sie nachgedacht hatte, und als sie sich von ihm hatte umarmen lassen, war er sich vollends sicher gewesen: Sie beide waren füreinander bestimmt. Und dann war alles anders gekommen …

Henrik ging zurück in Richtung Saal. Wo sollte er anfangen? Er sah Ted an und hielt auf ihn zu.

»Was war das bitte für eine Sauerei?« Er zeigte in Richtung Leinwand.

Ted nahm die Hände hoch, als wollte er sich verteidigen. »Ich tue nur, was man mir sagt. Don war unzufrieden mit dem, was wir zuvor eingeschickt hatten, und das hier war das Einzige, was er uns hat durchgehen lassen.«

»Und wo ist Don jetzt?«

»Er musste anscheinend weg.«

Im selben Moment entdeckte Henrik den Pressemann, Adrian. Er sah leicht panisch aus, als Henrik mit langen Schritten auf ihn zuhielt. Er hatte keinen guten Tag erwischt: Dass die Teilnehmerin der Sendung aus dem Presse-Event stürmte, ließ ihn in keinem guten Licht erscheinen, auch wenn der Trailer an sich enorme Aufmerksamkeit erregt hatte.

»Warum war mein Vater hier?«, wollte Henrik von Adrian wissen.

Adrians Blick flackerte. »Es tut mir wahnsinnig leid … Ich war nicht davon ausgegangen, dass Ihr Vater so etwas sagen würde.«

»Aber warum war er überhaupt hier?«

»Er hatte sich bei uns gemeldet, und wir dachten, weil er doch in ein paar Ausschnitten zu sehen wäre, könnte es nett werden, wenn auch er zu unserem Event käme, aber …«

Der junge Mann sah zu Tode verschreckt aus, und Henrik konnte ihn sogar halbwegs verstehen. Er wusste schließlich, was die Presseabteilung vom Profil des Senders hielt. Sie hatten ständig mit Exzentrikern und launenhaften Leuten zu tun, auch wenn Henrik sich selbst bisher für jemanden gehalten hatte, der als sympathisch galt. Doch jetzt würde der arme Adrian wahrscheinlich für den Rest seines Lebens Angst vor ihm haben.

Da war er. Henrik ließ Adrian stehen, marschierte auf seinen Vater zu und nahm ihn zur Seite. »Ist dir klar, was du gerade angerichtet hast?«

Sein Vater sah ihn verdutzt an. »Wovon redest du?«

»Was du über Nora und mich gesagt hast – bist du wirklich so verzweifelt? Wie bist du nur so geworden? Wie kannst du nur immer alles geben, um mir Knüppel zwischen die Beine zu werfen?«

»Ach, nimm's nicht so schwer. Ich bin schon länger im Business als du. Das hier muss doch gar nicht schlecht sein! Jetzt können sie sich alle den Kopf darüber zerbrechen, ob eure Romanze echt war oder nicht.« Er grinste.

Henrik schüttelte den Kopf. Er begriff es einfach nicht. Sein Vater wollte eindeutig, dass Henriks Sendung dem Untergang geweiht war, aber jetzt reichte es ihm. Es konnte nicht so weitergehen, und dies hier war die Gelegenheit für den Schlussstrich.

»Ich hab nachgedacht.« Henrik drehte sich zu seinem Vater um und sah ihn unverwandt an. »Ich verkaufe meine Anteile an der Firma.«

»Du verkaufst deine Anteile?« Sofern ihn die Aussage aufschreckte, ließ sein Vater es sich zumindest nicht anmerken. Er sah ihn nur verdattert an.

»Ich brauche die Firma nicht mehr. Und ich brauche dich nicht mehr.« Er sagte es in einem Atemzug, brachte es kaum über sich, doch sobald es ausgesprochen war, spürte er am ganzen Leib, dass er sich von etwas befreit hatte. Es war eine Erleichterung, eine ungeheure Erleichterung. Er war endlich frei zu tun, was immer er wollte, ohne erst um Erlaubnis zu bitten und ohne dass jemand ihm reinredete.

Schnaubend kam sein Vater dicht an ihn heran. »Du brauchst mich, Henrik. Du brauchst *uns*. Wir sind eine Familie, und wir helfen und unterstützen einander.«

»Ach ja? Versuchst du deshalb, mich aus dem Rennen zu werfen? Weil du mir hilfst und mich unterstützt? Machst du mich und meine Ideen deshalb zunichte?«

Er schnaubte abermals. »Darum geht es dir gerade? Um deine Bäckerei? Also bitte, Henrik! Ich hab dich doch nur vor einem Fiasko bewahrt! Du hast einfach keinen Geschäftssinn. Du bist genau wie dein Großvater, viel zu gefühlsgesteuert.« Er schüttelte den Kopf. »Aber dass du so tust, als wärst du in diese Kleinstadtbäckerin verliebt, wird *Ärmel hoch* auch nicht mehr retten. Ich habe dir nur ein bisschen auf die Sprünge geholfen. Und dass ich eine neue Sendung bekomme, weil deine auf dem absteigenden Ast ist, heißt nur, dass wir die Marke und unsere Familie retten.«

»Der Einzige, der hier auf dem absteigenden Ast ist, bist du.« Henrik sah seinem Vater unverwandt in die Augen. »Und ich hab da so eine Ahnung, dass der einzige Grund, warum du mich aus dem Programm mobben willst, deine Angst ist, dass jemand besser sein könnte als du.«

Sein Vater zog kurz die Augenbrauen kraus, legte dann aber einen verächtlichen Gesichtsausdruck auf. »Ich habe dir und deinen Geschwistern alles ermöglicht, alles! Ihr erbt ein erfolgreiches Unternehmen …«

Henrik wollte schon einwenden, dass sein Großvater den Grundstein dazu gelegt und dass sein Vater ihm nie etwas anderes beschert hatte als dysfunktionale Familienbeziehungen und ein schlechtes Selbstwertgefühl, doch dann kam sein Vater ihm zuvor.

»Ich habe dich berühmt gemacht. Du hast mir alles zu verdanken.«

»Ich verkaufe meine Anteile, und danach müssen wir nie wieder etwas miteinander zu tun haben.«

Erneut kam sein Vater dicht an ihn heran und fauchte ihm ins Ohr: »Natürlich. Aber dann sieh zu, dass du das Geld zurückbezahlst, das du der Firma gestohlen hast.«

Henrik sah ihn verwirrt an.

»Unser Finanzchef hat entdeckt, dass Geld von unserem Firmenkonto fehlt. Du hast dem Nymans Geld überwiesen. Pass nur auf, sonst zeigen wir dich auch noch an, und dann wird es für dich erst richtig unangenehm.«

Henrik wusste darauf nichts zu erwidern. Er hatte das Geld, das er Nora überwiesen hatte, als Leihgabe betrachtet, ahnte jedoch, dass sein Vater recht hatte: dass es nicht in Ordnung gewesen war und nun gegen ihn verwendet werden konnte.

Henrik sagte nichts weiter, ignorierte die Frage eines Journalisten und rauschte regelrecht aus dem Gebäude. Draußen war es mittlerweile dämmrig geworden. Autos fuhren vorüber, und Schneeflocken schimmerten im roten Schein der Rückleuchten. Am Nybro-Kai auf der anderen Straßenseite standen die beliebten leuchtenden Elche. Er lehnte sich an die nächstbeste Hauswand und atmete erst mal tief durch. Er würde einiges in Ordnung bringen müssen, aber zum ersten Mal in seinem Leben fühlte er sich frei, vollkommen frei.

✷

Später am Nachmittag stürmte Henrik in die weitläufige, frisch renovierte Lobby von TV24. Die Wände waren mit hellem Holz vertäfelt worden, und vermutlich sollten die üppigen Teppiche und langen Gardinen für einen entspannten Eindruck sorgen, doch bei Henrik verfehlten sie diesen Effekt.

Einfach auf eigene Faust dort reinzumarchieren, wäre nicht möglich, deshalb verlangsamte er seine Schritte und ging mit einem artigen Lächeln im Gesicht auf den Empfangstresen zu.

»Könnten Sie bitte Don mitteilen, dass Henrik Eklund für ihn hier ist?«

»Don?«

»Robert Almgren.«

»Natürlich. Erwartet er Sie?«

»Nein, deshalb sollen Sie ihm ja Bescheid geben.«

Die Rezeptionistin tippte etwas in ihre Tastatur, bat Henrik, sich unterdessen zu setzen, doch er konnte nicht still sitzen. Stattdessen ging er in der Lobby auf und ab. Der Teppich war fast schon albern dick, die komplette Sohle seiner Schuhe versank darin. Unterdessen versuchte er selbst, Don telefonisch zu erreichen, allerdings ohne Erfolg.

Geschlagene zehn Minuten später kam Don auf ihn zugeschlendert. »Hallo, Henrik! Danke für eine spannende Pressekonferenz!«

»Ich hab dich zigmal angerufen.«

»Ich ahne schon, warum du hier bist. Komm!«

Henrik lief hinter ihm her, als die Rezeptionistin ihm nachrief. »Warten Sie, Ihr Besucherausweis!«

Henrik drehte sich um, nahm den Ausweis entgegen und befestigte ihn an seiner Jacke.

Sie gingen mehrere Korridore entlang. Henrik grüßte ein paar bekannte Gesichter, ehe sie einen Besprechungsraum betraten, der passend zum TV24-Logo in Schwarz-Weiß eingerichtet war.

Don setzte sich, während Henrik mit verschränkten Armen in der Tür stehen blieb und Don herausfordernd ansah. »Was sollte das bitte schön für eine Promo sein? Die Mitschnitte hatten rein gar nichts mit dem zu tun, worauf wir uns geeinigt hatten.«

»Ich habe sie weder gedreht noch zusammengeschnitten.«

»Nein, aber alle wissen, dass du es so in Auftrag gegeben hast.«

»Tja, weil wir eine Sendung wollen, die sich die Leute auch ansehen. Wir bei TV24 sind superzufrieden mit dem, was bei dem Presse-Event gezeigt wurde.«

»Nora Jansson wird als Verrückte dargestellt – das ist die reinste Schadenfreude und unwürdig! Und wir hatten uns auf etwas anderes verständigt!«

Don schien kurz zu überlegen, ehe er antwortete. »Ich bin wie gesagt superzufrieden. Das wird die Quoten hochtreiben. Und keine Bange, eure kleine Romanze wird natürlich ebenfalls gezeigt.«

»Ich will die Sendung so nicht. So funktioniert das nicht.«

»Oh, bitte, Henrik! Die Produktionsfirma ist gerade dabei, den Rest der Staffel zu schneiden. Sie haben schon Tage damit verbracht. Wir können den Blickwinkel jetzt nicht mehr ändern. Und wir *wollen* ihn auch gar nicht mehr ändern. Nächste Woche wird ausgestrahlt.«

Henrik beugte sich zu ihm vor. »Und ich dachte, du wolltest mit etwas anderem als mit billigen Dokusoaps arbeiten?«

Statt etwas zu sagen, sah Don Henrik bloß an.

»Was heute während des Presse-Events gezeigt wurde, war

Unterhaltung auf Kosten anderer Leute Gesundheit und Würde: Reality in seiner reinsten und zugleich dreckigsten Form.«

Don schwieg immer noch, doch Henrik konnte ihm ansehen, dass er ins Grübeln zu geraten schien.

»Alles, was ich bislang produziert habe, ist immer irre erfolgreich gewesen«, sagte Don schließlich. »Ich weiß, was die Zuschauer sehen wollen.«

»Wenn du nicht mit der Produktionsfirma sprichst und dafür sorgst, dass sie die Sendung neu aufziehen, kündige ich die Zusammenarbeit mit TV24 auf.«

Don schien kurz darüber nachzudenken. Henrik setzte gerade alles auf eine Karte. Er wusste schließlich nicht, ob sie seine Sendung im kommenden Jahr überhaupt noch haben wollten, vielleicht war er ihnen nicht mehr wichtig genug, als dass es noch eine Bedeutung hätte, aber er hatte sonst keine Argumente. Und er musste dies alles geradebiegen, sonst hätte er Nora für immer verloren.

Don seufzte. »Natürlich. Wir tun, was du sagst. Aber dann rechne damit, dass die Zahlen in den Keller gehen und du am Ende ganz ohne Sendung dastehst.«

»Dann ist es eben so.«

40. Kapitel

1945

Am Abend aßen Tuula und die Kinder mit Nils, der zu ihnen gekommen war. Draußen im Innenhof ging ein heftiger Sommerregen nieder – warm, kräftig und reinigend.

Als die Kinder eingeschlafen waren, liebten Tuula und Nils sich auf einer Decke in der Küche. Über die Frage, ob sie das Dorf tatsächlich verlassen sollten, waren sie zu keiner Einigung gekommen. Während Tuula weder einen Plan noch Ideen hatte, sprudelte Nils nur so davon über. Warum fühlte es sich für sie trotzdem hauptsächlich nach einem Abschied an?

Am darauffolgenden Morgen war Aino für sie die Rettung. Nils war mit dem Fahrrad früh aufgebrochen, um zur Bäckerei zu radeln, und Aino hatte Kaffee aufgebrüht, mit dem sie sich hinunter in den Hof setzten. Nach der vergangenen Regennacht roch es dort nach nassem Kies. Der starke Kaffee weckte ihre Lebensgeister, und Tuula fühlte sich merkwürdig befreit. Sie würde das Dorf jederzeit verlassen können. Nichts hielt sie mehr hier … außer Nils.

Ritva war immer noch zu Hause, und Tuula hatte auch Matias erlaubt, vom Kindergarten fernzubleiben, jetzt, da sie keine Arbeit mehr hatte, zu der sie erscheinen musste.

Sie sah zu Matias hinüber, der ein Stück weiter seinen Fußball gegen die Hauswand schoss.

»Heikki und ich haben uns gestern Abend lange unterhalten, und wir haben uns für einen Umzug nach Småland entschieden«, sagte Aino nach einer Weile.

Tuula sah ihre Freundin an.

»Heikki kann dort in einer Fabrik arbeiten und sogar sofort anfangen. Und die Freunde, bei denen wir kürzlich zu Besuch waren, könnten mir eine Anstellung als Kaltmamsell vermitteln. Ich habe eben mit meiner Freundin gesprochen, unten in der Telefonzelle im Dorf. Du kannst mitkommen, sie suchen nämlich auch jemanden, der backen kann, und da habe ich dich sofort ins Spiel gebracht.« Aino nahm einen Schluck Kaffee und sah Tuula unverwandt an. »Wir hätten dort beide Arbeit, und es geht aufwärts, jetzt, da der Krieg vorbei ist: Die Leute gehen wieder aus, gehen essen, kaufen Brot, gehen ins Café und in Konditoreien. Dieses Land blüht und gedeiht. Karl Eklund ist derzeit nun wirklich der Einzige, der Leute vor die Tür setzt.« Aino schnaubte in sich hinein. »Ich bin dieses Dorf so leid. Und in einer größeren Stadt würden wir nicht annähernd so sehr auffallen. Dort passen wir uns einfacher an.« Aino beugte sich vor und sah Tuula mitfühlend an. »Aber ich kann natürlich verstehen, wenn du bei Nils bleiben willst.«

Tuula dachte kurz darüber nach. »Nils sagt, er würde mitgehen, wenn ich beschließen sollte, von hier wegzugehen.«

Ainos Gesicht leuchtete auf. »Aber das ist ja wunderbar!«

»Ich weiß nicht, ich … Er ist wütend auf seinen Vater – im Augenblick. Und er ist bereit, die Firma aufzugeben – im Augenblick. Aber was …« Sie seufzte. »Was, wenn er das eines Tages bereut?«

»Er ist ein erwachsener Mann. Das kann er doch selbst entscheiden.« Aino nahm einen großen Schluck Kaffee.

»Wann fahrt ihr?«

»Am Samstag. Eine Wohnung steht auch schon bereit, und selbstverständlich könnt ihr fürs Erste bei uns einziehen, bis ihr etwas Eigenes gefunden habt.«

Stumm starrte Tuula die Rosen an. Hier und da waren bereits kahle, dornige Stängel zu sehen, trotzdem hielt sich der Duft.

»Du musst dich auch nicht sofort entscheiden.« Aino beugte sich vor und nahm Tuulas Hand. »Ihr könnt auch nachkommen, sobald du hier fertig bist.«

»Ich bin hier fertig. Ich hab keine Arbeit mehr«, erwiderte Tuula tonlos.

Aino lächelte vorsichtig. »Du bist noch lange nicht fertig«, stellte sie fest.

Tuula erwähnte ihre Pläne Nils gegenüber mit keiner Silbe, sondern erzählte nur, dass Aino und sie sich – irgendwo in Schweden – nach Arbeit umsehen würden. Daraufhin kontaktierte Nils Bekannte. Vielleicht würde Tuula ja eine Anstellung im Nachbarort bekommen? Dabei wusste sie nur zu gut, dass die Probleme ihnen dorthin nachfolgen würden.

Am Freitagabend kam Nils abermals zu Besuch. Sie hatte Essen gekocht, er blieb ein paar Stunden, sie backten Biskuitkuchen und spielten mit den Kindern. Tuula konnte sich schier nicht an ihm sattsehen – an diesem phantastischen, gut aussehenden, fürsorglichen und liebevollen Mann, der bereit wäre, alles für sie aufzugeben. Sobald die Kinder eingeschlafen waren, liebten sie sich in der Küche.

Als Nils sich aufmachte, nach Hause zu radeln, hätte sie am liebsten geheult und ihm alles erzählt. Sie küsste ihn lange, doch dann ließ sie ihn ziehen, ohne ein Wort zu sagen.

Vielleicht ahnte er ja etwas? Aber er fragte nicht, und sie nahm es als Zeichen, dass ihr Beschluss richtig war.

Tuula wusste nicht, ob ihr Sauerteigansatz noch in der Bäckerei stand; angeblich hatte Karl Eklund ihn in den Fluss geworfen. Nach einer schlaflosen Nacht löffelte sie noch in der

Morgendämmerung die Hälfte ihres Anstellguts in ein abgekochtes Glas, legte ein Geschirrtuch darüber und wickelte ein Stück Geschenkband darum, damit das Tuch nicht verrutschte. Kaum dass die Kinder wach wurden, trug sie ihnen auf, sich anzuziehen, und setzte ihnen ein Frühstück vor. Anschließend gingen sie mit gepackten Koffern nach unten zu Aino und Heikki. Die beiden würden die Kinder und das Gepäck mit zum Bahnhof nehmen, wo Tuula erneut zu ihnen stoßen würde. Tuula selbst borgte sich Heikkis klappriges Fahrrad, das er hierlassen würde, und radelte zu Nils' Wohnung am anderen Ende des Dorfes. Dort schlich sie die zwei Etagen hoch, stellte das Glas vor seine Tür und legte einen Brief daneben.

Verzeih mir, aber zu dieser Entscheidung kann und will ich dich einfach nicht zwingen. Ich kann nicht zulassen, dass du alles aufgibst.
Für immer dein
Tuula

Eine halbe Stunde später erklomm sie die steilen Stufen in den Zugwaggon und sah ein letztes Mal über die Schulter, ganz so, als wüsste Nils instinktiv, dass sie in diesem Augenblick abreisen würde. Mit einem Kind an jeder Hand verließ sie das Dorf, so wie sie gekommen war. Nur ihr Herz, das einst leer und versehrt gewesen war, war wieder heil geworden, auch wenn es ihr gerade in der Brust zerriss.

41. Kapitel

Nora machte ein paar schnelle Schritte zur Seite, erwischte den Ball, sprintete quer übers Feld, riss den Schläger hoch und drosch auf den Ball ein – direkt ins Tor. Ihr siebtes heute. Sie riss die Arme hoch und jubelte.

Das gegnerische Team, in dem unter anderem Bea und Maryam spielten, fluchte laut, während ihre eigenen Mannschaftskameradinnen sich mit ihr freuten, und Tess ihr auf die Schulter klopfte. Es war an der Zeit für eine Pause. Nora kippte Wasser in sich hinein.

Wie herrlich das war – eine ganze Stunde, ohne dass sie an Henrik und den Presse-Event gedacht hatte. Doch jetzt in der Pause wanderten ihre Gedanken wieder dorthin zurück.

»Hast du das schon gesehen?« Eine der Jüngeren aus ihrem Floorball-Team hielt Nora ihr Handy vor die Nase.

Nora zog den Kopf nach hinten. »Ich mag über dreißig sein, aber so kurzsichtig bin ich noch nicht!« Lächelnd nahm sie das Handy entgegen und sah auf das Display hinab.

Es war eine der Boulevardseiten der Abendzeitung: *Hasse Eklund zeigt Sohn wegen Unterschlagung an.* Und die Byline: *Henrik Eklund: Ich habe es aus Fürsorge getan.*

Bea beugte sich über Noras Schulter. »Worum geht es da?«

Nora holte tief Luft und atmete den unverkennbaren Geruch von Schulsporthalle ein: Schweiß, Turnmatten und Gummi von all den Turnschuhen, die über den Boden hin und her gewetzt waren.

»Es geht um Henrik … Er hat …« Sie räusperte sich. »Anscheinend hat er Geld von Bakverk unterschlagen, um meine Konditorei zu retten.« Sie ließ sich auf die nächstbeste Bank sinken.

»Wie bitte? Wusstest du das?«

Nora schüttelte den Kopf und las weiter. »Er behauptet, er hätte es nur getan, weil er an die Konditorei geglaubt hat und jemanden unterstützen wollte, der kämpfte und sich abrackerte. Eine Person, an die er geglaubt hat …«

»Ist das womöglich dieselbe Person, der nichts lieber wäre, als dass Henrik genau so wäre – und die behauptet, er wäre es nicht?« Bea stellte ihre Wasserflasche ab und sah Nora auffordernd an. Sie und Bea hatten am Vorabend lange geredet – über Henriks vermeintliche Werte und als was er sich am Ende entpuppt hatte. Bei Pfefferkuchen mit Zuckerguss und literweise Weihnachtsmost hatte Nora geschildert, was in Stockholm passiert war, und hatte sich wenigstens ein wenig Mitleid von ihrer Freundin gewünscht, doch Bea war hart geblieben und hatte nur erwidert, dass Henrik nichts dafür könne, wie andere die Sendung zusammenschnitten. Was in Stockholm vorgefallen sei, sage doch wohl nichts über seine Person und seine Werte aus. Nora hatte entgegnet, dass es immer noch seine Sendung sei – dass sie ohne ihn nicht existieren würde und er deshalb doch wohl etwas zu sagen hätte.

Bea nahm ihr das Handy aus der Hand. »Aber genau das meinte ich doch: Du behauptest, er wäre nicht aufrichtig und echt, aber er hat alles riskiert: seine Position in der Firma, sogar seine Freiheit – und das, um *deine* Konditorei zu retten. Er muss an dich glauben. Und an das, was *echt* ist.«

»Herrgott, jetzt übertreibst du aber! Er wird dafür doch nicht ins Gefängnis wandern? Außerdem hat er so ja auch seine Sendung gerettet.«

»Man weiß nie«, erwiderte Bea. »Wirtschaftskriminalität kann mitunter hohe Strafen nach sich ziehen. Ich finde, das hier zeigt, wer er wirklich ist und dass er an die Konditorei glaubt … und an dich. Sonst wäre er niemals so weit gegangen.« Sie seufzte. »Warum bist du so überkritisch? Ich sehe und höre dir an, dass du ihm alle Schuld zuschieben willst. Und ich weiß auch, dass du dich gern mal aus einer Sache herausziehst und einen Mann in den Wind schießt! Nur weil du Angst vor dem hast, was ihr beide haben könntet.«

»Danke auch, dieselbe Predigt hast du mir gestern schon gehalten.« Nora nahm einen letzten Schluck Wasser, stand auf und machte sich bereit für den nächsten Einsatz.

»Du suchst immer nur nach Fehlern, du *willst* doch nur einen Haken finden, damit du einen Schlussstrich ziehen kannst, damit du allein gelassen wirst und dir um niemanden zusätzlich Gedanken machen musst.«

Darauf erwiderte Nora nichts.

»Ich kenne dich jetzt schon so viele Jahre und weiß genau, wie du tickst.«

»Es ist leichter, nur an sich selbst denken zu müssen«, gestand Nora ein. »Sonst passieren genau solche Dinge. Sonst tut es einfach nur weh.« Was bei dem PR-Event geschehen war, hatte ihr einen einfachen, naheliegenden Ausweg gewiesen; dafür musste sie lediglich auf Henrik verzichten.

Bea schien genau zu verstehen, worum es hier gerade ging – sogar besser als Nora selbst. »Ich weiß. Aber warum machst du dir so viele Gedanken? Vertrau ihm ein bisschen und versuch, mit dem glücklich zu sein, was ihr habt. *Wenn* er dir entrissen wird … Was nicht passieren wird, weil ihr glücklich und zufrieden alt werdet. Aber *wenn* es trotz allem passieren sollte, dann wirst du bis dahin so viel Glück erlebt haben, dass es allen Kummer aufwiegt. Ich habe noch nie von jemandem gehört, der auf dem Sterbebett gesagt hätte, dass er sich wünschte, er hätte ein bisschen weniger geliebt.«

Leicht kopfschüttelnd lächelte Nora ihre Freundin an. Manchmal war Bea wirklich brillant.

42. Kapitel

1945

Als Nils früh am Morgen aus seiner Wohnung trat, um zur Bäckerei zu fahren, blieb sein Blick an einem kleinen Bündel auf der Schwelle hängen. Ein weißes Geschirrtuch mit rotem Saum, das er aus Tuulas Küche kannte. Ihm war augenblicklich klar, worum es sich handelte. Er knotete die Schnur auf und hoffte inständig, dass er falschliegen würde, flehte zu sämtlichen höheren Mächten, sofern es sie gäbe, dass er sich irrte.

Doch in dem Bündel steckten ein Glas, ein Blatt Papier mit einem Rezept und mit ein paar in zierlicher Handschrift verfassten Zeilen auf der Rückseite.

Es zerriss ihm das Herz. Er taumelte zurück in seine Wohnung, blieb ein paar Sekunden lang stehen, ehe er das Glas beiseitestellte. Er musste zum Bahnhof! Wenn sie irgendwo hinwollte, dann musste er zuallererst am Bahnhof nach ihr suchen!

Er rannte die Treppe hinunter. Er hatte nicht die geringste Ahnung, wann sie abreisen wollte, und wusste auch nicht, in welche Richtung, doch der Bahnhof wäre ihr Ausgangspunkt. Er schwang sich auf sein Fahrrad, strampelte die Hauptstraße entlang und verfluchte sich selbst, dass er nicht schon viel früher aufgestanden war. Dann hätte er sie vielleicht noch angetroffen und ihr Einhalt gebieten und sie auf andere Gedanken bringen können …

Aber noch war nicht alles verloren. Es war immer noch früh, allzu viele Züge konnten noch nicht abgefahren sein.

Es war ruhig im Dorf an diesem Samstagmorgen. Ein paar Leute gingen zur Arbeit, Kinder waren unterwegs zum Samstagsunterricht, Wilhelmsson aus dem Krämerladen schleppte gerade seine klapprigen Schilder nach draußen, grüßte und sah ihm verwundert nach, als Nils an ihm vorbeischoss.

Am Bahnhof sprang er vom Rad, warf es achtlos beiseite und stürmte durch die Ankunftshalle und weiter zum Bahnsteig. Gerade fuhr ein Zug davon … und er *spürte*, dass sie dort drinsaß, er *wusste* es einfach. Und dann rannte er los. Der Zug ging nach Västerås. Nils rannte und rannte, versuchte, durch die Fenster zu spähen, doch sie war nirgends zu sehen. Vielleicht saß sie ein Stück weiter vorn? Er rannte und rief weiter dem Zug hinterher. Vielleicht würde der Schaffner ja noch einmal halten? Er schrie, winkte, und ein Mann ein Stück weiter unten am Gleis entdeckte Nils, sprang von seiner Wartebank auf und versuchte nun ebenfalls, den Zug aufzuhalten, fuchtelte wild mit den Armen und schrie. Doch der Zug fuhr weiter, er fuhr einfach davon.

Nils war am Ende des Bahnsteigs angelangt. Vor seinen Augen beschleunigte der Zug, während er selbst außer Atem und mit einem Gefühl der Leere zurückblieb.

Der Mann von der Bank schloss zu ihm auf. »Haben Sie Ihren Zug verpasst? Gegen Mittag dürfte der nächste gehen.«

Nils schüttelte den Kopf und stemmte keuchend die Hände auf die Knie. »Ich hab nicht den Zug verpasst … sondern die Liebe meines Lebens.«

Langsam ging er über den Bahnsteig zurück. Dann sah er sich noch einmal um. Vielleicht hatte sein Gefühl ja getäuscht? Vielleicht war sie immer noch da, vielleicht wollte Tuula ja in die andere Richtung fahren? Er sah sich die Gesichter an, die ihm entgegenkamen, blieb in der Tür zwischen Wartesaal und Bahnsteig stehen und musterte jeden, der ein- oder ausstieg. Der Zug aus Västerås in Richtung Ludvika fuhr ein, doch nirgends eine Tuula, die zusteigen wollte. Er sah auch keines der

Kinder oder Aino und Heikki, dabei war er sich sicher, dass sie zusammen abreisen würden.

Auch wenn er wenig Zweifel hatte, dass sie Almtorp bereits verlassen hatten, blieb er stehen, bis der letzte Zug des Tages ein- und wieder abgefahren war, bis Bahnsteig und Wartehalle sich geleert hatten und die untergehende Sonne den Himmel blutrot verfärbte. Erst da fuhr er wieder heim: langsam, kraftlos und mit einem niederschmetternden Gefühl der Leere. Die Lebenslust, die Tuula in ihm entfacht hatte, war erloschen.

Als er zu Hause ankam, trat er an seinen Esstisch, auf dem Entwürfe für neue Werbeschilder lagen. Der Tuula-Laib … Es hätte eine Überraschung für sie werden sollen, er hatte einen professionellen Zeichner damit beauftragt, doch dann waren sein Vater und dessen Vorwürfe ihm in die Quere gekommen. Nils schob die Schilder zusammen, legte sie in einen Karton und trug ihn hinauf auf den Dachboden.

Er wollte wütend auf sie sein. Doch er konnte es nicht. Nie im Leben könnte er auf Tuula wütend sein.

Auf seine geliebte Tuula.

Für immer dein.

43. Kapitel

Henrik verteilte Mehl auf der Arbeitsfläche, kippte den Teig darauf aus, den er über Nacht hatte gehen lassen, und knetete drauflos, während sich die kalte Steinplatte unter der Arbeit seiner Hände allmählich aufwärmte.

Als Kind hatte er etwa einmal im Monat Sauerteigbrot gebacken. Inzwischen backte er jedes Wochenende, seine Freunde liebten das Brot, Bente hatte es himmlisch gefunden, und an den Wochenenden hatten sie immer viel zu viel davon gegessen.

Er formte ein paar Laibe und warf ein Geschirrtuch darüber. Dann nahm er das Glas mit dem Anstellgut aus dem Oberschrank über dem Kühlschrank, wo die perfekten Temperaturen herrschten, und betrachtete die breiige Masse. Als Nora ihm in jener Nacht im Hotel die Geschichte ihres Sauerteigs erzählt hatte, war er zu dem Schluss gekommen, dass es schlichtweg zu unglaublich wäre, um wahr zu sein, und hatte den Gedanken wieder beiseitegeschoben. Doch er hatte ihn nicht vollends vergessen können.

Sein Vater wusste nicht mal, dass Henrik die ganze Geschichte kannte. Er hatte sie von Lydia erfahren, einer der alten Damen, die seit Jahr und Tag in der Bäckerei gearbeitet hatte und die irgendwann Chefin des Cafés in Almtorp geworden war.

Selbst in Rente verbrachte sie den Großteil ihrer Tage dort, obwohl das Café längst an einen neuen Besitzer verkauft worden war. Sie saß bei einem Kaffee und einer Zimtschnecke in einer Ecke und las die Zeitung. Henrik war in seinen Kindheitssommern gern dort gewesen und hatte sich mit Lydia angefreundet. Und irgendwann in seinen Teenagerjahren hatte sie ihm die Geschichte des Sauerteigs erzählt und dass Henriks Großvater die Liebe seines Lebens nie hatte vergessen können. »Sie ist eines Tages einfach verschwunden, nach Småland, vermuteten wir, aber da konnte er nicht viel machen. Er hat lange versucht, sie aufzuspüren, sie aber nie wiedergefunden.«

Als Nora den Namen ihrer Urgroßmutter erwähnt hatte, war Henrik schlagartig klar gewesen, wie alles zusammenhing.

Während die Laibe auf der Arbeitsplatte gärten, ging er hinauf auf den Dachboden und dort den schmalen Flur mit den kleinen Speicherabteilen entlang. Er zog seine Speichertür auf und suchte den Karton mit den Sachen heraus, die er von seinem Großvater geerbt hatte: alte Dokumente aus der Bäckerei und dem Café, Fotos, Rezepte und Werbeschilder. Er nahm ein Rezept und ein Schild heraus. Die würde er mit nach Västervik nehmen.

Anschließend schaute er bei seinem Anwalt vorbei, um die nötigen Papiere zu unterschreiben. Svärdh & Partners hatten einst die Aktionärsvereinbarung für Bakverk aufgesetzt. Die Kanzlei lag an der Riddargatan in Östermalm. Er nahm ein Taxi dorthin.

Zwei Anwälte warteten bereits im Empfangsbereich – Charlotta und Johannes. Sie wiesen ihm den Weg in einen der Besprechungsräume.

»Danke, dass Sie so kurzfristig Zeit für mich hatten«, sagte Henrik.

»Kein Problem. Es ist alles vorbereitet.« Johannes schob einen Stapel Unterlagen auf Henrik zu.

»Wie Sie bestimmt wissen, besagt die Aktionärsvereinbarung, dass die übrigen Anteilseigner Ihre Anteile aufkaufen dürfen«, erklärte Charlotta.

»Ja, das weiß ich.«

»Wenn Sie sich alles noch mal aufmerksam durchlesen möchten oder sich mit einer anderen Kanzlei beraten wollen, ist das natürlich in Ordnung«, fügte Johannes hinzu. »Andererseits vertreten wir auch die anderen Aktionäre, und der Verkaufsvertrag basiert auf der im Gesellschaftervertrag enthaltenen Vorlage. Es entspricht also alles den Standards. Wir geben auch keine Verkaufsgarantien oder so ab, weil die Käufer schließlich ohnehin mit den Unternehmenszahlen bekannt sein dürften.«

»Dann habe ich keinerlei Verpflichtungen mehr, sobald das hier unterzeichnet ist?«

»Nein«, antwortete Charlotta. »Allerdings liegt noch eine Forderung vonseiten des Unternehmens vor. Die wird gegen die Verkaufssumme verrechnet.« Sie sah ihn nüchtern an, und er hätte nicht sagen können, ob sie in den Zeitungen von den Anschuldigungen seines Vaters gelesen hatte. Soweit Henrik wusste, hatte der ihn entgegen seinen Drohungen nie wirklich angezeigt. Womöglich hatte sein Vater begriffen, dass dies nur für schlechte Presse gesorgt hätte. Henrik hatte eine wohlformulierte Erklärung herausgegeben, und wenn er jetzt angezeigt würde, würde die Fassade der ach so glücklichen Familie, die sein Vater seit Jahrzehnten aufrechtzuerhalten versuchte, vollends in sich zusammenfallen.

»Natürlich«, sagte Henrik und überflog die Forderung. Die Summe stimmte.

Henrik griff zu seinem Stift, ging flüchtig den Rest der Vereinbarung durch und unterschrieb. Er wollte es nur noch hinter sich bringen.

*

Von der Kanzlei spazierte er zum Warenhaus NK, wo er mit Tom zu Mittag essen wollte. Er kam an Läden vorbei, in denen Weihnachtsmusik lief, und hielt kurz am Haupteingang von NK, um zu sehen, wie sie das Schaufenster dekoriert hatten. Eine Weihnachtswichtelwerkstatt aus Holz über mehrere Etagen: Wichtel, die arbeiteten, kleine Geschenke, Pfefferkuchenhäuser, Strümpfe am Kamin, Weihnachtsmann und Weihnachtsfrau, Rentiere auf einem verschneiten Hof und dies alles unter einem dunkelblau glitzernden Sternenhimmel. Alles war in Rot, Grün und Gold gehalten. Sofort musste er an Nora denken. Sie hätte die Dekoration geliebt.

Als Henrik den Speisesaal des Bobergs betrat, wartete Tom schon auf ihn. Sie bekamen einen Fenstertisch mit Blick über den Kungsträdgården zugewiesen, in dem die Straßenlaternen mit Lampions und Lichterketten geschmückt waren und den dunklen Wintertag ein wenig aufhellten.

Henrik begrüßte Tom mit einem Klaps auf die Schulter. Sie umarmten sich selten – im Grunde nur, wenn gefilmt wurde. Sie setzten sich, und ein Kellner nahm ihre Bestellung auf.

»Dann ziehst du dich also zurück …« Tom breitete die Serviette auf seinen Knien aus.

Henrik nickte. »Ich habe die Nase voll. Ich bin mit unserem Vater fertig.« Er seufzte. »Mit jemandem zusammenzuarbeiten, der einen ständig untergräbt, ist einfach unmöglich.«

Tom sah ihn nachdenklich an. »Ja, es scheint fast, als hätte unser Vater etwas gegen dich.«

»Ich schaffe das nicht mehr – diese Launen …«

Tom nickte beifällig. »Das verstehe ich gut. Wir haben immer irgendwie mitgespielt und alles getan, nur damit er uns mochte, und um seine Nummer eins zu sein. Aber was hat dazu geführt, dass du diesen Entschluss ausgerechnet jetzt gefasst hast?«

Henrik sah aus dem Fenster. »In den letzten Wochen und Monaten hat sich etwas verändert. Und ich weiß auch nicht … Ich habe eine Frau kennengelernt, die keine Angehörigen mehr hat, an die sie sich anlehnen könnte, keine Familie, die ihr den Rücken stärkt, und keine finanzielle Sicherheit. Und trotzdem kommt sie klar. Das hat mir vor Augen geführt, dass ich dieses Sicherheitsnetz nicht mehr brauche, und von jemand so Toxischem abhängig zu sein macht alles nur umso schlimmer.«

»Du sprichst von dieser Konditorin?«

Henrik nickte. »Ja.« Dann lächelte er.

Tom nahm sich ein Stück Brot aus dem Brotkorb.

»Wie läuft es eigentlich mit Ellen?«, erkundigte sich Henrik. »Als wir gedreht haben, hatte ich gar keine Gelegenheit, mit ihr zu sprechen.«

»Wir haben uns getrennt.«

Erst wollte Henrik seinen Ohren nicht trauen. »Getrennt? Aber …« Er hielt kurz inne. »Ist das wahr?« Er beugte sich über den Tisch und berührte Toms Hand. »Und wie geht es dir damit?«

Sein Bruder zuckte mit den Schultern. »Ganz okay. Es ist schon eine Weile her, das war schon im Sommer, insofern habe ich es inzwischen verdauen können.«

»Im Sommer? Aber sie war doch noch dabei, als …«

»Als wir gedreht haben? Ich weiß. Ich habe es nicht fertiggebracht, unserem Vater davon zu erzählen. Er hätte nur geglaubt, dass ich ein noch größerer Versager bin als ohnehin schon.«

»Und warum hast du es mir nicht erzählt?«

Tom holte ein paarmal tief Luft, doch Henrik ahnte schon, was der Grund dafür war: Über so etwas redeten sie nicht. Sie waren seit jeher so sehr darauf erpicht gewesen, Erfolge zu erzielen, dass sich jede Schwäche sofort wie ein Scheitern anfühlte.

»Auch wenn es sich vielleicht nie so angefühlt hat, aber du kannst immer mit mir reden.« Henrik sah seinen Bruder ernst an.

Tom nickte. »Okay.« Dann seufzte er. »Im Grunde weiß ich das doch.«

Dass es so hatte kommen müssen … Dass sie einander nicht mal mehr irgendwas erzählen konnten! Traurig, dachte Henrik, andererseits konnte er Tom auch verstehen. Er hatte selbst lange damit gewartet, von seiner Trennung von Bente zu berichten, dabei hatte es eine Zeit gegeben, da sie einander alles bedeutet hatten. Er, Camilla und Tom. Doch als sie sich nach und nach bewusst geworden waren, welche Macht ihr Vater über sie hatte, und als ihnen gedämmert hatte, wie viel ihr Familienunternehmen wert war und welche Möglichkeiten dies ihnen eröffnete, hatte sich ihr Verhältnis schleichend verändert. Sie hatten angefangen, einander eher als Konkurrenten anzusehen.

»Aber das mit dieser Konditorin – fühlt sich das ernst an?«

Henrik nickte. »Es ist ernst, nur ist bei der Pressekonferenz alles den Bach runtergegangen: Der Trailer, den sie dort gezeigt haben, hat so ein unfassbar falsches Bild erweckt – und dann zu allem Übel noch unser Vater, der dort eine Menge Mist erzählt hat und … Und jetzt redet sie nicht mehr mit mir.«

Tom sah ihn nachdenklich an. »Warum es zwischen Ellen und mir nicht mehr funktioniert hat, lag unter anderem daran, dass es ihr unendlich schwergefallen ist, eine öffentliche Person zu sein. Dabei stehe ich nicht mal im Mittelpunkt! Für diese Nora muss das wirklich hart gewesen sein. So heißt sie doch, nicht wahr?«

Henrik nickte.

»Es muss ungeheuer schwer für sie sein zu begreifen, was da genau vor sich ging«, fuhr Tom fort.

»Aber ich hatte doch mit dem Schnitt nichts zu tun! Ich hab alles versucht, um es ihr zu erklären, aber da wollte sie schon nicht mehr mit mir reden.«

»Nein, der Zusammenschnitt ist nicht deine Schuld. Aber irgendwas muss schließlich dazu geführt haben, dass diese Szenen überhaupt erst entstanden sind und du als der weiße

Ritter dargestellt wurdest … und als perfekt, wie immer.« Tom nahm einen Schluck Wasser und sah Henrik an. »Ich meine, vermutlich ist es nicht leicht für sie zu entscheiden, was sie glauben soll. Es könnte womöglich so aussehen, als würdest du davon profitieren, dass sie so negativ dargestellt wird. Der Trailer, den ihr bei der Pressekonferenz gesehen habt, hat doch immerhin großes Interesse geweckt?«

Tom hatte recht. Henrik war auch nicht viel besser als sein Vater, der alle ausnutzte, nur um selbst in einem besseren Licht dazustehen. Auch Henriks Mutter war Hausfrau gewesen und hatte stets in seinem Schatten gestanden, während er Karriere in der Firma und im Fernsehen gemacht hatte. Als er irgendwann Anita kennengelernt hatte, wurde auch die zu einer Art Schatten degradiert, zu jemandem, der immer da war, um Hasses Karriere dienlich zu sein.

Nora war in der Sendung als hysterisches Frauenzimmer dargestellt worden, und er hatte seinen Teil dazu beigetragen, dass sie so reagiert hatte. Allmählich musste er sich eingestehen, dass er genau gewusst hatte, was während der Dreharbeiten passieren würde. Als die neuen Anweisungen zu der Fake-Romanze gekommen waren, hatte er erst protestiert, trotzdem hatte er das Spielchen mitgespielt, und auch wenn Nora zumindest teilweise damit einverstanden gewesen war, hatte er sie *ausgenutzt*. Genau wie er Bente ausgenutzt hatte. Wie also konnte Nora wissen, dass diesmal alles anders war? Und nach allem, was sie durchgemacht hatte … Wenn jemand echte, aufrichtige Liebe verdiente, dann sie.

Tom sah ihn ernst an. »Fahr zu ihr, rede mit ihr und zeig ihr, was echt für dich ist.«

44. Kapitel

Henrik kam noch am selben Abend mit dem Zug in Västervik an. Es hatte geschneit, und mit ihren Holzhäusern, der Kirche und dem Rathaus, die unter der dicken Schneedecke lagen, sah die Stadt aus wie eine Märchenkulisse.

Er hatte versucht, Nora zu erreichen, um ihr zu sagen, dass er unterwegs zu ihr war, aber natürlich war sie nicht ans Telefon gegangen. Er brachte nicht einmal zuerst sein Gepäck ins Hotel, sondern ging direkt zu ihrer Wohnung.

Die Konditorei hatte längst geschlossen, und die Tür zu ihrer Wohnung war verriegelt. Er rief abermals auf ihrem Handy an, aber sie drückte seinen Anruf weg.

Er seufzte tief und beschloss kurzerhand, einen kleinen Spaziergang durchs Viertel zu machen und später wiederzukommen. Als er zurück war, entdeckte er Licht in ihrer Wohnung, zumindest mutmaßte er, dass es ihre Wohnung war, sie hatte schließlich erzählt, dass sie direkt über der Konditorei wohnte.

Er sah sich um, und weil er keine Alternative sah, beugte er sich vor, griff in den Schnee und formte ihn zu einem Schneeball, nahm ein paar Schritte Anlauf und zielte auf ihr Fenster. Treffer.

Keine Reaktion.

Er warf einen weiteren Schneeball und noch einen. Und noch zwei weitere.

Was, wenn es die falsche Wohnung war?

Im selben Moment ging eine weitere Lampe an, Nora trat

ans Fenster und sah zu ihm runter. Kopfschüttelnd wandte sie sich wieder ab. Dann vibrierte sein Handy.

Ich liege schon im Bett und will nicht mehr reden. Vielleicht morgen.

Die letzten zwei Wörter brachten sein Herz auf Touren. Vielleicht morgen? Das war doch fast ein Versprechen!

Nora wachte von ihrem Wecker auf. Sie hatte schlecht geschlafen, weil Henrik am Vorabend in einem fort auf ihrem Handy angerufen und dann sogar Schneebälle gegen ihr Fenster geworfen hatte. Jetzt hatte sie dank ihm ein gebrochenes Herz, war öffentlich erniedrigt *und* in ihrem Schlaf gestört worden.

Aber da war etwas gewesen, mit diesen Schneebällen … Irgendwie fühlte sie sich an die Hauptdarsteller in einem Liebesfilm erinnert. Und romantische Filme endeten doch immer glücklich! Der Gedanke war überaus tröstlich. Sie *musste* schließlich nicht so reagieren – sie musste sich nicht wütend, verwundet und enttäuscht fühlen. Vielleicht sollte sie Henrik einfach die Chance geben, sich ihr zu erklären.

Sie stellte die Kaffeemaschine an, ging duschen und zog sich an. Dann trank sie ihren Kaffee, putzte sich die Zähne und nahm den letzten Schluck mit hinunter in die Konditorei. So war es immer, ihre eigenen Becher mischten sich unter die im Café. Henrik würde ausrasten! Als er vor Ort gewesen war, hatte sie immer dafür gesorgt, dass sie ihr eigenes Geschirr aussortierte.

Sie stellte die Öfen an und nahm die Bleche mit den Broten und Zimtschnecken zur Hand, die sie spät am Abend vorbereitet hatte. Himmel, wie müde sie war! Sie ging nach vorn ins Café und kochte eine weitere Kanne Kaffee.

Je länger sie darüber nachdachte, umso richtiger fühlte es sich an, Henrik noch eine Chance zu geben. Es war für sie beide nicht leicht gewesen zu unterscheiden, was echt und was gespielt gewesen war. Konnte sie ihm da zum Vorwurf machen, was er irgendwann einmal zu seinem Vater gesagt hatte – dass er für seine Sendung alles tun würde? Immerhin war er hierhergekommen, nach Västervik, und hatte Schneebälle gegen ihr Fenster geworfen. Anscheinend war er bereit, um sie zu kämpfen, und sie wollte hören, was er zu sagen hatte.

Als der Kaffee fertig war, befüllte sie erneut ihren Becher, stellte sich ans Fenster und ließ den Blick über die menschenleere Straße schweifen. Dann nahm sie ihr Handy zur Hand und schrieb eine kurze Nachricht. *Wie wäre es mit einem Spaziergang in der Mittagspause? Da können wir reden.*

Im selben Moment stieg ihr ein Geruch in die Nase. Ein stechender Geruch. Hatte ein Nachbar seinen Kamin angeschürt? Eigentlich liebte sie den Duft von Kaminfeuern, wenn sie an einem kalten Tag durch die Stadt ging. Doch dieser Geruch war irgendwie näher. Sie wirbelte zur Backstube herum, und der Geruch wurde abermals stärker.

Gott, und die Wand oberhalb der Öfen war schon völlig verqualmt! Im nächsten Moment schlug eine Flamme heraus – und noch eine. Sie eilte in den hinteren Teil des Cafés, riss den Feuerlöscher von der Wand und rannte zurück in die Backstube, sprühte weißen Schaum über die Wand, doch es brannte bereits zu heftig. Sie ließ den Feuerlöscher fallen, rief die 112 an, während sie gleichzeitig zum Ausgang und hinaus an die frische Luft flüchtete.

Als die Leitstelle ihren Anruf entgegennahm, gab sie hektisch ihre Adresse durch und starrte zurück zur Konditorei.

»Was ist denn hier los?« Als sie sich umdrehte, stand Ingemar auf der verwaisten Straße und sah sie neugierig an.

»Es brennt«, erklärte Nora überraschend ruhig. »Aber die Feuerwehr ist schon unterwegs.« Sie konnte durchs Fenster und die Glastür sehen, wie sich der Rauch drinnen ausbreitete und aus der Backstube bis in den Cafébereich waberte. »Der Sauerteig!«, kreischte sie dann. »Der Sauerteig! Verdammt, der Sauerteig!« Der durfte nicht verbrennen – sie musste ihn retten, sie musste ihn aus der Backstube holen! Sie riss die Tür zum Café auf und rannte nach drinnen. Sie könnte ihn retten: Er stand auf dem Regal gegenüber den Öfen. Dort war das Feuer noch nicht hingelangt …

Der Wintermorgen war kalt und klar – und rabenschwarz. Henrik hatte nur ein paar Stündchen geschlafen und in aller Frühe beschlossen, einen Spaziergang zu machen.

Während des Spaziergangs war ihre Nachricht eingegangen. Sie war wach, stand bestimmt schon in der Konditorei, und er musste jetzt gleich mit ihr reden, er wollte nicht bis mittags warten.

Als er von der Hauptstraße in Richtung Konditorei abbog, war dort eine kleine Menschenansammlung zu sehen, und er lief darauf zu.

»Was ist hier los?«

»Es brennt. Die Feuerwehr ist schon informiert.« Es war Ingemar, der Kunde, der an den ersten Drehtagen im Nymans anwesend gewesen war. »Aber sie wollte noch mal rein und irgendwas holen, das dumme Ding!«

»Etwas holen?!«

Natürlich, den Sauerteig! Henrik zögerte keine Sekunde und rannte ihr hinterher. Sofort schlug ihm Rauch entgegen, und er hob die Arme vors Gesicht.

»Nora!«

Er lief weiter, durch das Café, hinter den Kassentresen und in die Backstube.

»Nora!«

An den Wänden rings um die Öfen schlugen Flammen empor, doch dann erhaschte sein Blick durch den Qualm hindurch eine Bewegung auf der anderen Seite.

»Henrik, *raus!*« Sie hustete. »Geh nicht weiter! *Lauf!* Ich versuche, den Hinterausgang zu nehmen, aber da kommst du nicht hin!«

Henrik wollte schon auf sie zustürzen – zwischen der brennenden und der noch nicht brennenden Wand befand sich ein schmaler Durchgang, über den würde er zu ihr gelangen. Doch dann dämmerte ihm, dass sie recht hatte: Sie selbst käme zur anderen Seite hinaus, und auch er sollte schleunigst von hier verschwinden. Aber er musste sich vergewissern, dass sie es wirklich schaffte. Im selben Moment war ein Krachen zu hören, die Deckenverkleidung löste sich und begrub ihn unter sich.

Nora hatte etwas gehört, irgendwas hinter ihr …

»Henrik?«

Keine Antwort.

»Henrik?«, schrie sie lauter und musste erneut heftig husten. Dann machte sie kehrt und rannte durch den engen Durchgang an der brennenden Wand entlang. Sie würde es schaffen, aber was war mit Henrik?

»Henrik!«

Sie entdeckte einen Haufen Holz vor sich. Ein Deckenbalken und Teile der Deckenverkleidung waren heruntergekracht. Ihr Herz raste, der Rauch zehrte an ihrer Lunge, und sie rang um Luft. Dann setzte das Kribbeln in ihren Händen ein, doch statt sich wie gelähmt zu fühlen, war es, als würden ihre Sinne geschärft, und mit einem Mal konnte sie wieder atmen – auch wenn sie weiterhin husten musste. Sie stürzte auf den Haufen zu und entdeckte darunter Henriks Oberkörper, die mattschwarze Daunenjacke und einen Arm, der unter dem Schutt herausragte. Sie packte den Balken, der auf ihm gelandet war, zog dann den nächsten weg und zerrte an Henriks Schultern. Er lag reglos da, seine Augen waren geschlossen, und er schien nicht mehr zu atmen.

»Nein!«, kreischte sie. Sie durfte ihn nicht verlieren, konnte ihn nicht … Nein, nein, nein! Das konnte sie nicht zulassen. Er durfte ihr nicht entrissen werden, nicht auch noch er!

Doch diesmal hatte sie die Möglichkeit, das Heft in die Hand zu nehmen, und sie hatte vor, alles zu geben, damit er nicht ebenfalls starb.

Sie packte ihn unter den Achseln und zog, schleifte ihn quer durch die Backstube, weg von dem Feuer, das immer näher zu kommen schien. Sie konnte selbst kaum noch atmen, hörte, wie es in ihrer Brust pfiff, als sie nur mehr Qualm in die Lunge bekam. Um sie herum waren einzig Rauch und Hitze. Trotzdem war es, als würde ihr Körper es nicht begreifen, als würde ihre Lunge weiterkämpfen, um den fehlenden Sauerstoff einzuatmen. Sie hielt Henrik fest, würde noch ein kleines bisschen schaffen – *musste* noch ein bisschen schaffen … und hatte kaum den Ausgang erreicht, als sie spürte, wie ihre Beine nachgaben und um sie herum alles schwarz wurde.

45. Kapitel

Als Nora die Augen aufschlug, lag sie auf einer Rollbahre und war drauf und dran, in einen Rettungswagen geschoben zu werden. Sie trug eine Sauerstoffmaske und sah panisch die Sanitäterin an, die sich über sie beugte.

»Alles wird gut«, sagte die Frau.

Und Henrik?, wollte sie fragen, bekam aber keinen Ton heraus. Ihr Rachen und ihre Lunge brannten noch immer.

Sie wurde ins Krankenhaus gefahren und in ein Zimmer geschoben, wo sie augenblicklich wegdämmerte.

Als eine Krankenschwester kam, um nach ihr zu sehen, wachte Nora auf, atmete tief ein und nahm sich die Sauerstoffmaske ab.

»Wie geht es ihm?«, krächzte sie.

Die Krankenschwester lächelte sie an. »Er kommt durch.«

Nora ließ den Kopf zurück aufs Kissen sinken, spürte, wie ihr die Tränen kamen, wollte der Krankenschwester nur zu gern glauben, konnte aber nicht. Nicht ehe sie ihn mit eigenen Augen gesehen hatte.

»Ruhen Sie sich noch ein bisschen aus. Wir sagen Ihnen Bescheid, sobald er aufwacht.«

Einige Zeit später kam die Krankenschwester zurück.

»Er ist jetzt wach, und Sie können mit ihm reden.«

Sie half Nora aus dem Bett. Immerhin konnte Nora allein gehen. Henrik lag im Zimmer nebenan, hatte die Augen geöffnet und immer noch eine Sauerstoffmaske vor dem Gesicht.

Kopf und Schultern waren bandagiert. Sie konnte kaum glauben, dass er dort vor ihr lag, und stürzte auf ihn zu.

»Du lebst!« Sie strahlte übers ganze Gesicht. »Du lebst!«

Er lächelte und zog sich mit einiger Mühe die Sauerstoffmaske ab. »Ja, ich lebe.«

Sie beugte sich über ihn. »Ich dachte schon, ich hätte dich verloren.«

Vorsichtig zog er sie näher, und sie bemerkte die Tränen, die ihm über die Wangen liefen. Sein Hals war schon ganz nass, als er sie an sich drückte. »Ich bin ja jetzt hier.«

Sie schüttelte den Kopf und hörte selbst, wie ihre Stimme zitterte. »Ich hatte solche Angst, dass es zu spät wäre … Als ich dich dort habe liegen sehen, hatte ich solche Angst, dass alles zu spät wäre!«

»Nichts ist zu spät.« Er hob ihr Kinn an und sah sie mit jenem Blick an, der den Boden unter ihr ins Wanken brachte. »Du hast mich gerettet.«

Vorsichtig gab sie ihm einen Kuss.

»Aber warum bist du überhaupt noch mal zurückgerannt?«, fragte er dann. »Du wolltest den Sauerteig retten, habe ich recht?«

Sie nickte bedächtig. »Dumm von mir, oder?«

»Hast du es geschafft?«

»Ich hab ihn fallen lassen, als ich auf dich zugelaufen bin, insofern ist er wohl verbrannt …« Sie lächelte schief. Sie hatte nicht mal mehr darüber nachgedacht, ihre Gedanken und Sorgen hatten sich nur noch um Henrik gedreht, nichts war wichtiger gewesen.

* * *

Epilog

Der Tag vor Heiligabend

Mit einem Tablett mit dampfendem Glögg, selbst gemachten Sahnebonbons, die gerade erst ausgekühlt waren, und ihren Pfefferkuchen – *ihren gemeinsamen Pfefferkuchen* – betrat Henrik das Wohnzimmer.

Gleich würde die letzte Folge des *Ärmel-hoch*-Weihnachtsspecials anfangen. Die Cutter hatten Tag und Nacht durchgearbeitet, um Henriks Wünsche zu erfüllen. Die Ausstrahlung hatte um eine Woche verschoben werden müssen, damit sie überhaupt fertig wurden, was in der Geschichte der Sendung noch nie passiert war (stattdessen hatte man ein paar Weihnachtsfilme gezeigt), doch das Ergebnis konnte sich sehen lassen. Und die Sendung war ein voller Erfolg. Anscheinend wollten die Fernsehzuschauer keine Panikattacken sehen, keine hervorgelockten Reaktionen; sie wollten vielmehr schöne Aufnahmen von einer gemütlichen Weihnachtsbäckerei, eine winzige Prise Kabbelei – und einen Hauch Romantik. Bereits die erste Folge hatte tolle Einschaltquoten gehabt, und von da an war es nur noch weiter bergauf gegangen.

Henrik stellte das Tablett ab und sah Nora an. »Ich hab da noch was, was ich dir zeigen will, bevor wir einschalten.«

Sie lächelte ihn an. »Okay? Klingt spannend.«

Er verschwand wieder, und sie sah aus dem Fenster. Es hatte aufgehört zu schneien, die Straßen waren wieder frei, der Schnee, der gelegen hatte, war geschmolzen, doch der warme Schein der Weihnachtsbeleuchtung und ihre Weihnachtskerzen im Fenster, die Lichterketten um ihren Weihnachtsbaum – mitsamt Beas Riesenkugel, die einen Ehrenplatz bekommen hatte – sorgten für Feierlichkeit.

Ihre Wohnung war nicht beschädigt worden, allerdings war die Konditorei zerstört. Die Feuerwehr hatte den Brand zwar löschen können, ehe er sich auch im Rest des Gebäudes ausbreiten konnte, doch das Inventar war von Rauch und Ruß so durchdrungen, dass sie alles herausreißen und frisch würde renovieren müssen.

Nach allem, was sie durchgestanden hatte – nach den enormen Veränderungen, die im Zuge der Dreharbeiten gerade erst vonstattengegangen waren –, fühlte es sich wie blanke Ironie an, dass die Konditorei jetzt zerstört war. Trotzdem glaubte sie fest daran, dass genau das nötig gewesen war, um den entscheidenden Schritt zu wagen und die Konditorei zu *ihrer* zu machen. Es würde ein Neustart werden, und sie würde alles nach ihren Wünschen gestalten. Den Cafébereich wollte sie wieder genau so herrichten, wie es die Fernsehausstatter vorgemacht hatten, aber die Backstube brauchte eine tiefgreifende Sanierung, das wusste sie selbst. Und zum Glück würde sie auch ein neues Lüftungssystem bekommen – auch wenn es zu spät gekommen war. Denn wie sich zeigte, war das Feuer in der alten Lüftung entstanden.

Henrik war nach dem Brand in Västervik geblieben. Sie hatten nicht mehr voneinander lassen wollen, und er hatte seither auch bei ihr geschlafen.

Tags darauf, an Heiligabend, würden sie alle gemeinsam zu Beas Schwester fahren. Beas Großmutter war auf Henrik schon gespannt wie ein Flitzebogen, und Nora war sich ganz sicher, dass die beiden wunderbar miteinander auskommen würden. Endlich hatte sie jemanden getroffen, den sie zu ihren Freundinnen mitnehmen konnte – und der der lebende Beweis dafür war, dass Beas Mann Ahmat nicht der einzige gute Mann auf Erden war.

Am ersten Weihnachtsfeiertag würde sie mit Henrik nach Stockholm fahren und mit seiner Mutter und deren Frau Vanja Weihnachten feiern. Nora war ein bisschen nervös, freute sich aber, sie kennenzulernen. Henrik hatte seit dem Presse-Event nicht mehr mit seinem Vater gesprochen, doch seine Geschwister würden ebenfalls kurz bei der Mutter vorbeischauen.

Henrik kam zurück ins Wohnzimmer. Er hielt einen Karton in der Hand, den er auf den Couchtisch stellte und aus dem er ein Einmachglas nahm. Der Inhalt sah aus wie Sauerteig. Er hielt ihn ihr hin, und sie nahm ihn entgegen.

»Du hast … einen Sauerteig für mich angesetzt? Was … Wie nett von dir«, sagte sie.

Anscheinend hatte er das mit dem Sauerteig doch nicht verstanden, weil er sie so erwartungsvoll ansah – und sie hatte nicht den Mut, ihn darauf hinzuweisen, dass dieser hier nicht derselbe wäre wie jener Teig, den sie bei dem Brand eingebüßt hatte.

Doch dann schüttelte er leicht den Kopf. »Mit diesem Sauerteig verhält es sich folgendermaßen: Mein Großvater Nils hat einst eine Frau geliebt, eine Witwe, die mit zwei kleinen Kindern aus Finnland nach Bergslagen kam. Der Junge hieß Matias und das Mädchen Ritva.«

Nora schnappte förmlich nach Luft.

»Die Mutter der beiden hieß Tuula. Und Tuula hatte bei ihrer Flucht nach Schweden den Sauerteig ihrer Mutter dabei. Die Eltern meines Großvaters wollten nicht, dass er mit einer finnischen Witwe zusammen war. Sein Vater hatte bereits andere Pläne für ihn: Er sollte meine spätere Großmutter Birgit heiraten. Tuula und mein Großvater haben einander nie haben dürfen, und das Einzige, was sie ihm hinterließ, als sie aus Bergslagen wegzog, war dieser Sauerteigansatz.«

Nora traten Tränen in die Augen. Konnte das wirklich wahr sein?

»Als mein Großvater starb, hat er ihn mir vermacht. Ich wusste, wie viel er ihm bedeutet hatte, und hab ihn seither am Leben erhalten – und immer damit gebacken.«

Sie drehte das Glas auf, atmete den Duft ein und damit alte Erinnerungen. Das Anstellgut roch exakt wie ihr eigenes.

»Als du mir erzählt hast, dass deine Urgroßmutter einst mit zwei kleinen Kindern aus dem finnischen Rovaniemi nach Schweden kam, hat bei mir sofort etwas geklingelt. Als du dann auch noch erwähnt hast, wie sie hieß, war im Großen und Ganzen alles klar. Trotzdem habe ich noch ein paar Nachforschungen angestellt, weil ich mir zu hundert Prozent sicher sein wollte.« Er griff erneut in den Karton. »Außerdem will ich dir das hier zeigen.«

Er nahm ein weißes Schild hervor, auf dem in blauer Schnörkelschrift stand: *Tuula-Laib.*

Ehrfürchtig nahm sie das Schild entgegen. Inzwischen liefen ihr die Tränen ungehemmt übers Gesicht.

»Ich habe dich immer für deine alten Rezepte aufgezogen, dabei habe ich tatsächlich auch eins.« Er hielt ihr ein Blatt Papier hin, und sie erkannte darauf die Handschrift ihrer Urgroßmutter Tuula wieder, die sie aus dem alten Rezeptbuch kannte.

Sie nahm den Zettel entgegen, lachte und schniefte gleichzeitig.

»Die Eröffnung der Bäckerei in Stockholm ist jetzt in trockenen Tüchern – alles wasserdicht. Ich hab die Unterlagen von meinem Vermieter bekommen, und ich finde, wir sollten dort zusammen dieses Sauerteigbrot verkaufen. Wir teilen die Geschichte meines Großvaters und die deiner Urgroßmutter und backen das Brot auf der Grundlage dieses Sauerteigs.«

Sie nickte nur, weil sie kein Wort mehr herausbekam.

»Ich weiß, dass du einer Fernbeziehung skeptisch gegenüberstehst«, sagte er.

Sie verzog das Gesicht. »Das war womöglich hauptsächlich eine Ausrede …« Ihre Stimme versagte ihr noch immer.

»Aber ich will nicht von dir getrennt sein. Ich *kann* nicht von dir getrennt sein.« Henrik ließ sich neben ihr aufs Sofa sinken. Was er sagte, bescherte ihr eine merkwürdige Erleichterung. Genau so hatte sie es selbst empfunden, in den vergangenen Tagen, an denen er bei ihr gewohnt hatte und sie so viel miteinander umgegangen waren: Sie wollte und *konnte* nicht von ihm getrennt sein.

»Ich dachte, wir könnten vielleicht in Västervik beginnen. Ich will hier leben, hier in der Stadt – also, natürlich nur, sofern du mich hierhaben willst. Wir bauen das Nymans zusammen neu auf, bis es wiedereröffnet werden kann. Und die Stockholmer Bäckerei führen wir gemeinsam. Ich stelle dort Leute an, aber die Geschäftsführung teilen wir uns. Und wenn du das nicht blöd findest, könnte die Bäckerei vielleicht eine Art Verlängerung deiner Konditorei sein? Nur eben mit dem Hauptaugenmerk auf Brot und Brötchen, also auf Bäckerei statt auf Konditorei. Das *Nymans Stockholm* … Aber du darfst zu alledem auch Nein sagen! Ich verstehe natürlich, wenn du das Gefühl hast, du müsstest dein Geschäft allein wiederaufbauen.«

Obwohl all dies umwälzend war – die Geschichte rund um den Sauerteig, dass *sie beide* denselben Sauerteig geteilt hatten und was er gerade erzählte –, musste sie keine Sekunde lang darüber nachdenken. Sie *wollte* dies alles mit ihm zusammen tun, sie hatte sich lange genug allein abgerackert und spürte, dass es allmählich reichte. Eine Konditorei *und* eine Bäckerei zusammen mit Henrik zu betreiben, klang nach einem wahr gewordenen Traum.

Sie sah ihn lange an, ehe sich ein Lächeln auf ihrem Gesicht ausbreitete. »Ja.« Ihr war fast, als hätte sie zu einem Heiratsantrag Ja gesagt. »Ja, ja, ja! Ich will nichts lieber!«

Er beugte sich vor, gab ihr einen langen Kuss, und sie genoss den Geschmack ihrer Pfefferkuchen auf seiner Zunge. Er reichte ihr einen Becher Glögg, nahm sich den anderen, und dann stießen sie miteinander an.

Sie nippte an ihrem Glögg. Dann schmiegte sie sich mit der Wange an Henriks Schulter und den weichen Strickpulli. Auf dem Fernsehbildschirm begann gerade der Vorspann zu *Ärmel hoch*. Langsam atmete sie ein und aus, nahm den Duft des Glögg wahr, den der brennenden Kerzen, den von Kartoffeln und Anchovis, die sie in den Ofen geschoben hatte. Tags darauf würde es einen traditionellen Janssons-Frestelse-Auflauf zu essen geben.

In ihr machte sich ein Gefühl tiefer Ruhe breit, ein Gefühl, das sie schon lange nicht mehr verspürt hatte. Sie streckte sich nach einem Sahnebonbon aus, genoss den Geschmack des weichen Karamells, nahm noch einen Schluck Glögg, bewunderte abermals den schönen Weihnachtsbaum, der den Raum dominierte, und sah Henrik an. Und zum ersten Mal seit vielen Jahren hatte sie das Gefühl, dass sie Weihnachten innig und aufrichtig liebte.